МАРК РОЙТМАН автор:
- Путь - 2007
- В ожидании поезда - 2009
- Тигровый бальзам - 2010
- Норд-Ист - 2011

Марк Ройтман родился в 1952 году в Советском Союзе. Отец Марка был военный, и семья часто переезжала с места на место. Зрелые годы Марк провел в Санкт-Петербурге, бывшем Ленинграде, после окончания института Марк, страстно любивший спорт, стал работать тренером по борьбе и был хорошо известен в спортивных кругах страны. В 1989 году Марк с женой и сыном иммигрировал в США.

I0634062

Mark Roytman

No Right
to Live

БЕЗ ПРАВА
НА ЖИЗНЬ

Copyright © by Mark Roytman

Mark Roytman.
NO RIGHT TO LIVE. *Philadelphia 2019.*
Novel-Trilogy

Марк Ройтман.
БЕЗ ПРАВА НА ЖИЗНЬ. *Филадельфия 2019.*
Роман-триголия

Многокрасочный, многосторонний, многоликий наш мир далёк от совершенства. Мощное колесо времени в руках Всевышнего контролирует каждый наш шаг.

Постоянная борьба Добра со Злом пеленает мир: то солнечным утром, то страшным ураганом, то любовью и лаской, то ужасом трагедий.

В самом центре всех событий находится - человек. Ему и только ему даётся возможность выбора между Добром и Злом. Даётся ему и ум, и сила, и воля ...

Дерзай. Борись. Это не легкий путь. Очень не легкий.

А если вам 12-13 лет, и рядом нет никого кто бы мог помочь ... как быть ... как спастись ...

Эта трилогия основана на реальных событиях. Поэтому персонажи практически всех героев: их имена, фамилии, а также места действий и событий намеренно изменены. Любые совпадения являются недействительными. Автор постарался, чтобы Добро безусловно победило, Зло же, было наказано. Так должно быть и будет всегда только лишь для одного и единственного - чтобы продолжалась Жизнь.

Ни обошлось и без кусочка ностальгии: с 1994 года название Ленинградская область ушло в прошлое. В настоящее время северную столицу России - Санкт-Петербург окружают многочисленные районы. Такие города как Сестрорецк, Зеленогорск, посёлки Комарово, Лисий нос, Репино, Солнечное отошли к Курортному району. Другие посёлки, упомянутые в книге, - к Приморскому району. К 1995 году ушёл в прошлое и ресторан «Нева». Пусть это будет небольшим «Ретро» для тех читателей, которые безусловно помнят старые добрые названия. Кто-то качнет головой, кто-то вздохнёт, а кто-то просто улыбнется, вспомнив многое тёплое и хорошее, несмотря на большие перемены ...

В заключение хочу поблагодарить своего друга Майкла Михельсона - главного критика и стилиста этого произведения, корректора - Зою Фердман, моего друга прекрасного литератора Арки, и ведущего гида по Санкт-Петербургу и его окрестностям Валерия Густавсона и всю редакционную коллегию газеты «Реклама и Жизнь» и ее владельца Виталия Рахмана.

ISBN 978-0-359-69435-8   2019 Copyright © by Mark Roytman

КНИГА ПЕРВАЯ

СПАСИТЕ МЕНЯ...

«... Горит свеча. Воск падает на блюдце.
Слеза, что собирается раздуться,
Упасть и раствориться в мире
Не простом.
Нам будет ведомо потом,
Что станет, что случится ...»

М.Р.

ПРОЛОГ

... 2001 год ...

США. Штат Вирджиния. Штаб-квартира ЦРУ.
Русский отдел. 15-е июня.

Кабинет капитана Рэя Хартона был ярко освещён. На широком письменном столе лежало пять фотографий.

Настенные часы показывали два тридцать пять ночи.

Только что он завершил разговор с лейтенантом Ником Гембли, группа которого около года вела русских агентов.

Всё шло к тому, что их можно было уже закрывать, но ...

Фотографии, которые предоставил лейтенант, приобрели неожиданный поворот, давая понять, что ещё рано ставить точку в этом деле ...

... Хартон включил настольную лампу, медленно поднялся со своего удобного кожаного кресла, прошел к двери, закрыл её на ключ, погасил потолочное освещение, вернулся в кресло и посмотрел на разложенные на столе фотографии. Снимки были сделаны профессионально: один кадр разбивался на целую серию движений снимаемого объекта. Рэй поднял первую фотографию, перевернул и прочитал надпись:

Принстонский Университет.

Woodrow Wilson School (of Public & International Affairs)

Парковка невдалеке от корпуса. На фото - молодая девушка лет двадцати, паркующая свой велосипед. В руках она держит папку. Время дневное - 12.45.

Второе фото - эта же девушка возвращается к своему велосипеду, прежде чем открыть замок, роняет из рук папку. Время дневное – 13.31.

Третья фотография:

Та же девушка присела, но прежде, чем подняла выпавшую из её рук папку, приставила что-то к днищу стоявшего рядом джипа …

Именно эта фотография смутила Гембли. Агент из группы Ника, следивший за девушкой, проверил, что она прикрепила – это был жучок наблюдения…

Хартон оторвал взгляд от снимков:

- Чёрти что, - он почесал указательным пальцем перебитый боксёрский нос и взял в руки следующий снимок.

На четвёртой фотографии та же девушка паркует велосипед рядом с жилым двухэтажным корпусом, в котором живут студенты, и заходит в небольшое кафе на первом этаже здания. Время дневное - 13. 45

Перед тем, как открыть входную дверь кафе, она обернулась в сторону уже знакомого ей джипа – это был последний, пятый снимок.

Лицо девушки было увеличено. Время дневное – 13.:47

Рядом с фотографиями лежали два листа с напечатанными текстами.

Первый текст – информация о девушке, второй текст - информация о хозяине джипа.

Проблемой была не девушка. О ней Хартон знал уже год назад, с того момента, когда началась слежка за её приёмными родителями.

А вот хозяин джипа …

- Совсем не кстати, - капитан недовольно скривил рот и принялся читать второй текст.

Текст был небольшим, что ещё больше насторожило его.

Хартон, сидя в кресле, вспоминал слова Ника:

- Этого парня зовут Влад Каминскас. Он иммигрант из Литвы. За десять лет - два раза выезжал в Канаду и один раз в Россию, шесть лет назад.

- Ты думаешь, он при делах? - спросил Хартон.

- Неуверен, хотя … будем проверять, - спокойно ответил лейтенант.

- Интуиция? – улыбнулся капитан.

- Скорее да, чем нет. Завтра я с ним встречаюсь, сэр.

- Постарайся, чтобы больше говорил он, а не ты …

США. Манхеттен. 2001 год 16-е июня.

Эрик, иммигрант из Москвы, работающий с Владом в компании уже пять лет, встретил его в дверях:

- Тебя вызывает - сам. Настроение у него, по-моему, ни к чёрту …

- Каминскас, - у раскрытой двери своего офиса стоял хозяин компании, - я вас жду. Зайдите.

Эрика моментально сдуло ветром, а только что приехавший на работу Влад направился в кабинет.

- Сегодня нужно поработать в информационном отделе, – начал хозяин, - у них там проблема. Разберись, пожалуйста. Вот ключ от офиса.

Перед тем как Влад вышел, хозяин дополнил:

- Во времени я тебя не ограничиваю. Мешать тебе никто не будет. Прямо сейчас и отправляйся…

… Информационный отдел находился этажом выше. Войдя, Влад автоматически закрыл входную дверь на ключ. В первой комнате находилась бухгалтерия кампании. Ему нужна была вторая, где находился информационный отдел …

… Человек, появившийся из второй комнаты, заставил Влада замереть.

Приложив указательный палец к губам, высокий моложавый мужчина раскрыл свои документы, предъявил Владу и протянул ему листок, на котором было написано:

- Я агент ЦРУ, меня зовут Ник Гембли. Пожалуйста, ничего не говорите. Нужно проверить вашу одежду. На ней могут быть подслушивающие «жучки».

Влад молча кивнул, опустил папку с бумагами на ближайший стол и проследовал вместе с неизвестным во вторую комнату.

После осмотра они сели за один стол, напротив друг друга. «Жучков» на одежде Влада обнаружено не было.

Вначале Гембли рассказал всю биографию Влада, упомянув о погибшем отце, где похоронена его мать, о его умении хорошо плавать, о прекрасном знании английского языка и даже о том, сколько раз в неделю он в Бруклине посещал спортивный комплекс.

- Сколько раз вы выезжали в Россию?

Это был первый вопрос агента ЦРУ. Влада насторожило, с какой серьёзностью этот вопрос был ему задан.

Он опустил голову.

- Вы не можете вспомнить? – подтолкнул его к разговору Гембли.

Влад еле-еле пересилил скованность:

- Помню …, один раз.

- Когда? Можете назвать год?

- Да, это было …, - он со вздохом отвёл глаза в сторону, - … это было в … 1995 году.

- С какой целью?

- Просто в гости к … другу по институту, - с трудом проговорил Влад.

- Просто в гости к другу по институту, - повторил агент, почувствовав, что парень слегка напрягся, - но ведь вы учились в Вильнюсе?

Влад осознал, что от волнения оговорился:

- Верней, к другу по работе после института.

- В городе Клайпеда, - добавил за него Ник.

В этот момент Влад понял, что про него знают всё.

- Извините, но я не понимаю, к чему всё это … Почему я должен вам обо всём рассказывать? Что такого я совершил, что ЦРУ мной заинтересовалось?

Гембли улыбнулся и перешёл от слов к делу:

- Хорошо. Поступим так. Я показываю вам фото людей. Внимательно просмотрите их и скажите, кого из них вы знаете.

С этими словами он передал Владу широкий конверт.

- Просмотрите внимательно. От этого зависит не только ваша жизнь. А я пока приготовлю кофе … или чай?

- «Жизнь»? - повторив про себя, Влад нахмурил брови, но смог ответить на вопрос. - К-кофе без сахара и без молока, пожалуйста, - раскрывая конверт, не сразу, очень тихо произнёс он…

… Прошло полчаса…

Гембли наблюдал за ним. Не торопил парня, но, взглянув на ручные часы, привстал:

- Вы кого-то узнали?

Влад не ответил. Он продолжал пристально смотреть на фотографию, с которой ему улыбалась приятная блондинка.

Гембли обошёл вокруг стола:

- Её зовут Анна Ляшко. Гражданка Украины. Приехала в США пять лет назад вместе с мужем. Его фото на следующем снимке.

С этими словами агент ЦРУ взял в руки фотографию мужчины с суровым лицом, короткой стрижкой и крепкой борцовской шеей:

- Это её муж. Антон Ляшко. 42 года. Также гражданин Украины. Вы знаете его?

Влад лишь на секунду взглянул в сторону «Антона Ляшко» и, продолжая смотреть на фото « Анны», уверенно ответил:

- Нет. Его я не знаю. Но …, - он на секунду задумался. Поднёс фото блондинки к самому лицу.

- Вы знаете её? - спросил Гембли.

Без ответа.

- Вы с ней встречались?

Влад снова не ответил.

- Извини, парень, но ты молчишь, - Гембли намеренно перешёл на «ты» и слегка повысил голос, - она тебе знакома?

… Ник опустил свою ладонь на его плечо:

- У нас мало времени. Ты знаешь её?

- Одно … лицо …, - не отрывая глаз от снимка, прошептал Влад.

- Одно лицо, - повторил за ним агент, - что это значит?

- Одно … лицо …, - тихо проговорил Влад, - только здесь она блондинка. Я … помню её … брюнеткой.

- Ты хочешь сказать, что это одна и та же женщина?

- Я хочу сказать, что она… очень похожа на … ту, с которой …, - он тяжело вздохнул, - … я встречался в … Санкт-Петербурге.

- Шесть лет назад … - дополнил Гембли.

Влад кивнул, снова вернул фото блондинки к своим глазам и … замер …

Гембли моментально оценил изменение в лице этого парня.

- И ты помнишь, как её звали? – спросил он.

Влад молча потянулся к бутылке с водой. Открутил пробку. Сделал три больших глотка. Больше не смотрел на фото блондинки. Теперь он рассматривал матовую поверхность офисного стола. Медленно облизав губы, тяжело вздохнул и прикрыл глаза …

«… Эй, американец, - сказала Карина перед тем, как Влад закрыл за собой дверь её комнаты, - я очень хочу, чтобы мы с тобой ещё раз встретились …»

- Парень, не молчи. Как её зовут?

Влад поднял голову, отсутствующим взглядом окинул агента ЦРУ и, посмотрев куда-то в сторону, проговорил:

- Её… зовут … Карина …

- У неё есть фамилия? – спросил Гембли.

- Я не знаю её фамилии, но … это … она. Это … её … глаза … Это … она …

- А её муж? – агент протянул Владу фото мужчины с суровым лицом.

- Нет. – Влад вернул фото назад. - Я его впервые вижу … Честно.

Парень сидел с опущенной головой …

Присев в кресло, Гембли вытащил из конверта следующую фотографию. На фото было изображено лицо молодой девушки:

- Теперь посмотри вот на этот снимок.

Влад поднял голову, взял фотографию. Смотрел долго. Минуты три. Посмотрел на агента. Снова перевёл глаза на фото молодой русоволосой девушки, почему-то сидевшей рядом с его джипом.

После чего пожал плечами:

- Симпатичная, - опустил фото на стол.

- Ты её знаешь? - Ник подался вперёд.

- Знаю?! Откуда?

- Тогда почему она присела именно к твоему джипу? И не просто присела, а прикрепила сигнальное устройство?

- Сигнальное устройство?!

Влад снова взял фото. Посмотрел, собираясь ответить, что не знает её, как вдруг, прищурившись, … застыл …

Гембли настороженно смотрел. Лицо парня изменилось. Он поджал губы … Склонил на бок голову:

- Хм-м, - произнёс он и вдруг вздрогнул, как от пощёчины.

… Гембли среагировал молчанием …

- … Не может … быть …, - прошептал парень, отвернув глаза в сторону, повторил, - не может … быть …

… « … Меня зовут Катя Изверова. Спасите меня … »

- Совпадение?… Сходство? … Одно лицо? … Не может быть, - у Влада в голове путались, прыгали чехардой картинки шестилетней давности …

Минут через пять он посмотрел на высокого незнакомца, сидевшего напротив:

- Она… очень … похожа … на ту … , - Влад не договорил.

Ему стало трудно дышать ….

- Ты знаешь её? На кого она похожа? – Гембли смотрел на молодого парня, понимая, что тот смотрит куда-то сквозь него …

 Прошла минута. Другая …

Влад почувствовал, как что-то сжимается у него внутри…

… Меня зовут Катя Изверова …», - повторилось в его голове …

… Он вспомнил тот свёрток … Это было на кладбище … Точно, на кладбище …

«… Влад должен был уже сесть в машину, когда к нему подошла девушка. Её звали …да, вспомнил, её звали Таня-гимнастка …

« … Эй, американец, - девушка протянула ему какой-то свёрток, - увези это с собой, если они это найдут, то весь кошмар повторится снова …»

Неописуемый холод сковал всё у него внутри …

 Гембли помахал открытой ладонью перед его лицом:

- Эй, парень! Ты в порядке? - Ник резко поднялся. - Эй!!

- Да, … извините, … что? – вскинулся Влад.

- Это - Принстонский университет, - Гембли обошел стол и встал рядом с парнем.

Влад не ответил.

- Ты имеешь какое-то отношение к Университету в Принстоне?

- Нет. Не я. Моя жена, Ким. Она там училась.

- Ты был там?

- Да, был.

- Помнишь когда? – Ник склонился над столом.

- Неделю назад … У моей жены там была … встреча …

Влад сидел ни жив, ни мёртв. Лоб его покрылся заметной испариной …

- … Эй, парень! Эй! - окликнул его Гембли. - Нужно говорить. У нас с тобой не так много времени. Ты меня слышишь?

Влад резко поднял голову:

- М-можно … п-попить? Только не кофе. Воды. П-пожалуйста. Воды …

Прежде, чем дать бутылку с водой, Ник разместил на столе диктофон:

- Мне нужно, чтобы ты обо всём рассказал. Обо всём. И, если можешь, подробно…

Влад кивнул, и лейтенант Гембли нажал кнопку записи …

ЧАСТЬ ПЕРВАЯ.

... 1995 ГОД ...

... США. Нью - Йорк. Аэропорт имени Д. Ф. Кеннеди. 30-е мая

...Влад сидел возле иллюминатора. В предвечерней мгле растворялись очертания небоскрёбов, превращаясь в удаляющуюся тёмную полосу.

Теперь ему был виден кусок крыла, покачивающийся от встречного ветра в бесконечных дымчатых облаках. Он хотел прикрыть глаза, но его опередил голос стюардессы:

- Уважаемые пассажиры! Командир корабля и экипаж от имени Аэрофлота приветствуют Вас на борту самолёта ИЛ-86, выполняющего рейс 725 по маршруту Нью-Йорк - Санкт- Петербург.

Протяжённость трассы 12.000 км. Время в пути - 10 часов 45 минут. Рейс выполняет экипаж Ленинградского Управления Гражданской Авиации.

Командир корабля - пилот первого класса Кондрашов Михаил Яковлевич. Мы желаем Вам приятного полёта ...

После сообщения Влад снова повернулся к иллюминатору, прикрыл глаза, но тут же моментально их открыл ...

... В темнеющем небосклоне он ясно увидел Ким, державшую в руках письмо ...

... 7-Ю ДНЯМИ РАНЬШЕ ...

«... Здравствуйте, Влад.

Пишет Вам мама Нино. Нашей маленькой Натэлле нужна Ваша помощь. Влад, по документам Вы её отец. Нино мне много рассказывала о Вас и о Вашей девушке, Ким. Вы очень помогли Нино, и мы не можем подобрать слова благодарности. Но у нас случилась беда. Нино похитили. Нужно срочно вывезти малышку из этой страны. Кроме Вас, этого никто не может сделать. Нино говорила мне, что у Вас доброе сердце. Вы уже однажды спасли мою дочь и внучку. Прошу Вас, как только может просить мать, помогите нам. Р.С. Извините за разводы на бумаге. Это ... слёзы ...»

... Ким опустила письмо на журнальный столик:

- Я думаю, ты должен ехать. У тебя есть там кто-нибудь?

Влад кивнул.

- Тебе нужно взять отпуск на работе. Сможешь договориться?

Он не ответил.

- Придумай. Скажи своему боссу, что у нас свадебное путеше-ствие.

Влад вздохнул. Поднялся и подошёл к окну. За стеклом буйствовала непогода.

Синоптики не ошиблись: с небес обрушилась водная лавина. Мири-ады мокрых капель так звонко отстукивали о подоконник, что не было слышно ни машин, шуршащих колёсами по авеню, ни даже треска ког-тистых молний на серо-чёрном небосклоне.

Он повернулся. Хотел улыбнуться, но не получилось.

- Чего ты молчишь? - спросила Ким.

Влад пожал плечами и посмотрел на мокрое стекло:

- Тогда тоже шёл дождь.

- Когда?

- Когда я с кольцом опоздал к тебе. Тогда неожиданно и появилась Нино.

- Помню. И через два часа ты стал отцом. Круто. Конечно, помню.

Ким подошла к нему, опустила голову на его плечо:

- Влад, я знаю, что это страшно.

- Страшно, что? - не поворачиваясь, спросил он.

- Россия. Ехать туда страшно. Но …, - она прервалась, проведя но-сом по его щеке, - но там маленькая девочка, … и никто ей не поможет, кроме …

Он не дал ей договорить. Обнял её за плечи:

- Я знаю. Я поеду. Только позвоню одному человеку.

- Который в России?

- Да. Он живёт в том же городе, что и Нино.

- Ты его давно знаешь? Ты говорил, что твоя республика уже не Россия.

- Да, не Россия, но мы работали на одном заводе инженерами. В моем городе. Мы дружили. Думаю, он мне не откажет. Который час?

- Не знаю. Почему ты спрашиваешь?

- Там разница с нами восемь часов.

Сейчас они смотрели друг дружке в глаза.

- Я буду звонить …

- Хорошо. Только …, - она прижалась к нему, - я люблю тебя, Влад.

- Я люблю тебя, Ким …

Она поднялась на носочки и обвила его шею руками. Он приподнял её за талию и притянул к себе …

… Их губы встретились …

… Поцелуй был нежным, тёплым и долгим …

… РОССИЯ. Санкт-Петербург. Аэропорт «Пулково». 30-е мая

… Уважаемые пассажиры! Наш самолёт произвёл посадку в Аэропорту «Пулково». Температура за бортом + 15 градусов по Цельсию.

Просьба всем оставаться на своих местах до полной остановки самолёта.

Просим не забывать свои вещи и ручную кладь. К выходу мы Вас пригласим. Благодарю за внимание. Всего Вам доброго…

- 2 -

РОССИЯ. Ленинградская область. Город Сестрорецк. 1995 год. 1-е июня.

… Женщина медленно поднялась из-за стола, выключила вскипевший чайник:

- Многие сейчас стреляют. Многих похищают, - тихо сказала она, снимая чайник с плиты.

Несмотря на возраст, женщина сохранила красивую осанку. Кожа на лице была смуглая. Чёрные с проседью волосы были прикрыты тёмной шалью, спадающей на её плечи.

Она разлила чай по фарфоровым чашкам:

- Призыв правительства был очень обещающим:

«… Занимайтесь бизнесом. Железного занавеса больше нет. Дерзайте. Ворота в рай открыты», - она тяжело вздохнула. - Только для нашей семьи эти двери оказались в ад …

… Николай, мой муж, помогал по бизнесу нашему зятю Резо …»

Влад и Михаил понимающе кивнули …

У них была мебельная фабрика, – продолжала Тамара. - В начале 1992 года они взяли кредит в банке, но потом банк перекупили. Новые хозяева банка повысили процент с кредита, заставив половину выплатить в течение трёх месяцев. В случае неуплаты отнимали бизнес. Тогда Резо и решил отправить Нино в Америку. Когда она уехала, Резо вместе с Николаем решили объявить банкротство и закрыть бизнес, но не успели …

… Их обгоревшие тела нашли на лесной полянке, рядом с Примор-
ским шоссе. … Приехал отец Резо … Увёз останки сына в Грузию …

… А теперь пропала Нино …

Она присела к столу:

- Я уже не плачу. Нет сил. Хочу, чтоб Нино нашли. И она увезла отсюда маленькую Натэллу. Тогда я спокойно уеду в Грузию с этой вазой.
Там прах моего мужа. Он был очень порядочным человеком. Честно
жил. Я его очень любила. В Грузии у меня есть старшая дочь. Поеду к
ней. Там тоже нелегко жить, но …, - она сделала паузу, - но не так, как
здесь. Здесь ад. Настоящий ад. Чувствую, что будет ещё хуже.

Женщина вновь тяжело вздохнула:

- А вы, Влад, счастливый человек, живёте в Америке. Я хочу,
чтобы моя внучка не видела и не знала этой жизни … Здесь … Здесь
смертью пропитан воздух …

Влад медленно оглядел комнату.

- Вы ищете ребёнка? - женщина посмотрела на ребят, - здесь девочки нет. Она в надёжном месте, там её кормят и ухаживают за ней. И
пока …

Тамара еле слышно продолжила, опустив глаза:

- С той минуты, как Нино пропала, я многое передумала, даже самое страшное. И пока не узнаю, что с Нино, про малышку никому не
скажу. Даже вам. Извините …

- Да-а, - тяжело вздохнул Влад. - А в милицию Вы сообщили?

- Конечно. Конечно, заявляла, но что толку. Никто никого искать
не будет. Нино приехала на похороны, которых не было. У мужа и Резо
были машины. У мужа - «Жигули», у Резо был джип иномарка. В нём
их убили и сожгли вместе с джипом. Я машину не вожу. Наш « Жигулёнок» стоит в гараже, здесь недалеко. Других ценностей, кроме Нино и
Натэллы, у меня нет.

- Вы думаете, что Нину, извините, Нино, похитили из-за бизнеса?
- спросил Михаил.

- Нет, не из-за бизнеса. От бизнеса Нино была очень далека. Бизнес
не при чём… Нино была в положении и по гринкарте уехала. Так многие
уезжали. У Резо друг жил в Манхеттене … Бизнес не при чём, - тихо
повторила она. - Думаю, что-то случилось, а вот что, не знаю …

Молодые люди переглянулись …

Санкт – Петербург. Невский проспект. Ресторан «Нева». 2-е июня

...МАКС, СТАС И ЦИРКАЧ ...

Лето выдалось жарким. Давно проснувшийся Невский проспект наполнялся горожанами и туристами в пёстрых одеждах, медленно гуляющих вдоль только что открывшихся магазинов и ресторанов ...

... По полутёмному, пустому залу ресторана «Нева» «плавала» лёгкая итальянская музыка и приглушённый гул центрального кондиционера. Официанты накрывали чистыми скатертями столы, расставляли приборы и посуду.

В дальней от входа кабинке, за полукруглым столом, сидели трое парней. Один из них Макс, работающий охранником ресторана, обращался к своему другу:

- Миша, как найти? Где искать?

- Не знаю, Макс. Не знаю. Ты же ближе к народу. Может, кто-то что-то услышит или вспомнит, или скажет.

- Вспомнит, услышит, - Макс посмотрел на парня, который пришёл вместе с его другом и представился Владом, - посмотрим. Спросить есть у кого. Может, ты и прав, что-то нарою. Но это будет только вечером. Приходить не надо. Я сам позвоню. Лады?

- Лады, - кивнул Миша.

Ребята поднялись и направились к широкой мраморной лестнице, ведущей в нижний холл.

- Миша, - Макс окликнул друга и махнул рукой.

Миша сделал своему приятелю знак остановиться. Подошёл.

- Единственная зацепка, - Макс опустил руку Мише на плечо, - это Сестрорецк. Но пока я не узнаю, ни в какую милицию не обращайтесь.

И ещё ... постарайся нигде не светить этого американца. Он у тебя остановился?

- Да.

- Отлично, - Макс улыбнулся.

- Ты чего? - спросил Миша.

Макс ответил не сразу. Сначала он снова посмотрел в сторону заморского гостя:

- Понимаешь, если маме той девушки ещё никто не звонил и ничего не требовал ...

- То? – Миша нахмурил брови.

- То значит, что она ещё жива, – это раз. Те, кто её похитили, не получили, чего хотели, - это два и что они обязательно туда же вернутся, очень скоро - это три. Так что нужно предупредить эту женщину …

- Мать?

- Да, и как можно скорее.

Миша понимающе кивнул и направился вниз по лестнице, догоняя Влада.

Макс, провожая их взглядом, проговаривал про себя:

- Сестрорецк – Юлька …   Стоп, Юлька! Ведь она, по-моему, там же прописана. Точно!

- Макс, - нарушил его мысли вошедший в зал администратор, - зайди, пожалуйста, в офис.

Охранник молча кивнул …

… - Сегодня у нас в банкетном зале, - начал администратор, - выпускной вечер военно-морского училища. Плюс туристы. Сам понимаешь, кто вокруг них будет виться.

- Не переживайте, Геннадий Тимофеевич. Всё будет в порядке.

- Ага, не переживайте. Чтобы не было, как пару недель назад.

- Понял. Будем стараться.

- Это уже лучше. Я надеюсь на тебя, Макс. Можешь перекусить и посмотри, как там в гардеробе дела.

Спускаясь по лестнице, Макс вспомнил об инциденте, о котором говорил администратор …

… В тот день Циркач и Стас пришли в ресторан пообедать со своими жёнами. Толик, по прозвищу «Циркач», в недалёком прошлом был силовым циркачом, причём нижним, на котором обычно держалась вся пирамида. А близкий друг Циркача, Стас, бывший десантник, работал таксистом.

Макс был в приятельских отношениях с обоими.

В это же время в ресторане выпивали и закусывали трое парней. С одним из них Макс уже успел «познакомиться». Это был Вова Черепанов по прозвищу «Череп», освободившийся месяц назад из мест заключения.

Прозвище « Череп» ему вполне подходило за абсолютно лысую и огромную голову. Закусывала и выпивала компания весело и громко …

Ресторан практически пустовал …

Кабина Циркача со Стасом не находилась рядом. Но громкая брань той троицы была слышна даже им.

Макс сделал замечание. Пообещали потише. Не получилось. Макс вторично сделал замечание. Не помогло …

Тогда подошёл Циркач и со словами:

- Я жду тебя в холле, мурло! – ткнул большую лысую голову лицом в салат.

Череп был крупнее Циркача, а потому моментально последовал за обидчиком. Причём – один. Его кореша остались на месте.

Циркач не стал объяснять или отвечать на вопросы, почему он ткнул Черепа в тарелку. Он подождал, пока Череп спустится, и со всего размаху воткнул свой лоб в нос Черепу. Последний издал львиный рык и, окровавленный, умчался в туалет.

Примчались кореша и, конечно же, Стас с Максом.

Кореша увели из ресторана раненого Черепа, а Циркач со Стасом продолжили свой обед …

… В глубине гардероба стояло не очень современное, цвета болотной тины, кожаное кресло. Макс присел. Он хотел понять парня, перелетевшего через океан …

Миша рассказал Максу, что парень иммигрировал в Америку из Литвы, но русский понимает и говорит хорошо. А на английском мог изъясняться почти без акцента…

«… - Так кто она ему? Жена? Подруга? - спросил Макс.

- Дело в ребёнке, - ответил Миша, - Влад, приехал вывезти девочку, которой два годика. Похитили её мать. По документам американец - отец маленькой девочки.

- По документам? Это как?

- Макс, я тебе потом всё объясню. Так уж вышло …»

… Ситуация была не простой. Это не отпиливание бизнеса и не денежный долг.

Девушку похитили в Сестрорецке, среди бела дня, практически рядом с её домом.

… В Сестрорецке прописана Юлька …

Макс улыбнулся. Он знал Юльку, когда ещё работал охранником в ресторане «Баку» …

… ЮЛЬКА …

… Окончив школу в родной Калуге, Юлька поехала в Питер поступать в театральный, но не прошла по конкурсу.

Домой возвращаться не захотела. Подала документы в Государственный Университет.

На третьем курсе вышла замуж за сокурсника. Через год молодожёны расстались. Юлька взяла академический отпуск. Решила попробовать жить самостоятельно, благо в английском языке преуспевала неплохо. Для начала прописалась в пригородном Сестрорецке и вышла на «большую дорогу» …

… На вернисаже, в Русском музее, познакомилась с солидным дядей из Швеции. Швед ухаживал красиво: цветы, мороженое, валютный магазин, гостиница для интуристов …

… В очередной приезд, это было в начале апреля, Юлька с ухажером забрели в ресторан « Баку». На следующий день солидный дядя, весь в любви уехал в Швецию, а Юлька сообразила, что «Баку» - это шанс не прозябать в безденежье. Познакомилась с охранником Максом, который без очереди пропускал её в ресторан и выручал из разных ситуаций …

… Макс вновь улыбнулся. Вспомнил ситуацию, после которой Юлька до сих пор ему благодарна …

… В тот день директор ресторана оставил Макса выполнять обязанности ночного охранника, так как велись ремонтные работы на кухне.

Ресторан только – только проводил последних гостей. Уборщица Вера заварила свежий зелёный чай. Едва они с Верой присели ужинать, как раздался стук в высокое стекло входной двери. Макс прислушался. Наверное, послышалось. Но нет. Стук повторился, но уже сильнее.

- Может, кто-то что-то забыл? - спросила Вера.

Макс пожал плечами, проглотил кусок сочного шашлыка, глотнул из ещё горячей чашки чай и поспешил к выходу.

За входными дверями стояла Юлька, в халате, в домашних тапочках, с очень взволнованным лицом, переминаясь с ноги на ногу.

Он впустил незваную гостью, которая сразу же метнулась в туалет. Появилась минут через десять и с ужасом в глазах, молча, посмотрела на охранника

- Что случилось? - спросил Макс.

Девушка продолжала молча сверлить охранника своими карими глазами.

- Юлька, я сегодня за целый день даже не присел и голодный как чёрт.

Глубоко вздохнув, нежданная гостья присела на диван:

- Мне нужна твоя помощь.

- Какая?

Опять молчание.

- Юль …

- Всё-всё, поняла. Сейчас расскажу.

Макс присел рядом.

- У меня был муж. По ранней молодости.

Макс поднял брови.

Юлька поняла:

- Ну, когда я была студенткой.

- Тогда по глупости, - поправил её Макс.

- Пусть по глупости. Муж тоже со мной учился на одном курсе.

К моменту, когда мы поженились, он уже крутился на Галёрке (у Гостиного двора). Сначала торговал джинсами, потом стала появляться валюта.

Из-за этого начались первые скандалы. Мне надоело его ночное отсутствие и ночные приходы домой. Мы разошлись. А вскоре он получил срок.

Сел в тюрьму на четыре года. Первый год я к нему ездила. Он сидел здесь поблизости, в «Металлстрое».

Макс не перебивал. Слушал.

- Писал мне письма. Говорил, что любит. Жить без меня не может и, что если я от него уйду, то он всё равно меня найдёт и убьёт сначала меня, а потом - себя. Короче, полный, - она покрутила указательным пальцем у своего виска.

- Ты хочешь сказать, что твой бывший муж вернулся из мест заключения?

- Да, вернулся на целый год раньше срока … Ой, а как ты узнал?

- Ну, наверное, потому, что в таком наряде я тебя ещё не видел.

Юлька протёрла лицо рукавом халата и опять тяжело вздохнула:

- Он, Макс, не только вернулся. Он в мою квартиру залез без ключа. Я, дура, форточку закрыть забыла. Представляешь, на второй этаж.

- Успокойся. Ты уже здесь. Так он у тебя скалолаз?

- Смеёшься. Как мне домой вернуться? Он там с кухонным ножом в коридоре сидит и меня дожидается.

- Почему в коридоре?

- Где ж ему ещё быть. Когда он появился, я была в шоке, но сообразила. Говорю ему, дай мне принять душ и, мол, жди меня в спальне. А сама прямиком к тебе. Максик, выруча-а-а-айй!!!

Раздался женский рёв.

- Как ты узнала, что я на ночь остался?

- Не знаю. Интуиция. Наверно.

- Ладно, поедем знакомиться.

- Спасибо, Макс … Я жду тебя в такси.

Через пять минут Макс вышел в холл вместе с уборщицей, держа в руках запасную рабочую форму сантехника:

- Вера, закрой дверь и никому не открывай.   Только рабочим.

Уборщица кивнула и заперла дверь …

… - А кофта эта зачем? - спросила Юлька.

- Это не кофта. Это роба. Вдруг я рубашку запачкаю. Надо же во что-то переодеться.

- Максик, я тебе любую рубашку куплю, только выгони этого придурка!

Макс улыбнулся.

Таксиста он попросил не уезжать:

- Заплачу, приятель. Подожди.

Тот всё понял.

- Юля, а как он через форточку-то? - Макс переложил робу в левую руку.

- Дом старый. У дома пристройка сбоку, как раз под моим окном.

- Понял, давай ключ. Сама стой здесь на лестнице. Пока не заходи.

Макс поиграл увесистым ключом:

- Ого, неплохое оружие.

Он вставил ключ в замок и провернул.

- Выключатель справа от двери, - раздался сзади тихий Юлькин шёпот.

Но выключатель Максу искать не понадобилось. Свет в прихожей горел. В конце коридора сидел молодой парень в протёртых джинсах, в чёрной футболке. В руке он держал нож. Нож был большой и походил на хорошую хлеборезку. Парень даже не повернул голову.

Продолжал спокойно сидеть у стены.

Макс остановился в дверях, держа в одной руке длинный ключ, а в другой намотанную на руку робу.

- Ну что, вернулась, сука? И душ не забыла принять. А? – парень поднялся, повернул голову …

… Это был среднего роста молодой человек.

Небритое худое лицо, совершенно не бандитской наружности. Видимо, весь свой мужской характер и силу он мог применить исключительно к женскому полу.

- Может, мирно разойдёмся? - предложил Макс.

- Это как? – не глядя на гостя, спросил «муж».

- Ты уходишь без скандала и больше здесь не появляешься.

- Ну, уйду и что?

- Оставляешь Юлю в покое.

- А ты кто ей?

- Жених, - Макс убрал ключ в карман.

Для защиты одной робы хватило бы. Такое упражнение они с Мишкой делали в школе милиции на показательных выступлениях по боевому самбо. Главное - успеть намотать робу на руку бьющего ножом, а остальное - дело техники.

Парень посмотрел Максу в глаза. Жесткий, колкий взгляд его немного угас. Макс встал боком, держа робу в левой руке, и слегка опустил подбородок. Он был готов ко всему. Прошедший зону парень мог швырнуть в него нож. К счастью, этого не произошло. Тюрьма – тюрьмой, а образование не пропьёшь. Тем более – университетское.

Парень поиграл «хлеборезкой», развернулся и пошёл на кухню. Вернулся с пустыми руками. Макс понял ситуацию, приоткрыл дверь и впустил трясущуюся Юльку. Войдя, та сразу же спряталась за Макса.

Бывший муж досадно вздохнул и направился к выходу, даже не взглянув на свою бывшую любовь. Максу, если честно, стало его жаль:

- Тебе куда? - спросил он его.
- К Балтийскому вокзалу.
- Я подброшу.
- Хорошо бы. Бабок совсем нет.
- Такси внизу. У подъезда.

Парень вышел, закрыв за собой дверь.

- Ну, тт-ты, Мм-макс, пп-психотерапевт, - заикаясь, пролепетала Юлька.

- Закрой дверь, форточку и ложись спать, красавица.
- Спасибо. За такси я завтра рассчитаюсь.
- Хорошо. Спокойной ночи, Юль.
- Спокойной ночи, Макс …

… Для большей уверенности Макс пересадил ночного гостя на переднее сиденье. Сам сел сзади. Всю дорогу ехали молча …

… Выходя из машины, парень молча попрощался и исчез в тёмной невысокой арке.

- Теперь куда, шеф?

Макс откинулся спиной на сиденье:

- В «Баку», на Садовую.

- 4 -

Ленинградская область. Посёлок Зелёная Роща. 3-е июня.

… САША ЖГУТОВ - ЖГУТ …

«… Утро начинается с рассвета,
            Здравствуй, необъятная страна … »

Заиграло радио, стоявшее на пустом деревянном столе. Жгут приоткрыл глаза, почесал носом о подушку,… понял, что не выспался, но вставать надо …

… Вчера бригада обмывала очередное «дело», успешно доведённое до конца. Жгут, как старший, пил немного, но спать отвалил со всеми вместе. Сегодня в полдень у него стрелка с боссом.

Все дела на сегодняшнее утро Жгут поручил Сергею Хлопкову по прозвищу «Сержант».

«Сержант» - конкретный, безжалостный, на всё готовый отморозок.

Жгут и Сержант учились в одном институте. Только Сержант поступил в институт после армии, а Жгут после школы как порядочный и успевающий в школе ученик …

… Получив диплом Финансово-экономического института, Саша Жгутов распределился в строительную компанию в Ленинградской области - город Ломоносов.

Прошло три года…

… Шла последняя неделя сентября. Областной городок Ломоносов утопал в жёлто-красном нескончаемом ковре хрустящих под ногами листьев.

Сверху улыбалось облачное небо, сквозь которое пытались пробиться блёклые, совершенно не греющие лучи осеннего солнца.

Он сидел на скамейке в парке и наслаждался мороженым.

- Жгут! Саня! - раздался неподалёку радостный окрик.

Жгутов не отреагировал.

После второго окрика он повернулся и расплылся в улыбке.

Перед ним стоял его земляк Владимир Морковин, в школьные годы с которым они вместе посещали планерный кружок при Доме пионеров, в родных Великих Луках.

Владимир был старше Саши на три года. Когда Саша перешёл в восьмой класс, Владимир заканчивал школу. Познакомились на сборке совместного большого планера, который на городской выставке получил вторую премию.

Вопросы: Ты как? Ты где? - промчались быстро.

Владимир слегка прищурил свои глубоко посаженные маленькие, безликие рыбьи глазки:

- А ты знаешь, я тебе помогу. Давай завтра, к часу дня, подскакивай в ресторан « Волхов», на Литейном. Знаешь?

- Найду, - улыбнулся Саша…

…В глубине ресторана была небольшая ширма для особых гостей.

- А ты кто? - глядя на обилие блюд на столе, тихо спросил Саша.

- Я мент. Майор милиции.

Поёрзав на стуле, Саша замер.

Паузу нарушил майор:

- Подробности тебе знать не обязательно. Вопрос в другом: что я могу? Это важно.

- Ну, и что ты можешь? - уже с неподдельным любопытством спросил Саша.

- Многое. Потому и хочу подтянуть тебя. Только нужна гарантия, что ты справишься.

- С чем справишься?

- Помнится, ты всегда с хулиганами дружил, - не отвечая на вопрос, улыбнулся в свои французские усики майор.

- Ну, как дружил … Они все жили в моём дворе.

- Отлично. Помнишь, когда мы с тобой наш планер запускали, нас Циклоп охранял, чтобы планер не стырили.

- Было дело. Так он в тюрьму сел. Правда, успел за речкой послужить.

- Где?

- В Афгане. Два года. Вернулся с контузией, потом сел за хулиганку.

- А где он сейчас? Вышел?

- Не знаю. Можно матери его позвонить.

- Позвони.

- А зачем тебе Циклоп?

Прежде чем продолжить, майор пристально посмотрел на своего земляка.

Саша не выдержал:

- Ты чего?

Майор расправил кончики своих усиков:

- Не мне. Это он тебе нужен.

- Мне? Кто?

- Циклоп. И не только он. Нужны крепкие парни, готовые на всё и не бесплатно.

- Сколько?

- Про деньги потом.

- Нет, я спрашиваю, сколько парней надо?

- Человек пять, шесть, плюс один мой для быстрого сообщения. Бригада нужна.

- Бригада?!

- Да, бригада, - вполголоса произнёс майор, оглянувшись при этом на пустующие столы и стулья.

- Обоснуй, для каких дел?

- Сначала подбери команду…

Жгутов слегка поморщился:

- Пять, шесть человек? Не пойму я тебя, земеля. С кем мы воевать-то будем? Как я слышал, братва в городе крепко стоит …

Майор перебил:

- У каждой бригады своя дорожка и своя грядка. Мы им мешать не будем ни с какого бока…

- Мы? Кто это - мы? …

Вопрос повис в воздухе …

- Ладно. Понял, - шмыгнул носом Саша. - Что делать надо?

-   Подходящий вопрос. Я на него отвечу, но не сейчас. Сначала подбери команду. О каждом информация по полной. Сам я с ними встречаться не буду. Связь с ними только через тебя. Ты будешь за старшего. Тем более погоняло тебе придумывать не надо. Оно у тебя в паспорте прописано.

- Ты о чём?

- О тебе – «Жгут»…

Саша не ответил. Только лишь спросил напоследок:

- И когда всё это надо?

- Вчера …

…СЕРЖАНТ, ЦИКЛОП, КОМАР… и другие …

… На посеревшем небе рассыпались белые барашки облаков.

Уходящее бабье лето дарило последние тёплые деньки.

- Чудная погода, - подумал про себя Жгут, - в самый раз для удачи. После чего вслух добавил:

- Для большой удачи …

… Мать Циклопа ответила не сразу. Потому что понятия не имела, где находится её единственный сынок.

Жгут оставил свой номер телефона. Циклоп позвонил через три дня.

И сразу стал первым в бригаде.

Вторым в бригаду попал Сергей Хлопков, он же «Сержант», родом из знаменитого сибирского городка Братска. Небольшой городок - тяжёлая и тягучая память о небывалой по масштабам стройке века: Байкало-Амурской магистрали.

Сержант так же, как Циклоп, побывал в Афганистане. Получил ранение, попал в ташкентский госпиталь. Потом комиссовался и поехал покорять Питер.

Поступил в тот же экономический институт, что и Жгут, но смог проучиться только два курса. С третьего курса его отчислили за драку.

Жгут встретил Хлопкова на Кузнечном рынке спустя пять лет.

- Привет, Серёга. Ты чего здесь? – спросил изумлённо Жгут.

- А чё? Здесь неплохо. На жизнь хватает. Да и на баб тоже. С пропиской только проблема. А так - всё ништяк.

Жгут поскрёб указательным пальцем за ухом, с минуту подумал:

- Если у меня завтра всё срастётся, то у тебя будет всё в шоколаде.

- Как это?
- Потом … Я тебя сам найду. Ты здесь каждый день?
- Да нет. Только три: пятница, суббота и воскресенье. Это когда много народу. Сюда, сам знаешь, не всех берут. Но я подсуетился. Кореш один, мы с ним вместе мяч гоняли. Он здесь мясником, а я ему это … помогаю.
- Ну и хорошо, - пространно высказался Жгут.
- Чего хорошо?
- Хорошо, что мяч гоняли. Я тебя найду. Жди …

Жгут был в бригаде старшим.

Сержант и Циклоп - бригадирами. Они следили за порядком в их небольшом криминальном сообществе …

…БРИГАДА…

Сообщество под названием «бригада» стало с огромным усердием «возделывать» свою «грядку». Заказов было много, и они все сводились к одному: отобрать то, о чём просил босс. Каким образом нужно было отбирать – на этот счёт разъяснений не было.

В этом босс полностью полагался на Жгута, старшего по бригаде …

… Первый форс-мажор случился год назад, когда бригада получила задание проследить за клиентом, который коллекционировал предметы старины. Клиента прозвали «антиквар».

В течение двух дней за ним следил Пряник.

Пряник, он же Женька Макеев, высокий, жгучий брюнет с синими глазами, был отменным водителем. Профессиональный мотогонщик. Провёл за решёткой четыре года.

Прянику помогал Комар.

Комар, он же Сеня Комаров, невысокого роста, худощавый, жилистый, с бегающими чёрными глазками, кучерявой тёмно-русой головой, мог открыть любую дверь, влезть в любое окно. Комара привёл в бригаду Череп. Они вместе « отдыхали» на одной зоне…

… На третий день « антиквар» зашёл в ювелирный магазин один, а вышел с симпатичной молодой девушкой.

Пряник, следивший за клиентом, доложил старшему:

« В магазин «антиквар» зашёл с каким-то пакетом и прямиком направился в кабинет директора. Пробыл там минут десять, после чего вышел и увидел симпатичную девушку. Минут пять ушло на знакомство. Девушка что-то выбирала. «Антиквар» без раздумий купил кольцо, которое примеряла девушка, а ещё через десять минут они вместе вышли».

Дальше его вели Комар и Череп, которым дано было задание отследить квартиру «антиквара».

Джип Черепа стоял за углом дома напротив. Оттуда хорошо просматривался нужный подъезд…

…Через час вышла гостья «антиквара», та симпатичная девушка, и прямиком направилась к джипу Черепа. Подойдя, постучала в окно водителя.

- Чё надо? - приспустив стекло, резанул Череп.

- Третий этаж, квартира номер семь. Это передай старшему, - протянула она обалдевшему от её уверенного тона Черепу небольшую коробочку, - здесь слепок ключа от его квартиры. И не груби, парниша. Нервы береги.

Сказала, улыбнулась и, грациозно виляя бёдрами, пошла вдоль улицы …

… Так в бригаде появилась Карина.

На тот момент в бригаде никто не знал, что она выполняла задание майора Морковина …

… Итак, « антиквар».

Комар, у которого была фотка нужной иконы, смог побывать в «берлоге» у «антиквара». Сработали, казалось, на ура.

Но на поверку получилось, что найденная икона оказалась фальшивкой, хорошей копией.

Жгут вернулся от босса с пустыми руками в очень плохом настроении:

- Так дело не пойдёт. Мы обделались. Обделались по полной.

Бригада стояла по стойке смирно с опущенными головами.

- Нужен снова « антиквар»! - сверкнув злыми глазами, рявкнул Жгут

- Чего? - пропищал Комар.

Пряник, стоявший рядом, ущипнул его пониже спины, и Комар заткнулся.

По тому, какой план предложил Жгут, бригада поняла, что дело принимает серьёзный оборот …

Сержанту приказано было найти бомжа.

- Лучше, если ты прокатишься по области, - посоветовал Жгут, - так надёжней.

- Например? – спросил Сержант.

- Например, в Гатчину или в Пушкин, в Петродворец не надо, там много туристов. Твою рожу кто-то сможет срисовать. Короче, даю тебе два дня, Возьмёшь с собой Пряника. Оба будете в ответе. Усёк?

- Усёк. А когда нужно …

- Вчера!

Комар и Циклоп отвечали за «антиквара». Того нужно было снова отследить в течение всего дня.

- Работаете на такси, - холодным голосом произнёс им Жгут. - Через два дня жду с новостями.

Сержанту с Пряником старший уделил около получаса, чтобы дать им понять, что от них требуется:

- Найдите бомжа. Его нужно будет отмыть, причесать, откормить, переодеть, денег не жалеть. Скажите, что он нужен в суде для дачи показаний против одного барыги, который обманывает трудовой народ.

И что его жизнь после этого превратится в рай. Пусть у нас, в Зелёной Роще, перекантуется. Присмотрите за ним. Понятно?

Парни кивнули.

- Тогда за работу, - оскалился старший…

… Циклоп с Комаром отработали на совесть. « Антиквара» можно было достать по первому сигналу старшего.

Повезло и Сержанту с Пряником, им даже ехать никуда не пришлось.

На Балтийском вокзале Пряник зашёл по малой нужде и встретил спившегося бывшего инженера.

Когда его отмыли, подстригли и переодели, то трудно было узнать в нём бывшего бомжа. Да и фамилию свою он хорошо помнил - Кустов Иван Филиппович:

- Всё, что надо, скажу, ребятушки. Только вы мне пару капель для храбрости.

В последнем ему отказали:

- Всему своё время, отец.

Пряник чуть не прослезился.

- Ты чего? - хмыкнул Сержант.

- Он на моего деда похож.

- Не грузи себя, Пряник. Он не твой дед.

Тем временем на даче в Зелёной Роще, не зная своей дальнейшей участи, «жировал» отмытый и накормленный Иван Филиппович.

Он даже не понимал, откуда такое чудо свалилось ему на голову.

Может, в его пятидесятилетней жизни такого больше и не будет. Конечно, в городе Горьком, в приют-питомнике, ему тоже было нормально. На работу гоняли, а как же без этого, зато у него была небольшая камера на двух человек.

Две верхушки от двух старых диванов, брошенных на пол у каждой стены, кожаные, да ещё и с кожаными круглыми подушками. Стул с засаленной старой газетой, а на нём чайник с тёплой водой. Больше ничего, зато чисто, как в госпитале.

А ведь всё в его жизни когда - то было нормально. Он был уважаемым человеком на московском часовом заводе. Даже был назначен на должность помощника главного инженера, но потом его бывшая жена подала на алименты, которые ему трудно было платить. Так за неуплату и поплатился, получив первый срок. Не много – три года. Но вот потом … потом ему было отказано в московской прописке. Пришлось ехать к сестре в Мытищи, что под Москвой. Там устроился тоже на маленький заводик по ремонту швейных машин.

За неделю до Нового года кто-то украл целый ящик со швейными иголками. Начальство не стало долго разбираться и обвинило его, как ранее судимого. Получил ещё одну судимость, уже на четыре года.

И стал наш уважаемый Иван Филиппович рецидивистом, потому что после второго срока там же, на горьковском вокзале, выпил и дал кому-то в рожу за то, что его обозвали бомжом. Срок два года. А в сумме кругом бегом - девять лет лагерей. Это уже считается. Тогда - то в душе у Ивана Филипповича свет погас.

Началась сплошная привокзальная жизнь, со всеми её прелестями и трудностями. Так что теперь он бомж со стажем. И никуда ему от этого не деться… Судьба …

… «Антиквара» вывезли в лесную чащу и закопали по самое горло. Привезли и переодетого в цивильную одежду Ивана Филипповича. Мол, смотри, как рабочий класс с буржуями поступает.

Разговаривал Жгут. Циклоп и Сержант стояли рядом.

- Где эта вещь? - Жгут показал картинку, которую получил от майора. «Антиквар» молчал.

- Ты думаешь, наверное, что мы шутим?

Без ответа.

- Где оригинал?! - побагровел Жгут.

Циклоп с Сержантом посмотрели друг на друга, мол, может, помочь. Засадить пару раз для профилактики.

Но старший их остановил:

- Я даю тебе пять минут подумать и пять минут прикинуть, что живым ты отсюда не уйдёшь. И запомни, тех, кому ты платишь, я на ху…. вертел! Усёк?!

- А ты думаешь, у тебя две жизни? Сам скоро со мной рядом будешь, - ответил неожиданно для всех «антиквар».

Услышав такое в свой адрес, Жгут побагровел. Но сдержался.

Подозвал Сержанта и что-то шепнул тому на ухо.

Сержант сначала удивился, но потом кивнул и направился в сторону Ивана Филипповича:

- Послушай, уважаемый, видишь, этот буржуй ни в какую не колется. Надо бы помочь. А?

- Конечно, ребятушки. А что делать-то?

- Мы тебя сейчас для устрашения закопаем так же, как и его, по горло. Только мы тебе ещё и рот лентой замотаем. Чтобы разговорить гада. Готов?

- Да, завсегда. Для дела завсегда, ребятушки.

Через полчаса на небольшой лесной опушке из земли торчали две головы. Одна голова должна отвечать на вопросы, а другая для устрашения первой, как и было обещано, с заклеенным ртом.

- Повторяю вопрос в последний раз, где оригинал? - Жгут обошел толстый ствол высокой сосны и вынес оттуда в руках электропилу «Дружба».

« Антиквар» не отреагировал.

Жгут подозвал своих помощников. Через минуту все трое с налитыми кровью глазами присели к голове клиента:

- Ты очень не прав, - прохрипел Жгут, - и ты нам надоел. Будешь следующий …

… С этими словами он дернул шнур пилы и в уснувшую лесную опушку ворвались пронизывающие звуки. В ту же секунду Циклоп метнулся к голове бомжа, схватил её за подстриженные волосы, а Жгут полоснул промасленной стальной пилой тому по шее. Так закончилась земная жизнь Кустова Ивана Филипповича …

… «Антиквар» рассказал всё, что нужно, и даже то, о чём не просили.

Сержант с Пряником должны были поехать и убедиться, что клиент не обманул. Когда они вернулись, Жгут был доволен. Они привезли с собой нужный заказ.

Настал момент «истины»…

- Он теперь лишний, - заключил Жгут и обязал Сержанта проделать экзекуцию.

Вновь взвизгнула пила «Дружба», и голова «антиквара» безропотно откатилась к стволу высокой сосны …

… Тела рядом не закапывали. Их нужно было отвезти в Кавголо. И сбросить в озеро.

- Они же могут всплыть, - засомневался Сержант.

- Так добавьте гирь или камней …, мне что, учить вас. Циклоп, помоги Сержанту. Всем лечь на дно в Зелёной Роще и ждать моего приказа. Жратвы в холодильнике на целый год. Никто не бухает. Алкоголь - запрещаю. Усекли!

Я к боссу. Скоро буду.

Голову бомжа закопали в том же лесу.

- А это …, - Сержант показал на голову « антиквара».

- Не твоя печаль. Сам разберусь, - ответил Жгут и с очень довольной улыбкой кивнул Прянику, - заводи …

Ленинградская область. Посёлок Лисий нос.
Дача майора Морковина. 5-е июня.

- Опять!! Ты охренел! С ума сошёл!!! - майор закрыл дверь на все замки и запахнул шторы на двух больших окнах. – Ты чего мне притаранил. Идиот!

- Не кипятись, вдруг он кому-то платит, - Жгут передернул плечами, сидя в красивом кожаном кресле, - мне с тамбовскими или с малышевскими стрелки забивать не с руки. От нас одно мокрое место останется. Если останется. Пусть уж лучше пропадёт человек, тем более ты сказал, что он был у вас в разработке. Нет человека – нет проблемы. Так сам Сталин говорил.

- Какие тамбовские, какие малышевские? Это бандиты.

- А мы кто? - Жгут поднял брови.

- А вы бригада «Х». Вас никто не видит и не знает. Сделали дело - и на зону.

Жгут аж подскочил в кресле:

- Чего!!! На какую зону?! Ты чего, с дуба рухнул!

- В Зелёную Рощу. Вот куда. Только вот что мне с этим подарком делать?! - майор брезгливо оттолкнул от себя спортивную сумку, из которой пыталась лицезреть мир голова «антиквара».

Жгут пожал плечами:

- Не знаю. Хочешь, я тебе суп из неё сварю …

- Заткнись, идиот, хватит голов! Это уже пятая! - майор открыл нижнюю дверцу своего стола и достал начатую бутылку армянского коньяка.

Открыл, наполнил два бокала:

- Слушай, - вкрадчиво спросил майор, - а может, это у тебя семейное? - полоснул он ребром ладони себе по горлу. – Может, у тебя в роду кто-то в палачах ходил?

Жгут не ответил. Лишь молча поскрёб нестрижеными ногтями у себя за ухом.

- Хорошо, - майор протянул гостю бокал. - А куда тела дели?

- В озеро.

Майор ехидно улыбнулся:

- Ногти подстриги. Ты, как вампир: с когтями и кровавой головой в руках. Жгут, завязывай с этими подарками, - майор кивнул в сторону спортивной сумки, - даже не понимаешь, что этим не только менты будут интересоваться, но и реальная братва. От ментов можно откупиться. А от братвы … сам понимаешь.

- Да, понял я. Понял. - Жгут поднёс к носу краешек бокала, вдохнул коньячный аромат …, - у нас проблема ...

Наступила тишина …

… Майор и Жгут с минуту смотрели друг на друга …

… Босс влил в себя остаток коньяка. Встал. Подошёл к закрытым шторам. Отогнул одну половинку. Выглянул на улицу. Затем быстро прикрыл, вернулся в кресло.

… Собеседник замер в нерешительности, что ещё больше насторожило майора…

- У нас косяк, - тихо, опустив голову, произнёс Жгут.
- Косяк? К-а-к-о-й?

Гость медленно поднял глаза на майора:

- С малолетками … Две из них соскочили.
- Ты их нашёл?

Жгут не ответил.

Майор сверлил недобрым взглядом своего земляка.

- Карина и Пряник везли трёх девчонок после работы, - еле слышно начал Жгут, - ехали через Сестрорецк. Карина попросила Пряника остановить возле магазина. Сигареты купить …

- Сколько? - перебил его майор.
- Чего сколько?
- Сколько соскочило? Сразу все?
- Нет. Я же сказал: две. Одна пошла с Кариной и Пряником в магазин.
- Кто?
- Катя…

Майор поднялся вместе с уже наполненным бокалом, прошёлся молча к окну. С минуту постоял.

Так же молча вернулся к креслу:

- Беглянок нужно срочно найти.
- Найдём, - не поднимая глаз на босса, тихо ответил Жгут.
- На кого думаешь?

Старший по бригаде ответил не сразу:

- Но не Пряник – это точно.
- Карина?! – выстрелил майор.

Жгут пожал плечами:

- Не знаю. Сам думай …

Майор опустил голову и около минуты пребывал в полном молчании.

- Ладно, я тебя услышал. Сейчас вам нужно поквитаться с теми, кто обидел моего человека, - майор сделал глоток.

- Это кого, Черепа?

- Да, его. Тоже дебил приличный.

- Тогда зачем он тебе?

- Нужен. Черт бы его побрал. Нужен, для дела.

Майор допил свой коньяк.

Жгут последовал его примеру ...

Проводив Жгута, майор остановился у кухонного окна и вытащил из серванта пачку фирменных сигарет. Курил он очень редко, только в экстренных случаях, когда ему нужно было хорошо подумать.

- Карина, Карина, - майор выпустил сизую струйку в приоткрытое окно...

... КАРИНА ...

... Он хорошо помнил тот день, когда первый раз её увидел. Тогда, пять лет назад, молодой лейтенант Морковин перешёл из областного УВД города Пушкин в подчинение к родному дяде своей жены. Дядя оказался генералом.

Уже через полгода капитан Морковин «охранял» основные гостиницы города от валютных проституток. Знал он практически всех, как и все знали его.

Мир «ночных бабочек» особый. Абсолютно не предсказуемый. Насколько яркий, настолько и мрачный. Тут с плеча рубить нельзя. К ночным бабочкам особый подход нужен.

Блондинки, брюнетки, шатенки. Высокие, низкие. Толстые, худые ...

В первые дни своего дежурства Морковин запал на Майку, приехавшую в Питер из Прибалтики. Запасть-то запал, только у Майки были свои принципы и свои ухажёры.

Это не остановило новоявленного представителя закона. Он решил подарить Майке кольцо, которая демонстративно выбросила подарок в окно. Морковин не на шутку обиделся и затаил большую злобу на симпатичную путану.

Когда в Питер приехала подруга Майки, то Морковин переключился на подругу. Та оказалась более сговорчивой. Подругу звали Карина.

Сначала он приметил Карину в ресторане вместе с Майкой, а потом проследил за ней на зимней меховой выставке.

Далее доложил «директору», генералу Коегорову, то есть дяде своей жены, под началом которого в данный момент работал.

Генерал дал указание пристроить Карину в бригаду.

Капитана Морковина повысили в звании …

… Информацию о побеге двух малолеток он не стал доносить «директору». Решил пару дней подождать. Верил, что Жгут справится. Не в первый раз…

… Майор погасил недокуренную сигарету и взглянул на ручные часы.

- Чёрт, - провёл он кулаком под своим длинным носом, - лучше бы малолеток продали китайцам на органы …

- 6 -

Санкт-Петербург. Район Шувалово-Озерки. 6-е июня.

Ехали молча. Когда пересекли Кировский мост, Макс посмотрел на Циркача:

- Куда едем?

- В Озерки, - ответил тот, - Стас дорогу знает. Это где новостройки, в конце проспекта Луначарского.

- А за что Череп сидел?

- «Петух» гамбурский, - со злостью сказал Стас, - дырявая статья: развратные действия в отношении несовершеннолетних. Получил пятерик. Отсидел четыре. За него никто из нормальных пацанов впрягаться не будет.

- Кому-то угодил?

- Думаю, ментам, - Циркач повернулся к Стасу, - ты через Удельную?

- Да, надо бы подзаправиться. Там бензоколонка.

На заправке Стас, вставив шланг в бензобак, обошёл машину, приоткрыл багажник, достал небольшой бумажный пакет, закрыл багажник и вернулся в машину, сунул пакет под своё водительское кресло.

- Номера проверяет, - шепнул Циркач Максу, - он их утром сменил. От этого Черепа всего можно ждать.

Макс улыбнулся:

- Ты вырядился прям, как на банкет?

Циркач оглядел рукава красивой футболки, посмотрел на белую рубашку Макса с короткими рукавами. И ребята дружно рассмеялись.

- Чего ржем? Не на праздник едем, - Стас сел в машину, - ну, бойцы, в путь.

Стас свернул с шоссе на узкую не заасфальтированную дорогу и остановился на полукруглом пятачке, от которого разрасталось строительство нового квартала.

Многоэтажные недостроенные дома, к которым не проехать, не пройти, напоминали кладбище погибших кораблей.

- Вон они, - указал Стас на одиноко стоявшую машину такси у фонарного столба.

В машине сидели три человека.

- Я пойду один, - Циркач приоткрыл дверь, - Стас, смотри за поляной. Если все в порядке, продолжай смотреть. Ну, а если чего не так, - он взглянул на Макса.

- Понял, но если Череп выйдет не один, тогда извини, Цирк, я с тобой.

Циркач моргнул Стасу и вышел.

- Стас, - Макс опустил руку на плечо водителя, - смотри за третьим, если что-то поменяется не в нашу пользу, включи аварийные мигалки, я сразу пойму. Два на два мы их сделаем.

- Хорошо. Только осторожней, мне кажется, они не пустые.

Макс кивнул, открывая коленом свою дверь.

Из такси вышел Череп и направился в сторону одиноко стоявшего дерева. Сухая, облупившаяся кора и большое дупло, похожее на гнойную рану, голые, почерневшие от цементной пыли ветки украшали умирающее растение. У его основания выступали вылезшие из земли корни, покрытые песком и цементом...

Через минуту из незнакомого такси вышел ещё один пассажир.

- Подожди, Сержант, - крикнул Череп вышедшему парню, - я сам его оприходую.

И тут же окликнул Макса:

- Чего ты здесь делаешь, Макс? Тебя это не касается. Не лезь. Он при всех мне нос сломал. Должен ответить.

- Так и ты, Череп, вроде как не один. - Макс разглядывал парня с квадратным подбородком, которого Череп назвал «Сержантом».

- По-моему, со вторым пассажиром я уже знаком, - шепнул он Циркачу.

- Присмотришь за ним? - Циркач сделал шаг вперёд.

- Не вопрос, - ответил Макс и крикнул вышедшему из такси парню, - так ты ещё и сержант?!

Парень посмотрел на Макса и ухмыльнулся:

- А ты Макс? Охранник? Отойдём. Пусть сами разберутся.

Макс сделал пару шагов в сторону.

Циркач стоял ближе к дереву, в трёх шагах от него Череп с глазами, налитыми кровью. Макс и Сержант также смотрели друг на друга.

Заказывал музыку Череп. Он и начал первым:

- Я тебя порву, рожа болгарская! Ломтями на ремни настругаю!

С этими словами из-за спины Черепа появилась железная цепь с металлической конусной болванкой на конце. Болванка взметнулась и полетела в голову Циркачу, но тот уклонился. Металлическое остриё по самую головку врезалось в пыльную сухую кору и замерло, воткнувшись в ствол.

Получилась натянутая цепь, за которую обеими руками ухватился Циркач и рванул её на себя.

Череп не удержался на ногах и полетел за цепью по направлению к дереву.

Циркач отскочил в сторону, продолжая тянуть цепь, и впечатал лысую голову к самому дуплу. Черепу вновь не повезло. Ударившись о дерево ухом, он взвыл:

- Аа-аа!!! Сс-уукааа потная!!! Аа-аа!!! Бл..ь!!!

Циркач ловко освободил одну руку и с силой ударил Черепу в живот.

Тот громко прохрипел и обмяк, съехав прижатой щекой вниз к пыльным корням.

Макс задержал взгляд на боевом трюке своего близкого приятеля, пропустив действия Сержанта.

В Циркача полетела резиновая дубинка. Но тот каким-то седьмым чувством среагировал, вскинув обе руки. Это не помогло. Дубинка пробила защиту и полоснула по лицу, оставив на лбу багровую отметину.

Циркач закрыл лицо руками. Но второй удар у дружка Черепа не получился. Макс прыгнул навстречу под вскинутую вверх руку и, пройдя своей другой рукой тому между ног, вскинул на свои плечи крепкое тело «Сержанта» и с силой бросил его к ногам «отдыхающего» Черепа.

От удара о высохшую глину и бугристые кривые корни Сержант взвыл:

- Бля- а-а-а-а! Су-у-у-ка-а-а!

В ту же самую минуту раздался визг сорвавшейся с места машины. Это был Стас.

Он сделал крутой вираж и прижал своей машиной открывающуюся водительскую дверь чужаков. По пути он смог приспустить своё стекло и крикнуть:

- Ма-акс!! Сзади!!!

Позади себя Макс услышал глухой топот приближающихся шагов.

Когда он обернулся, на его голову и на голову Циркача обрушился град ударов резиновыми дубинками. Это были Комар и Пряник.

Макс успел увернуться от первой атаки и с силой ударил по коленной чашечке замахнувшегося на него Пряника, тот припал на одно колено, а подскочивший Циркач со всего маху припечатал свою ногу Прянику в грудь. Последний по-рыбьи открыл рот, дубинка выпала из его рук. Он закатил глаза и с хрипом повалился вниз.

Макс ринулся к другому, пониже ростом, похожему на жилистого дьяволёнка …

… От раздавшегося выстрела борьба мгновенно прекратилась. Причём все друзья Черепа, кто уже лежал на земле, прикрыли головы руками. Включая Сержанта. Череп был не в счет. Он на время разборки накрепко породнился с деревом.

- Всем лежать!!! - крикнул Стас, выстрелив вверх ещё раз. – Двинетесь, продырявлю!!! Суки потные!!!

Убедившись, что его правильно поняли, не опуская пистолет, он крикнул своим:

- В машину! Быстро!

Макс помог хромавшему Циркачу доскакать до машины.

- Быстрее! - крикнул Стас.

Захлопнув свою дверь, он улыбнулся золотым зубом бородатому водиле, отъехав назад, показал на прощание тому кулак и, взвизгнув всеми колёсами, покатил к шоссейной дороге.

Перед тем как подъехать к первому светофору, Стас обернулся:

- Очень мутные кореша у Черепа. Не понять братва, не братва.

- Но не друзья, точно, - задумчиво проронил Циркач.

- Как нога, Цирк?

- Заживёт, Макс. Ты о чём задумался?

Макс пожал плечами:

- Да есть что-то, только вот не могу пока сложить.

- А есть что складывать? - хмыкнул Стас.

- Ты запомнил их лица?

- Навскидку, думаю, да. А вот машину их запомнил чётко: возле замка на багажнике.

- Что может быть на багажнике, Стас?

- Две просверленные дырки.

- Так, может, это случайное повреждение.

- Нет, Макс, эти дырки аккуратно просверлены. Причём, толстым сверлом. Если кого-то перевозить, чтоб тот мог дышать … Уверен.

Макс ответил не сразу:

- Сдаётся мне, что это наше не последнее свидание с этим коллективом.

- Мне тоже, мм-м - м, - повернув раненую ногу, простонал Циркач.

Водитель, не оборачиваясь, кивнул …

- 7 -

… ДВА МЕСЯЦА НАЗАД …

Неизвестный полустанок. Поезд «Санкт-Петербург – Пермь»
1995 год . 7-е апреля.

…Пассажирский поезд остановился на полустанке.

Единственным свидетелем происходившего был тусклый свет от одинокого фонаря на крыше облезлого одноэтажного здания, которое считалось вокзалом. Все окна, выходившие на перрон, были темны и безучастны.

Правда, под скамейкой, что стояла у самой входной двери, спали две худющие псины, время от времени подрагивая тонкими лапами.

Наверное, собакам что-то снилось. Но Сержанту и Прянику времени на собак не отводилось. Им нужно успеть по-тихому прошмыгнуть в нужный вагон и вынести на руках двух спящих девчонок. Да так, чтобы не разбудить сопровождающего представителя специального отдела. Девочек должны были доставить в город их проживания: в интернат или детский дом в том же городе, из которого они убежали.

Проводник был и свидетелем, и непосредственным участником этой сцены.

- Ну чё? Всё в норме? Чай пили все? - тихо спросил Сержант.
Проводник кивнул.

- Спит давно? - Сержант посмотрел на сопровождающего, лежавшего на нижней полке в спортивном костюме и мирно посапывающего.

- Часа два.

- А девчонки?

- Тоже спят.

- Они одеты?

- Да, как положено. Вот их вещи, - проводник показал на две большие спортивные сумки.

- Не надо, оставь себе.

- Нет, - Пряник остановил Сержанта, - надо взять.

- Хорошо, только быстрее. Снеси сумки на платформу, - шепнул Сержант проводнику и подобрал с верхней полки первую, спящую девочку.

Вторая девочка спала напротив сопровождающего. Её поднял на руки Пряник…

… Через полчаса чёрный джип вёз спящих Иру Бабанову и Любу Коркину… в сексуальное рабство …

Так поступали и с другими, предыдущими девочками. Это была уже давно отработанная и хорошо спланированная операция. Их тоже везли в рабство – сонными.

… Спящих, девочек привозили на базу, в Зелёную Рощу.

Давали выспаться …

… Первой, с кем они знакомились после пробуждения, была Карина, которая называла себя старшей сестрой. В её задачу входила психологическая и профессиональная подготовка юных гетер …

… Девочек отмывали, причёсывали, одевали. Давали три дня на подготовку к работе. Затем в дело вступали специально нанятые врачи. В эти три дня входило: проверка на девственность, мазок на анализ и общий осмотр. У некоторых девственность уже была нарушена. Проверка ротовой полости, ну и общий осмотр.

Поскольку возраст этих девочек был ограничен: 11 – 13 лет, то держали их не больше года или двух.

Одно было важно, чтобы все девочки были сиротами.

Ещё был один очень щепетильный вопрос: как быть с девственностью?

Для этого и был в бригаде … Череп …

… Малолеток отвозили на другую дачу, как им говорили, для медицинской проверки …

…Их усаживали в специальное гинекологическое кресло. Давали юным гетерам снотворное. Проверяли. После чего укладывали на широкую кровать.

Затем заходил «дядя доктор», он же - Череп, и делал то, за что и отбывал свой последний срок …

Он их насиловал…

Братва за такое давно бы Черепа кастрировала, но пока никто ни сном, ни духом не ведал об этом печальном бизнесе в северной столице Российского государства …

- 8 -

Санкт-Петербург. Московский район. Улица Димитрова. 6-е июня.

- Звонил Макс, у него завтра будет встреча. Думаю, он что-то сможет узнать.

- Хотелось бы, - Влад опустил голову. - Миша, можно мне в Нью-Йорк позвонить?

- Какие проблемы.

Хозяин поднял телефонную трубку:

- Говори свой номер.

Влад назвал.

Через пять секунд он получил в руки трубку:

- Говори, не стесняйся. Я пока проверю, как сестричка уроки делает.

- Спасибо, - Влад прижал ухо к телефонной трубке и после непродолжительных гудков на другой стороне провода услышал любимый голос …

Они с Ким обменялись теплыми, душевными пожеланиями. Она его любит и ждёт. А главное, она видела сон: у него всё будет в порядке …

Ребята вышли на улицу. Их встретил тихий шелест летней листвы. Миша жил вместе с родителями и сестрой недалеко от Московского проспекта.

- Как дела в Америке?

Влад кивнул:

- Нормально.

- Это твоя девушка? Она американка?

- Да, её зовут Ким. Верней, полное имя Кимберли.

- Ким лучше. А как ты с ней общаешься, без проблем?

- Абсолютно. Я же учился в английской школе.

- А плавание?

- Ну, и плавание тоже.

- А в чём ты сильнее?

- Думаю, в английском. Плавание так, чтобы когда - нибудь пригодилось. Меня отец на плавание записал, а мама в английскую школу.

Влад расстегнул пуговицу на рубашке:

- Жарко. У тебя есть планы на вечер?

Миша на секунду задумался:

- Мне надо подойти в одно место.

- Я с тобой?

- Нет. Тебе нельзя. Я ненадолго. Сестра попросила.

- Тогда ты сможешь меня отвезти к Нининой маме.

- В Сестрорецк? Не вопрос. После встречи за тобой заеду. Ночевать ты должен только у меня. Хорошо?

Влад согласился.

По проспекту Славы они доехали до Московского проспекта, а там через полчаса были уже на Приморском шоссе.

Влад через открытое окно рассматривал Питер, а Миша думал о своей сестре, которой месяц назад исполнилось шестнадцать.

Кто знает, что её ждет впереди и кто будет рядом с ней. Вспомнил, как помогал маме её кормить и даже пеленать плачущую малютку. Теперь Аня выросла ...

Он посмотрел на Влада:

- Природой любуешься?

Влад кивнул:

- Да, красиво. В Литве тоже красивых мест много.

- Паланга, например. Помнишь? - улыбнулся Миша.

Ребята вместе рассмеялись, вспомнив, как отмечали день рождения Влада в дорогом ресторане, в той самой Паланге, где Миша перепил шампанского.

Так и заснул за столом. В гостиницу моряков, где у него был свой номер, его привезли девчонки из парикмахерского салона, подружки Влада.

После этого на шампанское он смотреть не мог.

- А как звали ту, что хотела ко мне в Питер приехать? Ты помнишь?

- Неёля, - моментально ответил Влад.

- Красивая. Я в неё даже влюбился, если честно. Но потом ...

- Что потом?

- Не знаю, Влад. Ведь она сама со мной познакомилась, помнишь, мы что-то отмечали в ресторане, похожем на корабль.

- У пристани?

- Да. Помню.

- Ну и ..., - Влад посмотрел на Мишу.

- Она же была с парнем.

- Значит, ты ей приглянулся.

- Возможно, но ... это неправильно.

- Считаешь, что она с тобой могла бы так же поступить?

- Не знаю, Влад. Тогда я об этом и не думал.

- А сейчас?

- Сейчас. Про сестру вспомнил.

- Думаю, твоей сестре повезло, что у неё такой брат.

- Ну-ну. Это ты парень с огромным сердцем, - Миша кулаком, по-дружески, постучал Влада по плечу.

- Скажешь тоже. Это почему?

- Да потому, что так, как поступаешь ты, перелететь через океан, да ещё и не за своим ребёнком. Это дорогого стоит.

Влад не ответил, а Миша снова подумал о сестре...

... На прошлой неделе Аня со своим другом Олегом сидели в моло-дёжном баре. Незнакомые подвыпившие парни стали приставать к Ане. Олег, конечно же, вступился и двинул кому-то крепко в голову.

Потерпевший вызвал Олега на разборку и назначил время.

В том баре у Миши охранником работал знакомый парень.

Они вместе занимались в одной секции дзю-до. Поэтому он спокойно решил отправиться туда один без Влада. Тем более, Макс прав - светить американца не надо.

Миша посмотрел на часы, протянул Владу небольшой бумажный листок, на котором был написан его домашний телефон:

- Позвони мне домой. Передай через маму, когда за тобой заехать. Хорошо?

- Обязательно позвоню. Спасибо. - Влад уже открывал знакомую дверь подъезда.

- Не за что. Смотри в оба, - улыбнулся Миша и включил левый поворот.

Действительно, чудесный день. Безветренный. В июне такой день в редкость. Июль, конечно, жарче. Зато в июне белые ночи. И это очень здорово.

Миша остановился на светофоре.

Он откинулся на спинку своего сиденья и на секунду прикрыл глаза.

Может, завтра повезёт, и природа подарит Питеру ещё один тёплый и солнечный день.

На том его сравнения о чудесном дне резко оборвались из-за пронзительного визга тормозов и покрышек колёс о сухой асфальт.

Рядом с ним остановилась машина – такси.

- Спешат. Наверное, в аэропорт или на вокзал, - подумал он про себя.

Он посмотрел на машину, у которой от сильного торможения открылась крышка багажника. Тут же из передней пассажирской двери выскочил выше среднего роста крепко сложенный парень. В секунду закрыл багажник и так же пулей вернулся на своё место…

Миша успел заметить на багажнике, по обе стороны от замка, две аккуратно проделанные дырки.

Парень, в свою очередь, прежде чем прыгнуть на пассажирское сиденье, метнул пронзительный взгляд на Мишу.

- Гонщики, - решил Миша, - с такими дырками, как их гаишники ещё не сцапали.

Зажегся зелёный свет, и машина - такси рванула с места.

- Да, явно спешат. Не хотят опаздывать. И это правильно. Не уважаю непунктуальных людей, - улыбнулся он и нажал на педаль газа.

9

Ленинградская область. Город Сестрорецк.
Квартира мамы Нино. 6-е июня.

… ТАМАРА …

- Не знаю, … но мне кажется, что не всё так просто, - Влад сделал очередной глоток из красивой фарфоровой чашки.

- А что я могу изменить? - спросила она.

- Я хотел сказать, что вам нужно куда- то уехать. Хотя бы туда, где ваша внучка

- Натэлла?

- Да.

- Может, Вы и правы, Влад. Но я должна хоть что-то узнать о Нино, - женщина поставила на стол тарелку с пирожками, - сама пекла. С вишней и с яблоками. Нино их очень любит.

Влад присел к столу, а Тамара задёрнула занавески на двух окнах, выходящих на дорогу.

- Я не хотела говорить при Вашем друге. Это хорошо, что он помогает, но мне хотелось разговаривать только с Вами …

Влад понимающе кивнул.

Было видно, что женщине трудно и больно вспоминать подробности того дня …

… - В тот день, - тихо начала она, - Нино пошла в магазин за продуктами. Взяла с собой детскую коляску, чтобы складывать то, что она купит. Мужчин в нашем доме нет. Сами понимаете. Прошло около часа, как она ушла в магазин. Когда вернулась, то была чем-то взволнована. Говорит, мол, мама, мне надо срочно в город. Вот продукты. Приеду - всё расскажу.

- Я спросила её, зачем?

- Всё потом, мама. Всё потом.

- Она вернулась? - спросил Влад.

Да, из города она вернулась. Сказала, что отвезла каких-то девчонок в город к какой-то женщине.

- И всё?

- Да, я, правда, спросила, ты что, поехала на такси?

Потому что когда Нино пришла из магазина, то рядом с нашим подъездом стояла машина такси.

Но вернулась она на электричке.

- А когда она …, - Влад не хотел произносить этого слова.
- Пропала? - продолжила за него Тамара. - Это случилось через два дня. Нино пошла в аптеку, нужно было купить что-то для Натэллы.
- С коляской?
- Нет. Без.
- И? …
- Больше я её не видела.
- Кто-нибудь вам звонил?
- Нет. Никто не звонил. Позвонили бы, я сразу сообщила бы в милицию. А так, нет. Никто. Мне так и следователь говорил, что если будут какие-то звонки, то сообщить.
- Вы думаете, что это из-за тех девочек?
- Думаю, что да. Потому что перед тем, как Нино ушла в аптеку, я видела машину такси, которая стояла не у нашего дома, намного дальше.
- Что-то показалось вам подозрительным?
- Да, та машина стояла на одном месте с самого утра. Я гуляла с малышкой. Это было около девяти утра. А в аптеку Нино ушла в полдень …
… Влад подошёл к окну, слегка отклонил занавеску, посмотрел на улицу. Наступили сумерки, но всё хорошо было видно. Небо чуточку посерело.
Видна была аллея и парковая зона, переходящая в лесной массив. Относительно широкая улица, по которой проходили редкие прохожие и проезжали машины …
… «Если никто не звонил, значит она ещё жива - это раз. Видимо, те, кто её похитили, ничего не узнали, - это два, и что они обязательно вернутся за мамой или дочкой - это три», - вспомнил Влад сказанные Максом слова.
- Тамара, - Влад повёл глазами вокруг гостиной.
- Вы что-то ищете?
Он кивнул:
- Я хотел спросить. Нет ли у вас какой-нибудь детской игрушки? Лучше куклы?
- Куклы? Зачем?
- Пока не знаю, но кое-что хочу проверить.
Тамара встала из-за стола и прошла в соседнюю комнату, которая считалась и спальней, и детской. Вскоре вернулась, держа в руках большую, красивую куклу:
- Это муж подарил Нино, когда ей исполнилось пять лет. Её привёз друг из Германии. Но для нашей Натэллы эта кукла пока большая.
- Теперь мне нужна детская коляска. Вы её тоже отвезли?
- Нет. Коляска здесь. Мне с ней за продуктами удобно ходить.

Влад снял летнюю куртку, повесил её на стул и достал из кармана куртки портмоне:

- Вот телефон моего друга, Миши. Помните его?

- Помню. Зачем?

- Если со мной что-то случится, позвоните ему. Хорошо? И вот вам мои документы и кошелёк.

- Хорошо, но лучше, чтобы ничего не случилось.

- Мне тоже этого хочется.

Влад посмотрел на часы. Стрелки показывали тридцать пять минут восьмого:

- Мне нужно любое полотенце.

Женщина кивнула и направилась в ванную комнату.

Влад посмотрел в сторону окна … Белые ночи.

- Это значит, - решил он, - что те, кому я нужен, меня увидят. Со-ответственно, я увижу их. Другого выхода найти Нино у меня нет. Да и вряд ли будет.

Прежде чем выйти на улицу, Влад спросил Тамару, как лучше пройти к « Универсаму»…

… Он дошёл до красивой аллеи. Вырулил коляску на заасфальтиро-ванную дорожку тротуара и улыбнулся высоким соснам, вдоль которых ему суждено было пройти чуть больше пяти минут…

… Раздался звук подъезжающей машины и раскрывающейся двери. Потом чьи-то шаги нагнали его.

Сильный удар по рукам и толчок в сторону откинули его от коляски. Далее всё было так, как он и предполагал. Кто-то схватил из коляски «ребёнка». Прыгнул с ним в машину...

Влад напрягся. Но как ни в чём не бывало продолжил путь …

Вспомнив по дороге слова любимой Ким:

… «Ты должен ехать. Без тебя никто не сможет вывезти малютку …»

… Через несколько минут визг тормозов повторился …

Из такси снова выскочил тот же крепко сбитый парень … Это был Сержант.

… С перекошенным, злобным лицом сгрёб Влада в охапку и силой впихнул его на заднее сиденье …

… Машина-такси вновь рванула вперёд, отсвечивая шашечками по бортам и двумя непонятными отверстиями по обоим сторонам от замка на багажнике.

10

Санкт-Петербург. Улица Жуковского. 6-е июня.

… ВЕНЯ - официант…

… Поход на рынок, длившийся не более пятнадцати минут, для Вени был привычным делом. Мама готовила, а за продуктами ходил он.

Единственный сын: хороший, исполнительный, любимый. У них с мамой была отдельная квартира на улице Жуковского. Причём трёхкомнатная. Мама у Вени работала в Торговом областном управлении уже около пятнадцати лет.

Вчера Веня долго не мог заснуть, вспоминая случай, приключившийся с ним в конце мая …

… Веня сделал то, о чём его просил уважаемый человек. Это был мамин ухажёр, который, собственно, и устроил его в этот ресторан.

Как-то в разговоре мама проронила, что, мол, генерал поможет …

Так Веня узнал, кем был в действительности близкий друг их семьи …

… Позже, когда Веня стал работать в ресторане, к нему приходил один майор. Если честно, майор Вене не понравился: дёрганый какой-то, с длинным носом, неприятным взглядом карих глаз и тонкими французскими усиками …

Дело в том, что майор пришёл после того, как с Веней поговорил по телефону мамин друг: всё тот же генерал, который объяснил Вене, что он должен выполнять все просьбы того майора …

… Просьбы майора касались исключительно «ночных бабочек». Вене это было в удовольствие: рассказывать кто, с кем и когда. Иногда даже с подробностями, которые лично сам слышал или видел …

… В очередной свой приход майор поведал Вене о двух пропавших девочках и даже показал ему их фотографии, сказав, что они похищены и наша доблестная милиция ведёт поиск …

… В тот день он спустился в гардероб за фирменными сигаретами для клиентов, и тут …

… Спускаясь по лестнице, Веня увидел постоянную клиентку Юльку с двумя какими-то соплячками. Помахал ей рукой и стал покупать у гардеробщиков нужные ему сигареты …

Спустя минуту хотел спросить Юльку, не хочет ли она составить компанию его клиентам. Повернулся к ней с улыбкой, да так и застыл …

… Кто ж знал, что ему так повезёт и он встретит тех самых девчонок, про которых говорил ему майор…

...Миновав Октябрьский концертный зал, Веня поравнялся с домом под номером один по Лиговскому проспекту. Впереди, через дорогу, красовался Некрасовский рынок. У рынка было обычное движение людей, входивших под колоннаду в центральные двери.

Веня прижался спиной к шероховатой стене и продолжил вспоминать то, что всю ночь не давало ему покоя ...

...Утро того дня началось как обычно.

Администратор, Геннадий Тимофеевич, выстроил всех официантов и сообщил, что намечается городская проверка.

После утреннего инструктажа официанты разошлись по своим рабочим местам. Веня с напарником Димой накрывал столы, расставлял бокалы, приборы, салфетки ...

...Появились первые посетители. Трое туристов из прохладной Финляндии, для которых Веня и отправился в гардероб за сигаретами, где увидел Юльку с двумя девчонками ...

«... девочкам по одиннадцать - двенадцать лет. Одна в синей бейсбольной кепке, а другая в красной. Как только увидишь что-то подобное, то мухой доложи. Промедления быть не должно. Ты хорошо меня понял?» - вспомнил он суровый голос неприятного майора ...

Ещё бы не понять.

Когда девчонки побежали в туалет, он подошёл к Юльке:

- Твои?

- Нет. Они к Майке приехали, - Юлька что-то искала в своей сумке. – Я их должна к ней отвезти. Может, ты их отвезёшь, Веня? А то мне на Московский вокзал нужно.

- Ты уезжаешь? А то у меня за столиком трое финнов. Кошелёк у одного толстый. Сам видел.

- Нет, Веня. Не сегодня. Я домой, в Калугу. У сестрёнки день рождения.

Веня поднял брови:

- А я думал ты питерская.

- Нет, я из Калуги. Знаешь такой город?

- Да, конечно. Там этот, Циолковский жил.

- Слушай, Циолковский, я тебя спросила, ты можешь девчонок к Майке отвезти? А то придётся Любку парикмахершу из салона просить.

Веня покраснел лицом:

- У меня же машины нет, Юлька. Ты же знаешь. Прикалываешься?

- Да ладно, пошутить нельзя. А когда купишь?

- Кого? - Веня не сводил глаз с вернувшихся из туалета малолеток.

- Не кого, а что. Машину, говорю, когда купишь? Ты же халдей, Веня. Тебе без машины никак нельзя, - рассмеялась Юлька, открывая тяжёлую входную дверь ресторана «Нева». - Всё, пока, я к Любке в парикмахерскую.

Но официант Веня не отреагировал на последнюю фразу «ночной бабочки».

Он понимал, что время дорого. Нужно договориться с администрацией. Как только за неожиданными гостями закрылась дверь, Веня посмотрел на ручные часы:

- Надо спешить …

Чуть не выронив из рук пачку «Мальборо», рванул по лестнице вверх, в офис. Отпроситься у Геннадия Тимофеевича не составило труда. Соврал что-то насчёт мамы:

- Только у меня машины нет. Можно, чтобы Димка «афганец» меня отвёз…

- Хорошо, - согласился администратор. - Клиентов передай Виктору Орехову …

… Через полчаса они подъезжали к Невской Лавре, там через мост, и они у цели …

… Димка не стал останавливаться возле кафе « Вечер». Решил заехать под арку и встал в конце двора. Там же, во дворе, метров в десяти от них, стояла машина – такси.

Веня под впечатлением от того, что увидел похожих по описанию генерала малолеток, не обратил на чужую машину никого внимания. Хотя ему было сказано, что рядом с машиной такси не останавливаться …

…Дима из машины не выходил, и его никто не видел. Зато он, на свою беду, видел то, что видеть не должен был …

… Веня с силой прижался спиной к серой шероховатой стене старого дома номер № 1 по Лиговскому проспекту. По спине прокатилась потная струйка …

… Веня побежал в кафе, где в это время должны были трапезничать люди майора: Циклоп и Сержант.

После того, что он им рассказал, обоих сорвало с места. Веня поспешил за ними. Те двое даже не обратили внимания на Димкины « Жигули».

Циклоп, хоть и огромный, буквально влетел за руль. Сержант же на секунду остановился, чтобы Веня повторил имена «ночных бабочек» Юльки, Майки, парикмахерши Любы. Веня повторил, но тут-то всё и произошло …

Он и Сержант стояли рядом с багажником.

- Что это? - Веня скривил лицо, показывая на две дырки по обеим сторонам от замка на багажнике …На серый асфальт сочилась какая-то красная жидкость …

Сержант почему-то с улыбкой сплюнул под ноги и открыл крышку.

Веня потерял дар речи …

… Что-то завёрнутое в большую, грязную, рваную тряпку чуть было не вывалилось на асфальт. И это что-то … О, Господи! …

… Из - под тряпья на Веню смотрела окровавленная мужская рука. Из руки капала кровь. А ещё на руке не хватало двух пальцев …

… Сержант моментально вернул упавшую руку вовнутрь, обернул грязной тряпкой и задвинул то, что вывалилось, подальше, вглубь багажника. Но когда он двигал первый труп, то Веня увидел под ним … ещё один …

… Его чуть не стошнило …

Сержант быстро закрыл крышку багажника и подмигнул обалдевшему официанту, хлопнув Веню по плечу:

- Не парься, братишка. Работа такая.

После чего вскочил на пассажирское кресло рядом с водителем.

Машина с шашечками по бокам, взвизгнув, развернулась и пулей вылетела из- под арки.

Еле устоявший на ногах Веня поплёлся к «Жигулям»

- Откуда ты знаешь того водилу? Он же не из Питера, - спросил помрачневший Димка.

Веня хотел что-то ответить. Но понял, что ответить ему нечего. Тогда он спросил:

- А ты что, его знаешь?

- Служили в одной дивизии в Афганистане. Редкий отморозок …

Веня прикусил губу. У него заныло в левом плече, под левой лопаткой, и он сильно захотел в туалет. Но до ресторана дотерпел …

… Уже сидя на горшке вновь и вновь прокручивал происшедшее, задавая себе одни и те же вопросы:

- Что видел Димка? Видел ли кровь … , руку без пальцев, … труп? Чёрт меня подери! Что он видел?! Чёрт меня подери! …

…. Рядом с Веней кто-то громко тявкнул или взвизгнул. Веня отпрянул от стены. Маленькая болонка остановилась в двух шагах…

… Веня пришёл в себя. Посмотрел на собачку и почувствовал, что по его спине струится не одна потная струйка …

Тем временем болонка подняла свою белую ножку, оставив на стене и на тротуаре зловонную жидкость …

… Жёлтая мокрота запенилась и покатилась по асфальту на каменную мостовую. Резкие бряцания остановившегося трамвая вернули Веню в реальный мир …

… Он отошёл от стены. Переступил через собачий «автограф». Перешёл улицу. И стал подниматься по ступенькам Некрасовского рынка …

ЧАСТЬ ВТОРАЯ

- 1 -

Санкт-Петербург. Улица Садовая.
Кооперативное кафе. 1995 год. 7-е июня.

… МАЙКА, ЛЮБКА …

…Майку поминали в небольшом кооперативном кафе, что на Садовой улице, сразу за рестораном « Метрополь». Поминали тихо.

Макс на кладбище не успел, но помянуть пришёл.

Маю он знал три года. Знал и всех девчонок. Знал каждую и о каждой.

Мая, по прозвищу «Спица», за свою неслыханную стройность, отличалась от всех умением держаться и преподносить себя. Заметная балетная осанка, смуглая, с огромными, слегка раскосыми карими глазами, длинные чёрные как смоль волосы, тонкие, красивые пальцы.

Мая всегда выглядела эффектно, поэтому клиенты у неё были весьма респектабельные. Она не утруждала себя бытовыми сплетнями. На тряпки денег не жалела. Все знали, что у неё много долгов среди девчонок …

… Поэтому через девичьи слезы проступал естественный страх и вопрос: за что?! За что убивать « ночную бабочку», зная, что она вся в долгах?

За долги убивать? Нет. Такого никогда не было. Между собой всегда можно договориться. Тем более работы на всех хватало.

Может, убили те, кто не знал? Или убили просто, чтобы убить? Такое тоже могло произойти. Захотели снять с неё красивые цацки: цепочку или серьги, но всё, как ни странно, осталось при ней. Ничего не тронули ни на ней, ни в квартире. Просто убили … Может …, месть?

Врагов у Майки не было. Это тоже все знали. Завистницы – это одно, но чтобы вот так по «мокрому». Нет. Не было у неё врагов ...

… «Три ножевых удара в сердце, один в спину и один в живот …»

Так рассказала Максу её близкая подруга парикмахерша Любка, которая первая узнала о случившемся. Любке позвонила соседка Майки по лестничной площадке. Соседка постригалась у Любки. Знала, каким бизнесом занимается Майка. Подумала, что попались плохие клиенты. Позвонила сразу после первых же криков. Любка примчалась, но было уже поздно. Слишком поздно.

Когда приехала милиция, Любке рассказывать было нечего. Да и соседка мало что могла сообщить. Ну услышала крики, ну позвонила подруге, а что было внутри квартиры, кто там был, не знает …

… Девчонки сидели вдоль стены, обшитой тёмно-синим бархатом, на длинной полукруглой скамейке. На трёх невысоких круглых столиках стояли блюда с разными бутербродами и алкоголь.

Макс молча кивнул всем в знак приветствия. Юлька – « актриса» наполнила для него дежурную рюмку. Макс выпил и присел скраю.

Среди присутствующих увидел девушку, которая была на дне рождении у Майки. Он помнил её имя – Карина …

«… Непростая девочка, - сказала ему тогда Юлька, - очень не простая. Майка её привела. Они из Риги, землячки. В одну балетную школу ходили.

Поначалу Майка ей помогала, потом выяснилось, что девочка торчит на «белом», а это – труба. Да и мы с наркошами не хотим связываться.

Майка ей так и сказала:

« Или ты путаешь, или торчишь, но последнее без меня»

После этого Карина пропала …»

… Если девчонки перешёптывались, вытирая слёзы, вспоминая Майку, то Карина время от времени поглядывала на Макса.

Несомненно, эта Карина смазливая девушка, и он в тот вечер, конечно же, запомнил её синие глаза…, в тот вечер…

Это был конец апреля…

… В тот вечер Макс запомнил не только её синие глаза. Произошло ещё что-то, что не давало ему покоя … Затравленный взгляд двух малолетних девчонок, с бантами на головках, в машине-такси, а за рулём… за рулём неприятный тип.

Карина … Быковатый, наглый водитель … и девочки с бантиками …

Уж очень они все разные. Отдельно он мог бы их воспринимать, но только отдельно, не вместе и не в одной машине…

… Опустив голову, Макс почувствовал себя внутри какой-то зеркальной комнаты, какие он видел на детских карнавалах. Вокруг тебя зеркала, а в них бесконечные картинки отражений, преломлений: изогнутые, расширенные, волнистые, удлинённые… Ты стоишь внутри один, а их много, и они все разные …

… Мелькают … мелькают … мелькают …

… Вот Череп с искаженной рожей, прилипшей к стволу пыльного дерева. Наглый водитель, теперь Макс знал его прозвище, «Сержант», барабанивший в дверь ресторана. Карина с тревожным лицом возле телефона - автомата. Американец, перелетевший через океан спасать не своего ребёнка, и …, и девчонки с бантиками, совсем маленькие, с за-травленными глазками в машине такси …

… Да, точно … это был конец апреля … последнее воскресенье … второго месяца весны …

В тот вечер Майка, не зная, справляла … последний день рождения в своей неожиданно короткой жизни …

… Макс помнил тот день, как будто это было вчера …

… - Мне сказали, что вы можете мне помочь, - перед Максом стояла симпатичная стройная девушка с синими глазами.

- Попробую. Что случилось?

- У меня закончились монеты, а мне надо позвонить. Это проблема?

- Нет.

Макс подошёл к гардеробу. И с горстью монет вернулся к девушке.

- О, здесь много, - растерянно сказала она.

- Берите сколько нужно, не стесняйтесь.

- Спасибо. Меня зовут Карина. А Вы Макс?

- Да, звали с утра. Извините, у меня работа, - ответил он и направил-ся на балкон, где устроили ссору из-за девушек двое кавказцев с рынка.

Потом пришёл Толик по прозвищу «Циркач», и они договорились, что Макс подстрахует его на стрелке с Черепом.

Циркач ушёл.

Он снова увидел Карину, звонившую по телефону.

Когда девушка вернулась в зал ресторана, второй гардеробщик, по-дойдя к Максу, тихо шепнул:

- Эта девица чем-то очень встревожена. Раз десять набирала, по-моему, один и тот же номер …

… Вечер подходил к концу. В зале оставались лишь гости, пришед-шие поздравить Майку.

Тогда-то и раздались напористые удары по центральной двери ре-сторана.

Было уже за полночь, и на трезвых гостей рассчитывать не приходи-лось. Но когда дверь стали вырывать с петель, Макс подошёл.

За дверями стоял молодой парень, среднего роста, лет двадцати пяти, плечистый, коротко подстриженный, наглый.

- Чего тебе? - спросил Макс, не открывая дверь.

- Открывай, – парень расправил плечи. - Мне надо кое- кого забрать.

Макс увидел в непрошеном госте некую армейскую выправку.

Парень был трезвый.

Макс открыл дверь:

- Кого тебе надо забрать?

Тут парень повёл себя неделикатно. Попытался без объяснений войти и рукой оттеснить Макса. За что и поплатился.

Выкинутую вперёд руку Макс легко скрутил тому за спину и ударил своей ногой молодцу под коленку, которая сразу же подогнулась на пол.

- Эй-эй, братан, руку!! Руку сломаешь! Ты чего! Я за Кариной приехал! Отпусти!

- Быковать, братишка, будешь в коровнике. Понял?!

- Понял! Понял! Руку отпусти!

Макс отпустил. В холле стоял Веня и видел, как охранник отработал крепкого клиента, от чего глаза у официанта округлились.

Макс, повернувшись, спокойно сказал:

- Веня, позови девушку Карину, она у Майки на дне рождения.

Официант кивнул и устремился вверх по лестнице.

Карина появилась сразу.

Наглый парень, увидев спускающуюся девушку, быстро вышел. Карина, с опущенной головой, не сказав ни слова, прошмыгнула в раскрытую дверь на улицу.

Макс вышел за ними.

Парень впрыгнул за руль, в тот же момент девушка посмотрела в сторону Макса сильно испуганными глазами. Но произошло и другое. Когда машина рванула с места, с заднего сиденья на Макса смотрели две детские головки с бантиками по бокам.

- Надо же, таким быкам ещё и детей доверяют, - подумал он про себя ...

... Поминки продолжались. Девушки перешептывались.

- Тебе налить?

Макс вскинул голову, перед ним стояла Юлька.

- Юль, мне вечером на тренировку. Не могу. Я, наверное, уже пойду.

- Подожди меня на улице. Я быстро, - шепнула Юлька.

Он поднял глаза на Карину. Красивые синие глаза ему улыбнулись. Он улыбнулся в ответ и поспешил на выход.

Юлька вышла сразу за ним:

- Макс, я не знаю, кому рассказать. Не хотела говорить следователю. Он нас всех допрашивал. Ты надёжный, посоветуй, но только не здесь. Ты можешь сегодня вечером?

- Нет, не сегодня.

- А завтра?

- После тренировки. Годится?

- Да. Ты знаешь на Невском мороженицу «Лягушатник»? Там в половине десятого. Они закрываются в десять. Если что, я буду тебя ждать у входной двери.

Юлька прикоснулась своим лбом к плечу Макса:

- И ещё …

Девушка взяла его под руку:

- Макс, мне страшно.

- Юлька, ты чего. Мы с тобой уже это проходили. Помнишь, когда я твоим женихом был.

- Ты про мужа?

Макс кивнул.

- Нет, - прошептала девушка, - это другое. У меня чуйка, от которой меня всю трясёт.

Макс обнял её за плечи:

- Юль, я буду в половине десятого. Разберёмся.

- Думаешь?

- Уверен.

- Спасибо, Макс.

- Нет проблем, - он освободился от её рук.

И зашагал в сторону ресторана.

- 2 -

Санкт – Петербург. Улица Каляева. ГУВД.
Кабинет полковника Зотова. 7-е июня.

… Полковник ЗОТОВ, капитан ДОЛГУШИН …

- Все свободны … Каждый знает, что делать. Сегодня я на докладе у генерала. Капитан Долгушин, останься, - Зотов посмотрел на высокого, плечистого блондина, кивнул на стул возле стола.

Дождавшись, когда сотрудники покинут кабинет, полковник подошел к двери, закрыл на ключ. Потом задвинул тяжёлые шторы. Включил настольную лампу и присел напротив капитана:

- Ты помнишь наш разговор? – тихо спросил он.

Капитан молча кивнул.

Полковник взял со стола папку в красном переплете. Вытащил широкий белый конверт. Извлёк из него фотографии. Подобрал первую и протянул её капитану.

Капитан повернулся к настольной лампе:

- Это же ребёнок.

- Правильно, девочка. Одиннадцать-двенадцать лет.

- Откуда фотография?

- Ермилово, пригород.

- Финский залив?

- Точно. Ни следов, ни свидетелей. Ни одной зацепки, - полковник придвинул к настольной лампе следующий снимок.

- Труп мужчины. Вокруг лесная зона? - Долгушин посмотрел на полковника.

- Нет. Это кусты. Кусты возле озера.

- И где?

- Шувалово-Озерки. Единственный мужчина, с большой дозой алкоголя в крови, которого нашли с головой.

- С головой?

- Да, с головой, с пробитой головой, но не отрезанной.

- Даже так?

- Даже так, - кивнул полковник, - а вот остальные три трупа без голов. Один в лесной зоне по дороге в столицу. Два трупа выловили рыбаки в Финском заливе.

- Думаете, что работала одна банда?

- Пока не знаю. Почерк похож. Информация от патологоанатома.

- Понятно. Есть что-то ещё? - спросил капитан, продолжая смотреть на фотографии обезглавленных трупов.

- Да, - холодно произнёс полковник.

Капитан придвинул стул ближе к столу.

- Держи, - Зотов пододвинул небольшую фотографию на край стола.

Капитан поднял фотографию и протянул руку ближе к свету. Смотрел долго. Молча. Опустив фото, глаза на полковника не поднял, а посмотрел на чёрный оконный проём, задёрнутый плотными шторами.

- Что скажешь?

- Сразу две …

- Догола раздетые и сильно избитые, - добавил полковник.

- Их … это из пропавших? Или …, - капитан не договорил.

- Пока не знаю. Их обнаружили грибники недалеко от Сестрорецка. Но они не из местных. Были бы местные. Поднялся бы шум.

- Сестрорецк. Совсем рядом, - капитан покачал головой. - Совсем рядом.

- Одна железнодорожная пригородная ветка. Сестрорецк, Ермилово.

- Верно, одна ветка, - задумчиво повторил капитан.

- Да, ещё, в Сестрорецке, в местное РУВД поступило заявления о похищении молодой девушки, приехавшей из Америки.

- Из Америки? – капитан поднял брови.

- Из Америки. Она российская гражданка, но уехала в США по гринкарте.

- Интересно. Хотите сказать …

Только догадки, капитан. Только догадки, - хмуро повторил Зотов, подвинув к Долгушину следующий снимок.

- Посмотри.

- Детские ноги?

- Да. Наколку видишь?

- « Н-а-т-а-ш-к-а», - медленно прочитал капитан и мрачно посмотрел на полковника.

Зотов зажёг спичку, собираясь прикурить, но прикуривать не стал:

- Труп … найден без головы …

Оба молча посмотрели друг на друга. В нависшей тишине был слышен приглушённый гул машин, проезжающих за окном.

- Голову позже нашли грибники в полукилометре от трупа, пригородный район рядом с Зелёной Рощей, - сухо произнес полковник.

Капитан поднял глаза на своего начальника.

- Череп был расколот … и, по-моему, это девочка из той же серии, - полковник медленно опустился в кресло, - у всех девочек на запястьях и на щиколотке синяки.

- Может, наручники?

- Не знаю. У всех найденных девочек на лице   остались следы сильного макияжа.

- Макияжа?

- Да. Помада, пудра и ещё какие-то предметы туалета. Тела пролежали в земле не долго.

- Нашли что-то ещё?

- Нашли, что эти девочки вели активную половую жизнь. А им от силы одиннадцать - двенадцать лет. Не больше. Причём макияж и следы на руках у них очень схожие, - полковник нервно играл в руках карандашом.

Долгушин тяжело вздохнул:

- Совсем ещё дети.

- То-то и оно. Придётся тебе, капитан, прокатиться по этой ветке. Может, кто-то что - то видел, заметил: людей, машину … Учить не буду, сам знаешь. Только вот в помощь я тебе никого не дам. Только ты и я будем в курсе этого дела…

- Есть какие-то соображения?

Зотов пожал плечами:

- Соображения всегда есть. Но чтобы они обрели под собой почву, тебе нужно постараться. Что у тебя по убитой «ночной бабочке»?

Капитан раскрыл свою папку.

На столе перед полковником появились четыре фотографии.

- Мая Марлёнис. Уроженка Риги. 1959 года рождения. Прописана в Зеленогорске с марта 1986 года. Постоянное место работы и место жительства неизвестно.

- Ты говорил, что у тебя есть информатор?

- Да, но сейчас источник находится за пределами Питера.

- Связь с ним ...

- Есть, товарищ полковник. Мне бы хотелось у вас спросить о ...,
- капитан вынул из папки фотографию мужчины в костюме.

- Майор Морковин. Занимался валютными проститутками, - полковник вернулся в своё кресло, - а рядом с ним, как я полагаю ...

- Убитая проститутка Мая, - продолжил капитан. - Это фото из гостиницы « Прибалтийская», это из «Европейской», это из ресторана «Садко», а это из ресторана « Баку».

- «Баку» же закрыли.

- Я в курсе, товарищ полковник, фотография из этого ресторана по времени первая из четырёх. Это 1988 год. Как сообщил мне мой информатор, этот майор Мае проходу не давал.

Полковник внимательно посмотрел на молодого капитана.

- К майору есть вопросы?

- Да, но... он не из нашей конторы. И ещё, ... у него дача ... в Лисьем Носу.

Полковник прищурил глаза, а капитан продолжил:

- Ермилово, Зелёная Роща, Сестрорецк ... Лисий нос. Одна ветка, товарищ полковник.

Пару секунд Зотов обдумывал это замечание, потом, прикурив, пустил к потолку струйку сизого дыма:

- Согласен ... Хорошо, капитан, действуй ... О майоре всё, что смогу. Будешь работать в автономном режиме. Но основное - дети. Попробуй объедини всех убитых девочек за последние три года. Связь со мной каждый день.

Полковник поднял глаза к портрету президента России и снова обвёл взглядом весь кабинет:

- Криминал криминалом, а насиловать детей и вот так убивать. Это конкретные монстры. Держи меня в курсе и ..., - дымящаяся сигарета опустилась в пепельницу, - помни, - шёпотом произнёс он, - ни с кем и никому.

- Это приказ?

Полковник молча кивнул.

... Коля Долгушин родился в самом центре Питера. Всё детство провёл на улице Маклина в доме 49. Его отец работал фрезеровщиком высшего разряда в объединении «Красный треугольник», а мать - экономистом в каком-то секретном «ящике».

В восьмом классе Коля записался в секцию самбо. После окончания десятилетки добровольно пошёл в военкомат:

- Хочу в десантники, - заявил он.

Принимающий врач посмотрел на парня. Покачал седой головой и утвердительно заявил:

- Родину любишь?!

- Конечно! - выстрелил юноша.

- Ну, тогда, иди её охранять …

… Так молодой призывник Долгушин стал пограничником и попал в часть специального назначения в Карельскую область. На границу с дружественной Финляндией …

…Отслужив положенные два года, вернулся в родной Питер живым и невредимым. Тренировки самбо там, на границе, ему очень пригодились …

… Повидав друзей, поспешил в Государственный Университет и подал документы на юридический факультет …

Окунувшись с головой в непредсказуемую, полную фантазий и шумных компаний, студенческую жизнь, учился охотно и достойно. Зачитывался трудами Плевако и Кони, но однажды …

… Случай с его школьным другом приземлил студента Долгушина к земле –матушке, приоткрыв ему сердобольную правду жизни …

… Друг Николая работал инженером по холодильным установкам на мясокомбинате. В юношеские годы серьёзно занимался боксом.

В один из летних вечеров друг со своей девушкой возвращался из кино. Молодые шли вдоль набережной Невы, весело обсуждая просмотренный фильм … - Дай закурить! – оборвал их разговор грубый голос.

Перед ними выросли трое хмурых парней.

- Не курю, - улыбнулся друг, - и вам не советую.

- Советовать будешь теще щи варить, - прохрипел высокий из парней и с силой захватил друга за рубашку …

Многие, кто побывал с серьёзными тренировками в спортивных залах, имели мгновенную и натренированную реакцию. Тем более боксёры …

Апперкот свободной рукой сначала откинул высокого, а потом бросил на гранитные плиты набережной.

Второй из хулиганов в ту же секунду схватил девушку за горло, это было его большой ошибкой … Левый джеб - правый кросс … - хулиган упал как подкошенный … Третий оказался более сообразительным … Моментально оценив ситуацию, пустился наутёк …

… Были и свидетели этого инцидента, которые вызвали милицию.

Вместе с милицией примчалась скорая помощь. Двух хулиганов увезли в больницу. Второй сразу попал на операционный стол.

А первый, начавший всю эту нехорошую историю, скончался прямо в машине скорой помощи…

- Обширное кровоизлияние в мозг, - таков был вердикт врачей …

… - Девять лет в колонии общего режима «Металлострой». Таков был приговор главного судебного обвинителя.

Коля был на суде. В коридоре спросил следователя:

- Почему?

И услышал ответ:

- Нападавших было трое. Один в коме. Второй - в морге. А третий убежал. Если бы его найти, он был бы главным свидетелем.

- Свидетелем? - удивился Николай.

- Да, и дал бы показания, что твой друг вынужден был защищаться.

Но его не нашли … Оказался приезжим, убежавшим в тот же вечер в неизвестном направлении …

Николай опустил голову …

- 3 -

Санкт-Петербург. Московский район.
Улица Бела Куна. Молодёжный бар. 8-е июня.

… Охранник ЛЁША, МИХАИЛ, ОЛЕГ …

« …. Снег кружится, летает, летает
И позёмкою кружа,
Заметает зима, заметает
Всё, что было до тебя …»

Бар был пуст, и бармен отдыхал, готовясь к вечерним посетителям. Отдыхал вместе с ним и охранник Алексей.

Лёша, как все вокруг его величали, устраивался в дальнем углу, за последним столиком и слушал. Это была его любимая песня.

« … На выпавший, на белый, на выпавший, на белый,
На этот чистый, невесомый снег,
Ложится самый первый, ложится самый первый,
Тот робкий и несмелый на твой похожий след …»

…Вечерняя работа начинается после восьми. Посетители, в основном, одни и те же, но бывают исключения: может занести и незнакомца. Тут нужно быть начеку, как бы не вышел конфликт между своими и чужими …

… Олег и Аня не были чужими. Они просто были другими.

В тот вечер они сидели за столиком, пили кофе, ели пирожные и просто болтали, когда к ним стала приставать подвыпившая компания.

Получился конфликт. Олег, защищая Аню, кому-то сильно попортил лицо … Хулиганы назначили ему встречу …

… Зайдя в зал, Миша подошёл к стойке бара и тихо спросил у бармена, кивнув в дальний угол:

- Давно спит?

- Кто? Лешка? Да нет, он не спит, он песню слушает.

- Песню?

- Ну да, которая звучит, - бармен увеличил звук, и Леша приоткрыл глаза.

- Всё, сейчас мне влетит, я ему песню испортил.

- Не влетит. Беру это на себя, - ответил Миша и направился к расплывшемуся в улыбке приятелю. - Не меняешься, Лёшка. Держишь форму.

- Время такое, Миша. А мы узники этого времени.

Ребята обнялись.

- Рад тебя видеть.

- И я рад, - Лёша помахал рукой бармену, - Юра, кофеёк.

Бармен кивнул.

- Ты случайно или как?

- Скорее, или как, Лёша.

- Что-то случилось?

- Да.

Миша обрисовал ситуацию, в которую попал парень его сестры.

- Ты знаешь, мне донесли кое - что, - спокойно вытянув вперёд ноги и откинувшись на спинку стула, сказал Лёша, - это было не в мою смену. Разборки старшеклассников не так страшны. Но, согласен, подстраховаться надо.

- А кто работал в тот вечер?

- Толик Сытин и Серёга Кутовой. Помнишь их?

- Каратисты?

- Да. Спокойные ребята и держать авторитет умеют. Я сейчас Толику позвоню. Хочешь, чтобы он подъехал?

- Не стоит, Лёша. Зачем парня от выходного отрывать. Сами разберёмся.

Появился бармен с большим круглым подносом.

После кофе с бутербродами ребята вышли на улицу.

- Ты куришь, Лёша?

- Балуюсь. Могу бросить в любое время. Во сколько твоему парню стрелку забили?

- Вроде на девять вечера.

- А сейчас? – он посмотрел на Мишу.

- Осталось полчаса.

- А где твой подзащитный?

- Будет. Этот не опоздает. Придёт вовремя.

Минут через пятнадцать появился Олег ...

... Стрелки часов показывали десять тридцать.

- Не придут, - потянулся охранник.

- Нет, - возразил ему Миша, - наверное, кто-то заходил, кого мы не знаем, и высмотрел, что парень наш, - он посмотрел на Олега, - вместе с тобой за одним столом сидит.

- Ну и что?

- А то, что разговаривать они будут на улице – это раз, и тогда, когда ты, Лёша, будешь закрывать свой бар – это два.

- Думаешь, так?

- Уверен. И ещё, возможно их будет много – это три.

- Я бейсбольную биту в гардеробе держу для таких случаев.

- А хватит?

- Хватит, Миша, хватит. Я ей однажды пятнадцать человек обуздал. Больше не появлялись ...

... Небольшая площадка возле бара была пуста. Стояли две машины «Жигули». Первая - модель серого цвета: на ней приехал Миша. Вторая, тёмно- красного цвета, числилась за барменом Юрой.

- Никого. Ну и ладно. Через полчаса мне закрываться. Так что, ребята, извиняйте, - улыбнулся Лёша полупустой площадке.

Миша и молодой парень пили кофе. Ещё одна чашка стояла рядом и дымилась.

- Когда вы закрываетесь? – спросил Миша подошедшего охранника.

- Сейчас. Кофеёк допьём, и я всем объявлю, - сказал Лёша и засмеялся.

- Я что-то смешное сказал?

- Да нет, Миша. Просто, вспомнил. До меня охранником здесь работал парень из боксёров. Звали его Вася. Причём он боксировал в тяжёлом весе. И у него было правило, когда подходило время к закрытию, он входил в зал и говорил спокойным голосом:

- Бар закрывается

Те, кто уже знали Васю, не шли, а пулей летели к выходу, потому что последний получал пинок ниже спины и не слабый.

- Что, так и было?

- Так и было.

- А где сейчас этот Вася?

- В «Крестах» прописался.

- За что?

- По хулиганке получил полтора года, - Лёша встал. Прошёл к стойке бара и кивнул Юре.

Бармен приостановил музыкальное сопровождение. После чего охранник произнёс:

- Бар закрывается.

Посетители оторвались от своих мест и, продолжая свои разговоры, стали покидать бар.

Лёша с улыбкой посмотрел на своего приятеля, мол, видишь, как Вася публику приучил.

У закрытых дверей Лёша заговорил с барменом, который должен был отвезти домой официантку:

- Я со своим корешом останусь, а ты Наташку отвези, но только к ней домой.

Покрасневшая официантка быстро спустилась по трём ступенькам к шестой модели «Жигулей» и раскрыла заднюю пассажирскую дверь:

- Юра, мне завтра с утра в институт. Поехали.

Прошло не более минуты, как уехали бармен и Наташа. Лёша закрыл основные железные ворота этого заведения. Сходя по ступенькам вниз, охранник неожиданно остановился и, вытянув свою руку в сторону, придержал гостей:

- Смотри ... Пришли без «опозданий».

Из-за угла соседнего корпуса вышла группа подростков. Человек семь, не меньше, с очень серьёзными лицами. В руках у каждого что-то было.

Миша разглядел у одного кусок трубы, у другого длинную плеть, у остальных были ремни с пряжкой. Группа шла одной шеренгой, как на параде.

- Чёрт, забыл биту в гардеробе, - шепнул Лёша, - Миша, у тебя есть что-то в машине?

- Да, в багажнике ...

- Годится, я их отвлеку, - улыбнулся Лёша и вышел навстречу боевой колонне. - Эй, мальчики, а вам спать не пора?

Ему никто не ответил. Но группа остановилась.

В это время Олег сделал шаг вперёд, но Лёша вернул его обратно:

- Не спеши. Сначала разберёмся. Ты помнишь, кого ты отоварил? - спросил он и посмотрел на Мишу, который медленно продвигался к багажнику.

- Да. Вон тот, рядом с высоким, в светлой куртке, - ответил Олег.

- Хорошо. Стой на месте.

- Что так грустно, ребятки, - Лёша сделал очередной шаг вперёд, - я тебя знаю, - обратился он к самому высокому парню в чёрной футболке.

- Давай отойдём, и ты мне обрисуешь свои требования. Согласен?

Шеренга замерла. Пришельцы посмотрели на высокого парня. Тот, в свою очередь, на них. Потом на охранника:

- А ты чего за него мазу будешь тянуть? - спросил парень в чёрной футболке.

- Я сказал, отойдём. Ты не расслышал?

- Не хочу. Скажу отсюда: пусть бадаются один на один. Здесь и сейчас.

Лёша посмотрел на Олега, который уже сделал шаг вперёд.

- Ты уверен?

- Да, он Аню оскорбил.

- Ладно. Иди. Если что не так, мы рядом. Миша багажник открыл?

- Открыл.

Олег снял легкую куртку и вышел на середину площадки.

Его оппонент, который был с Олегом одного роста, но худее, тоже сделал пару шагов вперёд, но очень нерешительно.

Что показалось охраннику и Мише странным.

Всё произошло мгновенно. Олег, как и подобает бойцам один на один, сразу направился к вышедшему парню, но тот оставался на месте, словно ждал, когда Олег подойдёт поближе.

Группа парней, не сходя с места, зашевелилась.

Миша, держа в руке монтировку, почувствовал неладное.

Олегу оставалось два шага до стыковки …

… Шеренга парней вместе с вышедшим от них вперёд парнем в мгновение разбежалась во все стороны, и на Олега смотрел моментально заведённый мотоцикл.

От такого «приятного» сюрприза Олег замер и, если бы не рванувшийся вперёд Миша, был бы точно сбит. Миша отбросил окаменевшего юношу в сторону, но сам был сбит мотоциклом.

В считанные секунды на площадке перед баром не осталось никого, кроме двух, лежащих на асфальте ребят, монтировки и охранника Лёши, подбежавшего к своему приятелю:

- Мишка, ты живой?!

В ответ раздался тихий хрип.

- В машину его быстро. Найди ключи! - крикнул он поднявшемуся Олегу.

- Сейчас, сейчас, по-моему, здесь в кармане, в джинсах.

- Доставай, аккуратней. Достал? Отлично. Беги! Открывай машину! Ты водить умеешь?

- Умею.

- Открыл? Открой заднюю дверь. Да, так. Раскрой её и беги сюда.

Я за плечи, ты за ноги. Понял?

Когда Олег сел за руль и завёл мотор, Лёша крикнул:

- Дуй в госпиталь на улицу Костюшко. Знаешь?

- Знаю.

- Ну, тогда давай быстро и следи, чтобы не по кочкам. Потерпи, братишка, здесь недалеко …

… В это самое время в Мишиной квартире раздался телефонный звонок. Трубку подняла Елена Николаевна:

- Добрый вечер, - услышала она возбуждённый голос незнакомой женщины, - можно поговорить с Михаилом?

- Его ещё нет дома, а кто его спрашивает?

- Меня зовут Тамара. Передайте Михаилу, что Влад … пропал …

- 4 -

Санкт-Петербург. Невский проспект.
Кафе «Лягушатник». 8-е июня.

… Макс перекинул спортивную сумку на другое плечо, осмотрелся вокруг. Кафе еще работало.

В тот момент, когда он повернул голову к Казанскому собору, его кто-то сзади тихо окликнул:

- Это вы, Макс?

Перед ним стояла незнакомая девушка:

- Я от Юли. Она в такси на улице Желябова …

… Когда они поравнялись с машиной, девушка помахала ему рукой и удалилась.

Открылась передняя пассажирская дверь.

- Стас?

- Заходи, - улыбнулся водитель.

Сев на переднее сиденье, Макс пожал руку Стасу и повернулся назад, где сидела Юлька:

- Кого ты ко мне подсылаешь?

- Это знакомая по институту, - еле слышно сказала девушка, — на удачу, встретила на Невском. Она не в теме.

- Надеюсь.

- Извини, Макс, у меня до сих пор мурашки по коже.

- Ладно, проехали. Давай по делу.

Юлька с минуту молчала, затем начала свой рассказ:

… - Это случилось, когда я должна была уезжать домой, в Калугу.

Прикупила шмотки для мамы и младшей сестры. У сестры день рождения. Попросила Стаса, чтобы он отвёз меня в Сестрорецк, где я прописана. Там мне нужно было забрать две сумки, и на вокзал...

- Не понял, Юля, какие шмотки, какой вокзал? - Макс повернулся к Стасу.

- Макс, выслушай. Она по делу говорит.

- Хорошо, извини.

- Когда я загружала свои вещи к Стасу в машину, - продолжила Юлька, - к подъезду подошла девушка с детской коляской, моего возраста. Спросила, мол, еду ли я в город. Я сказала, что еду на Московский вокзал. А ей нужно было к ресторану.

Юля замолчала.

- Ну, к ресторану. И что?

Девушка подалась вперёд:

- К ресторану ... «Нева», Макс. Я ещё её переспросила: Вам нужно в ресторан « Нева»? Та ответила: «да».

- Ну и что?

Юля продолжила:

- Стас согласился подвезти. Никто её ни о чём не спрашивал, даже тогда, когда она привела со стороны парка и посадила в машину двух малолетних девчонок, с очень странными глазами...

Девушка нахмурила брови:

- Но это ещё не всё. Дальше - больше. Ей нужно было в ресторане найти Майку. Если нет, то тебя.

- Меня?! А я - то с какого боку?

- Да, тебя, Макс. Так сказала та девушка. Видимо, со слов девчонок?

- Но ни тебя, ни Майки в ресторане не было. Официанты сказали, что ты выходной. Тогда эта незнакомка попросила меня выйти из машины, видимо, из-за недоверия к Стасу. Мы стояли с ней возле «Невы».

«Этих девочек нужно отвезти к Майке», - сказала она...

Юлька опустила голову.

- Юля?! - Макс взял девушку за руку.

... - Да-да, Макс ... Извини, ...но эти девочки ... Их глаза ...

Они сидели, как два затравленных маленьких котёнка, которых кто-то сию минуту хочет утопить ...

- Почему? – спросил Макс.

Юлька пожала плечами.

- Потом что? - Макс обратился к Стасу. - Эта девушка уехала сама или ты её отвёз?

- Я предложил ей, когда она расплачивалась, - ответил Стас, - но девушка сказала, что поедет сама на электричке.

- Короче, - продолжала Юлька, - я знала, что только Любка парикмахерша знает, где живёт Майка. Я заскочила к Любке в салон и рассказала об этом. Любка взялась отвезти тех девчонок к Майке, потому что только Любка и Танька-гимнастка знали новую квартиру Майки. Девчонок отвели в парикмахерскую, они должны были подождать, пока Любка закончит кого-то постригать. А мы со Стасом уехали на вокзал.

- А Танька-гимнастка? - спросил Макс.

- Мы с Танькой из одного города, из Калуги.

Юлька время от времени нервно покусывала свои губы:

- Блин. Ты не поверишь, верней, и я бы не смогла предположить.

Приехала я к родным на два дня. На второй вечер сидим с родителями, отмечаем день рождения младшей сестрёнки, раздаётся телефонный звонок. Мама подходит к трубке, а после смотрит на меня:

- Юля, это тебя.

- Кто? - спрашиваю я.

- Таня, которая гимнастикой занималась.

- Нет, Макс, ты въезжаешь?! Я беру трубку. Танька просит, чтобы я к ней приехала. Я ей говорю, мол, мать, ты чего, я ж в Калуге. А она мне отвечает, мол, и я тоже здесь. Ну, я говорю, здорово, а почему ты звонишь только сейчас?

- Короче, - Юлька шмыгнула своим симпатичным носом, - я ловлю такси и еду. Приезжаю … Вот тут я обалдела, когда увидела у Таньки тех самых девчонок из Сестрорецка.

- Кого?! – удивился Макс.

- Да-да, тех самых. Танька мне сообщила то, что сказала ей Майка:

«Этих девочек нужно спрятать. Отвези их к себе в Калугу. Их ищут какие-то отморозки. И если найдут, то …»

- То что?

- Убьют, Макс! Убьют!!!

Я спросила Таньку, когда она собирается назад в Питер.

- Никогда, - ответила Танька и добавила. - Уверена, Майку из-за них убили.

- Вот такие дела, Макс, - закончила Юлька …

… Наступила пауза.

- Становится всё интересней, - покачал головой Макс. - Куда ты сейчас?

Юлька кивнула на Стаса:

- Он знает. Домой мне нельзя.

Покачав головой, Макс тяжело вздохнул:

- Уже легче.

- Сам-то ты домой? Подвезти?

- Нет. Спасибо, Стас, я ещё в ресторан загляну.
- Понял. Макс, нужно встретиться.
- Согласен. Только не в ресторане. Стрёмно. Давай у кинотеатра «Великан», где кассы.

Стас кивнул и включил двигатель ...

- 5 -

Ленинградская область. Поселок Зелёная Роща.
Дачный участок. Второй барак. 8-е июня.

... КАТЯ ...

Катя лежала поверх одеяла и разглядывала тёмный потолок в своей маленькой комнате. Окон в комнате не было, а свет гасила «старшая сестра» в каждой комнате, через час после отбоя. В этот час можно было только читать.

« Алые паруса» Александра Грина она читает уже в третий раз. И всегда со слезами на глазах. Плакала за Ассоль и за себя. За себя больше. Потому что у Ассоль был папа, который её любил, а у Кати ... она одна, и никого у неё нет ...

... Сон не шёл. Она вся извертелась. Хотела спать. Но не могла. В её двенадцатилетнюю головку вместе с алыми парусами то и дело врывались кошмары, начавшиеся в прошлом месяце. Когда из барака сбежала четырнадцатилетняя Наташка.

Из всех девчонок Наташка была самая старшая. Симпатичная, но очень дерзкая. У неё даже наколка была на ноге «Наташка». Взяла и убежала.

Беглянка смогла накидать на колючую проволоку свои шмотки и по ним забралась. Убежала в лес, а там заблудилась. А когда вышла на шоссе, её тут же поймали. Её не били, на неё не кричали. Её просто насиловали по очереди всей бригадой ...

... Девчонок собрали в комнате, где стояла одна большая кровать с высоким бортом. Кровать была окутана со всех сторон марлевыми занавесками, но через них всё равно всё было видно.

Все слышали ужасные Наташкины крики. Потом её хрип, такой долгий - долгий, и всё ... Наташка ... кончилась.

После чего их старший по бригаде, страшный зверь, взял Наташку за ноги и несколько раз шандарахнул головой о борт кровати. Да так, что у неё раскололся череп и кровавые брызги разлетелись по всем занавескам…

… Наташки не стало…

Всех девчонок стошнило, а Дашка потеряла сознание, и её откачивала «старшая сестра». Так все называли Карину. По именам никто ни к кому не обращался. Такой был закон. Но девочки иногда слышали разговоры между бандитами. И знали, как кого зовут.

Две недели назад Катю возили на работу вместе с Дашкой. Назад их привезли под утро, и у Дашки случился припадок. «Старшая сестра» сказала, что это нервный срыв.

Даша кричала очень громко :

- Убейте меня! Убейте меня! Убейте меня!

Она стала биться о кровать головой. Сама себе разбила всё лицо в кровь.

Её связали и увезли. И больше её никто не видел.

«Старшая сестра» сказала, что Дашу отвезли домой в Краснодар.

Но все девчонки знали, что Дашкин дом в Перми.

А вчера случилось то, от чего Катю не перестаёт трясти. Вчера сбежали ещё две девчонки: Ира и Люба.

Их троих, Катю, Иру и Любу, возили на какую-то красивую, большую дачу. Ира и Люба попали сюда только месяц назад и после работы всё время плакали. Им было больно. Они попали в рабство девочками, как Катя и Даша.

А с этим у бандитов проходит быстро.

Их везут на проверку зубов. В кабинет вызывается дядя «доктор». Весь большой и лысый. Дают что-то попить, чтобы уснуть и чтобы не было больно …

… Итак, после «работы» они ехали домой. Девчонки спали на заднем сиденье. Катя не спала.

Джип остановился в каком-то городке. «Старшая сестра» попросила водителя купить сигарет. Они не стали будить Иру и Любу. А пошли втроём, взяв с собой неспавшую Катю.

Когда пришли в магазин, то «старшая сестра» спохватилась.

- Ты куда? - крикнул ей водитель, которого все звали «Пряник».

- Я, кажется, дверь в машине забыла закрыть!

- Чёрт! - выругался Пряник и побежал за ней.

Даже забыли про Катю. Но Катя так перепугалась, что сама побежала к машине. Так и есть: Ира и Люба исчезли. Катя им позавидовала и в душе желала, чтобы их не поймали.

Теперь их осталось трое. Вместе с ней - Ася Мордвинова из Молдавии и Тимка (Галя Тимкина из Ташкента). Что будет с ними?

… Как сказала сегодня «старшая сестра», пока не найдут Иру и Любу, они танцами заниматься не будут.

Что значит танцы? Утром, если ночью не было работы, они занимались гимнастикой, верней зарядкой во дворе. Если, конечно, не было дождя или снега. В плохую погоду занятия были в большом зале барака. «Сестра» обучала их восточным танцам.

Танцы с круглыми браслетами на руках и на ногах. На браслетах были маленькие шарики. В танцах эти шарики трещали. Танцевали только босиком. Заплетали волосы в маленькие косички. Лицо гримировали, как взрослым тётям: красили губы, подводили глаза и обязательно ставили родинку на середине лба. Ногти на руках и на ногах красили тоже.

В день, когда за ними приезжали Циклоп и Сержант, они не танцевали. И на следующее утро тоже ...

Катя прижала к себе свою единственную, любимую куклу «Барби», подарок одного дяди из Финляндии, по имени Тимму. Он приезжал к ней раз в месяц и всегда с подарками. Все подарки отдавались «старшей сестре», но куклу Кате разрешили оставить. А ещё Катя умела рисовать.

Втайне от всех она рисовала. Рисовала всё, что с ней делали дяди. И самих дядей тоже рисовала. Рисовала, когда ей удавалось раздобыть чистый листок бумаги. На одной даче она «позаимствовала» авторучку с разными цветами: синий, красный, чёрный и зелёный.

Эти, как она сама называла их, картинки сворачивала в трубочку и прятала в стойке своей кровати. Это оказалось очень легко. Нужно было вверху стойки открутить круглый шарик и опустить внутрь стойки скрученные картинки. Доставать она их не пыталась. Просто скручивала и засовывала. Верила, что кто-то когда-то обязательно найдёт и всё узнает. Поэтому Катя рисовала всё: когда убили Наташку, утопили Зою, как кричала и плакала Даша. На картинках были изображены все бандиты и «старшая сестра». Хотя иногда Кате было жалко «сестру». Ведь «сестра» тоже когда-то была маленькая, как и Катя. А эти плохие дяди, наверное, её похитили, и теперь, когда « сестра» выросла, она стала работать на бандитов. Так думала Катя, поэтому лицо «старшей сестры» не рисовала.

У каждой девочки была своя комната. Все комнаты были без окон. Только в туалете, что был рядом с кухней, имелось узкое окно, закрашенное синей краской. Никто не знал, кто именно начал в туалете чуточку подскабливать краску. Так, чтобы можно было смотреть на двор, когда не было работы

Катя очень хотела уснуть. Потому что во сне она могла увидеть своих любимых родителей. Сестру Полину. Девочек из школы, из танцевальной группы. И вообще другой мир, в котором не было этого ужаса.

...Всё её маленькое тело покрылось мурашками. Она знала, от чего - от страха. Да, от страха, который преследовал её с тех пор, как она попала

… Даже не знает, куда и как. Ведь им сказали, что они с Полиной вместе будут танцевать в каком-то детском ансамбле.

Где теперь Полина, которой вот-вот должно было исполниться четырнадцать? Катя не знала …

… Катя, она же Екатерина Изверова … Вместе с родителями и со старшей сестрой Полиной ехали отдыхать на поезде к Чёрному морю…

… Ночью произошло крушение: поезд сошёл с рельс…

… Катя и Полина пришли в сознание только в госпитале. И, к большому своему горю, узнали, что осиротели. После госпиталя они попали в детский дом. Было трудно, но через год привыкли. Хотя не переставали думать о своих любимых родителях и не верили, что их больше нет.

Всё началось через год…

В детский дом приехал дядя, у которого был длинный нос. А под носом тонкие усики. Полине в тот год исполнилось четырнадцать, а Кате одиннадцать. С этим дядей приехала молодая девушка с большими синими глазами. Карина, та самая, которая теперь у них «старшая сестра».

Как сказали им воспитатели детского дома, они отбирали детей для танцевальной программы. Полину и Катю отобрали первыми. И тут не было ничего удивительного, так как они не первый год занимались танцами. Отобрали многих, но только их двоих увезли куда-то в отдельной машине. Им было сказано, что нужно пройти медицинский осмотр.

Маленькая Катя не подозревала, что видит свою сестру последний раз в жизни…

… Полина уехала с дядей с тонкими усиками, а её, Катю, зачем-то повезли к зубному врачу…

… «Старшая сестра» проводила её в большой красивый дом, провела в комнату, где стояло специальное кресло, и дала что-то выпить …

… Проснулась Катя на огромной кровати, в тёмной комнате, от сильной тупой боли между ног…. В детский дом Катя не вернулась …

Она помнила имена других девчонок, оставшихся здесь в бараке: Ира Бабанова, Люба Коркина, Галя Тимкина, Ася Мордвинова и она, Катя.

Правда, была ещё одна девочка, её звали Зоя, фамилию её Катя не помнила.

В один день эта Зоя не вернулась в барак. Никто ничего не знал, но потом девчонки услышали разговор их «старшей сестры» с кем-то из бандитов.

Зою утопил один клиент в джакузи – это такая большая круглая ванна с подогревом. Клиент ударил Зою по лицу, а та взяла и ответила …

… Клиент заплатил за это старшему из бандитов …

Теперь их осталось только трое. Наверное, так будет до конца. Потому что, даже если и поймают Иру и Любу, то их всё равно убьют.

За побег в живых никого не оставляют ...

... - так будет до конца, - повторила про себя Катя.

Она не знала, до какого конца, но чувствовала, что их всех когда-нибудь убьют.

Асе и Тимке по одиннадцать с половиной. Катя на год старше. Хотя, если совсем честно, то у Кати день рождения будет только через неделю. Так всем объявила «сестра». И даже сказала, что они все вместе будут отмечать.

Обычно на «работу» девочек возили три раза в неделю. Не больше. А когда сбежали Ира и Люба, то одну неделю они вообще никуда не выходили ...

... Катя прижала к маленькой груди любимую куклу. Она снова вспомнила дядю Тимму. Он был её первым мужчиной после «дяди» доктора. Обращался с ней очень хорошо и не делал больно, и не требовал всякие глупости, которым их обучала «сестра». А под Новый год он сфотографировал её на какой-то фотоаппарат и сразу же получилась фотокарточка. На ней Катя сидит под высокой Новогодней ёлкой с куклой в руках. Эту фотографию она тоже спрятала. Но перед тем как спрятать, Катя её подписала, завернула в носовой платок и опустила в свой тайник. В другой свой приезд Тимму подарил ей маленький фонарик на цепочке. Такой маленький, что легко умещался в её ладони. Она повесила его кукле на шею.

С того дня всякий раз, когда Катя ложилась в кровать, она пряталась, залезала под одеяло, зажигала фонарик и подолгу разговаривала со своей подружкой- куклой...

... Этот дядя Тимму - иностранец. В последний свой приезд он сказал, что, может, заберёт её с собой ...

... Она вспоминала « Алые паруса» и со слезами на глазах мечтала ...

... Как было бы хорошо, если бы она уехала из этой тюрьмы. Потому что бежать отсюда невозможно ...

... Может, вся страна – тюрьма. Понятно, что не для всех. Но для тех, у кого нет ни родных, ни близких, для них ... везде тюрьма. Они не нужны никому, - так думала Катя, прижимая к груди свою единственную во всём мире подружку « Барби», и вытирала о наволочку слёзы, капающие из её красивых, голубых глаз ...

- 6 -

Ленинградская область. Посёлок Зелёная Роща. 9-е июня.

... АМЕРИКАНЕЦ ...

... Вся бригада сидела в первом бараке, на кухне вокруг стола ...

... - Куда мы его денем? Может, рассчитать и в бухту? - пискнул Комар.

- Никуда мы его не денем, - Жгут загрёб кучерявого Комара за волосы, подтянул наверх и полоснул ребром своей ладони по тонкому уже дрожащему горлу, - у нас приказ, чтобы с его головы ни один волос не упал. Ты усёк?!

- Так что нам с ним, в натуре, делать? – Сержант ковырял вилкой в тарелке с салатом.

- Есть у меня идея, - Жгут тряхнул напоследок гриву Комара.

- Ну? - не сдержался Циклоп.

- Баранки гну, Циклоп, тебе-то не всё ли равно?

- Да я что, ты старший, я так, к слову.

Жгут поскрёб пятернёй свой затылок:

- Этот парень по-русски ни бум-бум. Пусть окунётся в наш общий бизнес.

- В смысле?

Жгут улыбнулся и подмигнул Сержанту:

- В смысле, что будет с нами во всех делах. На стрелках мы не светимся. Нашу «крышу» никто не знает. Пусть будет с нами в доле. Так хоть за решётку не страшно идти вместе с американцем. А?

- В смысле он с нами?

- Да, Пряник. Он с нами.

- Тогда на него кое-что и списать можно?

- Умница, Сержант. Это тоже козырь и неплохой. Пусть в этом доблестная милиция разбирается. Итак, «куколок» пока не трогаем, целую неделю.

- А если будут клиенты?

- Не твоя печаль, Пряник, Ты знай баранку крути, а думать за тебя другие будут. Сейчас всем отдыхать ...

...Кулаком его ударили только один раз, когда привезли в это место. Бил самый маленький из этой бригады по кличке Комар.

Влад помнил, как лысый парень с заклеенным носом пнул Комара и крикнул:

- Ты чего, сучонок, творишь! Этот пиндос денег стоит.

Потом его привели в комнату без окон, с одним стулом и тумбочкой, где на полу валялся голый матрас. Была ещё маленькая комнатка, где находился умывальник и туалет…

Сначала долго допрашивали. Когда он молчал, то получал оплеухи. Били ладонью по шее, толкали в грудь, в спину, но не кулаками. Потом появился старший, и Влада перестали бить.

При разговоре с пленником присутствовала переводчица. Он рассказал всё, как и планировал. Что приехал в Россию как турист. Да, из Америки. Просили выполнить просьбу: передать по указанному адресу тысячу долларов, для кого, не знает. Когда пришел по адресу, девушки дома не было. Только пожилая женщина, которая попросила сходить в магазин. Про куклу он и понятия не имел. И про каких-то других девочек тоже ничего не знает….

Старший Владу не понравился: похож на гиену. Курносый, с мутным взглядом. Влад даже не мог определить, какого цвета у него глаза. Молодой, а уже залысины. И самое противное - уши торчком. Как у макаки.

Первые два дня Влад спал на голом матрасе, прикованный длинной цепью к батарее, что находилась в углу небольшой комнаты. На этой цепи он мог доходить до туалета и умывальника. Еду приносили два раза в день. Кушал сидя на матрасе. Рядом стояло ведро с водой, кружка тоже была прикреплена к ведру на тонкой цепочке.

Когда к нему приходила миловидная переводчица, то наручники с него снимали. Она же объявила ему, что он теперь будет ездить с их группой на всякие деловые мероприятия. При этом предупредила, что в России сейчас идёт большая экономическая война и чтобы американец ничему не удивлялся. Просто он будет представлять интересы их компании.

Выбора не было. Влад согласился.

Только те «мероприятия», в которых он принимал участие, заканчивались плачевно. Практически все те, с кем приходилось вести «переговоры», уходили в другой мир. Мир усопших. Что было самое ужасное, почти всем отпиливали головы. Это было трудно объяснить. Верней, это никак не объяснить. Только забыть невозможно …

… На самом первом «мероприятии», где присутствовал Влад, молодой парень недружественной компании громко кричал на Циклопа и Сержанта. Кричал, что порежет их на ремни, и что они, в смысле, быки, … ментовские пидоры, и что братва от них даже мокрого места не оставит …

… После чего Циклоп ударил того парня, а Сержант топором проломил парню череп, да так, что кровавые брызги разлетелись во все стороны…

Влад опустил голову. Смотреть на это было невозможно …

Потом те двое взяли с собой тяжелый сейф, который убитый парень не хотел открывать, и попросили Влада помочь дотащить сейф до джипа. А когда сейф, запачканный человеческой кровью, поместили в джип, Влад вырвал …

… На что Сержант обозвал его чистюлей и пиндосом.

Таких « мероприятий» за неделю на памяти Влада было три. Перед каждым таким мероприятием приходила переводчица и напоминала, чтобы он был ко всему готов. Были и особые жертвы, тела которых доставляли на базу. Там им головы отрезал старший ...

… Лишь на третью ночь, когда Владу разрешили лечь на кровать с матрасом и постельным бельём, он смог немного расслабиться. В тот день его никто не трогал. Как и вчера, его охранял Комар, но уже совершенно беззлобный. Хотя видно было, что Комару с трудом приходится сдерживать своё истинное отношение к американцу.

В ту ночь за стеной Влад услышал шум дождя…

… Дождь …, - проговорил он тихо сам себе. - Тогда над Манхеттеном тоже шёл дождь, спокойный, шуршащий, ненавязчиво моросивший с чёрного, чёрного неба …

... ДЕСЯТЬ МЕСЯЦЕВ НАЗАД ...

США. Манхеттен. 1994 год. 19-е августа.

... НИНО ...

... Влад задержался в офисе. На соседней улице в многоэтажном гараже был запаркован его джип.

Поняв, что из-за дождя он может попасть в трафик, решил позвонить Ким. Он помнил, как остановился возле книжного магазина, на стене которого висел телефонный аппарат.

Ветер? Нет, ветра не было. Иначе бы он не услышал, как что-то упало на мокрый тротуар.

Влад вспомнил, когда он обернулся на раздавшийся звук, то увидел девушку. Это упала на мокрый асфальт её сумка. Девушка прижалась спиной к стене и, обеими руками держась за живот, стала оседать.

Если бы он не подскочил, проблем было бы больше. Девушка стала терять сознание ...

... - Сюда! Сюда! – кричал он появившейся из-за угла машине скорой помощи.

Потом высокий рыжий санитар со словами:

- Давай, вперёд, папаша, - запихнул его в машину вместе с девушкой. Так они доехали до госпиталя.

Когда всё было готово к операции, на него надели зелёные штаны, такого же цвета широкую куртку, накинули белый халат, на голову натянули зелёный медицинский берет, заставили надеть прозрачные перчатки...

- Вы даже не представляете, как вы вовремя. Сразу две жизни. Две жизни спасли, - сказала женщина - врач.

Затем около часа ему пришлось прождать в холле, на том же этаже. К нему вышла ассистент хирурга:

- Это не важно, знаете ли вы эту девушку или нет. Жизнь разберёт. Важен ваш поступок.

... Ким, с которой он познакомился год назад, и празднично накрытый стол по случаю их помолвки ждали его в тот вечер . В кармане его куртки находилась бархатная коробочка ... В ней кольцо с бриллиантом ...

Домой он вернулся за полночь. Ким, конечно же, обиделась и ушла.

Она приехала на следующее утро и потребовала объяснения.

Выслушала, не перебивая, а потом заявила:

- Познакомь меня с этой девушкой.

- Хорошо, - ответил он, - только зачем?

- Я хочу её видеть …

… Девушку звали Нино. Влад и Ким встречали её из госпиталя…

Они помогали Нино, как могли. Хотя, если честно, больше помогала Ким.

Как - то перед сном Ким обняла его и шепнула:

- Я учусь у Нино, как ухаживать за маленькими детьми. Знаешь почему?

И не дожидаясь ответа, продолжила:

- Хочу такую же малышку. Ты не против? …

РОССИЯ. *Ленинградская область.*
Посёлок Зелёная Роща. 1995 год. 9-е июня.

… Влад хотел вспомнить, как они с Ким в первый раз встретились, но ему помешали …

Дверь открылась, и на пороге появилась знакомая переводчица по имени Карина:

- Как дела? Мы едем в одно место. Ты должен быть готов через десять минут, - сказала она на английском.

- Ok, - ответил он.

Карина отвела его в комнату, где на кровати были разложены три костюма, рубашки, футболки, брюки, Рядом с кроватью стояло пять пар новых туфель.

- Примеряй, - улыбнулась ему переводчица. - Должен выглядеть на все сто. Ну, быстро, пока старший не зашёл…

Через пять минут он был готов.

На нём был дорогой тёмно-серый костюм и белая рубашка с галстуком. Новые модные чёрные туфли. Дорогие часы и золотая печатка с чёрным камнем в оправе.

Прежде чем он вышел из комнаты, Карина остановила его:

- Эй, американец, - переводчица с неподдельным интересом разглядывала «гостя». - У тебя есть девчонка в твоей Америке?

Влад промолчал.

- Конечно, есть, - грустно ответила она за него …

… Чёрный джип, миновав пригородную зону, въехал по Приморскому шоссе в город.

Через боковое окно Влад смотрел на Северную российскую столицу.

Набережные, мосты, проспекты, старинные, красивые здания, всё это было покрыто тёплым, молочным небом белых ночей.

За рулём сидел Циклоп, рядом с ним Сержант. На заднем сидении Влад и Череп, с широким пластырем во весь нос.

Влад не знал, куда они ехали, но понимал, что не на увеселительную прогулку…

… На город спустились сумерки. Вечернее небо приняло окраску старого, изрезанного рытвинами асфальта.

Их джип въехал под арку облезлого трёхэтажного здания грязно-серого цвета.

Нужный им офис находился на последнем этаже.

Циклоп, Сержант и охраняемый ими американец вступили на отделанную цветной плиткой площадку. У дверей их встретила охрана из трёх крепких парней, которые обыскали гостей на предмет оружия.

Весь разговор проходил в кабинете хозяина кампании.

- Ты кинул нашего зарубежного партнёра, - объявил Сержант сидящему за столом молодому мужчине в роговых очках, - у нас есть доказуха.

- Где?

- В машине. Я сейчас маякну, и наш бухгалтер принесёт.

- Пусть принесёт, - спокойно ответил хозяин офиса и кивнул одному из охранников, - приведи бухгалтера.

Молодой парень вытащил из-за спины пистолет и удалился.

Роль бухгалтера выполнял Череп, который и ликвидировал пришедшего за ним первого охранника, застрелив его сразу же после того, как тот впустил его в офис.

Очки на перебитом носу Черепа придавали его лицу ещё большую уродливость. Войдя, «бухгалтер» кинул имеющуюся у него в руках папку документов в сторону второго охранника, моментально выстрелив в третьего. Уложив того на месте. Второй сразу же ретировался, опустил пистолет, но это ему не помогло. Сержант всадил ему нож в живот, отчего тот охранник упал на колени, а Циклоп со словами:

- Убивать нужно красиво, - с силой воткнул свой нож охраннику в горло.

Хозяин офиса остался в одиночестве.

- Я не могу подписать нужные вам бумаги без моего партнёра, - трясущимися губами пролепетал он.

- Звони партнёру. Мы подождём. Правда, братан? - Сержант похлопал американца по плечу и предложил ему присесть в мягкое кожаное кресло.

Влад, окаменевший от случившегося, произнёс что-то на английском, присел в кресло и неожиданно встретился глазами с хозяином. Неподдельный ужас в глазах и абсолютная беспомощность …

Через полчаса приехал партнёр, и кошмар повторился …

… Прибывшего партнёра свалили на пол. Сначала Сержант, а

потом Циклоп стали прыгать у него на голове. На глазах обалдевшего Влада и хозяина офиса голова партнёра стала превращаться в кровавую лепёшку …

Хозяина и американца вытошнило почти одновременно, но и это не было последним событием.

Партнёр перестал дышать.

- Во, сука, окочурился, - объявил Сержант и раскрыл настежь окно.

После чего Циклоп подхватил избитого партнёра на руки и, словно ненужную игрушку, выбросил вниз, на грязную, в мелких камешках дорожку…

… Дрожащими руками хозяин подписал все бумаги, и его повезли в джипе на базу.

- На съедение старшему, - прогигикал Циклоп …

- 7 -

Санкт-Петербург. Проспект имени Горького. 1995 год. 11-е июня.

… Ветер с залива нагнал тучи. Стал накрапывать мелкий, тёплый летний дождь.

Макс стоял под навесом кинотеатра « Великан».

Подъехало такси. Опустилось стекло, и он увидел улыбающегося Циркача:

- Такси заказывали? Садись. Подвезём.

Макс прыгнул на заднее сиденье.

После рукопожатия улыбнулся и Стас:

- Ты бы нам ещё в зоопарке встречу назначил. Прямо у клетки с тигром.

- Поехали отсюда.

- Знаешь куда?

Макс пожал плечами:

- Сверни на любую улицу. Так, чтобы не светиться.

- Есть какие-то мысли?

- Да, только …, - начал было Макс, но остановился.

Наступила пауза.

Циркач и Стас повернулись к Максу.

… Только этих девочек с бантиками на голове, - продолжил он, - я, по-моему, видел ещё до убийства Майки. В день её рождения. Девочки сидели в такси, которое приехало за Кариной. Еще до того как Циркач сделал Черепу пластическую «операцию» на нос.

Стас нахмурил брови:

- Тех самых, которых ищут?

- Не знаю. Может, и тех, а, может, других. Мы же не знаем сколько их. Но то, что завертелось, так это …

- Из-за малолеток? Ясный перец, - нахмурился Циркач, - суки! И даже знаю зачем …

Макс кивнул:

- И ещё одно: машина с шашечками по бортам. Тоже в теме. Карина - это раз. На стрелке с Черепом была та же машина – это два …

- Значит, скоро будет - три. Я так думаю. – проговорил Циркач.

Макс продолжил:

- В тот вечер, в Майкин день рождения, эта машина приехала к ресторану. Парень с кличкой « Сержант» просился в ресторан, чтобы забрать Карину.

- «Сержант»? Который был на стрелке?

- Да, Циркач, он самый. Просился нагло, и мне пришлось ему это объяснить.

А когда Карина села в машину, я увидел на заднем сиденье двух девчонок с бантами. Подумал, как можно детей доверять таким быкам.

- Думаю, что всё началось с Черепа?

- Отлично, Цирк, в десятку, - выстрелил Макс.

- Почему?

- Потому что и я так думаю. Мы как будто с кем - то играем в морской бой. И кого-то сильно ранили или спутали кому-то карты, нарушили планы. Вокруг нас гибнут люди, но пока вокруг нас. Это понятно?

- Туманно. Очень туманно, - Стас посмотрел на друзей.

- Почему, Стас? Смотри, у всех, кто был причастен к этим пропавшим малолетним девочкам, начались проблемы.

- С-с-суки! - Циркач посмотрел на Стаса.

- Почему бы и нет. Это неплохой бизнес,- ответил Стас.

- Это не братва, - Циркач сжал кулаки, - братве такая канитель - западло.

- Согласен, Циркач. Скажу больше. Это даже не местные.

- Почему, Стас?

- Были бы слухи в городе. Но слухов нет. Значит, у этих чертей есть куда соскакивать.

- Может быть, про них никто пока не знает.

- Резонно, Цирк, - заметил Макс. - А теперь давайте вспомним, кто попал под их замес.

- Первой оказалась девушка по имени Нино. Понятно, что девчонки ей никто. Видимо, они на неё наткнулись, когда убежали. Она им просто помогла доехать до ресторана, через тебя, Стас, и Юльку. Юлька отвела их к Любке в парикмахерскую. Та отвезла девочек к Майке …

- Ты хочешь сказать, что следующая Юлька или … Точно, следующая Любка! - Циркач посмотрел на Стаса.

Стас моментально завёл машину:

- Быстро! В салон, к Любке!!!

Стас гнал как на пожар. Хорошо, что из-за дождя гаишники куда-то попрятались, а так бы не миновать штрафа за такую езду.

Машину оставили за Пассажем на улице Ракова. В салон пошёл только Макс.

… Люба? Так она вчера позвонила мне домой после работы и попросила выходной на два дня, - пожал плечами Миша Васильев, один из лучших парикмахеров Питера, - ну я и передал заведующей.

- А почему ты так удивлённо говоришь? - спросил Макс.

- Да кто ж берёт выходной в пятницу и субботу. Это же самый заработок. И мне пришлось обслуживать её клиентов.

- Миша, а такое часто бывало?

- Что?

- Ну, чтобы Люба по пятницам и субботам не работала?

- На моей памяти - нет. Если не отпуск. А так, как сейчас, в первый раз.

- Ты знаешь, где она живёт?

Парикмахер нахмурил брови:

- Конечно, мы же друзья. Поэтому она мне и позвонила.

- Адрес! Быстро! – не сдержался Макс …

Санкт-Петербург. Кировский район. 11-е июня.

…. - Останови машину на том углу. В квартиру я пойду один.

- Думаешь, там кто-то ждёт, - Стас заглушил мотор.

- Возможно.

- Я тебя подстрахую, - Цирк скинул свою куртку на сиденье. - Буду идти сзади, только в квартиру без меня не входи.

- Хорошо, - сказал Макс, - возьми у Стаса в багажнике монтировку…

… Старый питерский дом, набычившись, смотрел на неширокую, пустынную улицу. Мрачные, облупившиеся стены, облезлая краска на входной двери в подъезд. На двери висело плато с кнопками- цифрами, но дверь можно было открыть отвёрткой, не зная никакого кода. Лестница со сбитыми ступеньками и ржавыми перилами столетней давности. Одним словом, не подъезд, а могильный склеп. Тёмный, страшный…

... ДВА ДНЯ НАЗАД...

Санкт-Петербург. Кировский район. 9-е июня ...

... ЛЮБА ...

... Люба была в хорошем настроении. С самого утра улыбалась и всем дарила комплементы.

- Ты что, Любаша, замуж собралась? - спросила заведующая салоном.

- А хоть бы замуж, просто хорошо на душе, а почему, сама не знаю.
После убийства Майки Любу все успокаивали и были очень рады такой перемене.

- Тебя подвезти домой? - уже в конце смены спросил Миша Васильев,

- Нет, спасибо, мне ещё к портнихе надо. А мы с ней посплетничать любим. Ты же не будешь меня ждать? ...

... Её поставили на ножи между первым и вторым этажом. Так же, как и Майку. Справа первый: высокий, худой, лопоухий, с безумным, дьявольским огнём в глазах, слева второй: с рыжим коротким бобриком на квадратной голове, сидящей на такой же квадратной шее, прилипшей к телу, похожий на колобка, с веснушками во всё лицо:

- Пикнешь, отправишься за своей тощей подружкой, - шепнул девушке лопоухий.

Люба не могла дрожащими руками найти ключи в сумке. Дверь открыл второй, с квадратной головой. Её втолкнули в узкий коридор.

- Свет не зажигай, - прохрипел похожий на колобка.

Лопоухий сильно ударил девушку по затылку. Люба была без сознания около получаса...

... - Жить хочешь? – прошипел верзила, хлопая её по бледным щекам. Она кивнула.

Лопоухий задал следующий вопрос:

- Где малолетки?

Она назвала Майку.

- Ответ неправильный, - лопоухий понял, что она ничего не скажет. Он притянул девушку за волосы и приставил к горлу резной тесак:

- Позвони в свою контору и скажи, что плохо себя чувствуешь, возьми отгул на два дня, - после чего взял Любу за плечи и силой толкнул в кресло, возле которого на журнальном столике стоял телефон. Люба упала так, что головой сбила на пол телефонную трубку.

- Вот стерва, даже падать нормально не может, - парень с рожей колобка нагнулся, поднял с пола упавшую трубку, с силой приставил к голове Любы.

Девушка дрожащей рукой взяла трубку телефона.

- Смотри, говори так, чтоб поверили, иначе пеняй на себя, - лопоухий посмотрел на напарника, - … сходи к двери, проверь, чтобы никого на лестнице не было.

Тот кивнул и быстро вышел из комнаты.

Люба позвонила Мише Васильеву, у которого были гости и было шумно. Поняв суть звонка, тот весело крикнул в трубку:

- У меня день рождения через неделю. Буду ждать.

Прежде чем повесить трубку на рычаг, Люба её поцеловала и даже улыбнулась краешками губ. Телефон был подарком от любимого человека.

После разговора лопоухий оторвал Любу от телефона, а уже вернувшийся в комнату напарник накинул ей на голову пластиковый пакет …

… Повесили Любу в ванной комнате, на шнуре от телевизора, в том же платье, в котором она сегодня так много улыбалась и радовалась жизни …

- Всё, линяем, - прохрипел лопоухий, и оба неспеша направились к выходу.

Внизу, через дорогу их ждала чёрная девятка «Жигули», за рулём которой сидел Череп …

Санкт-Петербург. Кировский район. 11-е июня.

… - Пошли, Макс, - Цирк положил свою руку на его плечо, - мы ей уже ничем не поможем. Нужно позвонить в милицию. И смотри не наследи. Ты ничего не трогал?

Макс вышел из ванной …

К машине шли медленно …

… Подойдя, Циркач посмотрел на Стаса и провёл рукой по своему горлу.

Стас опустил голову на руль …

… Ребята уже сидели в машине минуты две, прежде чем Стас поднял глаза и тихо спросил:

- Теперь куда?

- Может, вернёмся к «Великану»? – грустно предложил Макс.

Водитель кивнул …

… Ехали молча. Глаза Стаса, который познакомился с Любой раньше, чем Макс и Цирк, пылали лютой ненавистью…

Макс первым нарушил молчание:

- Перед тем, как ты повёз Юльку на вокзал, в ресторан кто-нибудь заходил?

Стас задумался:

- Да. Девчонки захотели в туалет, и Юлька их отвела ...

Наступила тишина. Цирк и Стас посмотрели на Макса, у которого открылся рот и округлились глаза.

- Ты чего?! - спросили они вместе.

Прежде чем ответить, Макс с минуту смотрел в пустоту лобового стекла.

... - Стас, - начал он, - кроме тебя, Юльки и Любы, кто-то ещё видел этих малолеток?

- В ресторане?

- Да, - уже тише спросил Макс.

- Ну, наверное, твои гардеробщики.

- Уверен?

- Нет.

- Значит, тот, кто видел их в ресторане, смог ...

- Куда надо позвонить,- продолжил за него Циркач.

Макс нахмурил брови:

- А кто там может быть, да ещё у дверей в обеденное время. Гардеробщики. Это понятно. Я был выходной. Значит, работал Андрюша - боксёр, но он приходит только после шести вечера. Точно! Если отлучается охранник, то администратор спускает кого-то из официантов. Кто-то из официантов, думаю, Юлька знает кто. Или вспомнит.

Стас тяжело вздохнул:

- К «графиням вишенкам»?!

- Срочно, Стас!!!

- 8 -

Санкт-Петербург. Проспект Луначарского. 11-е июня.

... ГРАФИНИ - ВИШЕНКИ ...

... Когда Юлька нервничала, она вязала ...

... Вчера хоронили парикмахершу Любу, и Люся с Леной крепко набрались. Теперь уже никто из девчонок не сдерживал никаких эмоций. Ревели все. Ревели вголос у могилы, и в кабаке, где пили крепкую водку, как воду.

На кладбище отпевал батюшка. У него тоже тряслись руки.

Только было непонятно: с похмелья или от всеобщего состояния провожающих и глубоко скорбящих.

Юлька на похороны не ходила. Её якобы вообще нет в городе. Только «графини – вишенки» знали, где она. И что привёз её к ним Стас.

Лена ещё спала, а Люсе нужно было опохмелиться. Отойдя от холодильника, она плюхнулась на диван рядом с Юлькой:

- Актриса, можешь, пожалуйста, мне кофе сварить, а то у меня руки трясутся, - после этих слов она подтянула на диван свои голые ноги.

Юлька отложила вязанье и пошла на кухню.

Кофе пили уже втроём. Лена унюхала запах кофе, сразу проснулась. Пили сидя на диване. Пили молча. Каждая из «бабочек» думала о своём.

Люся и Лена всегда дружили с головой. Три года назад они получали повышенную стипендию в Текстильном институте, но решили на время взять академический отпуск, чтобы немного подзаработать.

Лена собирала деньги и отправляла для маленького брата и сестрички, которых тянула одна мама, поскольку отец был конченным алкоголиком.

А у Люси мама болела. Ей нужно было делать операцию на сердце. Мама стояла в очереди на операцию.

- Я хочу уехать, - прервала молчание Лена.

Она тупо разглядывала дышащую ароматом тёмно-коричневую кофейную жидкость, в которой поблескивали солнечные зайчики, непоседливые посланцы солнечных лучей.

Девчонки не ответили. Продолжали пить. Но видно было, что слова Лены их задели.

- Блин, - встрепенулась Люся, - я вообще не въезжаю в эту хрень. Чё вообще происходит. А? Не понимаю. С какого рожна кто-то всех мочит?! За что?! Чего молчишь, а, Юлька?!

Ответить Юлька не успела, потому что в дверь кто-то постучал три раза.

- Это Макс, - Юлька поставила свою чашку на журнальный столик, направилась к двери.

- Постой, мать! А если … эти …

- Нет, Люся, это Макс.

При имени Макс у Люси надулись и без того сексуальные губы, а рысьи зеленые глаза налились неподдельной страстью. Все «бабочки» знали, что Люся к Максу неровно дышит, но дальше разговоров у них ничего не было.

Это тоже было всем известно. Поэтому она моментально слетела с дивана, умчалась в ванную, по дороге прихватив свой зелёный шёлковый халат в жёлтых драконах. Лена продолжала смотреть в свою чашку.

Ребята вошли.

Лена, не меняя позы, молча кивнула. Юлька так же, без слов вернулась на своё место, взяв со столика ещё не остывшую чашку.

Стас присел в кресло у окна, Макс остался стоять, облокотившись на дверной косяк.

- А где Люся? – спросил Стас.

Лена повернула голову в направлении ванной, из которой доносился шум падающей воды.

Макс поскрёб по небритому подбородку:

- С милицией встречались?

Лена утвердительно кивнула:

- Завтра нужно явиться в шестое отделение на Кирпичном переулке.

- Во сколько?

- Нам с Люсей в десять утра. Про остальных не знаю. Макс, нас что, посадят?

- С чего посадят, вам просто будут задавать вопросы, - сказал Стас, - когда в последний раз вы виделись с погибшей? Ну и всё такое.

- Я не помню. Давно, - Лена стала сразу же отвечать. - Любка не наша подружка. Если ты помнишь, мы все были на дне рождения у Майки, вот тогда и виделись последний раз.

- Так и скажешь, - Стас посмотрел на Макса.

Тот кивком согласился. Наступила пауза, которую разбавлял шум воды из ванной комнаты…

… Допили кофе, но настроение не улучшилось.

Юлька подошла к Максу, посмотрела снизу вверх ему в глаза:

- Думаешь, здесь не опасно?

Ответить тот не успел. Потому что Стас, стоявший у окна, позвал его и приложил указательный палец к губам:

- Смотри, только занавеску не двигай. Видишь?

- Где?

- Вон, за последним корпусом, смотрят прямо сюда, на нас.

Макс заметил мерцание от линз бинокля на лобовом стекле:

- Что думаешь?

- Думаю, что нужно валить и чем быстрее, тем лучше.

- Всем?!

- А у тебя есть другая идея?

Осторожно отойдя от окна, Макс посмотрел на Лену:

- Когда вы вчера уехали из ресторана?

- Не помню.

- Лена, ты ведь не так пьёшь, как Люся?

- Ну, поздно, Макс, поздно. А потом, чего нам переживать, нас Веня пухлый домой отвозил.

- Веня?! Официант?!

- Да, он самый, - Люся, приодетая, румяная, с красиво подведёнными глазами, вышла из ванной, - он тачку себе прикупил. И, между прочим, пригласил нас обмывать машину.

- Когда?

Люся хитро улыбнулась:

- Ревнуешь, Макс?

- А нужно?

Люся фыркнула:

- Фу на тебя. Сказал, что сообщит.

На помощь пришла Лена:

- По-моему, в следующую пятницу.

- Точно?

- Не уверена, но сказал, что на следующей неделе. Это важно?

Макс пожал плечами и посмотрел на Стаса.

- Думаешь, он? - спросил тот.

Макс ответил моментально:

- Если это так, то …

Договорить он не решился, поймав на себе удивленный взгляд девичьих глаз.

- Макс, ты что-то знаешь, а нам с понтом это знать не обязательно?

- Люся, к сожалению, не сейчас.

- А что сейчас?

- А сейчас, девочки, … нам нужно … в темпе сваливать.

- Это ещё зачем? …

- Люся, игры закончились. Те, кого вы боитесь, совершенно не шутят.

- Чего им надо, Макс?

- Думаю, чтобы было как можно меньше свидетелей.

- Свидетелей чего, Макс?

- Сам бы хотел знать, но пока мы будем узнавать, пройдёт время. И в этом самом времени никто не застрахован.

- Макс прав, Люся, - Лена встала с дивана. - Я совершенно не хочу, чтобы кого-то из нас … как Майку и Любу….

… Квартира «вишенок» была на последнем, девятом этаже.

- Я проверю чердак, если перекрытия между подъездами не закрыты, то нам повезло. Выйдем с другой стороны, - тихо сказал Стас и направился к входной двери.

Макс снова подошёл к окну:

- Люся, а во сколько Веня будет машину обмывать?

- Макс, я же уже сказала, он сообщит. Сегодня его смена? - Люся тоже встала с дивана. - Я в туалет.

- По-моему, он сегодня выходной, - Макс сморщил лицо и посмотрел поверх голов сидящих на диване «бабочек». - А кто знает, где он живёт?

Никто из присутствующих на этот вопрос не ответил.

Нашлась Юлька:

- Можно у Димы «афганца» узнать. Они же напарники. Наверное, кто-то кого-то подвозил домой.

- А ты, Макс, в следующую пятницу выходной?

- Да, Люся. Я выходной.

- Надо же, как повезло. Ты тоже придёшь на обмыв?

- Меня никто не приглашал.

- Я ...тебя ... приглашаю ... Будешь моим ухажером, - рассмеялась Люся.

К Максу подошла Юлька:

- Сколько у нас есть времени и что с собой брать?

- Главное - документы.

- А тряпки?

Макс пожал плечами:

- Не знаю, Юль. Возьмите бельё на сменку.

- А на сколько дней?

- На неделю – это точно.

Скрипнула входная дверь. Появился улыбающийся Стас. Все поняли, что путь к отходу свободен.

- Только обуйтесь в кроссовки, а то на чердаке много песка, гравия и вообще не стерильно, - Стас подозвал Макса. - Ты что-то придумал?

Макс не ответил.

- Думаешь Веня?

- Думаю, ... да ...

Девчонки, в полном снаряжении, с сумками в руках, как по команде выстроились в одну шеренгу в ожидании ценных указаний.

- Кто может знать, где вы живёте, кроме Вени?

« Вишенки» посмотрели на Макса.

- Никто. Только Веня, Юлька и вы со Стасом, - опередила подругу Лена - Это наша новая квартира. Мы сюда даже с клиентами ещё не приходили.

- Плохо. Верней, хорошо, что не приходили, - Макс отошёл от окна.

- Теперь куда?

- Подальше от проблем, Люся. Придумаем что-нибудь.

Девушка покачала головой:

- Просто всё как-то так быстро, - она глубоко вздохнула, - и непонятно ...

Спустившись вниз к последнему подъезду, Люся рассмеялась, но тут же прикрыла ладонью рот.

- Ты чего? - подтолкнула её Лена.

- Вспомнила, как мы с тобой в первый раз от пьяных чухонцев через чердак убегали.

Лена тоже прыснула.

- Девчонки, внимание - остановил их Стас. - Моя машина стоит на проспекте Луначарского. Знаете?

- Найдём.

- Нет, Люся, не найдём, а когда выйдете из подъезда, на проспект Художников не выходите. Перейдите сразу Поэтический бульвар и идите к Луначарскому через дворы, что напротив. Сначала выйду я. Потом Юлька. Потом Лена и после неё ты, Люся. Макс последний. Если что-то не так, он прикроет. Каждый выходит с зазором в пять минут. Я всех потихоньку буду подбирать во дворе того корпуса, который стоит последний параллельно проспекту Луначарского. Понятно?

Девчонки на минуту замерли, после чего одновременно кивнули …

… Первым вышел Стас. Потом ушла Юлька, спрятав под лёгкую куртку две длинные острые спицы.

Люся, сделав первый шаг, споткнулась. Удержавшись за проходящую рядом с выходом балку, сплюнула на сыпучий гравий:

- Шпионские страсти, во, попали.

- Молчи, Люся, - оборвала её Лена, - сказали надо, так и делай. Макс нас ни разу не подводил…

… А в это время у корпуса, что стоял как раз напротив дома «Графинь вишенок», примостилась машина такси. В лобовом стекле время от времени поблескивали окуляры бинокля, направленные в сторону девятого этажа. Туда, где жили Люся и Лена. Бинокль в руках держал высокий лопоухий, а за рулём грыз ногти другой, усталый, не выспавшийся, похожий на колобка, с веснушками во всё лицо …

- 9 -

Санкт-Петербург. Московский район.
Городская больница на улице имени Костюшко. 12-е июня.

Палата была отдельная, просторная и светлая.

Миша лежал с закрытыми глазами, словно ангел, спустившийся на грешную землю. Руку, в которой не было капельницы, держала сидящая на стуле мама, Елена Николаевна. Рядом стояли отец, Пётр Сергеевич, сестра Аня и Олег.

Макс лишь заглянул в палату и тут же прикрыл дверь:

- Не вовремя, – подумал он.

Постояв с минуту в коридоре, собрался уходить, когда позади него послышались шаги. Это был доктор, с которым Макс уже разговаривал.

- Голубчик, вы снова здесь. Я же вам сказал, что должно пройти хотя бы три дня. Сегодня ещё рановато.

- Но там кто-то есть?

- Те, кто там, знают: никаких разговоров и никаких вопросов.

- Понятно, доктор. Три дня – это значит в понедельник?

- Почти.

- Почти?

- Всё зависит от состояния вашего друга.

- Хорошо. Доктор. Спасибо.

В это время в коридор вышла мама Миши:

- Максим!

- Елена Николаевна, здравствуйте. Как Миша?

- Живой. Доктор сказал, что поднимется. Опасности для жизни нет.

- А вы знаете, что случилось?

- Не совсем. Верней, его сбил какой-то хулиган на мотоцикле.

- Его нашли?

- Кого?

- Ну, хулигана?

- Владимир Валерьянович сказал, что он его из - под земли достанет.

- А кто это?

- Так вон он, - женщина кивнула в сторону столика дежурной медсестры.

Возле дальнего окна по коридору стоял среднего роста мужчина в сером костюме и разговаривал с кем-то по телефону.

- Это папа Олега, друга нашей Анечки.

- А папа его …

- Работает в органах. Очень серьёзный человек.

Окинув мельком папу Олега, Макс улыбнулся Елене Николаевне:

- Спасибо, я приду в понедельник. Мишке привет.

- Конечно, Максим.

- До свидания, Елена Николаевна.

Женщина молча кивнула и снова вошла в палату …

… Поравнявшись со столиком медсестры, он сделал прощальный кивок молодой медсестре, вновь окинул быстрым взглядом мужчину в сером костюме, обратил внимание на длинный нос и тонкие французские усики …

Уже отойдя от больницы, по дороге к метро, Макс повторял себе под нос одну фразу:

- Где же я тебя видел, дядя в сером костюме, с французскими усиками под длинным носом? Где же я тебя видел? …

…. Подойдя к ресторану, у самой двери Макс столкнулся с Веней.

- Вышел подышать?

- Нет, Макс, в смысле, да.

- Ты сегодня в паре с « афганцем»?

- С ним, как всегда, - ответил Веня и, слегка наклонившись вперёд, шепнул. - К тебе там пришли.

- Там, это где?

- У администратора в кабинете.

- Кто?

- По-моему, кто-то из этих, - он похлопал себя по плечу.

- Ты уверен, что ко мне?

- Я слышал, - смутился официант.

Макс посмотрел прямо в глаза упитанному официанту:

- А ты, Веня, как я посмотрю, всё слышишь и всё замечаешь …

Веня криво улыбнулся:

- Так, работа такая. Сам знаешь.

Макс спокойно стал подниматься по широкой лестнице.

У самой двери офиса столкнулся лицом к лицу с администратором и с коренастым высоким блондином в тёмных брюках, в белой рубашке с короткими рукавами.

- Вот он наш охранник, - спокойным голосом произнёс администратор и приоткрыл дверь своего кабинета, - Макс, это к тебе.

Мужчина зашёл первым. Присел на свободный стул возле широкого стола и рукой указал на другой стул, напротив:

- Пожалуйста, проходите. Присаживайтесь. И, если можно, прикройте дверь.

Администратор остался в коридоре.

После чего раскрыл красную корочку своих документов и показал её охраннику:

- Следователь убойного отдела капитан Долгушин. А вы, как я уже понял, Максим Поляков?

Макс кивнул.

- Мне нужно задать вам несколько вопросов. Можно?

Макс пожал плечами:

- Задавайте…

Ленинградская область. Поселок Репино.
Гостиница « Репино». 12-е июня.

За окном хозяйничала летняя ночь. Тёплая и бесшумная.

Все прелести белой ночи скрывала светло-коричневая штора, возле которой стоял Пряник. Белое махровое полотенце, закрученное вокруг стройного торса, спадало вниз, прикрывая колени. В руке он держал сигарету «Малборо» и, приоткрыв штору, разглядывал парковку возле гостиницы.

Выпустив дымную струйку, он подошёл к журнальному столику и, загасив сигарету, плюхнулся в стоявшее рядом кресло:

- Как думаешь, если Жгут узнает о нас, кого он первым в расход пустит?

- Не меня. Не надейся, - ответила ему Карина, лежавшая на широкой кровати, прикрытая одной лишь простыней.

- Значит, меня.

- Тебя, Пряник, тебя. Я ему нужна.

- Ха-ха, ему никто не нужен.

- Пока есть американец, со мной ничего не будет. Ему другая переводчица не нужна. К чему вопрос? Ты же замазан, как и все.

- Я никого не убивал. Я шофёр, просто шофёр.

Карина сдержала улыбку. Вспомнив свой разговор со Жгутом …

… « - Картинный мальчик, - выдохнул тогда старший по бригаде в отношении Пряника.

- И всё? - удивилась Карина.

- Хороший водила. Тебе этого мало? - хихикнул Жгут.

- Такой белый и пушистый, что даже у «хозяина» не был?

- Почему не был?

- Так расскажи, - не унималась Карина.

- Меньше знаешь, дольше спишь, - услышала она в ответ и поняла, что больше знать ей не положено … »

… Пряник с недоверием посмотрел на Карину.

- Она при старшем, - подумал он про себя, - может, Жгут и шепнул ей что-то на ушко …

Он на минуту задумался и вспомнил, когда Черепу кто-то в ресторане сломал нос. Череп забил стрелку, и они всей бригадой поехали на разборку. Приказ Жгута был конкретный:

- Не убивать. Но всех покалечить.

Получился промах. Им дали отпор. К врачам пришлось везти Черепа и Сержанта.

Когда уже отъехали от травмпункта, Жгут объявил:

- А слабо, Пряник, автограф оставить? Ты же до сих пор не прописанный ходишь.

Тогда-то Пряник и прописался в бригаде, добив монтировкой в стельку пьяного мужика на берегу небольшого водоёма в Шувалово - Озерках.

После чего его стошнило возле джипа…

… - Ты ещё похититель малолеток, - услышал он голос Карины. - А за это срок, и не малый. Плюс твоя первая ходка.

- Знаешь, какая? - Пряник посмотрел злыми глазами на лежавшую девушку.

- Знаю. Мошенничество, незаконная торговля запчастями из автосервиса.

- Так это не «мокрое». Два года зоны и два «химии».

- Срок есть срок, Пряник.

- Ты что, мне дело шьёшь? Подумай про себя. Ведь это ты профукала девчонок. Или, может, … отпустила?

- Последним из машины выходил ты. Почему же машина оказалась не закрытой?

- Потому что ты вернулась. Ты же забыла деньги.

- Деньги? Но я их нашла. К машине не возвращалась. И тебе об этом сказала.

- Ладно, хватит, не всё ли равно. Всегда хотел тебя спросить, ведь ты же не дура, вид, манеры, на английском рассекаешь, зачем тебе всё это? Неужели из-за наркотиков?

Карина ответила не сразу, взглянула на занавеску у окна, потом на люстру под хрусталь и улыбнулась.

- Что, не знаешь, что сказать? – ухмыльнулся Пряник.

- Почему не знаю. Знаю. Вон посмотри, видишь люстра, смотрится богато, а на самом деле чистая дешевка, и хрусталя в ней как у лысого Черепа мозгов в его тупой башке.

Пряник посмотрел на люстру.

Карина рассмеялась:

- Я с наркотиками уже давно завязала. Наркотики - это для отмазки, чтобы все вокруг задавали меньше вопросов. Особенно, когда тусуешься с путанами. Но тебе, Пряник, говорю как есть.

- Доверяешь?

- Дурак ты, Пряник …

Карина скинула на пол простынь …

На Пряника смотрело красивое смуглое голое тело. Лукаво сверкнули овальные синие глаза, а чувственные алые губы тихо прошептали:

- Иди ко мне, Пряник. Мне хорошо с тобой …

… До завтрака оставалось пару часов.

Ровно в десять тридцать они должны будут спуститься в ресторан гостиницы. Там познакомиться с приятной молодой парой. Муж занимался бизнесом с Японией, ну а жена была его главным бухгалтером.

Это было задание от Жгута, старшего по бригаде …

- 11 -

Ленинградская область. Посёлок Зелёная Роща. 13-е июня.

Сразу за будильником включилось радио.

«… я другой такой страны не знаю,
где так вольно дышит человек …»

Жгут открыл глаза и швырнул в радио одну из двух своих подушек. Та, под которой находился чёрный ТТ, осталась на месте.

- Суки, коммуняки долбаные. Кто и где у вас свободно дышит? – он опустил на пол босые ноги, встал, поднял подушку, вернул радиолу на место, после чего отключил и вернулся в ещё тёплую постель.

Ночью прошёл небольшой дождь, и из-за раздувшейся от налетевшего ветерка занавески запахло вымытой листвой, травой и клумбой с полевыми цветами, что красовалась прямо под окном.

Жгут был зол ещё со вчерашнего дня после разговора с майором о бизнесмене, который привёз какую-то вещицу из Японии …

Ленинградская область. Лисий Нос. 12-е июня (днём раньше)

… - Смотри, Жгут, вот она. Видишь!? И не перепутай как с иконой, твою мать! Запомни, мне голова японца не нужна.

- А если будет молчать? Как я узнаю, где твоя хреновина?

- Так найди другие методы. Или ты считаешь, что он тебе, как всадник без головы, всё расскажет?!- майор поднялся с кресла, открыл сервант, вытащил коробку кубинских сигар.

- Вот ты, майор, даёшь. Мне пытки придумывать, а ты, мол, пока подымишь крутой сигарой. Да?!

- Не кукарекай. Я твой босс. Забыл? Тебе за эту вещицу двадцать кусков зелёных назначено.

- А тебе? - вставил Жгут, но сразу же осёкся …

Майор не ответил. Он демонстративно провёл сигарой вдоль своего длинного носа, прикурил и с задумчивым видом снова опустился в кресло ...

Ленинградская область. Зелёная Роща. 13-е июня.

... - Значит, «японец», - продолжая лежать в кровати, улыбнулся Жгут и закинул обе руки себе за голову, - что мы на тебя имеем?

«Японец» должен везти на машине в Москву какую-то редкую вещь.

В то же самое время у бригады получилась проблема с малолетками. На вчерашней встрече Жгут предложил майору оставшихся девчонок продать китайцам на органы...

Ленинградская область. Лисий Нос. 12-е июня (днём раньше)

... - Я подумаю, - ответил майор, - но сначала поймать и зачистить беглянок. Даю два дня! Два дня, Жгут! Иначе, ... - прервался босс, продолжая крутить в руках фирменную сигару, - иначе, рассчитать тех, кто их упустил!

- Кого? Карину и Пряника?
- Всех. Бля!
- А кто работать будет? Мы ищем.
- Плохо ищете. Мать твою!
- Идём по следу. Думаю, через пару деньков всё срастётся.
- По следу они идут! - свирепел постепенно майор. - Какому, бля, следу! Значит, не там ищете. Идиоты! С моим человеком из ресторана связь есть?
- Из ресторана?
- Да! Из ресторана!
- Есть. Я Комара к нему подошлю. Что-то надыбаем. Нечего тебе глотку рвать, майор. Ты лучше скажи, на кой чёрт тебе американец сдался?

Впившись в Жгута прищуренным взглядом, майор с минуту разглядывал бывшего земляка. Затем, хитро улыбнувшись в свои французские усики, спокойно ответил:

- Не твоего ума дело. Ты что, ядерной войны хочешь? Сказано, чтобы ни один волосок с него не упал. Усёк? Вот если девчонки откроют рот, то ты первый поменяешь место жительства ... И твоим уркаганам первый этаж ... под землёй гарантирую ...

- И Черепу? - не выдержал Жгут.

Майор промолчал ...

Ленинградская область. Посёлок Зелёная Роща. 13-е июня.

… Жгут тогда решил больше не спорить. Зачем будить зверя, когда ему и так хорошо платили.

С Циклопом и Сержантом у него был свой расклад по деньгам.

С Пряником, Комаром и Кариной – другой. Череп полностью замыкался на майоре.

Но после побега малолеток отношение к Карине и Прянику пошатнулось не только у Жгута.

Зачистка малолеток не была проблемой.

Девчонок зачищали по давно отработанной схеме: кого отвозили и закапывали в лесу, кого продавали китайцам на органы. Кто просто умирал от вынужденного старания в « работе». Но были и такие, кто решался на побег.

С ними поступали по - взрослому.

Последнюю, Наташку, он сам закопал в лесу, в большом овраге. Через полкилометра закопал её голову. Там же, невдалеке, под корнями большой сосны, Жгут спрятал свой капитал, реально заработанный, кровью и потом…

… Жгут упёрся лицом в подушку и со злости закусил наволочку. Не помогло. Перевернулся на спину. Через некоторое время вылез из - под одеяла.

Натянул спортивный костюм. Сунул ноги в домашние тапки и направился на кухню.

С утра Жгут любил чёрный кофе с лимоном. Сделав первый глоток, он вспомнил листок, который показал ему майор. На листке фотография Таньки- гимнастки, которую майор объявил в розыск.

Под фотографией была надпись:

«Татьяна Николаевна Капустина. Опасная преступница. Обвиняется в похищении двух несовершеннолетних девочек»

Рядом - фотографии тех самых сбежавших малолеток.

- Вот идиот. Зачем? И американец ему живой нужен. Не понимаю. Что-то гнусное задумали Вы, товарищ майор …

Решил поделиться этими мыслями с Сержантом.

Тот сразу въехал:

«… - Так это ж его спасительный ход.

- Объясни? - шмыгнул носом Жгут.

- Всё просто: если срубят Таньку-гимнастку с малолетками, то у него первого будет информация. И поверь, её и девчонок отработает кто-то другой. Не мы. Им всё равно не жить.

- Стоп, стоп. Ты что, Сержант, хочешь сказать, что у майора есть ещё одна бригада?

- Если надо для дела, то почему бы и нет. А потом он объявит в розыск пропавшего американца, но задним числом.

- Почему?

- Да потому, что похитителями окажемся мы. Найти нас ему раз плюнуть. И это будет в интересах Родины. Товарищ майор получит орден и повышение по службе. А мы с тобой - камеру смертников …»

Жгут сверкнул злыми глазами:

- Точно, Сержант. Дело говоришь. Хера Вам, товарищ майор. Мы тоже не лыком шиты.

Только вот сказал он это про себя. А вслух ответил коротко:

- Разберёмся. А сейчас, по машинам …

Во дворе стояла машина ГАИ в жёлто-синих разводах.

Старший с Циклопом, в форме гаишников, должны выбрать подходящее место на трассе. Сержант и Череп на джипе страхуют в лесу, если что-то пойдет не так.

Жгут посмотрел на ручные часы:

- Ближе к ночи будем двигаться…

- 12 -

Ленинградская область. Посёлок Зелёная Роща. 14-е июня.

День выдался чудесным.

Ни дождика, ни ветерка. Приятный рассвет, тёплое солнышко. Высоко над головой чистое безоблачное небо.

Карина открыла глаза, потянулась на широкой кровати и осмотрелась по сторонам. Никого. Странно. Неужели проблемы с «японцем». Карина вспомнила парня, которому дали кличку «японец». Жалко, если он ничего не отдаст. Тогда Жгут должен будет рассчитать сначала красивую жену «японца» у того на глазах, а потом и самого «японца».

Она посмотрела на себя в зеркало:

- Н-а-д-о-е-л-о …

Убили подругу Майку. Потом – Любку. Но девчонок не нашли. Значит, их кто-то успел забрать. Если не Майка и не Любка, то только Танька-гимнастка.

Карина опустила босые ноги на ковёр, на цыпочках прошмыгнула в ванную и открыла кран …

… «Японец» действительно перенёс поездку в столицу.

Что-то случилось с его женой. Плохо себя почувствовала. А, может, женская интуиция.

Жгут был в гневе:

- Самурай хренов! Кинуть нас решил! Сказали, умри сегодня! Значит, умри! Потому что завтра тебя растерзают!

Он нервничал, постоянно сплёвывая куда попало.

По трассе в это раннее утро не проехал ни один джип. Был только джип, спрятанный за высокими соснами, в котором сидели Сержант и Череп.

Жгут присел на водительское место, вцепился руками за руль и конкретно зарычал:

- Гы-ы-ы-рррррррр!!!! Гы-ы-ы-рррррррррррр !!! …

Вернувшись в машину, завёл мотор и крикнул через открытое боковое окно Циклопу:

- Объяви: всем на базу!

После чего, прошипев, добавил:

- Завтра едем к самураю в гости …

Санкт-Петербург. Набережная реки Фонтанки. 15-е июня.

… Ровно в половине шестого вечера в одну из тёмных арок набережной реки Фонтанки вошла эффектная пара.

Она – молодая, яркая блондинка в тёмно-синем платье с большим вырезом на спине. Он – стройный брюнет, выше среднего роста, в белых брюках, в тёмно-зелёной шёлковой рубашке с короткими рукавами. На ногах белые туфли. На левой руке золотые часы и золотая печатка с чёрным камнем.

Она держала его под руку и что-то нашёптывала по - английски:

- Говорить буду я. Ты молчи. Понял?

Парень кивнул:

- Yes.

До двери нужной им фирмы оставалось пару шагов. Симпатичная блондинка наклонилась к своему спутнику ещё раз:

- Когда тебя ударят по лицу, сразу падай на пол. Ударят небольно. Понял?

Парень повторил:

- Yes.

За аркой стояли два джипа. В конце каменного двора два сантехника возились возле гидранта.

Девушка улыбнулась. Остановилась. Остановился и партнёр. Облокотившись на его плечо, она поправила сначала один туфель, потом второй. После чего поцеловала кавалера в щеку.

Они подошли к нужной двери с красивой гравированной вывеской. В середине самой двери - смотровое окно. Окно прикрывала решётка из ветвистых чёрных стальных прутьев.

Девушка позвонила. Смотровое окошко скрипнуло.

Злые, с прищуром, глубоко посаженные глаза зыркнули сквозь решётку:

- По какому вопросу?

- Я по делу. Передайте своему хозяину, что его спрашивает Виктория. Окошко закрылось, а через пять минут со скрипом открылась тяжёлая железная дверь. В небольшом холле находилось два охранника.

Первый, со злыми, глубоко посаженными глазами кивнул второму:

- Доложи шефу.

Напарник дёрнул квадратным подбородком и, не выпуская из рук рацию, стал подниматься по широкой лестнице.

Молодой человек, пришедший вместе с девушкой, разглядывал висевшее сбоку на стене красивое панно, исполненное в старинном японском стиле.

- Тебе нравится? – спросила она на английском

- Yes. Very nice. (Да. Очень красиво.)

- Мой партнёр не говорит по - русски. Извините.

- А что ты спросила?

- Спросила, нравится ли ему у вас в офисе?

- Ну и?

- Сказал, что очень красиво.

В это время второй охранник с задумчивым видом спускался по лестнице.

- Что-то не так? – спросил первый охранник.

- Массаж. Сам знаешь, - отмахнулся второй.

Первый ехидно улыбнулся:

- Вам придётся немного подождать, - посмотрел он на гостей. - Можете присесть за столик. К вашим услугам газеты, журналы. Может, кофе или чай?

- Спасибо, - улыбнулась девушка и подтолкнула своего спутника в сторону двух кожаных кресел.

Через пятнадцать минут в телевизоре, висевшем на стене, показалось улыбающееся лицо хозяина:

- Здравствуйте, Вика, это ваш … американский друг?

Девушка по имени Вика утвердительно кивнула.

- А всё, что вы хотели показать, с вами?

- Ой, оставила в машине.

Наступила пауза.

- Валентин, проводи девушку к машине, а её друг пусть подождёт в холле, - улыбнулся хозяин, добавив, - я буду занят ещё десять минут. Когда вернётесь, сразу проводи гостей ко мне.

- Окей, шеф, - ответил охранник, только что спустившийся по лестнице.

На телевизоре погас экран.

Обычно на массаж хозяин тратил полчаса.

В эти полчаса входило: пять минут растирания всего тела особыми маслами, пять минут орального секса, пятнадцать минут космического секса и пять минут смывания грехов под душем. Естественно, самому «японцу» со всем этим не управиться – необходим партнёр, верней, партнёрша. Такой была его новая секретарша Назида, уроженка солнечного Ташкента.

Ещё год назад Назида путанила в Москве, но для дела была переведена в Питер. На одном московском шоу она выполняла задание «директора»: познакомилась с «японцем», который сразу же предложил ей место секретарши в своем офисе. Вся информация о делах и бизнесе компании «японца» шла, естественно, через новую секретаршу.

Жена, как, впрочем, и любая женщина, знающая своего мужчину, почувствовала измену. За день до поездки в Москву устроила мужу незапланированный допрос. От которого сама и пострадала: стало плохо с сердцем.

Извинившийся муж отправил жену в госпиталь на пару дней. Поездку пришлось отменить. Майор это предполагал, и был разработан план «В» с участием девушки по имени «Вика», она же Карина. В игру ввели неожиданно появившегося американца.

После того как хозяин объявил гостям о том, что он их примет через десять минут, Карина поняла - массаж заканчивается, сейчас хозяин пойдёт в душ. Время пошло …

… Повернувшись к американцу, блондинка спокойно напомнила на английском:

- Honey. When you got a punch, please go down.

(Дорогой, после того как тебя ударят, пожалуйста, падай.)

Американец кивнул.

Всё, что произошло дальше, произошло быстро как по нотам.

- Валентин, - обратилась гостья к охраннику, - проводите меня к машине.

Охранник кивнул и направился к двери, возле которой уже караулили переодетые в робу два сантехника: Череп и Сержант. Каждый держал в руке пистолет с глушителем, завёрнутый в грязную, испачканную машинным маслом тряпку.

- Убить всех. В живых никого не оставлять! - таков был приказ старшего, - но только после того, как секретарша покажет тайник. Секретарша должна остаться живой…

… Первого охранника убили легко и непринуждённо. Потом, мимоходом, Сержант легко нокаутировал Карину и американца, а Череп подстрелил второго охранника. Затем пристрелили хозяина. Труп завернули в японский ковёр.

Секретаршу, которая показала, где лежит японский антиквариат - нэцки и где находится пульт управления видеокамерами, связали в кабинете босса «японца». Для большей убедительности ей заклеили лентой рот, но перед этим Сержант точным ударом отправил Назиду в глубокий нокаут…

После чего для видимости разбросали по офису бумаги. Сложили подарки в спортивную сумку, ещё прихватив из сейфа доллары, фунты и иены.

Тело уже расставшегося с жизнью «японца», запихнули в багажник.

- Пряник, - накинув куртку сантехника, улыбнулся Сержант, - отвези всех на базу. Скажи старшему, что мы с Циклопом будем через пару часов. Поглядим обстановку …

… Пряник просёк тему. Про себя скумекал: неужели секретаршу решили на двоих расписать. Вот уроды. Она же без сознания. Но в ответ улыбнулся и пожелал удачи …

- 13 -

Ленинградская область. Посёлок Зелёная Роща. Полночь. 16-е июня.

Первый летний месяц подошёл к своей середине.

Ночь выдалась тёплая, ароматная и спокойная, как и тёмно-серая водная гладь на небольшом озере. Хотя тишину вокруг озера можно было назвать тревожной. Виной тому высокие сосны, похожие с одной стороны на храбрых рыцарей - охранников, с другой - на неподвижных колдунов, от которых не знаешь чего ожидать. Да и звуки ночной рощи сказочные и волнующие.

Откуда-то может прилететь фырканье совы, кваканье лягушек или пронесётся чей-то резкий и мгновенный вскрик. Пронесётся и сразу исчезнет в темноте крутых стволов …

… А если, не побоявшись, спуститься к берегу, то можно услышать легкий всплеск вёсел старой деревянной лодки. В лодке сидели двое. Сидели молча. Один грёб, другой держал на коленях пластиковый пакет, из которого на небо смотрели безжизненные глаза « японца».

В метрах ста от берега лодка остановилась. Пряник со злым лицом ткнул Влада кулаком в плечо:

- Эй, ты, америкос, бля, давай пакет.

Влад переспросил на английском:

- What?

- Вот-вот, хер нерусский, - зло шепнул Пряник, поднялся со своего места, шагнул к Владу и выдернул из его рук пакет.

После этого переложил пакет в тяжёлый железный ящик. Ящик закрывался на увесистый амбарный замок.

По бокам ящика были железные кольца, к которым прикреплялось на цепи по одной круглой, тяжелой гире.

- Помоги, - Пряник сделал Владу рукой знак подойти и поднять, - я с этого боку, ты с другого. Понял?

Влад кивнул.

Пряник совершенно не обратил внимания на подошедшего американца, потому что, сдвинув брови, смотрел себе под ноги:

- Вода! Чёрт! Вода! Откуда?!

Влад тоже посмотрел туда же.

- Давай, поднимай скорее этот хренов ящик и швыряй его в воду, - уже не шёпотом сказал Пряник. - Иди, братишка, покупайся, - на прощание сказал он мертвой голове. - Не хотелось с тобой, но, видно, кому-то очень хочется, чтобы я тоже покупался. Суки, - зло прошипел Пряник.

После чего кивнул:

- Готов, америкос?! Давай на раз, два, три. Ок?! Поехали. Раз! Два! Три!

Раздался всплеск, и ящик с головой когда-то симпатичного «японца» ушёл под воду.

Под тем местом, где стоял железный ящик, образовалась большая течь.

- Может, гири продавили? - Пряник поставил ногу на дно с другого конца лодки, - нет. Здесь всё нормально. Вот суки!!! Считают, что это мой косяк с малолетками. Карину не трогают. А меня, значит, решили рассчитать!

Он сел на скамью и обхватил голову руками.

- Как же так, - негодовал Пряник, - ведь старший при всех объявил, что американец им нужен живым.

Поэтому он и не придал значения словам Черепа:

«Документы и кошелёк, Пряник, оставь на берегу. Они тебе на озере ни к чему»...

- Значит, решили под шумок зачистить меня и американца. Списать на несчастный случай, - Пряник сжал кулаки. - Суки! Знают, что я плавать не умею! Суки позорные! Не хочу умирать! Не хочу умирать!

Ненавижу! Ненавижу!!!

Влад понимал, что произошло, но выходить из образа настоящего американца не решался. Он наклонился к воде. Опустил в воду руку.

После чего похлопал по плечу вздрагивающего Пряника, улыбнулся и показал вверх большой палец.

- Ты умеешь плавать?! - Пряник развел в стороны руки в стиле «брасс».

Влад кивнул и, неожиданно для себя, очень спокойно, на чистом русском языке, сказал:

- Мы доплывём. Я буду тебя поддерживать. Ты только не паникуй. Иначе вместе утонем. Понимаешь?

Пряник сначала перестал всхлипывать. Потом медленно вытер рукавом рубашки глаза. Опустил в воду руки. Обмыл лицо и, склонив от удивления голову, посмотрел на американца.

Пауза длилась около минуты. Влад нарушил её первым:

- Ты мне веришь?

Пряник моментально кивнул.

- Ну, тогда, - улыбнулся американец, - прыгаем … на раз, два, три…

… В первом бараке свет горел только на кухне. За столом сидели Жгут и Комар.

Старший по бригаде крутил в руках новое задание, полученное от босса. Листок, на котором была нарисована схема основного офиса очередной конкурирующей фирмы.

Комар возился с личным набором отмычек.

Входная дверь распахнулась и с силой врезалась в деревянную стену …

… Пряник и Влад переступили порог …

Комар, резко вскинув голову, побледнел …

Жгут, сначала прищурившись, улыбнулся, но потом сконфуженно спросил:

- Что за вид, Пряник? Вы что, «японца» до самого дна провожали?

- В лодке…, была … течь …, - еле сдерживая себя, прошипел, сжимая кулаки, Пряник.

Старший бросил подозрительный взгляд на Комара:

- Кто последним проверял лодку?!

- Череп, - моментально выстрелил профессиональный воришка.

- Он меня в барак отослал. Сказал, что с лодкой сам разберется …

… Жгут, опустив голову, с минуту молчал … Потом посмотрел на двух исполнителей его приказа, с которых продолжала струиться на пол вода, покачал головой и шмыгнул носом:

- Значит, Череп … Твою же мать …

14

Санкт-Петербург. Петроградская сторона.
Пивной ресторан в районе Кировского проспекта. 16-е июня.

Был жаркий полдень. Макс сидел за крайним столиком в пивном шалмане и сдувал пену с большого бокала. У него наметилось неожиданное свидание. Трудно было даже поверить с кем …

… Случилось это вчера, после смены ...

Ресторан «Нева». Невский проспект …

… Народу в ресторан «Нева» набилось много.

Единственное успокаивало: было мало драк. Оркестр закончил играть в полночь. Макс вышел на Невский проспект в два часа ночи.

Возле ресторана дежурило три машины такси. Но до такси он не дошёл.

- Макс, - кто-то тихо позвал его из тёмного пролёта арки.

Он обернулся. Навстречу вышел молодой парень в потёртых джинсах и в чёрной футболке.

- Ты?

Парень кивнул:

- Я.

Это был бывший муж Юльки-актрисы:

- У меня есть, что тебе сказать.

Парень говорил спокойно и выглядел не таким хмурым, как в тот вечер в Юлькином коридоре.

- Хочешь подраться? - улыбнулся Макс.

Парень махнул рукой и тоже улыбнулся:

- Да ты что, забудь. Я о другом. Тут такое дело. В двух словах не расскажешь. Может, встретимся завтра? Есть базар … для тебя.

- Даже так?

Парень уверенно кивнул.

- Хорошо, - Макс снова посмотрел в сторону стоявших машин-такси. - Где и когда?

- Если можешь, подходи к пивному ресторану возле метро «Петроградская» завтра в полдень.

Макс задумался. Завтра с утра он собирался к Мише в больницу:

- В полдень?

- Да, - быстро ответил парень.

- Хорошо. Буду.

Парень молча кивнул и растворился в матовой дымке белых ночей, повисших над Невским проспектом …

… Оставшись один, Макс, повернувшись к арке спиной, уже было направился в сторону такси, но ему снова помешали:

- Максим Поляков, - услышал он незнакомый голос позади себя.

- Мне сегодня дадут домой добраться, - подумал он, разворачиваясь.

- Максим, это капитан Долгушин, нужно поговорить.

Человек, назвавшийся капитаном, говорил с ним, не выходя из темноты арки.

- Ночь становится всё интересней, - вздохнул Макс и направился ко второму неожиданному гостю. - Почему – так, по – шпионски?

- Не хочу свидетелей, впрочем, сам поймёшь…

- Понятно, капитан. Я так, просто …

- Максим, разговор не для всех. Давай сделаем пару шагов под арку. Я не буду задавать тебе вопросы. И меня не интересует парень, с которым ты сейчас встречался. Просто хочу тебе что-то показать.

В руках у гостя появился маленький фонарик. Повернувшись спиной к проспекту, он вытащил из своей папки широкий конверт и попросил Макса подойти поближе:

- Знаю, что спешишь, извини. Посмотри эти фотографии …

Санкт-Петербург. Московский район. Больница на улице имени Костюшко. 16-е июня. (10 часов утра.)

… С утра Макс навестил Мишу.

Здоровье друга улучшилось. Доктор сказал, через три- четыре дня его переведут в стационарную палату.

Макс, держа в руках увесистый пакет с фруктами, открыл дверь палаты.

Больной попытался улыбнуться. Хотел поднять руку для приветствия, не получилось.

- Мишка, лежи. Ты же на капельнице. Не дёргай рукой.

Больной в знак согласия моргнул глазами и тяжело вздохнул:

- Он найдёт того мотогонщика.

- Ты про кого? – Макс присел на стул рядом с кроватью.

- Про отца Олега.

- Уверен? Он знает все подробности?

Миша кивнул, посмотрел на дверь и сделал знак Максу наклониться:

- Влад … пропал …

- Что?!!! - Макс обернулся на входную дверь. Затем снова посмотрел на друга, - А-м-е-р-и-к-а-н-е-ц ?!

Миша отвёл глаза в сторону:

- Моя вина. Я его к маме пропавшей девушки отвёз.

- В Сестрорецк? Одного?! – Макс сжал кулаки. - Чёрт! Чёрт! Как не вовремя.

- Да. Не хотел с собой брать на разборку.

Макс ничего не ответил. Поджав губы, он смотрел сквозь оконное стекло, по которому весело скакали солнечные зайчики ...

... Миша медленно повернул голову:

- Давай расскажем историю про Нино отцу Олега. Он с органами связан.

Макс промолчал.

- Считаешь, что я не прав?

- Почему не прав. Может, и прав. Не знаю.

- Макс. Теперь уже двоих искать надо.

Макс взял с кровати маленькое белое полотенце и вытер капельки пота у друга на лбу:

- Ты выздоравливай, братишка. Думаю, скоро сами всё узнаем.

Миша удивлённо посмотрел на друга...

... - Интуиция, - в ответ улыбнулся Макс и приложил палец к своим губам ...

Санкт-Петербург. Петроградская сторона. Пивной ресторан в районе Кировского проспекта. 16-е июня.12 часов 37 минут.

... - Привет.

Макс поднял голову:

- Привет.

- Я присяду.

Макс кивнул:

- Пивка?

- Если можно. Жарко.

- Лето, - Макс поднял руку в сторону бара.

Разговор начался не сразу. Они уже осушили по половине бокала, когда парень вытер ладонью рот, отодвинул свою кружку в сторону:

- Тут, такое дело, вчера под вечер я был у своей знакомой. Я у неё иногда квартируюсь. Помнишь, ты подвозил меня к Балтийскому вокзалу.

Он посмотрел на Макса:

- Нет, я не альфонс, не подумай. Просто есть люди, которые помнят добро. Когда у меня были деньги, я ей помогал. Считаешь, что так нельзя?

Макс пожал плечами:

- Ты хотел мне об этом рассказать?

- Нет. После неё я зашёл выпить пивка в один шалман, что рядом с вокзалом. У меня там корешок долю имеет. Подкармливает иногда.

Макс улыбнулся.

Парень нахмурился:

- Макс, я не блатной. И в блатные не стремлюсь. Да, я попал в тюрьму. Знал за что. Отсидел, как полагается. Никого за собой не потянул. Сам нашёл деньги. Смог заплатить адвокату. Иначе бы огрёб по полной – лет семь точно. Вышел по УДО (условно-досрочное освобождение). Можешь мне не верить. Но … - Парень подобрал свою кружку, сделал большой глоток и продолжил:

- У тебя проблема. Тебя хотят заказать.

- Меня?!

- Да, и я знаю, кто …

Макс отставил в сторону свой бокал:

- Рассказывай.

- Там в шалмане сидели двое рядом с моим столом, - начал бывший муж Юльки. - Одного я знал по «Крестам» - его погоняло Череп. Сидел Череп по хулиганке, но все знали, что у него «дырявая» статья, за ментовскими спинами прятался. А другой, что сидел ко мне спиной, был со мной на зоне в «Металлстрое», его погоняло «Комар». Тоже с ментами шашни крутил. Его в камеры вместо «утки» подсаживали. Я бы на их «базар» наплевал, если бы они не стали обсуждать нашу с тобой хорошую знакомую, то есть мою бывшую жену.

Макс не перебивал.

- Повёлся я, когда Комар пропищал, что Юлька уехала в Калугу. Я же тоже из Калуги. Мы с Юлей в одной школе учились.

Макс молча свернул голову набок, продолжая смотреть на совершенно незнакомого ему парня.

- Потом Комар, - продолжил парень, - назвал её адрес в Сестрорецке. Ты знаешь его?

Макс отрицательно мотнул головой.

- Она там прописана. Потом они начали о тебе. Что ты попутал «рамсы». Вписался не по делу за Циркача, и что они собираются конкретно тебя мочить.

- Меня? – переспросил Макс.

- Да.

Макс, нахмурив брови, внимательно слушал.

- Череп - насильник малолеток, - продолжил парень. - Комар - чистая пустышка. Но что самое хреновое, то, что всё они могут делать через ментов. Вот почему я хотел тебя предупредить. А заодно через тебя предупредить Юльку. Только я не понимаю, с какого она боку?

Макс перевёл взгляд на стойку бара, у которой стояли три официанта. Потом он посмотрел поверх головы сидящего напротив него парня.

Макс понимал, что обо всём сразу не расскажешь…

«… Истерзанные тела девочек … совсем юных … девчонок. Одну так вообще нашли без головы …

Капитан сдержал своё слово: никаких лишних вопросов. Только в конце разговора серьёзно произнёс:

… « Ты многих видишь, Максим, и знаешь, что случилось с Маей и парикмахершей Любой. Любая зацепка. Чтобы поймать этих монстров. Любая. Трупы могут быть ещё. Эти нелюди по - другому не умеют. Их надо остановить. Остановить любой ценой …»

… Макс крутил сценарий, неожиданно залетевший ему в голову.

- Так ты из Калуги? – посмотрел он парню прямо в глаза.

Парень кивнул.

- Тогда у меня к тебе будет, - он на секунду остановился, - нет, не просьба, а конкретное дело. И дело это далеко не безопасное. Если не захочешь, я не в обиде.

- Слушаю тебя, - моментально ответил парень.

Сказано было очень уверенно и от всего сердца. Макс вновь на секунду замер, но понимал, что время работает не на него и не на пропавшего американца …

- Скажи, а ты знаешь Таню …

- Гимнастку?

- Да, Таню-гимнастку.

- Конечно, она тоже из Калуги. Знаю, что путанила на Невском проспекте. Сначала была в « Баку». Потом «работала» в гостинице «Прибалтийская» …

- Стоп! – остановил его Макс. - Где ты сказал она сначала путанила?

Парень пожал плечами:

- По-моему, в ресторане « Баку» …

- Точно! - радостно улыбнулся Макс. - В «Баку»! В «Баку» я видел тебя, дядя с французскими усиками. В « Баку» вместе … с … Майкой …

Он снова посмотрел на собеседника и тихо повторил:

- С … Майкой …

- Кто это? - спросил парень.

- Девушка, которую убили. Ты здесь не при чём. Давай про Таню.

- Давай, а что с ней?

- Таня, по-моему, сейчас тоже в Калуге …

Макс посмотрел куда-то в сторону …

… Перед его глазами стали мелькать картинки: Череп с перебитым носом, девчонки-малолетки с бантами на головках - в такси, длинноносый мужчина в сером костюме, с противной улыбкой, его французские усики, а рядом с ним … убитая Майка …, повешенная парикмахерша Люба, пропавший американец…, неожиданно всё стало складываться в один большой клубок …

- Таня в Калуге? – переспросил парень. - А чего ей там делать? …

… Макс вернулся к разговору:

- Она … в розыске.

- В розыске?! – парень подался вперёд. - Шутишь?!

Макс осмотрелся по сторонам. Никого. Зал был полупустым.

- Да, ты не ослышался, - тихо сказал он, - Таня-гимнастка в розыске, но не одна. С ней еще две девочки, которым по двенадцать лет, не больше. «Татьяна Капустина обвиняется в похищении малолетних девочек». Её фотография на всех вокзалах и автобусных остановках расклеена.

Парень подвинул к себе свою кружку и сделал большой глоток:

- Ни хрена себе. А зачем ей это?

- Хочешь узнать?

Парень не ответил.

- Даже не представляешь, насколько в тему ты мне всё рассказал.

- О чём ты, Макс? О Черепе и Комаре?

- И про них тоже. Всё сходится. Помочь хочешь?

- Кому, тебе? Юльке? Таньке?

- В первую очередь, … девчонкам - малолеткам …

… Парень приставил к губам свою кружку и, пока не допил до конца, сверлил своими карими глазами Макса.

Допив, отодвинул кружку. Сложил руки как хороший ученик на парте:

- Мне надо ехать в Калугу?

Макс кивнул.

- Поеду, - ответил он, - тем более к матушке и к отцу. Могилы их навещу. Моя вина. Не смогли пережить моего заключения. Мать первая. Потом и отец.

Я ведь отличником в школе был. Два курса в институте тоже на отлично закончил, но Невский проспект, «Галёрка», фарцовка перевесили. Эх, да ладно. Чего вспоминать. Тем более у меня двоюродный брат в органах трудится. Может, поможет. Давай просвещай. Говори, что нужно делать …

15

Ленинградская область. Посёлок Зелёная Роща 19-е июня.

- Жгут сказал, чтобы я тебя нашёл.

Карина молча посмотрела на вошедшего Комара.

- Куда они поехали? – спросила она.

- Стрелять. Жгут сказал - в тир.

- А ты? Тебе не надо?

- Так я же на охране американца. А чего спрашиваешь?

Карина вытерла салфеткой руки:

- Вопросы надо задать американцу. Ты его свяжи на всякий случай. Сам же вернёшься сюда на охрану малолеток.

Комар подозрительно посмотрел на Карину.

- Чего пялишься? Жгут велел. Тебе этого мало?!

- Да нет. Связать, так связать, - пожал плечами Комар и закрыл за собой дверь …

… Влад слышал звуки отъезжающего джипа. Повернувшись к стене, он постарался расслабиться. Хотел прикрыть глаза, но услышал быстрые шаги по коридору.

В замке лязгнул ключ. В комнату вошёл Комар, молча снял с него наручники, усадил американца на стул, накрепко привязал его ноги к ножкам стула, а руки стянул сзади на спинке стула. Проверил, потрогал. Убедился, что всё в порядке и так же молча удалился…

Прошло с полчаса …

… Дверь противно скрипнула, и в полумраке маленькой комнаты Влад увидел знакомую переводчицу в малиновом спортивном костюме.

Войдя, Карина моментально закрыла за собой дверь на ключ. Ключ остался в замке. Сделав пару кругов вокруг стула с привязанным американцем, она остановилась и посмотрела ему в глаза:

- Знаешь, кто я?

Влад посмотрел на симпатичное лицо и тоже заглянул в глубокие синие глаза.

Около минуты их взгляды пытались выяснить – кто сильнее …

Влад первым опустил глаза и пожал плечами.

Переводчица глаз не отвела. Улыбнулись её алые губы, оголив стройный ряд белых зубов. Наклонившись к самому уху американца, она прошептала:

- Я … проститутка …

Она отпрянула от него и присела в кресло, где недавно сидел Комар:

- И в этом нет ничего особенного, - сказала она на хорошем английском.

Поднялась. Подошла к входной двери. Проверила ключ, торчащий в замке. Подёргала за ручку дверь и, обернувшись, повторила:

- Проститутка - это тоже работа. Одна из древнейших. Вот ты кто по профессии?

Влад вздохнул. Повёл опущенным вниз подбородком, попробовал покрутить кисти завязанных сзади спинки стула рук:

- Программист, - тихо ответил он.

- Понятно. Ты видишь мир через компьютер. А я соприкасаюсь с этим миром вживую …

Видно было, что переводчицу что-то беспокоит, и она почему-то спешит. Так показалось Владу, а то зачем выливать на него своё личное …

- Ты чистюля и хочешь быть таким, - продолжала она уже в более спокойном тоне, - видишь войну только на экране, а у меня каждый день как на войне. Хочешь попробовать или посмотреть?

Влад не ответил.

- Молчишь. Значит я права. А верёвки не проверяй, не развяжешь.

Комар хоть и маленький, но крепкий. Работу свою знает. И ты не первый, кого он связывает. Пытать тебя никто не собирается. Я просто хотела с тобой поговорить. Не каждый день американца в пленники берём.

Она вернулась к креслу:

- Почему ты спас Пряника? Ведь он бандит. В другой ситуации он бы тебя не спас.

Влад молчал.

- Боишься говорить? Нас никто не слышит и не видит. Окон нет, - она мельком оглянулась на закрытую дверь. - Циклоп и Сержант уехали на поиски малолеток. Череп со старшим в городе. Пряника я отпустила в церковь, иначе бы у него крыша протекла после вашего плавания.

Он после вашего заплыва, по-моему, похудел килограммов на десять. Комара я отправила в соседний барак на охрану оставшихся малолеток и той тёлки, у которой американская гринкарта. Она ничего не знает, но оказалась не в то время не в том месте. Сама себе яму выкопала. Она лишняя и живой отсюда не выйдет … Надоело... При мне всё начиналось.

Весь этот блядский бизнес. Три года - это не так мало и не так много, но я больше не могу. Поэтому и отпустила девчонок. Что ты так смотришь? Хотела, чтобы их спрятали. Да, это я отпустила двух малолеток, но кто ж знал, что эти быки Майку, а потом и Любку убьют … Никогда себе этого не прощу …

- Почему сама не убегаешь отсюда? – так же тихо спросил Влад.

Карина посмотрела поверх головы связанного «гостя»:

- От ментов в этой стране никто никогда и никуда не сбежит.

Менты хуже бандюганов будут. Хотя … Ладно, хватит лирики. Ты же знаком с той девушкой, что сидит в соседнем бараке? Не так ли? И запомни, если Циклоп и Сержант приедут пустыми, без малолеток, то…, - она расстегнула молнию на спортивной куртке, лёгким движением сняла её, и на Влада уже смотрел ажурный лифчик …, - … то твоя жизнь и жизнь той девицы … может быстро закончиться, … старший зачистит всех. Ему это не в первый раз.

- И детей?

- Почему бы и нет. Лес рубят – щепки летят.

Влад нахмурил брови:

- Я могу её увидеть?

- Она молчит, - не ответив на вопрос, продолжила Карина. - Ничего не говорит. Хотели выкрасть её дочку или мать, но они исчезли. Их кто-то предупредил. Да и потом, её пока трогать нельзя. Так же, как и тебя.

- Почему пока? - переспросил Влад.

- Всему своё время, - пожала плечами Карина, - ты уже иностранный подданный, а она наполовину. Такое было распоряжение босса. Повезло дуре. Выиграла гринкарту в лотерею. Зачем вернулась? Сидела бы в Америке. Так нет, мужа надо похоронить. А чего хоронить, когда всё сгорело.

Карина встала с кресла, подошла к американцу. Одной рукой подняла его подбородок и притянула к своим губам:

- Слушай, а давай так: ты хочешь увидеть эту тёлку? Хочешь?

Влад моргнул.

- Тогда и я тоже что-то хочу, и ты мне в этом поможешь, - она снова оглянулась на входную дверь, - думаю, что часа два нам никто мешать не будет. Идёт?

Влад пожал плечами:

- Не знаю, чем я могу тебе помочь, если ничего сам не знаю, и к тому же я гость в ваших краях. Мне нечего тебе рассказывать.

- А не надо рассказывать. Другим расскажешь, … если выживешь …

Она подошла к магнитофону, который принесла с собой. Нажала кнопку. Комната медленно стала наполняться музыкой современного западного шлягера…

- Тогда, что …, - Влад не успел договорить.

В одно мгновение с Карины исчезли ажурный лифчик и малиновые штаны.

Он увидел красивые очертания … голого … женского тела …

… Переводчица расстегнула молнию у него на джинсах …

… Влад пробовал шевелить плечами. Не вышло. Его руки не слушались, а ноги, привязанные к ножкам тяжёлого стула, были неподвижны.

- Ты … мой… пленник …, - прошептала она и опустилась перед ним на колени …

… Он пытался сопротивляться, но природа взяла своё …

… Через считанные минуты она вскочила на него. Руками обхватила его за шею и притянула лицо американца к своей груди:

- Я захотела тебя сразу, как только в первый раз увидела, - с придыханием произнесла Карина и со сладостным стоном опустилась на Влада …

- 16 -

Ленинградская область. Посёлок Зелёная Роща. 20-е июня.

Накрывшись лёгким одеялом, Нино лежала на кровати и слушала за стеной шум летнего дождя.

Вокруг было так тихо, что можно было услышать шуршание мокрой листвы и колкие удары маленьких капель о деревянную стену и крышу этого барака. Дождь шёл почти всю ночь. От чего Нино почему-то стало спокойнее.

Ей вспоминался дождь в Манхеттене. Именно в дождь рядом с ней появился Влад …

США. Манхеттен.1994 год. 25-е апреля. (год назад)

…КИМ…

… Сразу, наутро после родов, к Нино пришли Влад и Ким.

После госпиталя, где маленькая Натэлла пролежала целый месяц,

Ким возила Нино к врачам, за продуктами, и вскоре они очень подружились.

А летом Ким решила поехать к своим родителям в Албани (это чуть севернее Нью-Йорка) и пригласила Нино с малышкой:

- У моих родителей ферма, и воздух там намного чище городского…

… Помимо огородов, где росли овощи, и прекрасного сада с фруктовыми деревьями, на ферме были куры, кролики, индюшки, гуси и даже лошади …

На третий день под вечер Ким предложила Нино прогуляться по их городку. Маленькую Натэллу оставили на старшую сестру Ким, у которой были свои две девочки, старше Натэллы.

Пешком они дошли до центра.

- Зайдём в бар? - предложила Ким.

Нино хотела сказать, что не пьёт, но Ким её опередила:

- По бокалу пива. Тут они сами своё пиво делают. Как в Ирландии.

Ещё вкусные отбивные. Ты таких нигде не попробуешь. Всё по-домашнему.

Действительно, всё было очень вкусно, спокойно и уютно, пока ребята, сидевшие в дальнем углу, не поднабрались …

… Когда Нино выходила из туалета, один из подвыпивших молодых парней совершенно беспардонно стал приставать.

- О, новенькая, - широко улыбнулся парень. - Пошли, выпьем.

С этими словами он поднял вверх свою руку и уже было закинул её Нино за спину, но …

Рядом с ним неожиданно выросла тень, … и он получил удар между ног…

… На Нино смотрела виновато улыбающаяся Ким:

- Извини, я не думала, что они так быстро наклюкаются.

Всё вроде закончилось, но Нино сидела за столом в напряжении.

Ким это поняла:

- Не переживай, меня здесь все знают. Но ещё больше знают моего брата. Он был лучшим квотербеком у нас в городке. Это американский футбол. Знаешь?

- Нет, - еле слышно ответила Нино.

- Мой брат после армии служил в местной полиции.

Но для Нино это было не так важно, она не могла забыть, с какими выкрутасами Ким уложила парня выше её ростом. Да так легко, словно муху.

- У нас была секция дзю-до. До колледжа, я пять лет тренировалась. Видишь, чему-то научилась …

… Перед сном Ким рассказала историю, как они с Владом познакомились:

- В такси.

- В такси? - Нино одной рукой покачивала кроватку с маленькой Натэллой.

- Да, в такси. Он ехал домой из русской бани. От него пахло луком и водкой. Был сильный дождь, и таксист меня подобрал. Я ехала от своей подружки. Когда нужно было расплачиваться, оказалось, что мой кошелёк остался у неё. Влад за меня заплатил. На следующий день я привезла ему долг. А через месяц приехала в гости и осталась. Вот так, почти банально. Или нет? …

Нино по - доброму улыбнулась …

... Конечно же, Нино хотела, чтобы сейчас и её муж Резо был рядом с ней ...

Но получилось так, что она оказалась здесь, в этой тёмной холодной комнате прикованной цепью к кровати. Потому что помогла двум малолетним девочкам доехать до города ...

Нино очень хорошо помнит тот день, когда она встретила этих девочек...

Россия. Ленинградская область. Город Сестрорецк. 1995 год.11-е мая

... ИРА БАБАНОВА и ЛЮБА КОРКИНА ...

... Она возвращалась из супермаркета, погрузив продукты в детскую коляску. Так было удобно. Маленькая Натэлла и мама ждали её дома.

На голос, позвавший её из-за ближайшей сосны, Нино среагировала не сразу.

Остановившись, поняла, что это голос ребёнка:

- Тётя ... Тётя ...

Нино прислушалась. Когда голос повторился, обернулась.

Из-за толстой сосны выглядывала детская головка с очень испуганными глазами.

- Это ты меня зовёшь? Иди сюда, - показала рукой Нино.

Девочка сначала кивнула головкой. Но потом ... :

- Мы не можем. Идите к нам. Пожалуйста.

Нино уловила слово « к нам». Она не одна?!

Прижав коляску к краю тротуара, она подошла к дереву.

Девочка, которая её звала, стояла, прижавшись спиной к влажной от утренней росы коре. Вторая сидела под деревом на корточках.

Испуганные глазки внимательно разглядывали Нино, потом попросили наклониться:

- Тётя, помогите нам... Иначе нас ... убьют ...

Детский ротик продолжал дышать ей в ухо. Нино напряглась.

Обернулась. Быстро окинула взглядом оставшееся позади супермаркета, дома на противоположной стороне широкой улицы.

- Что у вас случилось? - продолжая оглядывать дорогу, спросила Нино.

Девочки посмотрели друг на дружку.

Та, что стояла у дерева, вытащила из лёгкой джинсовой куртки свёрнутый листок бумаги и протянула Нино:

- Нам нужно туда.

Нино посмотрела на записку, написанную взрослой рукой:

- Вам нужно в город? А там вам помогут?

Ей никто не ответил.

- Кто вам это написал?

Нино услышала голос той, что сидела на корточках:

- Нам нужно на такси. На электричке - нельзя. Там нас найдут.

- Хорошо, - Нино посмотрела на парковую аллею.

Прохожих не было.

Подойдя вплотную к девочкам, Нино показала рукой на узкую тропинку, уходящую в лесную зону:

- Идите по ней до первой большой клумбы. От клумбы одна дорожка ведёт дальше в лес, другая проходит параллельно этой улице. Вот по ней и идите. Дойдете до первого большого щита. Там я буду вас ждать. Вы по тропинке, а я по аллее. Вас никто не увидит.

- Тётя ... А вы нас ... не обманете? - спросили обе в один голос.

Нино улыбнулась:

- Идите. Я буду вас там ждать ...

Им повезло, рядом с её подъездом стояла машина такси, и девушка, укладывавшая в багажник свои сумки, ехала в город...

... Нино приподнялась на кровати ...

Она услышала скрип открывающейся двери и залезла с головой под лёгкое одеяло ...

... Темнота его не испугала. В такую игру он играл со своим отцом, когда был маленький.

«Чтобы что-то увидеть в темноте, - учил отец, - прикрой глаза. Потом досчитай до ста и можешь их открыть...»

Влад прикрыл веки. Ему показалось, что он очутился в старом бабушкином доме в Расеняй, что недалеко от Каунаса. В доме была большая печь, которая согревала весь дом. А ещё дед сам соорудил камин, и рвущиеся из него языки пламени освещали бабушкину гостиную ...

... Влад приоткрыл глаза ... Незнакомая мрачная комната ...

Первое, что почувствовал он, был густой, прохладный, тёмный воздух и запах промокших от дождя деревянных стен. Да, вчера ночью был дождь.

Безграничная, чёрная, давящая пустота походила на огромного монстра, в гости к которому его занесло.

... Его охватил озноб, сдавило всё внутри ... Он сделал глубокий вдох ... Наступило ощущение теплоты ...

Влад медленно стал осматривать темноту, в которой должна была быть ...

… - Nino, - зашевелились его губы.

Силуэт, напоминающий кровать, находился в углу комнаты. Рядом с кроватью стоял стол и, видимо, стул. Других предметов он больше разглядеть не смог. На кровати явно кто-то лежал.

- Nino …, - позвал он

Никто не ответил. Сделав пару шагов вдоль стены, он остановился. Продвинулся ещё на два шага.

- Nino …

Темный силуэт оторвал голову от подушки:

- Кто здесь?

- Nino, this is Vlad. Nino …

Договорить он не успел. Тёмная фигура молодой девушки спрыгнула с кровати, но тут же лязгнула цепь, и до него долетел её шёпот:

- Влад?! …

Он услышал звон металла. Понял. Сделав шаг вперёд, крепко обнял плачущую девушку. Нино смогла обнять его одной рукой, вторая была в наручниках.

Влад прижал Нино к себе и шепнул:

- Нас могут подслушивать.

- Ok – Ok – Ok. You are here! You are here! O my God! You are here!

Влад продолжал прижимать Нино к своей груди:

- Говори, только тихо.

- Влад, ты … мой ангел - спаситель.

Он поцеловал Нино в щёку:

- Мы выберемся отсюда …

- Как? - девушка тихо заплакала…

Раздался звук проворачиваемого ключа. Раскрылась дверь:

- Свидание закончено. Всё, парень. Хотел увидеть – увидел. Теперь ты должен уйти …

На пороге стояла Карина …

ЧАСТЬ ТРЕТЬЯ

- 1 -

Ленинградская область, посёлок Комарово.
1995 год.19-е июня. Дача генерала Коегорова.

...«ДИРЕКТОР» ...

Генерал КГБ, Артур Демьянович Коегоров, сидел в удобном кожаном кресле, держа в руках кубинскую сигару. Это был крепко сложенный, поджарый мужчина пятидесяти пяти лет, с аккуратно подстриженными волосами, белыми, как свежевыпавший снег.

Напротив него сидел широкоплечий молодой человек. Ему можно было дать лет тридцать с небольшим. Он был среднего роста, в сером костюме, с коротким ёжиком жестких, тёмно-русых волос.

Шмелёв Павел Мартынович - сотрудник специального секретного отдела.

Отдел подчинялся только генералу Коегорову.

По картотеке отдела капитан Шмелёв проходил под псевдонимом «Мартын».

Три дня назад Мартын вернулся из одной европейской страны, где помогал сербским друзьям захватить важного албанского головореза, отличившегося в уничтожении сербов в Косово.

Дело было сделано. Албанца захватили вместе с тремя такими же отморозками. Переправили в Сербию, где пленников неофициально прибили гвоздями к позорному столбу, после чего поджарили.

Но не обошлось без потерь. Помогавшая Мартыну в поимке главаря девушка погибла. Её тело Мартыну удалось похитить из морга местного госпиталя и через Сербию переправить в Россию.

Она была по национальности узбечка, двадцати двух лет, удочерённая бездетной голландской семьёй шесть лет назад. Это была «ласточка» под номером №1 в проекте «Спящие дети». Все удочерённые девочки имели одно имя «ласточка». Различались только по номерам №1, №2, №3 ...и так далее ...

Проект курировал КГБ, а вдохновителем и непосредственным разработчиком являлся Артур Демьянович. Он же «директор».

Никто не знал ни настоящих имён девочек, ни их фамилий. Это было строго засекречено.

Ещё одна «ласточка» под номером №2, погибла в Лондоне при ликвидации бежавшего российского «крота» из ФСБ. Её труп выловили рыбаки в Темзе. Тело девушки в Россию не попало, оно было предано английской земле …

- Нам в Европе нужна замена, - повернулся он к Мартыну. - В скором времени полетишь через океан. Проследишь за номером №7. Команду я тебе дам сам. Лично. Но до этого …

«Директор» вырвал из календаря чистый листок, подобрал со стола карандаш, что-то быстро написал и протянул Мартыну:

- Я хочу про него забыть.

Наступила минута молчания.

Продолжая держать в руке сигару, «директор» спокойно сказал:

- На днях к нему должны привезти девочку. Сделаешь фотографии маленькой счастливой девочки, желательно с игрушками. А потом … потом то, что мне нужно…

Гость молча кивнул.

… - Уверен, мне не надо тебя учить, Мартын. Да, он мой родственник, но засветился со своей бригадой, а на кону стоит слишком дорогая «игрушка».

Строгий взгляд «директора» заставил гостя подняться.

- Это приказ, Мартын. Лирику оставь мне. Иди …

Капитан сделал быстрый кивок, но прежде чем выйти, вернул листок директору.

… Хозяин кабинета продолжал задумчиво стоять у окна, наблюдая, как охрана открывала ворота, пропуская чёрного цвета «Мерседес», в котором с задумчивым лицом держал двумя руками руль Мартын.

Выехав за ворота, «Мерседес» свернул влево на грунтовую неширокую дорогу и исчез за высокими соснами …

… С залива неожиданно налетел ветер. Из-за горизонта на жёлто-молочный небосклон выкатились серые рыхлые тучи. Ветер гнал их, не давая им ни на минуту перевести дух. И потому по земле неслись вперемежку то серые тени, то горячие солнечные пятна.

От последних «директор» прищурился, отошёл к столу и снова оказался в своём мягком кожаном кресле.

Он понимал, без проблем не обойтись. Череп со второй командой вряд ли сможет сам всё чисто до конца исполнить.

До конца - означало - убить всех. Ликвидировать основные и случайные фигуры. Мартын должен разобраться только с родственником. Больше Мартына светить не надо.

Вспомнив на секунду о своём родственнике, майоре Марковине, глаза «директора» сверкнули лютой ненавистью.

Он поднялся, кинул листок календаря, оставленный Мартыном, в пепельницу и бросил туда зажженную спичку …

Глядя на язычки пламени, пожирающие белые бумажные кусочки, Артур Демьянович чиркнул золотой зажигалкой и стал медленно прикуривать слегка погасшую сигару …

«Директор» понимал, что ему нужен кто-то ещё. Кто-то другой. Подготовленный исполнитель. Причём со стороны.

Такой у него был. Звали его … «Сенегал» …

… СЕНЕГАЛ …

… Нет, он не был африканцем. Он был из волжских немцев - Оскар Генрихович Крюге …

… Они встретились в городе Ашхабаде – столице Туркменистана, в войсковой пограничной части, на границе с Афганистаном …

… Молодой солдат Крюге попал под командование капитана Коегорова, который был уже дважды представлен к правительственным наградам за охрану государственной границы.

Капитан заметил в своей роте рослого, крепкого, способного парнишку. Через два года капитан уехал в Высшую военную академию, а молодому солдату Крюге после прохождения военной службы он посоветовал поступить в Высшее военное училище химической защиты в Москве.

После училища молодой лейтенант Крюге вернулся в Туркмению, а подполковник Коегоров перешёл в управление внешней разведки…

… В тот момент, когда Коегорову нужно было создать первую команду для африканской командировки, он вспомнил об Оскаре Крюге.

Скрупулёзно прочитав всю биографию своего бывшего солдата, Коегоров был уверен, что отыскал настоящий самородок. Важный момент состоял в том, что Оскар с десятилетнего возраста воспитывался в детском доме.

Ни родных, ни близких …

«Мой человек, - поджав тонкие губы, проронил полковник Коегоров и, немного подумав, повторил, - на сто процентов, мой …»

Командировка была в государство Сенегал, где кубинские спецподразделения охраняли семью президента. Задание, которое получила группа Коегорова, имело гриф « совершенно секретно» …

… Задание было успешно выполнено, но с небольшими потерями в личном составе самой группы. Была убита связистка Нора, урождённая Элеонора Прескуте из Литвы, и еще один безымянный боец. Но было ещё одно, то, что все в группе решили сохранить между собой. В плен к туземцам попал старший группы подполковник Олег Исаевич Стогов, проходивший под псевдонимом «Батрак». Человек бывалый. О личной жизни которого никому ничего не было известно. Только поговаривали, что «Директор» и «Батрак» вместе учились …

… Роль старшего по группе временно перешла к лейтенанту Оскару Крюге. Он и вынес тело Норы из джунглей. С теми, кто её убил, расквитался сполна.

А заодно освободил подполковника Стогова, которого оставшиеся в живых туземцы собирались … съесть. В прямом смысле …

… Оскар взял в плен двух чернокожих: мимикой и на пальцах объяснил тем, что отпустит их на все четыре стороны, если они покажут, куда убежали их братья с пленным белым человеком …

… Когда отряд Оскара приблизился к большой пещере, внутри горел костёр. Вокруг костра тихо сидели побитые туземцы …

От увиденного российскому спецназу стало не по себе …

Тихо было потому, что аборигены, закрыв лица своими руками, молились … А рядом с костром, на жаровне, представляющей собой длинный кусок широкой трубы, привязанный верёвками к той самой трубе, висел с завязанными глазами подполковник Стогов, старший их группы …

«Батрак» был спасён, но… «слегка помят». Поэтому было решено, что его роль временно будет выполнять лейтенант Крюге.

Оскар собрал оставшихся бойцов, определил каждому его задачу в операции, которую сам придумал, и под покровом ночи перебил и перерезал около полусотни местных повстанцев. Троих главарей линчевал сам, водрузив на три шеста изуродованные кучерявые головы с окровавленными глазами. И принёс всю эту «икебану» во дворец президенту …

После той командировки ему и дали псевдоним «Сенегал».

Ну а подполковник Стогов был лично благодарен лейтенанту:

- Я твой должник, «Сенегал».

«Сенегал, так Сенегал», - ответил уже майор Крюге перед очередной «командировкой» …

…«Директор» всегда вызывал его только для зачистки.

В этом Сенегал, тело которого украшали многочисленные шрамы, был лучшим у генерала Коегорова …

… «Директор» всматривался в тёмнеющий частокол лесного массива на противоположном берегу озера.

- Ты мне нужен, «Сенегал», - тихо сказал он сам себе, и в очередной раз в серое небо понеслись дымчатые серые кольца …

Серые по серому …

- 2 -

... Недалеко от Москвы ... город Калуга. 1995 год. 19-е июня

... ТАНЬКА-ГИМНАСТКА ...

Это лето в Подмосковье выдалось на редкость тёплым.

Исторически знаменитый город Калуга, стоявший на широкой излучине реки Оки, не был исключением. Несмотря на середину недели и вечернее время, на Набережной улице людей было много ...

На скамейке, стоящей вдоль тенистой аллеи, сидели двое: парень и девушка. Со стороны их общение показалось бы странным: молодой человек смотрел прямо перед собой, а девушка, опустив голову, смотрела себе под ноги.

- Таня, - тихо начал парень, - я приехал, чтобы помочь тебе и тем двум девчонкам. Макс врать не станет. И потом, ты сама говорила, что ему можно верить. Там сейчас война, Таня. Самая настоящая война.

Девушка глубоко вздохнула:

- Игорь, я поняла, но ехать туда - это ... это смерть. Ты сам только что про войну заикнулся.

- Но у Макса есть конкретный план. Он уверен, что это сработает.

- А если нет? Как ты или Макс знаете? Как?! Везти детей в этот кошмар, из которого они еле ноги унесли. Нет. Не могу, Игорь.

- Поэтому я здесь. Без тебя и этих девчонок мы не сможем выйти на тех уродов, от которых ты сама еле ноги унесла. Повторяю, Таня, у Макса есть план. Самое главное, что ты и девочки в большой опасности. И ты это знаешь!

Девушка тяжело вздохнула:

- У тебя сигареты есть?

Игорь вытащил из джинсовой куртки пачку «Мальборо».

Девушка глубоко затянулась и выпустила струю в тёмное небо.

- Чего замолчал? - она стряхнула пепел в стоявшую возле скамейки урну.

Игорь встал. Вытащил из заднего кармана джинсов сложенный листок бумаги. Развернул и протянул девушке:

- Таня ... ты ... в розыске ... Вместе с девочками. Это не шутки. Вас ищет не братва. Это ... менты.

В секунду девушка накинула на голову капюшон своей летней куртки и медленно посмотрела по сторонам. Впереди протекала Ока, а сзади шелестела в тёплом воздухе зелёная листва …

- Домой, Таня, идти опасно. Ты знаешь, где Юля?

- Да. Она приедет в Питер через Карелию. Но сначала она поедет в Москву. Что же делать, Игорь?

- Кто у тебя дома?

- Мама, сестра и эти … малолетки.

- Их тебя попросила спрятать Майка?

Девушка молча кивнула.

- Ты ведь даже не знаешь, как с ними поступить и куда идти?

- Да, - после долгой паузы ответила Таня.

- Самое трудное – это выйти из квартиры. Потом нужно будет схорониться до завтрашнего утра. Место я нашёл.

- А как мы войдем в дом?

Игорь ответил не сразу. Было видно, что он обдумывает ответ. Он смотрел в сторону реки … Прошла минута, другая:

- Домой войдёшь только ты, - повернулся он к девушке, - без меня. Как ни в чём не бывало. Если за тобой и наблюдают, то пусть. Нас подстрахуют. Брата моего помнишь?

- Кешу?

- Он самый.

- Помню. Ко мне на танцах всегда приставал. А что?

- Он следователь.

- Ого, нормально.

- В данный момент это лучшее, что мы имеем.

- А потом?

- Я должен поговорить с Кешей. Ошибиться мы не можем. Арестовывать вас никто не будет. У тех, кто мог за тобой приехать, приказ один … завалить и девчонок, и тебя.

Девушка смотрела на Игоря глазами, полными слёз:

- Это те, - тихо начала она, - которые убили Майку?

Игорь кивнул:

- Да … Ну, что, готова?

Таня кивнула.

- Отлично. Делаем так: когда подъедем к твоей улице, ты идёшь домой. Через час я снова подъезжаю к твоему дому, но только не к фронту, а с заднего хода. Тебе нужно от соседей с первого этажа вылезти через окно с девчонками.

- А машина? - спросила Таня.

- Что машина?

- Ты сказал, что мы поедем на машине. На какой?

- К тебе на такси. Потом я решу. Надо связаться с Кешей ...

Город Калуга. ГУВД. Убойный отдел.
Кабинет старшего следователя Блинова. 20-е июня.

... - На вокзал нельзя. Там вас точно срисуют. Если у этих чертей такие длинные руки, то вас примут, где угодно и когда угодно, - Кеша похлопал Игоря по плечу, - у нас в отделе есть три машины на случай спецзаданий. Одну я тебе подгоню. Номера приставлю, но в Питере пусть твои ребята поставят местные номера. Понял?

- Да, на машине лучше. Только у меня права питерские.

- С этим я разберусь. Доверенность на тебя выпишу. А в самом Питере есть, кто может вас подстраховать?

- Есть.

- Надёжно? - спросил Кеша, после этого достал небольшой кожаный чехол и протянул брату.

Игорь уверенно кивнул и, посмотрев на чехол, спросил:

- Что это?

В руках у Кеши блеснуло острое лезвие с увесистой костяной ручкой.

- Нож?! Мне?

- Ну, ты же у нас мастак по метанию ножей. Я же помню, как мы с тобой на спор кидали. Лучше тебя был только «Штанга», но его в Афгане убили.

- А этот нож откуда?

- Этот? - Кеша посмотрел на узорную рукоятку, - подарок одного благодарного зэка.

- Серьёзная штука. Спасибо, Кеша.

Кеша кивнул:

- Мы поедем в сторону Обнинска, через Наро-Фоминск, до кольцевой трассы вокруг Москвы. От Москвы до Питера - ты сам. А я на вокзал и поездом вернусь в Калугу.

Посмотрев на нож, Кеша улыбнулся:

- И ещё, ножи дарить нельзя. Так что я тебе его продам за три рубля. Годится?

- Годится. А почему нельзя дарить?

- Примета такая. Чтобы этот нож полетел не в тебя, а в твоего врага. Игорь молча согласился ...

... Они остановились на соседней улице:

- Счастливо, Танюша, - спокойно сказал Игорь и повернулся к водителю, - меня назад на набережную.

После чего шепнул девушке на ухо:

- Буду через час …

Таня рывком открыла свою дверь. Вышла из машины и, оглядевшись по сторонам, быстрым шагом направилась к своему дому …

… Машина - такси, взвизгнув покрышками, завернула за угол …

… - Циклоп, ты их засёк? - тихо спросил с заднего сиденья коренастый парень, с вырубленным как из камня лицом.

- Да, - так же тихо ответил водитель автомашины ГАИ.

- Наши действия?

- Если малолетки с ней, значит она приехала за ними. …

- И потом?

- Потом они должны будут сваливать из Калуги. Мы их подождём. Сама она не поедет. Не рискнёт. Запомним тачку и встретим их за городом.

- Выдвигаемся на трассу? – спросил Сержант.

Водитель кивнул и посмотрел на партнёра:

- Готовь мусорскую форму, братан …

Город Калуга. 21-е июня.

… «Жигули» третьей модели медленно выкатилась на шоссейную дорогу и взяла курс на Москву.

Впереди сидел Игорь, за рулём Кеша, сзади Таня с двумя девчонками. Сложив головки на Танины колени, девочки спали.

Они проехали один пост ГАИ сразу же при выезде из города.

Второй пост ГАИ они увидели, когда свернули на Обнинск, до которого им оставалось ехать ещё полчаса.

Третья машина ГАИ появилась сзади совершенно неожиданно.

- Они что, из леса выехали? – оглянулся назад Игорь.

- Не знаю, но постов ГАИ больше не должно быть, - ответил Кеша и достал из - под сиденья свой пистолет, - на держи, когда надо будет, я возьму.

Игорь взял в руки чёрный ТТ и опустил его себе на колени.

Машина ГАИ, преследовавшая их, прибавила скорость, обошла « Жигули» и умчалась вперёд.

- Уф-ф, я уже думала, что они за нами, - испуганно сказала Таня.

Она проговорила это шёпотом, показав на спящих девчонок. Но буквально через минут десять их покой был нарушен.

Впереди, у начинающейся опушки березового леса, Кеша увидел жёлто-синий нос машины ГАИ, выглядывающий из-за придорожных кустов.

От неё отошёл коренастый, среднего роста гаишник и, махнув полосатым жезлом, направился к остановившимся «Жигулям».

- Думаешь те самые?

- Посмотрим, Игорь, - проронил Кеша и протянул руку за пистолетом. Первой открыла глаза Ира и с силой прижалась головкой к Таниному плечу.

- Ты чего дрожишь, Ириша? Ты его знаешь?!

Девочка лихорадочно закивала головой. Показав свободной рукой на приближающегося к ним гаишника.

- Ребята! Это они!!! - быстро произнесла Таня и укрыла покрывалом обеих девочек.

- Понял, понял. Сидим тихо, - спокойно ответил водитель, сунув пистолет за ремень брюк.

Представитель ГАИ уже стоял рядом:

- Старший лейтенант Бугров. Попрошу предъявить ваши права, документы и выйти из машины.

- Мы что-то нарушили, лейтенант? – Кеша предъявил документ капитана уголовного розыска.

- Извините, товарищ капитан, у нас информация об угоне такой машины. Откройте, пожалуйста, багажник. Если там ничего нет, то можете следовать дальше.

После чего лейтенант наклонил голову и через плечо водителя заглянул в салон машины.

Кеша вернул свои документы в бардачок, сунув руку за своим оружием:

- Я думаю, что мы и так продолжим свой путь.

На пистолет, направленный ему в лицо, Кеша среагировал в секунду. «Гаишник», отпрыгнув в сторону, присел на одно колено, вместо жезла в его руке уже чернел пистолет, ...но выстрелить у него не получилось. Кеша, выскочив за ним, со всего размаху вбил свою ногу лейтенанту в живот. Тот, крякнув, упал на шоссейное полотно, и в ту же секунду раздался выстрел другого «сотрудника» ГАИ.

Кеша выстрелил в ответ, но при этом сам опустился на одно колено. Игорь выскочил из машины и усадил брата на своё сидение:

- Веди машину, Игорь! Быстро!

«Жигули» рванули с места. Кеша прижимал руку к правому плечу, из которого сочилась кровь. Таня перекинула покрывало на Кешино плечо. Девчонки тихо плакали, а Игорь мчался в Обнинск, в городскую больницу…

… Лейтенант ГАИ, а это был Сержант, подбежал к раненому Циклопу, впихнул того в машину, моментально развернулся и погнал машину в берёзовую чащу. От машины нужно было срочно избавляться.

В километре отсюда у них был замаскирован джип с питерскими номерами. Но как быть с Циклопом, у которого была прострелена грудь, а из приоткрытого рта непрерывной струйкой сочилась кровь ... Сержант понимал, что Циклопа уже не спасти ...

... Последний с трудом приоткрыл глаза:

- Не бойся,... брат, убей меня ..., я знал, что ... этим ... кончится, только матери скажи ...

... Через минуту он обмяк и замолчал ... навечно...

Сержант медленно выволок мертвое тело из машины. Бережно опустил на траву.

Присел рядом. Достал дрожащей рукой из пачки сигарету. Закурил ...

- ... Циклоп ... Циклоп ..., - только и смог произнести он, выдохнув изо рта серое дымчатое облако ...

... Сержант сидел и курил возле бездыханного тела « брата» по бригаде. Отсутствующим взглядом сверлил стоявшее рядом дерево, кривил губы, затягиваясь... Зло скалил рот, выпуская дым ... Курил, пока не дошёл до сигаретного фильтра ...

Он с ненавистью оглянулся в ту сторону, откуда только что приехал, выплюнул окурок и улёгся на траву ...

... Вглядываясь в тёмные, корявые ветки, сквозь которые голубело высокое небо, он почему-то вспомнил, как они с Циклопом похищали американца ...

... В первые минуты похищения, прямо в машине, Сержант пару раз поработал кулаком похищенному по животу.

Парень скривился и что-то произнёс, чего Сержант не смог понять.

- Эй, Циклоп, ты слышал?

Циклоп отмахнулся, сосредоточенный на быстрой езде:

- Он, по-моему, на английском шпарит. Блин!

Сержант скривил рот:

- Так ты не наш. Вот чурка нерусская!

- Какой он тебе чурка, - вставил Циклоп, - он из-за океана.

- А ты откуда знаешь?

- Знаю, знаю Сержант. Ты за речкой год пробыл, а я три, полный срок.

Было дело. Спасали мы журналистов из афганского кишлака.

Там их держали.

Двоих духи на куски порезали, а про одного или забыли, или времени не хватило.

- Чего гонишь?! - решил вставить Сержант. - Духи никого не забывали.

- Ага, не забывали, - Циклоп выехал на шоссейную трассу, - забывали, Сержант, забывали. Думаешь, они будут сидеть, жрать плов и своему аллаху раком молиться, когда мы весь кишлак с трёх сторон из «Града» огнём поливали.

- Почему из трёх?
- С четвёртой стороны горы были. Туда все духи и ломанулись.
- Ну, и?
- А там наши пацаны их и встретили. Покосили всех до одного.
- А жители?
- И жителей. Всех, Сержант, война. А то сам не помнишь?
- Помню, - уже тише согласился Сержант, - помню, бляха муха. Я с этим в свой первый выезд столкнулся. Зашли мы в один кишлак, остановили БТР возле одинокого дерева, по малой нужде. Команда пошла к дереву, а командир с помощником остались у машины. Напротив БТР, через узкую тропинку, сидели три женщины, все закутанные в чадру. Сидели мирно, подогнув колени. Как только мы подошли к дереву, раздался взрыв …
- Да-а, - протянул Циклоп, - в Афгане воюют все: и женщины, и дети …
- Во-во, - продолжил Сержант, - потом я своего командира и помощника ложкой для супа с обгоревшей машины слизывал. Во, бля … жители.
- Ну, а тёлок тех зачистили или сначала оттрахали?
- Ты чё, Циклоп, положили сразу, а мёртвых трахать западло.
- Правильно. Всех басмачей надо трахать и убивать! Всех!
- Согласен, - Сержант повернулся к американцу, - а с вас, интуристов, бабки собирать.
- Это точно, - оскалился Циклоп, - наши ребята так и сделали. Всех басмачей в одну копилку и положили, - он глянул в зеркало заднего вида и подморгнул пленнику, - а когда стали осматривать кишлак, то из одной бабайской хаты и вылез тот забытый журналюга. Кричал как резаный:
Фак! Фак! Фак! Я и запомнил. Почти как наш пиндос: Фак! Фак!
Так что, не бей его, Сержант. Пусть с ним старший разбирается. Нам дороже будет…

… Сержант оглянулся вокруг, посмотрел на бездыханное тело «брата» по оружию и тяжело вздохнул…

… Он нёс на себе мёртвого Циклопа и плакал. Может, впервые в жизни – плакал …

… В Афганистане было проще: убили твоих, ты имел право накосить духов сколько душе угодно, и это был геройский поступок. Была другая жизнь, которая называлась войной. А как назвать эту, теперешнюю жизнь, в родной России. Здесь нет войны, но есть борьба за выживание.

И с каждым днём эта борьба скатывалась в несправедливую, непредсказуемую кровавую пропасть: ни ты, так тебя. Закон джунглей. Но джунгли не здесь, джунгли в Африке, так его учили в школе на уроке географии. А может, учителя и не знали, что джунгли могут быть … и здесь … тоже …

В бригаде Жгута главным было не замарачиваться любовью к людям, которых Сержант после Афгана больше ненавидел, чем любил. В этом у них с Циклопом была полная идиллия. Отрезанные головы, прибитые гвоздями к деревянным полам долбанные должники, валютчики, коллекционеры, антиквары, ювелиры – он не видел в них людей. Он видел в них Берлинскую стену, которая мешала ему, Серёге Хлопкову, жить в своё удовольствие. А что такое жить в своё удовольствие, он ответить не мог. Поэтому выполнял все поручения старшего, не думая, что уже давно сам оказался в этой кровавой мясорубке …

… А что до малолеток … То они для Сержанта были просто куклы, которых он с детства тоже терпеть не мог. Куклы и всё …

… Лопатка в багажнике оказалась кстати.

… Закопав Циклопа, он поднял бритую голову к высокому синему небу: ни облачка, ни тучки …

… Ему вдруг вспомнился отчий дом. Похороны отца, забитого насмерть чужаками из соседней деревни в пьяную масленицу. Неожиданно постаревшую мать и больную младшую сестру, которую доктора не смогли спасти. После похорон он стал замкнутым и злым. Злым и замкнутым. В армию пошёл добровольно. Не испугался, когда приземлились в Афганистане. Уж там он насытился кровушки до самого верха, пока не попал в госпиталь. Спасибо сестричке Наденьке. Часто с ним разговаривала и, можно сказать, вернула к жизни:

- Учиться тебе надо, Серёжа. Ты же школу окончил. На войне был. У тебя теперь зелёный свет в институт. Поезжай в Ленинград. Очень красивый город …

… Но в этом красивом городе они с Циклопом оказались совершенно … лишними …

Сержант посмотрел на бугорок, под которым лежал Циклоп , …и присел на рядом стоящий пень …

Ему хотелось с кем-то поговорить. Кому-то всё рассказать. Ведь они все, все в бригаде мало между собой общались. Делали вместе дело, а потом вместе пили, чтобы то дело забыть … Пили много, молча … Говорить было не о чём.

Если кто-то и хотел что-то сказать, … всё равно молчал … Разговоры были не нужны. Разговоры были ни к чему … Потом отваливали спать. Поскорее забыться в пьяном угаре, чтобы не видеть снов …

... Сержант с силой сжал ладонями лицо...

... Ему показалось, что вокруг пня, на котором он сидит, разливаются воды какого-то озера...

... За четыре года много было озёр, в которых они с Циклопом, Черепом, Пряником и Комаром топили тела ими убитых ...

... Открыть своё лицо Сергей боялся, не потому, что испугался воды. Нет. Потому, что вода та была ... красного, кровавого цвета, по которой, словно в тихом водном параде, плавали трупы, трупы, трупы, а между ними их ... головы.. головы ...головы. Взрослых ... детей ...

... Сколько он пробежал по лесу - не помнил. Упал. Упал и затих.

Лишь когда почувствовал, как его лицо щекочут стебельки зелёной травы, приоткрыл глаза. Посмотрел на сырые кривые корни высокой сосны. Перевернулся на спину и понял, что живой ...

... Поднявшись, он прижался спиной к дереву и обхватил руками голову ...

- 3 -

Санкт Петербург. ГУВД. Кабинет полковника Зотова. 1995 год. 21-е июня.

Пригласив Долгушина к столу, полковник громко спросил:
- Ну, как, капитан, новости есть?
Долгушин присел, оглядел кабинет и уверенно ответил:
- Ищем, товарищ полковник, ищем.
- Значит, нет. Плохо, капитан. Очень плохо! Мне завтра к генералу. Что я буду ему докладывать?
- Допрашиваем свидетелей, но пока ... одни догадки, товарищ полковник ...
... Капитан взял из рук Зотова протянутый ему листок:
- Не выходи, просто открой и закрой дверь.
- Ну, хорошо, а в ресторане был? – полковник старался говорить так, чтобы было хорошо слышно и понятно. На тот случай, если в его кабинете есть «жучки».
- Так точно, - в тон ответил Долгушин.
- С «ночными бабочками» проработал?
- Проработал.
- Ну?
- Ничего. Вы что ж думаете, они так прямо мне всё и расскажут?

- А надо бы, капитан, надо бы, чтоб рассказали. Ну, ладно. Иди работай. Завтра доложишь.

- Разрешите идти?

Зотов громко ответил:

- Идите!

Подождав, пока захлопнется дверь, он улыбнулся, присел, снова указал капитану на стул, но перед этим положил на стол свою вторую записку:

«Майор Морковин работает под генералом Коегоровым, которого перевели к нам из Москвы. Сам генерал из КГБ. В их дела практически никто не имеет права вмешиваться. У них своя «кухня» и свои «повара»

Прочитав, капитан поднял со стола авторучку и передал полковнику свой листок:

«Информация от моего информатора: майор очень хорошо знал покойную Майю. И пытался за ней ухаживать Дарил подарки»

Полковник прочитал.

Пожал плечами и написал:

«Ерунда. Будет он морочить голову из-за какой-то путаны»

«Будет, еще как будет, так сказал мне информатор. Этот майор очень скользкий, жадный тип, а главное - злопамятный»

«Согласен, капитан, но дело в том, что этот майор является ближайшим родственником генералу»

«Я бы поставил за ним ноги. Можно?»

«Разрешаю. Только очень аккуратно. Есть что-то ещё? Ты сказал, что был в ресторане. Так?»

«Был»

«С кем говорил, кроме девушек?»

«С охранником- вышибалой».

«Хорошо, что он?»

«Конкретно ничего, но мне кажется, что он что-то знает».

«И как ты собираешься его разговорить?»

«Есть один момент, кажется, он может сработать».

«Нашёл к нему подход?»

«Да, этот парень во многом порядочный. Такие, как он, дружат с совестью».

«Странно, думаешь, он знает бандитов?»

«Может, и знает, но, мне кажется, не тех, кто нам нужен. Он из спортсменов».

Полковник махнул рукой, потом написал ответ:

«Все они одним миром мазаны. Он из пробитых боксёров?»

«Нет, из думающих борцов».

«Это - одно и то же».

«Не всегда».

«Почему так уверен?»

«Мой информатор дал тому вышибале хорошую характеристику»

«Когда у тебя встреча с информатором?»

«Со дня на день».

«Удачи, капитан. Держи меня в курсе».

Когда за Долгушиным бесшумно закрылась дверь, Зотов собрал все листочки, чиркнул зажигалкой и медленно стал сжигать в пепельнице их бумажный разговор ...

- 4 -

Санкт- Петербург. Центр города. Летний сад. 1995 год. 22-е июня

- Почему ты так уверен, Макс? А если они не придут? - Игорь поправил на себе летнюю куртку.

- У них в ресторане работает свой человек, - спокойно ответил Макс. - Он им точно сообщит. Поэтому его там и держат. Они должны обязательно от этих беглянок избавиться. Любой ценой. Ты только Таню подготовь. И пусть поговорит с девчонками, обязательно скажет, что их спасут. Всех спасут.

И что они помогут другим девчонкам.

Игорь кивнул.

- Обязательно спасут, - повторил Макс. - Главное, чтобы эти уроды клюнули.

Игорь нахмурился:

- Когда будет этот банкет?

- Завтра. В семь вечера, - Макс пожал плечами. - Так мне сказали.

- А сегодня четверг? Так?

- Так. И что?

Игорь задумался на секунду, потом быстро повернулся:

- Есть вариант.

Макс, склонив голову, посмотрел на парня:

- Какой?

Игорь окинул безразличным взглядом ухоженные деревья в Летнем саду, скульптуры греческих богинь, пустые скамейки в тенистой аллее.

«Интересная жизнь, - подумал он про себя, - совсем недавно он готов был метнуть нож в этого парня по имени Макс, а вышло, что теперь они вместе делают одно дело. Да, еще и Юлька на их стороне. А дело оказалось не такое уж простое. Он хорошо запомнил тех двоих в форме гаишников: бородатого бугая, которого подстрелил Кеша, и того второго, с квадратным подбородком. Хорошо, что успели Кешу в госпиталь отвезти.

Он развернулся к Максу:

- Можно взять воришку в заложники.

- Кого?

- Комара.

- Как?

- Он бывает в пивном баре рядом с Балтийским вокзалом. Там есть «шалман». Типа закусочной. Я же к тебе тогда сразу и пришёл.

- Помню. А почему он будет сегодня?

- Нет, не сегодня. Он должен быть в пятницу. Завтра. Днём.

- В пятницу? Днём? Уверен?

- У Комара «маруха» недалеко живёт.

- Кто? - спросил Макс.

- Ну, баба его. На блатном - «маруха».

- Понял. И что?

- А то, что я её знаю, он к ней точно заскочит. Она сама проговорилась, что он в её ухажёрах ходит. И навещает по пятницам.

- То есть, ты хочешь сказать, что после «шалмана» Комар направится к своей «марухе»?

- Именно. Если Комар придёт в «шалман», то обязательно навестит её.

Макс посмотрел на бывшего Юлькиного мужа, усмехнулся:

- А если не придёт? Откуда знаешь?

- По пятницам в том «шалмане» много «щипачей» трётся. Какая-нибудь «наколка» на дело или полезная информация.

Я случайно узнал, на зоне сидел с одним. В одном отряде. Он после «чефира» расхвастался. Рядом с вокзалом баня. «Марухи» подмоются и готовы к употреблению. У многих тёлок свои хаты в округе. Так что у Комара тоже по пятницам «женский» день.

- Хорошо, - сказал Макс, - возьмём. А что потом с ним делать?

Игорь ответил сразу, будто ждал этого вопроса:

- Что - что, он нас должен привести к тому месту, где они все обитают. Где держали тех девчонок, которые смогли убежать.

- Как привести? За ручку?

- Нет. Нужна машина.

Макс в знак согласия закивал головой, но вопрос задал:

- А если он будет не один? Или откажется?

- Тогда, - Игорь вынул из-за спины складной фигурный нож, - мы его громче попросим.

- Даже так?

- Даже так. Они ведь детей насилуют. Комар не захочет, чтобы «братва» об этом узнала.

- Согласен. Ждём Стаса, - уже более уверенно ответил Макс.

- 5 -

Ленинградская область. Посёлок Лисий Нос. Дача майора Марковина. 1995 год. 23-е июня.

… В гости к Морковиным приехала девушка их сына – Аня вместе со своими родителями: папа - Петр Сергеевич и мама – Елена Николаевна.

… После сытного обеда и чая с пирогами гости вместе с хозяином дачи сидели в летней беседке и разговаривали.

Говорили обо всём, но в основном о будущем детей. Хотя какие они дети.

- Вон Ворошилов в семнадцать лет армией командовал, - подернул плечами хозяин дачи, майор Морковин.

- Какой Ворошилов, папа, извини, по-моему, это был Будённый, ты сам мне так говорил, - поправил отца сын.

- Ну и Будённый тоже, смолоду при коне и шашке был.

- Время другое было, - задумчиво сказал Пётр Сергеевич и спросил разрешения закурить.

- Петя?! - возразила ему супруга Елена Николаевна. - Здесь же дети. Потерпи.

- Ну-ну, - вступился хозяин дачи, - всё в порядке, мы с Петром Сергеевичем прогуляемся в сторону залива, а вы тут пока международную обстановку обсудите.

- Папа, пока вы гуляете, а мамы говорить будут, можно я Ане твою библиотеку покажу? - спросил Олег.

Хозяин посмотрел на сына:

- Библиотеку? Хорошо, только книги с полок не берите. Если какая понравится, скажите, я вам сам её покажу.

Олег молча кивнул, не понимая неожиданной реакции отца…

… Библиотека была шикарная. Дорогие, редкие книги в старинных красивых переплётах.

… Получив разрешение, Олег с Аней ушли в дом.

- А я куда? - надула пухленькие губки Верочка.

Клава обняла дочку, потрепав её за одну из косичек:

- Ты со мной?

Отцы ушли в сторону залива. Мамы обсуждали новые рецепты приготовления пирогов.

- Как называется вот этот с шоколадным верхом? – спросила Елена Николаевна.

- «Королевский», - с улыбкой ответила Клава, - идея не моя, позаимствовала на работе у сотрудницы, замечательная женщина с интересной фамилией Валентина Перепрыгни Камень. Вам понравился?

- Такая фамилия? – улыбнулась Елена Николаевна. - А пирог действительно фантастический. Изумительный вкус. Рецепт, наверное, под большим секретом?

- Что вы! Если хотите, я вам с удовольствием напишу.

Чувствительная Верочка моментально вскочила. Побежала в дом и через минуту принесла маме чистый листок бумаги и шариковую авторучку.

- Ну что вы, - засмущалась Елена Николаевна, - не обязательно сегодня. - Спасибо, Верочка, - поблагодарила дочку мама, - я передам вам через Аню. - Буду очень признательна, - улыбнулась в ответ Елена Николаевна.

- Пожалуйста, - ответила хозяйка, усаживая себе на колени одиннадцатилетнюю дочку, - а сейчас я расскажу особенности приготовления этого пирога …

… - Входи, - Олег, открывая тяжёлую резную дверь из красного дерева, пропустил Аню. - Здесь можно говорить громко, даже кричать, никто не услышит. Окон нет. Специальная изоляция. – Он включил свет и захлопнул дверь.

- Хм-м, - улыбнулась Аня, окинув во всю стену стеллажи с книгами, широкий удобный диван, два кресла по бокам и торшер на длинной ножке возле журнального столика. На столике лежала красивая коробка кубинских сигар.

Олег положил ключ на столик:

- Ну, смотри. Книги хорошие и дорогие.

Аня направилась к стеллажам.

Книги стояли немножко в глубине самих полок, оставляя свободное пространство, где можно было увидеть небольшие статуэтки в виде фигурок всяких животных: из стекла, фарфора, дерева.

- Вон та, большая, в красном переплёте. Про что она?

- Эта? - Олег подошёл к толстой книге в красной обложке, стоявшей на третьей полке ближе к окну - Она о пиратах. С картинками. Показать?

- Нет. Не надо. В другой раз. Твой папа просил книги не трогать.

- А мы не трогаем,- Олег направился к выбранной Аней книге.

Ему нужно было подвинуть фигурку одного из двух деревянных медведей, которые украшали пространство перед книгой.

- Мы только посмотрим и ..., - протянув руку к деревянному мишке, он не заметил на полу кусочек апельсиновой кожуры, его нога заскользила, и Олег чудом не упал, ухватившись рукой за фигурку другого мишки, что стояла рядом.

- Уф-ф, - он с улыбкой посмотрел на свою подружку и наклонился, чтобы поднять оранжевую кожуру.

Аня вскинула руки:

- Ой, а мишка не упал ... Смотри, Олег, они оба засветились?

Олег, зажав в руке апельсиновую кожуру, посмотрел на светящиеся фигурки. Сунув кожуру себе в карман, он подошёл и аккуратно обхватил каждой рукой по одному медведю. Статуэтки оказались очень тёплыми.

- Аня, иди, подержись. Тепло. Они что, на батарейках? – Олег посмотрел на свою подружку и совершенно случайно слегка повернул обе фигурки в одном направлении.

В наступившей тишине раздался еле слышный щелчок. У каждого из медведей загорелись жёлтыми огоньками глаза. Высокие широкие полки неожиданно дрогнули, скрипнули и приоткрылись.

- Дверь? - Олег оглянулся на входную дверь кабинета, потом на Аню.

Аня поднялась с кресла:

- Послушай, - произнесла она, - не надо.

- Да-да. Согласен, - он притянул полки на место. И подождал, когда глаза медведей погаснут. - Вот это сюрприз.

- Ты что, не знал?

- Н-нет. Конечно.

- Ты в эту комнату никогда не заходил?

- Почему, заходил, но никогда не трогал эти статуэтки. Книги мне показывал отец. Без него сюда входить нельзя.

- Ну, правильно. Это же его кабинет.

Олег не ответил. Видно было, что появление скрытой двери его очень озадачило ...

- Олег, - позвала его Аня.

- Да, - он оглянулся.

Аня уже сидела на широком диване:

- Выключи свет и иди ко мне, я пришла в платье, но ... без трусиков ...

... Они шли по узкой заасфальтированной дорожке, плечом к плечу, взявшись за руки.

Мама Клава, заметив их первой, чуть не всплакнула:

- Идиллия, - тихо шепнула она, - как они красиво смотрятся.

- Ты что-то сказала? - спросил уже вернувшийся хозяин.

- Я ребят увидела. Молодёжь нашу.

Отец Ани обсуждал с хозяином тему криминальной активности в городе.

Владимир Валерьянович, также обративший внимание на молодую пару, между прочим спросил:

- Ну, как книги, понравились?

Аня посмотрела на Олега и кивнула.

- Петя, - обратилась Елена Николаевна к мужу,- может, сменим тему. Зачем ребятам про бандитов слушать?

- Правильно, я согласен, - моментально нашелся хозяин, - кем ты, Аня, хочешь быть в этом непростом мире?

- Я? – заморгала большими глазами ещё больше смутившаяся Аня. – Ещё не знаю. Не решила.

- Ну, ну, не решила, - вступилась за дочку мама, - это совершенно не секрет, она у нас хочет поступать в медицинский институт.

- О! Это здорово, - поддержал хозяин.

- Почему здорово? - неожиданно для самой себя спросила Аня.

- Потому, что врач нужен всем и всегда. От маленьких детей до дедушек и бабушек. Причем круглосуточно. А хороший врач и того дороже. Вот почему всем и всегда …

- Всё, отставить разговоры, пьём чай, - Клава поставила тарелки на широкий круглый стол, присела и снова посмотрела на сына, - Олежка, разливай.

- Мама, - спросила маленькая Вера, - я уже наелась. Можно мне пойти телевизор посмотреть? Сейчас детский фильм показывать будут. Я в программке видела.

Клава посмотрела на мужа. Тот, в знак согласия, кивнул.

- Иди, доченька, только открой окно, если что, я тебя позову.

- Хорошо, мама, спасибо, папуля.

Она чмокнула Клаву в щёку и буквально слетела с места.

Олег с Аней почти одновременно первыми стали пить чай.

- У меня есть идея, - хозяин поднялся со своего места и посмотрел на сына, - а давай, Олежка, постреляем по банкам.

- Папа, ты не шутишь?! – восторженно вскрикнул сын и повернулся к Ане. - Ты с нами пойдёшь?

- Нет, - моментально ответила девушка, - я не люблю, когда стреляют.

- Папа, а …, - Олег посмотрел на Аниного отца.

- Конечно, с нами. Тут недалеко, прямо за оградой овраг. Там никого нет, - хозяин с улыбкой поднялся к Петру Сергеевичу.

- Если честно, - ответил гость, я и стрелять-то не умею, но посмотреть - с удовольствием.

- Вот и договорились, Олежка, принеси ружье. Где патроны, знаешь?

- Конечно.

- А я пока в гараж схожу за консервными банками.

Олег взял фирменное охотничье ружьё с двумя стволами, аккуратно смазанное и готовое в любой момент вступить в дело. Банок было десять. По пять на стрелка.

- Вы что, будете соревноваться? - спросил Пётр Сергеевич.

- Что-то в этом роде. Я же Олега с восьмого класса стрелять обучал. Мужчина в нашей суровой жизни просто обязан владеть оружием. Мало ли какая ситуация.

Пётр Сергеевич понимающе закивал головой:

- Да-да, тут вы совершенно правы. Жизнь, действительно, сейчас напряжённая.

- Кто первый? - хозяин поднял вверх охотничье ружьё.

- Ты старший, папа, ты и начинай, - Олег протянул отцу пачку патронов.

Хозяин с профессиональной лёгкостью открыл коробку и так же быстро зарядил ружьё:

- Я готов. Отходи, сынок. Дальше. Дальше. Иди, встань рядом с Петром Сергеевичем.

Он посмотрел на выставленные банки, потом на промасленное двойное дуло, в доли секунды вскинул ружьё и произвёл два выстрела. Две банки разлетелись по сторонам.

- Есть контакт. Теперь ты, сынок.

Олег кивнул, взял из рук отца ружье, так же быстро зарядил, так же лихо вскинул и выстрелил из двух стволов.

- Ничья! – радостно крикнул Пётр Сергеевич. - Ну, Олег, ты прямо настоящий охотник.

Во втором раунде повторилась ситуация как и в первом: оба стрелка сбили свои мишени. Осталось по одной банке.

Отец обнял сына:

- Ты первый.

Юный стрелок хладнокровно исполнил свою попытку.

А вот Владимир Валерьянович промазал.

Можно сделать поправку на неожиданно налетевший ветер, который дунул именно в ту секунду, когда хозяин нажимал на курок.

Стрелки вернулись довольные и весёлые.

- О чём секретничали? – улыбнулась хозяину жена.

- О жизни, о человеке и законе, - ответил за хозяина Пётр Сергеевич.

- Стоило ли? - удивленно спросила Елена Николаевна.

- Думаю, что да, - ответил отец Ани.

И тут же спросил:

- Почему ты так, Лена, переживаешь за ту учительницу? Не хочешь рассказать? Владимир Валерьянович как никак имеет прямое отношение к правоохранительным органам.

- Т-та-ак, - хозяин посмотрел на маму Ани, - что-то очень секретное или страшное?

Елена Николаевна окинула спокойным взглядом всех присутствующих и остановилась на Ане и только что вернувшемся Олеге.

- Они уже не дети, - развёл руками Петр Сергеевич, - пусть слушают.

Елена Николаевна подождала, пока все усядутся вокруг стола, и глубоко вздохнула:

- Я сама учительница, работаю в школе, преподаю математику старшеклассникам. Антонина Ивановна, о которой пойдёт речь, пришла к нам в школу года три назад. Она учитель химии. Ей сорок два недавно исполнилось. Приятная, общительная, разведённая. Муж - бывший военный. Спился и замёрз прошлой зимой. Живёт она в коммунальной квартире одна с дочкой. Ещё у них в квартире проживало три семьи.

- Почему проживало?

- Володя!

- Извини, Клава, я подумал, может, помочь ей получить отдельную квартиру.

Елена Николаевна вскинула голову:

- Уже не надо.

Все притихли.

Елена Николаевна продолжила:

- Зарплата у учителей, сами знаете, не такая уж большая. И учительница по химии подрабатывала уборщицей в нашей школе. Иногда брала с собой дочку, а иногда нет. На ту пору одна семья из её квартиры выехала, и на их место въехал непонятный субъект. Как потом стало известно, бывший уголовник. Отсидевший десять лет за убийство.

Елена Ивановна остановилась. Нахмурила брови:

- Наверное, уже понятно, куда я клоню?

Ответа не последовало.

- Да, получилось так, как получилось. Антонина пошла на подработку. Дочка осталась одна дома. А когда мама вернулась ... Новый сосед, за которого хлопотал их местный участковый, дочку изнасиловал ...

- А как же суд? - еле слышно спросила Клава.

- Наш гуманный суд, - вновь вздохнула Елена Николаевна, - признал того уголовника невиновным. Посчитав, что дочка учительницы сама его заманила к себе в постель.

- Этого не может быть, - Клава посмотрела на мужа. - И что, и всё? А улики? Свидетели? Девочку к врачу водили?

- Да нет, Клавдия Семёновна, не всё. Улик не нашли. Свидетелей не было. Потому, что все были на работе. Никто ничего не слышал. К врачу девочку, конечно, отвели. Но … через пару дней после суда девочка выбросилась из окна третьего этажа.

- Какой кошмар. А как же эта …
- Учительница?
- Да.
- А учительница решила всё по-своему. В один прекрасный вечер, когда её непонятный сосед уснул в пьяном угаре. Вошла к нему в комнату и кухонным тесаком искромсала подонка, пока её другой сосед не остановил.
- Насмерть?
- Да, Клавдия Семёновна, насмерть. И теперь наш гуманный суд её судит за преднамеренное убийство.
- Не может быть.
- Может. Ещё как может.
- А сколько той девочке было лет? – спросил Олег.
- Двенадцать.
- Что?!!! Почти как нашей, моей Верочке, - на глаза у Клавы накатились слёзы.
- Убил. Убил бы гада! - сжал кулаки Олег.
- Ты что, Олежка?!
- Он прав, мать, - заключил хозяин, - прав на все сто. И я бы тоже убил, даже глазом не моргнул.
- Спасибо, отец …

Чаепитие подошло к концу.

Хозяева вместе с Олегом вышли к воротам провожать гостей.

- Спасибо за приятный день. Когда наш Миша поправится, милости просим к нам в гости, - улыбнулась всем Елена Николаевна.

На том и решили. Пётр Сергеевич завёл мотор, и грязно-жёлтого цвета «Жигули» медленно покатились в сторону города …

- 6 -

Ленинградская область. Посёлок Зелёная Роща. 1995 год. 24-е июня. Время дневное: 12 часов 37 минут.

…КАРИНА…

Карина, сидя в кресле, полировала маникюрной пилкой свои и без того ухоженные руки.

Сначала в дверь постучали. Затем дверь, скрипнув, открылась. На пороге стоял Комар:

- Карина, мне бы в город смотаться. Скажи Черепу, когда тот приедет, чтобы подбросил. А назад к вечеру я сам доберусь.

Карина зло посмотрела на вошедшего:

- Ты что, идиот! Почему американца одного оставил?! К своей тёлке хочешь намылиться?

- Хотя бы и так. Что, всем можно, а мне нет?

- Окей. Где старший?

- Так они с Пряником куда-то Катю повезли.

- Куда? - насторожилась Карина.

- А я знаю?

- Какой сегодня день?

- Пятница, - быстро ответил Комар.

- Ладно, ступай к америкосу. Череп приедет, дам знать.

Комар кивнул и, выйдя во двор, сплюнул себе под ноги.

- Вот сука, - подумал он, - доложить бы старшему, что она точно трахнула этого америкоса. Закрылась в тот раз в его комнате на ключ, и музыка пиликала больше часа. Точно трахнула …

…С досады Комар сплюнул ещё раз и открыл дверь в комнату американского пленника …

… Прошло чуть больше получаса.

По коридору раздались быстрые короткие шаги. Комар, сидевший в углу на стуле, моментально повернул голову.

Дверь распахнулась:

- Комар, ты хотел в город? - в дверях стояла Карина.

- Ну, да, хотел. А чего?

- Ничего. Череп приехал. Скажи ему, пусть отвезёт тебя, и не задерживайся. Чтобы к вечеру был. Черепу передай, чтобы продукты подкупил. А то завтра кроме яичницы ничего не будет. Понял?

- Да понял. Понял. Назад сам доберусь, - потянулся охранник, почесал пятернёй у себя за ухом и, окинув пленника презрительным взглядом, направился мимо Карины в коридор.

- Добирайся. Добирайся,- девушка прикрыла дверь и повернулась к американцу. - Ты чего-нибудь хочешь?

- Да, - вздохнул Влад, - можно принять душ?

Девушка хмыкнула:

- Нет проблем.

Но когда услышала звук заведённого мотора джипа, улыбнувшись, продолжила:

- Пусть отъедут подальше. Я вернусь к тебе через десять минут. Проверю девчонок.

... Карина вернулась:

- Ты готов?

Влад молча кивнул ...

... Картину, которая предстала перед ним, когда он вышел из душа, он предвидел ...

.... Длинные пальцы её одной руки крутили тёмный сосок левой груди, а правая её рука нежно гладила интимные прелести ниже пояса. Спиной она облокачивалась на высокую подушку, ноги были согнуты в коленях и раздвинуты в стороны. Красивые большие глаза были полны вожделения и медленно осматривали голый торс Влада.

Их глаза встретились.

Она оторвала руку от своей груди и поманила его к себе:

- У нас есть два часа. Даже если ты не хочешь меня, я тебе приказываю. Иначе ...

Влад не ответил. Продолжал стоять. Он смотрел в глаза переводчицы, сознавая, что может сейчас произойти. Только теперь он не привязан к стулу. Его руки, ноги, как и всё тело, свободны ... Её взгляд не блуждал вокруг него. Не рассматривал его. Её взгляд, словно луч лазера, пронизывал его насквозь, давая понять, что ему никуда не деться и что он должен сделать то, что желает хозяйка этого взгляда ...

... - Прости, Ким, - глубоко вздохнул он.

Махровое полотенце упало на пол ...

.... Влад продолжал лежать рядом с девушкой и следить за секундной стрелкой на небольшом круглом циферблате ручных женских часов.

И неожиданно осознал, что его мысли движутся вместе с этой стрелкой ...

...Томящая пустота охватила всё его тело. Эту пустоту пронизывала дрожь.

Дрожь, которую Влад с огромным желанием разделил бы с Ким. И любил бы её так же неистово, как у них было всегда. Теперь у него нет выбора, но было желание выжить и спасти Нино. Он не будет любить ... эту, что лежит рядом с ним ...

... Это не будет – любовь ... Это будет - месть. Месть – царица ненависти и зла ... Это - месть, прорвавшая томящую пустоту и врезавшаяся ему в мозг.

Сердца - тоже не будет ... Сердце остыло и ... закрылось железным панцирем... Месть ... Это ... будет ... Месть ... Ничего кроме ... мести ...

... Её длинное, тёплое тело прижалось к нему. Он слышал её тихое дыхание. Чувствовал упругую тёплую грудь. Крепкие, покрытые мурашками бёдра прижались с силой к его ягодицам. Длинные пальцы медленно, но уверенно обняли его за плечи. Его спину обдало настоящим жаром. Приоткрытый влажный рот прильнул к его шее. Неожиданно всё её тело напряглось и превратилось в одну натянутую струну, по которой пробежала горячая волна. Теперь она полностью прижалась к нему. Потом язык стал медленно двигаться к его уху. Он сжал зубы. Своего тела он уже не чувствовал. Оно превратилось в оловянного солдатика, которому отдан был приказ: сейчас или никогда! Сейчас!!!

Теперь её губы скользили по его животу … Ниже … Ниже …

Влад … закрыл … глаза … силился представить перед собой … Ким …

… Нежные руки тронули его твёрдую плоть … , поглаживая, медленно и уверенно повели за собой …

В мгновение те же руки обхватили его спину, и … он почувствовал жар сосков её упругих грудей …

… Раздался негромкий женский вскрик: Ах-ах … Ооум-м ..

…Это был не просто Секс. Это была битва без нежностей и ласки. Секс без слов. Секс, полный борьбы и животного инстинкта. Секс за право выжить.

Секс - месть! Секс – битва!

… Они влились друг в друга, не разбирая, где губы, где руки, где их ноги. Бёдра бились о бёдра, груди о грудь, плечи о плечи. Одно лицо стремилось стереть другое, а от смертельных объятий по спинам поползли тёмно-красные линии. То, чего он не хотел и не желал, теперь пришло…

… Вот оно! О, вот оно! Оно, и только оно!

И не надо спрашивать, почему и зачем. Пусть будет так. Оно пришло и оно мстит! Это главное. Пусть оно одно! Оно взлетает выше и выше. Оно плывет, оно уходит, расплывается кругами, парит. Оно дальше и снова ближе. И опять дальше, ещё дальше и глубже! Ещё глубже! Боли нет, есть желание мстить! Мстить сильно и больно за боли других, тех, кого он знает. Вот оно! …

… Ещё, ещё и ещё! Снова дальше и снова глубже! Как можно глубже! Вот оно! Пришло и пусть будет! Будет дольше и больше! До конца! До самого конца!!!

Он не слышит ничего. Он весь в том, что пришло, и ему нет дела до её стонов, криков. Он не слышит её громких слов. Не обращает внимания на жаркие поцелуи. На её руки, со страшной силой впившиеся в его спину.

Когда Карина перевернулась на живот и зубами разрывала подушку, он, оказавшись сзади неё, не собирался останавливаться …

… Перья из прокусанных дыр подушки разлетались во все стороны. Они оба были окутаны белыми, лёгкими воздушными корабликами, мирно парящими над всей этой битвой …

… В какую-то долю секунды девушка превратилась в необузданную молодую лань, пытающуюся скинуть с себя своего наездника. Её стон перешёл в протяжный вой, пульсирующий в такт извивающейся спине.

Она судорожно затряслась. Волнами тряслось всё её красивое молодое тело.

Одна волна сменяла другую …

… Ещё! … Ещё! … Ещё! … Ещё! … - О! О! О! – А!!! – А!!! –ДА! – ДА! – ДА!… Ещё! .. Ещё-ё-ё-ё-А-А! …

… Он замер, уткнувшись лицом в бархатные, тёмные волосы. Его бёдра продолжали плотно прижиматься к смуглым ягодицам, когда наступившую тишину нарушило негромкое всхлипывание…

Карина плакала …

Минут пять они оба не двигались.

… Влад первым пришёл в себя, посмотрев на ручные часы. Время. Но он понимал, что должен выдержать паузу.

Всхлипывания прекратились.

Девушка приподняла голову и несколько раз тряхнула из стороны в сторону. Влад понял, что должен быстренько оккупировать душ и одеться.

- Стой, … подожди, - Карина повернула голову к окну, но её глаза были ещё прикрыты. - Не спеши …

Она медленно провела языком по совершенно сухим губам:

- Не спеши …

По её спине и плечам прошла легкая, трепетная волна, за ней другая, после третьей девушка повернула голову.

Отвалившись на спину, Влад увидел влажные капли у неё на ресницах.

Девушка улыбнулась:

- Уф-ф … кайф … какой … кайф … Америка… Теперь можно … умереть …

… После душа Карина надела свой малиновый спортивный костюм. Затем заправила кровать и повернулась к Владу:

- Теперь … привязывай меня к кровати.

- Нет. Лучше я тебя свяжу по рукам и ногам и усажу в кресло.

Она пожала плечами:

- Давай так. Мне всё равно. Ключи в тумбочке. Большой жёлтый ключ от её комнаты. Меня закрой резным ключом, а всю связку оставь в её замке. Будет понятно, что вы спешили. За этим бараком в заборе есть лаз. Бегите через лес вниз, прямо к озеру. Там у кустов лодка.

Влад кивнул и направился на выход.

У самой двери его остановил её голос:

- Эй, американец. Почему тебя зовут Влад?

Ответа не последовало.

- Молчишь. Ну-ну. Если бы я родила сына, то обязательно назвала бы его – Виктор. Мне нравится имя Виктор.

Влад повернулся к входной двери. Последние слова Карина говорила ему в спину:

- Помни обо мне, американец. Я очень хочу, чтобы мы с тобой ещё раз встретились ...

Наклонив вперёд голову, он быстро вышел в коридор ...

... Темнота не пугала. Немного подрагивали руки, когда он искал нужный ключ и открывал дверь.

... Освободить Нино от наручников. Найти за бараком лаз. Пробежать через лес к озеру оказалось совсем не трудно.

Даже лодка, стоявшая на спокойной воде у самого берега, ни от кого не пряталась ...

... Нино уже сидела в лодке, когда до Влада дошло, что нет одного весла.

В ту же минуту позади он услышал грубый с хрипотцой голос:

- Америкос, ты это ищёшь?

Высокий, худощавый, лопоухий парень стоял на невысоком пригорке, держа в руках недостающее весло.

Вслед за ним из кустов вышел второй. Конопатый, похожий на колобка, с маленькими злыми, глубоко посаженными глазами. У второго в руках чернел автомат.

- Ну что, Америка, - лопоухий стал спускаться к лодке, - слабаки вы против наших. Даже убежать по - нормальному не можете.

Влад потерял дар речи. Присел рядом с Нино, обнял её за плечи и прижал к себе.

- Всё, ребята, - лопоухий опустил весло рядом с лодкой, - пробежка окончена. Пора возвращаться домой. Янки, go home ...

Потом посмотрел в сторону своего напарника:

- А Череп не дурак. Точно просчитал, что эта сучка даст им убежать.

Похожий на колобка, с конопушками во всё квадратное лицо, смачно сплюнул:

- Ничего, с ней тоже разберутся.

- Сто пудов, - прохрипел лопоухий, - Череп вернётся, спросит с неё.

Влад бросил на него молчаливый, злой взгляд.

- Вот только без глупостей, американец. Знаю, что ты по- нашему не рассекаешь.

Лопоухий посмотрел на «колобка»:

- Федя, для убедительности обрисуй господам наши требования.

Колобок, по имени Федя, кивнул и дал короткую автоматную очередь по ближайшим кустам. Затем повернулся к беглецам и повёл дулом автомата в сторону леса:

- Ну! Суки нерусские! Быстро в барак! Мать вашу! Быстро!!

- 7 -

Санкт Петербург. Район Балтийского вокзала. 1995 год. 24-е июня. Время дневное: 14 часов 25 минут.

… КОМАР …

- Чего пищим, Комар? Ты же вор. Зачем тебе под «мокрухами» подписываться? Или ты по ним тоже прошёлся и тоже в теме? - Стас прижался к бровке. Остановил машину, но двигатель продолжал работать.

Он повернулся назад:

- Макс, ты можешь порулить? А то этот прыщ вряд ли разговорится.

Макс посмотрел на Стаса, потом на Игоря:

- Пусть лучше он. Ты сможешь?

- Да, не вопрос.

- Вот и ладушки, - улыбнулся Стас, - меняемся.

Игорь сел за руль, а Стас занял его место на заднем сиденье.

- Куда едем? – Игорь посмотрел в маленькое зеркало заднего вида.

- В Озерки, будем Комара плавать учить. Согласен? - Стас ухватил своей увесистой рукой ухо заложника и с силой сжал его.

- А-а-а! Больно, бля! Больно! А-а-а! Сука, руки развяжите! Отпусти, больно!

- Это кто сука, я? Комар, ты рамсы не попутал? Это ты у нас сучий вор. За детей малых тебе, Комар, одна дорога в жаркий Магадан.

- Ты меня нарами не пугай …

- Да нет, Комар, ты до нар не доедешь. Сойдёшь раньше. А ещё лучше, чтобы тебя нашли в Финском заливе … без головы.

Связанный воришка перестал брыкаться и медленно повернулся к Стасу:

- Я… не понимаю, … о чём базар!

- Ничего, мы тебе поможем вспомнить, сучье отродье. Усёк?

- Я не при делах …

Стас вновь скрутил ему ухо.

- А-а-а !!! Падлой буду!!!

- Ты знаешь, Комар, я бы тебе поверил, но ты уже падла. Так что извини, - Стас вытянул из - под сиденья пластиковый мешок и в одно мгновение накинул Комару на голову. - Мы тебя утопим, но для начала задушим, а то ты такой громкий, всех рыб распугаешь. Зачем рыбакам такая неблагодарность.

Тело заложника затряслось с такой силой, что Стасу пришлось опустить свой кулак тому в живот, и Комар затих ...

- Ты, это, не переборщил?

- Сейчас посмотрим, Макс, - Стас снял мешок и похлопал Комара по худющим бледным щекам, - ну, партизан, колись, где ваши раки зимуют? Дай ему воды.

Прежде чем дать бандиту воды, Макс развернул Комара к себе и посмотрел тому прямо в бегающие глазки:

- Избитые, истерзанные детские тела. Девочки, все девочки, которым от силы одиннадцать, двенадцать лет. До смерти замученные...

Макс говорил медленно и тихо. Он не видел, как изменились в лице Стас и Игорь. Он видел, как задрожали щёки Комара.

- Одну из них звали Наташка, - продолжил Макс. - Помнишь, урод? У неё на ноге была наколка с её именем. На, глотни, тварь, и не говори мне, что ты не при делах ...

Сделав пару глотков и отдышавшись, заложник изменил своё поведение:

- Х-хо-ро-шо, с-ска-жу. Только не н-надо в озеро. Я п-плавать не умею. Ему никто не ответил.

Макс ухватил Комара за подбородок и развернул к себе:

- Говори, сука, где девчонок держат?!

Пленник опустил кучерявую голову и тихо проговорил:

- Место ...называется ... Зелёная роща... Это в сторону... Приморска, - Комар посмотрел на бутылку с водой в руках у Макса.

Ему дали ещё раз попить:

- Там два дома ... Два барака ... В одном живут ...

- Должен показать, - перебил его Стас.

Комар тяжело вздохнул и безразличным тоном ответил:

- Хорошо, ... поехали, ... но я девочек не убивал ...

- Заткнись, Комар! Останови машину. - Стас тронул Игоря за плечо. - Меняемся. Я знаю, где это.

Перед выездом из города Макс попросил остановиться:

- Надо бы водички прикупить. Игорь, не в службу. Вон гастроном прямо у метро.

Макс со Стасом обменялись понимающим взглядом. И как только Игорь вышел, Макс в ту же секунду с силой ударил Комара в живот:

- Это тебе за Майку, сука!

- Это не я. Я её не убивал.

- Кто??!!

Комар не ответил, за что получил ещё один удар уже по рёбрам.

- Запомни, Комар, вы, видимо, всё делали за деньги. А я убью тебя бесплатно. И знаешь в чём кайф, мне за это ничего не будет, - развернулся к заложнику Стас.

- Только бы добраться до вас всех, - продолжил Макс. - Но если ты поможешь, то умрёшь последним. Это я тебе могу гарантировать.

Ехали чуть больше часа. Комар реально показывал дорогу:

- Здесь налево по первой узкой дорожке.

- Сюда? – спросил Стас.

- Да, но только недолго. Минуты три, и там съезд будет вниз, но не крутой. После съезда ещё минут пять …, - Комар замолчал.

- А что потом? - Макс дёрнул того за плечо, - ты оглох, чертило?!

- Потом – стоп. Дальше ехать вам нельзя. Могут заметить. На крыше, верней, на чердаке, всегда кто-то сидит и смотрит.

- Кто смотрит сегодня?

- Череп. Сегодня его смена.

- А кто ещё там? Карина? - Макс всматривался в череду высоких сосен, - замаскировались, уроды. Думали, вас не найдут.

- Да, она должна быть там с девчонками.

- Сколько девчонок?

Комар заморгал глазами …

- Ты не расслышал, урод? – Макс сжал ему ухо. - Сколько там девочек?

- Было три. С утра одну увезли к боссу. Но я не знаю, где его хата. Честно. Не знаю. Мне это неположено.

- Кто ещё?

- Циклоп и Сержант уехали, куда, не знаю. Старший должен был отвезти ту девчонку, Катю.

- Куда?!

- Пряник сказал, что Катю старший забирает к боссу. И всё. Больше я не знаю.

- Кто старший?

- Жгут. Он старший.

- А Пряник, кто он?

- Он водила.

- Понятно. Жгут, говоришь. - Стас смачно сплюнул в открытое окно. - Вот кот помойный. Хотел бы я натянуть тому Жгуту зеньки на жопу.

- А те, кого вы похитили: девушка и парень – американец?

Комар удивлённо посмотрел на Макса:

- Вы откуда знаете?

- Знаем, Комар, всё знаем. Они там?

- Да. В том же бараке, где и девочки. Но американец в подвале. А дверь к той тёлке так просто не открыть. Ключ у того, кто дежурит.

- Стало быть, у Черепа?

- Думаю, да.

- Как обойти бараки, знаешь?

Комар кивнул:

- В заборе есть лаз.

- Тогда, Стас, оставляй нас здесь. Всё. Выходим, - Макс тронул Стаса за плечо.

 Потом посмотрел на Игоря:

- Покарауль нашего гостя вон у того дерева.

После чего развернулся к Стасу:

- Если все будет так, как мы с тобой обсуждали, то девчонок привезут сюда вместе с Таней - гимнасткой. Это раз. Череп неспроста сидит на охране - это два. Мы имеем практически полный расклад.

- В смысле? - спросил Стас.

- В смысле, скоро здесь соберутся все те, кого мы ищем - это три. Что - то не так?

- Интуиция, - Стас, сжимая руль, посмотрел на Макса. - Когда все быстро срастается, что-то можно упустить. Понимаешь?

- Понимаю, но у нас совершенно нет времени. Мы с Игорем будем тебя ждать. Если, конечно, что-то форс-мажорное не начнется.

- Например?

- Например, что-то не так пойдёт в ресторане.

- Тогда?

- Тогда, Стас, быстрей сюда. Прихвати с собой Циркача.

- А если у вас что-то не так пойдёт? - Стас оглянулся на ещё связанного Комара.

- Если нас здесь не будет, тогда ищи нас внутри. Ты помнишь: в заборе есть лаз.

- Лады, я понял. Удачи, Макс.

- И тебе…

- 8 -

Санкт - Петербург. Невский проспект. Ресторан «Нева». 1995 год. 24-е июня. Вечер. 20 часов 30 минут.

… «Ночных бабочек» Макс попросил ни о чём плохом не думать. Гулять как всегда, веселиться как всегда и быть при должном наряде как всегда.

- Не хмурься, - толкнула Ленку-вишенку Люська, - Макс просил улыбаться.

- Макс, - недовольно хмыкнула Ленка, - где он, твой Макс? Сейчас нас менты упакуют, а он где?

Обе повернулись к задумчиво сидящему Стасу, который всё слышал:

- Он там, где надо.

- Макс просто болтать не будет, - вступила в разговор Юлька, - и наклонилась к Стасу, - Цирк пришёл.

Стас наконец-то улыбнулся, оголив свой золотой зуб, и помахал другу рукой. В это время к большому круглому столу подошёл виновник торжества, Веня:

- Окей, дамы и господа, с кухней я договорился, чем будем запивать?

- Водкой, Веня, водкой, — одновременно выстрелили дамы вместе с опоздавшей Светкой, по прозвищу «Чукча».

- Почему тебе дали погоняло «чукча»? - иногда спрашивали её менты.

- Так удобней, потому что короче, - отвечала представительница корейской диаспоры Светка, приехавшая в Питер из солнечного Ташкента.

- А мужчины что будут пить? - шмыгнул носом обладатель нового автомобиля «Жигули» (шестой модели).

- Мы ударим, Веня, по шампусику. Это нормально? – Стас поднялся, пропуская Циркача на место рядом с собой, и улыбнулся официанту Диме, напарнику Вени. Дима пришёл по приглашению коллеги, но сидел тихо, без особого удовольствия.

Веня подмигнул всем присутствующим:

- Гулять так гулять. Сейчас организую. Будет вам и водочка, и шампусик. Я сейчас. Я мигом.

«Ночные бабочки» трещали о своих девичьих печалях, вспоминая мам, сестёр, братьев, которым хорошо бы послать заработанные специфическим трудом деньги: на леченье, на день рождения или просто на расходы.

После третьего тоста компания стала весёлой и сплочённой. Циркач рассказал парочку анекдотов, и напряжение за столом практически исчезло. Хохотали все, даже задумчивый Стас и Дима.

Но больше всех вселился сам Веня:

- Димка, чего не пьёшь? Домой я тебя отвезу.

- После водки поедешь? - спросил Дима.

- Зачем, я сегодня без колёс. Такси за мой счёт. А сегодня нужно последний раз хорошо выпить. Так все водители говорят: обмыв должен быть крутым. Стас, я прав?

Стас оглянулся на своё имя:

- Ты о чём, Веня?

- Он про обмыв своей «шестёрки», - встряла всё подслушивающая Юлька, после чего сделала и без того пухлые губы дудочкой, - Веня, а женись на мне? Я буду тебе верной, а ещё я хорошо суп варю…

- Из топора, - поправила её Люська, добавив,- Юльке больше не наливать.

- Почему, Веня, женись на Юльке, прямо сейчас. Мы заодно и свадьбу сыграем, - расхохоталась Чукча и обняла сидевшую рядом Юльку, - я у тебя буду свидетельницей. Можно?

- М-можно, - хихикнула Юлька.

- Стоп, стоп, Веня не дал согласие, Цирк, налей мне шампусика, а то мне от водки во рту горько, - обратилась к Циркачу Ленка-вишенка, - Веня, так ты готов?

Виновник застолья поднялся с полным бокалом шампанского:

- Мне готовиться не надо. Я завсегда готов …

- Вот, это по-нашему, я же говорю …, - икнула Люська.

Веня сделал «вишенке» знак помолчать, та согласилась, и виновник продолжил:

- У меня сегодня, можно сказать, первая серьёзная покупка. Я хочу вас всех поблагодарить за ваше присутствие, пожелать вам всем удачи, и если кого-то куда-то надо подвезти, то я всегда рядом. Конечно же, я хотел, чтобы и другие девчонки были с нами …

- Веня, ты у нас любитель групповухи или как?

- Ты чего, Ленка, с дуба рухнула? – одёрнула подругу Люська.

- А чё, я просто …

- Просто чё? – Люська сделала знак виновнику, чтобы не обращал внимания.

- Просто хотела уточнить, кого Веня хотел ещё видеть за этим столом?

Веня с улыбкой окинул взором весь стол и хотел что-то добавить, но у него не получилось …

… Улыбка почему-то исчезла с его лица. Рот слегка приоткрылся. А широко раскрытые блёклые глаза смотрели поверх головы Светки - «чукчи» на центральный вход в зал…

… В зал вошла невысокая блондинка в красивом облегающем жел-том платье, в шикарных белых туфлях на высоких каблуках.

Все моментально признали в ней пропавшую Таньку-гимнастку. Но это было бы ничего. Подумаешь, загуляла девушка.

Дело было в том, что её сопровождали два малолетних мальчика в бейсбольных кепках, в джинсах и красивых теннисках. На одном маль-чугане красовалась красная кепка и синяя тенниска, а на другом зелёная кепка и красная тенниска.

Остановившись при входе, Танька-гимнастка осмотрела весь зал. Нашла свою компанию. Наклонилась к ребятам, что-то сказала, и все трое направились в сторону стола Вени, который в этот момент потерял дар речи.

- Вот это круто. Вот это подарок тебе, Веня, к твоей новой тачке, - выдохнула Ленка-вишенка.

Люська нахмурила брови:

- Молчи, дура.

- Ура, Танька нашлась! - объявила «чукча».

- Амен,- ик, - тихо проронила Юлька и также тихо снова икнула.

- Девочки, в нашем полку прибыло. Нужны стулья, Веня, - «чукча» потянулась рукой к бутылке шампанского, - эх, ухаживать некому. Придётся самой.

Изменившийся в лице Веня опустил свой недопитый бокал, кивнул и буквально слетел с места …

- Я помогу. Мы сверху принесем стулья. Стас, поможешь? - поднялся Дима.

За ним встал Стас.

- Мне нужно в туалет, - вздохнула Юлька и повернулась к Циркачу, - Толик, проводи даму.

Проходя мимо, она обнялась с новоприбывшей и дернула за руку Циркача:

- Не отставай.

- Так, наливаем Танюхе штрафную. Тебе шампусика или?

- Шампусика, Люся, - ответила пропавшая.

- Тогда с тебя тост, - попыталась улыбнуться Ленка-вишенка.

- Без проблем. Только напомните мне, что у нас сегодня отмечается?

- Полгода без аборта, - хихикнула «чукча».

- Всего-то, а если честно.

- Веня машину прикупил. Новую. Вот пригласил, и мы обмываем. А ты что, не знала?

- Знала, Люся, что вы здесь, а остальное, как всегда, можно и добавить. Я не права? - она посмотрела на Стаса.

Тот согласился:

- С приездом, Танюша, располагайся, мы с Димой за дополнительными стульями.

Таня-гимнастка вложила в широкую руку Стаса свою маленькую, холодную ладонь и улыбнулась краями губ:

- Всё в порядке, Стас. Всё в порядке.

Стас ответил понимающим взглядом.

- Хочу познакомить всех с моими племянниками. Приехали в гости. Завтра буду им Питер показывать. Это - Илюша, - Таня повернулась к мальчугану в красной кепке, - а это Митя. Вас, девочки, всех представлять не буду. Захотите, сами познакомитесь.

Теперь уже все, кроме Вени, были на своих местах. Ребятам налили в бокалы Пепси-Колу. А вернувшаяся из туалета Юлька наполнила им тарелки салатом и бутербродами:

- Кушайте, ребятки. Не стесняйтесь.

Оба мальчугана молча закивали кепками в знак благодарности. Стас и Дима поднялись на балкон за стульями.

А виновник торжества за это время успел заскочить в офис к администратору. Пробыл там минут десять. После чего вернулся и уже со спокойным лицом принимал поздравления от неожиданно вернувшейся Таньки – гимнастки.

Потом выступила «чукча», сообщив о том, что на её родине в Узбекистане настоящий мужчина должен иметь машину и счёт в банке. Поэтому, если у Вени уже есть машина, то теперь он должен поднапрячься и довести свой банковский счёт до нужной суммы. Какой именно суммы, она не уточнила. Но тост всем понравился. Люська даже захлопала в ладоши и спросила:

- А сколько нужно?
- Чего? Денег? - закусила «чукча» губу.
- Да. Денег. Сколько? Для полного счастья.

За «чукчу» ответил уже повеселевший, вернувшийся со стульями Дима:

- Шесть тысяч четыреста. Как говорил сын лейтенанта Шмидта Шура Балаганов.

Но посмотрев на непонятые девичьи лица, Дима дополнил:

- «Золотой телёнок». Остап Бендер. Вы чего, это же классика.

Наконец-то теперь рассмеялся весь стол, кроме жующих с большим аппетитом малолетних племянников.

Ресторан был забит. Свободным оставался только балкон.

Компания, обмывающая Венину машину, внимания на балкон не обращала. До тех пор пока на балконе вместе с администратором не появились двое мужчин в серых костюмах.

Один из них долговязый, лопоухий, другой, коренастый, пониже ростом, с веснушками во всё лицо, похожим на колобка …

Юлька протянула Циркачу свой бокал, в котором ещё была налита водка:

- Налейте девушке шампанского.
- Тебе прямо в водку? – повернулся Циркач.
- Давай в водку, - равнодушно махнула рукой Юлька, - сделаю себе в животе «белого медведя», а то у меня ни в одном глазу.

Циркач исполнил просьбу и вопросительно посмотрел на Стаса, который кивнул ему на выход.

- А вы куда, Стас?

- Как и ты, Юля. В туалет …

… Пройдя к гардеробу, Стас спросил:

- Дядя Юра, есть пару копеек, позвонить?

Гардеробщик сунул длинную ладонь в карман и вытащил горку мелочи:

- Бери сколько надо, Стас.

- Спасибо, - Стас взял пару монет и отошел к телефонам - аппаратам. Подняв с рычажка трубку, приложил её к уху.

- Ты кому звонить собрался? - улыбнулся Циркач

- Никому. Так, для видимости. Хочу тебя о чём-то спросить.

- Ну?

- Ты помнишь тех двоих в ресторане, что были с Черепом, когда ты ему нос «поправил»?

- Не очень. А что?

- А то, что, по-моему, я их сейчас видел в штатском на втором этаже в одной кабинке с администратором. И похожи они на конкретных ментов, а не на бывших зэков. При костюмах, правда, без галстуков. Но рожи ментовские.

- Ты уверен?

Стас кивнул:

- Даже предвидел.

- А Череп?

- Где сейчас Череп, я, по-моему, знаю, - Стас посмотрел другу в глаза.

- Почему, «по-моему»?

Стас для приличия набрал номер, но недобрал одной цифры. Трубка молчала.

- Давай подумаем, - сказал он, не глядя на Циркача.

- Давай. О чём?

- Например, почему на стрелке были типы с конкретной задачей вернуть тебе должок по полной программе за нос Черепа, но это не те, что были с ним в ресторане. Кто они? И кто сейчас сидит на балконе, да ещё вместе с администратором?

- Согласен. Ты что думаешь, что эти черти с балкона пришли по мою душу?

- Нет. Я тебе говорил, что Танька в розыске и почему.

Циркач кивнул:

- Ну.

- Можешь догадаться, с кем она сюда пришла?

Циркач с ухмылкой посмотрел на друга. Стас же продолжил:

- Это не мальчики, Цирк. Это девочки, подстриженные под мальчиков.

- В смысле, это те девчонки, которых все ищут?

- Да, Цирк, именно так. Макс меня ждёт в одном месте.

- Месте? Стас, можно яснее?

- Я думаю, что мы с Максом отыскали базу этих уродов. Думаю, что там и прятали девчонок. Сейчас, как я знаю от одного из той бригады, там находится Череп.

- От кого, Стас?

- Мы с Максом взяли в заложники одного чёрта по кличке «Комар».

- Он из той бригады? Ты уверен?

- Да, Цирк, уверен. Я побывал в том месте. Там остался Макс. А я должен быть здесь. И не пропустить, когда эти типы с балкона повезут туда этих девочек, подстриженных под мальчиков.

- Как это – повезут. Силой?

- Под видом ареста. Уверен, у них и «ксивы» ментовские при себе.

- А как же Таня-гимнастка? - спросил уже нахмурившийся Циркач.

- Её, скорее всего, тоже возьмут с собой.

- Как свидетельницу? - кивнул головой Циркач и серьёзно посмотрел на Стаса. - Ты ничего не попутал?

Стас посмотрел по сторонам:

- Это их последний шанс заставить девочек замолчать ну и до кучи зачистить Таньку-гимнастку.

- Тогда я с тобой, Стас.

- Я не сомневался. Но …

- Что-то ещё?

- Думаю, что наверху одна бригада, а там, где меня ждёт Макс, - другая. Две разные бригады. Делают одно дело с двух сторон. Чувствую, что менты в теме. Конкретно в теме.

- Правильно мыслишь, - улыбнулся Цирк и хлопнул друга по плечу, - давай вернёмся. Раз менты в теме, то они наш столик хорошо будут просматривать.

… Сверху, из основного зала доносилась лёгкая танцевальная музыка …

Молодые люди стали подниматься вверх по красивой, широкой лестнице …

- 9 -

Ленинградская область. Посёлок Зелёная Роща. 1995 год. 25-е июня. Время ночное: 2 часа 45 минут.

- Ступай тише. Тут должен быть лаз.

- Как знаешь? - Циркач увернулся от ветки большого кустарника и прошёл за Стасом.

- Видишь, кусок тряпки висит. Макс приметил. А он с Комаром уже, наверное, где-то внутри.

- Комар? А он с какого боку с вами?

- Он не с нами, мы его с Максом в заложники взяли. Иначе нам это место найти было бы сложнее.

- Так это же забор, Стас.

- Да. Но в нём есть дырка. Сейчас я покажу ...

Миновав сетку, Стас пропустил Циркача вперёд, а сам наклонился, чтобы отогнутый край выглядел как раньше ...

Голос, раздавшийся совсем рядом, и яркий свет фонаря застал ребят врасплох:

- Я почему-то так и думал, - Стас поднялся и встал рядом с Циркачом, - мы не одни.

- Не одни – не одни, Стас, мы тебя ждали и дружка твоего, болгарина недобитого тоже ждали, - из темноты вышли двое мужчин с автоматами наперевес. У одного в руке был фонарь. Это были гости, сидевшие на балконе вместе с администратором.

Стас вскинул руки, чтобы прикрыть лицо от яркого света, но его остановили:

- Не надо, Стас. Руками лучше не дёргай. У нас есть приказ не оставлять в живых.

- Кого?

- Да никого. Зачистка. Убить всех. Таков приказ. Ты же из десантников, грамотный. Приказы не обсуждаются. Мог и сам догадаться. Первым убрали Комара. Не повезло парнишке. Но всё по-честному. Зачем непрошенных гостей привёл? Кто его просил?

- А где Макс?

- Макс? - переспросил высокий лопоухий, державший фонарь. - Макс уже в домике. И вам туда же нужно пройти. Только ... ты пистолет нам свой отдай.

Парень направил на Стаса автомат:

- И не дури, у нас пушки посильнее будут ...

... Дверь за ними закрыли на широкий железный засов. Тёмный коридор был пуст, но где-то в конце этой пустоты слышались тихие голоса.

- Замуровали, суки, - Стас сделал пару шагов по коридору.

- Ничего, Стас, прорвёмся, - сказал Циркач. - В этом бараке должен быть чердак.

- Макс, - тихо позвал Стас, - Макс, ты здесь?

В дальней комнате открылась дверь, от чего освещенный прямоугольник выглядел как долгожданный свет в туннеле. Теперь можно было рассмотреть коридор, тянувшийся через весь барак.

От него отходили четыре двери справа и три двери слева.

- Сюда, мы здесь, - на свет вышел Макс и помахал рукой.

После неширокого коридора размеры кухни были более чем значительны. За столом, который стоял посередине, сидели Макс и Таня-гимнастка.

- Вас двое?

- Ты имеешь ввиду наших?

- А что, есть и не наши?

- Да. Таня рассказывает, кого она видела в Калуге.

- Ну и?

- Похоже, мы с тобой, Стас, оказались правы: там был Сержант и второй с бородой во всю рожу …

- Водила из другого такси? …

- Да, именно так. И парень, Игорь, который привёз Таню с девочками? …

- А где он кстати? - Стас прошел к столу, за ним проследовал Циркач и присел рядом.

Макс отмахнулся:

- Потом расскажу. Так вот родственник этого Игоря помогал ему выехать из города. Они выехали, но их остановил наряд ГАИ.

- Понятно, а гаишники были те знакомые нам парни?

- Угадал. Бородатого подстрелил родственник Игоря. А Сержант подстрелил родственника.

- С концами?

- Нет, - вступила в разговор Таня. – Мы успели его до больницы довезти. Только я забыла, как то место называется, Но это всё по дороге на Москву.

Циркач поднялся. Встал позади Стаса:

- Надо барак осмотреть.

- Не надо, Цирк. Мы уже всё здесь осмотрели. Избушка эта без окон. Но есть одна дверь – входная и есть чердак, но наверх путь замурован. Причём на совесть. На чердак не выбраться.

В этот момент в кухне появился молодой тёмноволосый парень выше среднего роста.

В руках он держал отвёртку и молоток. Поздоровавшись, он посмотрел на Макса:

- Не получается.

- Что задумался, Стас? - Макс прошел в угол кухни и вытащил из-за плиты кувалду, - впечатляет?

- Впечатляет, Макс. Только я вот думаю, сколько отморозков в этой долбанной бригаде?

Макс опустил кувалду:

- Начну с Черепа – это раз. Сержант – это два. Бородатый водила такси - три. Комар - четыре. Комар рассказал про какого-то старшего - он пятый и про Пряника - это шестой. С ними вместе Карина - она седьмая.

- Карина? - поднял брови Циркач.

- Да, Карина - землячка Майки. Только я не уверен, что она попала в эту бригаду по своей воле.

- А по чьей же?

- Увидим, спросим, Стас. Я вот думаю о тех, кто нас всех здесь собрал.

Кто они? Этот вопрос посильнее первых будет.

- Те же уроды, только в запасе.

- В самую точку, Циркач, в самую точку, - Макс вздохнул, повторив, - в самую точку: уроды в запасе. Две бригады.

- Одна для работы. Другая - для зачистки. Прямо кино, блин. А где девочки? – спросил Стас.

- В своих комнатах, - ответила Таня. - В каждой по две. Плачут. Говорят, что нас всех убьют.

- Две приехали с тобой, - Стас посмотрел на Таню, - и тут должны были быть три. Одну девочку увезли к какому-то боссу. Так сказал Комар.

- Они должны вернуться, как думаешь, Макс?

- Не знаю. Может. Нужно думать, как отсюда выбраться.

- А это, как я понимаю, тот самый американец? – улыбнулся Стас.

- Американец? И что он тут делает? - поднял брови Циркач.

Макс подошёл к Владу и опустил свою руку на его плечо:

- Да, это настоящий гражданин Соединенных Штатов великой Америки.

- Думаю, будет разделять с нами нашу судьбу, - улыбнулся Стас.

- Его зовут Влад, - добавил Макс, - он приехал забрать маленькую девочку, мама которой должна находиться тоже здесь. Я правильно говорю?

- Правильно, - ответил Влад, - только я не знаю, как открыть дверь у Нино.

- У Нино? Стас, мы что-то не знаем?

- Здесь похищенная девушка, Циркач, из-за которой весь этот «кипеш» и начался.

- Попробуем этим ключом, - улыбнулся Макс, подняв с пола тяжелую кувалду.

- Там засов задвинут изнутри, - Влад подошёл к столу.

- А девушка, она не может себя открыть?

Влад мотнул головой:

- Она в наручниках. Не может.

- В наручниках? Ты видел?

Влад кивнул:

- Я видел. Одна рука прикована к стойке кровати. Её приковали у меня на глазах. А меня привели сюда.

- Странно, - Циркач обернулся на раскрытую в коридор дверь, - собрали всех вместе: взрослых и детей. Ты думаешь, это случайность, Макс?

- Нет, Циркач. Думаю, что не случайность.

- Мы с Нино хотели убежать. Не получилось, - Влад присел на стул и опустил голову.

Макс взял из его рук кувалду и кивнул Циркачу:

- Пошли потренируемся.

- А где этот парень, Макс, который был с нами в машине? – спросил Стас.

- Игорь?

- Да.

Макс опустил кувалду на пол:

- Когда мы начали пролезать через сетку, ему приспичило в туалет. Он удалился в лес. Чтобы не терять время, я втащил Комара за сетку.

- Втащил?

- Ну да, Цирк, он же был связан, и рот заклеен. Стали ждать. А вместо Игоря нарисовался твой кореш, Череп.

- Череп?!

- Он самый, Череп с пушкой в руках. Он завалил Комара без второго слова. Даже не развязав. Опустил на колени, приставил ствол к башке и со словами «скурвился ты, Комар, сука» отправил на тот свет.

- Макс, а Игорь, он …

Разговор моментально прекратился …

… Раздался лязг отодвинутого засова и скрип раскрывающейся входной двери. Потом последовала та же звуковая процедура, только в другой последовательности: дверь закрыли …

Что-то тяжёлое упало на пол…

… Все повернули головы к кухонной двери, но дали Максу договорить:

- Игорь, он в порядке. - Макс нахмурил брови. - Правильный парень. Только вот что он один сможет сделать, пока ума не приложу. Но попытается нам помочь. За это я ручаюсь.

В ту же минуту в проёме кухонной двери появилась подстриженная под мальчика девичья головка:

- Таня, можно тебя?

Таня кивнула и быстро вышла. Вернулась быстрее, чем вышла. Видно было, что она хочет что-то сказать, но сделать ей это трудно …

- Таня, - к ней подошёл Стас …

Девушка закивала головой, показывая рукой в коридор:

- Т-там …, - всё, что у неё получилось сказать.

Выйдя в коридор, ребята увидели замотанный в простыню, перетянутый толстой верёвкой труп Комара.

- Девочек не выпускай из комнат, Таня. Хорошо?

- Хорошо, Стас, но … , - она снова потеряла дар речи, произнеся то же слово, - там …

Теперь её рука указывала на дальний конец коридора:

- Т-у-а-лет …, - прошептали её губы.

Макс и Стас устремились к последней двери по коридору. В крошечной уборной было единственное окно этого барака. Это была полоска стекла шириной с детскую ладонь, полностью закрашенная синей краской.

- Ты же сказал, что здесь нет окон?

- Девочки показали.

Стас припал к небольшому просвету …

… В самом низу этой закрашенной полосы кто-то смог отскоблить краешек краски, через который можно было что-то увидеть …

… Прошла минута, прежде чем Стас проронил:

- Нас хотят поджарить, - тихо произнёс он и помчался в кухню.

Схватив кувалду, Стас громко объявил:

- Цирк! Давай быстрее! Макс, Таня, Влад, вы к детям! Я открою американку.

- Нет, Стас, - Макс остановил его, - я не курю, значит дыхалка у меня дольше выдержит. Берите детей и на выход. Вас четверо и девочек четверо. Каждый взрослый по одной девочке. Я сам её открою.

Он оглянулся на дверь туалета, из - под которой показался небольшой язычок серого дыма.

- Стас! Циркач! Влад! Берите детей! Все на выход!!! Быстрее! - с этими словами Макс сделал первый сильный удар по наглухо закрытой двери, за которой находилась Нино.

Эту команду для ребят Макс будет с горечью вспоминать всю свою жизнь. Разве он мог предположить, что может произойти буквально через считанные минуты …

Он снова с силой ударил по листовому железу. Дверь ответила ему глухим молчаливым звуком.

- Ну, «родная», берегись!

Он стал бить по крепкому железному покрытию. Нечеловеческие звуки рвались из его глотки. Он кричал на дверь. Скрипел зубами … И бил, что есть силы … Бил и кричал … Кричал и бил. Скрипел зубами и продолжал бить … без остановки…

- Таня! Стас! Выводи девчонок. Быстро!!!

Стас схватил вышедшую первую девчонку, подхватил на руки и направился к выходу. За ним следом со второй девчонкой на руках устремился Циркач. Влад поднял третью, а Таня взяла за руку последнюю, которая была почти с неё ростом. Стас и Циркач, держа на руках девчонок, бежали первыми. Они перескочили через труп Комара, … дверь на улицу была открыта …

Влад оглянулся на Макса:

- Макс, может, я останусь?

- На выход! Все на выход! - крикнул Макс, продолжая колошматить уже слегка отогнувшийся железный лист. - Давай, открывайся! Вот тебе! На ещё! Ещё! На ещё!!! …

… И вдруг всё, что происходило вокруг: начавшийся пожар, дети, ребята с девочками на руках, мысли о совершенно незнакомой ему девушке, что находилась за этой проклятой дверью, - все мысли, пульсирующие в его голове … Всё замерло … В мгновение … всё замерло …

В эту сжатую до ужасной боли мертвую тишину ворвалась … чёткая, резкая, подготовленная … автоматная очередь …

… Тра-та-та-та-та!!! Тра-та-та-та-та!!! Тра-та-та-та-та!!! ….

У Макса перехватило дыхание. Он повернулся к входной двери, в которой замерли Влад с девчонкой на руках и Таня со стоявшей рядом с ней девочкой …

- Влад!!! …

… Макс увидел онемевших Влада и Таню и всё понял. Понял, но не видел то, что произошло …

… Когда Стас и Циркач выбежали, держа девчонок на руках, … их ждали … те самые двое …

- Ну что, братва, в спасатели записались. Ну так не вы банкуете сегодня,- крикнул им высокий лопоухий.

Второй прижимистый, коренастый с веснушчатым лицом зло ухмыльнулся и навёл свой автомат на входную дверь барака.

Стас и Циркач успели отбежать шагов на пять и остановились, продолжая держать на руках обомлевших от ужаса девочек.

Молчаливая сцена, начавшаяся десять секунд назад, так же быстро закончилась …

Тра-та-та-та …Тра-та-та-та … Тра-та-та-та … Тра-та-та-та-та …

Единственное, что они смогли сделать в последние секунды своей молодой жизни - резко повернуться спинами к тем двоим и попытаться как-то прикрыть детей …

Парни так и упали замертво, накрыв своими безжизненными телами

… простреленные тела … девочек …

Все, кто находился ещё внутри барака, это поняли.

- Они … их … убили, - прошептала опустившаяся на пол Таня, - убили …

- А-а-а-а !!!! - закричал Макс. - Влад!!! Подождите меня!!! Таня! Не выходите!!!

Влад ничего не ответил. Он продолжал стоять и держать на руках онемевшую девочку, крепко вцепившуюся в него своими маленькими руками. Вторая девочка, стоя во весь рост, также с силой прижалась к Тане. Обе малышки молча вздрагивали. Таня абсолютно пустыми глазами сверлила заполненный дымом коридор. Влад смотрел туда же.

Макс со злостью зыркнул на уже отогнутый верхний край толстого листового железа и с криком ухватился за него двумя руками:

- Иди – и – и с- с- ю- д- аааа!!! Ну же, иди!!!

Лист стал потихоньку отходить. Отошла его добрая половина. И тут Макс с силой стал вбивать кувалду в деревянную дверь. Это далось намного легче. Дверь заскрипела, колыхнулась и стала трескаться под тяжелыми ударами кувалды. Показалась середина двери, где был вставлен замок.

Макс с силой отогнул следующий, уже последний нижний железный край и из последних сил ударил по замочной скважине.

Дверь вылетела с петель и рухнула вовнутрь тёмной комнаты.

- Нино! Скорее! - крикнул он.

От забирающихся в барак язычков пламени Макс смог разглядеть сидящую на кровати девушку.

Подбежав, он всё понял:

- Наручники! Чёрт! Нино, встань и натяни эту цепь!

Девушка быстро встала.

- Придержи своё запястье другой рукой. Только сильно держи. Будет больно, но другого выхода у нас нет.

Нино быстро встала.

Макс не смотрел на её лицо, но знал, что его слышат и понимают.

- Попробуй отвернуться. Я ударю по спинке кровати.

Нино повернулась, как смогла.

- Зажми свою руку! - и с этими словами он ударил по дальнему краю железной спинке.

- Отлично! Теперь пройди сюда. Ко мне.

Макс обошёл Нино. И вновь ударил по другому железному краю спинки кровати. Спинка кровати отлетела в сторону.

- Ав-в! Мм-м-м-м …

- Больно? Извини. Всё. Уходим. Я буду держать эту спинку. Потом снимем наручники. Сможешь? Потерпи.

Нино кивнула.

- Иди первой по коридору, но на улицу не выходи! Быстро!

Из маленького туалета с треском летели оранжевые искры.

Барак наполнялся клубами дыма. Огонь полз вверх по стенам и потолку.

Нино шла, верней, ковыляла, боком, превозмогая тяжелую, жгучую боль, понимая, что это единственный путь к свободе из этого ада.

Макс не говорил ей больше ни слова. Он придерживал железную спинку кровати, на которой болталась цепь с наручниками, и про себя просил у кого-то, наверное, у Господа, чтобы им повезло ...

Остановившись возле Влада, он посмотрел на Таню:

- Мне нужна шпилька от волос, Таня, быстро.

Девушка продолжала тупо смотреть куда-то в сторону.

Макс опустил свою руку ей на плечо:

- Танюша, мы все сгорим. Найди шпильку от волос. Таня! – в конце крикнул он.

Девушка посмотрела на него и увидела ту, что стояла рядом с Максом, с цепью на руках, в наручниках, а позади неё железная решётка, похожая на спинку от кровати.

- Нино! - Влад развернулся. - Нино! - повторил он.

Девушку трясло.

Влад на секунду взглянул на железную спинку кровати, которую поддерживал Макс, и всё понял. Опустив девочку на пол, он быстро взял из рук Тани шпильку:

- Макс, я помогу.

Через пару секунд наручники открылись, и Макс моментально отбросил железную спинку вглубь коридора ...

... - Эй, Макс, - раздался с улицы голос лопоухого, - давай выходи. Ты следующий. Ты задолбал наших шефов. Долбаный охранник невских проституток.

- Что, шефы завидуют? - крикнул в ответ Макс.

- А ты выйди, и мы тебе расскажем. Очень доходчиво расскажем. Ну, Макс, у тебя же железные яйца. Выходи.

Макс повернулся к тем, кто стоял за ним:

- Я пошёл, не поминайте лихом. Главное, спасите девчонок. Влад, передай привет Мишке.

Он посмотрел на Нино и улыбнулся. Девушка стояла рядом с американцем и, опустив тому на плечо свою голову, глазами, полными слёз, смотрела на Макса.

Влад хотел ответить, что, мол, сам передашь, но Макс уже вышел на улицу.

- А на кулаках что, слабо. Вас же двое?

- Извини, Макс, но на тебя у нас есть приказ, и мы должны его выполнить.

- Выполняйте. Тогда не трогайте других.

- Кого, Макс? Американец нам не нужен. Верней, он нужен нашим шефам. И баба та, с гринкартой, тоже не наша печаль. Таньку - проститутку завалить можно в любое время. Она не проблема.

- Детей тоже валить будете?

- Не твой головняк, Макс. Этот геморрой не мы придумали. Эти маленькие стервы побывали с мужиками больше, чем ты был на свежем воздухе. Они отработанные, грязные куклы. Ты ведь мужик, Макс. Тебе - то куклы зачем?

- А тех, кто их превратил в этих кукол, вы тоже рассчитаете?

Лопоухий навёл автомат на Макса:

- Пусть выходят. Они нам не нужны. Я же тебе сказал, это не твоё …

Договорить он не успел …

… Со стороны ворот этой дачи послышался приближающийся гул машинного двигателя. Причём перед воротами гул перешёл в рёв, а в следующее мгновение дачные ворота разлетелись в разные стороны, и на уже освещенную огнём поляну вылетел тёмный, весь заляпанный дорожной грязью джип.

- Это Сержант, - тихо сказал коренастый, с веснушчатым лицом, лопоухому, - мы же должны его тоже зачистить …

- Помолчи. Сделаем. Позже, - ответил лопоухий и повернулся к Максу. В это время из горящего барака вышли все остальные.

Нино вышла из-за спины Влада и встала рядом с Максом. Макс хотел было остановить её, но:

- Я не отойду. Я с тобой, - спокойно ответила девушка и взяла его за руку.

Двое в серых пиджаках на время оставили Макса и повернулись к вышедшему из джипа Сержанту, в руке у которого был такой же автомат:

- Ба, пацаны, стреляете. Ну и правильно. О, - он увидел тела Стаса и Циркача, - забабахали, а чего без меня, а?

- Вставай в строй, Сержант. Мертвяками мы можем с тобой поделиться. Мертвяков сегодня на всех хватит.

Сержант ничего на это не ответил. Прошёл к телам Стаса и Циркача.

Никто не обратил внимания на перекошенное лицо Сержанта, когда он вышел из джипа, и на то, как его лицо изменилось, когда под телами Стаса и Циркача он увидел тела двух бездыханных девочек …

- Дети, - Сержант приспустился на одно колено рядом с телом Стаса. – Они же совсем ещё дети, - повторил он и посмотрел на пылающую дверь барака, из которой рвались на улицу огромные языки пламени. Посмотрел глазами, полными слёз, на других девчонок, рыдающих на груди американца и валютной проститутки, на Макса и девушку с чёрным от копоти лицом, которую они с Циклопом не так давно похитили …

В его глазах смешалось всё: злость и ненависть, отчаяние и боль:

- А чё, пацаны, это же дети. Чё они вам помешали?

- Чего гонишь, Сержант. Чё ты из себя целку строишь? Ты сам весь в говне. У нас приказ. Чего ты хочешь?

… Сержант не ответил. Он молча поднялся. Навёл автомат на вышедших из барака, передёрнул затвор…

- Покаяться хочу, - тихо повторил Сержант, криво улыбнулся и, моментально развернувшись, стал решетить серые костюмы …

… Стрелял практически в упор …

… Сержант стрелял в уже прошитые серые, в кровавых дырах, костюмы до тех пор, пока у него не закончились патроны …

Стрелял, трясясь всем своим большим, крепким телом. Стрелял, громко с матом проклиная всех и вся, и себя в том числе. Стрелял с ненавистью на свою несложившуюся жизнь … Не понимая, как он стал тем, кем стал …

… Но и ему не суждено было остаться в живых …

… Пуля, прилетевшая со стороны первого барака, ранила его в плечо, от чего он выронил из рук автомат. Вторая пуля попала ему в бедро. Сержант упал на одно колено и повернулся, издавая злобные, хриплые звуки.

Возле первого барака стоял человек с полностью лысой головой, рядом с ним все увидели Карину. Руки её были связаны позади спины, а рот заклеен лентой.

- Череп … это… ты … с-сучий потрох, - Сержант держался за раненое плечо. - Ты, п-пидор недобитый. Череп. Как же я про тебя з-забыл.

- Так не забывай, Сержант. Ты моих людей порешил. За что?

- Это не люди, Череп. Они полное дерьмо, как и ты, - он сплюнул себе под ноги.

- А ты, урод, в жопе ноги. Ты-то кто, Сержант?

- И я дерьмо. Но ты хуже. Дырявый потрох.

- Ну, так и сдохни, Сержант, - с этими словами Череп навел пистолет и выстрелил раз-два.

На груди Сержанта появились два кровавых пятна.

Сержант упал на землю. Пальцы его рук впились в зелёную траву, росшую вокруг. Он корчился от боли, но всё же нашёл остаток сил подняться на оба колена и повернуться к тем, кто стоял у второго барака, прошептав окровавленным ртом:

- Меня зовут С-е-р-г-е-й Х-л-о-п-к-о-в … простите … м-е-н-я …

Это были его последние слова…

… Череп дулом пистолета подтолкнул вперёд Карину и ухмыльнулся Максу:

- Знаешь, за что я уважаю тебя, Макс. Ты не трус. Я бы с удовольствием пустил в расход эту сучку, - кивнул он на Карину, - вонючка, возомнила, что её никто не тронет. Или Таньку - подстилку чухонскую. И этих малолеток, они же такие же проститутки, как и …, - он не договорил, просто махнул рукой, - они много знают и много чего видели.

- Твою лысую голову, например. И что ты с ними делал.

- Не груби, Макс. Сказано, это не твой головняк. Их всё равно зачистят.

Остальные, - он посмотрел на Влада и Нино, - американец и тёлка с гринкартой, ещё в цене у моих шефов. Их я заберу с собой. А вот ты, ты им живой не нужен. Так что извини, ничего личного, - он навёл на Макса пистолет.

Одновременно с раздавшимся выстрелом Нино рванула Макса на себя, и они вместе свалились на траву. Пуля попала Максу в плечо.

- Сучка, - Череп сделал пару шагов к упавшим и снова направил пистолет на Макса, только вот выстрелить он не успел …

Никто не заметил мужской тени, проникшей на территорию дачи через тот же лаз со стороны леса…

… Никто не услышал лёгкий свист, донёсшийся со стороны первого барака. Свист стремительно летящего складного резного ножа, острое лезвие которого вонзилось в широкое горло Черепа по самую рукоятку …

… Лысый череп побагровел. Большие глаза выпучились, словно вылезли из своих орбит. Выронив пистолет, Череп схватился за горло обеими руками.

Он сделал шаг вперёд, потом его повело назад, и он повалился на уже окровавленную траву, словно бесформенный, тяжёлый мешок, издавая сиплые хриплые звуки вперемешку с булькающей сквозь его пальцы кровью.

Игорь подбежал к Максу:

- Макс! Макс! Макс, ты меня слышишь? Ты …

… Эта ночь, может, самая длинная, самая страшная в жизни всех оставшихся милостью Господа в живых перешла в свою последнюю стадию …

… За воротами дачи послышался вой милицейской сирены. Завывание кареты Скорой помощи и рёв клаксонов пожарных машин.

Пожарная команда сразу же принялась тушить огонь второго барака.

Влад увидел, как из чёрной «Волги» выскочил молодой мужчина в тёмном костюме. Это был капитан Долгушин, который, появившись, сразу же окликнул Таню-гимнастку:

- Таня!

Девушка повернулась …Обезумевшим взглядом она смотрела на чёрную «Волгу» и на человека, позвавшего её…

Прошло несколько минут, прежде чем пересохшие, ещё подрагивающие губы девушки еле слышно произнесли лишь одну фразу:

- Почему… так … долго …

… Другой, незнакомый Владу молодой парень и Нино перенесли раненого Макса ближе к воротам дачи, где стоял заляпанный дорожной грязью джип.

Нино, скинув свою светлую блузку, перевязывала Максу рану на плече, а незнакомый парень поддерживал Макса под спину и кричал санитарам:

- Сюда! Сюда! Сюда! …

… Потом Влад увидел, как девушка по имени Таня отошла от мужчины в костюме, подбежала к Карине. Как помогла её развязать. А когда Карина оторвала от своих губ ленту, они вместе обнялись и громко зарыдали …

… Люди в милицейской форме и санитары в белых халатах отнесли в сторону тела Стаса и Циркача …

… Влад присел на большое колесо от трактора, лежавшее возле второго барака, и смотрел на всё происходящее, как на страшный сон из своей реальной жизни. Словно его занесло на съёмку какого-то очень кровавого боевика…

… Эти два парня, Стас и Циркач, без второго слова закрывшие собой маленьких девчонок, пришли спасать и его, а он даже не был с ними знаком и с трудом мог вспомнить их имена … Рядом с грязным джипом сидел раненый Макс, которого Влад до этого видел тоже всего один раз …

… Вдруг неожиданно раздался громкий голос одного из санитаров, находившегося рядом с телами Стаса и Циркача:

- Сюда! Скорее! Сюда!!!

Санитар присел на одно колено и держал руку на груди одной из девчонок:

- Она дышит!

К нему подбежала девушка в белом халате:

- А вторая?!

- Сейчас. Сейчас, - он припал к груди второй девочки, той, которую держал на руках Стас, - и быстро-быстро закивал головой. - Есть пульс! Скорее!!!

Девушка в белом халате, сверкнув глазами, радостно крикнула:

- Нам нужна ещё одна машина! Срочно!!! – и посмотрела на раненого Макса. - Эй, парень, ты потерпишь?

Макс молча кивнул…

… Мрачный небосвод постепенно светлел. Выглянувший из-за горизонта рассвет убирал серый налёт белых ночей, разбавляя его молочной окраской, которую вскоре сменит желтизна вперемешку с зелёным, а уж потом заголубеет необыкновенное небо. Небо после белых ночей …

… Наступит новый день. На стенном календаре появится чистый листок. Чистый, ничем ещё не запачканный, после этой ужасной кровавой белой ночи…

… Всё вчерашнее уйдёт в прошлое, … уйдёт в прошлое, в прошлое, … Но это произойдёт чуть позже, не сейчас …

А сейчас … сейчас тёмные кроны высоких деревьев постепенно приближались к своему естественному зелёному цвету, и о чём-то переговаривалась разбуженная от этого ужаса листва.

Дурманящий аромат леса слегка разбавил запах обгоревших брёвен и выжженной земли …

… Влад обхватил свою голову руками и продолжал сидеть, пока к нему не подошла Нино и молча обняла его…

… 2001 год. США. Манхеттен. 16-е июня

… С минуту Влад ещё смотрел на ребристую поверхность небольшого записывающего устройства … Затем, тяжело вздохнув, облокотился на спинку стула …

Лейтенант Гембли понял - рассказ окончен.

… Лишь медленное урчание кондиционера нарушало гробовую тишину …

Повернув голову, Влад тупо смотрел на тёмный экран компьютера, стоявшего на столе…

… Ник Гембли, скрестив руки и вытянув длинные ноги, молча рассматривал жалюзи, закрывающие единственное окно в этой небольшой комнате…

Молчание продлилось около трёх минут…

… Всё? - спросил Гембли.

Влад кивнул. Больше говорить он не мог. Думать не мог. Чувствовать … не мог. Он был ни жив, ни … мёртв …

Со всем, что происходило сейчас у него внутри, боролась его память: решая, что оставить на поверхности, что упрятать как можно дальше, что вовсе выкинуть и постараться забыть …

Гембли это понимал …

… Ничего больше не спрашивая, он выключил диктофон, вырвал из своего блокнота листок, написал телефон для связи, поднялся, опустил листок перед Владом, дружески похлопал парня по плечу и направился к выходу …

ПОСКРИПТУМ

- 1 -

РОССИЯ. Приморское шоссе. 1995 год. 24-е июня.
Время дневное: 3 часа 31 минута.

… ПРЯНИК…

… После разговора с батюшкой Пряник из церкви вышел другим. Но об этом он мог признаться только самому себе.

Было ещё одно, от чего он чувствовал себя как-то не так. Пряник силился вспомнить последнее слово священника отца Василия к нему, к Прянику…

… Нет. Нет. Он больше не Пряник. Он Женька. Женька Макеев. Есть и таким будет до конца дней своих …

… Дорога стала петлять, а затем показался знакомый поворот, который когда - то Пряник назвал первым.

- Чего ты здесь забыл? - Жгут рассматривал фотографию, на которой изображена была картина известного испанского художника.

- Отлить хочу. Или ты хочешь, чтобы я это сделал прямо на шоссе? - Пряник объехал красивое, ветвистое, высокое дерево с необхватным, широким стволом, росшее прямо у самой дороги. За деревом раскинулась небольшая полянка с густой травой. - Помнишь?

Жгут посмотрел на своего водителя:

- Ну, помню. И что теперь. Ты ещё мемориальные доски развесь на всех местах нашей работы.

Джип остановился прямо на полянке.

Пряник оглянулся на заднее сиденье, где, свернувшись в калачик, мирно спала Катя, ухмыльнулся и вышел из машины.

Посмотрев в высокое голубоватое небо, он потянулся. Покрутил шеей и медленно пошел в сторону высоких кустарников.

Сделав то, что хотел, Пряник почему-то не спешил. Отойдя от кустов, он присел на одно колено и провёл ладонью по нескошенной траве:

- Всё ушло. Ничего не видно.

Он молча посмотрел на небо, словно хотел обратиться к кому-то …

- Пряник! - позвал его старший, приспустив стекло у своей двери. - Хватит бакланить. Нам ещё на базу вернуться надо. И дела сегодня вечером ждут. Ты что, забыл?!

Пряник не ответил. Поднялся на ноги и, подойдя к джипу, оглянулся:

- А ведь эта тёлка, та, что с гринкартой. Это же её муж и отец были.
        И мы их завалили … и сожгли …

Жгут рывком открыл дверь:

- Я же тебе сказал, хватит бакланить. Их не их, какая разница. Тебе платят за дело, а не за память. Ты об этом лучше в своей биографии напишешь.

Старший смачно сплюнул на зелёную траву, покрывшую густыми стеблями место, на котором его бригада два года назад спалила в джипе двух мужиков, не желавших отдавать свой бизнес. Какие это были мужики и какой у них был бизнес, Жгута мало интересовало.

Пришёл приказ убрать их с пробега, они и убрали. Ну да, перестарались. Хотели попугать огоньком, а получилось, что сожгли, но ведь его пацаны не законченные садисты. Перед тем как спалить джип, Циклоп и Череп тех мужиков замочили. Просто джип почему-то загорелся очень быстро.

«Мы что, пожарники? - заявил тогда Сержант. - Пусть лучше сгорят, чем их закапывать, и чтобы кто-то потом их нашёл?»

Все тогда с Сержантом согласились …

- Пряник, кончай, поехали! - хмуро приказал Жгут.
- Поехали, поехали, - Пряник вздохнул и занял место водителя.

Ехали неспеша. Жгут откинулся на спинку сиденья, вытянул вперёд ноги:

- Выключи кондиционер, Пряник. Я приоткрою окно. Поедем с ветерком.

Водитель молча кивнул…

… Лесные массивы по обе стороны дороги, как и зелёная трава вместе с разноцветными кустарниками, нежились под лучами тёплого июньского солнышка, а небесная голубизна манила спокойствием.

Жгут прикрыл глаза. Лежащая у него на коленях кожаная коричневая папка сползла вниз и приоткрылась.

Пряник скосил на секунду глаза и, увидев фотографии, ухмыльнулся, помотав своей шевелюрой.

Ему не впервой отвозить старшего и эту папку в Лисий нос. Хозяина дачи он никогда не видел, потому что всегда ожидал в машине. Да и желания встречаться с боссом у Пряника никакого не было. Его дело крутить баранку. Но понимать, он понимал, что эти фотографии до хорошего не доведут. Отвечать, по - любому, будут все вместе.

Одно дело, когда получаешь срок только за своё, а тут группа, и это совсем другая статья.

Непонятное, странное чувство уже с самого утра не отпускало его.

То живот свело, то защемило у сердца, то подкатило к самому горлу...

Пряник посмотрел на зеркало заднего вида. Машина, движущаяся сзади, заморгала фарами, прося пропустить.

- Спешат, - улыбнулся он, прижимаясь к краю шоссе, - проезжайте, мы сегодня добрые. Приказа убивать не было ...

... Через минут двадцать показались дачные участки Лисьего носа.

Свернув на дорожку, уходящую в лес, он повел джип по знакомому маршруту. Доехав до чёрных железных ворот, разбудил старшего:

- Приехали.

Жгут потянулся, оглянулся назад, улыбнулся. Потом поднял с пола папку, закрыл её и вышел из машины со словами:

- Я скоро.

Пряник видел, как старший нажал кнопку на спикере, висевшем сбоку от ворот. Как что-то сказал и кто-то ему ответил. Видел, как на джип повернулись обе камеры, следящие за периметром дачи. После чего раздался лязг, и ворота открылись.

Жгут прыгнул в машину, и они вместе въехали на хорошо охраняемую территорию.

Джип остановился возле широких ступенек, полукругом поднимающихся к тяжёлой входной двери.

- Эй, красавица, - Жгут повернулся к спящей Кате, - просыпайся, приехали. Я за тобой спущусь через несколько минут.

Старший лихо выскочил из машины и в секунду поднялся по ступенькам. Входная дверь была открыта.

Здесь же во дворе был запаркован чёрный «Мерседес» с московскими номерами.

- Столичные. Как же без них. Без них никуда. - Пряник грубо выругался, выключил двигатель, отвалился на спинку сиденья и глянул в зеркало заднего вида ...

Нет, он не был сентиментальным, скорее безразличным. Как впрочем, безразличным к нему были все люди, встречавшиеся у него на пути. Его родители были геологами, не вернувшимися из экспедиции. В детдоме об этом не принято было говорить. Там нужно было выживать, что Пряник и делал. Курить - курил, воровать – воровал, но не пил до умопомрачения и не глотал таблетки. В детском доме его называли «физиком», потому что у него по физике всегда была пятерка.

И это не от сильного желания учиться, нет. Он понимал всё, о чём говорил учитель, и ещё умел хорошо считать. На другие предметы он не обращал должного внимания, но в детском доме не оставляли на второй год. Ему просто ставили тройки и переводили в следующий класс. Мотогонками он серьёзно занялся после армии. Думал ли Пряник про свою жизнь? Наверное, нет.

Скорее он плыл по течению в том направлении, которое минуту назад выбрал.

В этом и был весь Пряник, а точнее Женька Макеев - покоритель женских сердец. Телом и лицом природа его не обделила. Крыша над головой и бескорыстная женская ласка для него не были проблемой.

Если сейчас спросить его, почему он пошёл в бригаду к Жгуту.

Пряник вряд ли нашёл бы правильный ответ. Нужен был водила с криминальным прошлым. Об этом ему поведал Сержант, с которым он познакомился в спортклубе. Спортивную форму Пряник после армии всегда поддерживал.

Но когда пошли первые кровавые дела и Циклоп обязал всех в бригаде побрататься кровью, то выбора у Женьки, к сожалению, уже не было.

Сам он лично на курок не нажимал, глотки не резал, но дубинками забивал, трупы отвозил куда надо и закапывал. Считал, что он тут не при чём.

Считать-то считал, только для личного спокойствия, а на душе - кошки скребли и скребут по сей день. Вот почему, посмотрев в зеркало, увидев обезумевшие от ужаса глаза Кати, сглотнул и напрягся. Он ведь никогда не засматривался на этих несчастных малолеток …

Закон жизни: «с волками жить – по волчьи выть» Пряник познал с самого детдома.

… Ему снова вспомнился детдом и девчонка с большими серыми глазами. Сейчас он даже забыл, как её звали. Помнил, что она была младше его на год.

Помнил её глаза. Когда первый раз их увидел. К ней кто-то приставал: двое мальчишек что-то отобрали у той девчонки. Пряник поставил тех пацанов на место и вернул назад …, только вот что - не помнит, кажется, какую-то игрушку. Да, точно, куклу.

Вернул девочке куклу:

- Держи, не плачь. Они к тебе больше не подойдут.

И пригрозил обидчикам увесистым кулаком.

Потом стал присматриваться к той сероглазой.

Но длилось это недолго. Девчонку из детского дома забрали. Удочерили.

В душе он за неё порадовался, а сам … сам приуныл.

Закончилась его восьмилетка. Он поступил в автодорожный техникум. Причём учился прилежно. А после техникума – армия, а дальше началась взрослая жизнь, в которой человек человеку опять волк …

… Он вновь посмотрел в маленькое зеркало, в котором на него, не моргая, смотрели большие серые глаза.

Что увидел Пряник в этих красивых, не по возрасту глубоких серых глазах: страх, ужас, безысходность ... боль ...?

Он хотел что-то сказать, не получилось, как и не мог долго смотреть в эти глаза, но какая-то сила заставляла его смотреть и смотреть и не отворачиваться ...

Пряник почувствовал, как по его телу пробежали мурашки, лоб покрылся испариной. Он продолжал смотреть, даже когда дрожащие детские губы зашевелились:

- Меня убьют? - тихо спросила Катя.

Пряник не ответил, но продолжал смотреть. Теперь на Катю смотрела его проснувшаяся душа, душа Женьки Макеева, о которой он никогда не думал.

- Меня убьют? - повторила девочка.

Он покачал головой:

- Зачем? У тебя же работа, - сказал он, как бы успокаивая девчонку.

Девочка замотала головой:

- Здесь не работа. Здесь ..., - она не договорила.

Пряник нахмурил брови:

- Ты была уже здесь?

Пряник знал, чья это дача. Он повторил тот же вопрос.

Девочка закрыла рот симпатичной куклой, которая был у неё в руках, и закивала своей маленькой головкой:

- Мне здесь ... делали ... очень больно.

Она опустила голову и тихо повторила:

- Очень ... больно.

Пряник хоть и отвёл взгляд от маленького зеркала, но последняя фраза до него долетела. Детский шёпот влетел в уши Пряника тяжелым и громким эхом:

«Очень больно...!!! »

В этот момент из больших входных дверей вынырнул Жгут, быстро спустился по высокой полукруглой лестнице, открыл заднюю дверь джипа и оскалился:

- Вперёд, Катя, тебя там ждут.

Наступила пауза. Девочка отпрыгнула к другой двери и сжалась в комок.

- Ты чего, дурёха. Иди и будь счастлива, что осталась жива. Ну? Давай, давай, не зли меня. А то я тебя прямо здесь порешу. Ну, - он выхватил из-за спины пистолет, - пойдёшь?!

Девочка тихо заплакала и медленно стала выбираться из машины. Но перед тем как выйти, она всё же взглянула на маленькое зеркало, в которое сейчас смотрел Пряник. Их глаза на секунду встретились...

... Пряник, Пряник, а ведь когда-то ты без раздумий защитил те серые глаза. Защитил. Тогда защитил и понимал, что был прав, а сейчас, сейчас он себя ненавидел, как и ненавидел старшего, который уже пытался от него избавиться. И избавился бы, если бы Пряника не спас американец ...

... Девчонку Жгут буквально за шиворот протащил по лестнице и втолкнул в приоткрытую дверь ...

... Серые глаза для Пряника во второй раз в его жизни ... исчезли.

Правда, теперь он знал куда, но толку-то. Что он мог сделать и что изменить.   ... Ничего ...

Уже через полчаса Жгут сидел в джипе:

- Солдат спит, служба идёт. Так, кажется, Пряник? Ты ведь служивый. В армии побывал.

- Было дело, - неохотно ответил водитель, выезжая из ворот хозяйской дачи.

- Ну, тогда трогай с ветерком.

- Это можно, - задумчиво ответил Пряник.

Жгут, в свою очередь, поморщился и скосил в сторону свои маленькие постоянно бегающие глаза:

- Хотя, ты знаешь, давай не будем торопиться. Пусть там всё закончат. Тогда и подъедем.

Пряник насторожился и с силой сжал обод руля. Такое за ним ещё не водилось…

Он сбавил скорость, подумав про себя:

- «Пусть там всё закончат». О чём он? Что закончат? Какую ещё гадость ты задумал, Жгут?

Как и просил старший, Пряник приспустил до конца стекло на своей двери. Перед его глазами одна за другой проносились картины всей его жизни.

Он снова вспомнил своё короткое детство. Родителей не стало, когда ему исполнилось всего шесть лет. Его перевезли из мира тепла и ласки в детский дом, где в основном обитали маленькие разбойники и разбойницы. Где надо было выживать каждую минуту и днём, и вечером, и особенно ночью. Где душа покрывается жесткой коркой и прячется глубоко - глубоко. Трудно потом до неё достучаться и трудно её отыскать. Пряник был немаленького роста. Это его и спасало.

Но то, что происходило вокруг ... Как он их всех ненавидел.

Была бы возможность, добрую половину убил бы, не моргнув глазом. Может, поэтому и остался у Жгута: научившись не обращать внимания на чужую боль, потому что своей было хоть отбавляй.

Ему пришлось расти, взрослеть в обнимку с этой болью, которая вскоре переросла в ненависть ко всему и ко всем. Техникум для него был первым глотком свежего воздуха. Армия тоже. Но его сиротство било нещадно кнутом всегда и везде, превращая симпатичного молодого парня в озверелого одинокого волка, которому что зубами лязгать, что кровь пустить.

Перед его глазами вновь пронеслись серые глаза, полные слёз …

«А что хорошего ты, Женька Макеев, сделал за свою жизнь?» - молча спросил он себя.

Ответа на этот вопрос у него не было. Зато появилась злость, от которой его буквально стало распирать. В ту же секунду всё изменилось.

Пряник глубоко вдохнул, медленно, спокойно выдохнул, поиграл своей челюстью и … улыбнулся.

От мысли, пришедшей в его буйную голову, ему стало невероятно радостно и тепло.

Он вдруг вспомнил красавицу маму, стройного высокого отца. Их нет уже давно, но он - то, он - то есть. Всё, что он может сделать сейчас, пусть будет прощением за все его грехи перед ними, перед малолетними девчонками и перед теми необыкновенными серыми глазами…

… Теперь он отчётливо вспомнил. Вспомнил слова отца Василия…

В церкви Пряник рассказал священнику про свою жизнь. Про всё, кем он был, где успел побывать, чем занимался и чем занимается сейчас. Всё как на духу. Без утайки. И что он не знает, как ему дальше с этим жить.

… Выслушав, отец Василий долго молчал, а потом одарил Пряника долгим взглядом. И показалось Прянику, что взгляд отца Василия совершенно не злой. Добрый. По - отечески добрый.

- Выбор, Евгений, - спокойно ответил священник, - человек должен найти сам. Хотя это зачастую бывает нелегко. Всё зависит от человека. И от его выбора.

Тогда Женька и спросил у него:

- А выбор-то, он есть?

- Есть, Евгений. Спасибо Господу, есть. И если ты о нём подумаешь, то обязательно найдёшь…

Пряник поднял стекло у своей двери и, нажав на кнопку, заблокировал все двери. Машина стала постепенно набирать скорость. Когда за закрытыми стёклами засвистел мчавшийся навстречу ветер, дремавший до этого Жгут подскочил на своём сиденье:

- Пряник, ты оху…л!!! Твою мать … Ты чего делаешь?!!. - на этом речь старшего оборвалась. Пряник со всей злости двинул локтём старшему в челюсть, и Жгут обмяк.

- Заткнись, урод! Я не Пряник, я Женька Макеев, и слово тебе никто не давал! А хочу я спасти мир от таких, как мы, и от тебя, тварь, в первую очередь! …

… 80 км в час, 90 км в час, 100 км в час, 110 км в час … - стрелка спидометра дёрнулась и стала зашкаливать…

… Впереди показалось то самое дерево с широким, крепким, необхватным стволом.

Пряник улыбнулся лишь краешками губ:

- Хочу напоследок сделать что-то хорошее. Это … мой … выбор, - прошептали его губы…

Это были последние слова в жизни Женьки Макеева…

Ему всё же удалось взглянуть в высокую, светлую вышину, с которой на него смотрели большие серые глаза, но слёз в них уже не было …

Джип летел на таран с деревом …

… От удара зад машины взлетел. На мгновение вскинулась вверх крышка капота, словно пасть громадного зверя, но, не удержавшись, отлетела в сторону. Мотор взревел со страшным воем, скрежетом, слетев со всех болтов и креплений, врезался в салон и задымился. Брызнули во все стороны стёкла.

Потом джип отбросило назад. Красавец железный конь завалился на бок и загорелся…

Но горел недолго … Очень скоро раздался взрыв …

- 2 -

Ленинградская область. Лисий Нос. Дача майора Морковина. 1995 год. 25-е июня. Время вечернее: 20 часов 41 минута.

- Неплохая библиотека, майор. Я посмотрю? - спросил гость.

Хозяин сдержанно кивнул:

- Посмотри, - улыбнулся и добавил. - Майор.

Мартын хмыкнул, поднялся из удобного кресла и подошёл к стеллажам.

Майор Морковин понимал, что майор под псевдонимом «Мартын» здесь по поручению «директора», и лишних вопросов не задавал.

Гость должен был сделать фотоснимки маленькой Кати в хороших домашних условиях: с детскими игрушками, играющей на пианино, читающей книгу и пишущей письмо своей единственной сестре - «ласточке» Полине, проходившей в разработке под номером №7…

… Снимки давно были сделаны. Маленькая Катя сидела в отдельной комнате и смотрела телевизор …

Но гость уходить не собирался…

- О, это интересно, - он посмотрел на большую книгу в тёмно-коричневом переплёте, - можно?

Морковин молча кивнул.

Большая книга с картинками рассказывала о пиратах Карибского моря. Это действительно была интересная книга, подаренная майору одним благодарным букинистом. Сына этого букиниста задержала милиция за торговлю наркотой. Парню светило не меньше пяти лет. Морковин парня спас ... не бесплатно.

Всё, что нужно, букинист принёс в американских долларах, ну а книгу - в знак благодарности ...

... Хозяин допил свой бокал и осторожно взглянул на гостя. Тот сидел в кресле и с интересом листал страницы дорогой книги ...

... - Почему «директор» прислал именного его? - крутилось в голове у майора. - Почему? Ведь Мартын конкретный убийца, как и вся его команда: длинный лопоухий с дьявольскими глазами и второй, похожий на колобка с бычьей шеей и веснушчатой рожей ...

«... А сам-то ты кто?! ...» - голос, посетивший хозяина в ту же секунду, заставил его вздрогнуть ...

И глядя на пузатую бутылку, майор Морковин попытался в мыслях оправдаться:

«Кто я? Я нет, я даже не нажимал на курок и никого не убивал...»

Но голос не сдавался:

«Ты, майор, последняя ..., нет, ты первая тварь, ползающая по земле. Ты пособник кровавых расправ. Ты душегуб. Твой номер шестнадцатый, и нет тебе прощения ...»

Майор почувствовал, как его лоб покрывается капельками пота ...

Он быстро наклонил горлышко бутылки к своему бокалу, налил до половины, моментально, без остановки влил золотистую жидкость себе в рот и в очередной раз вздрогнул, вскинув голову к стеллажам с книгами ...

... - Майор, плесни ещё, - неожиданно попросил Мартын.

- Да-да, - закивал хозяин, сдерживая слегка трясущиеся руки.

Наполнив до половины каждый бокал, протянул один из них гостю:

- П-прошу, - еле слышно проговорил он.

Но гость, протянув мощную руку, лишь мельком взглянул на бокал и быстро, не отрывая головы от книги, поблагодарил:

- Спасибо.

Майору, преодолевая налетевшую скованность, пришлось додумывать следующие шаги общения ...

... Жесткий бобрик тёмных волос Мартына, его широкое с мощными скулами лицо, узкий лоб, взгляд голодного зверя заставляли майора чаще, чем надо, наполнять и прикладываться к бокалу с коньяком, забывая при этом закусывать фруктами, стоявшими в вазе на журнальном столике ...

- А хочешь, я к-кино покажу т-тебе и-интересное? - неожиданно спросил хозяин. - Или м-можно в с-сауну?

- Можно кино, а потом в сауну. Только без баб я в сауну не хожу, - ответил гость, продолжая листать книгу ...

Майор подлил себе ещё и быстро выпил:

«Фу-у», - кажется, Мартын не заметил его волнительных мгновений, решил он и, уже немного успокоившись, развязно откинувшись на спинку кресла, предложил:

- Хоч-чешь, ч-чтобы я п-позвонил и п-пригласил?

- Пока не надо, майор. Давай лучше выпьем ещё по одной.

- Д-давай, - со вздохом сказал хозяин и почему-то оглянулся на дверь, за которой мирно дремала Катя, прижав к себе свою любимую подружку «Барби» ...

- 3 -

Ленинградская область. Лисий Нос.1995 год. 25-е июня.
Время вечернее: 22 часа 25 минут.

...Майор МОРКОВИН...

... На небольшой лужайке сидели двое ребят, два дня назад закончившие школу.

Одного из них звали Сева, другого - Олег. Ребята дружили с детства. Олег был гостем у Севы. Такое уже случалось. Родители обоим доверяли полностью. Ребята приехали в дачный посёлок на электричке. Их дачи находились недалеко друг от друга, и они часто у костра любили вести беседы. Втайне от родителей поговорить о своём под печёную картошку ...

Учились, правда, в разных школах, но летние и зимние каникулы проводили вместе.

Сегодня на рассвете они решили пойти на рыбалку.

- Чего задумался? - Сева ковырнул тонкой веткой обуглившиеся головешки и откатил в сторону увесистую картофелину, - во, эта вроде готова. Сейчас вторую достану.

Олег не ответил, он сидел, слегка склонив голову, и думал сразу обо всём.

Ну, во-первых, - об Ане, которая ему очень нравилась. О медицинском институте, в который он на следующей неделе пойдёт подавать документы.

С гордостью о своём отце, спасающем город от бандитов.

- Олег, эй, ты чего, уснул? Давай налетай, пока не остыла.

С этими словами Сева подхватил почерневшую картофелину и стал перекидывать с руки на руку:

- Переживаешь, что нет спиннинга? Так одним половим. Эй, Олег, - Сева ткнул друга тонкой веткой в плечо, - проснись.

Олег поднял голову и попробовал улыбнуться:

- Ты о чём, Сева?

- Ну, ты даёшь. Я тебе говорил, не влюбляйся. Не время. Тебе институт нужно закончить. Устроиться, то, другое. А дети пойдут. Нет, я пока бабки не заработаю, о семье и думать … не буду. На, лови.

Олег поймал и, прежде чем начать снимать обугленную кожуру, проделал те же движения: перекинул несколько раз картошку с руки на руку.

- Извини, соль забыл взять, фууу- фууу – фууу, - продолжая дуть на кончики своих пальцев, улыбнулся Сева.

- Я вот что думаю, фууу-фууу-фууу, - Олег подул на свои пальцы, - я, наверное, сгоняю к себе и возьму отцовский спиннинг. Он классный.

- Зачем? Я же сказал, моим половим.

- Нет, тот, который у отца, ему из Швеции привезли. Ты ещё таких не видел.

- Тогда я с тобой. А на даче у тебя кто-то есть?

- Не знаю, у меня ключ есть.

- Фууу- фууу-фууу, - Сева откусил горячий краешек рассыпчатой картофелины, приоткрыв рот, подождал, пока белая мякоть остынет у него во рту, проглотил и, подтерев нос рукавом летней куртки, рассудил:

- Хорошо, годится. Я помню, что ты всегда был предусмотрительный. Из тебя, Олежка, получится классный доктор. Заболею, буду только у тебя лечиться.

- Сплюнь, болеть не надо, фууу-фууу- фууу, - ответил Олег, посмотрел в серое, немое небо, - осталось совсем немного.

- Немного чего?

- Неделя, и конец белым ночам, - задумчиво ответил Олег.

- А, вот ты о чём, - Сева сделал очередной укус.

- Видишь, дым от костра спокойно струится вверх.

- Ну? - улыбнулся Сева.

- Значит завтра будет хорошая погода.

- Откуда знаешь?

- Примета такая. По дыму от костра можно определить погоду.

- Ого, вундеркинд ты наш, - Сева рассмеялся.

- Не я, бабушка так говорила, она у меня из Великих Лук. Там люди ближе к природе.

- И что ж она ещё говорила? - от Севиной картофелины остался маленький кусочек

Олег оглянулся вокруг, окинул взглядом небольшую полянку:

- Видишь, как блестит роса и как её много.
- Ну и что?
- А то, что завтра будет жарче, чем сегодня.
- Во как. А ты знаешь, я не против. Бабушке спасибо передай.

Можно будет заодно и в озере окунуться, - Сева посмотрел на часы, - так, сейчас одиннадцать тридцать один, скоро полночь.

- Пошли, только приберём здесь, - сказал Олег

Ребята, раскинув головёшки, загасили ветками язычки пламени.

- Давай оставим. Завтра вечером снова посидим, - Сева пододвинул разбросанные головёшки к чёрному кругу, выжженному на невысокой траве.

- Давай, - согласился Олег.
- Ну, готов? …

… Лёгкий дымок столбом устремился к небу, затем стелился туманом по траве, а внизу белел пушистый пепел, покрывающий оставшиеся сучья…

… Близилась полночь …

… Оставив Севу за забором, Олег пролез на территорию своей дачи через лаз, который знал только он:

- Жди меня здесь. Я быстро.
- Может, я с тобой?
- Нет, Сева. Видишь, - Олег показал в сторону центральных ворот, где был запаркован « Мерседес» с московскими номерами, - у отца гости. Лучше я один.

- Хорошо, только недолго …

… Катя спала. Кате снился сон ...

… Лёгкий, предрассветный ветерок всколыхнул шёлковый покров травы, всколыхнул одуванчики, чей белый пух крестиками взлетел над качнувшимися в такт ветерку ромашками и васильками и винтом прошёлся по девичьим волосам, а потом весело помчался по всему большому цветастому полю.

Девочки шли, босыми ногами приминая невысокие зелёные стебельки мокрой от росы травы.

- Смотри, солнышко. Давай побежим, - предложила старшая.
- Давай, - радостно ответила та, что помладше.

Взявшись крепко за руки, они побежали навстречу огромному оранжевому блину, поднимавшемуся над ещё тёмными силуэтами лесного массива.

Они наслаждались утренним ароматом, стремительностью и порывом ветерка, их ладони нет-нет да задевали нежные разноцветные лепестки, а восходящее солнце освещало и согревало им путь …

…Впереди уже отчётливо были видны раскидистые кроны стройных сосен таинственного леса …

… Им оставалось совсем немного до лесной полосы, как та, что постарше, поняла, что она не бежит, а летит над травой. В доли секунды их руки разомкнулись.

- Как же я?! - крикнула, продолжая бежать, младшая.

- Ты должна встретить маму, - расправив руки, словно крылья, ответила старшая.

- А ты? - младшая набегу протянула руки к своей сестре.

- Я прилечу за тобой.

- Я буду тебя ждать, - крикнула в небесную вышину младшая.

В ответ она услышала громкое эхо над своей головой:

- Жди …, я обязательно прилечу …, прилечу …, прилечу …

С этими словами всё тот же ветерок, играючи, подхватил старшую сестру, и она взмыла вверх, весело смеясь и озорно размахивая вскинутыми руками к начинающему голубеть высокому небу …

…Но ветерок не забыл и про младшую.

И та почувствовала, что она тоже летит над травой, над красивым разноцветным полем, но почему-то летит не вверх, а вперёд, прямо к таинственному лесу.

Вот уже отстал аромат полевых цветов, ветерок внёс её в прохладную тень, осторожно пронёс между частоколом деревьев и бережно уложил на тёплые, пахнущие горьковатой мятой иголки, рассыпанные вокруг толстых, влажных корней …

…Девочка приоткрыла глаза и с ужасом моментально закрыла, увидев, как из шершавой коры ствола вырастают кривые страшные щупальцы …

… Она хотела подняться, но щупальцы окружили её со всех сторон.

Их почему-то было много. Они толкали её на тёплые иголки, выкручивали ей руки, срывали с неё одежду, зажимали ей рот …

Но она смогла освободиться, дернув головой.

- Не надо, - сначала тихо прошептали её губы, потом чуть громче, - не надо, - и наконец она смогла крикнуть, - НЕ НАДО!!!

Когтистые отростки зажали маленький рот и стали прижимать её тело к плоскому широкому стволу. Ей стало трудно дышать.

Зубами она попробовала укусить один из щупальцев. Получилось. Но это не помогло.

- Мне больно-о-о-о!!! Ма-а-ма!!! Б-О-Л-Ь-Н-О!!!

Тошнота подкатила к горлу. От острой боли в животе стал разрастаться шар, давящий на грудь. Шар становился всё больше и больше, поднимаясь всё выше и выше. Теперь он ворвался в голову. И наконец, поглотив полностью всё маленькое тело, шар окрасился в ядовито-красный цвет и … разорвался …

- П-О-Л-И-Н-А …, - прошептала еле слышно Катя, повторив последнее в своей жизни слово П-О-Л-И-Н-А …

… Олег, забравшись в подвал, хорошо знал, куда идти.

Даже если у отца гости, он постарается всё сделать быстро и без шума.

В подвале, на верхней полке, над банками с вареньем, лежал спиннинг, аккуратно завёрнутый в брезентовый военный плащ.

Крик, раздавшийся где-то наверху, остановил его. Олег поднял голову к потолку, над которым была кухня. Крик был коротким и очень звонким.

Внезапно крик повторился с большей силой и перешёл в раскатистое:

- А- а- а- а- а- а !!!

Олег напрягся:

- Не понял?! Ребёнок?!

Неожиданно стало тихо.

Олег подошёл к лестнице, ведущей вверх, на кухню. Прислушался.

- Показалось.

Но стоило ему сделать всего лишь шаг в сторону спиннинга, как крик вновь заставил его замереть. Теперь до ухватившегося за перила лестницы Олега донёсся ужасный детский вопль.

- Воры! - крикнул он сам себе и устремился вверх по лестнице.

Отбросив крышку, выбрался. Крик прекратился. Тишина.

Но ненадолго.

Услышал громкий зов: Мама!!! Он повернулся к узкому коридору, ведущему в отцовский кабинет, где он был недавно с Аней:

- Там! – мысленно скомандовал он себе.

Кабинет был закрыт. Олег прильнул к замочной скважине, ключа в ней не было, но в шкафчике под полкой, рядом с дверью находился запасной ключ. Он помнил, как отец закрывал им дверь, чтобы повесить ружьё на стенку, после того как они вместе ходили стрелять по банкам.

Первое, на что он посмотрел, когда оказался в кабинете, были фигурки двух косолапых медведей, грустно взирающих на новенькое охотничье ружье, висящее на противоположной стене.

- Значит всё - таки там?! - Олег скосил глаза в сторону косолапых охранников и уже было схватился за них. - Ружьё. Точно, ружьё.

Он рывком сдёрнул ружье со стены и устремился к стеллажам.

Фигурки засветились, как и в прошлый раз. Медведи повернулись, а с ними скрипнула потайная дверь …

… Впереди было ещё темнее, чем в кабинете, но он отчётливо увидел перила и первую ступеньку другой лестницы, ведущую вниз. Пришлось придвинуть кабинетское кресло, чтобы держать дверь приоткрытой. Но вторая ступенька была освещена тусклым зеленоватым светом. Внизу был свет …

От лестницы тянуло эвкалиптом и запахом тёплого свежевыструганного дерева. Вновь раздался резкий девичий крик и сразу же пропал …

… Олег медленно стал спускаться, продолжая одной рукой держаться за перила, а другой сжимать ружьё. Он понимал, что внизу сауна и что кто-то находится именно там, но почему детский крик.

Снизу доносились странные звуки, походившие на непонятное шарканье. Это всё сопровождалось монотонными, глухими постукиваниями о стену…

… Теперь Олег стоял возле стола.

В зеленоватом полумраке виднелась пустая коньячная бутылка и два недопитых бокала. Блюдце с лимоном. На лавке у стола он увидел детские джинсы, белую футболку, а на ней детские … беленькие трусики …

Он чуть не наступил на упавшую возле стола куклу.

От маленького предбанника отходил узкий проход, из которого до Олега донёсся очень уверенный знакомый голос:

- Теперь я, Мартын. Подержи эту маленькую сучку.

- Не надо, дядя! Мне больно! Не надо! Пожалуйста!!!

Очередной детский крик заставил Олега силой закусить губу. Он сделал следующий шаг. Сейчас он слышал всё … и всё понял …

- Я тебе дам, маленькая сучка. Всем даёшь, сучка … Ну- ка, Мартын, Держи её.

- Больно! Больно! Дядя-я-я-я!!! Не надо!!! А-а-а-а ! Мама-а-а-а!!! Больно-о-о-о!!!

- Надо, сучка! Надо! - рычал знакомый голос.

От чего у Олега перехватило дыхание.

- Молчи! Убью! - рычащий голос сменился громкими охами, заглушающими детский крик. - На тебе! На тебе! На, на, ещё, ещё, на …

Ружьё выпало у него из рук. Он как можно сильней зажал ладонями уши, но душераздирающий детский крик всё же долетел до него.

… - А – а – а – а – а – а – а !!! ….

Затем послышался совершенно не детский, извергающийся из нутра грудинный хрип, тяжелым раскатистым эхом потрясший всё вокруг …

Олега затрясло …

Даже тишина, в которую провалился весь мир, была похожа на дыхание огромного чудовища в пещере сатаны.

Олег почувствовал сильный озноб, охвативший, а скорее сдавивший всё его тело. Он смотрел на обшитую финской березой незнакомую дверь и не мог поверить, что за этими стенами раздаётся голос бесконечно любимого им человека, которым он всегда гордился…

… Его молчание разбилось о всё тот же знакомый голос:

- Эй, эй, ты чего, Катя … ты чего…! Мартын … эй, эй, ты чего … Это что, Мартын, это кровь?! Мартын … чего она … эй. Это, чего, это кровь … Эй … ты чего … Катя … ты чего … Катя …

Голосу никто не ответил. Послышался громкий мат и опять тишина. Снова громкий мат. В сауне что-то скрипнуло. Потом зашуршало по лавке. Стукнулось о стенку. Раздались чьи-то шаркающие шаги, и дверь от глухого удара распахнулась …

… Хозяин выходил спиной, держа на руках истекающую кровью маленькую, худенькую, совершенно голую девочку. Кровавые ручейки струились по её голым ногам, стекали вниз, на мраморный пол, под ноги абсолютно голого мужчины …

… Сделав шаг спиной назад, мужчина остановился, почувствовав чьё-то присутствие …

Поворачивался он медленно, нерешительно, опустив свою взъерошенную голову и длинный нос, под которым отклеился один из его французских усов. Так поворачиваются на ристалище, чтобы встретиться с глазами своего палача …

… Лицо Олега исказилось от гнева:

- Ненавижу!!! … Ненавижу!!! … Ненавижу тебя!!! …

Слюнявый рот произнёс дрожащими губами:

- Это … не я, … сынок …

На майора смотрело выходное отверстие его нового охотничьего ружья:

- Это … не … я, … сынок …, - повторил он снова.

Эта фраза поставила точку в ужасной вакханалии жизни майора Морковина …

Впервые Олег почувствовал огромную брезгливость и неимоверный комок ненависти. Жгучая, обжигающая изнутри кипящая смесь металась в поисках выхода …

… - НЕНАВИЖУ-У-У-У!!! - прошипел Олег и нажал на курок …

Голова хозяина вначале дёрнулась почему-то вперёд, потом назад, ударилась о дверной косяк и повисла подбородком вниз. Девочка выпала из его рук …

Кровь из пробитого горла хлестала по голой груди и животу майора …

… Он на мгновение замер и тут же стал сползать вниз обмякшим мешком, пока не завалился, накрыв собой залитое кровью тело ушедшей в иной мир Кати …

… Задул западный ветер, зашумели в ночной вышине зеленые

кроны лесного массива, а на посеревшее небо выкатился круглый блин полной луны, но почему-то этот блин был … кровавым …

- 4 -

Санкт Петербург. Волковское кладбище. 1995 год. 27-е июня. Время дневное: полдень.

… Ночью моросил мелкий, тёплый летний дождь. Моросил спокойно, ненавязчиво, даже с каким-то извинением, что, может, не вовремя. Мелкие, похожие на хрустальные бусинки, капли мягко и тихо опускались на листву, на ветки и стволы высоких деревьев, на железные ограды, на гранитные и мраморные надгробья, на зелёную траву, росшую вокруг могил. Неспеша, почти беззвучно дождь старался сохранить тишину, никого не разбудить.

Хотя здесь никого будить и не надо. Все кладбищенские постояльцы об этом уже не переживают. Их сон вечен. Земные волнения, к сожалению, их больше не коснутся …

… В этот день не светило солнце, не будоражил листву ветер …

Под самое утро дождик перестал …

… У засыпанной влажной землёй могилы стояла группа людей в чёрных летних плащах.

Так провожали в последний путь Стаса Нилова.

У могил стояли те, кто был близок и хорошо знал Стаса. Ребята из таксопарка, те, кто работали у ресторанов Невского проспекта. Официанты из ресторанов «Невы», «Метрополя», «Невского». Почти все «ночные бабочки», знавшие Стаса …

… Полковник Зотов и капитан Долгушин стояли поодаль.

Не было только Максима Полякова, а проще Макса. Он был ещё в госпитале, под усердной охраной Нино, которая от него не отходила. Уходила Нино только под вечер, а придя домой и поцеловав маму, засыпала в обнимку с любимой дочуркой Натэллой …

… Через неделю Макса выпишут из госпиталя. За ним приедет Нино.

- Поехали, - скажет она, показывая на такси.

Они поедут в сторону Комендантского аэродрома …

… - Познакомься, мама, это Максим. Я его люблю. Он любит меня. Мы вместе с ним и Натэллой уезжаем в Америку. Благослови нас…

… Тамара затаит дыхание всего лишь на долю секунды, в которой промчится, как ветер над Курой, вся её жизнь. Ветер будет тёплым, и Тамара это почувствует. Она лишь глубоко вздохнёт. Слёзы в её красивых больших чёрных глазах будут, но она справится с этим … Подойдёт, поцелует, крепко-крепко обнимет Нино. Потом наклонит к себе высокого для неё Максима и шепнёт ему:

- Береги их, … Нино … никогда тебя не предаст …

…. За телом Анатолия Георгиева, он же «Циркач», из Болгарии приедет его старшая сестра и младший брат.

Вместе с телом покойного супруга в Болгарию уедет молодая жена Толика, а через два года она выйдет замуж за его младшего брата, и продлится род Георгиевых…

… Официальных речей возле могил не было, но в глазах у всех стояли слёзы. После прощальной молитвы преподобного батюшки группа стала расходиться. К первой машине-такси подошла Таня с двумя девочками, оставшимися в живых. Во вторую машину с московскими номерами сядет Юлька, за рулём будет Игорь… Первая машина уедет на Московский вокзал, и у всех пассажиров будут билеты до Калуги через Москву. Но сначала они должны будут навестить Макса …

… Через год Таня выйдет замуж за шведского инженера, с которым уже давно встречалась, и уедет в Стокгольм. А вскоре к ней переедут жить её названные сестрички, которые смогли убежать из бандитского логова …

Две другие девочки, Ася Мордвинова и Галя Тимкина, выжившие под бандитскими пулями, после операций восстановятся. Полковник Зотов поможет определить их в специальный интернат, где им попробуют вернуть их детство. Они смогут учиться и продолжать … жить…

… Игорь с Юлькой тоже навестят Макса. Прошлое перевернулось и осталось в прошлом. Игорь собирается в Калуге открывать бизнес, связанный с компьютерами, а Юлька ему будет всячески в этом помогать.

… Перед тем как сесть в машину, Танька - гимнастка подойдёт к Владу:

- Эй, американец, - она протянет Владу завёрнутый в белое вафельное полотенце круглый свёрток, - здесь это оставлять нельзя. Если это найдут, то весь ужас повторится снова. Увези с собой. Сам решишь, что с этим делать …

… Последней от могил уходила жена Стаса, Марина, поддерживаемая двумя своими подругами.

В третью машину сели Влад и вышедший из госпиталя Миша.

… «Ночные бабочки» уже в третий раз за этот месяц собрались в маленьком кафе у ресторана « Метрополь», что на улице Садовой. Не было только Таньки-гимнастки, Юльки – актрисы, Макса и Карины, которая после кладбища исчезла. Куда? Никто не знал …

Провожали молча, с огромным уважением к памяти Стаса, всегда отзывчивого, доброго, очень порядочного и мужественного парня …

Пусть же питерская земля будет тебе пухом, Стас Нилов.

И пусть будет пухом болгарская земля для Анатолия Георгиева - «Циркача».

Они ушли из этого мира, дав шанс жить другим. Этого никто никогда не забудет…

… Да будет память о вас божьим благословением, а ваши добрые и мужественные души пусть поскорее вернутся на землю и принесут в этот суетной мир доброту, порядочность и справедливость. Амен … Амен … Амен …

- 5 -

Соединенные Штаты Америки. Нью-Йорк. Район Бруклин. 30 июня 2001- го года

… Прошло две недели после встречи Влада с агентом Гембли …

… Манхеттен спал …

… Ядовито - жёлтые нити после громовых раскатов разрезали увесистую чёрную тучу, на город обрушился водяной поток. Подхваченные лёгким ветерком с океана, косые мокрые линии нещадно штурмовали крыши небоскрёбов и другие дома пониже. Выбивали монотонный гимн, проходя по улицам, паркам и аллеям, по кузовам припаркованных машин, летели в темноту оконных проёмов…

… Владу дождь не мешал. Он любил дождь. И сейчас, сидя в кресле, наслаждался бешеным перестуком капель.

В руках он держал тот самый сверток, который передала на кладбище Таня-гимнастка …

… «Эй, американец, - вспомнил он, - … увези это с собой. Если найдут, то весь кошмар повторится снова … »

… Сегодня он добрался до этого свёртка, скрученного в маленькое вафельное полотенце. И то, что он увидел …

… Просмотрев рисунки, Влад долго молчал …

… «… Сам решишь, что с этим делать …», - пронеслось в его голове...

….Завернув листы с детскими рисунками снова в полотенце и перетянув их резинкой, он развернулся, чтобы убрать свёрток в нижний ящик письменного стола, но почувствовал, как что-то выпало ему под ноги.

Влад наклонился. Поднял с пола небольшую фотографию, с которой улыбалась симпатичная девочка с синими, как море, глазами. Её прямые, тёмно-русые волосы спадали до плеч. Девочка улыбалась, прижимая к своей груди куклу «Барби» …

Влад перевернул фото и прочитал:

«… Меня зовут Катя Изверова. Спасите меня …»

ЭПИЛОГ

- 1 -

Россия. Ленинградская область. Поселок Комарово.
Дача генерала Коегорова. 1995 год. 29-е августа.

Ночи уходящего лета в области совсем другие, чем в Питере.

Тоже с тёмным небом, но другие. Гуще, сочнее чёрный цвет, словно огромный океан черноты, разбавленный иногда низким звёздным небом, но в основном окутанный дымчатой серой гарью, похожей на женскую вуаль ... Да и само небо в области ближе к земле, к сосновым лесам, дачным посёлкам, к Финскому заливу ...

... У самой воды неглубокого озера, на плоском валуне, сидел человек с удочкой в руке. Сидел не шевелясь. Лишь его маленькие свиные глазки медленно переводили взгляд то на тёмную воду, то на другой берег, где чернела череда больших уснувших сосен ...

... Генерал Коегоров умел ждать. Ждать и помнить. Помнить всё, обо всём, обо всех ...

Время от времени он вытаскивал из своего рта кубинскую сигару, шевелил узкими губами и сплёвывал на мокрый песок едкую слюну, не отводя глаз от водной глади. «Директор» думал...

... Услышав позади приближающиеся шаги, он развернул к себе запястье руки, в которой дымилась сигара, и в чёрной мгле высветился золотой обод ручных часов:

- Опаздываешь, Мартын, - он выдохнул в темноту густой, ароматный дым. - Можешь ничего не объяснять. Я уже всё знаю. Ты справился. Это радует. Значит я в тебе не ошибаюсь. Пока не ошибаюсь. Ты принёс, что я просил?

Стоявший за его спиной мужчина моментально приблизился и протянул широкий конверт.

«Директор» раскрыл его, вытянул фотографии, на которые падал свет полной луны:

- Хм-м, недурно. Хорошие фотки. И девочка на них довольно счастливая.

Мартын, а ты бы смог родного отца завалить?

Ответа не последовало. Он ответил за него:

- Знаю, знаю, Мартын, смог бы. Ты у нас не сентиментальный. За это и держу тебя рядом. Хочу напомнить, что ты должен сделать в ближайшие три дня. Отбыть в командировку. Командировка за океан.

Поедешь с Кариной. Вся информация с паспортами и билетами у неё. Вы будете молодой семьей. Гражданами Украины. Она теперь твоя жена. Кстати, она беременна. Так что заодно поможешь ей родить для нас гражданина Америки.

Из Киева вылетаете в Хельсинки. Там вас встретит мой человек. Он в курсе, что вы должны спокойно пройти таможню и попасть на рейс. Остальное ему знать не за чем.

В Нью-Йорке вас встретит тоже мой человек. Он будет держать встречающий плакат с надписью « Hotel « Holiday inn» - Филадельфия». Запомнил?

«Директор», не оборачиваясь, затянулся в очередной раз и выдохнул серыми кольцами над своей головой:

- Завтра вылетаете в Киев. В Киеве у вас с Кариной сутки.

Проколов быть не должно. Я их не приму. Вернешься, - он на секунду прервался, хотел добавить: если вернёшься, но сдержался, не сказал, - будешь полковником. Как понял, майор?

- Так точно, товарищ генерал.

«Директор» вскинул голову:

Тише, не шуми, всю рыбу распугаешь. Иди, … докладывать мне обо всём ежедневно. Через кого, знаешь. Мы с тобой это уже обсудили. Завтра в десять утра должен быть у Карины. Сегодня у тебя последняя спокойная ночь. Так что … спокойной ночи, и постарайся выжить, Мартын…

- Спокойной ночи, товарищ генерал. Разрешите идти?

«Директор» кивнул и снова затянулся.

Дождавшись, когда шаги за спиной полностью стихнут, он повернул голову к ближайшей большой ели, росшей метрах в десяти от круглого камня.

- «Сенегал», - тихо позвал он.

Из-за высокой сосны отделилась тень высокого человека в лёгком тёмном спортивном костюме с накинутым на голову капюшоном.

- Ну, что скажешь?

… Из - под капюшона мелькнула лёгкая ухмылка плотно сжатых узких губ, сверкнули, как алмазы, глаза. Жесткий, жестокий взгляд. Долго в эти глаза смотреть невозможно. Становится страшно. Но «директор» не собирался в них смотреть и даже не повернул голову.

Он знал цену этому взгляду. И неоднократно ловил себя на мысли, что не хотел бы оказаться на его пути.

Давняя дружба с Сенегалом, давалась «директору» с каждым годом всё труднее. Десять лет Сенегал работал под его началом и, как всегда, был лучший.

Такого агента трудно найти, как и трудно от такого избавиться …

Он еле слышно кашлянул в кулак:

- Думаешь, он справится?

Человек молчал.

- Молчишь. Значит я прав, - не сможет. Главной задачей для тебя будет Полина. Её нужно будет сопроводить в Европу. Твой выход я тебе сообщу. Когда у тебя рейс в Сан-Пауло?

- Завтра.

- Нет, завтра ты нужен мне здесь, - «директор» протянул широкий жёлтый конверт, - тут вся информация. Этот парень оказался не в то время и не в том месте …

- Разберёмся.

- Вылетаешь в Сан-Пауло … послезавтра из Москвы …

Мужчина в капюшоне медленно направился вдоль озера в сторону шоссе. Там у него был припаркован джип …

- 2 -

Санкт - Петербург. Улица Шверника, 30-е августа.

…СЕНЕГАЛ…

… Сегодня Дима почувствовал, что наконец-то смог выспаться.

Он потянулся, повернулся на бок:

Никого. Ксюша уже на работе, значит она отвела девочек в детский сад. Младшей Оленьке пошёл третий год, а старшей Маринке уже скоро будет шесть; на следующий год в школу. Да, время бежит, Маринка у них с Ксенией скороспелая. Она родилась за год до того, как он оказался в армии, за речкой.

Сначала на базе в Ташкенте полгода, а потом в Афганистане, под Кандагаром.

Он приподнялся на локте, посмотрел на циферблат настольных часов:

- Ого, уже половина десятого. Хватит спать, рядовой Зонин. Подъём! Немедленно подъём! – скомандовал он сам себе и, сбросив ноги на голый пол, направился в ванную.

Сначала принял душ, почистил зубы и, накинув махровый халат, вышел на кухню. На столе лежала записка от жены: что купить и сколько.

В конце текста приписка:

- Любимый, ты сегодня выходной, так что вечером, когда наши

малышки пойдут спать, мы с тобой будем делать мальчика. Нашим девочкам нужен защитник. Целую и уже скучаю. Твоя Ксюша.

- А я и не против, - улыбнулся Дима, подвигая к себе уже сваренный кофе.

За окном стояла летняя питерская погода …

…Сероватое тёплое небо подавало намёк на возможность дождя, но этого могло и не случиться. А серая небесная окраска может спокойно просуществовать до самого вечера …

… Натянув джинсы и светлую футболку, он прихватил с кухонного стола записку жены, в коридоре вытащил из тумбочки ключи от квартиры и машины, тут же лежало его портмоне с деньгами и документами.

Дима жил на третьем этаже пятиэтажного дома. Лифта не было, дверь в подъезд хоть и закрывалась на замок, у которого был код, но это не было преградой для посторонних …

Спускаясь по лестнице, перед последним лестничным пролётом, там, где уже не было квартир, он увидел бородатого мужика, одетого в оборванный военный китель, непонятного цвета штаны и в бейсбольной кепке на косматой голове.

Мужик сидел на каменном полу, прижавшись к стенке, с прикрытыми глазами и слегка посапывал.

Дима остановился возле незнакомца и в сердцах сказал:

- Отец, я в магазин за продуктами. Буду здесь через час. Если не уйдёшь, вернусь, помогу тебе найти выход. Думаю, ты меня услышал.

Сказав, Дима вышел во двор и направился к своей машине, припаркованной в самом конце двора.

Мужик в рваном китиле улыбнулся, глаза его сверкнули как два алмаза.

Он почесал грязными ногтями щёку возле бороды, снял бейсбольную кепку, тряхнул длинными, охваченными не первой сединой волосами, заправил их под кепку и снова привалился к сырой, грязной, исписанной матом стене …

…Через два часа соседка со второго этажа решила на обеденный перерыв забежать домой. Миновав первый лестничный пролёт, она увидела мужчину в рваном военном китиле. Сплюнув, она уже хотела идти дальше, но остановилась. На мужчине были надеты новые импортные джинсы и красивые белые туфли. Возле него стояли два больших пакета с продуктами.

Женщина подняла глаза …

Прямо перед ней на каменном полу сидел … сосед Дима, которого она очень уважала. Женщина затряслась, открыв рот. Одной рукой она схватилась за сердце, другой за обшарпанную стену.

Медленно опустившись на верхнюю ступеньку, соседка стала издавать непонятные звуки. Оторвав свою руку от сердца, пальцем показывала на нож, торчащий в груди Димы, воткнутый ему в сердце по самую рукоятку.

Дима был мёртв …

- 3 -

Соединенные Штаты Америки. Нью-Йорк.
Аэропорт имени Д.Ф. Кеннеди. 1995 год. 7-е сентября.

… В осенний солнечный день в аэропорту имени Джона Кеннеди приземлился красивый лайнер Боинг – 707, вылетевший из Тбилиси с пересадкой в германском городе Франкфурт - на - Майне.

Последними из салона самолёта вышла тёмноволосая, стройная девушка, по имени Нино, а за ней следом Максим Поляков. На руках он нёс маленькую Натэллу.

Малышка мирно спала, прижимаясь тонкими ручками к груди Макса.

Ей снился сон, и во сне она улыбалась …

…ПРОШЁЛ ОДИН ГОД…

… США. Штат Флорида. Город Сарасота. 1996 год. 30 -е июня.

… Они стояли по щиколотку в воде.

Поджарый, среднего роста мужчина, с ухоженной шевелюрой чёрных с проседью волос держал за руку стройную шестнадцатилетнюю девушку.

Он обращался к ней на ломаном русском языке :

- Ты бояться вода?

Девочка, глядя себе под ноги, кивнула.

- Я научить тебя плавать. Ты больше не бояться вода. Ок?

- Да, - тихо ответила девочка, посмотрев на изумрудную морскую гладь.

- Тудэй, мин, спешэл дэй. Очен хорёщий дэй.

Сегодня тьебе исполниться сикстин , шестнадцать лиэт. Свит сикстин.

Тудэй твой хэппи бёрсдэй. Сегодня ти родиться.

Мужчина по - отцовски обнял девочку за плечи и поцеловал в темно-русые волосы:

- Я давать тьебе первый урок.

Он поправил спасательный жилет, закрывающий живот и грудь девочки, проверил, хорошо ли закреплены два замка жилета, и улыбнулся:

- Ок, висё очень гут. Хорёщо. Не бояться. Ок?

Девочка снова молча кивнула.

- Тогда идти вода. Вода тепло. Вода нет холодно.

Вода тепло. Идти. Я буду тьебе памагать ...

Сорокапятилетнего мужчину звали Лео Санчес.

Мария Санчес, сидя в шезлонге, с умилением наблюдала, как её муж учил их приёмную дочь плавать.

В руках она держала конверт, полученный вчера по секретной почте.

В конверте было четыре фотографии родной сестры Полины, маленькой Кати с игрушками в руках.

Посмотрев, мадам Санчес вернула их в конверт, надвинула на глаза солнцезащитные очки, перевела взор на морской берег.

Девочка отчаянно била по воде руками и ногами.

- Старайся, милая, старайся, - ухмыльнулась Мария, - ты многому должна научиться, если хочешь увидеться со своей сестрой.

Так было сказано в шифровке ...

... Подняв руку, она помахала официанту, снующему с подносом между отдыхающими в ожидании очередного заказа:

- Два шата тэкилы, плиз, и кока-колу со льдом, для нашей дочурки...

... В безоблачном небе медленно проплывал дирижабль, похожий на огромного кита, к хвосту которого была прикреплена реклама:

«... Центральный городской аквапарк приглашает всех на водный карнавал в честь Дня Независимости. 4 июля 1996 года»

Сделав один глоток и опустив пластиковый стакан на рядом стоявший столик, мадам поправила на своей голове соломенную шляпу, вытянула на тёплый белый песок стройные смуглые ноги и посмотрела в сторону барахтающейся в воде Полины:

- «Директор» на тебя, девочка, имеет большие планы ...

Сестра Кати - Полина Изверова, уроженка России, удочерённая семьёй Лео и Марией Санчес, отмечала свой второй день рождения в чужой стране.

Сегодня же произошло ещё одно событие. Девочке изменили имя.

Теперь её звали Паола Санчес ...

КНИГА ВТОРАЯ

УБИТЬ
ВСЕХ ...

ПРОЛОГ

- 1 -

... 2001 год - 29 июня ...

Россия. Санкт-Петербург. Улица Каляева. Спецотдел ФСБ. Кабинет генерала Коегорова.   Время утреннее: 10 часов 17 минут.

... Закинув обе ноги на широкий стол, генерал задумчиво сверлил глазами острые концы своих итальянских туфель.

Артур Демьянович минуту назад завершил разговор с Москвой. Разговор был коротким ...

- Тревожу... по делу. Ситуация с большим «братом» ... круто изменилась, - в трубке раздался скрипучий голос «куратора».

«Директор» отвёл телефонную трубку от своего уха. Он всегда с трудом переносил этот скрипучий, режущий по нервам голос.

« Куратор» говорил медленно, без эмоций, растягивая предложения, словно старый ворон после зимней спячки:

- Операцию « Песок» ... нужно ... свернуть. Зачистить ... всех, с обеих сторон ... Срочно.

- Сколько у меня времени? – спросил Коегоров, отлично понимая цену этому ненавязчивому тону.

- Максимум ... неделя, генерал.... Неделя.

- Зачистить с обеих сторон? Я вас правильно понял?

- Да.... Есть вопросы?

- Нет. Я вас услышал.

- Выполняйте. ... Позвоню ...через ... неделю. ... Не хочу, чтобы ... ваше кресло ... занял кто-то ... другой. ... Удачи, генерал.

«Директор» сумрачным взглядом, не меняя позы, смотрел на телефонный аппарат. Затем, скривив губы, провёл кулаком по своему острому подбородку. Тяжело вздохнул, поднял трубку:

- Соедините меня с Котовым. Срочно!

Через минуту он услышал знакомый голос:

- Борис, это я. В твоей стороне скоро должна появиться «мадам».

Ей не мешать. Что-то изменится, дам знать. Конец связи.

Повесив трубку, хозяин кабинета выдвинул нижний ящик стола и поставил перед собой другой телефонный аппарат из белой слоновой кости.

На аппарате в одну линию располагались три красных кнопки. Прежде чем нажать последнюю, он минут пять хмурил брови …

Затем приложил к уху трубку.

После серии негромких щелчков ему ответили.

- Хельга, - почти шёпотом проговорил «директор», - ты мне нужна …

- 2 -

... 2001 ГОД ...

Мексика. Приграничный город Теката. 12 июня.
Время: 17 часов 11 минут.

…Джип «БМВ» бутылочного цвета проехал под аркой с американской стороны и остановился возле мексиканского контрольно- пропускного пункта…

К нему сразу же подошли два полисмена …

… Водитель джипа, опустив своё стекло, протянул все необходимые документы первому полицейскому. Второй, его напарник по имени Пабло, которому известен был этот джип, раскрыл поочерёдно задние двери. Проверил салон, взял в руки тонкий железный штатив, на котором снизу крепилось круглое в виде тарелки зеркало для проверки днища. После чего открыл багажник. Там лежали две коробки красного цвета из - под обуви. На верхней крышке каждой коробки был нарисован зелёный крокодил.

Полицейский на секунду задержал взгляд на коробках и огляделся по сторонам.

Крокодил - условный знак, означавший, что намечается работа и ему нужно сегодня позвонить.

Открыв каждую коробку и убедившись, что там действительно лежат туфли, он закрыл багажник:

- Всё в порядке, - доложил Пабло напарнику, - они могут ехать.

Напарник кивнул. Вернул документы и показал рукой на большой букет алых роз:

- Красивый букет. В гости?

- День рождения, - ответил водитель.

- Хорошей дороги, синьор, - махнул рукой Пабло.

- Мучас грасиас, - в один голос ответили водитель и его пассажирка.

… Выехав на развилку, джип повернул от Тихуаны влево и помчался вдоль границы в сторону Текаты …

- Лео, всё нормально? Ты мне сегодня не нравишься. Что-то не так? - приспуская стекло и закуривая, спросила Мария.

Лео ответил не сразу. Вытер бумажной салфеткой лоб:

- Просто плохой сон.

- Сны проходящие, - Мария выдохнула дымчатую струйку в сторону колючих кактусов, растущих по обе стороны от шоссе.

- Ты уверена? Их будет четверо? – спросил Лео.

- Так было в шифровке. « Директор» никогда не ошибается.

Лео промолчал.

- Мне самой не нравится эта затея с «джихадистами». Кому-кому, а им я точно не доверяю.

- А я их просто ненавижу, - резанул Лео.

- Мы на службе, дорогой. Есть дело, и его нужно сделать, - она погладила мужа по седеющей шевелюре и добавила. - Хочешь, я поведу машину? Можешь подремать, а перед ранчо я тебя разбужу …

… Через десять минут Лео уже дремал, а Мария, сдерживая неожиданно нахлынувшее беспокойство, крепко сжимала обеими руками руль. За долгие годы работы на КГБ такое с ней случалось, но со временем она привыкла …

… Знала ли она, на что решалась пятнадцать лет назад. Сейчас сказать трудно: и да, и нет. Нет – потому, что относилась враждебно и с большим недоверием к самой России. Но сказала – да. Потому, что - ДЕНЬГИ!!! Большие деньги.

Русские жадные, злые и непредсказуемые, но то, что касается разведки, никогда не жалели денег и платили исправно. На их деньги она окончила Принстонский университет, где познакомилась с Лео. На их деньги они с Лео открыли большую кампанию по продаже недвижимости в Манхеттене. На их деньги купили красивый дом.

У них с Лео были отличные отношения со многими госчиновниками …

… Одно дело ездить с влиятельными людьми на отдых, ходить на банкеты, продавать дома и потихоньку собирать нужную информацию, но тут … Тут совсем другая работа. Да, они помогали через дядю Луиса нелегально переходить границу русским, но не мусульманам …

Мария бросила взгляд на мужа и улыбнулась, посмотрев на его умиротворённое лицо …

- Лео, Лео, Лео, ты всегда предупреждал меня: «сказка долгой не бывает»…

… Неожиданное беспокойство, нахлынувшее на неё, не исчезало.

Она понимала, почему. Провести их через границу - это не проблема. Американская граница как старый прогнивший, дырявый забор в маленькой деревне. Но что потом?

Трое мужчин «джихадистов» должны под покровом ночи оказаться во Флориде. Для них был снят небольшой дуплекс в Сарасоте.

Да, эти мусульмане не должны выходить на улицу. Всё, что им нужно: еда, одежда, персональные плэйеры для каждого и телефоны.

Женщина, которая вместе с ними перейдёт границу, будет жить отдельно.

Она отвечает за доставку документов и оружия в этот дом. Странным для Марии было то, что эта женщина не мусульманка. Немка, принявшая ислам. Она тоже имела телефон, но общалась только со старшим. Никто не знал саму суть её появления в этом мусульманском отряде …

… Мария чувствовала: намечается что-то серьёзное. Это усиливало её беспокойство…

… Когда они подъехали к ранчо, солнце садилось за горизонт.

На больших железных воротах красовалась широкая надпись:

«Ранчо Де Лос Компадрес».

За воротами виднелось длинное одноэтажное здание с широким крыльцом и массивной входной дверью.

Мария три раза просигналила.

Через минуту на крыльцо вышел молодой мексиканец и направился к воротам. На нём была красная навыпуск майка с картинкой головы льва на груди и белые холщевые штаны. Узкое, смуглое лицо парня от левого уха до угла рта рассекал безобразный шрам.

Он двигался той развинченной ленивой походкой, которая, по мнению молодых, придаёт им значимость.

Открыв ворота, парень попытался улыбнуться, но вместо этого у него получился оскал голодного хищника, приметившего свою добычу.

Мария проехала по кругу вокруг работающего фонтана и остановилась рядом с крыльцом.

- Дядя дома, - повернулась она к Лео, - это Мигель, его шофёр и по совместительству садовник.

Лео молча согласился. Выйдя из машины, открыл багажник. Подобрав две коробки с картинкой крокодила, присоединился к поднимающейся по ступенькам Марии. В руках она держала букет алых роз….

… Окна в доме были раскрыты, отчего белые занавески на окнах напоминали маленькие паруса.

Спустя несколько минут в коридоре послышался звук шагов …

В гостиную вошёл высокий худощавый человек, с длинными до плеч седыми волосами, которому сегодня исполнилось шестьдесят пять лет.

Одежда на нём была в строгом испанском стиле: узкие чёрные брюки, белая рубашка с чёрным галстуком-шнурком, чёрный пояс и чёрная широкополая шляпа.

Он был сложен наподобие куска крепкой проволоки и нёс себя так прямо, что его можно было использовать в качестве измерительной линейки.

Его загорелое лицо говорило, что он может стать настоящим другом или безжалостным врагом, в зависимости от обстоятельств …

… Радостно раскрыв объятья, он подошёл к Лео, обнял его, потом, сделав классический танцевальный оборот, прикрыв колючие карие глаза, прильнул к букету.

Получив из рук Марии подарок, крепко обнял свою племянницу и по-отечески поцеловал её в лоб.

Это был дон Луис Альварес.

В свои молодые годы дон Альварес по воле случая попал в Россию, в Москву. Там он познакомился с Екатериной, или проще Катей, и понял, что это судьба.

Сама же Катя Костина была сотрудницей КГБ. И выполняла своё первое очень важное задание. Но в высокого красавца Луиса она влюбилась по-настоящему.

Молодожёны уехали в далёкую жаркую Мексику, где были счастливы. Господь детей им дать не смог. Поэтому Мария, дочь родной сестры Луиса, была ему как дочь.

Ушла в мир иной Катя Костина - Альварес и родная сестра Луиса, но Марию он привечал, как мог, помогал и наставлял на путь истинный.

Луис стал агентом КГБ благодаря своей жене, а Мария - благодаря своему родному дяде.

Задание, которое получили Лео и Мария, на первый взгляд было несложным. Группу из четырёх человек нужно провести через границу в США и снабдить нужными документами, предоставив им временную жилплощадь подальше от центральных городов на восточном побережье.

Лео и Мария выбрали Флориду. Такое задание им уже приходилось выполнять, и не раз, но раньше они переправляли через границу агентов исключительно славянской внешности.

… Самим переходом через границу с мексиканской стороны занимался полицейский Пабло, а контролировал всю операцию дон Луис.

Документы для «гостей» находились во втором дне тех двух коробок из - под обуви, на крышках которых были нарисованы крокодилы …

… В гостиную вошёл Мигель, неся в руках большую зелёную вазу, в которой уже стояли алые розы.

- С днём рождения, дядя, - улыбнулась Мария.

Дон Луис откупорил бутылку тэкилы. Лайм и соль стояли на столе вместе с вазой для фруктов.

Выпив по рюмке, неспеша начали разговор.

- Они прибудут завтра, - дон Луис чиркнул золотой зажигалкой, прикуривая толстую сигару.

- Это хорошо, - сказала Мария, - не хотелось, чтобы они видели нас вместе.

Она посмотрела на Лео. Тот согласно опустил свой острый подбородок.

- Четыре человека? - спросил Лео.

- Трое мужчин и одна женщина, - улыбнулся дон, сверкнув ровным рядом белых зубов.

- Женщина? Вы знаете, кто она?– Мария подобрала с блюдца ломтик лайма.

- Нет, не знаю. Эта женщина должна говорить на английском. Видимо, она отвечает за передвижение группы. Мы с ней обязаны кооперироваться, - ответил дон, повернулся к открытому окну и громко приказал шофёру:

- Мигель, проверь ещё раз комнаты для гостей. Комната для женщины последняя по коридору!

- Нет проблем, синьор, - со двора раздался голос садовника - шофёра.

Дон Луис одарил задумчивым взглядом Марию и Лео:

- Мне снился плохой сон …

Мария моментально посмотрела на Лео. Тот склонил голову на бок и пожал плечами.

… - Сон ни о чём, - продолжил дон, - но я почувствовал, что … он плохой …

… Дон Луис не договорил, медленно поднялся, прошёл к окну. Посмотрев куда-то вдаль, он провёл рукой по своей седой шевелюре, развернулся к гостям. Его жесткие карие глаза смотрели на племянницу:

- Мне уже много лет … И я хочу что-то изменить в своей жизни. Не знаю, успею ли … Наверное, уеду к брату в Бразилию. Если точно решу, то постараюсь тебе сообщить …

Племянница и дон долго смотрели друг на друга …

- Договорились, дядя, - вздохнула Мария. - Мы с Лео отдохнём и сегодня же после ужина уедем.

- Ваша комната готова, - дон Луис улыбнулся, разлил всем ещё по одной рюмке тэкилы, - в любом случае, сегодня праздник. Отдохните с дороги.

К ужину Мигель вас пригласит …

… На обратном пути до Сан-Диего за рулем был Лео.

Мария же, чувствуя непрекращающуюся нервозность мужа, решила пересесть на заднее сиденье, где можно было прилечь, отдохнуть и подумать.

Мусульмане, как и все гонимые люди мира, стремятся попасть в Америку для лучшей жизни. Но это разговор о легальных мусульманах, у которых есть семьи, дети ...

Мария неплохо разбиралась не только в истории Права (они с Лео закончили юридическую школу в Принстоне и были неплохими юристами).

Если в далёкие века Европы рабами инквизиции были дети во Христе, то современный мир давно стонет от ислама. А сами мусульмане – рабы этого ислама. Они не думают и не решают, за них думают и решают имамы. Даже султаны, шахи и падишахи в плену у имамов. А их священная книга требует крови и разрушения жизни неверных ...

Если те, кого они с Лео должны встретить и всячески им помогать, едут в Америку разрушать, то ... это, очень скоро коснётся и их ...

Она повернула голову в сторону Лео и тяжело вздохнула. Видимо, она чего-то не знает ...

Мария свернулась калачиком и прикрыла глаза ...

... А не знала она самого главного, что в этот раз она и Лео поставили свои жизни на линию огня ...

Она не знала, что женщина, сопровождавшая трёх джехадистов, по паспорту Хельга Бергер, немка, под псевдонимом «Мадам» принявшая ислам, должна встретиться с Мартыном, который передаст ей недостающие документы, план операции и билеты на разные самолёты ... Как и откуда эта немка появилась в бригаде «директора», Мария тоже не знала. Не знал об этом и дон Луис ... Никто не знал ...

Как человек разведки, Мария перед каждым делом старалась найти ответ на вопрос: к чему готовиться?!

На сегодняшний момент ответа на этот вопрос у неё не было. Оставалось ждать очередной шифровки ...

С этими словами она прикрыла глаза, пытаясь задремать, но у неё не получалось. В её встревоженной голове чехардой прыгали самые разнообразные картинки будущих и прошлых событий.

Она так бы и продолжала выстраивать возможные события в какую-то линию, если бы её не окликнул Лео:

- Милая, мы уже в Сан - Диего, просыпайся ...

- 3 -

... 2001 ГОД ...

Штат Флорида. Скоростная трасса № 275.
1 июля. Время ночное: 03.45 – три часа сорок пять минут.

... Въехав в штат Вирджиния, они поменялись местами.

Джулия отправилась на заднее сиденье – спать, а Паола села за руль.

- Спокойной ночи, Джули.

- Тебе тоже. И не гони, как ты любишь.

- Постараюсь, - улыбнулась Паола и мельком посмотрела на стрелку, показывающую количество бензина. На пару часов хватит.

Сунув руку под свое сиденье, нащупала плотный пластиковый пакет.

- Всё на месте, - успокоила она себя.

Выехав на шоссе, сконцентрировалась на дороге, которая практически была пуста. Она вела машину на юг, к небольшому городку Сарасота.

Джулия свернулась калачиком и немножко посапывала. Паола улыбнулась, вспомнив, как они познакомились в кафетерии университета ...

... Джулия стояла впереди Паолы и собиралась расплатиться. У неё из сумки выпал кошелёк. Джулия выругалась на родном языке. Паола, же, подхватив кошелёк на лету, протянула ей с улыбкой:

- Problema no.

- Ты говоришь на «португез»? – удивилась Джулия.

- Скажем так, понимаю – ответила Паола.

- Ты была в Бразилии?

- Недолго ...

... Тем же вечером девушки ужинали вместе ...

... Это было три года назад. В начале лета 1997 года ... Паоле только исполнилось семнадцать лет ...

Когда она с приёмным отцом Лео летела в Бразилию, то думала, что это ей подарок по случаю окончания школы ...

- Ты останешься здесь на два года.

- Два года?

- Тебя научат многим премудростям.

- Премудростям? Зачем? - спросила Паола.

Ответ Лео был быстрым и суровым:

- Чтобы выжить в этом проклятом мире ...

Так она познакомилась с «дядей» Эдвардом. Он был огромный, как скала. Всё его тело напоминало каменный утёс, ходивший очень мягко и пружинисто на двух ногах, словно большой каменный кот. Он редко улыбался. А его зелёные глаза, как два алмаза, прожигали насквозь…

Паола считалась его племянницей …

… «Запомни, - говорил ей «дядя» Эдвард, - есть два правила, если хочешь остаться живой:

Никому, никогда не рассказывай: о чём думаешь и что чувствуешь – это первое.

И второе: если хочешь, что-то сделать хорошо - сделай это сама»…

… «Дядя» Эдвард жил на окраине небольшого провинциального городка.

Из его виллы можно было разглядеть джунгли. Вечерами темнеющей полосой они сливались с чёрным звёздным небом ...

Прошло две недели …

… После прививок от местных болезней они поехали в сторону реки Амазонка, где у «дяди» был свой большой, вместительный катер, который на время стал их плавательным домом.

Паола получила отдельную каюту, оборудованную для занятий и отдыха.

Помимо спального места в виде тахты, в каюте стоял небольшой столик, на котором находился компьютер.

На компьютере она могла читать книги на английском, русском, а заодно учить португальский диалект…

… Катер пристал к какому-то причалу рядом с тёмно-зелёным частоколом огромных непроглядных кустов, вплетённых друг в друга, и разнообразных больших деревьев, уходящих к высокому безоблачному небу.

Последующие два дня они выходили на берег, но в сами джунгли не заходили.

- Не спеши, - объяснял Эдвард, - это для тебя новое, а ко всему новому нужно привыкнуть. Просто смотри и лови свои чувства. Оценивай их. Ты не должна бояться войти в джунгли. Я тебе помогу создать правильную энергетику, способную защитить тебя. Нужно научиться чувствовать опасность. Это как в детской игре: холодно - тепло - жарко - горячо …

Если человек чувствует опасность, но входит в неё без энергетического щита, он открыт для неприятностей.

Твоя энергетическая оболочка должна быть без «дыр». Этому я тебя тоже научу. Ты сможешь входить в любое незнакомое тебе место спокойно, сохранив дыхание, ясность рассудка, ощущение своих сил и быстрее находить правильный выход из создавшейся ситуации.

Это очень важно …

Паола соглашалась, с замиранием и завороженным страхом смотрела на эту непроходимую чащу, в которую нужно войти, а главное, потом выйти …

… - Джунгли - это опасно, а потому и страшно, но нужно сделать так, чтобы тебе было опасно, но не страшно. Ты меня понимаешь? – спрашивал Эдвард.

Паола молча слушала.

- Для этого ты здесь, - понимая её чувства, продолжал «дядя» Эдвард. - Ты ещё очень молода, но поверь, что человеческие джунгли - намного страшнее и опаснее. Потому, что ты в них всегда. И плохо тому, кто думает иначе …

… Прошло полтора года. Паолу было не узнать. Она сама это чувствовала.

С английским языком у неё проблем не было. На португальском языке она могла объясняться. С джунглями было сложнее…

… Первое испытание было спустя год после долгих тренировок …

… Ей нужно было пробыть самой в джунглях три дня. Смастерить себе временное жильё. Найти пищу. Поймать в маленьком озере рыбу. Из лука убить какую-нибудь птицу. Но самое страшное – это змеи.

- Всё познаётся в сравнении, - учил «дядя» Эдвард …

… Отрубив мачетой голову большому удаву, Паола сняла с него шкуру и, прожарив на костре змеиное мясо, съела. УЖАС!!! … Но она смогла …

Через три дня она должна была выйти в определённое место, указанное ей на карте, где её ждал Эдвард…

… Сейчас она готовилась ко второму испытанию.

«Дядя» Эдвард усилил её тренировки по рукопашному бою. Паола окунулась в мир боевых искусств. Каждодневные тренировки в стиле « Винг-Чун» и русский стиль «Система». Вместе с этим ей нужно было научиться хорошо стрелять не только из пистолета и автомата, но из пулемёта, из лука, метать ножи и топоры.

В дополнение она научилась самостоятельно делать импровизированную небольшую бомбу, которую можно прикладывать к входным дверям домов, комнат, к оконной раме, к потолку, крыше автомобиля и к его днищу …

Наступил день испытания …

… «Дядя» Эдвард, сообщил ей, что они должны сделать …

… В одной деревушке банда наркобарона держала заложника. Его нужно было освободить и живым доставить в безопасное место …

… День они с Эдвардом плыли на катере. Остановились в нужном месте. Надёжно прикрыли катер, спрятав его в небольшой лагуне, кишащей крокодилами. Дальнейший их путь был через уже знакомые Паоле джунгли.

Деревушка находилась в горах. Час они поднимались до горной тропы, достаточно широкой, по которой можно было проехать на автомобиле, но только в одну сторону. Как поняла Паола, кто-то им помогал, потому что на той тропе стоял старый грузовик, с высохшей краской непонятного цвета.

«Этот грузовик ты должна будешь взорвать, - и показав ей на её ручные часы, добавил, - я дам знать когда…»

… Дом, в котором держали заложника, находился на окраине деревни и стоял у самых джунглей.

Операция началась со встречи Эдварда с человеком, похожим на местного крестьянина. Он был одет в национальную накидку с прорезью для головы, накрывшую всё тело этого худощавого, низкорослого мужчины, которому «дядя» передал рюкзак с взрывчаткой …

… Этот человек должен был прикрепить семь взрыв-пакетов, а попросту – бомб, в самом начале этой деревни, подальше от нужного им дома.

Пакеты прикреплялись к старым машинам, к сараям, к пустым деревянным повозкам. Их нужно было прикрепить и исчезнуть. Значит этот неизвестный, решила Паола, был не местный, но хорошо знавший входы и выходы из этого местечка.

… Спустя полчаса после первых взрывов стала собираться большая толпа. Это позволило Эдварду проникнуть в нужный дом. Что он там делал и как освобождал заложника, Паоле не было известно. Она выполняла свою часть задания: нужно было находиться возле старого грузовика. К рулю этой «развалины» уже была прикреплена взрывчатка …

… Взрыв старого грузовика эхом разошёлся над джунглями. Паола в это время, свесив ноги, сидела на палубе.

Услышав взрыв, она посмотрела на свои часы. Через полчаса ей нужно выйти к определённой опушке и ждать Эдварда…

… В точно назначенное время показался «дядя», нёсший на своих могучих плечах заложника. Перед последним спуском «дядя» остановился и моментально исчез. Это был знак для Паолы, что его преследователи очень близко. Стрелять было нельзя, вот почему у неё был только лук с отравленными стрелами…

… «Если за мной увяжутся, то немногие меня смогут нагнать. Их будет от силы двое. Не спеши, подпусти поближе, где-то метров на двадцать и ликвидируй » …

… Как только «дядя» исчез, Паола увидела двух мужчин, быстро спускающихся к реке. Они бежали на расстоянии десяти метров друг от друга, не прикрываясь и ни от кого не прячась.

Две стрелы, пущенные ею, попали точно каждому в горло. Мужчины без единого звука упали, словно подкошенные, один за другим с перерывом в считанные секунды. После чего ей нужно было бежать к катеру …

… Заложник был ранен в ногу и руку.

- Перевяжи его и быстро к пулемёту. Нас могут где-то поджидать. Нужно продержаться час. Тогда мы будем в безопасности.

Паола кивнула и удалилась. Перевязав заложнику руку и ногу, сделала раненому укол, переложила его на кровать. Сама же устремилась готовить к бою крупнокалиберный пулемёт. «Дядя» стоял у штурвала, под ногами лежали три автомата Калашникова …

Он мчал катер к безопасному месту. Его длинные до плеч тёмно-русые волосы трепетали на ветру, иногда оголяя крепкую шею …

… Чёрный джип « Черроки» сбавил скорость и свернул на дорогу под номером 19.

Джулия приоткрыла глаза и потянулась:

- Эй, … Паола, мы, … что … уже … приехали?

- Нет, нужно подзаправиться.

Джулия приподнялась на локтях:

- Где мы?

- Сарасота. Спи, я найду заправку, и поедем дальше.

- Ищи, … ты за рулём, - взглянув на редкие ночные огоньки незнакомого города, Джулия накинула на себя плед.

Наполнив бензобак, Паола села в машину, зажгла маленький фонарик. Рассеянный неширокий луч осветил мобильный телефон. Просмотрев запись на экране, на секунду прикрыла глаза, повторив про себя прочитанное.

- Джулия, извини, мне нужно спросить на заправке, как нам отсюда выбраться.

Джулия поднялась с недовольным лицом и сонно кивнула.

Через пятнадцать минут джип свернул вправо и, проехав два блока, прижался к бровке тротуара.

Слева от джипа располагался нужный жилой комплекс.

Свет от фонарных столбов освещал машины, стоявшие на паркинге.

Все окна отдавали глубокой темнотой …

… Паола сверила надпись на экране:

- «Тойота – Корролла» белого цвета. Номерной знак - JAC 345…

Уверенно кивнув, отложила телефон на соседнее сиденье, погасила фонарик. Затем, нащупав рукой пластиковый пакет, приоткрыла свою дверь и осторожно вышла из джипа …

… На паркинге она находилась считанные минуты …

- 4 -

2001 год. Штат Флорида. Город Сарасота. 1-е июля.
Время утреннее: 10 часов 15 минут.

- Который час, Джули? - Паола, в оранжевом открытом купальнике нежно ущипнула свою подругу, лежавшую на соседнем лежаке.

- Отстань. Тебе что трудно посмотреть время по телефону? - не поднимая головы, пробубнила Джулия.

- Ок. Извини.

Набрав нужный номер, девушка дождалась, пока на том конце кто-то снял трубку и быстро отключилась. Затем быстро опустила телефон в сумку:

- Я пойду, окунусь, Джули. Не хочешь?

Не дождавшись ответа, Паола поднялась с лежака и медленно направилась к воде.

Джулия на секунду подняла голову, улыбнувшись подруге вслед. Она очень гордилась дружбой с этой неординарной девушкой ...

... На первых студенческих каникулах они решили вместе поехать в штат Колорадо, покататься на лыжах. Весёлое времяпровождение, много шума, музыка, танцы ...

Джулия, жгучая брюнетка, немного ниже Паолы ростом, аппетитно выглядевшая, всегда была замечаема молодыми людьми ...

... Один симпатичный парень пригласил Джулию в бар. Она согласилась. После бара решили прогуляться ...

...- Мне нужно только на минутку заскочить в свой номер, - улыбнулся он.

Джулия, ни о чём плохом не думая, пошла за ним.

Паола, к счастью для Джулии, стояла на балконе своего номера ...

... Симпатичный молодой человек, пригласивший Джулию на минутку к себе, совершенно не собирался идти гулять. Он должен был выиграть спор у своих двух друзей, что обязательно познакомится с Джулией и приведёт её к ним в номер. Войдя в номер, Джулия остановилась у двери, а её новый знакомый прошёл в комнату, где на диване сидели его друзья.

- Я мигом в туалет и назад, - сказал он ей и исчез за неширокой дверью.

В этот момент один из друзей поднялся с дивана, встал рядом с Джулией, неожиданно схватил девушку и толкнул в сторону дивана, где её подхватил его приятель.

Сообразив, в чём дело, Джулия громко закричала.

Балкон, на котором стояла Паола, находился на той же стороне, выше этажом.

Услышав голос подруги, она моментально оценила обстановку: Джулия в опасности.

С невероятной акробатической легкостью Паола перепрыгнула со своего балкона на балкон, находившийся под ней. Затем, перемещаясь по подоконникам и балконам, добралась до нужного места…

… Когда она влетела в комнату, благо балконная дверь у парней была открыта, Джулия уже лежала на диване без верхней одежды …

Появление Паолы парни расценили как небесный подарок:

- О! ещё одна! Отлично, парни! Иди ко мне, цыпочка …, - один из них протянул руку навстречу улыбающейся Паоле …

… Через считанные минуты под балконом второго этажа, на скрипучем белом снегу, в одних трусах корчились от боли двое молодых парней.

У одного была сломана челюсть в двух местах. Второй с переломанной ногой дико кричал и просил вызвать скорую помощь, а третий, симпатичный, выигравший спор, пострадал больше всех.

Выбросив за балкон двоих, Паола подняла с дивана трясущуюся Джулию:

- Одевайся, подруга, а то простудишься.

Джулия, накинув на себя свою одежду, продолжала трястись и плакать, головой показывая на дверь туалета. Паола её поняла …

… Парень сидел на унитазе и судорожно набирал на мобильном телефоне чей-то номер …

Увидев суровое лицо Паолы, он от неожиданности уронил мобильник в унитаз:

- Ой, - икнул молодой человек и больше не смог проронить ни одного слова …

… У него был сломан нос, выбиты два зуба и прилично пострадало его мужское достоинство …

- Всё, пошли, Джулия, думаю, что больше он ни с кем не захочет знакомиться …

На шум прибыла полиция, скорая помощь и пожарные …

… Случившийся инцидент удалось замять с обеих сторон…

Родители парней предложили Джулии открыть счёт в банке, куда и перевели для неё кругленькую сумму …

… Лодка подгребла ближе. Первый из спасателей, наклонившись через борт, крикнул:

- Эй! Вы нарушаете правила поведения на воде!

Девушка перевернулась на спину и улыбнулась:

- Извините, мальчики. Я возвращаюсь.

С этими словами она сделала под водой разворот и, прежде чем сделать гребок в сторону пляжа, крикнула спасателям:

- Догоняйте!

Лодка медленно стала разворачиваться к берегу:

- А она ничего, - присев на скамью, сказал первый.

- Не пропусти. Познакомься, - налегая на вёсла, улыбнулся второй, - похожа на Синди Кроуфорд, такая же родинка на щеке, только глаза серые…

… Выйдя из воды, девушка опустилась на свой лежак.

- Тебе кто-то звонил, - сонно сообщила Джулия, -

чего они хотели? - кивнула она в сторону прибившейся уже к берегу лодки спасателей.

- Сказали, что я далеко заплыла, - ответила Паола.

- Может, хотели познакомиться?

Паола пропустила вопрос подруги, внимательно читая сообщение, полученное по второму телефону.

- Ты меня слышишь?

- А, … что … прости, Джули, Ты о чём? - Паола продолжала смотреть на экран телефона.

Джулия выкинула руку, пытаясь вырвать телефон у подруги. Но промахнулась.

- Что с тобой, Джули?

- Ну тебя.

Поняв в чём дело, Паола повернулась:

- Джули, извини. Мне, действительно, важно прочитать сообщение.

- Кто это, твой парень?

Без ответа.

- Тебе это так важно, что трудно ответить? – Джулия фыркнула и отвернулась.

- Ну, Джули, извини.

Обиженная не ответила.

- Ну, хочешь, я у тех парней украду лодку, и мы с тобой куда-нибудь поплывём. Куда ты хочешь?

- В Бразилию, - буркнула Джулия. - Потом махнула рукой. –

Да ладно, я уже не сержусь. Спать хочу. Ты думаешь, в машине можно было выспаться? Давай просто полежим еще часик, а потом сходим, поедим?

- Договорились, - улыбнулась Паола, но прежде чем прилечь на свой лежак, надела солнцезащитные очки и посмотрела по сторонам.

В безоблачных небесах величаво проплывал дирижабль, похожий на огромного кита, к хвосту которого была прикреплена длинная полоска рекламы:

«Центральный городской аквапарк приглашает всех на праздничный водный карнавал в честь Дня Независимости – 4 июля 2001 года» ...

... Спустя час, сидя в небольшом открытом кафе, девушки с аппетитом уплетали омлет с сыром и жареной картошкой. Кафе располагалось сразу за пляжем. Над стойкой бара работал телевизор. На экране шли новости.

Джулия, сидевшая лицом к телевизору, вдруг замерла и рукой показала на экран:

- Смотри, - тихо произнесла она, - по-моему, это та заправка. Мы на ней были сегодня ночью. Смотри.

Паола развернулась.

«... Мы ведём наш репортаж, - вещала в микрофон симпатичная девушка, - с места происшествия. Сегодня, между десятью и одиннадцатью часами утра, произошло транспортное происшествие при выезде из города Санкт-Петербург, на шоссейной дороге номер № 19. Легковая машина потеряла управление и съехала в кювет. После чего произошел взрыв.

По утверждению полиции, взрыв произошёл раньше, чем машина оказалась на обочине. Также по утверждению полиции, нам стало известно, что в машине находилось трое мужчин. Все пассажиры погибли. Единственное, что удалось установить, номерной знак машины:

«Тойота- Корролла»» - белого цвета. Номерной знак – «JAC – 345».
Начато расследование. С вами была Сильвия Гаэтано»

ЧАСТЬ ПЕРВАЯ

2001 ГОД

- 1 -

США. Город Филадельфия. Район Норд-Ист. 7-е июля.
Время дневное: 2 часа 30 минут.

… Улица Реннард была пустынна. Машины стояли лишь на паркинге одноэтажного торгового центра, расположенного вдоль дороги.

Последним из семи бизнесов, находящихся в этом торговом центре, была тяжёлая дубовая дверь русского ресторана « Golden Gates».

Обычно по понедельникам ресторан не работал, но сегодня …

… Зал был пуст и отдавал той довольной тишиной после шумных выходных, когда пустые столы, стулья, потолочные люстры и пустая без музыкантов сцена вместе с кухней отдыхали.

Не было ни официантов, ни музыкантов, ни поваров. Хозяин ресторана открыл двери заднего выхода, пропустил группу людей и удалился к себе в офис …

… На балконе, где было пусто и темно, был занят один стол, стоявший в глубине.

За столом сидели двое. Один – в чёрных брюках и тёмно-синей тенниске, с увесистой золотой печаткой на левом мизинце. Это был криминальный авторитет, по прозвищу «Щепа». Второй, моложе, в лёгком спортивном костюме «Адидас» чёрного цвета, коренастый, с бобриком жестких тёмно-русых волос.

Разговор вполголоса длился уже полчаса.

Щепа, крупный мужчина, лет за пятьдесят, провёл широкой ладонью по полностью лысому черепу, затем по широкой бычьей шее и перевёл водянисто-серые глаза на собеседника:

- Я тебя услышал, Мартын.

Мартын деловито кивнул:

- Только помни, Щепа, времени у меня мало. Очень мало.

Щепа посмотрел в сторону тёмного зала.

Мартын поднялся:

- Провожать не надо. Дорогу помню.

Быстрой походкой он спустился с лестницы. Миновал четырёх внушительных телохранителей Щепы и через кухню вышел на залитую июльским солнцем площадку. Ему предстояло завернуть за угол и сесть в свой чёрный джип …

… Проводив гостя, Щепа скрестил руки и опустил квадратный подбородок …

… Как не хочется ему прогибаться под «краснопёрыми», но если он откажется, то поставит свою жизнь и жизнь его близких под тяжёлый «самосвал» КГБ.

От этого не спастись. Достанут даже на луне и закатают в асфальт… лунный …

Откинув голову назад, Щепа с минуту поводил злым взглядом по тёмному потолку. Затем, тяжело вздохнув, рявкнул:

- Короб!

Через секунду наверх вбежал крепко сбитый молодой парень в чёрной футболке и в джинсах.

- Найди Свища и Быка. Чтобы к вечеру были у меня.

Парень кивнул коротко стриженой головой и развернулся в сторону лестницы. Щепа остановил его:

- И, это, - он вытащил зубочистку изо рта, - пусть найдут Карлика. Только Карлик мне нужен завтра утром к десяти часам.

Парень снова молча кивнул и растворился в балконном полумраке …

- 2 -

Штат Пэнсильвания. Горный район Поконо.
Дачный посёлок«Arrow Head Lake».
9 июля. Время вечернее: 20 часов 45 минут.

За окном хозяйничала прохладная июльская ночь. В чёрной пасти камина, потрескивая, догорали два оставшихся полена. Макс пошел в сарай за новыми дровами. Влад с закрытыми глазами лежал в гостиной на диване …

… После разговора с агентом ЦРУ Ником Гембли он, придя домой, всё рассказал Ким.

- Ты думаешь, за тобой будут следить? – спросила она.

Влад пожал плечами:

- Не знаю. Может быть …

На следующий день Ким отправилась в Бруклин к Нино и Максу. Решение разделиться было единогласным. Ким, Нино и дети должны уехать в Албани на ферму к родителям Ким.

Влад и Макс отправляются в Поконо: горнолыжный район, где у приятеля Влада по работе, Эрика, был дом …

… Всем были куплены новые телефоны. Номер Влада, помимо родных, знал только Ник Гембли. Прошло шесть лет! Шесть лет…

… И ему снова напомнили о … России …

… Вспоминая показанные ему фотографии и лицо девушки на паркинге Принстонского университета, он не заметил, как скрипнула входная дверь в прихожей. Послышались осторожные шаги …

Его взгляд скользнул вдоль стены: с огнедышащей пасти камина к двери гостиной … На стене отчётливо виднелись две тени …

Влад повернул голову и замер …

… В раскрытых дверях стоял Макс. Дров в его руках не было, зато к его голове было приставлено … дуло пистолета …

Человек, державший пистолет, был одного роста с Максом и почти такой же комплекции, но постарше.

Через минуту в дверях появился второй, худощавый мужчина, в спортивном костюме, который без слов наставил свой пистолет на Влада …

… Мёртвая тишина повисла над гостиной, как дамоклов меч, но прелюдия на этом не закончилась …

… На стене, справа от камина, появилась ещё одна тень …

… До Влада долетел голос, который ему трудно было забыть…Голос, прорвавшийся сквозь шестилетнюю завесу прошлого:

- Привет, американец …

На пороге стояла … яркая блондинка, в это трудно было поверить … с голосом … Карины …

… Появившийся второй незнакомец отошёл в сторону, пропуская блондинку в комнату, но ствол в его руке продолжал смотреть на Влада.

- Не ждал? - блондинка прошла в центр комнаты.

Она посмотрела на Макса, потом на Влада:

- Неплохо устроились, ребята. Извините, что нарушила Ваш отдых, но у меня мало времени …

- Кого валить первым, подруга? - прервал её мужик, державший на мушке Влада.

- Осядь, Свищ. Это не твой геморрой! – резко оборвала его гостья …

- У меня вопрос: где рисунки маленькой Кати?

Влад не расслышал вопрос. Пребывая в полном недоумении, он внимательно смотрел на неожиданную гостью … Путаясь в мыслях: сон это или нет …

… Изменился цвет её волос. Исчезла небольшая горбинка с носа. Заметно стали выдаваться скулы, чуть полнее стали губы …, и почему-то руки её были в чёрных лайковых перчатках …

- … К-а-р-и-н-а. Это ты? - еле слышно спросил он.

Блондинка томно улыбнулась:

- Не похожа?

- Твои … глаза, они … остались …, - тихо проговорил Влад.

- Ну вот, уже лучше. Значит узнал. А кого ты хотел ещё увидеть перед собой из далёкого Санкт-Петербурга? А, Влад? Ты совсем не изменился. Да, я Карина, которая очень рада тебя видеть …

- Ты хочешь нас убить? - почему-то очень спокойно спросил Макс.

Но его тут же одёрнул мужик, приставивший ствол к его голове:

- Молчи, сучонок, завалю!

- Бык! - Карина зло посмотрела в сторону первого, - не он первый, - она улыбнулась Максу, - первый этот, - она посмотрела на Влада, - но он мой. Я сама его завалю.

В руках у Карины появился такой же чёрный пистолет:

- И так, где рисунки Кати? Считаю до трёх. Раз! – она направила пистолет на широко раскрывшего глаза Влада. - Два! … Его лоб покрылся испариной. Он прикрыл глаза … Секундная темнота, навалившаяся на него, при счёте – Три! … неожиданно разорвалась двумя громкими, чёткими щелчками … Карина, развернувшись, всадила две пули в голову … Свища, который, не успев понять, что происходит, пал замертво …

… Поступок шокировал всех, даже Быка. Он вытаращил на Карину свои лупоглазые рыбьи глазища. Раскрылся его узкий рот, оголив неровный ряд гнилых зубов. Бык даже опустил руку, в которой держал пистолет, и замер. Этим моментально воспользовался Макс.

Через считанные секунды Бык лежал на полу со скрученными за спиной руками. Макс навалился на него сверху и прижал перебитый боксёрский нос Быка к полу.

Тот пытался сопротивляться, но сил у Макса оказалось больше, поэтому Коля-Бык смог лишь кричать в пол проклятия на Карину и на весь мир:

- Сука!!! Свища, братана, завалила!!! А-А-А!!! Сука!!! Убью!!! Блядь!!!

Карина быстрым шагом подошла к Быку:

- Макс, пожалуйста, успокой его.

Макс кивнул и со всей силы саданул Быку по темечку. Коля по прозвищу Бык отключился.

- Всё, - скривила рот блондинка, - теперь отойди.

Когда Макс поднялся, Карина повторила то, что сделала несколько секунд назад. Прозвучали еще два выстрела, и вокруг головы Быка начало расплываться тёмно-красное пятно …

… Она присела на второй диван, вытащила из кармана пачку сигарет, зажигалку и, не снимая перчаток, закурила …

… Наступившую тишину нарушал треск поленьев, догоравших в камине, и беспорядочные щелчки разлетавшихся во все стороны огненных искр …

…Макс, скрестив руки на груди, привалился к дверному косяку. Влад смотрел куда-то перед собой. Карина курила. Можно было заметить, как слегка дрожит её рука …

Никто ничего не говорил …

… Влад понимал, Карина сделала что-то очень плохое для неё самой, и не знал, как это объяснить. Макс тоже не знал, как это объяснить, но понимал, что поступок Карины совершён неспроста, скорее всего, думал он, отправной точкой послужило то, что началось ещё там, в России, и ещё, что это совсем не конец, а скорее только начало чего-то нового …

… Внутри же самой Карины расползалась чёрная, глухая, тяжёлая пустота … - Бороться с ней … а зачем? Будь, как будет …, - решила она …

Входная дверь оставалась приоткрытой.

Поглощенные своими мыслями, они не заметили лёгкой тени, промелькнувшей за окном.

Это был Петя по прозвищу «Карлик», посланный Щепой для надёжности.

Карлик неожиданно стал свидетелем всего происшедшего. Он всё видел, а главное - слышал. Потому не мог понять, как уважаемый, авторитетный вор Щепа мог втянуть проверенных и надежных ликвидаторов Свища и Быка в этот блуд. Это - косяк. Причём очень серьёзный косяк.

Братва узнает - не простит. За этот косяк с Щепы и спросить могут.

А он, Петя-Карлик, получивший прозвище за малый рост и жгучую преданность Щепе, может попасть под замес, что совершенно не входило в его планы…

… Карлик укрылся за высокой сосной, что росла прямо напротив выхода из дома, и вытащил из куртки пистолет …

… Молчание, видимо, стало тяготить.

- Что дальше? - тихо спросил Влад.

- Не знаю, - так же тихо ответила Карина.

- Как ты узнала, что мы здесь?

- Твой приятель, Эрик. Это же его дом?

- Эрик? Как вы его нашли?

- Нашли? Почему ты говоришь во множественном числе? Хотя это уже не имеет значения …

- Ты видела Эрика?

- Нет. Зачем? Ты же с ним поменялся машинами. Правильно?

Не дожидаясь ответа, Карина ответила за него:

- Правильно. С ним поговорили на парковке, недалеко от твоей работы.

- Ты знаешь, кто?

- Да. Знаю. Вот эти, - она показала на тела Свища и Быка.

- Он … жив…? – у Влада потемнело в глазах.

- Теперь я не знаю. Забыла спросить. Но, думаю, что … нет. Эти следов и свидетелей не оставляют. Нам надо поскорее отсюда убираться. К ним спокойно могли приставить хвост.

- Она права. - Макс прикрыл дверь.

- Что будет с тобой? - Влад посмотрел на молодую женщину.

Прежде чем ответить, Карина склонила на бок голову, не обращая внимания на дымящуюся в её руке сигарету, молча посмотрела на Влада. Кусочек пепла упал на деревянный пол …

… Серьёзный взгляд Карины потеплел …

… Влад и Карина смотрели друг на друга. Угадать их мысли?

… Прошлое – прошло. Его не вернуть, не изменить, но его и не перечеркнуть …

- Я сделала то, что должна была сделать, - Карина поднялась, подошла к камину и выбросила в огонь тлеющую сигарету. - Тебя интересует причина? Причина была, но об этом потом. Сейчас, Макс прав, надо делать ноги. И чем скорее, тем лучше…

… Они уже спускались по лестнице с деревянного балкона вниз, когда из-за ближайшей сосны появился Карлик:

- Ну, что, сучка, думаешь твоя взяла! Накась-выкусь, бля …

… В ту же секунду со стороны сарая, в котором хранились дрова, раздался выстрел. Карлика отбросило наземь …

… Скрючившись, лёжа на кривых корнях, он всё же навёл свой ствол на Карину, нажал курок и затих …

… Карина, схватившись за плечо, со стоном присела на влажную деревянную ступеньку…

… В бледном отблеске полной луны, держа в руках пистолет, к ним приближался Ник Гембли …

АНГЛИЯ. *Лондон. Центр города.*
2001 год. 13 июля.

Лондонская Бонд-стрит как обычно была запружена туристами.

В семь вечера вниз по Бонд-стрит шагал мужчина гигантского роста, одетый в тёмно-синий костюм, светло-коричневую рубашку без галстука и чёрные туфли-мокасины. У него были тронутые сединой у висков русые до плеч волосы, слегка вытянутое лицо и зелёные глаза. На вид ему было от тридцати до сорока лет. Не больше.

Его мускулистое тело было огромных размеров, косая сажень в плечах. Загорелое, словно вырубленное из камня лицо было абсолютно спокойным.

Он шагал неторопливой, пружинистой походкой хорошо обученного атлета.

Это был один из лучших русских агентов в команде «директора».

Звали его Оскар Крюге с псевдонимом «Сенегал».

Этим вечером, дефилируя по Бонд-стрит, он то и дело останавливался перед витринами магазинов, внимательно рассматривая выставленные в них украшения и другие дорогие вещи …

Нерешительный звук автомобильного клаксона заставил его обернуться.

Рядом с ним остановился «Ягуар». Сенегал заставил себя оторваться от витринных прелестей и двинулся дальше. «Ягуар» медленно ехал параллельно его пути. За рулём сидела молодая женщина. Она улыбалась. Глаза манили, а линия порочного рта явно указывала, что она многое знает и умеет:

- Почему ты один, дорогой? Мы с тобой могли бы неплохо поразвлечься.

Сенегал продолжал идти, отметая нахлынувшее желание поехать с этой красоткой и показать ей, как он умеет превращать женщину в стонущее животное.

Он всегда был на чеку и не забывал, что повсюду за ним, как тень, следует кто-то из агентов «директора». Тот, кто готов в любую минуту составить рапорт и неблагоприятно повлиять на его судьбу.

Дорогие вещи в витринах, как и смазливая блондинка в «Ягуаре», перестали его занимать. Ему захотелось одного: вернуться быстрее в отель.

«Ягуар» набрал скорость и исчез за поворотом. Сенегал с сожалением посмотрел ему вслед …

… Когда он вышел на Пика-дилли, электронный датчик на его запястье, замаскированный под часы, начал пульсировать. Это был сигнал.

Сенегал немедленно завернул в ближайшую арку, дотронулся до датчика. Остановил пульсацию. Затем вытащил висевший сзади на брюках переносной телефон и набрал нужный номер.

- Алло? - требовательно сказал мужской голос.

- Семь плюс три и одна девятка, - произнёс он свой личный код.

- Вы немедленно должны вылететь в Филадельфию, - мужчина говорил по-русски. – Для вас забронирован билет на первый утренний рейс. Ваши вещи уже в аэропорту…

Трубка отключилась.

Сенегал вышел из арки, поймал такси и отправился в аэропорт.

Там его ждал человек с лоснящимся лицом, который был известен Сенегалу как Зябин. Рядом с ним стоял чемодан Сенегала. При нём были также билеты и конверт с деньгами.

- У вас есть ещё немного времени, - почтительно сообщил Зябин.

Он всегда восхищался талантами Сенегала и беспрекословно признавал его авторитет как одного из лучших агентов.

- Могу для вас ещё что-нибудь сделать? Я упаковал ваши вещи. В пункте назначения вас будет встречать Котов, - его лицо скривилось в подобие вежливой улыбки.

Сенегал терпеть не мог этого унылого борова, как, впрочем, не мог терпеть любого неудачника, с которым он когда-либо встречался.

Не говоря ни слова, Сенегал взял свой чемодан, билет, деньги и пошёл на регистрацию…

… Международный аэропорт в Филадельфии представлял большой и шумный муравейник …

Пройдя без осложнений полицейский контроль, Сенегал убедился, что его паспорт был сделан на совесть. Он путешествовал как бразильский гражданин, решивший провести свой отпуск в Америке, с заездом в Лондон.

Сенегал прошёл через заграждения и оказался в большом зале ожидания, где его должен встретить Борис Котов. Он был рад встрече с ним.

Котов заслужил репутацию талантливого и удачного охотника за людьми. Сенегал не один раз работал с Борисом в паре и знал, что его коллега хорошо выполнет порученное ему дело.

Котов был выше среднего роста, коренаст, крепко сложён. У него была смуглая кожа, короткий бобрик тёмных с проседью жестких волос, брови, под которыми прятались, свирепые водянистые глаза.

Этот человек обладал талантом не отступать ни перед какими трудностями.

Его философия сводилось к простой фразе:

«Если это возможно, то должно быть сделано. Если это невозможно, то это сделаю я».

Увидев подошедшего Сенегала, Котов сложил тонкие губы в подобие улыбки и произнёс:

- Не найдётся ли у вас сигареты?

Только после этого мужчины обменялись рукопожатием.

- Сигареты – это отрава, - ответил Сенегал, - не хочу приближать твою смерть.

- Думаешь, кроме тебя, больше некому? – сказал Котов и пожал плечами.

Они вышли из аэропорта, прошли на парковку терминала, сели в «Мерседес» стального цвета. Котов завёл мотор.

Разговор Котов начал после того как выехал на шоссейную магистраль:

- Едем в горы. Туда уже выехала моя группа.

- Как долго? – спросил Сенегал.

- Часа три. Плюс трафик, - ответил Котов и сразу перешёл к делу, - задача непростая. В местном госпитале находится женщина. Наш агент. У неё пулевое ранение в плечо. Нам приказано переправить её в специально подготовленное место. Американские спецслужбы уже знают, кто она. Госпиталь под охраной. Шансов добраться до неё немного.

- Они думают, что у неё есть какая-то важная информация? – поинтересовался Сенегал.

- Такая возможность существует, - ответил Котов.

Несколько минут Сенегал сидел молча и размышлял над полученным заданием.

Это было как раз для него – пробраться в охраняемый госпиталь и вытащить оттуда того, кого нужно. Он знал, как нужно выполнять такого рода работу.

- С корабля на бал? – Сенегал посмотрел на Котова.

- Дело срочное. Я отправил туда своего человека. Когда приедем, у меня будет информация о том, что делается в госпитале. Думаю, что её уже прооперировали. И ещё, перед тем, как ты прилетел, мой человек кое-что сообщил, - он бросил беглый взгляд на Сенегала, - она лежит в палате на одном этаже с каким-то генералом. Тот оказался любителем лазить по скалам, альпинист. Упал, сломал ногу и руку. Его, конечно же, охраняют тоже. У нас есть американская форма, армейский джип и машина скорой помощи. Всё готово. Если эта идея тебе не нравится – скажи. Операция – твоя, не моя.

Сенегал быстро взглянул на жесткое, безжалостное лицо своего компаньона, и его глаза заблестели. Борис его не удивил, он знал, что мозговые ресурсы у Котова в полном порядке.

- Мы, Борис, мыслим в одном направлении. С тобой работать – одно удовольствие. План хороший. Похвала от начальства тебе гарантирована.

Котов рассмеялся:

- Вряд ли. Но если тебе нравится – дарю.

Сенегал вежливо кивнул, понимая, что этот случай - большая оплошность Мартына. И что он послан сюда не для того, чтобы переправить женщину-агента в безопасное место. Его основное задание - Полина. Поэтому вернул разговор о предстоящей операции:

- Кто будет присматривать за женщиной в специальном месте? Надеюсь, что мы не назначены няньками?

- Я бы не отказался. Женщина довольно смазливая. Было бы неплохо познакомиться с ней поближе.

- Хм-м, даже так, - Сенегал слушал, но думал о своём, - так кто будет за ней смотреть?

- Грибов поручил эту работу Звонской, - ответил Котов.

- Этой сучке? Она здесь?

- Да, прибыла месяц назад. Говорят, что Грибов и она …, - Котов улыбнулся.

- Кто говорит? – прокашлявшись, поинтересовался Сенегал

Котов равнодушно пожал плечами:

- Если так, то ты единственный, кто не в курсе.

- Ладно, забыли об этом.

- Согласен, но что до меня, я бы лучше пустил к себе козу в постель, чем Звонскую, - ответил Котов.

- Для Грибова разницы нет, - рассмеялся Сенегал и, опустив спинку сиденья, спросил, - у нас есть ещё часа два?

Котов посмотрел на часы и кивнул:

- Где-то так. Может, чуть больше.

Сенегал вытянул длинные ноги:

- Кто здесь контролирует операцию « Песок»?

- Грибов, но я в курсе событий. Операцию сворачиваем.

- Да уж. Теперь мы с Америкой в друзьях.

- Надолго ли? - Котов посмотрел в боковое зеркало, убедился, что никто не мешает, и перевёл машину в крайний правый ряд.

- По мне лучше с Америкой, чем с мусульманами, - Сенегал прикрыл глаза.

Котов понимал, что его пассажир такой же действующий агент 2-ого спецотдела ФСБ, как и он, но насколько Сенегал был посвящён в эту операцию, … это вопрос. А сейчас ситуация такова, что они на одной стороне и стало быть недомолвок быть не должно.

- Мы ликвидировали группу террористов во Флориде. Трое мужчин и одна женщина.

- Ты уверен? – между прочим спросил Сенегал.

Котов, поджав губы, молча кивнул.

- Кто-то из них остался в живых?

- Ты ясновидящий? Погибли только мужчины. Женщины в машине не было. Те трое мусульман жили в Сарасоте. А женщина – в Нэпалс. Она – немка.

Сенегал насторожился на мгновение. Одарил Котова хмурым взглядом, но ничего не сказал. Он знал: если Борис начал говорить, то обязательно доскажет до конца.

- Это «Мадам». Ты должен её помнить по афганской командиров-ке. - Котов посмотрел на своего партнёра. - На ней «200-тых», как на новогодней ёлке елочных игрушек.

- Как они попали в Америку? - не выдавая своего состояния, спро-сил Сенегал.

Котов тут же ответил:

- Они прошли через мексиканскую границу. Лео и Мария обеспе-чивали прибытие.

- Ты уверен, что ЦРУ не отследит это и кто за этим стоит? – спро-сил Сенегал.

Котов не ответил.

- Вопрос о пособниках всегда интересен. Кстати, как их приёмная дочь, Полина? - Сенегал широко зевнул.

Котов минуту обдумывал свой ответ на первый вопрос:

- Полина в порядке. Это она занималась ликвидацией.

- Похвально. Только её трогать нельзя.

- Я тебя услышал, - понимающе ответил Котов.

Сенегал знал то, что не знал Котов. Ещё одна группа террористов должна прибыть через канадскую границу в конце июля. Их нужно так же срочно зачистить. И это «директор» доверил ему. Только ему …

… «Это будет между мной и тобой, Сенегал. Ты меня понимаешь?» - спросил тогда «директор» …

Это было совершенно секретно. Две группы террористов должны проникнуть в США при помощи русских спецслужб.

Теперь он узнал, что Хельга, она же «мадам» - в деле. Если она оста-лась жива, то обязательно отомстит всем, кто был причастен к ликвида-ции её команды.

Первая, о ком он подумал, была Полина …

- Как дела с картинками? Нашли?

Котов ответил не сразу. Перестроился в линию к краю магистрали:

- Почти.

Сенегал нахмурил брови:

- В смысле?

- Мексиканцев кто-то сдал.

- Там же Полина.

- Я знаю. С неё всё и началось. Ей нужно было поставить маячок на днище джипа того парня, что был в России.

- И? Она поставила?

 Котов кивнул:

- Поставила, но наш агент заметил за ней хвост.

\- Продолжай.

\- Она поставила, после чего её повели. Я понял, что Марию и Лео ...

\- Что с ними? Их повязали?

\- Нет, но ...

\- Борис, говори как есть. У меня приказ доставить Полину в Европу.

\- Понимаю. Но с ними сейчас лучше не выходить на связь, и потом ...

\- «Директор» в курсе?

Котов вновь утвердительно качнул квадратным подбородком.

После недолгого молчания Сенегал спокойно спросил:

\- Что собираешься предпринять?

\- Сам знаешь. Как всегда. По схеме: отправить в запас. - Немного подумав, продолжил. – Поручу Мартыну. Ты как с ним?

\- Ровно, - спокойно ответил Сенегал, думая уже о высоком худощавом мексиканце доне Луисе Альваресе ...

\- Значит, говоришь, их кто-то сдал?

Котов молча, в очередной раз, кивнул.

Сенегал устроился удобней, сложив крепкие руки на своей груди.

Ему одному было известно, как провалились Мария и Лео. И кто их сдал ...

... Это был любимый дядюшка Марии дон Луис Альварес, собравшийся на покой, но только не в Бразилию, а в Уругвай. Там и была усадьба, которую втихаря от КГБ, смог прикупить дон Альварес. Про неё никто не знал, кроме Сенегала и самого дона Альвареса, который был обязан Сенегалу своей жизнью. Старая история. Именно туда, в Уругвай и приезжала Полина, но ей сказали, что она летит в Бразилию. Откуда было знать восемнадцатилетней девушке, куда она летит. Прилетели ночью в аэропорт. Потом сразу на машине в горы. Сенегал или дядя «Эдвард» говорил на португальском почти без акцента.

Он действительно учил Полину языку, на котором говорит Бразилия. Так было спокойней, ведь за Полиной стоял «директор» ... Вот почему по истечению двух лет Полину перевезли в Бразилию на машине, а оттуда она вылетела в Америку. Да, добрый дон Альварес давно вынашивал в сердце отход от великой Российской державы, но рассказал об этом только в Гондурасе, куда послал его «директор» и где он попал в плен к перекупщикам «белого порошка», которые его уже ждали. Сенегал, в полном смысле слова, вытащил дона из петли ...

... Потом дон Альварес во всём признался Сенегалу... Они сидели в горах, у костра. Говорили на испанском:

\- Я знаю, что ты не русский, - проговорил спасённый и моментально отсел в сторону. Испугался реакции Сенегала ...

Сенегал не ответил, даже глазом не повёл.

\- Сенегал, - тихо начал дон, - ты не должен верить «директору».

Меня послали на это задание с одной целью - от меня избавиться. Но, видимо, тебя не успели предупредить, что спасать меня не надо …

Сенегал не ответил.

- С тобой, - продолжил дон, - могут поступить точно так же. Поверь.

Я работаю на КГБ дольше, чем ты …

… Сенегал передёрнул могучими плечами и улыбнулся краями узких губ:

- Я прикорну, Борис. Не против?

- Располагайся …

… Через три часа они уже подъезжали к горному району Поконо. Прошло еще полчаса, и «Мерседес» съехал с шоссе в лесную зону …

- 4 -

США. Штат Вирджиния. Штаб-квартира ЦРУ. Кабинет Джона Брэдли. 14 июля. Время: 3 часа 25 минут.

Капитан Рэй Хартон припарковал свой джип во внутреннем дворе массивного здания. Взял с сиденья чёрный кожаный портфель, выгрузил своё могучее тело из машины и торопливо вбежал по ступенькам. Остановившись перед неширокой дверью, набрал сбоку от двери нужный код и вошёл.

Он приветственно кивнул человеку, сидевшему за конторкой в приёмном зале, затем на лифте взлетел на второй этаж, прошёл небольшой коридор и преодолел шесть ступенек.

Ему навстречу поднялась высокая стройная женщина лет тридцати пяти. Это была Шейла Мур, секретарь начальника Русского департамента ЦРУ.

Как только Хартон приблизился, на её лице появилась приветливая улыбка, и большие карие глаза стремительно оглядели капитана. Его широченные плечи, перебитый боксёрский нос, блёкло-голубые глаза и большой, грубо очерченный рот всегда вызывали у неё ощущение собственной хрупкости и слабости. Она часто задумывалась, каково это – оказаться в его медвежьих объятиях.

- Здравствуйте, Рэй, - произнесла она. - Каким ветром вас сюда занесло?

- Старик на месте? – поинтересовался Хартон, в свою очередь размышляя о том, как бы повела себя эта соблазнительная рыжеволосая красавица в его постели, если бы ему повезло её туда затащить.

- А он когда-нибудь бывает не на месте? Конечно, он у себя … До-ступен в любое время. Вы уже были в отпуске?

- Отпуск? А что это такое? – усмехнулся Хартон. - Хорошо, если меня отпустят отдохнуть на Рождество. А как у вас с этим?

- В сентябре отправляюсь в круиз …Ну, ладно, Рэй. Увидимся, - она сверкнула белозубой улыбкой и заторопилась по своим делам.

Рэй засмотрелся на покачивание её бёдер, теряясь в догадках: для него ли она так старается и стоит ли ему рассчитывать на успех у этой женщины? Затем мучительным усилием он заставил себя оторваться от приятных размышлений, преодолел ещё несколько ярдов по коридору и остановился у двери с табличкой, которая гласила:

«Центральное Разведывательное Управление.

 Начальник Европейского отдела Джон Брэдли»

Табличка отдавала новизной. Хартон усмехнулся, в немом восхище-нии покачал головой:

- Наконец-то Брэдли добился своего.

Ещё недавно весь отдел держал пари: останется ли Брэдли в управле-нии или его отправят на покой …

Хартон постучал, открыл дверь и вошёл в просторный кабинет, где за большим столом сидел шеф и просматривал какие-то бумаги.

Джон Брэдли был маленьким, чем-то похожим на птицу человеком, носил очки без оправы и всегда безукоризненно одевался. Его скорее можно было принять за топ-менеджера фармацевтической компании, чем за начальника отдела ЦРУ.

Когда Хартон появился на пороге кабинета, Брэдли отложил папку с документами справа от себя, откинулся на спинку кресла и посмотрел на капитана поверх очков:

- Привет, Рэй, хорошие новости?

Хартон, оставив дверь открытой, через плечо указал на золотую табличку:

- Мои поздравления, сэр.

Брэдли холодно улыбнулся:

- Спасибо. Закрой дверь и садись.

Пока капитан устраивался, шеф внимательно изучал золотую авторучку:

- Сам знаешь, Рэй, главное пойти с нужной карты, тогда получишь то, что хочешь, - философски заметил он.

- Я запомню это правило, сэр, - Хартон уселся на один из больших стульев, стоявших вокруг стола начальника.

Наконец Брэдли оставил золотую ручку в покое и серьёзно посмотрел на капитана:

- Ну, Рэй, что у тебя. Давай, выкладывай.

Хартон расстегнул молнию портфеля, вытащил из него папку и положил на колени:

- Информация от ФБР. Это о русских. Думаю, что вы уже об этом слышали.

Брэдли поставил локти на стол и сложил подушечки пальцев наподобие арки - это была его любимая поза. Если он садился так, значит, собеседнику удалось его заинтересовать.

- Продолжай, - произнёс он.

Хартон расстегнул пуговицу у своего пиджака и открыл папку …

… У него ушло десять минут, чтобы рассказать о том, что произошло в Поконо и что одна из главных фигур этого события сейчас находится в местном госпитале, под охраной.

Брэдли внимательно выслушал, подобрал фотографию Карины, поджал губы и посмотрел на капитана:

- Всегда задаю себе вопрос, почему красивые женщины любят эту профессию. А, Рэй?

- Я точно знаю, кем она была до этой профессии.

Брэдли улыбнулся:

- Догадываюсь. Ты говорил с ней? По твоему лицу я вижу, что ты уже что-то знаешь.

- Ещё нет. Но есть вероятность, что назад в Россию ей дороги нет. У нас есть железный свидетель. Не один.

Он опустил на стол фотографии Влада и Макса:

- Эти двое непосредственно знали и встречались с ней в России. Конкретней, в Санкт-Петербурге …

Брэдли посмотрел на капитана, который неожиданно замолчал.

- Что-то интересное? – спросил быстро Брэдли.

Хартон передал шефу следующую фотографию.

Взглянув на снимок, Брэдли нахмурил брови и посмотрел на капитана.

На снимке была видна внутренняя сторона левой руки Карины, где была сделана татуировка маленького паучка.

- Как ты сделал снимок? С её разрешения?

- Она ничего не видела, - объяснил Хартон. - Ей сделали общий наркоз.

Брэдли тут же открыл боковую створку своего стола, вытащил широкий конверт красного цвета. На фотографиях были тела девушек. Девушки были мертвы. Вместе с этими фотографиями две других, на которых были видны такие же татуировки: маленький паучок у левой подмышки.

Через минуту они вместе с Хартоном, склонившись над столом, смотрели на две фотографии. На всех снимках были запечатлены тела молодых девушек чуть старше двадцати лет.

- Эта девушка, - Брэдли подобрал первую фотографию, - погибла в Бельгии. Помнишь?

Хартон кивнул:

- Её труп выкрали прямо из морга. Она помогала сербам. Помню.

- Эта вторая русская девушка из Лондона. Она участвовала в ликвидации русского перебежчика. Крота из КГБ. Её тело русские вывезти не смогли. Она похоронена в Лондоне. Обе девушки сироты, из детских домов. Были увезены из России в школьном возрасте и удочерены иностранными семьями. Это второй спецотдел ФСБ. - Продолжил Брэдли, после чего взял в руки фотографию Карины. - Рэй, по-моему, ты что-то не договариваешь. А?

- Вся информация у Гембли.

- Ник Гембли? – качнул головой Брэдли.

- Да, сэр, группа Ника работает с этим делом.

Хартон снова замолчал.

- Рэй?! Тебя что-то тревожит? …

- Есть ещё одна очень важная деталь, сэр. Эта русская в момент встречи не снимала перчатки. Когда их сняли с неё в госпитале, … то … на её пальцах отсутствуют …

- Нет отпечатков, - продолжил за него Брэдли, и мы теперь должны постараться узнать, как она попала в США. Так?

Хартон кивнул:

- Сэр, по-моему, она готова была к такому раскладу. Мне кажется, что она не только не хочет возвращаться назад в Россию, но и …

- Ну? - Брэдли нахмурил брови.

- Она не очень дорожит своей … жизнью, … сэр.

- Кто её будет охранять?

- С этим нам повезло. На одном этаже с ней, в соседней палате лежит генерал сухопутных войск. Был на отдыхе. Любитель лазить по горам. Альпинист. Спускался. Упал. Ничего страшного, сломана нога и ключица. Его охраняют.

- Не хочешь привлекать внимание? - улыбнулся Брэдли.

Хартон задумчиво склонил голову.

- Рэй, если ты уверен, что эта красавица не хочет возвращаться домой, думаю, что русские в это поверят быстрее, чем мы.

- Согласен, шеф. Я буду держать всё на контроле. А теперь, - Хартон снова опустил руку в свой портфель. - Вот посмотрите. По-моему, это – сюрприз. - Он вынул из папки снимок и опустил на стол.

… С минуту Брэдли сидел, покусывая свои тонкие губы …

Посмотрел на капитана, перевёл взгляд на настенные часы. Шмыгнул носом и снова посмотрел на Хартона:

- Думаешь – это он?

- Похож. Он прилетел сегодня утренним рейсом в Филадельфию из Лондона. Паспорт на имя Эдварда Нортона. Гражданин Бразилии. Приехал как турист.

- Невероятно… Он… же… погиб. - Брэдли закусил губу.

- У меня такая же информация, сэр.

Брэдли не ответил. Его лицо замерло. Видно было, что он что-то очень серьёзно обдумывает.

Хартон понимал, в такие минуты лучше помолчать.

Прошла ещё одна минута, прежде чем Брэдли спросил:

- Рэй … Ты помнишь Чада … Чада Силка?

- Силк? Конечно. Кто ж его не помнит, сорви - голова, но везучий чёрт. А что с ним?

Брэдли поднялся из-за стола и стал мерить своими маленькими шагами кабинет.

Хартон помнил, что нынешние отношения шефа и Силка далеки от идеальных, поэтому он просто ждал, когда шеф остановится.

Ждать пришлось недолго. Продолжая ходить по кабинету, Брэдли начал:

- Сейчас он в Париже. И он мне нужен. У него комната на улице Суисс. Не знаю, как, черт возьми, ты его заполучишь. - Брэдли вернулся в свое кресло и продолжил. - Но ты должен его заполучить. Хочу видеть его уже завтра.

Хартон тяжело вздохнул:

- Простите, сэр. Но если я не ошибаюсь, этот Силк чрезвычайно упрям и, наверняка, может отказаться.

- Силк? Упрям? – ехидно улыбнулся Брэдли. – Он сейчас не работает на меня. Я слышал, что сейчас он промышляет фотографированием на улицах или что-то в этом роде. Как бы там ни было, достань его. Пошли за ним пару ребят покрепче.

После чего Брэдли хмуро взглянул на Хартона и завершил свою речь:

- Срочно!

Капитан быстро поднялся и вышел из кабинета.

Брэдли всё еще продолжал смотреть на фотографию высокого человека, прилетевшего из Лондона, с волосами до плеч, обрамляющими загорелое, словно вырубленное из камня лицо …

… Какими бы их отношения ни были, но именно Силк был идеальным кандидатом для этой работы: красивая русская «Мата Харри» - с одной стороны, старый «друг» Сенегал, неожиданно вышедший из … взорванного ангольского склада с боеприпасами … Невероятно, но … это так …

Брэдли снова нахмурился, продолжая рассуждать про себя …

... Идеальный кандидат ..., если, конечно, этот сукин сын, Силк, согласится на меня работать. Значит, нужно не только его убедить, но и заинтересовать, взяться за это дело...

- Чад Силк! Сукин сын! - только и смог прорычать Брэдли ...

... Шейла Мур перед тем, как уйти домой, оставила на его столе тарелку с сэндвичами и стакан апельсинового сока. Почесав свой крючковатый нос, Брэдли задумчиво принялся жевать сэндвич ...

- 5 -

ФРАНЦИЯ. *Париж. 2001 год. 15 июля. 7 часов 15 минут. Время вечернее.*

Чад Силк пребывал в состоянии депрессии. Провести вечер в одиночестве, в однокомнатной квартире, которая находится на седьмом этаже обшарпанного дома на улице Суисс, - перспективы хуже он и представить не мог.

На улице шёл дождь, его ботинки насквозь промокли, денег не было и в ближайшее время не предвиделось. В запасе оставалось три сотни франков и семьдесят два сантима. Казалось совсем невероятным, что всего три месяца назад на его счету в банке лежало десять тысяч долларов.

Он с сожалением вспомнил, как одним прекрасным вечером на скачках его денежки уплыли в карман к нахально ухмыляющемуся букмекеру.

Он очень надеялся, что сможет поменять поле своей деятельности. И твёрдо решил, что шпионские страсти - больше не для него. Особенно после своей последней командировки в Африку, где он потерял напарника, а его самого чудом вытащили из настоящего ада.

Около года ушло на его восстановление, из которого пять месяцев он пролежал в военном госпитале. Но его озадачило не то, что он вернулся живой, а то, сколько ему заплатили. Он же надеялся на более увесистый куш. Так как задание он выполнил.

Что и сообщил Чад с огромным удовольствием старому козлу Джону Брэдли. Брэдли проглотил не очень лестную тираду в свой адрес и сказал:

- Не думаю, что мы с тобой сработаемся, Силк. Ты всегда думаешь в первую очередь о себе, а уж потом о деле. Ты очень нежно заботишься о собственной шкуре и пуще того - о выгоде.

Чад усмехнулся тогда боссу в ответ:

- Да кто станет на вас работать? Когда я вспоминаю о том грязном деле, что я сделал для вас, потеряв Блендона, - пусть земля ему будет пухом, о тех жалких монетах, что получил, то мне хочется пойти проверить: всё ли у меня в порядке с головой…

Но эта декларация независимости прозвучала, когда у него было десять тысяч долларов, заработанных не совсем праведным путём, но заработанных.

А сейчас … сейчас вот уже два месяца Чад перебивается, работая уличным фотографом. Охотясь за туристами в популярных приезжих местах и выглядывая хорошеньких девчонок, благо таких было не мало.

Силк был обаятельным, высоким, тёмноволосым парнем с овальными карими глазами. В его крови пылал огонь итальянки – матери и холодный, расчётливый ум шотландского офицера. Он был смугл, с очаровательной белозубой улыбкой, а его техника общения с девушками, как правило, приводила к успеху.

Хмуро посмотрев на свой фотоаппарат, лежавший на обеденном столе, Силк подумал, что ведёт не самый лучший образ жизни. Он окинул тусклым взглядом свою комнату с двумя голыми окнами, сквозь которые открывался вид на парижские крыши, с чёрными трубами и телевизионными антеннами.

В дальнем углу комнаты располагалась импровизированная кухня, состоящая из раковины и стариной газовой плиты.

Обстановку завершал платяной шкаф и книжная полка с рядом французских и американских книг. Силк поморщил нос. Поднялся со своего старого кресла и подошёл к окну.

Дождь, похоже, не собирался заканчиваться. Где-то вдалеке он увидел две подряд большие вспышки и бросился включить свой старенький телевизор в надежде услышать информацию о том, что это могло быть…

Но тут раздался звонок …

Чад посмотрел на дверь, вопросительно подняв левую бровь. Затем по-кошачьи, бесшумно, пересёк комнату и посмотрел в глазок …

То, что он увидел, ему не понравилось.

В коридоре стояли двое мужчин в военной форме и форменных плащах.

Его мозг моментально подал сигнал тревоги. Но через секунду Чад усмехнулся, возможно, это просто проверка паспортов. В этом доме это частая процедура.

Силк спокойно открыл дверь. Двое дюжих молодцев с суровыми, обветренными лицами вошли в комнату и молча кивнули в знак приветствия.

Чад закрыл дверь и прошёл за ними на середину комнаты.

Одного из них Силк знал, его звали Пит Гербер. Это был один из подручных капитана Хартона, славился своей жестокостью, отвагой и был скор на расправу.

Другой парень был моложе, но выглядел очень самоуверенно и держался так, словно был готов в любой момент наброситься на кого-нибудь с кулаками.

Рыжеватые волосы, приплюснутое круглое лицо, холодные блёклые глаза - типичный ирландец.

- Бери плащ, - прорычал Гербер без всякого вступления, - тебя хотят видеть.

Чад шагнул к окну, расслабился, его руки вяло повисли вдоль тела, глаза внимательно смотрели на гостей.

- Это приятно слышать, - начал он. – И кому же, интересно знать, я так понадобился?

Молодой напарник, которого звали Кирк О,Брайен, рявкнул:

- Давай, пошли! Никого не волнует, что ты хочешь знать!

Силк с отеческой укоризной посмотрел на него, затем на Гербера, потом сказал:

- Ну зачем так громко. Не создавайте себе лишней работы. Я, конечно же, пойду с вами.

Чад не торопясь подошёл к шкафу, достал оттуда короткий летний тёмно-синий плащ, медленно, аккуратно просунул руки в рукава…

Потом его тело совершило резкое движение, он отбросил плащ в сторону, и в его руке неожиданно появился короткоствольный газовый пистолет.

- Не двигаться, ребята!

Молодцы застыли на месте. Их взгляды медленно переместились с Чада на короткий, толстый ствол. Они были знакомы с этой игрушкой и знали, насколько она эффективна.

- Ладно, Силк, расслабься, - проговорил Гербер. Ну, может, мы и погорячились. Тебя хочет видеть Брэдли. У нас тревога. Можешь мне поверить. Брэдли просил срочно доставить тебя в аэропорт.

Силк улыбнулся:

- Знаешь, Пит. Я ненавижу таких, как ты. Ты психованный сукин сын, который ради забавы пинает окружающих. Убирайся отсюда. И захвати этого рыжего недоноска. Даю вам десять секунд. Время пошло!

Гербер выслушал нелестную тираду и опустил голову.

Силк покачал головой и повёл крепкой шеей:

- Окей, давай так. Ты сейчас выйдешь, спустишься по лестнице, подождёшь на улице десять минут, затем опять поднимешься сюда вежливый, обаятельный, и тогда я, возможно, выслушаю тебя. Да, и прихвати с собой этого оболтуса. А теперь убирайтесь!

Тут вмешался О,Брайен:

- Да, я сейчас выпущу твои поганые кишки! Я …

Он не успел договорить, как Гербер ладонью хорошенько приложил его по лицу:

- Закрой пасть! - гаркнул он, прекрасно понимая, что Чад не шутит.

- Давай, действуй, Гербер, и побыстрее. А то мне очень хочется запузырить струю в эту тупую рыжую обезьяну.

- Не сомневаюсь, - пробормотал Гербер. - Меня предупреждали, что ты парнишка неслабый. Ладно, сделаем, как ты хочешь.

Он вытолкнул из комнаты напарника.

Силк закрыл за ними дверь, но перед этим зло плюнул вслед.

Некоторое время он стоял в раздумье, потом провел рукой по своей волнистой шевелюре и направился к личному переносному телефону.

Набрал нужный номер и стал ждать, пока его соединят с Брэдли.

Когда Брэдли, наконец, ответил, Чад выпалил:

- Это Силк. Что за идея, подослать ко мне двух горилл? Я ведь сказал, чтобы оставили меня в покое!

- У меня для тебя есть работа, - спокойно ответил Брэдли, проигнорировав выпад в свой адрес. – Ты можешь подзаработать на этом. Работа не слишком сложная, к тому же связана с женщиной…

… Силк подумал о своей скудной наличности и спросил:

- Сколько?

Пятьдесят тысяч долларов, - быстро ответил Брэдли, понимая, что сейчас не время мелочиться.

- Брэдли, вы пьяны? - отреагировал Чад.

- Немедленно прилетай сюда и прекрати дерзить. Кроме симпатичной женщины, тебя ожидает сюрприз.

Силк почесал трубкой у себя под носом:

- А эта женщина … вы сказали не пенсионерка? Что она за штучка?

- Русская. Молодая. Красивая. Блондинка с синими глазами. Так что поспеши в аэропорт. На твоё имя забронирован билет. Вылетаешь первым утренним рейсом в Вашингтон. Тебя встретит Хартон!

- Ух ты! Я уже имел счастье встретиться с его парнями, – засмеялся Чад, - звучит впечатляюще. А сами что, позвонить не могли?

Он выключил трубку, быстро надел плащ, погасил свет и вышел.

Спускаясь по лестнице, на полпути к выходу он увидел Гербера и О,Брайена, поднимавшихся к нему.

Он остановился на третьем лестничном пролёте и подождал, пока они доберутся до него:

- Я только что разговаривал с вашим тупоголовым шефом. Кажется, я стал снова особой персоной.

Маленькие глаза О,Брайена сверкнули:

- Я слышал о тебе, Силк, - ты один из тех чертовых вышибал, которых я готов размазать по столу при первой же возможности. Когда-нибудь мы с тобой встретимся на узенькой дорожке и посмотрим, какой ты крутой.

Чад взглянул на Гербера:

- Пит, твой маленький друг говорит как заправский бандит. Присмотри за ним, как бы чего не случилось.

- Окей, Чад, ради всего святого. Мы должны доставить тебя в аэропорт и отчитаться. Хватит уже! Мы зря теряем время.

Силк молча кивнул в знак согласия. Вытащил носовой платок, громко высморкался, потом как бы случайно уронил его на пол и нагнулся, чтобы поднять …

… Его движения были в этот момент так неуклюжи, что гости в военной форме единогласно нетерпеливо выдохнули.

Всё последующее произошло слишком быстро. Силк внезапно схватился за отвороты брюк О‚Брайена и хорошо отработанным движением дёрнул их вверх.

От неожиданности тот вскрикнул и закувыркался по ступенькам. С грохотом врезавшись в деревянные перила. Он проехал по ним, ломая сухое дерево, и шмякнулся на пол лестничной площадки пролётом ниже.

Растерянно хлопая глазами, Гербер посмотрел на Силка, который спокойно подняв свой платок, спрятал его в карман, при этом его худое, смуглое лицо абсолютно ничего не выражало.

- Ты сумасшедший, ублюдок! Ты же мог его убить! – наконец очнулся Гербер.

- Вряд ли. Он крепкий парень, - почти добродушно заметил Чад.

Затем молниеносно схватился обеими руками за полы шляпы Гербера, рванул их вниз и поставленным ударом двинул кулаком тому под дых. Гербер, задыхаясь, рухнул на колени.

Силк огляделся вокруг:

- Ну, вроде, всё. Отдохните, ребята, а в аэропорт я сам доберусь.

Радостно мурлыча что-то себе под нос, он выскочил под дождь, припустив к своему старенькому «Фиату», припаркованному на соседней улице.

За последние несколько месяцев это был первый раз, когда он по-настоящему был собой доволен …

- 6 -

США. Штат Вирджиния. Штаб-квартира ЦРУ. Кабинет Джона Брэдли. 16 июля. Время дневное: 4 часа 15 минут.

- Проходи, Силк, - пригласил Брэдли появившегося в дверях кабинета Чада. - Как поживаешь?

Силк вошёл в просторную комнату, плотно прикрыл за собой дверь.

Потом с кривой усмешкой поинтересовался:

- Почему вас это заботит? Должно быть, ваши дела совсем ни к чёрту, раз обратились ко мне? – Он уселся на один из стульев для посетителей.

- Ты нахальный сукин сын,- проговорил Брэдли с кривой улыбкой, - но должен признать, что в грубости ты очень талантлив. И именно за это я готов тебе платить.

Брэдли откинулся на спинку кресла и изучающе воззрился на Чада:

- Уличный фотограф. Да, дела. Дальше падать уже некуда. А?

Силк спокойно подошёл к столу бывшего шефа, достал себе сигарету из серебряной коробки, там же лежала зажигалка.

Закурив, вернулся на место:

- Ну, я не знаю. Смотря какими мерками мерить. Парни вроде вас жаждут денег, власти и язву. Я принимаю первое и второе, если подворачивается такая возможность. Но уж лучше фотографировать хорошеньких девушек, чем зарабатывать язву.

Брэдли пожал плечами:

- Хорошо. Дело твоё. Но если ты опять захочешь на меня работать, то первое у тебя точно будет.

- Захочу? - рассмеялся Силк. – Ну, уж нет. Но я что-то слышал о куче тысяч зелёных. За эти деньги я могу и подумать.

- По-моему, твои мозги заняты лишь двумя темами: деньги и женщины. – прокомментировал Брэдли. - Я согласен, ты волен строить свою жизнь как тебе нравится, но …

- Я живу, как хочу, и это никого не касается. Так что за работа?

Мужчины некоторое время разглядывали друг друга. Брэдли с чувством удовлетворения поймал стальной, жесткий взгляд Силка.

Он сказал себе: « После всего, через что прошёл этот парень, он стал хитроумен, и настолько же, крепок и упрям»

Брэдли был абсолютно уверен, что не ошибся, выбрав его. Он вытащил из выдвижного ящика стола две глянцевые фотографии. И протянул одну Чаду:

- Мне нужно, чтобы ты её сначала охранял. Потом подружился с ней. Уверен, она много знает.

- Охранял? Вы имеете ввиду, был её телохранителем? А что, те обезьяны, что у вас служат, … уже ничего не стоят?

Наступила пауза.

Чад решил нарушить её первым:

- Как я вас понял, эта русская не уродина. А остальные части её тела так же хороши, как и её лицо?

- Силк, ты теряешь время, - заметил Брэдли. - Постарайся больше не грубить, - с этими словами Брэдли протянул бывшему агенту вторую фотографию.

Силк взглянул на второе фото и моментально перевёл взгляд на бывшего шефа:

- Вот это – да-а! Святая Мария! – нахмурился Чад. - Этого … не может … быть, - почти шёпотом заключил он. – Откуда она у вас?

Брэдли, у которого лицо моментально стало серьёзным, спокойно ответил:

- Эдвард Нортон. Гражданин Бразилии. Вчера прилетел к нам из Лондона. Как турист. Ты его узнал?

Чад почесал указательным пальцем у себя за ухом, погасил сигарету в пепельнице, вернул снимок на стол и посмотрел на шефа:

- Похоже, этот русский в хороших отношениях с дьяволом или с чёртом. Хотя для меня - это одно и то же.

Брэдли снова криво улыбнулся:

- Ну, как тебе сюрприз?

Силк пожал плечами:

- Видимо, он выбрался тем же путём, каким вы вытащили меня.

Брэдли кивнул в знак согласия:

- Думаю, что ты прав. Только не забудь, что он выбрался сам. Русские его там бросили.

- Да, мне так и сказали. И так: пятьдесят тысяч? Вы не договорили. За что?

Брэдли ждал этого момента:

- Отправишься в госпиталь. Хартон тебе даст полную информацию об этой женщине. Кто она. Откуда. Как попала к нам. И более того, кем эта красавица была в молодости. Тебе нужно убедиться, что её можно забрать из госпиталя. Доктора в курсе. Хартон даст машину и адрес, куда ехать. Попробуй стать её молодым человеком. Учить тебя не надо. Телефон у тебя будет. Номер знаю только я. Мой номер тебе известен …

- Вы думаете, - перебил его Чад, - что Сенегал приехал …

- … И за ней тоже. – Брэдли ждал этого вопроса. - Русским неизвестно, что именно случилось там в горах. Они уверены в том, что произошёл незапланированный форс-мажор и что ранен их агент, которого нужно вытащить любой ценой. О том, что их агент не хочет возвращаться, знаем пока только мы. Но не думаю, что это для русских долго будет тайной. Все нужные свидетели там, в горах, покинули этот мир.

- А есть и другие свидетели? Что с ними?

- Уверен, что скоро ты будешь знать больше меня.

- Стоп. Стоп. Брэдли. Прежде чем я соглашусь. Хочу услышать обо всём и подробно.

- Я же тебе сказал, Чад, вся информация у Хартона. Он тебя уже ожидает.

Силк поёрзал на стуле, после чего понимающе кивнул шефу:

- Сделка заключена. Когда начинать?

- Прямо сейчас. Поезжай в госпиталь и забирай оттуда эту женщину. Но сначала встреться с Хартоном.

- Какую машину вы мне даёте?

- «Мерседес-600». Она сейчас в служебном гараже. В бардачке все необходимые документы и, - он с ухмылкой посмотрел на Силка. - Свидетельство о браке на случай, если вас остановит полиция.

- Ого! Я уже чувствую себя женатым человеком. Никак не ожидал, что когда-нибудь женюсь на русской.

- Чад, не расслабляйся. Смотри в оба. Это русские. Мне не надо тебя учить. За ней, возможно, уже едут.

- О затруднениях вы меня предупредили, - Силк взялся за ручку входной двери. - Но вот ничего не сказали о деньгах.

Брэдли выложил на стол конверт с толстой пачкой стодолларовых купюр:

- Здесь десять тысяч. Остальное получишь, когда принесёшь информацию.

Силк подошёл к столу. Сунул конверт в карман:

- Вы доверяете мне, это так трогательно.

Брэдли проигнорировал эту реплику. Он открыл ящик стола и достал оттуда маленькую пластиковую коробочку.

- Здесь очень хитрая штука, возможно, она тебе пригодится. – Он толкнул коробочку через стол. – Это радиомаяк величиной с виноградную косточку. Сделай так, чтобы твоя подопечная с ней уехала. Если случится, что русские опередят тебя. С этим передатчиком мы практически без проблем сможем её найти.

Засунув коробочку с радиомаяком в карман, Чад откровенно улыбнулся:

- Н-да, всё выглядит так, как будто я и в самом деле получу мои деньги.

Ладно, я отправляюсь. Как только прибуду на место, дам знать…

… Когда Силк вышел из кабинета Брэдли, тот наклонился к переговорному устройству на столе и, нажав клавишу, сказал:

- Я готов принять Кента.

Опустив клавишу, он взял второй сэндвич, оставленный ему секретаршей.

Ел медленно, размышляя о своем отношении к Силку. Брэдли понимал, что основное – это дело. И в этом Силку не было равных. Так что о личных отношениях на какое-то время можно и забыть.

Раздался стук в дверь.

- Входите, - пригласил Брэдли, вытирая салфеткой тонкие губы.

В кабинет вошёл Тони Кент.

Брэдли приветствовал крепко сложенного человека, своего самого надёжного агента. Кент был абсолютно ничем не примечателен. Мужчина примерно тридцати трёх лет, с настороженными глазами, светящимся добрым лицом, с коротко подстриженными волосами. Он держал автомастерскую – гараж в Вашингтоне, недалеко от русского посольства.

Всякий раз, когда Брэдли сомневался в успехе операции, его мысли автоматически обращались к Кенту. И теперь, почувствовав некоторую тревогу, он решил вызвать своего агента перед приходом Силка.

- Садись, Тони, - радушно пригласил Брэдли. – Хочешь сэндвич?

- Нет, спасибо, сэр. Я уже обедал. Как дела? Что-то срочное? – вежливо ответил Тони, присел на стул и выжидающе замолчал.

На нём была старая, знавшая лучшие времена спортивная куртка и изрядно потрёпанные серые спортивные брюки. В его облике не было ничего, что могло хоть что-нибудь рассказать о нём, но стоило повнимательнее вглядеться в его твёрдое лицо и тёмные умные глаза, то становилось ясно, что этого человека отнюдь нельзя отнести к категории неудачников, каковым он на первый взгляд казался.

- Мы снова призвали Силка, - сообщил Брэдли. – Я не хотел с ним связываться, но ситуация такова, что у меня нет выбора.

Кент улыбнулся:

- Значит проблема и впрямь серьёзная.

Брэдли кивнул в знак согласия и быстро рассказал все, что было связано с русской шпионкой, которая не хочет возвращаться.

Кент одобрительно закивал:

- При таком раскладе, сэр … Силк, конечно, единственный подходящий кандидат.

- Спасибо, Тони. Сейчас он отправился в гараж, потом должен поехать в Поконо, в госпиталь. Я хочу, чтобы ты присмотрел за ним. Только постарайся, чтобы он не засёк тебя. Не хочу, чтобы он думал, будто я ему не доверяю. Твоя задача – помочь ему, если он влипнет.

Брэдли передал Кенту через стол сложенный вдвое лист бумаги:

- В гараже тебя ждёт машина скорой помощи. У Силка есть радиомаяк, который он должен приклеить к нашей подопечной. Надеюсь, у него это получится, и твоя задача упростится. У тебя машина со специальным радаром. Держи меня в курсе. Нам нельзя потерять эту женщину. За ней, видимо, уже едут русские. Если тебе понадобится помощь, звони. Сделаем всё, что нужно. Люди Хартона тоже в деле, если что, можешь задействовать их.

Он подтолкнул через стол конверт:

- Это тебе на расходы. Не хватит, скажи, - улыбнулся шеф. - Знаешь, что я думаю о тебе, Тони? Ты никогда не просишь денег. Силк никогда не прекратит их просить.

Кент усмехнулся, засовывая конверт в карман:

- Я зарабатываю на жизнь, а Силк - нет. Не делайте ошибки, сэр, думая, что Силк плохой человек. Я считаю, что он лучший агент из тех, что у вас есть.

Брэдли скривился:

- Я бы не стал заходить так далеко в оценке этого парня, но, несомненно, он хорош. Его беда в том, что он всегда думает прежде всего о себе.

- Значит он соглашается на дело, только если он в этом заинтересован. Это неплохая философия, сэр.

Брэдли рассмеялся:

- Иди, Тони. Мы должны действовать…

… Десять минут спустя, когда Брэдли, закрыв сейф, уже было собрался покидать кабинет, зазвонил телефон.

Брэдли моментально снял трубку:

- Это Хартон, сэр. Извините, что тревожу не по делу …

- Не по делу? Что случилось, Рэй?

- Этот бандит Силк, сэр, отправил на больничную койку одного из моих лучших людей! Он сейчас в госпитале со сломанной ключицей и тремя рёбрами. Доктор сказал, что на восстановление уйдёт пару месяцев. Как вам это, сэр?

- Кто попал в госпиталь?

- О‚Брайен.

Брэдли удивлённо поднял брови:

- Кого ты послал за Силком?

- Гербера и О.Брайена. - Хартон от злости просто выпрыгивал из телефонной трубки.

- Ты шутишь, Кирк О‚Брайен в госпитале? Я знаю его. Он действительно один из самых крепких парней. Ладно, ладно, Рэй. Видимо, ребята нагрубили ему. Ты же знаешь Силка. Если честно, ты, конечно, извини, но для меня это не очень плохая новость. Я переживал, что Силк давно не работал и потерял форму. Но если он смог уложить в госпиталь такого парня как О.Брайен, значит я сделал правильный выбор. Что у тебя с Ником Гембли?

Хартон злился, но на этот вопрос ответил спокойней:

- Ник молодец. Он занимается двумя парнями, русскими иммигрантами. Они оба знают эту молодую женщину, что в госпитале. Ник с ними работает.

- Их нужно спрятать? Они с семьями?

- Да, у обоих по маленькой девочке. Дети и обе жены находятся в

Албани.

- В Албани?

- Да, сэр. Там живут родители Ким, жены Влада, одного из парней.

- Это тот, кто шесть лет назад был в России?

- Да, сэр.

- Если его хотели ликвидировать, то, может, прежде, чем ты спрячешь их, попробуешь его в роли приманки?

- Вы очень проницательны, сэр. Именно эту задачу сейчас и решает Ник.

- Рад за тебя, Хартон. Не забудь, свяжись с Силком. Ты знаешь, кто из твоих людей будет охранять её?

- Я доложу вам чуть позже.

- Отлично, Рэй. На связи.

- Сэр! - отчеканил Хартон.

Трубка отключилась …

… Брэдли ещё постоял с минуту, оглядел свой кабинет: убрал ли он все бумаги и фотографии со стола, развернулся и с загадочной улыбкой направился к двери …

- 7 -

Штат Пенсильвания. Поконо. Центральный госпиталь. 2001 год. 16 июля. Время вечернее: 20 часов 49 минут.

Через служебный вход городского госпиталя группками выбегали медсестры, они сворачивали к зданию пятиярусного гаража к своим машинам. Некоторые спасались от дождя под зонтиками, другие шли, накрывшись белыми халатиками, дабы сберечь себя от пронзительных мокрых струек…

… Рядовой первого класса Кайл Джексон переложил автоматическую винтовку из одной руки в другую и, посмотрев на наручные часы, едва смог сдержать вздох разочарования. До окончания его дежурства оставалось около двух часов.

«Могло быть и хуже», - сказал он сам себе.

Охранять в госпитале куда приятнее, чем стоять сейчас под дождём в почётном карауле и наслаждаться созерцанием снующих туда-сюда по больничному коридору медсестричек, которые дружески ему улыбались, соблазнительно покачивая бёдрами.

Рядовой Кайл Джексон был очень дисциплинированным солдатом.

За последующие двадцать лет он бы мог дослужиться до генерала.

Кайлу Джексону было двадцать три.

Он был полностью уверен в себе: один из лучших стрелков в армии, чемпион батальона по боксу в полутяжелом весе. Джексон имел всё, что нужно, чтобы быть превосходным солдатом … И именно это его сгубило.

… Пока он с удовольствием раздумывал, чем можно было бы заняться с только что прошедшей мимо молоденькой сестричкой, которая уже не один раз за сегодняшнее дежурство пыталась с ним поговорить, как открылась дверь лифта, и человек, облачённый в форму полковника Штаба армии, шагнул в коридор.

Кайл Джексон был очень чувствителен к уставным отношениям, особенно если это касалось старших по чину.

За полковником появился майор, за ним – капитан.

«Величайшим достижением было дослужиться до полковника», - подумал про себя Джексон, посмотрев на этого приземистого, крепко сбитого мужчину, одетого в безукоризненную униформу с тремя полосками боевых орденских лент.

Руки Джексона прижались к бёдрам, губы пересохли, он вытянулся по швам.

Котов, слегка стесненный новой униформой, крепко сжал рукоятку пистолета, висящего на бедре, и поприветствовал рядового.

- Что ты здесь делаешь, солдат? - гаркнул он, останавливаясь перед Джексоном.

- Охраняю коридор, сэр! – отрапортовал Кайл, его резко побледневшее лицо покрылось испариной.

- Где палата генерала МакГровера?

- Номер 152, сэр.

- Ты охраняешь генерала?

- Нет, сэр. Женщину из 148-й, сэр.

- Ах, да, - Котов расслабился. Он и не предполагал, что всё пройдёт так легко. – Мне доложили о ней. Вольно, солдат.

Джексон тоже на секунду расслабился и позволил своим невинным взором встретиться с жесткими, похожими на чёрные бусины глазами Котова.

Но только на секунду, потом внезапно отвёл взгляд.

- Эта женщина …, - проговорил Котов, зацепив большими пальцами карманы брюк. – Ты её видел?

- Никак нет, сэр.

- Как генерал? Ему уже лучше?

- Не могу знать, сэр.

- Ладно, продолжай службу, солдат, - завершил беседу Котов и тяжелой походкой направился по коридору.

Но, сделав пару шагов, остановился, оглянулся и крикнул:

- Эй, … солдат!

Джексон одеревенел от этой команды:

- Сэр!

- Спустись к моему джипу. Я оставил там свой чёртов портфель!

Автоматически следуя приказу, Джексон повернулся и направился было к лифту, потом остановился:

- Простите, сэр. Но я на посту.

В его голосе было столько отчаяния, что вызвало смешок у Котова:

- Проснись! Солдат! Я же здесь. Иди и принеси портфель.

- Есть, сэр.

Джексон нажал кнопку вызова, и когда дверь открылась, он вошёл в кабину и спустился в вестибюль.

На подъездной дорожке, в тени, был припаркован джип. Джексон подбежал к нему. Рядом с машиной стояли, беседуя, двое рядовых. На шаги Джексона оба повернулись.

- Портфель полковника, - выпалил Джексон.

- Ах, да, - ответил один из солдат.

Остальное произошло настолько быстро, что Джексон не понял, что случилось.

Ближайший к нему солдат со всей силы двинул ему в челюсть, да так, что инстинктивно сжавшийся кулак Джексона размяк, превратившись в тряпку. Другой выдернул из рук Джексона оружие. Рывок был настолько сильным, что Джексон не удержался на ногах. Его бесчувственное тело втащили в джип, потом один солдат отдал другому объемистый портфель, набросил на Джексона кусок брезента, сел за руль и быстро уехал прочь.

Кулик, один из подставных солдат, побежал в госпиталь. У входа он замедлил шаг, кивнул дежурному в приёмной, затем зашёл в лифт и поднялся на нужный этаж.

Котов курсировал вдоль по коридору.

- Ну?

Кулик, худой, жилистый человек с хитрым лицом, несколько раз уже работавший с Котовым, с ухмылкой кивнул:

- Никаких проблем.

Он отдал Котову портфель, вскинул в руках автоматическую винтовку и принялся прохаживаться по коридору.

Котов зашёл в ближайшую уборную, достал из портфеля белый халат, надел его на военную униформу. Фуражку он запихал глубоко в корзину с грязным бельём, стоявшую здесь же. Затем достал стетоскоп, который повесил себе на шею, и маленькую коробочку, где лежал шприц и ампула с бесцветной жидкостью.

Движения его были стремительными, и за несколько секунд бравый полковник перевоплотился в дежурного врача.

Выйдя в коридор, он подозвал Кулика:

- Принеси носилки! - приказал Котов. – На этаже должны быть обязательно. Хотя бы одни. Быстро!

Кулик кивнул и устремился выполнять приказ.

Котов же проводил его быстрым взглядом, после чего спокойно развернулся и направился к палате под номером 148.

Он остановился перед дверью, открыл и шагнул в тёмную комнату, где на больничной кровати лежала Карина.

- 8 -

Штат Пенсильвания. Покано. Центральный госпиталь. 16 июля. Время вечернее: 21 час 21 минута.

К служебным дверям госпиталя подъехал чёрный «Мерседес».

Из него вышел Силк и пинком захлопнул за собой дверцу.

Краем глаза он увидел припаркованный в тени военный джип. Это обстоятельство ни о чём ему не говорило. Он вспомнил о генерале, любителе лазить по горам. Силк прошёл в вестибюль.

- Сэр? – вопросительно обратился к нему дежурный, безрадостно глядя на незнакомца, - посетителям в такой поздний час здесь никогда не рады.

- Пожалуйста, мне нужен доктор Гринберг, - вежливо сказал Силк.

- Доктора Гринберга здесь нет. Он уехал домой.

- Хорошо, но я хочу забрать мою жену, - сообщил Силк. – Палата 148.

Дежурный, маленький лысеющий человек, с тёмными кругами под глазами, предупреждённый людьми Хартона, понимающе кивнул:

- С пулевым ранением в плечо. А вы, стало быть, мистер Силк?

- Совершенно верно. Я забираю её домой. Кто присматривает за ней?

- Та-ак … минутку … А, вот, сестра Вэнс. – Он снял телефонную трубку, набрал номер, с кем-то поговорил, после чего повернулся к ночному гостю. – Она сейчас спустится.

Силк с трудом подавил желание закурить. Ещё бы, проделать путь в три с половиной часа и не перекусить …

… События развивались настолько стремительно, что о еде думать было, действительно, некогда.

Выйдя от Брэдли, он спустился в служебный гараж и выслушал инструктаж по поводу пользования различными техническими штучками, которыми был оборудован его «Мерседес». Потом поехал на служебную квартиру, чтобы собрать туалетные принадлежности, бритвенный прибор и ещё несколько вещей, которые, как он посчитал, могут понадобиться, когда он останется один на один со своей «законной» женой. Затем отправился в госпиталь, предварительно изучив карту маршрута. А сейчас ему нужно преодолеть другую часть пути, тоже не маленькую, с незнакомой симпатичной женщиной-агентом, не желающей возвращаться на свою родину.

С подобными случаями он уже встречался.

«Да, - вздохнул Силк, - перебежчики, видимо, никогда не переведутся», - покачал он головой.

Из лифта вышла молоденькая медсестра. Ей было не больше двадцати. Светлое ухоженное личико и лукавые зелёные глаза заинтересовали Силка.

- Вы хотите пройти к вашей жене, мистер Силк?

- Да, хорошая мысль!

- Доктор Гринберг предупредил меня о вашем приходе. Я уже одела её в пижаму, носки и домашние тапочки. Вы на машине?

- Конечно, как она? В состоянии перенести небольшое путешествие? Про себя же заметил, что носки – это самое место, куда можно приклеить радиомаяк. Он сунул руку в карман, убедившись, что коробочка на месте.

Пока они шли к лифту, медсестра Вэнс рассказала:

- Операция прошла успешно. Но мне сказали, что за ней ещё нужен уход. Перевязки и всё такое. У вас кто это будет делать?

К этому вопросу Силк не готовился, но ответил сразу:

- Думаю, что с этим проблем не будет. А если будет, то в тот же час позвоню вам. Вы не откажете?

Джинни взглянула на него и рассмеялась:

- Вы шутник, мистер Силк. Я же на работе.

Силк улыбнулся в ответ:

- Ах, да, простите.

Дверь лифта открылась, Вэнс и Силк пошли по коридору.

Девушка открыла дверь, и Силк, войдя в палату, почувствовал какое-то напряжение, словно что-то было не так. Он быстро сунул руку в карман, поймал из коробочки радиомаяк и резко остановился. Он увидел чуть выше среднего роста крепкого мужчину, наклонившегося над кроватью, на которой лежала женщина.

Котов быстро взял себя в руки:

- Сестра, в чём дело? Кто этот джентльмен?

- Простите, доктор, но я ей час назад дала таблетку, чтобы она заснула …, - Вэнс была не на шутку озадачена.

Она работала в госпитале не очень долго, но тем не менее, знала здесь всех врачей, а этого никогда не видела …

- Это моя жена, - пришёл ей на помощь Силк, - указывая на женщину, лежавшую на кровати. – Доктор Гринберг в курсе, мне нужно забрать её домой.

Котов сделал полшага так, чтобы оказаться в тени, и быстро убрал шприц в карман халата.

Он оценивающе посмотрел на Силка и совершенно справедливо решил, что этот высокий, жилистый голливудский щеголь один из агентов Брэдли.

Это сильно осложняло дело, к тому же Котов почувствовал, как что-то всплывает из глубин его памяти, связанное с Африкой … Он определённо где-то видел этого человека раньше …

- Да, она уже в порядке, - спокойно сказал он. Ей нужно было ввести успокоительное. Теперь она проснётся только утром. Тогда и приходите за ней.

Когда люди входят в больницу, врач становится для них кем-то вроде Господа. Белый халат, стетоскоп на шее – это поражает воображение большинства людей, но к Силку это никакого отношения не имело.

- Извините, доктор, но я уже сказал, что мне необходимо её забрать именно сейчас.

- Понимаю, но и вы поймите меня. Она получила дозу успокоительного.

И готова будет к переезду только завтра с утра, - продолжая играть игру, Котов подспудно был готов к неприятному развороту событий.

Силк пожал плечами и уже было пошёл к двери, но вдруг заметил, что из-под белого докторского халата видны военные форменные брюки, а на ногах высокие военные ботинки.

- Ладно, уговорили, вернусь за ней завтра утром, - согласился Силк, а его мысль лихорадочно заработала. « Должно быть, я ошибаюсь, - сказал он сам себе. - Этот парень похож на русского, который пытался убить меня в Анголе. Но он должен быть мёртв. Я в этом … был … уверен».

Силк открыл дверь и оказался лицом к лицу с Куликом, который тащил в палату больничную каталку, на которой лежала автоматическая винтовка.

В одно мгновение Кулик выхватил из-за спины пистолет и направил его на Силка:

- Стоять! Не двигаться!

У сестрички Вэнс перехватило дыхание. Выругавшись, Котов схватил девушку и крепко зажал ей рот рукой.

- Только пикни, и я сверну тебе шею, - предупредил он.

Силк отступил и поднял руки под напором входящего Кулика.

В палате повисла драматическая тишина. Котов отпустил медсестру:

- Издай хоть один звук, и ты горько об этом пожалеешь, - сказал он, сдёргивая с себя белый халат и вытаскивая из кобуры пистолет.

- Кладите женщину на каталку! - Он переводил ствол с Силка на Вэнс. – Быстрее! Шевелитесь!

Силк втолкнул каталку в палату и поставил её так, чтобы загородить кровать, в этот момент в его руке уже был радиомаяк.

Медсестричка, с мертвенно-бледным лицом, обежала вокруг кровати и сдёрнула одеяло и простыню, лежавшая на ней женщина была одета в домашнюю пижаму, под которой просматривалась больничная ночная рубашка и забинтованная правая сторона груди.

Силк был настолько поглощен ситуацией, что даже не обратил внимания, насколько красива женщина.

Он осторожно поднял её под спину и водрузил на каталку, при этом притворно споткнувшись, сделав вид, что теряет равновесие, смог засунуть горошину внутрь её правого носка. Он очень надеялся, что передатчик надёжно приклеится к материалу.

- Смотри, что делаешь! Быстрее! - заорал Котов.

С помощью медсестры Силк накрыл спящую пациентку простыней, потом сверху одеялом. Проделывая эту операцию, они встретились глазами.

Силк ободряюще подмигнул девушке, но казалось это нисколько её не обнадёжило.

Они стояли уже возле лифта.

- Смотри не устрой чего-нибудь, когда будем проходить мимо дежурного. Если что случится, мы откроем стрельбу. Тогда здесь будет бойня. Запомни.

Силк спокойно пожал плечами:

- Я и не собираюсь ничего предпринимать … зачем? Вам она нужна? Пожалуйста, забирайте.

Котов взглянул на него:

- Брэдли, должно быть, совсем оглупел, если работает с такими как ты.

- Насчёт Брэдли не спорю, - ответил Силк. – Кто сказал, что Брэдли не дурак? Только не надо грубить. Забирай эту женщину и оставь меня в покое. Почему меня должно волновать, что с ней случится? Брэдли мне за это не приплачивает.

Вэнс, открыв рот, смотрела на Силка, который повернулся к ней:

- Да и ты, детка, веди себя смирно. Эта женщина – не твоя забота. Не надо рисковать почем зря.

Дверь лифта открылась, и процессия с каталкой направилась к выходу мимо дежурного.

Дежурный удивлённо посмотрел на странную группу. Кулик двигался, прикрывая медсестру, которая, держалась на ногах только благодаря тому, что обеими руками сжимала каталку. Котов тихо, но убедительно приказал Силку:

- Распишись за неё. И учти: ты первым получишь пулю в спину, если что-то выкинешь.

Силк подошёл к регистрационной стойке:

- Я забираю свою жену. Мне нужно что-нибудь подписать?

- Несомненно.

Дежурный быстро взглянул на Котова, потом на Кулика и, увидев в руке второго пистолет, с придыханием спросил:

- А что всё это значит?

- Она особо важная персона, - спокойно ответил Силк. – Ею интересуется американская армия.

Дежурный в полном недоумении протянул Силку бланк, который тот заполнил. Котов почти вплотную подошёл к Чаду, но Силк помнил о втором русском с пистолетом.

Через несколько минут процессия, миновав небольшой зал ожидания, вышла на крыльцо служебного входа, рядом с которым их уже ожидал военный джип…

… Тони Кент сидел в припаркованной недалеко от выхода машине, оборудованной снаружи и внутри под «скорую» помощь, он видел практически всю картину.

Силк и молоденькая медсестра грузили спящую женщину в военную машину с большим салоном. Рядом с ними Тони увидел человека в форме полковника американской армии, который приказал Силку и медсестре последовать за женщиной в машину, после чего залез в неё сам.

« Ага! Брэдли, кажется, оказался прав: начались неприятности», - подумал он и включил настроенный на радиомаяк радар.

Как только неизвестный джип тронулся с места, на экране появились устойчивые сигналы, раздалось характерное «пи-пи», и только тогда Кент немного расслабился. «По крайней мере, удалось приклеить к подопечной передатчик. Молодец, Чад!», - отметил он.

Подождав с полминуты, Тони поехал за ним по направлению к длинной шоссейной трассе «Northeast extension», сосредоточившись на том, чтобы не упустить, но при этом оставаться в тени …

… Сказать, что Силк был шокирован, увидев стоявшего у джипа Сенегала, было сильным преуменьшением.

«Да, что говорить, Брэдли был прав – это сюрприз», - подумал про себя Силк и, уже успокоившись, проговорил:

- Так-так! Кажется, мой старый друг Сенегал восстал из пепла, как «святая птица Феникс».

Зелёные глаза Сенегала сверкнули:

- Меня не так легко убить, - заявил он. - Заткнись и полезай в машину.

Силк рассудительно закивал, бросил быстрый взгляд на Кулика, который держал его на мушке, и забрался в джип.

- И ты тоже, - кивнул Сенегал медсестре.

Когда она стала забираться, Силк хотел ей помочь, но она проигнорировала его предложение, как и его протянутую руку, и забралась сама.

Котов сел за руль. Сенегал с Куликом остались в салоне, по обе стороны от лежавшей на специально оборудованном лежаке женщины. С одной стороны Вэнс и Силк, напротив Сенегал и Кулик с пистолетом на прицеле.

Силк устроился поудобнее. Потом обратился к Сенегалу:

- Не говори мне, что ты сам смог выбраться из той адской дыры. Я ведь своими глазами видел, как ты отдал Господу душу.

Сенегал расправил могучие плечи, откинувшись на спинку вмонтированного в стенку джипа сиденья,

- Там были не только ты и вертолёт, но это дело прошлое. Можно забыть, если хочешь. – Он посмотрел на спящую Карину. – Так ты хотел представиться её мужем? Где же ты планировал держать её, Силк?

- Брэдли зарезервировал для неё комнату в посольстве, - не смущаясь, солгал Чад. - А что ты сделаешь с ней? Сдашь своим властям, и её объявят врагом народа? Или для начала отправите её в концлагерь? У вас, у русских, это модно.

- Тебя это не касается. О себе думай, - ответил Сенегал.

- В этом ты прав, - сокрушенно вздохнул Силк, - от вас, русских, всегда одни неприятности. Вы слишком серьёзно относитесь к делу. А что будет со мной? Знаешь, Сенегал, может, договоримся. У тебя ведь нет такого подхода к женщинам, как у меня. К тому же у Америки и России общий враг - Китай.

Я тебе немного приплачу, ну, например, пять тысяч зелёных, а ты мне дашь осуществить мой план. Когда-нибудь и я тебе пригожусь. Ну, что скажешь?

Вэнс, услышав всё это, была совершенно потрясена:

- Вы …вы … ужасный человек, - воскликнула она, сверкая глазами на Силка. – Как вы можете говорить такие вещи!

Силк подарил ей очаровательную улыбку:

- Не будете ли вы так добры не совать во всё это свой хорошенький носик?

Он посмотрел на Сенегала:

- Ну, что, мой русский то-ва-рищ? Как насчёт сделки?

Сенегал с презрением бросил:

- Я скорее поверю гремучей змее, чем тебе, Силк. И знаешь, меня удивляет то, что Брэдли поручил это дело тебе.

- Ты прав. Это меня тоже удивляет, - засмеялся Силк.

Котов подал знак, и Сенегал посмотрел на Силка:

- Ещё немного, и мы остановимся. Тогда можешь убираться на все четыре стороны. Советую вернуться к Брэдли и сообщить, что твоя миссия с треском провалилась. Только будь осторожен, следующая наша встреча вряд ли будет столь же приятной. У меня нет приказа тебя убить, но если ты мне попадёшься снова на глаза, то я не смогу устоять перед искушением.

Силк наигранно вздохнул:

- Я сохраню о тебе светлые воспоминания, то-ва-рищ. А как насчёт маленькой неразумной медсестрички?

Сенегал взглянул на девушку и пожал плечами:

- Она может убираться вместе с тобой. Кстати, имей в виду, что как только мы отъедем на несколько миль от того места, где высадим тебя, то сменим машину. Так что зря потратишь время, если попытаешься нас выследить.

Силк снова наигранно ухмыльнулся:

- Что-то всегда заканчивается. Теперь это не моя забота. Пусть у Брэдли голова пухнет, а не у меня. А на кусок хлеба с маслом я уже и так заработал.

Сенегал облегчённо выдохнул. Он знал, что представляет собой этот американский агент с голливудской внешностью. Еле сдерживая себя от налетевшей на него злобы, он проскрипел зубами, но ничего не ответил.

Лишь криво улыбнулся и приказал Котову ехать быстрее …

… За полмили перед тем, как подъехать к толлу, за которым заканчивался Northeast estension и начиналась скоростная трасса штата Пэнсильвания, Котов сбавил скорость.

Сенегал скомандовал:

- Так, … вот здесь.

Котов остановил машину.

- Выходите оба! – приказал Сенегал.

В его руке появился пистолет. Он повёл стволом в сторону Джинни, потом взял на мушку Силка …

… - Что ж, спасибо за чудесную поездку, - сказал Силк.

Но перед тем как выйти под дождь, который не собирался затихать, внимательно посмотрел на Сенегала:

- Ты уверен, что не хочешь пойти на сделку? Это могло бы принести тебе немного денег.

- Убирайся! Или я нажму на курок! - сердито гаркнул Сенегал.

Пожав плечами, Силк вылез из джипа и протянул руку медсестре, которая вновь проигнорировала его руку и выбралась сама.

Сенегал захлопнул за ними двери, и джип тронулся с места. Спустя несколько секунд его красные задние огни исчезли из виду.

Вэнс с несчастным видом стояла под дождём. Потом посмотрела на Силка:

- Вам должно быть стыдно за себя! - воскликнула она. Её хорошенькое, мокрое личико горело от негодования. – И вы ещё называете себя мужчиной?!

- Моя мама была в этом полностью уверена, иначе она бы не назвала меня Чадом, - живо ответил Силк. – Чёрт бы побрал этот дождь. Похоже, нам предстоит долгая пешая прогулка.

- Вы что, не собираетесь ничего предпринимать? Ведь эту женщину похитили и, наверное, убьют! Вы должны что-нибудь сделать!

- Готов выслушать любые предложения, - с откровенной скукой произнёс Силк.

Он поморщился, так как струйки дождевой воды стали затекать ему за воротник:

- Чёрт, я насквозь промок.

- Остановите машину и попробуйте их догнать! – не унималась девушка.

- Да, это прекрасная идея, - Силк с улыбкой взглянул на девушку. - Вы думаете, мы сможем это сделать, даже если мы их догоним?

Вэнс от злости выглядела так, словно хотела ударить его:

- Тогда остановите машину и сообщите о случившемся в полицию! - закричала она, топнув при этом ножкой о мокрую траву. - Срочно!

- Ладно…Ладно, уговорили. Давайте остановим машину. Мне кажется, что вам не нравится дождь.

Она от бессилия закусила губу, чтобы не заорать …

Не обращая внимания на её реакцию, Силк поднялся на обочину трассы. Вдали он увидел приближающиеся огни автомобиля и замахал рукой. Машина прошумела мимо, обдав его фонтаном дождевой воды и грязи.

- Беда с этими водителями, никто не хочет останавливаться ночью. Тем не менее, попытаемся ещё раз. Поступим по-другому.

Он вышел на середину шоссе, раскинул в стороны свои длинные руки и крикнул сквозь дождь своей неожиданной попутчице:

- Если этот парень меня собьёт, надеюсь, вы пришлёте цветы на мои похороны.

Вдалеке показались огни, и Силк приготовился отпрыгнуть в сторону в случае необходимости …

… Взвизгнули шины, автомобиль занесло, он съехал с дороги и остановился в нескольких метрах от того места, где стоял Силк. Это была, как ни странно, машина «скорой» помощи.

- По-моему, нам начинает везти, - крикнул он. – Пойду, поговорю с водителем.

Силк направился к стоявшему на поросшей травой обочине вэну. Медсестра Вэнс в промокшем белом халате, облепившем её фигурку, последовала за ним.

Тони Кент, высунувшись в окно, усмехнулся:

- Я так и думал, что они высадят тебя. Забирайся скорее в машину. Радиомаяк работает отлично.

Силк открыл боковую дверь и помог девушке устроиться в салоне. Теперь она спокойно воспользовалась рукой Силка, но без улыбки и благодарности.

Закрыв дверь, он обошёл машину и уселся рядом с водителем:

- Привет, Тони, тебя опять подняли по тревоге. Знаешь, Брэдли начинает мне нравиться. Видимо, какая-то часть его мозгового центра ещё функционирует. Как ты думаешь?

- Привет, Чад. Промок?

- Я? Да ты что, конечно, нет. Но вот девушка, - он оглянулся в салон, - у тебя случайно нет какого-нибудь завалявшегося куска брезента, нужно укрыть нашу даму.

- Закрывайтесь брезентом сами! - выпалила она.

Тони ухмыльнулся:

- Есть. На всякий случай, - ухмыльнулся Тони и повернулся. - Как вас зовут?

Девушка, продолжая хмурить брови, ответила:

- Джинни.

- Очень приятно, Джинни, - по - отечески произнёс Кент. - Там под лежаком в мешке теплый плед и даже сухой белый халат. Я закрою двери, и вы спокойно можете переодеться. Когда закончите, дайте мне знать, и мы тронемся.

- Спасибо, - с трудом произнесла Джинни.

Тони закрыл дверь в салон и посмотрел на Силка:

- Ну, Чад, как оцениваешь ситуацию? Плохо или совсем плохо?

- Дай мне пять минут, и я найду ответ на твой вопрос.

В это время из салона раздался голос Джинни:

- Можете ехать. Я в порядке.

Силк изучающе посмотрел на экран радара:

- Эй! Смотри, - внезапно сказал он, - они остановились. Возможно, меняют машину. Мы же не хотим их догнать?

Кент уже был на шоссе и гнал машину на приличной скорости, но после слов Силка сбавил обороты.

Снова взглянув на экран, Силк повернулся к Кенту:

- Долго же мы не виделись, - потрепал он Тони за плечо. - А старый лис, Брэдли, мне всё ещё не доверяет, раз посадил тебя мне на хвост.

- Похоже, Чад, для этого есть причины, - сухо ответил Тони. – Ты ведь мог сегодня потерять её.

- Это точно, - согласился Силк, прикуривая сигарету. – Ты помнишь этого русского «циклопа» Сенегала, который, как мы думали, погиб?

Тони Кент нахмурился:

- Ты хочешь сказать, что …

- Да, это был он. И забрал её. Хочешь, верь, хочешь – нет, но он выбрался из этой адской чёртовой дыры тем же путём, каким вы вытащили меня.

- Ты уверен, что это он? После того страшного взрыва? - присвистнул Тони.

- Отвечаю, Тони, разве можно с кем-то перепутать эту большую обезьяну? Похоже, что у русских большая аллергия на страшные взрывы.

- Или надёжный ангел-хранитель, - покачал головой Тони.

Силк кивнул:

- Другого объяснения придумать трудно.

Кент притормозил:

- Ты в состоянии вести машину, пока я буду говорить с Брэдли? Я обещал сразу же дать ему знать, если что-то у тебя пойдёт не так.

Силк выскочил из машины и обежал кругом, в это время Кент перебрался на пассажирское сиденье.

Силк вёл машину, а одним ухом прислушивался к беседе. Когда Кент отключил трубку, Силк поморщился:

- Держу пари, старый козёл таки сел на свою задницу.

- Он вне себя от злости. Требует от тебя полного отчёта и желает знать, нужна ли тебе помощь, чтобы задействовать людей Хартона.

- Хм-м, - улыбнулся Силк, - похоже, он решил оставить это дело за мной, - он посмотрел на название очередного съезда с трассы, к которому стала приближаться преследуемая ими машина, - смотри, Тони, какой это съезд, Филадельфия?

Кент посмотрел на радар и кивнул:

- Да, это Филадельфия. Нам не надо гнать в Нью-Йорк. Уже хорошо. Значит, у русских здесь есть, где спрятаться.

Силк бросил быстрый взгляд на Кента:

- Ты один?

- Что ты имеешь ввиду?

Силк улыбнулся:

- Прекрасно, скажи Брэдли, что мы справимся сами.

Кент снова связался с шефом. Закончив разговор, он сообщил:

- Кажется, ему это не понравилось. Держу пари, что он спустит с цепи бандитов Хартона.

- Тогда им нужно будет постараться найти нас первыми, - заключил Силк.

- Думаешь, это придаст колорит этому делу?

- Нет. Я уважаю Хартона, но привык со своими промахами справляться сам или малой кровью.

- Моей? - рассмеялся Кент.

- Нашей, как в Анголе, - также рассмеялся Силк.

Он повернулся и приоткрыл окно в салон:

- Как там наша пассажирка?

Кент посмотрел через плечо:

- Сестричка, вы в порядке?

- Да, - тихо и уже намного спокойней ответила Джинни.

- Она в норме, только выглядит так, будто совсем холодная, - сообщил он Силку.

- Это её постоянная проблема. Она родилась холодной. Она даже сомневалась, что я мужчина, - отшутился Чад, хотя ему действительно было жаль эту девушку, попавшую в совершенно непонятную для неё ситуацию.

- О, как я вас ненавижу! – вдруг злобно выкрикнула Джинни и моментально закуталась в тёплый плед.

- Осторожней, крошка, - предупредил Силк, разгоняя автомобиль, - говорят, что от ненависти до любви всего один шаг.

Джинни высвободила одну руку и закрыла окно в салон.

Силк с удовольствием выдохнул:

- Я рад, что до неё дошло.

- Смотри на дорогу, Чад, - проговорил Кент, - смотри, они въезжают в Филадельфию …

… Сенегал оглянулся назад, посмотрел на спящую Карину:

- Ты вспомнил этого Силка, голливудского жигало?

- Да, чёрт бы его побрал. Этот сукин сын крепкий орешек, - скривился Котов.

Сенегал покачал головой:

- Согласен, но ты ошибся, Борис, тогда в Анголе чёрт побрал меня. Этого сукиного сына вытащили из той дыры свои. А мне пришлось выбираться самому …

Котов не ответил …

… Проехав по одной из главных магистралей, трассе №1, названной в честь бывшего президента страны Рузвельта, машина «скорой» помощи завернула на улицу Байберри и покатила до Бак стрит. Повернув после светофора налево, «скорая», сбавив скорость, медленно вкатила в уже раскрытые железные ворота.

Как только машина остановилась, на мгновение осветив обветшалый вход старого особняка, к ней спустилась Линда Звонская …

… Это была женщина чуть выше среднего роста, на вид ей можно было дать лет тридцать-тридцать пять. Она была одета в тёмно-синюю с белыми полосками, на выпуск, мужскую рубашку и в чёрные брюки.

Её чёрные волосы гладко обрамляли куполообразный череп и были собраны в пучок сзади, на тонкой шее. Черты её лица, казалось, были вырублены из камня: грубые, с приплюснутым носом и блёклыми, словно бумажными, губами. Её большие, жилистые руки наводили на вопрос, кем она появилась на свет: девочкой или мальчиком.

Линда Звонская была одним из лучших русских агентов-женщин, она, как и Сенегал, полностью отдавала себя делу и славилась тонким умом и беспощадной жестокостью.

Даже Сенегал, не переносящий её на дух, относился к ней с осторожностью.

- Здесь твоя пациентка, - сообщил он, выходя из «скорой». - Она сейчас находится под действием седативного препарата. Проснётся и будет готова к допросу завтра к девяти-десяти часам утра. Ещё, она после операции: пулевое ранение в плечо. Думаю, что это тебе не помешает.

- Внесите её в дом, - низким голосом сказала Линда. - За вами кто-нибудь ехал?

- Ехал? Что ты имеешь в виду? - ухмыльнулся Сенегал.

Этот вопрос взбесил его. Он всегда считал, что женщины по уровню развития стоят ниже мужчин.

Хотя к Линде это не относилось. Она чётко знала, чего она хочет и как это нужно делать.

Её темные глаза внимательно смотрели на Сенегала и выражали полнейшую антипатию.

- Ты имеешь дело с Брэдли, - холодно заявила она, - а его недооценивать нельзя.

- Я сам знаю, с кем имею дело! – разозлился Сенегал. – Твоё дело - смотреть за ней. И допросить её. Выяснить все подробности о случившемся. А меня учить не надо!

Котов и Кулик перенесли спящую Карину в особняк.

Линда же совершенно не придала никого значения замечаниям Сенегала и продолжила в том же тоне:

- Теперь ты должен избавиться от машины. Её никто не должен заметить.

Сенегал не сдержался:

- Присматривай за этой бабой! - заорал он. – И допроси! Вот твоя работа!

Линда скривила в непонятной улыбке тонкие губы, развернулась и упругим шагом поднялась по ступенькам.

Сенегал грязно выругался, но мысль о смене машины оценил.

По ступенькам спустился Котов:

- Что теперь?

- Надо избавиться от этой машины, - буркнул Сенегал.- А, кстати, кто, кроме Кулика, будет охранять пациентку?

- Трое моих лучших парней. Не бери в голову. Всё под контролем.

Сенегал помедлил. Он вспомнил, как Линда оценила Брэдли.

«Брэдли стар и глуп, как степной козёл», - так описал его Силк.

Но опять - таки, верить Силку? Он уважал его как равного, а доверять …ну уж нет. Только не это.

Сенегал провёл пятернёй по своим длинным до плеч волосам, махнул рукой и кивнул Котову:

- Ладно. Поехали. Нам нужно в Нью - Джерси.

- Ты хочешь увидиться с Мартыном? – спросил Котов.

- Да. Заодно избавимся от этой колымаги. Мартын нам обрисует ситуацию, как это могло произойти с этой пациенткой. Кто в кого стрелял? И как там оказалось ЦРУ? Много непонятного для меня.

- Согласен. Едем …

Котов вывел машину «скорой» помощи на дорогу …

… Никто из них не обратил внимания на припаркованную на другой стороне дороги идентичную машину «скорой» помощи.

Силк тронул за локоть Кента:

- Всё. Они уехали. Теперь пойдём и заберем её …

- 9 -

Штат Пенсильвания. Филадельфия. Район Montgomery county.
16 июля. Время: 23 часа 8 минут.

Кент рассмеялся. Работать с таким сорви-головой, как Силк, для него было сплошным удовольствием:

- Ты совершенно неисправимый тип. Ты знаешь об этом? – сказал он. – Ты же не собираешься просто прогуляться в этот особняк и вышвырнуть оттуда дюжину русских бандитов?

- Ну, общую идею ты угадал, - с лёгкостью ответил Силк. – Мы с тобой вполне способны на такое. К тому же, могу поспорить, что их там совсем не дюжина.

Кент покачал головой:

- Мы можем сделать кое-что получше, - он сдвинул в сторону панель под приборной доской внутри машины. - У нас есть два газовых пистолета и три респиратора. Если Брэдли готовит операцию, то предусматривает всё.

Он протянул Силку плоский тяжёлый пистолет с широким дулом:

- Взгляни. Этой игрушки вполне достаточно, чтобы уложить целый батальон.

- Это слишком просто, - ответил Силк.

Он взял у Кента протянутую ему маску. Надел её, закрыв глаза и нос. Потом повернулся к Джинни:

- Сиди смирно, крошка, - голос его звучал приглушённо. - Мы долго не задержимся, а когда вернёмся, у тебя снова будет пациентка, за которой надо присматривать.

Маленькая грудь Джинни от волнения то вздымалась, то опускалась.

Девушка смотрела на Силка широко раскрытыми глазами. Она только и смогла выдавить из себя:

- Будьте осторожны.

- Только ради Вас, - ответил Силк и выскользнул из машины.

Не дожидаясь Кента, он под дождём перебежал дорогу и направился к старому особняку.

Кент, также надев маску, последовал за ним. Когда он догнал Силка, на секунду они остановились плечом к плечу, разглядывая фасад.

В одном из верхних окон зажёгся свет.

- Так вот, где она, - догадался Силк. – Я обойду сзади. Ты действуй спереди. Я пойду первым, дай мне пару минут, потом начинай.

Кент кивнул.

Махнув рукой, Силк бесшумно пересёк поросшую травой лужайку. Было темно, но не на столько, чтобы не видеть, куда он бежит.

Респиратор мешал ему, и он поднял его на лоб. Как только Силк свернул за угол здания, резко остановился и застыл на месте.

В десяти шагах от него стояла неподвижная мужская фигура.

Силк не колебался. Пригнувшись, он бросился на человека в длинном плаще.

Тот успел издать негромкий хриплый вскрик перед тем, как Силк сильным ударом ноги бросил его на землю.

Человек в плаще мешком свалился на мокрую траву.

Силк навалился на него сверху, схватил обеими руками за горло и стал надавливать большими пальцами на сонную артерию.

Его соперник пытался сопротивляться. Он выгнулся дугой и колотил руками по лицу Силка. Но постепенно он слабел. Борьба продолжалась несколько секунд. Силк надавил сильнее на горло, человек в плаще обмяк и затих. Он ещё немного подержал за горло уже бездыханное тело. Потом отпустил. Вскочил на ноги и снова замер. Прислушался. Ничего не услышав, продолжил передвижение, внимательно всматриваясь в темноту.

Силк подобрался к замку с тыла и оказался прямо напротив высоких дубовых застеклённых дверей.

Заглянул вовнутрь, затем достал из кармана специальную заточку с алмазной резкой и провёл большой полукруг прямо под тем местом, где был замок. Надев на руку перчатку, он чуть подтолкнул обведённое место. Стекло упало вовнутрь и каскадом рассыпалось по полу. Мгновение, и Силк, открыв замок, уже стоял в комнате.

В отдалении Чад услышал вскрик, за ним звон разбитого стекла и хлопок пистолетного выстрела. Это, как он понял, был Кент.

Чад молнией пересёк комнату и открыл дверь в тот момент, когда от деревянных панелей полетели щепки и раздался ещё один выстрел.

Плюхнувшись на четвереньки, Силк толкнул дверь. Чтобы она открылась пошире.

Респиратор сильно затруднял дыхание и значительно ухудшал видимость. Выхватив газовый пистолет и прицелившись в темноту холла, он спустил курок…

… Прошло около пяти минут …

… Кулик с пистолетом в руке бесшумно спускался по лестнице прямо в ядовитое марево. Вдохнув изрядную порцию отравы, он выпустил из рук пистолет, схватился за своё горло, захрипел и, медленно оседая, покатился вниз по ступенькам, закончив спуск на красивом персидском ковре. Кулик лежал, не двигаясь, лицом вниз.

Силк выбрался в холл, переступив через неподвижное тело Кулика, стал подниматься вверх по лестнице.

Газовый пистолет теперь был пустой и мешал ему. Силк бросил бесполезное оружие на пол и, добравшись до верхней площадки, остановился, пытаясь сориентироваться.

Его волновало, сколько русских охраняют нужную ему женщину.

Ближняя к нему дверь была справа от него. Сделав к ней пару шагов, Силк повернул ручку и осторожно заглянул в комнату. Это была спальня, в ней никого не было.

Газовое облако следовало за ним по пятам. Теперь оно заполонило верхний этаж.

Силк хорошо знал, что под действием газа люди мгновенно лишаются способности что-либо делать и теряют сознание.

Но всё же он осторожничал.

- Чад! - позвал его снизу Кент.

- Я здесь! Наверху!

Кент вбежал по лестнице и присоединился к Силку. В руках он держал плотно закрытый пластиковый пакет, в котором находился ещё один респиратор.

Он протянул его Силку, тот, понимая, кивнул и спросил:

- Видел кого-нибудь?

- В нижней комнате, рядом с входом, уже отдыхают двое парней. Думаешь, есть кто-то ещё?

Кент сделал шаг к двери слева. Силк пожал плечами:

- Не исключено. Ты осмотри ту комнату, а я спущусь вниз. Проверю ещё раз первый этаж.

Кент кивнул и направился к двери, что была слева.

Силк быстро спустился вниз, миновал коридор и добрался до последней двери. Взявшись за ручку, тихонько приоткрыл ...

... Прижав мокрый носовой платок к губам и носу, прислонившись всем мускулистым телом к стене, с пистолетом в руке, его ждала Линда Звонская.

Как только открылась дверь, облако газа ворвалось в комнату вместе с Силком.

Даже мокрый платок, дававший некоторую защиту, не уберёг женщину от ядовитых паров.

Прежде чем Линда успела применить оружие, она сильно закашлялась.

Силк в тигровом прыжке бросился на неё.

Её пистолет выстрелил, но Чад успел схватить Линду за запястье, и пуля ушла в потолок.

Он отодрал от её лица носовой платок, но в этот момент женский кулак врезался Чаду в челюсть.

Удар был настолько сильным, что Силка отбросило на пол.

Женщина поднялась и сделала два неуверенных шага, пытаясь добраться до своего пистолета.

Но газ уже подействовал. И через считанные секунды она повалилась на пол, словно тяжелое женское пальто, рухнувшее с вешалки.

Силк поднялся, пошарил рукой по стене, пытаясь найти выключатель. Нашёл и включил свет. В этот момент в дверном проёме появился Кент.

На большой кровати лежала недавно похищенная симпатичная русская.

Кент быстро нацепил ей на лицо респиратор, а Силк сгрёб бесчувственное тело в охапку:

- Да, - приглушенным эхом проговорил он, - русские женщины достойны внимания.

- Давай-ка поскорее унесём её отсюда, только я накину на неё свой плащ, - помахал перед его глазами Кент.

Силк кивнул:

- Ты прав, дружище. С ней мне как-то спокойней разговаривать с Брэдли…

… Через несколько минут Чад быстрыми шагами нёс драгоценный груз под дождём в направлении «скорой» помощи. Кент следовал за ним. Погрузив спящую красавицу в машину, они сняли с себя и с женщины респираторы.

- Поехали, - сделав пару вдохов и выдохов, сказал Силк.

После чего с улыбкой повернулся к Джинни, которая с округлёнными глазами наблюдала за всем происходящим:

- Она снова твоя пациентка. Присмотри за ней.

Как только Кент уселся рядом, Силк рванул с места:

- Тони, свяжись с нашим нервным шефом. Уточни дальнейший маршрут …

Кент вытер небольшим полотенцем мокрые руки, потом лицо, шмыгнул носом и взял в руки переносной телефон …

Поговорив с шефом, Тони поднял большой палец вверх:

- Одобрил, но на тебя, как всегда, зол.

- Это в его стиле. Слушай, Тони, - Силк наконец-то рассмотрел спящую молодую женщину, - ты знаешь что-нибудь о сознании и о подсознании?

Кент поднял левую бровь:

- Не пугай меня, Чад. Ты о чём?

- Я подумал, когда эта красавица проснётся, будет ли она знать, что с ней за этот непродолжительный период приключилось?

- Ну, даже если будет. Это что-то для тебя меняет?

- Тони, ты не романтик. Я хочу знать: когда она перед собой увидит мою рожу, что будет, она огорчится или улыбнётся?

Кент расхохотался:

- Да, Чад, я начинаю понимать Брэдли. Но если хочешь знать моё мнение, то уверен, что, увидев твою улыбающуюся рожу, с твоими голливудскими белыми зубами, улыбнутся все девушки мира …

Кент продолжал смеяться, а Чад быстро взглянул на слушавшую их разговор Джинни.

Девушка моментально опустила голову, чтобы никто не смог увидеть её улыбки.

Как бы она ни хотела противостоять этому, улыбка всё же была …

... Когда машина скорой помощи, увозившая Карину, выезжала на дорогу, чтобы как можно скорее удалиться от резиденции Русской разведки, в двадцати метрах от них у широкой ели, под непрекращающимся дождём, стояла высокая стройная женщина. Её голову покрывал непромокаемый чёрный капюшон. Она была одета в чёрную кожаную куртку с многочисленными металлическими пуговицами. Такими же были её джинсы. На ногах высокие чёрные узкие сапоги из тонкой кожи. Это была «Мадам».

Она добралась сюда из Флориды и ничего не знала о том, что происходило внутри самой резиденции. Ей нужно было только переночевать на этой вилле, но поспела в самый невыгодный момент. Людей на вилле ликвидировали, и она ничем уже не сможет им помочь. Расстроилась ли «мадам»? Совершенно нет. Её целью был Принстон. Ей был известен адрес и номерной знак нужного ей джипа, на котором приехали те две девчонки, которые подложили бомбу под днище машины.

Трое её друзей отправились к Аллаху. Теперь время платить по счетам. И ей всё равно, какому идолу поклоняются те девочки, она обязана отправить их на небо, вслед за своими боевыми товарищами...

«Мадам» посмотрела на ручные часы, стрелки показывали полночь.

Она поджала губы, смахнула с лица мокрые капли:

- Где-то надо переждать. Мне нужны сутки, чтобы подумать. Где? - спросила она сама себя.

В голову ей пришла интересная мысль:

- Хм-м, а почему бы и нет. Неплохая идея, - тихо проговорила она.

С этими словами «Мадам» в очередной раз посмотрела на тёмный, мрачный силуэт резиденции и направилась к своей машине, припаркованной на соседней узкой улочке ...

- 10 -

Манхеттен. Конспиративная квартира ЦРУ. 17 июля.
Время дневное: 2 часа 56 минут.

Пошёл третий день, как Ким с дочуркой Каролайн, которой в конце сентября исполнится шесть лет, Макс, Нино, а также восьмилетняя Натэлла уехали в Албани. На ферму к родителям Ким.

Влад же, по просьбе Ника Гембли, остался ...

Всё, что ему нужно было делать, не представляло большого труда. Он должен был ходить на работу, по магазинам, заходить в знакомый кафетерий рядом с работой, выпивать чашечку кофе без сахара и без молока. Затем посетить ближайший мол, купить запасные батарейки, кое-что для компьютера, потом спокойно поехать домой.

В первый день, после работы, он навестил могилу мамы, потом зашёл в продуктовый магазин, после чего поехал домой.

Остальные два дня Влад сначала заходил в кафетерий, затем ехал в мол. Возвращался домой, оставлял свой джип на стоянке и поднимался к себе.

В его квартире постоянно дежурили два сотрудника ЦРУ.

На завтра он спросил у Ника Гембли разрешение посетить спортивный клуб …

… Ночью раздался звонок на его новый переносной телефон.

- Влад, - спросил его приглушённый голос, но он узнал - это был Макс, - извини, старина, что разбудил …

- Да-да, Макс, ничего …, я слушаю

- Тебе Ким не звонила?

- Ким? - Влад сел на кровать, - она же с вами. Или …

Макс ответил не сразу:

- Она … уехала … вчера … Сказала, что должна подъехать в Принстон.

- В Принстон? Зачем? Мы же договорились, что только после того, как я позвоню …

Трубка замолчала.

- Макс, - позвал его Влад.

- Я здесь …

- Скажи сразу - что тебя беспокоит? Что не так??

Макс медлил:

- Она …, сказала…, что вернётся к вечеру …, но уже ночь, а её ещё нет. И на телефон она не отвечает.

- Ты …, - начал было Влад.

Но Макс перебил его:

- Я думал, что она отправилась к тебе, но потом вспомнил …

- Макс, дружище, не молчи, что ты вспомнил?

Макс тяжело вздохнул:

- Ты же ей рассказал, зачем тебя оставляют в Махеттене?

- Ну, да, и что?

- Когда я её провожал до машины, то увидел… на соседнем… сиденье … фотоаппарат. Ты как-то говорил, что фотография – это её хобби …

Теперь замолчал Влад.

- Я сначала подумал, что он ей нужен в Принстоне, но потом … Ты понимаешь, к чему я клоню?

- Думаешь, она поехала, чтобы … за мной … следить?

- Не знаю. Но боюсь, что ты прав.

Влад посмотрел на свои ручные часы, стрелки показывали половину третьего ночи:

- С ума сойти, этого я не предвидел. Она могла. Это в её характере. Что теперь?

- Ты помнишь, - моментально проговорил Макс, - кто за нами приезжал в Поконо?

- Помню, Карина.

- Нет, тех, кого она завалила?

- Какие-то черти, похожие на русских бандитов.

- Да, и я так думаю. Уверен, что тот третий, который оказался на улице …

- Его подстрелил Ник.

- Совершенно верно. И уверен, что он был тоже не один.

- Понятно. У тебя есть план? - спросил Влад.

- Да. Только ты в нём участвовать не будешь. Когда я разберусь, то сразу дам знать. Я выезжаю. Но чуйка у меня нормальная.

Значит всё будет Ок!

- А если наоборот? – вздохнул глубоко Влад.

- Нет, если бы было наоборот, то у меня сработала бы реакция ёжика. Понимаешь? До связи, братишка.

Влад посмотрел на замолчавшую трубку:

- Ким, - еле слышно произнёс он, - Ким, где … ты …

ЧАСТЬ ВТОРАЯ

- 1 -

Штат Нью-Джерси. Атлантик Сити. Аэропорт. 18 июля.
Время дневное: 3часа 16 минут.

- Завидую я тебе, - признался Кент Силку, когда они остановились перед зданием аэропорта Атлантик Сити, -   я возвращаюсь в душный Вашингтон, а ты с двумя симпатичными особами будешь нежиться на солнышке возле океана…

- Тони, - улыбнулся Силк, - ты хочешь остаться со мной и разделить эту радость?

Кент замахал руками:

- Чад, что ты, я так, к слову. Мне бы добраться домой и выспаться, потому что утром опять старая рутина: машины, клиенты …

Силк по - дружески обнял Кента и уверенно сказал:

- Тони, во-первых, без тебя я бы выглядел в глазах Брэдли, да и в своих, паршивой овцой. Так что, спасибо. Ты, как всегда, вовремя. И если Брэдли меня снова призовёт, я сам попрошу его связаться с тобой.

- Окей, Чад. Приятно было снова увидеть тебя. На связи.

- На связи, - ответил Силк, - я сам доложу Брэдли, когда доберусь до его виллы.

Тони на секунду задумался, потом посмотрел на Силка, раскрыл свою дорожную сумку, вытащил оттуда небольшой предмет, протянул Силку:

- Посмотри, на что это похоже?

Силк моментально отреагировал:

- Выглядит как портмоне. Опять подарок от Брэдли?

Тони лукаво сверкнул глазами:

- Возьми, тебе пригодится. Раскрой.

Силк взял в руки похожий на большой кошелёк кожаный предмет. Раскрыл и посмотрел на Тони.

- Это видеокамера, - улыбнулся Кент. - Очень хорошего качества. Я проверял. Настраивать не нужно. Открывай, наведи на то, что снимаешь, и записывай. Ты же должен   разговорить русскую. Так? Думаю, Брэдли тебя для этого на ней поженил?

- А это что? - Силк показал на небольшую металлическую авторучку.

- А это тебе, лично от меня. Это рекордер. Нажимай кнопку на ручке, вставляй её в карман и записывай. Запишешь на тот случай, если с камерой что-то случится.

Силк пожал плечами:

- Тони, я уверен, когда всё это закончится, - он оглянулся на салон, из которого выглядывала Джинни, - Брэдли обязан тебя повысить в звании.

Мужчины расхохотались и пожали друг другу руки.

Кент обернулся к Джинни:

- Присматривай за ним, сестричка. Ему доверять нельзя, - развернувшись, он направился к зданию аэропорта, продолжая улыбаться.

Силк вернулся в машину и посмотрел назад в салон, где на каталке лежала русская шпионка:

- Как она?

- Могло быть хуже. Неплохо бы её поскорее уложить в нормальную постель.

Силк кивнул, завёл мотор и задумчиво ответил:

- Поехали, - а про себя снова оценил спящую, « она, действительно, смотрится ничего».

 Силк вёл машину в сторону океана, в курортный городок Маргейт, где у Брэдли была своя спец-вилла.

Оставить с собой Джинни как медсестру тоже было указание Брэдли. Эту мысль шефу подсказал доктор Гринберг.

Сам Силк с этим был согласен. Несмотря на свою молодость, Джинни была достаточно опытна и привлекательна.

«Жизнь снова становится интересной», - подумал он …

… На виллу они прибыли чуть позже одиннадцати утра.

 Силк ехал вдоль красивых дорогих вилл. Когда он свернул на нужную ему улицу, дорога повела его прямо к океану и, наконец, упёрлась в массивные железные ворота.

- Хорошенькое местечко, - заметил он, выходя из машины и подходя к репродуктору, расположенному на левой каменной ограде, нажал кнопку.

- Вам кого? - спросил строгий моложавый мужской голос.

- Это вилла Джона Брэдли?

- Ну и что с того?

- Моё имя Силк. Тебе это о чём-то говорит, сынок?

- Приготовьте ваши документы, мистер Силк.

Теперь Чад был абсолютно уверен, что прибыл на место. Ухмыльнувшись про себя « Всё-таки Брэдли приобщил к делу парней Хартона».

После короткой задержки ворота открылись.

Силк внимательно осмотрел вышедшего из каменного домика для охраны молодого сержанта с автоматической винтовкой в руках.

Рядом с домиком на массивной цепи сидел злобного вида полицейский пёс.

Силк обратил внимание на крюк, вбитый в стену, к которому прикреплялась толстая цепь.

Собака до этого, видно, отдыхала. Встав на четыре лапы, псина повернула свою мохнатую морду в сторону незнакомца и оскалилась.

Сержант, которого звали Билл О'Лари, приземистый, крепко сложенный парень, с обветренным, жестким лицом, кивнул Силку:

- Проезжайте, мистер Силк. Нас предупредили о вашем прибытии.
Силк усмехнулся:

- Н-да, у Брэдли не должно быть повода для беспокойства.

- Совершенно верно, - согласился сержант, - нас здесь шестеро. Так что, вы правы, неприятностей не будет. Сама вилла чуть дальше по этой дороге, - показал рукой О'Лари, с любопытством посмотрев на высунувшуюся из машины Джинни.

Последняя безразлично посмотрела на него, шмыгнула носом и закрыла дверь салона.

Силк проехал вперёд по подъездной дорожке. Затем, обогнув угол каменной сторожки, увидел саму виллу.

Это был двухэтажный особняк, построенный прямо на самом краю обрыва высокой скалы. Отчего большая терраса, пристроенная к первому этажу, выходила на бескрайний океан.

Из декоративных ваз на окнах каскадами свисали яркие цветы.

- Ну и ну! Ты только посмотри на это, - воскликнул Чад. – У нашего шефа неплохой вкус. Чёрт бы его побрал …

В это время на центральной лестнице появился высокий мужчина в белой рубашке и белых брюках. Подойдя к машине, он открыл водительскую дверь:

- Доброе утро, сэр. – Чёрное лицо расплылось в сверкающей белозубой улыбке. - Меня зовут Патрик, я человек мистера Брэдли. Для вас всё готово.

По чертам лица и цвету кожи Силк определил, что он сенегалец.

В самом деле всё было готово. Спящую русскую определили в комнату, переоборудованную под больничную палату. Это не составило труда для Джинни, уложить её в постель с помощью Патрика и поставить капельницу. Затем, сунув в приоткрытый рот градусник, померила ей температуру.

Наблюдая за ней, Силк спросил:

- Когда она проснётся? Ты знаешь?

- Думаю, сегодня к вечеру. Но к завтрашнему утру – точно.

Ей нужно срочно сделать перевязку. Вы поможете мне.

Силк кивнул.

В момент перевязки он убедился ещё раз в том, что русская не только красива лицом …

Также он заметил на внутренней стороне левой руки наколку: маленького паучка.

Джинни тоже это заметила и спросила:

- Вам нравится?

Силк пожал плечами:

- Ну, это на любителя. А тебе?

- Нет, - быстро ответила Джинни, завершая перевязку, - спасибо. Мы закончили. Теперь её лучше не беспокоить. Я присмотрю за ней.

- И всё-таки она действительно красивая. Правда?

- На любителя, - смущённо парировала Джинни.

Силк улыбнулся ей и вышел на террасу, моментально оккупировав шезлонг и скинув с себя все свои грязные вещи, позвал Патрика.

Чёрный человек Брэдли, выйдя на террасу, сразу всё понял, и уже через пятнадцать минут Силк, в шортах и сандалиях, разморённый жарким солнцем, протянул руку к столику, на котором стоял стакан красного итальянского вина.

Минуту спустя Патрик поднёс ему телефонную трубку.

Это был Брэдли:

- Говори, - только и сказал он.

- Шеф, - радостно приветствовал его Силк, - у вас здесь настоящий райский уголок. Чудесное местечко.

- Хватит болтать, Силк. Не ломай комедию. Как она?

- Пока относительно, шеф. Чего вы хотите, русские под завязку накачали её наркотиками, и потом она нанюхалась вашего чрезвычайно эффективного газа. Но она выдержит. Дня через три – четыре придёт в себя. Будет как новенькая.

- Нужна ли ей медицинская помощь?

- Медсестра сказала, что она справится.

- Чад, подружись с ней. Ты уже увидел паучка у неё под рукой?

- Да. Почему вы меня не предупредили? Теперь я понимаю, откуда нарисовался Сенегал.

- Она из спецотдела ФСБ. Это непростая «штучка», которая к тому же не хочет возвращаться домой.

- Это вам сказал Сенегал?

- Чад, прекрати. До тебя, верней, до того, как она попала в госпиталь, её вели люди Хартона.

- Вот теперь всё встало на свои места. Меня они тоже охраняют? Вы мне не доверяете, Брэдли? Печально.

- Перестань паясничать, Силк. Сенегал уже послал тебя в нокаут, когда увёл её перед самым твоим носом. Не хочу повторений. Ты меня услышал?

- О, да, шеф.

Брэдли хотел было высказать Силку мнение Хартона о том, что эта русская не то, чтобы не хочет возвращаться … Кроме всего, она не очень-то дорожит своей жизнью … Но решил не нагружать этим Силка. В конце концов, это только доводы капитана Хартона. А русские вряд ли будут штурмовать виллу. Поэтому он просто поменял тему:

- Кстати, как себя чувствует медсестра?

- Что вы имеете в виду, шеф?

- Она молоденькая?

- Я понял, шеф, вас беспокоит то, что я могу увлечься ей? Так можете спать спокойно. Ей около пятидесяти. У неё вставная челюсть и … три двойных подбородка Симпатичная старушка, но не в моём вкусе.

- Работай. Главное успей её разговорить, - оборвал его Брэдли и отключился …

… Силк посмотрел на телефонную трубку, поднял глаза и увидел стоявшую в дверном проёме Джинни. Посмотрев друг на друга, молодые люди рассмеялись.

В медицинском халате девушка выглядела совершенно неподходяще для этого места.

- Вы не можете так ходить в такую жару. Закажите себе купальник.

Брэдли оплатит. К тому же, я уверен, что у вас с собой абсолютно ничего нет. Держу пари, что вы не захватили с собой даже губную помаду.

- Нет, не захватила, но обойдусь без неё. - Она с тоской посмотрела на Силка. – Вот список вещей, необходимых для пациентки.

И тут Силк осознал, что он до сих пор ни разу не называл девушку по имени:

- Послушай, крошка. Как я помню, тебя зовут Джинни.

Чуть помедлив, она ответила:

- Да.

- Чудесно. Теперь, Джинни, расслабься и послушай: я хочу, чтобы ты получила удовольствие от пребывания здесь, так же, как и я.

Подмигнув ей, он крикнул:

- Патрик!

Человек Брэдли был тут как тут:

- Да, сэр.

- Я хочу, чтобы ты прямо сейчас отвёз сестру Вэнс в Атлантик Сити. Ей нужно купить вещи для нашей пациентки. Также она собирается купить необходимую экипировку для себя. У тебя есть деньги?

- Да, сэр, мистер Брэдли распорядился в банке, чтобы у меня всегда были деньги.

- Отлично. Тогда заезжайте в банк, снимите побольше денег и позволь сестре Вэнс их потратить. Договорились?

- Нет проблем, сэр.

Силк посмотрел на замолчавшую медсестру и подарил ей свою улыбку:

- Иди, Джинни. За твоей пациенткой я присмотрю. Развейся немного.

И обязательно потрать деньги. Не стесняйся. Сейчас ты гостья Центрального Разведывательного Управления.

Джинни улыбнулась в ответ.

Чад развернулся:

- Джинни, и не забудь, сегодня на ужин ты должна быть в новом, красивом платье. Иди. А я пойду, прогуляюсь и осмотрюсь.

Пока он спускался в сад, Джинни не сводила с него глаз.

Сильные, мускулистые плечи, прямая спина, загар – от одного его вида у неё замирало сердце и перехватило дыхание. Она вдруг поняла, что влюбилась, и собственное прозрение шокировало её. Девушка следила за новым знакомым до тех пор, пока он не скрылся из вида, потом резко повернулась и вошла в дом…

… Силк дождался, пока Патрик и Джинни уедут, и направился к каменному домику охраны, чтобы поговорить с сержантом. По дороге он вспоминал то, что врезалось в его память из последней фразы Брэдли

« главное, успей её разговорить …»

Силк на минуту задумался, повторив вслух:

- «Главное, успей …» Чтобы это могло означать?

Он знал, что Брэдли отменный стратег. И слов на ветер не бросает…

… Силк нашёл сержанта О, Лари сидящим на скамейке возле сторожки. Рядом с ним пристроилась чёрная восточноевропейская овчарка, насторожившаяся при появлении Чада. Тот подошёл прямо к собаке, присел и запустил пальцы в густую шерсть на её шее.

О'Лари, затаив дыхание, начал медленно подниматься со своего насеста.

- Привет, приятель, - сказал Силк, глядя прямо в глаза псу.

Пёс ответил ему внимательным взглядом, а потом просунул морду ещё глубже в руки человека.

- Вот, чёрт! - облегчённо вздохнул О, Лари. - Ты меня напугал.

Я подумал, что ты сейчас останешься без руки. Этот пёс – просто дикая зверюга.

Силк продолжал ласкать овчарку.

- Я люблю собак, - сообщил он, - и, кажется, нравлюсь им тоже. - Он потрепал пса по шее и, поднявшись, пересел на камень рядом с сержантом. - Ты, наверняка, в курсе, что русские охотятся за нашей пациенткой.

- Да. Наверное, они все явятся прямо сюда, - равнодушно ответил О, Лари. - Мы с ними справимся.

Силк задумчиво произнёс:

- Слушай, О, Лари, представь, что они попытаются бросить под ворота бомбу ..., могут они это сделать или нет?

- Уверен, что могут. Только у них ничего не выйдет. Впереди на дороге у меня сидит пара ребятишек. Место у них удобное, и они вооружены пулемётом. Сзади к нам не подобраться, там отвесная стена скалы, по ней невозможно забраться. Так что беспокоиться нужно только за ворота. Но к тому времени, как они смогут прорваться через первый кордон, мы уже будем готовы их встретить.

Их беседа растянулась на полчаса. Силк поднялся:

- Может быть, и мне неплохо бы иметь при себе оружие, на случай, если у нас, действительно, начнутся проблемы, - сказал он в конце разговора.

О, Лари усмехнулся:

- У меня есть для тебя подходящая штучка.

Он зашёл в сторожку и вернулся оттуда с автоматическим пистолетом 38-го калибра и тремя полными обоймами ...

... Оказавшись снова в особняке, Силк убрал оружие в выдвижной ящик стола, стоявшего на террасе, и развалился в шезлонге.

От всех происшедших событий он просто решил полностью довериться О, Лари и немного поспать до приезда Джинни и Патрика.

На секунду подумав о Джинни, Чад облизал языком свои губы и покрутил крепкой шеей:

- Нет, Чад. Она слишком молодая. Нет, и ещё раз нет, - сказал он сам себе ...

- 2 -

Нью-Йорк. Район Бруклин. Брайтон Бич. Ресторан «Арбат».
18 июля. Время дневное: 2 часа 17 минут.

Алик Бякин по прозвищу «Бяка» слушал Макса, при этом спокойно работая ножом и вилкой. Его мощные челюсти методично пережёвывали блинчики с мясом.

Он не перебивал Макса, был весь во внимании.

Алик, двадцати шести лет, два года назад был простым питерским парнем.

После школы отслужил в армии в Амурской области на границе с Китаем. Вернулся в родной Питер и поступил в автодорожный техникум. В школьные и армейские годы он был успешным борцом дзю-до в полутяжелом весе, как и Макс.

Но Макс тогда уже ходил в чемпионах, а Алик был начинающим борцом. У молодых рябят, как правило, неписаное табу – уважение к старшим, во всех смыслах, особенно к чемпионам.

Кроме борьбы, Алик хорошо разбирался в ремонте машин, помимо этого был крепким, кряжистым парнем, скорым на любые потасовки и уличные разборки.

Но вступить в криминальные группировки желания у Алика не было.

Так что к двадцати четырём годам у него образовался существенный набор талантов, чтобы подумать про то, как ему устроить свою личную жизнь.

Америка для него всегда была символом успеха и свободы.

Несмотря на то, что его мама вышла второй раз замуж, Алик воспользовался возможностью навестить родственников своего погибшего в автокатастрофе родного отца Семёна Гинзбурга…

… И вот она - АМЕРИКА!!!

Его делами на сегодняшний день занимается иммиграционный адвокат. Год назад он нашёл работу в автомастерской в Бруклине, а на выходные устроился охранником в один из русских ресторанов …

- Макс, - Алик отложил в сторону пустую тарелку, - ты же не беженец? Или половинка, как я?

- Нет, - спокойно ответил Макс, - я не беженец. Моя жена уже гражданка, а мои документы в процессе. Гринкарта у меня есть. А как ты с этим?

Алик вытер салфеткой рот и улыбнулся:

- Ладно, не парься, Макс, я же не из полиции, так спросил просто, но откровенно лично за тебя очень рад. За тебя в Питере все говорили с уважением. Так что твою просьбу я услышал. Но, во-первых, не обещаю, потому что не от меня это зависит, и второе, мне нужно хотя бы пару дней. Это как тебе?

Макс промолчал.

Алик же, в свою очередь, понял: у этого парня времени ждать нет …

Работая в ресторане, Алик за два года повстречал многих ребят-спортсменов, крутящихся вокруг серьёзных криминальных личностей.

А с одним из них, Юрой Коробковым, по прозвищу «Короб», ходил в корешах.

Они вместе уже около года снимали на двоих одну квартиру.

Алик был в курсе, где сейчас обитает Короб и кого охраняет. И, конечно, он слышал о двух редких, но уважаемых отморозках: Коле по прозвищу «Бык» и его близком кореше «Свище».

Оба были из пасмурного северного российского города Воркута, где зон для уголовного элемента было больше, чем простых людей в самом городе.

Про « Карлика » не слышал ничего …

- Макс, - снова улыбнулся Алик, - давай завтра на этом же месте. В то же время. - Он оглянулся по сторонам. - Только будь один. Лады?

- В смысле? - спросил Макс.

Алик пожал широкими плечами:

- Блинчики с мясом у них самые лучшие на всём Брайтон-Бич, - засмеялся он, потом сделал серьёзное лицо и добавил. - Макс, брат, я узнаю, из уважения к тебе – помогу …

- 3 -

Филадельфия. Центр города. Ночной бар « Libation». 19 июля. Время после полуночи: 00. 35 минут.

Часы показывали тридцать пять минут после полуночи, когда в «клуб лесбиянок» под названием «Лебэйшен» охрана пропустила высокую молодую, зелёноглазую женщину. Её красивые чёрные волосы плотной массой спадали на плечи чёрной куртки в металлических заклёпках. Раньше никто из постоянных клиентов её здесь не видел. Поэтому один из охранников, с полицейской бляхой на правой груди, попросил незнакомку предъявить удостоверение личности:

- Хм-м, ты из Техаса? Одна?

- Пока, да, - спокойно ответила гостья.

- Ок, проходи. Бар закрывается в два часа. Знаешь?

Женщина молча кивнула, слегка выдвинутым вперёд подбородком и вошла в зал, где во всю гремела популярная музыка.

Бар был полон, и чтобы дойти до стойки бара, ей без извинений пришлось протискиваться, расчищая свой путь локтями.

На замечания типа:

- Эй, красавица, полегче …

Она холодно улыбалась и двигалась дальше. Но это не означало, что она осталась незамеченной. Как только незнакомка достигла стойки бара, перед ней моментально появились два коктейля.

Она не стала подбирать ни один из подаренных напитков, а подозвала бармена и спокойно сказала:

- Три рюмки тэкилы. Чистой.

Бармен, худощавый, курносый парень, сделал удивленное лицо:

- Три, чистой тэкилы?

- Да, чистой. Три, - быстро ответила незнакомка.

Пока бармен откупоривал новую бутылку истинно мексиканской выпивки, высокая гостья медленно, но очень внимательно осмотрела бар.

С другого конца барной стойки она увидела симпатичную девушку, вытирающую салфеткой глаза. Девушка сидела на высоком стуле, склонив свою голову к стойке бара. Рядом с ней стояло мужеподобное создание в синих джинсах и в светлой рубашке навыпуск с закатанными до локтей рукавами.

Три рюмки были выпиты незнакомкой с промежутком в пять минут каждая. За это время девушка, вытиравшая салфеткой глаза, успокоилась, а её мужеподобная подруга взяла её за руку, и они вместе направились к выходу.

Проходя мимо незнакомки, девушка неожиданно подняла голову, и на мгновение их глаза встретились. Они даже успели улыбнуться друг дружке …

Перед самым выходом девушка вновь оглянулась на высокую интересную незнакомку, но тут же на её плече оказалась тяжёлая рука подруги, которая подтолкнула её на выход.

Незнакомка вынула из кармана своей кожаной куртки кошелёк, заплатила, сколько нужно, и, резко развернувшись, последовала за только что вышедшей парой …

… Дождь прекратился, но чёрные, в дымчатых полосках тучи ещё висели над городом Братской любви. Глаза незнакомки успели заметить, как вышедшая пара завернула за угол.

Гостья последовала за ними уверенным и быстрым шагом.

Завернув за угол, она увидела картину, которую просчитала уже в своей голове. И не ошиблась…

… Мужеподобная подруга пыталась втолкнуть в машину улыбнувшуюся незнакомке девушку. Девушка явно была против и пыталась сопротивляться.

Подойдя к этой паре, незнакомка остановилась:

- Ты в порядке?

Действие возле машины сразу прекратилось:

- Тебе чего? Иди куда шла, - грубо рявкнула мужеподобная подруга.

- Мне кажется, что она не хочет с тобой никуда ехать.

- Не твоё дело. Проваливай или я тебя сейчас …, - совершенно ничем не похожая на женщину подруга отпустила девушку и со злобным лицом повернулась к незнакомке, которая, видимо, этого и ждала.

Бросив в лицо возбуждённой женщине мужского типа скомканную салфетку, незнакомка в секунду впилась своей кистью в массивное плечо женщины-мужчины, а большой её палец моментально воткнулся в ямку, под которой находилась ключица. Мужеподобное лицо исказилось от болевого шока.

Не желавшая садиться в машину девушка еле слышно вскрикнула:

- Ой!

Продолжая давить на нужную точку, незнакомка усадила не совсем женское создание на сиденье:

- Она ... с тобой ... не поедет, - сухо произнесла неизвестная гостья, затем невидимым ударом той же рукой в челюсть отправила грубиянку в нокаут. Захлопнув дверь, посмотрела на испуганную девушку:

- Моя машина чуть дальше на этой же улице. Пошли я отвезу тебя домой.

... Быстрыми шагами они пошли вдоль припаркованных машин.

- Ты далеко живешь? – спросила незнакомка.

- Нет. Совсем рядом ...

... - Можешь оставить свою машину здесь. Тут спокойное место. Мы можем прогуляться. Здесь недалеко, - еле слышно улыбнулась незнакомке девушка.

Незнакомка припарковалась возле бордюра. Выключила двигатель и посмотрела на девушку:

- Приглашаешь меня в гости?

Та моментально кивнула:

- Я же должна тебя отблагодарить.

Девушка замолчала на считанные секунды, словно обдумывая своё следующее предложение. И наконец решилась:

- Ты очень клёвая. Захочешь, можем покувыркаться, - рассмеялась и вышла из машины...

... Две крохотных комнатки и спальня, где стояла только одна широкая кровать, а на противоположной стене висело широкое зеркало. Маленькая прихожая, тесная кухня и ванная отдельно от туалета. Вот и вся территория, на которой жила эта, на вид очень милая девушка.

- Мне надо принять душ. Можно? – спросила незнакомка.

- О, да. Конечно. Сейчас я дам тебе полотенце и свой халат. Он, правда, тебе будет как бикини, но у тебя красивые ноги. Тебе нечего их скрывать.

- Спасибо, я знаю.

- Отлично. Я займусь закуской. Выпьем чего-нибудь?

- Если я ночую у тебя, то да. У тебя есть водка?

- Есть. Я её держу для моего друга ..., - девушка неожиданно покраснела, - извини, я не совсем «лесби», я могу и так, и так ...

- Нормально, - спокойно ответила незнакомка, - я сама такая.

- Здорово. Тогда иди в душ, а я к холодильнику.

Сняв лёгкие кожаные сапоги, незнакомка разделась, сложив футболку и свой костюм на кресло, положила сверху на него заплечный рюкзак. Оставшись в трусиках, накинула на себя сиреневый халат и направилась в ванную комнату.

Дверь от ванной только прикрыла и, включив душ, припала к узкой щелочке, через которую хорошо просматривалась гостиная и кресло, на котором лежали её вещи …

… Сначала девушка наполнила чайник, поставила его на плиту и включила газ. Через минуту из холодильника на столе появился дольками нарезанный лимон, сыр, начатая бутылка водки и блюдце с сухариками.

Затем, оглянувшись на дверь ванной, хозяйка быстро пробежала по всем карманам кожаного костюма, достала портмоне, проверила, есть ли кредитные карточки, нашла одну, золотого цвета. Сравнила удостоверение личности, фотографию и имя на кредитке. После чего открыла заплечный рюкзак и замерла …

Плотно сложенные в стопки стодолларовые купюры покоились одна на другой, Их было много …

Дальнейшие движения хозяйки были очень стремительны. Вытащив из буфета два пузатых бокала, она разлила в них водку, а в один бокал бросила какую-то таблетку…

… Незнакомка, улыбнувшись, сняла свой чёрный парик, вытащила из глаз контактные линзы зелёного цвета и встала под душ ….

… Когда гостья вышла из душа, молодая хозяйка склонила голову на бок:

- Хм-м, даже так? А тебе в парике лучше. Проходи, давай выпьем за встречу. Меня зовут Сиси, а тебя?

- Хельга, - быстро ответила незнакомка.

Она прошла к столу, подняла в руки пузатый бокал и, заметив на подоконнике вазу с цветком, подошла к окну:

- Сиси, ты хочешь, чтобы мы спали с тобой на одной кровати?

- А ты против? Ты мне нравишься. Может, попробуем поиграть в любовь, - сказала Сиси и сделала один глоток.

Незнакомка по имени Хельга стояла к хозяйке спиной, что дало ей возможность незаметно вылить содержимое из бокала в цветочную вазу:

- Я сегодня не в форме. Если можно, отложим до утра. У тебя есть утром дела?

Сиси качнула головой:

- Никаких.

- Отлично, тогда спать.

Сиси сделала второй глоток и внимательно посмотрела на Хельгу:

- У меня одно одеяло, но есть широкий тёплый плед. Хочешь?

- Годится, - зевнула гостья.

Сиси вытащила из - под кровати длинную плетёную коробку, в которой лежал чёрно-белый плед:

- Ложись, мне тоже надо в душ.

- Я устала и быстро засну, - улыбнулась гостья и положила рюкзак под свою подушку, - спокойной ночи, Сиси.

- Спокойной ночи, Хельга …

… Сколько прошло времени, Хельга не знала, но, почувствовав, что кто-то на неё смотрит, глаза не открывала, дала возможность тем, кто рядом, проявить себя.

В комнате горела ночная лампа с той стороны кровати, где должна была спать Сиси…

… - Ты уверена, что она выпила твой «коктейль»? - спросил грубый мужской голос.

- Да, - тихо ответила Сиси, - я положила целую таблетку. Думаю, что она проспит до утра.

- Хочешь, чтобы я её прикончил спящую?

- Не знаю, Билли. Я не хочу никого убивать, но у неё в рюкзаке много денег. Он у неё под головой и привязан к её руке. Может, просто попросим у неё половину. Нам хватит.

- А если она не согласится? Тогда что?

- Билли, я не знаю, - Сиси замолчала, но потом продолжила, - делай, как хочешь, только, если ты будешь её убивать, я уйду в ванную.

Мужчина по имени Билли тяжело вздохнул:

- Хорошо, будь по-твоему. Я попробую её разбудить.

С этими словами он подошёл к кровати и толкнул гостью в открытое плечо:

- Эй, красавица, подъём. Вставай. Будем разговаривать.

Хельга слышала весь разговор. Она сделала вид, что просыпается. Протёрла рукой якобы слипшиеся глаза. Потянулась. Приподнялась на локте. Шмыгнула носом. Тряхнула светло-русыми волосами. Посмотрела сначала на высокого, бородатого, крепко сложенного парня. Потом перевела взгляд на стоявшую у стены хозяйку:

- Сиси, кто это? Твой друг?

Сиси молча закивала в знак согласия.

- Хорошо, я могу одеться?

- Одевайся, - ответил молодой парень.

Гостья без стеснения поднялась, скинула с себя халат, оголив красивую высокую грудь. Рюкзак из рук не выпускала. Подошла к креслу, где лежали её вещи. Одевалась медленно. Одевшись, молча присела в кресло и натянула на ноги свои сапоги:

- Слушаю вас, сэр.

В руках у парня появился пистолет с глушителем:

- У тебя в рюкзаке есть наличка. Мы хотим её честно с тобой поделить. Это будет плата за ночь с моей подружкой. Как тебе?

Хельга посмотрела на дрожавшую у стены Сиси и улыбнулась:

- Который час?

- Четыре утра, - ответил парень, - зачем тебе время? Не думаю, что для тебя это сейчас важно.

- Хм-м, - ухмыльнулась Хельга, - а ты знаешь, что для меня сейчас важно?

- Остаться живой. И уматываться отсюда.

- Значит, вам нужны мои деньги? Я правильно тебя поняла?

Парень молча кивнул.

- Ну, а если я сообщу тебе, что это не мои деньги. И если я их не привезу полностью, то у вас будут проблемы. За ними могут приехать не совсем хорошие парни и спросить. Как тебе такой расклад?

- Ерунда. Мы получим твои деньги и уедем из этой чёртовой Филадельфии. Хочешь нас искать - ищи. Твои проблемы. Давай поделим этот куш. И не заставляй меня делать плохие вещи ...

Во время разговора парень не сводил с гостьи свой взгляд, но он пропустил тот момент, когда гостья незаметно потёрла один сапог о другой, после чего на носу каждого сапога появились заточки. Это были металлические штыри, заточенные как два острых ножа ...

- Хорошо, держи мои деньги, - с этими словами гостья бросила рюкзак в лицо парню.

В ту же секунду её левая нога в боковом ударе воткнулась в живот не успевшей открыть рот Сиси, а через секунду правая нога воткнулась в грудь молодого парня ...

Сиси схватилась за живот и медленно стала оседать. Парню, у которого уже выпал пистолет из рук, пришлось испытать ещё один удар. Выдернув из его живота металлический штырь, Хельга высоким круговым ударом ноги полоснула ему по горлу ...

Короткий разговор был стремительно закончен...

... Через полчаса белая «Тойота-Каролла» выехала на дорогу под номером № 1, «Рузвельт Бульвар», и направилась в сторону большой шоссейной трассы под название Турунпайк, штат Нью-Джерси ...

... За рулём с абсолютно спокойным лицом сидела Хельга.

Она же - «Мадам» ...

... Два окровавленных трупа в квартире на 4 – ой стрит полиция обнаружит только на завтра ближе к вечеру.

Оба бездыханных тела лежали ничком на одной широкой кровати голыми спинами вверх. У каждого трупа во всю спину красовалась большая буква «Х».

И это было очень странно, потому что полиция Филадельфии с таким «автографом» … ещё не сталкивалась …

- 4 -

Штат Нью-Джерси. Городок Малборо. 520-я дорога. 18 июля. Время ночное: 3 часа 13 минут.

Дождь собирался три дня, а начал накрапывать только сегодня в полдень.

К вечеру – зачастил. Ближе к ночи успокоился, но не затих. Редкие капли продолжали окроплять умытую от влаги траву, деревья и дышащую свежестью землю.

Городок Малборо, что в штате Нью - Джерси, отходил ко сну. Гасли огни и в собственных домах жилого комплекса, рядом с 520-ой дорогой.

От неожиданно налетевшего ветра зашуршала листва, встрепенулись и заголосили потревоженные птицы. Из-за растрепанных серых туч показались косые, блёклые лучи одинокой луны, и налетел лёгкий ветерок.

За высокой сосной, недалеко от обрыва, почти не шевелясь, в течение двух часов стоял человек, не отрывающий взгляда от света за балконной дверью на втором этаже последнего дома.

Это был Мартын. Он был одет в чёрный спортивный костюм из непромокаемой ткани. Иногда на него попадал тусклый отблеск покачивающихся на ветру фонарей, расположенных по периметру нужного ему дома.

В зыбком свете луны могли быть видны лишь тонкие линии его губ и тяжелый подбородок. На его правом плече висела легкая дорожная сумка. Сделав небольшие движения корпусом, чтобы размять торс и ноги, Мартын посмотрел на лёгкие кроссовки, обутые в резиновые галоши.

Его дежурство под деревом напоминало терпеливую охоту кота, выслеживающего мышь.

Он взглянул на часы, стрелки показывали два часа ночи. Свет за балконной дверью погас.

Мужчина в спортивном костюме по-прежнему не шевелился. Так продолжалось еще пять минут. Потом он спокойно расстегнул свою сумку и вынул из неё бинокль. И еще около минуты наблюдал за балконом. Убедился, что на балкон никто не вышел и что одна из створок окна, близкого к балконной двери, осталась приоткрытой. Его тонкие губы растянулись в спокойной улыбке.

Он вернул бинокль в сумку, уверенно вытащил из сумки пистолет с уже прикреплённым к стволу глушителем и стал медленно спускаться к забору.

Движения хорошо натренированного человека были по-кошачьи мягкими и бесшумными.

Деревянный забор он преодолел в мгновение ока. Так же быстро, бесшумно вскарабкался на балкон и замер. Прижался к стене слева от двери, встав под козырёк крыши так, чтобы мокрые капли его не беспокоили.

Пистолет он запихнул во внутренний карман куртки.

Прошло ещё минут десять, прежде чем он присел на корточки и обратил внимание на кусок занавески, показавшийся из-за балконной двери …

Дверь была незакрыта …

… Мартын подождал ещё минут пять. Прижав к груди пистолет с глушителем, поднялся. Осторожно приоткрыл занавеску и шагнул в тёмную комнату …

Картина, увиденная им в том же блёклом свете, была совершенно не той, какую он ожидал: Лео и Мария лежали на кровати. Их лица были прикрыты одеялом. А та девушка, которая была ему нужна, сидела рядом с кроватью, на полу, со связанными руками. Её рот был заклеен пластырем.

Не сразу сообразив, что случилось, Мартын вытащил из-за спины нож, подбежал к Паоле, перерезал верёвку и … получил неожиданный удар по голове … В его глазах блеснули жёлтые круги …

О том, что случилось в следующую секунду, он узнает чуть позже …

… Паола, освобождённая от верёвки, моментально вскочила на ноги и толкнула падающего Мартына на женщину в чёрном кожаном костюме, которую она никогда раньше не видела, вихрем пронеслась к балконной двери и прыгнула вниз через перила …

… Мартын был в ауте полчаса, не больше. Когда он открыл глаза, то сразу всё понял…

- « Ма-да-м»? Откуда … ты? - еле ворочая языком, спросил он.

Хельга, вместо ответа, подошла к широкой кровати и сдёрнула одеяло:

- Случайно, - спокойно ответила она, - решила помочь тебе сделать твою работу. Ведь ты за этим здесь?

Мартын, держа руку на затылке, подполз к тому месту, где недавно сидела Паола.

- А где …, - он не договорил.

- Сбежала, сучка. Но я её достану. Ты же знаешь. Хотела меня взорвать. Маленькая тварь. Я не хочу тебя убивать, Мартын. Знаешь, почему?

Мартын не ответил. Знал, что эта тигрица сама скажет.

- Хочу, чтобы ты передал привет Сенегалу. Личный привет. И если ты уже на ногах, проваливай и не мешай мне ...

... Через час Паола остановила свой «Нисан» на парковке возле второго корпуса, в котором она снимала с Джулией одну квартиру.

Закрыв машину на ключ, оглядываясь по сторонам, быстрыми шагами направилась к знакомой двери. Квартира была на втором этаже. Открыв дверь, она резко остановилась ...

В гостиной, рядом с диваном горела напольная лампа на высоком штативе. Джулия в пижаме сидела в кресле, а навстречу Паоле, с соседнего кресла, поднялся высокий молодой мужчина в тёмном костюме, белой рубашке и галстуке. Он приложил указательный палец к своим губам:

- Паола, вы в безопасности, меня зовут Ник Гембли. Мне есть что вам рассказать...

Прижавшись к стене, Паола холодными глазами смотрела на незнакомца. Затем на свою подругу...

- Вы можете мне не доверять, - Ник поднял со стола конверт. С этими словами он опустил на стол небольшую фотографию.

- Уверен, вы захотите меня выслушать ...

Ник намеренно отступил от стола и встал рядом с Джулией ...

Паола, не шевелясь, продолжала хмуро смотреть на обоих ...

Никто не двигался ...

... - Кто ...вы? - еле слышно спросила Паола.

... Первой сделала свой шаг Джулия. Она спокойно встала, подняла со стола фотографию и подошла к подруге:

- Он хочет тебе помочь. Он сотрудник ЦРУ. По-моему, ты многого не знаешь, Паола.

Девушка, не отходя от стены, протянула руку и взяла фото ...

Прошло около минуты, прежде чем Паола подняла фото к своим глазам ...

... Сначала из её рук выпала спортивная сумка, потом, прижимаясь спиной к стене, она опустилась на пол и скрестила ноги ...

... Теперь она держала фото двумя руками ... Затем перевернула фотографию и прочитала надпись, едва шевеля пересохшими губами:

... « Меня зовут Катя Изверова ... спасите меня ...»

... Подрагивая плечами, она опустила голову ...

Паола ... плакала ... Сначала тихо ... потом все громче и громче... И наконец закрыла лицо руками ...

С фотографии на неё смотрела ... маленькая Катя ..., её родная сестра.

- 5 -

Дистрикт Колумбия. Вашингтон. Посольство России. 19 июля.
Время дневное: 2 часа 43 минуты.

Грибов вошёл в небольшой кабинет, где за письменным столом сидел Сенегал, расковыривая дырочки в столешнице ножом для разрезания конвертов.

В США Грибов занимал должность главы российской службы безопасности. Это был невысокий толстый человек с бородкой, обширной лысиной на макушке, глазами, как у хорька, и тонким хрящеватым носом.

Он считался одним из самых хитроумных и опасных сотрудников секретной службы. На данный момент Грибов был непосредственным начальником Сенегала. Желал того последний или нет …

… Сенегал оторвался от своего увлекательного занятия и внимательно посмотрел на вошедшего босса.

- Что произошло? - потребовал объяснений Грибов.

- Я выжидаю, - спокойно и коротко проинформировал его Сенегал, продолжая ковырять ножом столешницу.

- Мы должны найти Карину! Срочно! Она много знает! Ты не можешь ждать! К тому же, ведь это ты упустил её!

Сенегал одарил босса ненавистным взглядом:

- Это не я. А твоя любовница Линда Звонская.

Грибова передёрнуло от такого наглого заявления:

- Не называй эту женщину моей любовницей!

- Извини, твоя шлюха, - спокойно поправил себя Сенегал.

Они посмотрели друг на друга.

Первым отвёл глаза Грибов:

- Что нам теперь делать?

Сенегал был готов к этому вопросу, который обдумывал вот уже второй час:

- У Брэдли есть секретарша, Шэйла Мур, - сказал он, подбрасывая ножичек. – Она, наверняка, знает, где нам нужно искать эту женщину. Можешь не волноваться. Я знаю, что делать.

- Что?! – злобно спросил Грибов.

Сенегал глубоко вздохнул:

- Полагаю, чем меньше ты будешь знать, тем будет лучше для нас обоих.

Грибов нахмурил кустистые брови:

- Что ты намерен делать с этой секретаршей? За ней стоит Брэдли.

Он нам потом покоя не даст.

Блеск недобрых зелёных глаз заставил Грибова напрячься:

- Провала быть не должно!

Сенегал согласился:

- Кто хоть слово сказал о провале?

- Ты встречался с Мартыном? - спросил уже более спокойно Грибов.

- Да. Им его не достать. Пока они будут его искать, он сможет закончить свою половину операции « Песок». Ты это хотел узнать?

Грибов молча кивнул, развернулся на сто восемьдесят градусов и вышел из кабинета. Сенегал посмотрел ему вслед и снова продолжил поигрывать ножичком …

Он очень надеялся, что Мартын все сделает как надо и доставит к нему Полину… Но получилось наоборот. Вместо Полины Мартын принёс ему привет от «мадам» …

Сенегал этого не ожидал. Он знал, что после гибели «Мати» « Мадам» работала на Ближнем Востоке.

Дождавшись, когда за боссом закроется дверь, он поднял телефонную трубку и тоном, не терпящим возражений, проговорил:

- Сейчас же пришлите ко мне Котова!

… - Почему «директор» послал её? Почему она осталась жива? - Котов стал мерить широкими шагами кабинет.

- «Мадам» ничего не делает без согласия «директора», - ответил Сенегал.

- Значит, её предупредили не садиться в одну машину с джахадистами? Кто? «Директор»?

Сенегал не ответил.

Котов продолжил:

- Зачем дублировать работу Мартына? Кстати, он уезжает через Мексику?

- Нет, через Канаду.

- Через Канаду? Ты уверен?

- Да, если ничего непредвиденного не произойдёт. Хотя, по сегодняшней погоде, трудно быть синоптиком, - спокойно ответил Сенегал.

Следующий вопрос Котов задал с большой осторожностью:

- Думаешь … «мадам» хочет … с тобой увидеться? Зачем?

- Увижу, спрошу.

- Знать бы, где она и что задумала? Как её найти?

- Она сама тебя найдёт, - ухмыльнулся Сенегал, добавив, - давай не гоняться за двумя зайцами. Сначала нужно решить вопрос с Кариной.

- Согласен, - быстро ответил Котов и направился к выходу …

- 6 -

Манхеттен. Французский ресторан.
19 июля. Время вечернее: 23 часа 18 минут.

… Шэйла Мур вместе со своим другом Гарри вышла из элегантно оформленного зала французского ресторана с роскошным видом на ночной Манхеттен.

Когда Брэдли давал ей неожиданный выходной, она с удовольствием летела в Манхеттен, чтобы уединиться в своей уютной квартире.

Манхеттен для неё был настоящим островом Свободы …

« Каждый обед в этом французском ресторане – это событие, - думала про себя Шэйла. – Еда здесь более чем превосходна. Филе под соусом «кардиналь» и суфле « Вальтесс» просто безукоризненны».

Её давний друг Гарри Вайтлоу, работающий в газете «Нью-Йорк пост», сегодня был восхитителен, а его внимание к ней льстило Шэйле. Она была с ним знакома чуть больше трёх лет. Этот высокий человек обладал замечательным чувством юмора и не имел никаких комплексов. Ей всегда удавалось хорошо расслабиться в его компании, к тому же, с ним можно было не опасаться неприятностей.

- Это был прекрасный ужин, Гарри, - сказала Шэйла, забирая из гардероба свой легкий белый плащ. - Тысяча благодарностей. Когда ты снова будешь здесь?

- Думаю, на День Благодарения, - он пристально посмотрел на неё, пока швейцар вызывал им такси. - Как твой Брэдли?

- У него всё прекрасно. Как всегда.

- Ходили слухи, что он уже сдаёт свои дела и метит на пенсию?

Шэйла засмеялась:

- Все недооценивали способности Брэдли.

Гарри между прочим спросил:

- Что, так уж и совсем нет никаких новостей?

- О, Гарри! - Шэйла укоризненно посмотрела на него. - А я-то думала, что это был просто прекрасный ужин, а не репортёрская уловка.

Гарри пожал плечами:

- Извини, проклятая профессия. Извини.

Он отступил на шаг, посмотрел на стоявшую перед ним привлекательную женщину нежным взглядом. – Знаешь, Шэйла, ты ужасно привлекательна. Скажи, а почему ты не замужем?

Шэйла стояла, задумчиво перебирая длинными пальцами воротник своего плаща. Улыбка её была немного грустной:

- Твоё такси, Гарри. Спасибо тебе, и я буду ждать твоего звонка в ноябре.

- Ты его дождёшься, - улыбнулся Гарри. - И могу тебе сказать с полной уверенностью, что я начал спрашивать себя, а почему, чёрт возьми, я до сих пор не женат.

Шэйла проводила его нежным взглядом. Через минуту подъехала её машина.

Она понимала, что если немного выпьет, то за руль не сядет …

… Рассчитавшись с водителем, она подошла к двери высотного дома. Открыла кодовый замок и вошла в просторный холл. На лифте поднялась на третий этаж и у двери своей квартиры вытащила из сумочки ключ.

Открыть дверь сразу не получилось. Это слегка озадачило её, так как никогда никаких проблем с замком у неё раньше не возникало.

Шэйла посильнее дёрнула на себя дверь, одновременно поворачивая ключ. Дверь открылась.

«Все незаконченные дела оставляем на завтра», - сказала она сама себе.

В данный момент ей очень хотелось лечь в кровать. Нет ничего лучше, чем после хорошего ужина скинуть с себя всю одежду, принять душ и завалиться в мягкую постель.

Предаваясь приятным размышлениям, Шэйла прошла в гостиную и резко остановилась. Кровь застыла у неё в жилах, а губы раскрылись в безуспешной попытке закричать.

Холодная сталь клинка коснулась её шеи, и она услышала голос Котова, который прошипел:

- Один звук, сука, и ты на небесах.

Прямо перед ней чуть впереди стоял высокий мужчина. Он медленно развернулся и уселся в её любимом кресле. Его светло - русая шевелюра с волосами до плеч создавала великолепный контраст с тёмно-фиолетовой обивкой кресла.

- Не делай глупостей, - тихо попросил он с небольшим акцентом и кивнул в сторону своего напарника, - всё в порядке, Борис. Отпусти её.

Шэйла узнала Сенегала. Его фотографию она видела достаточно часто в разных документах. Она знала, насколько опасен этот русский агент.

Котов подтолкнул её к креслу, где сидел Сенегал.

- Садитесь, мисс Мур, - вежливо начал Сенегал, продолжая дымить сигаретой. - У нас совсем мало времени. Я должен знать, где находится нужная нам женщина. Пожалуйста, скажите мне.

Когда Шэйла услышала, что от неё хотят, к ней вернулось нормальное дыхание и самообладание. Она села напротив и посмотрела Сенегалу в лицо.

Шэйла уже поняла, что ей грозит смертельная опасность, что эти двое получат силой нужную им информацию, если ей не удастся их обмануть.

- Вы ведь Сенегал, да? – спросила она, не отрывая глаз от лица гиганта.

- Не важно, кто я такой. Где эта женщина?

- Там, откуда вам её не достать.

- Мисс Мур, я не люблю быть грубым с женщинами, - сказал растянуто Сенегал, стряхивая пепел на ковёр. – А вот у моего напарника такого комплекса нет. Вы отнимаете моё время, которое дорого стоит, и если я не получу ответа, который меня устроит, то предоставлю напарнику полную свободу действий.

Итак, спрашиваю последний раз. Где она?

- Я уже вам ответила … Там, откуда вам её не достать. В руках у Брэдли.

- Нет, мисс Мур. Это не так. Совсем не так.

Шейла посмотрела прямо в ничего не выражающие глаза Сенегала и поняла, что свою игру она проиграла.

- Идите к чёрту! - прокричала она и, схватив с ближайшего столика пепельницу, швырнула в закрытое окно.

Тут же почувствовала ослепляющую боль, полоснувшую её по шее, и поняла, что падает.

Котов, секундой раньше рубанувший её ребром ладони, поднял женщину и усадил на стул.

Сенегал затушил на поверхности стола окурок, переложил его в пластиковый пакетик и запихнул в карман брюк.

- Что ж, поехали дальше, - сказал он, оглядывая комнату, на секунду подумав о том, что тоже бы не отказался от такого уютного гнёздышка.

Он вспомнил свою однокомнатную квартирку в Москве и с досадой поморщился.

Котов достал из кармана шприц с лошадиной дозой скопломина и ввёл иглу в вену на руке Шэйлы …

… Полтора часа спустя женщина сонно говорила:

- Она в Маргейте, на берегу океана, у Брэдли на вилле. Вместе с Силком. Виллу охраняют шестеро людей Хартона.

- Адрес? - спокойно спросил Сенегал.

Шэйла проговорила точный адрес.

Сенегал отошёл от неё и посмотрел на Котова:

- Будем считать, полдела сделано.

Котов кивнул.

- Ну, ладно, - Сенегал выгреб из пепельницы оставшиеся окурки своих сигарет и засунул их в спичечный коробок. – Теперь она твоя. Жаль. Очень привлекательная. Дай мне десять минут. Мне надо спокойно выйти и уехать.

И сам будь осторожен. Когда закончишь с ней, сразу же поезжай в Албани, - он посмотрел на напарника пристальным взглядом, - не забудь, мне нужны только фотографии всех, кто находится в доме. Но мне не нужны их трупы.

- А если это ферма?

- Значит, всех, кто там находится, вплоть до собак. Ты меня услышал?

Котов ухмыльнулся:

- Можешь мне об этом не говорить. Я своё дело знаю.

Сенегал кивнул, вышел из квартиры и спустился на лифте на первый этаж. Было без десяти двенадцать ночи. В комнате охраны никого не было.

«Вот так и совершаются самые страшные преступления», - подумал он про себя и, выйдя из подъезда, направился к припаркованному на соседней улице джипу...

Мартын вышел на связь. Полину он упустил. Чёрт! Но его люди смогли «поднять на борт» американскую девчонку, которая в его игре может оказаться неплохим козырем ... Надо будет сделать так, чтобы этот козырь был только в его руках ...

« Многие хотят помочь. Но не многим можно доверять» - это было его правило. Хотя, в действительности, Сенегал не доверял никому. Это было тоже его железным правилом: «Если хочешь сделать хорошо, сделай это сам!»

Облизав языком сухие губы, он приспустил своё окно и смачно плюнул в темноту ...

Его джип мчался в Нью-Йорк, в один из районов Большого яблока - Квинс ...

... Оставшись один на один с Шэйлой, Котов поставил женщину на ноги.

- Тебе нужно немного свежего воздуха, - заботливо проговорил он и повёл её на балкон.

Там, стоя рядом с ней, он посмотрел вниз. Улица была пустынна.

Он поднял Шэйлу, накачанную сильным наркотиком, на перила балкона, словно для того, чтобы она подышала ночным воздухом, и огляделся.

В некоторых окнах ещё горел свет, но на балконах не было ни души.

Котов схватил Шэйлу за голени и перевалил через балконные перила.

Она падала совершенно беззвучно и завершила свой полёт на припаркованном под окнами чёрного цвета «Мерседесе» ...

- 7 -

Штат Нью-Джерси. Пригород Атлантик Сити. Маргейт.
20 июля. Время дневное: 4 часа 48 минут.

Силк продолжал дремать, когда на террасе появилась Джинни.
Он приоткрыл глаза и улыбнулся:

- Как поездка?

- В порядке. Купили всё, что надо. Спасибо. Как моя пациентка? – спросила она, понимая, что Чад к ней даже не заглядывал.

- Она ждёт тебя, Джинни. И очень скучает. Меня она совсем не воспринимает. Закрывает глаза и молчит.

- Вы её видели с открытыми глазами?

Силк понял, что он совершенно не хочет обманывать эту девушку:

- Джинни, я не совсем уверен, но её ресницы слегка подрагивали, когда я смотрел на неё. Ты же в этом разбираешься лучше, тебе и карты в руки. Кстати, ты купила себя новое платье?

- Секрет, - улыбнулась Джинни.

- Отлично, я обожаю секреты, особенно ближе к ужину…

… Прильнув к чистому, пахнущему полевыми цветами постельному белью, Джинни моментально заснула … Проснулась от стука в дверь:

- Мисс …

Она увидела чёрное лицо и белозубую улыбку.

- Мисс, - повторил Патрик, - время ужина.

Джинни потянулась под легким одеялом:

- Да, я иду, - тихо сказала она, но сама чувствовала, что жутко хочется спать…

… С улыбкой, в длинном шелковом халате белого цвета, она вышла на террасу и молча опустилась на плетеный стул.

Силк улыбнулся в ответ.

- Давайте сегодня побольше поспим, - виновато начала Джинни. - Я, верней мы, очень устали.

Силк понимающе развёл руки.

- Спасибо за понимание. И что вы не обиделись, - она поднялась и, уже покидая террасу, помахала ему рукой, - до завтрака. Хорошо?

Силк почесал свою волнистую шевелюру:

- Я всегда был на стороне женщин. И стараюсь им не перечить. Завтрак, так завтрак.

- Спокойной ночи, мистер Силк.

- Спокойной ночи, Джинни.

Чад потянулся в шезлонге, посмотрел на потемневшее небо, на первые звёздочки:

- Да, придётся ужинать одному.

Через полчаса Патрик вынес и поставил на стол поднос, на котором была белая рыба с овощами, салат «А-ля, Париж», яблочный пирог и очередной бокал сухого итальянского вина.

- Патрик.

- Да, сэр?

- Миссис Джинни. Нельзя ли принести ужин в её комнату?

- Как скажете, сэр.

- Спасибо, Патрик.

- Приятного аппетита, сэр. После ужина можете за собой не убирать. Я с этим справлюсь.

Силк согласился и принялся за салат …

… Прошло полчаса, как он завершил свой ужин, из дома вышел Патрик с телефонной трубкой в руке:

- Это вас.

Силк понял, кто:

- Брэдли, вы безмерно культурны. Или наблюдали за мной со спутника. Я только что отужинал, а вы тут как тут …

- Силк, перестань, - глухим голосом перебил его шеф, - моя секретарша умерла час назад, - подавленно, но в то же время жёстко сообщил он. - Она выпала из окна своей квартиры. В результате медицинского осмотра у неё на руке обнаружен след от укола. Думаю, что её накачали лошадиной дозой скополамина. Если это в самом деле так, то она рассказала всё, что знала. Будь осторожен. Я послал к вам ещё шесть человек. Как русская? Проснулась?

- Завтра. Так сказала медсестра.

- Понял. Не выпускай её на террасу. Это приказ. Одного первоклассного снайпера достаточно, чтобы ты не заработал свои деньги. Отвечаешь за неё головой.

- Я вас понял, шеф, - так же грустно ответил Силк.

Смерть людей, которых он знал, которые ему когда-то улыбались, даже по пустякам …, это трудно пережить.

- Это … Сенегал? – спросил он.

- Должно быть. Но доказательств нет, - с горечью ответил Брэдли.

- Я думал про террасу, шеф. Тут нет сомнений, что это вполне возможно. Сейчас же переговорю с О'Лари. Пусть у скалы поставят человека.

- Да, сделай это. И ещё, как только русская придёт в себя, начинай работать. Тебе Кент передал рекордер?

- Да, он у меня, вместе с камерой.

- Чад. Я на тебя надеюсь…

Трубка отключилась…

…. После разговора Силк спустился по лестнице вниз и направился к сторожке.

По пути он вспоминал весь периметр виллы, уже осмотренный им, и то, что окружало это место. Ему не давал покоя отвесный склон скалы …

… О'Лари встречал его с улыбкой, но, увидев задумчивые глаза Силка, поменялся в лице:

- Всё в порядке, сэр?

- Пошли человека на джипе, с собакой к скале. Если на неё заберётся хороший стрелок, то он может перебить нас всех, как кроликов.

- Не думаю, - твёрдо ответил О'Лари. – Я проверял. Там отвесный склон. Туда не забраться, да и там негде укрыться.

Силк, поджав губы, стараясь быть предельно спокойным, ответил:

- Для тех людей, которых мы ждём, нет ничего невозможного.

- Наш тыл в безопасности, сэр. Я в этом уверен.

Силк сконфуженно произнёс:

- Тыл, дорогой О'Лари, никогда не может быть в безопасности.

- Почему?

- Потому что все так думают, а умные люди этим хорошо пользуются.

- Силк, - раздраженно ответил сержант, - ты лучше приглядывай за той женщиной. Об остальном я позабочусь. И вообще, неприятности – это моя забота.

Чад несколько секунд внимательно разглядывал недовольное лицо крепкого молодого парня, потом тяжело выдохнул и тихо сказал:

- Я хочу, чтобы у скалы был человек на джипе и с собакой.

Это приказ, О'Лари. Завтра ты получишь ещё шестерых людей…

… После этого разговора Силк вернулся на виллу и поднялся к себе в комнату.

Он понимал, что ему сейчас нужно принять душ и хорошо выспаться. Скинув на ближайший стул свои вещи, он направился в ванную.

Стоя под теплыми водными струйками, Чад стал методично осмысливать ответные ходы Сенегала. Понимая, что человек, вышедший из настоящего ада, не остановится ни перед чем …

… Большое белое махровое полотенце скользило по его спине, на которой были явно видны шрамы, как память о его последней африканской командировке, шрам на левом бедре и на правой руке, чуть выше запястья, от африканского ножа.

Он посмотрел на себя в зеркало и покачал головой:

- Могло быть и хуже…

С этими словами он накинул на голое тело белый махровый халат, погасил свет, вышел из ванной и направился в спальню …

… Внезапный тихий голосок произнёс:

- Чад … пожалуйста … не включай свет …

Он остановился на пороге:

- Джинни?

Прошла минутная пауза, прежде чем она смогла взять себя в руки и ответить:

- Мне всё равно, - медленно начала Джинни. - Завтра я тебя потеряю. Как только эта женщина придёт в себя, ты никогда больше не посмотришь в мою сторону.

Силк продолжал стоять.

Лунного света, проникавшего через щелки между пластинками жалюзи, было вполне достаточно, чтобы он смог разглядеть Джинни, которая сидела на кровати, прикрываясь простыней:

- Пожалуйста, не надо ненавидеть меня …

- Джинни, милая, я никогда не смогу ненавидеть тебя.

Силк прошёл в комнату, скинул на пол халат и, присев на кровать, осторожно потянул на себя её простыню:

- Джинни … это и есть твой секрет?

Его руки скользнули по её худенькому нагому телу.

- Я знаю, что я бесстыжая, - прошептала она, её тонкие пальчики пробежали по его спине, натыкаясь на рубцы от шрамов, - да, это мой секрет, поэтому я абсолютно уверена …

… Она была словно неожиданный подарок, который Силк принял осторожно и с удовольствием …

- 8 -

Дистрикт Колумбия. Вашингтон. Российское посольство. 21 июля. Время утреннее: 11 часов 54 минуты.

… Сенегал разложил на столе план виллы и принялся его изучать. Закончив, он закурил сигарету, отодвинул назад свой стул.

- Всё нужно хорошенько обдумать. Лобовая атака исключена. Она охраняется вооруженными и, безусловно, подготовленными солдатами.

Он повернулся к Котову:

- Ты уверен, что мы можем воспользоваться той плоской частью скалы?

- У меня готов план, мои люди уже сделали нужные нам снимки. - Котов кивнул на стул, стоявший в углу, на котором тихо, словно мышь, сидел невысокий, худощавый, но в то же время, крепкий молодой парень. - Он справится. Профессионал.

- Он знает, как выглядит склон? Как корабельная, надраенная палуба, - Сенегал продолжал дымить сигаретой.

- Я в курсе, но пока он будет забираться, мои люди отвлекут солдат. Скала рядом с водой, так что ночью с воды он будет незаметен. Мои люди уже были возле этого места и всё проверили. У американцев там один пост: джип с солдатом и с собакой.

Сенегал внимательно посмотрел на парня, сидевшего в углу, и повернулся к Котову:

- Пусть выйдет.

Когда парень вышел за дверь, Сенегал кивнул Котову на соседний стул:

- Ну, давай, Борис, убеждай.

… Костя Хан, выйдя за дверь, прошёл в соседнюю комнату, улёгся на небольшой, но удобный диван, и стал внимательно рассматривать фотографии отлогого склона скалы, возвышающейся рядом с океаном, которые передал ему Котов.

«Отличное место», - подумал про себя Костя. Если ночью подплыть, забраться, то в течение дня можно и покараулить эту женщину.

Неделю назад Косте исполнилось двадцать пять лет, и он очень был горд своим теперешним положением.

Он родился в далёком Таджикистане, в корейском районе небольшого городка Орш. В десять лет дед подарил ему ружье. Дед жил в горном кишлаке, у самых гор Памира.

Во время летних каникул маленький Костя гостил все лето у деда, помогая пасти овец, сторожить стадо и, конечно же, стрелять волков, нападавших на отару. Дед маленького Кости был заслуженным ветераном второй мировой войны. Выстрадал много горя, но внуку своему говорил о России только хорошее.

«Это великая страна, внучок. Вырастешь – сам поймёшь это»

В школьные годы Костя Хан усердно занимался акробатикой. И был одним из лучших в своей республике.

После школы он добровольно пошёл служить в армию. Его оставили служить в родном Таджикистане на границе. Теперь он охранял кишлаки и республику от наплыва торговцев наркотиками.

В самой войсковой части ему не было равных в стрельбе и лазанью по крутым отвесным скалам.

Так что к своим двадцати пяти годам у него имелся достаточный опыт, чтобы нужные люди из секретных органов его приметили …

… Америка для него представлялась совершенно другой планетой. Он видел фильмы, картинки, даже немного читал, но в душе не верил, что такая жизнь где-нибудь на нашей планете Земля существует: люди разных религий, разного цвета кожи, разных языков живут вместе и, что самое главное, улыбаются друг другу.

Он знал свои обязанности и знал, что ему предстоит сделать. Он защищал свою Родину. Ну, не совсем свою, а Россию.

Вспоминая слова горячо любимого им деда…

Блондинок в его родном кишлаке и в городке Орш отродясь не было. Их можно было встретить только в дорогих ресторанах столицы республики Душанбе.

Но по ресторанам он ходить не любил. Поэтому, когда ему сказали, что он должен отстрелить женщину, предательницу Родины, да ещё и блондинку, Костя скромно улыбнулся и ответил:

- Сделаем, Борис-ага. Легко сделаем …

… В тот момент, когда Костя Хан вышел, в комнату вошёл другой молодой парень, похожий на хиппи. Это был Паша Петров. Двадцати семи лет, перспективный агент. Родом Паша был из подмосковной Твери. Всю свою юность он посвятил игре на гитаре, истории и филологии. На последнем курсе Московского университета он дал подписку на работу в специальных органах как переводчик английского и итальянского языков, которыми Паша владел почти в совершенстве.

Его для начала отправили в Англию, потом в Италию. Через три года работы Паша зарекомендовал себя как ответственный сотрудник.

Котов обрисовал ему задачу, что ему нужно сделать. Петров с уверенностью кивнул и отправился выполнять…

- 9 -

Нью-Джерси. Маргейт. Вилла Джона Брэдли. 21 июля
Время утреннее: 6 часов 35 минут.

… Почувствовав рядом с собой лёгкое движение, Силк тут же повернулся.

- Всё хорошо, - мягко сказала Джинни, - я просто хочу вернуться в свою комнату.

- Сколько времени?

- Начало седьмого.

Силк взглянул на неё, потянулся и перевернулся на спину. Джинни сидела на краешке кровати, повернувшись к нему обнажённой спиной, пытаясь нащупать ногами туфли.

Он поднялся и, добравшись до девушки, прижался к ней широкой грудью.

- Привет, Джинни. Не уходи пока.

Чад накрыл ладонями её маленькие груди и нежно поцеловал тонкую шейку. Она отпрянула, с трудом вырвавшись из его крепких объятий. Он успел схватиться за простыню, обёрнутую вокруг её бёдер, и, потянув за неё, усадил Джинни обратно.

- Пожалуйста, не надо. Я совсем не хотела тебя будить.

Силк сцепил руки на затылке, посмотрел на неё и философски заметил:

- Сейчас ещё рано. Иди сюда … Нет смысла торопиться …

- Нет, Чад. Это была прекрасная ночь, но сейчас она уже закончилась. Больше такого случиться не должно.

- Это была прекрасная ночь, - согласился Силк, думая о том, какая Джинни хорошенькая.

Потом подарил ей очаровательную улыбку и сказал:

- Я бы очень хотел, чтобы это случилось опять. Милая Джинни.

- Нет. Ты должен выполнять свою работу, а я свою. Я виновата сама. Это я создала тебе трудности. Извини. Но как бы мне, действительно, ни хотелось остаться с тобой, я должна пойти к …, - она хотела сказать « к моей пациентке», но продолжила наоборот, - к твоей пациентке.

Сделав ударение на слове «твоей».

- Ты, конечно же, права, но это моя работа.

Джинни с укоризной посмотрела на него:

- И тебе нужно скоро играть её мужа? Хорошая работа …

- Хм-м, ты тоже в курсе, что она моя жена? Джинни, милая, мне за это платят неплохие деньги.

Она встала, сделав один шаг в сторону двери, посмотрела на него.

- Я думаю, что ты в два раза старше меня, а я ещё слишком молода, - сказала с большой грустью ему в ответ.

- Ну, с этим я бы мог спокойно смириться, если ты не против, - улыбнулся он.

Джинни глубоко вздохнула:

- Посмотрим.

Он поднял брови и передразнил её:

- Пожалуйста, не создавай мне трудностей.

Она попыталась подавить смешок, но безуспешно. Потом резко развернулась и быстро вышла из комнаты …

… Через два часа он завтракал на террасе один, пролистывая «Нью-Йорк Таймс», когда открылась дверь, он услышал ставший ему таким близким голос Джинни:

- Она пришла в себя. Она хочет с кем - то … говорить.

Силк услышал сообщение, которое очень ждал.

Взглянув на Джинни, он улыбнулся:

«Кто бы мог подумать, что в этом маленьком девичьем теле скрыта такая страсть…», - вспомнил Силк эту неожиданную ночь.

« О, женщины – сплошная загадка», - сказал он сам себе и последовал за Джинни.

… Перед тем, как он должен был зайти к Карине, Джинни обрисовала ему состояние её подопечной:

- В постоянной капельнице она уже не нуждается. Я сделала ей обезболивающий укол

- И она может говорить?

Джинни утвердительно кивнула …

… Войдя в комнату, Силк сразу оценил, что окна прикрыты достаточно надёжно. А дневного света хватало, чтобы не чувствовать себя в темноте.

Он рассчитывал, что пациентка понимает это.

Она лежала на широкой подушке, повернув голову к окну. Её глаза были прикрыты, а по подушке были разбросаны белые волосы …

… Силк подошёл к окну. Повернувшись, он приблизил глаза к жалюзям.

Через них увидел сад, простирающийся внизу террасы, какую-то часть самой террасы, а вдалеке … ту самую скалу …

Сзади него послышался лёгкий вздох … Он развернулся к кровати, склонил голову на бок и улыбнулся …

На него смотрели красивые, слегка раскосые синие глаза. Чуть дёрнулись её губы и приоткрылся рот:

- Я вас знаю …, - в лёгком полумраке до него долетел её голос. - Вы Силк.

Чад с интересом разглядывал её лицо. Несмотря на всё, что случилось с ней за эти два дня, лицо её было на редкость привлекательным.

Он продолжал стоять возле окна, скрестив на груди свои руки:

- Интересно … Хотя это вполне допустимо. Я ведь ваш муж. У меня даже есть брачное свидетельство.

Женщина попыталась оторвать голову от подушки, при этом скривила рот. Видимо, это причинило ей боль. Она снова легла на подушку:

- Вы Силк. Я правильно произношу вашу фамилию?

Он кивнул.

- Я видела вашу фотографию в кабинете своего шефа.

Чад решил, что сейчас ему лучше помолчать. Эта женщина много перетерпела, так что если уж она хочет говорить, то не стоит её торопить.

- А вы … ничего, - речь её была медленной и натянутой, - от такого мужа я бы не отказалась, - она глубоко вздохнула, - но думаю, что … опоздала. Сколько дней я у вас?

Силк нахмурил брови, не совсем поняв вопрос.

Женщина, видимо, тоже это поняла. Она прикрыла на мгновение глаза. Тяжело вздохнула. И уже с открытыми глазами снова спросила:

- Сколько прошло времени, как я у вас?

- Три дня. Сегодня пошёл третий, - сообщил он, стараясь говорить также тихо и спокойно.

- Третий? - задумчиво произнесла она - ... Это точно?

Силк сделал удивлённое лицо. Но спросить не успел.

- Для меня это важно...

- Можно поинтересоваться, почему? – так же тихо спросил он.

- Хочу кое-что определить.

- Например?

- Например, как долго вы сможете быть моим мужем, а я ... вашей ...женой.

- Вы хотите ... развестись?

- Это не выход..., - она посмотрела на Силка и попробовала улыбнуться, - хочу определить - ... сколько ... мне ... осталось ... жить ...

... Силк поджал губы и молча, опустил голову.

- Я знаю, кто стоит за этим решением. И знаю, кто может исполнить приказ нашего шефа, - услышал он тот же сдавленный голос.

- Вы кого-то боитесь? - Чад наконец-то решился спросить.

- Боюсь? ... Его все боятся ... Даже наш шеф.

- Мне кажется, я знаю, как его зовут: Сенегал. Я угадал?

Теперь замолчала она.

Силк на секунду оглянулся на прикрытые жалюзи:

- Да, где-то я вас понимаю. Человек, выбравшийся сам из ада, в хороших отношениях с ...

- Дьяволом, - добавила она.

- Ну, это как для кого. Для меня – да, это так, а для него или вашего шефа - это ...

- Так же, - продолжила она за него.

Силк смотрел на её спокойное лицо ... Смотрел и думал: « Зачем и почему красивым женщинам выпадает участь быть тайными агентами»...

Прошло около минуты, прежде чем она снова стала говорить:

- Вы мне, действительно, симпатичны. И где-то я этому рада, что в конце дней своих у меня такой симпатичный муж ...

- Спасибо, я польщён. Но пока вы здесь, вам не нужно так беспокоиться за вашу ... жизнь.

Женщина смерила Силка спокойным тёплым взглядом:

- Сегодня мне ещё тяжело. Но завтра мы с вами поговорим ..., - она в очередной раз тяжело вздохнула, - верней, говорить, в основном, буду я.

Вас это устроит?

Силк кивнул, понимая, с одной стороны, что ему повезло, а с другой …

Он посмотрел через окно на зелёные кусты и деревья, меж которых находились люди Хартона …

… С другой стороны - Силк хотел сохранить ей … жизнь. Он понимал, насколько шаткая позиция у этой русской, но то, как она с этим справляется, заслуживало всякого уважения.

- Позовите, пожалуйста, медсестру. Как её зовут? – тихо попросила пациентка.

- Джинни.

- А вас?

- Чад, - ответил он, направляясь к двери.

- Чад Силк, - тихо повторила она, - до завтра, спокойной ночи …, муж.

Силк вышел из комнаты и лицом к лицу столкнулся с Джинни.

- О, привет, Джинни.

- Привет. Как она, в порядке?

- Да, всё, как нельзя лучше, и она зовёт тебя, - быстро ответил он.

Джинни продолжала стоять.

- Ты с ней долго разговаривал, - проговорила она недовольным тоном.

- Неужели?

- Да, - она замолчала.

- Джинни, ты что, всё это время стояла перед дверью и подслушивала?

Джинни опустила голову:

- Я тоже хочу быть блондинкой.

- Думаешь, цвет волос на что-то влияет? - с умилением сказал Силк.

- Думаю, что для тебя, да.

Силк немного замялся. Понимая, что какая-та доля правды в её словах есть: блондинки ему, действительно, нравились.

Джинни посмотрела на Силка:

- Ладно. Я всё понимаю – это твоя работа. Но эта женщина, действительно, красивая. Правда?

Силк подошёл к девушке и обнял её:

- Так же, как и ты, Джинни. Но в тебе есть то, чего нет у неё.

Джинни коснулась пальчиками его щеки:

- Что же это?

- Я скажу тебе сегодня вечером.

Она отстранилась, сделала шаг в сторону комнаты пациентки, но остановилась и обернулась:

- Не забудь … Скажешь мне это вечером, - произнесла она и вошла в комнату …

- 10 -

Нью - Йорк. Район Квинс. 22 июля. Время ночное: 23 часа 32 минуты.

Одна из главных улиц Квинса была усыпана светом придорожных фонарей, огнями многочисленных реклам ресторанов и кафе.

Проехав мост, Макс свернул налево и встал в крайний правый ряд.

- На третьем светофоре свернешь направо, - почесал под носом Алик и посмотрел на часы, - половина двенадцатого. Скоро будем на месте.

- Ты знаешь, как называется это место? - спросил Макс.

Алик пожал плечами:

- Я здесь был один раз. Подвозил Короба. У них тут стрелка была.

- В смысле? Разборка?

- Не совсем. Они кого-то сюда привезли для разговора с Щепой. А Короб «пушку» свою дома забыл, но объявить об этом не мог. Это – косяк.

Так он что-то прогнал их старшему, что, мол, домой смотаться надо. Звякнул мне. Ну, я его здесь подобрал, а потом сразу назад и доставил. Так что место запомнил, но название …, - Алик почесал за ухом, - по-моему, они называют его «Отстойник». Да, точно, Короб тогда сказал об этом. А ещё это место называют « Смотровая хата». Это когда они кого-то туда привозят и смотрят за ним.

- Нам нужна она, Алик. Не он. Ты не забыл?

- Макс, не всё ли равно: он - она. Кого привозят, того и охраняют. - он посмотрел через лобовое стекло. - Всё, сворачивай и не спеши. Вон там, - он вытянул вперёд руку, - видишь забор. Подъезжай к нему и припаркуйся.

Дальше пойдём пешком…

… В тёмном переулке проходила одна узкая тропинка, идущая вдоль ряда четырёх блочных помещений , соединенных между собой в одну цепочку, подобно большим цементным коробкам. Это была задняя сторона построек. Каждая из них имела свою дверь.

- Нам нужен последний гараж, - тихо сказал Алик, - видишь дверь, над ней горит фонарь, значит там кто-то есть.

Макс молча кивнул.

Подойдя, они остановились.

- Как ты туда зайдёшь? Есть какой-нибудь условный знак?

Алик пожал плечами:

- Честно, вообще не припомню, как сюда попасть. С переднего входа нельзя, - это то, что я знаю. Там камеры везде.

Макс внимательно посмотрел на заднюю входную дверь и вдруг заметил, что она как-то странно закрыта: ручка двери была вырвана и висела вырванным концом вниз.

Подойдя, Макс тронул ручку ... Та легко качнулась одним концом вдоль двери...

Алик напрягся:

- Стой, ... чего это такое? Она что – открыта?

Макс встал вплотную к двери, придержал одной рукой болтающуюся ручку, чтобы не было лишних звуков и, просунув пальцы свободной руки, медленно стал открывать незакрытую дверь.

Через минуту они вошли в тёмный, мрачный и холодный гараж.

Два подъёмника, один пустой, внутри другого стоял тёмный вэн. Вдоль стен стеллажи с инструментами. Слева узкая прикрытая дверь. Алик её приоткрыл и тут же захлопнул:

- Это туалет.

Впереди по ходу от входной двери Макс увидел застеклённый офис. Света в офисе не было, но ему показалось, что начинать нужно именно с него.

- Алик, там впереди, это офис?

- Наверное. Я же внутри ни разу не был.

Когда они зашли в офис, то сразу же обо всём догадались.

Единственный небольшой стол был сдвинут в самый угол офиса, а на месте стола зияла прямоугольная дыра, ведущая вниз. Там внизу легко различались тусклые световые мерцания. При этом не слышалось никакого звука. Было очень тихо, как на кладбище ...

- Думаешь, там? - спросил Макс.

Алик не ответил.

- Я спущусь первым.

- Нет, Макс, лучше я. Всё - таки меня кто-то мог видеть рядом с Коробом. Тебе рисоваться пока стрёмно.

Макс кивнул и остался стоять. Алик присел на корточки, упёрся обеими руками в пол вокруг отверстия и медленно стал наклоняться головой вниз. Он хотел для начала сам проверить и убедиться, что там тоже пусто ...

Он наклонился и ... провисел над тёмным проёмом около двух минут ...

Макс также опустился на одно колено рядом с Аликом:

- Ну? Чего там?

Алик стал очень медленно поднимать опущенную голову, и когда их глаза встретились, то Макс понял, что-то не так ...

... Говорить он не мог. Только показывал пальцем вниз и водил ребром ладони по своему горлу...

Этого Максу было достаточно, чтобы отодвинуть своего приятеля в сторону и быстро самому спуститься …

… Его встретил полумрак и кисловато-прохладный воздух. Казалось, что стенами этого мрачного помещения начинается болото. В тусклом свете единственной лампы, подвешенной к низкому потолку, Макс разглядел круглый стол. Возле стола находилось четыре стула. Два стула стояли, другие два завалились рядом на бок. Под столом кто-то лежал. В другом углу находился бильярдный стол, из-под которого также торчали кроссовки, но уже размером побольше, а на самом столе лежал крупный парень, связанный по рукам и ногам, с кляпом во рту. И наконец четвёртый, лежащий на диване, к которому сразу же подбежал уже спустившийся Алик, был Короб …

Отойдя от Короба, Макс увидел раскрытую дверь. За дверью находилась другая комната, значительно меньше той, в которую он спустился. Там стояла единственная раскрытая кровать, на которой совсем недавно кто-то лежал.

Макс нахмурил брови и позвал Алика:

- Как твой кореш? Живой?

- Живой, но говорить не может. Конкретно, спит, даже посапывает.

- А остальные? Проверь. Развяжи парня на бильярдном столе.

Алик кивнул, подошёл к столу, вытянул бильярдный кий, привязанный к спине крепкого, плечистого парня, вытащил из своего кармана складной нож и обрезал верёвки на ногах и руках. После этого вытащил изо рта кляп. Парень перевернулся на спину с такой силой, что слетел вниз, плюхнулся на холодный цементный пол …

Макс встал рядом с Аликом возле дивана:

- Здесь до нас кто-то был. Причём совсем недавно, - он посмотрел на ручные часы, - половина второго. Думаю, что около часа назад.

- Да-а, - задумчиво произнёс Алик, - думаешь, этот кто-то был один?

- Не знаю. Надо кого-то из них привести в чувства.

- Кого?

- Лучше твоего Короба.

Алик затряс головой:

- Если он проснётся, то я за его реакцию не ручаюсь. Понимаешь?

- Тебя он, может, узнает. Тогда будет возможность спросить.

Алик согласился.

Макс продолжил:

- Смотри, Алик, делаем так, сейчас вместе спускаем Короба на пол и усаживаем спиной к дивану. Только его нужно усадить на задницу, со скрещенными ногами.

Алик молча слушал.

- Я знаю один самурайский метод. Ты спереди смотришь ему в лицо и своими руками придерживаешь его за плечи, чтобы он на тебя не рухнул. А я сзади наклоню ему голову и буду с силой хлестать ладонями по шее.

Как только он откроет глаза, сразу же посмотри на меня. Дальше я его восстановлю быстро.

- Главное, чтобы он открыл глаза? - тихо проговорил Алик.

- Да. Ты готов? Тогда начали …

… На всё ушло минут пять …

… Короб сначала бредил, потом стал икать, затем пытался блевануть, затем зашёлся кашлем, а через считанные секунды … замычал …

Мычал он около двух минут.

Макс показал рукой Алику на вторую комнату:

- Я там видел под кроватью бутылку воды. Тащи сюда. Быстро…

… Понадобилось ещё полчаса, чтобы Короб признал Алика …

… - Он … был … ну … бля … натуральный … ик, - громко икнул оживший Короб, - натуральный …бомж, бля, но большой… сука и на … костылях, очень большой, - Короб с трудом приоткрытым ртом ловил воздух, - попросил …это … закурить, бля. Откуда… он, сука… нарисовался … хер … его … знает. Но, сука … я к нему… подошёл, бля, - Короб подвигал бритой головой на крепкой шее, - потом,… ни хера … не помню, бля …буду, - прохрипел Короб, после чего ещё раз сильно икнул и … очень громко испортил воздух …

… Макс в это время вернулся в комнату и внимательно стал её осматривать. Нигде ничего. Но стоило ему заглянуть в мусорное ведро, как в глаза ему что-то сверкнуло. Он склонился и увидел … фотокамеру, ту самую, с которой Ким уезжала в Принстон …

… Камера была разбита.

- 11 -

Штат Нью-Джерси. Маргейт. Вилла Джона Брэдли. 23 июля
Время вечернее: 23 часа 43 минуты.

Не будь рядовой первого класса Кайл Джексон, охранявший русскую шпионку, лучшим боксёром своей части в полутяжелом весе, сослуживцы изрядно попортили бы ему жизнь шуточками на тему, как он позволил русским увести у него из-под самого носа симпатичную девчонку.

После этого досадного эпизода Джексон пришёл в сознание с огромным синяком и раздувшейся челюстью в загородном лесу.

Сержант О'Лари послал его к скале сменить рядового Феркаса.

Сев в военный джип и прихватив служебную овчарку, Кайл Джексон повёл машину по узкому серпантину, огибающему скалу к береговой полоске океана.

Смена караула состоялась в девять часов вечера, когда по тёмному небосклону рассыпались мириады ярких звёзд.

В тёплом воздухе плавал ночной лёгкий бриз …

… Не он, Кайл Джексон, а его верный пёс, навострил уши и устремил к берегу злобный звериный взгляд.

Джексон отреагировал моментально …

… По пляжу слева от него метрах в пятидесяти он увидел одиноко идущую по берегу фигуру.

Джексон развернул один из двух прожекторов и вытащил короткую трубку бинокля …

Он увидел молодого парня, с длинными, как у хиппи, волосами, с рюкзаком за спиной. Парень был в коротких светлых шортах и в тёмной футболке.

Пока ничего подозрительного, не считая, что двигался парень по направлению к скале.

 При ярком свете прожектора парень остановился, но потом резко развернулся и бросился бежать.

Джексон щёлкнул пальцами собаке и указал на удалявшуюся фигуру.

Пёс выскочил из джипа, словно чёрная молния, и рванулся наперерез за парнем. Быстро нагнал его и через доли секунды очутился прямо перед ним.

 При виде грозно дышащей на него собаки Паша Петров остановился как вкопанный. Видимо, он боялся собак больше, чем своих русских боссов. Но он был на задании, и это многое решало.

Спустя минуту на джипе подоспел Джексон.

- Ты слышал приказ остановиться?! – резко спросил его Джексон.

- Почему я должен останавливаться ради тебя? - облизывая пересохшие от волнения губы, ответил парень.

- Что у тебя в рюкзаке? – спросил Джексон, указывая стволом винтовки на вылезающую из рюкзака водолазную трубку.

- Мои вещи. Тебе какое дело?

- Откуда идёшь? – спросил Джексон.

- Ты что, полицейский? Чего ты ко мне пристал? Я отдыхаю здесь. Понял. Идиотский солдат.

- Это я уже слышал. Открой рюкзак!

О, если бы не пёс, Паша давно бы отоварил этого янки коротким железным прутом, который был у него за спиной, спрятанный под футболкой, но … он с детства боялся собак.

- Убирайся к чёрту с моей дороги!

- С твоей дороги? Ты же спешишь назад, а до этого ты шёл к скале. Послушай, парень, почему бы тебе не открыть твой вонючий рюкзак. Если тебе нечего в нём прятать, то открой и иди себе на все четыре стороны.

- Ничего я не собираюсь тебе открывать, чёртов солдафон. Сам убирайся на все четыре …

Паша не договорил, он заметил, как на берег выезжает полицейская патрульная машина.

Рядовой Джексон тоже это заметил и спокойно выдохнул, что ему не пришлось применять силу. Пусть теперь полиция разбирается с этим упрямым оболтусом.

Но тут произошло совершенно другое.

Паша Петров, впавший в неистовство, попытался выхватить винтовку из рук рядового.

Два события произошли в одно мгновение: левый кулак Джексона врезался в скулу Паши, а пёс рванулся и вцепился клыками в его правое запястье…

… Молодого и борзого парня принял полицейский патруль, а рядовой Кайл Джексон в срочном порядке известил о происшедшем своего непосредственного начальника: сержанта О'Лари.

Последний постучал в комнату Силка, чем совершенно расстроил свидание Чада и Джинни.

Девушка выскочила из-под одеяла и стремительно юркнула за широкую занавеску.

Выслушав донесения сержанта, Силк кивком головы попросил его выйти …

… Через три минуты он уже сидел в его джипе, направляясь на пустынный песчаный берег …

… Джинни, постояв какое-то время, вышла из укрытия, собрала свои вещи и с огорченным личиком поплелась в свою комнату.

Она так и не дождалась от Чада того, что он ей обещал. Вечер, верней, долгожданная вторая ночь были испорчены их работой …

- Ну и ладно, - успокоила себя Джинни, - значит не судьба …

… После донесения О'Лари Силк спросил рядового:

- Кроме того, что ты мне рассказал, ничего другого вокруг тебя не произошло?

- Нет, сэр!

- Ты в этом уверен?

- Да, сэр!

Силк сконфуженно посмотрел на молодого Джексона и задумчиво перевёл взгляд на отлогий склон скалы:

- Значит ты уверен, что у скалы никого не было?

- Абсолютно, сэр!

Силк хотел донести до этого молодого парня, что никогда ни в чём нельзя быть абсолютно уверенным. Потому, что это жизненная утопия, но у него не было никакого желания и времени, зная, что за шторами его ждёт прекрасная девушка. Хотя Чад тоже в этом полностью не был уверен.

Единственное, что ему нужно было точно сделать, так это нарушить сон своего шефа …

Он дал распоряжения рядовому быть внимательным, следить неустанно за скалой и кивнул О'Лари в сторону виллы:

- Поехали, сержант. Думаю, рядовой Джексон справится.

… Выслушав Силка, Брэдли спросил:

- Думаешь, русские зашевелились?

- Они никогда не останавливались, Брэдли. Я в этом уверен. Вы же знаете, кто играет на их стороне.

- Да, согласен. Есть новости, какие жду? Ты уже говорил с ней?

- Да. И она в большом восторге от нашей помолвки.

- Не кривляйся, Силк. Работай.

- Ни слова против, сэр.

Не прощаясь, Брэдли отключил трубку…

… Костю Хана учили плавать в горных озёрах Таджикистана. Но с водолазным искусством он познакомился только после армии, будучи уже в спецшколе КГБ.

Весь «концерт», спланированный Котовым и приведённый в жизнь Пашей Петровым, Костя видел издалека.

Нырнув с моторной лодки, ему пришлось полмили проплыть под водой. Он спокойно выбрался на берег точно по расписанию, как раз в тот момент, когда солдат, дежуривший на джипе, заметил молодого хиппи ..

В темноте он скинул тонкий водолазный костюм. Уложил его под большим валуном. Затем устремился к пологому склону скалы. За его плечами висел длинный тубус, внутри которого лежала винтовка с оптическим прицелом.

Ему потребовалось десять минут, чтобы добраться до вершины.

На самой скале имелась маленькая площадка, но Косте этого хватило, чтобы обустроиться: надувной малюсенький домик, напоминающий каменное продолжение скалы по цвету и по контурам, три бутылки с водой и набор питания для космонавтов. Этот этап операции был им отработан не раз.

«Главное, не упусти блондинку, она - твоя цель. Как увидишь, не медли ни секунды», - помнил он наставления Котова.

- Блондинка, так блондинка, - сказал сам себе Костя и стал готовиться к выполнению задания …

- 12 -

Нью-Джерси. Маргейт. Вилла Джона Брэдли. 24 июля.
Время дневное: 2 часа 11 минут.

Долгожданный разговор с русской завершился после полудня. На это ушло два часа. Силк был доволен.

Попивая в одиночестве кофе на террасе, он соблазнительно поигрывал своими длинными крепкими пальцами, думая о том, что скоро в них окажутся честно заработанные деньги. Да, он был уверен, то, что рассказала ему русская, стоит намного дороже. Только нужно всё обдумать.

Силк пил кофе и думал. Ему нужно было осмыслить сделанное им видео.

Он прикрыл глаза, вспоминая её слегка раскосые синие глаза, необыкновенное лицо, губы, шею …

Она говорила чётко и очень уверенно. Чтобы не оставалось ни капли сомнений в её правоте …

«… Меня зовут Карина Озольниш. Родилась я в городе Рига, столице Латвии. Своих родителей не помню. Выросла в детском доме. Там же окончила школу. Два года проучилась в хореографическом училище.

Потом уехала в Санкт- Петербург в поисках лучшей жизни. Для этого мне нужно было влиться в большую армию питерских путан. Моя «работа» была на первый взгляд простой – спать с иностранными туристами. После одной из «работ» меня арестовала милиция, и в моей сумке оказались наркотики.

Мне предложили на выбор: восемь лет российской тюрьмы или сотрудничество. Я выбрала второе. Так продолжалось два года, после чего меня внедрили в одну из криминальных группировок. Эта группа находилась под опекой специального отдела ФСБ, конкретно под руководством генерала Коегорова, имевшего псевдоним «директор» …»

Обдумывая, Силк прикрыл глаза…

… - Эй, - услышал он знакомый голос.

Прямо пред ним стояла блондинка в ярко-красном платье с открытыми плечами.

Он присмотрелся, потом усмехнулся:

- Ну что ж, на какой-то момент ты ввела меня в заблуждение.

Джинни обеспокоенно посмотрела на него:

- Тебе нравится?

- Это парик, не правда ли?

- Да, я купила его ещё тогда с Патриком.

Силк посмотрел на её миниатюрную девичью фигурку, светящиеся неприкрытым желанием глаза и ... улыбнулся:

- Джинни ... Ты выглядишь очень эффектно. Да, конечно, я думаю, что блондинкой ты стала очень соблазнительной, но ты мне нравишься и без ..., - он хотел сказать, - парика, но промолчал, и вытянул вперёд свою руку:

- Иди сюда, присядь. Расскажи мне о себе. Я ведь ничего о тебе не знаю.

Она сердито взглянула на него:

- Я не хочу рассказывать историю своей жизни. Она не такая интересная, как твоя.

Девушка подошла и присела на соседний стул, смущённо поправляя парик:

- А ты уверен, что мне так лучше?

Силк взял её за руку:

- Джинни, ты прелесть. Да, я старше тебя, но тебе я по-хорошему завидую.

Джинни серьёзно посмотрела на него:

- Я не понимаю, так я нравлюсь тебе блондинкой?

- Ты мне нравишься любой, Джинни. Кстати, ты не заходила к своей пациентке?

Девушка раздражённо дёрнулась:

- Она в полном порядке. Ты интересуешься ею больше, чем мной!

- Джинни...,- начал было Силк.

Но она перебила его:

- Только не думай, что поверила в эту сказку про «жену».

Она тебе жена не больше, чем я!

Силк уже закурил и выпустил первую сизую струйку:

- Угадай, что у нас сегодня на ужин?

Джинни пристально посмотрела на него, встала и медленно направилась к пациентке. Перед тем, как войти в дверь, она остановилась, слегка дотронулась до парика, незаметно поправила его и вошла в дом.

Силк поморщился, наблюдая за ней.

«Как всё сложно, - подумал он. – Она ещё совсем ребёнок ...»

... Он снова переключился на русскую по имени Карина ...

Его насторожили три вещи в её интервью. Первая – это террористический акт, который должен произойти, по её словам, очень скоро ...

«Америка … умоется … кровью … большой кровью ….», - так она сказала. Когда Силк спросил:

- Насколько достоверна информация?

Она ответила, не задумываясь:

«… Можете мне поверить. Это будет точно. В этой большой игре против вас участвуют Китай, Иран и до последнего дня Россия. Но у России неожиданно поменялись планы, и те террористы, которые въехали в вашу страну по российским каналам, оказались лишними, и они будут уничтожены российскими спецслужбами. Про остальных я не знаю, но они точно есть. Они не будут гражданами Ирана, но их спонсирует Иран …»

Карина на секунду прервалась, посмотрела в сторону окна. Видно было, что разговор давался ей с трудом. Она облизала языком пересохшие губы:

- Можно мне воды?

Чад поднёс ей стакан.

Сделав пару глотков, она продолжила:

- Девушка по имени Полина, сейчас её зовут Паола Санчес …

По выражению его лица Карина моментально поняла, что Чад не в курсе:

- Ты её не знаешь? Странно, на неё не было никаких указаний. Её не надо зачищать. Но я думаю, что тебе нужно её спасти, пока она ещё не успела ничего совершить против вашей страны. Эта русская девочка в пятнадцать лет была удочерена бездетной американской семьёй …

Было ещё одно сообщение, насторожившее Силка, - информация о его русском «друге» Сенегале, которого боятся все, включая его шефа – генерала Коегорова.

… «Он здесь для общей зачистки. Приказ - убить всех, кто причастен к событиям пятилетней давности, происходивших в Сакнт-Петербурге.

Правда, есть одно но, - Карина на секунду замолчала, - мне и ещё одному сотруднику из нашей группы было дано задание - ликвидировать самого Сенегала. Думаю, что для Сенегала это была бы очень интересная новость. Генерал действительно его боится. Потому что Сенегал не русский, он из поволжских немцев: Оскар Генрихович Крюге …»

… Докурив, Силк спустился в сад в поисках О'Лари, чтобы ещё раз проехать к скале …

… Около полудня оживленное движение на серпантине мимо скалы стало затихать.

Рядовой первого класса Дэйв Картер сидел в своём джипе, припаркованном на песке прямо у дороги, с завистью наблюдал за отдыхающими в миле от него.

В его салоне звучала музыка в стиле рок. Полицейская восточноевропейская овчарка сладко спала на заднем сиденье.

Картер откровенно скучал и был изрядно раздражён. Разве сержант не говорил, что нужно наблюдать за этой чертовой скалой и чтобы никто не подходил со стороны океана как минимум на милю к этому месту?

Гораздо приятнее было бы сейчас находиться со всеми ребятами в саду на вилле.

Дэйв Картер спокойно слушал музыку ...

Как подъехал джип Силка, он не слышал, но собака ...

Пёс, ещё не поднявшись, начал урчать. Рядовой Картер вскинул голову, но было уже поздно ...

Силк держал ствол пистолета у головы рядового:

- Привет, солдат, как твои дела?

Картер слышал о том, кто этот человек. И что его команды надо выполнять с первого раза.

- Виноват! - быстро ответил он и выпрыгнул из машины.

- Есть новости? - отвлечённо спросил Силк, осматриваясь по сторонам.

- К скале никто не подходил, сэр!

- А из воды?

- Никого, сэр.

- А вон та лодка, - Силк указал на парусник недалеко от общего пляжа.

- Это парусник, сэр. Это не моторная лодка. Парусник, если что, легко догнать, сэр.

Силк постоял немного рядом с солдатом, послушал музыку:

- Что это за группа?

- «Led Zeppelin», - гордо ответил Картер.

- Круто. Хорошая музыка.

- Спасибо, сэр.

- А чего так тихо, сделай громче.

Картер расцвёл. Кивнул бритой головой, подошёл к джипу, но увеличить громкость ему не удалось ...

... Вместо знаменитого голоса Роберта Планта, они услышали сильный взрыв со стороны виллы ...

...Обернувшись, они увидели гриб пламени и дыма, поднимающегося к небу ...

Пёс тоже поднял свою морду и навострил уши ...

... - Смотри за склоном скалы!!! – заорал Силк и, пулей запрыгнув в свой работающий джип, полетел к вилле ...

... По счастливой случайности никто не погиб.

Все солдаты, дежурившие у ворот, находились в каменном домике –

сторожке.

Когда Силк влетел в сторожку, то увидел, что от разлетевшихся в разные стороны оконных стёкол пострадал только сержант О'Лари. Кусок стекла пронёсся прямо по его лбу, и сейчас второй солдат обрабатывал перекисью водорода рану и широким бинтом вокруг головы прикрыл тонкий, кровавый след, словно порез от бритвы.

- Час … назад … проехала … машина …, забиравшая … мусор, - тихо произнёс О'Лари, - больше у ворот никого … не было …

- Хотелось бы верить, сержант, - грустно сказал Силк, - как остальные бойцы?

- В порядке. Вы оказались правы, русские своё дело сделали …

После этой фразы, с трудом произнесенной раненым сержантом, Силка словно подбросило. Ничего не говоря, он устремился к самой вилле …

Он ехал на бешеной скорости, а выпрыгнув из джипа, понесся сломя голову, проклиная всё на свете и в то же время призывая на помощь всех святых …

Выскочив на террасу, он увидел картину, от которой у него перехватило дыхание, а к горлу подкатил комок тошноты …

… - О, Господи, - только и смогли произнести его губы …

Он увидел … Карину, лежавшую на шезлонге в совершенно неестественной позе. С того места, где стоял Силк, он смог отчётливо разглядеть маленькое отверстие прямо посередине лба русской красавицы. Тонкая струйка крови стекала из дырочки на крыло её носа, пересекала полураскрытые губы и потом каплями падала на накинутый на её тело белый халат …

Он почувствовал, как бешено заколотилось его сердце, словно готовое выскочить из груди, когда он увидел перевёрнутое плетёное кресло и Патрика, склонившегося над лежащей навзничь возле стола … Джинни …

В руке Патрик держал её окровавленный … парик …

Силк застыл, плотно сжав губы …

Так простоял с минуту, пока Патрик не поднялся.

- Надо вызвать скорую помощь, - тихо сказал Силк.

- Уже вызвал, сэр. Жаль ту русскую. Я ей говорил, что это опасное занятие выйти на террасу, но она попросилась на десять минут, и потом Джинни … присматривала за ней … Это моя ошибка, сэр. Слава Господи, что Джинни …

Силк не слышал его. Он вспоминал последние слова этой русской в момент интервью:

… «Может, я и вела недостойный образ жизни, но уверена, что заслужила право на достойную … смерть …»

Затем быстро посмотрел на Патрика:

- Что ты сказал?

- Обморок, сэр. Снайпер сбил с неё парик. Пуля прошла по касательной прямо над ухом Джинни ...

- У неё голова в крови?

- Да, сэр, это сильная царапина. Но от этого не умирают ...

Теперь отвернулся Силк, попытавшись успокоиться, он переводил глаза с одной девушки на другую, после чего подбежал к Джинни, поднял её на руки и понёс в комнату:

- Патрик, принеси, что нужно. Мы ей остановим кровь и сделаем перевязку...

Патрик кивнул, ещё раз посмотрел на убитую русскую девушку, бессильно подняв и опустив плечи, направился в дом ...

... ПОЛЧАСА НАЗАД ...

... Было начало пятого, солнце не собиралось покидать безоблачный небосклон.

С океана шёл легкий бриз, в воздухе разливался приятный аромат водной акватории ...

Костя с тоской посмотрел на последнюю, третью бутылку воды, которую он только что открыл, и поднёс к глазам бинокль ...

В первые секунды он перестал дышать, впившись одним глазом в круглый окуляр.

«Не может быть! - пронеслось в его разморенной от солнца голове. – Сразу две! Вот это да! А какая тогда моя?»

Решение нужно было принимать мгновенно: первое - это то, что он должен был послать условный сигнал тем, кто отвечал за взрыв бомбы у ворот.

Те, получив сигнал, должны были дать ему пятнадцать секунд, чтобы он смог произвести выстрел в цель. Это было сигналом, чтобы взорвать ворота ...

- А, плевать, - решил Костя, - уберу обеих, может, Борис-ага премию мне за это выпишет ...

... Первую, решил он, нужно убрать ту, что в шезлонге, а потом – вторую, сидящую у стола ...

... Легко вскинув свой рабочий инструмент, Костя прилёг на живот, спокойно восстановил дыхание и ... на выдохе нажал на курок ...

У второй блондинки, перед тем как он выстрелил в неё, что-то упало из рук, и та как-то очень быстро наклонила голову, чтобы поднять ...

... Пуля врезалась в её светлые волосы, и в этот момент раздался взрыв. Для Кости он был сигналом моментального ухода с позиции.

«Винтовку оставь на память американцам и домик тоже, только бинокль прихвати с собой», - наставлял его Котов.

Верёвка для спуска уже приготовлена и крепко привязана за выступ скалы со стороны виллы. Но как только Костя произвёл второй выстрел, то в него с берега полетели пули…

«Ясно, солдатик из джипа, вот сука», - изловчился Костя и ответным огнём пробил солдату череп …

…Натренированный пёс, побывавший во многих передрягах, в секунду укрылся под джипом и притаился за высоким колесом. Пёс знал, откуда стреляют, он видел скалу, видел человека, быстро спускающегося вниз по верёвке. Пёс ждал, пока человек приблизится к песку …

… Силк был у скалы через считанные минуты. Увиденное привело его в некое замешательство, но, вспомнив свою поездку в госпиталь, он облегченно вздохнул, покачал головой, вышел из джипа и направился прямо к скале…

… Со скалы спускался прочный, тонкий канат. Канат по длине должен был, видимо, доставать до самого песка, но …

В метре от песка к канату откуда-то была привязана большая сетка, какую Силк видел в Африке для ловли больших диких зверей: в этой сетке бился руками и ногами незнакомый ему тёмноволосый, молодой парень, который громко кричал на разных языках и скрипел зубами …

… Возле сетки, на песке сидел полицейский пёс. Вздёрнув кверху морду, пёс злобно рычал, предвкушая, когда жертва выйдет из своего заточения.

А в метре от собаки, на небольшом камне сидел, улыбаясь во весь рот, … Тони Кент…

… Подойдя, Силк руками попробовал верёвки сетки.

- Не надейся, он их не порвёт и не перекусит. Хотя пытается это сделать. Только я не понимаю, на каком языке он меня о чём-то просит.

- Кто это, Тони?

- Стрелок. Извини, Чад, я немного запоздал. Ждал, пока он себя проявит. Видимо, я что-то упустил. Или твои парни на вилле?

- Так это твой парусник?

- Нравится?

- Сегодня, Тони, не до шуток. И я опять твой должник.

- Окей, Чад, забирай его. По-моему, он что-то знает, никак не может закрыть рот.

Силк сморщил лицо, подошёл ближе к прыгающему по сетке Косте Хану и сделал резкое, змеиное движение рукой парню в затылок.

Парень моментально обмяк …

Силк вызвал по рации солдат. Передав задержанного О'Лари, он немного успокоился и подошёл к Тони:

- Брэдли?

Кент кивнул:

- Сам знаешь.

- Ты надолго или …

- Или, Чад. Или … Мне надо парусник вернуть приятелю. Потом в аэропорт. До встречи, Чад. Всегда приятно тебе помогать. Знаешь почему?

Силк слегка улыбнулся:

- Ну?

- У нас с тобой всегда всё получается. Это, по-моему, уже входит в привычку. Не находишь?

- Тони, я в долгу не останусь.

- Это то, в чём я нисколько не сомневаюсь. До встречи, Чад …

… Докладывать Брэдли Силк не спешил. Он понимал, что произошло, но ему надо было спокойно оценить ситуацию …

… С одной стороны, он потерял пациентку, но … то, о чём просил шеф, выполнил. Информация, полученная от Карины, была довольно щекотливая.

Если всё, что она сказала, - правда, то …он на коне - это раз.

Джинни, фу-фу, слава всем святым, жива и отправлена в госпиталь – это два. Тони помог поймать стрелка - это три …

… Джинни увезли на скорой помощи. Карину он с помощью Патрика спеленал в белый саван, расплывшийся красным цветом в районе головы ..

Силк лежал в своей комнате, осмысливая свой будущий отчёт шефу…

… Раздался лёгкий стук в дверь.

Это был Патрик:

- Вам письмо, сэр, - почтительно сообщил он и протянул Силку небольшой белый конверт.

Силк, отложив звонок, повесил трубку и посмотрел на Патрика:

- Ты уверен?

- Да, сэр. Только что почтальон принёс. Из рук в руки. Он назвал вас. Ему, видно, дали неплохие чаевые.

- Спасибо, оставь на столе.

Патрик опустил конверт на стол и вышел.

Силк быстро вскрыл конверт. На белом листке бумаги он обнаружил одно предложение:

«Завтра в 17.30 рм Пенн стейшен. (Вокзал) Манхеттен. У вас есть тот, кто нужен мне. У меня - кто нужен вам. Жду тебя одного ».

Все буквы и цифры были вырезаны из какого-то журнала. И аккуратно приклеены …

Силк вернулся на кровать. Неужели русские хотят на кого-то обменять стрелка? Видимо, есть вещи и обстоятельства, которые он не знает…

… Прошло ещё полчаса, прежде чем он подошёл к телефонной трубке. И когда Брэдли ответил, спокойно начал:

- Люди Хартона халатно отнеслись к своей задаче. Мне жаль рядового Картера, шеф.

- Это всё, что ты можешь мне сказать? - раздражённо спросил Брэдли.

- И да, и нет.

- Что это значит, Силк? – раздраженно спросил шеф.

- Это значит, Брэдли, что русские победили, но не совсем.

- Силк, ты опять кривляешься! Перестань! Ты можешь, чёрт подери, изъясняться нормально?

- Да, шеф. Только для этого вы мне должны рассказать, кто и где пропал с вашей стороны? И второе, кого вы подобрали у русских?

Это важно. Когда у меня в руках будет эта информация, я с удовольствием с вами поделюсь своей. Кстати, именно то, что вы и ожидаете.

Так что, не скажу лишнего, если напомню вам о каких-то сорока, нет, о пятидесяти тысячах, а может, и больше. Хотя я знаю, какой вы скупердяй.

Брэдли позеленел от злости, но ответил сдержанно:

- Найди Хартона, пусть он свяжет тебя с Ником Гембли.

- С Гембли? О, этого парня я знаю. Он в порядке и честно ест свой хлеб. Я вас услышал, шеф. На связи …

- 13 -

Манхеттен. Железнодорожный Вокзал. (Пэнн стайшен).
25 июля. Время после полудня; 17 часов 15 минут.

… В час пик Пенн стейшен напоминал огромный шумный муравейник.

Силк прибыл на вокзал за час до назначенной встречи. Приехал он поездом из Принстона, где в течение двух часов внимательно слушал Ника Гембли …

… Сидя на небольшой скамейке возле билетных касс, Силк просматривал сегодняшний « Нью-Йорк таймс», прокручивая в голове много вопросов.

Единственное, что он определил точно, так это отправителя. Это был Сенегал.

Встреча с таким монстром один на один – это был явный признак уважения – раз, и …

Силк терялся в догадках, поскольку такие агенты как Сенегал не похожи на перебежчиков, но тогда что?!

Что заставило самого Сенегала встречаться тэт-а-тэт?!

Обычно такое происходит только в одном случае, если встреча не санкционирована кем-то свыше…

Этот момент настораживал Силка, а заодно, сильно интриговал …

«Что же задумал этот дьявол?» - спрашивал себя он, перелистывая газетные листы …

Чад вновь перебирал в своём мозгу разговор с Гембли, проходивший на квартире одной молодой особы по имени Джулия, которая, как понял Силк, была его информатором. Девушка, студентка университета, приехавшая учиться в США из Бразилии. Молода, обаятельна …

Силк невольно усмехнулся, вспомнив, как она смотрела на него и постоянно предлагала то чай, то кофе, то печенье, которое сама приготовила.

И всё время строила ему глазки … Но нет, с него хватит Джинни. Слава святым, осталась жива, а её лечащий врач, с которым Силк говорил по телефону, без сомнения объявил, что больше недели Джинни в госпитале не задержится.

Что и говорить, образ Джинни не давал ему покоя. Такого он за собой ещё не замечал …

… Ник посвятил его в историю, которая началась в России и обрела своё продолжение в США …

Получив приглашение на встречу, Силк ни с кем пока не делился о том, что он узнал от Карины … « Не спеши. Сначала сам узнай о ситуации как можно больше. Всему своё время» - этот девиз не раз выручал его.

… Но тут … тут … Сенегал, боевая, безжалостная машина …

Специально встречаться с ним Силку никогда бы не пришло в голову.

Он скрутил газету и огляделся вокруг:

- Значит что-то у тебя не срослось, «то-ва-рищ» Сенегал …

… Ровно в 17 часов 30 минут Силк вышел из здания вокзала и спустился по ступенькам к 34-ой стрит.

Через несколько секунд прямо перед ним остановился жёлтый кэб, машина-такси…

… Открылась водительская дверь, из неё появился огромного роста хорошо загорелый индус в белой национальной чалме:

- Ваша машина, сэр, - махнул он рукой Силку и кивком головы пригласил сесть в такси.

Не дожидаясь, пока Силк откроет заднюю дверь и сядет в салон, водитель, несмотря на свой большой рост, очень проворно юркнул за руль, едва взглянув на севшего в машину пассажира, и тронулся с места …

… Пока машина находилась в движении, ни водитель, ни пассажир не проронили ни слова …

… Высокий «индус» свернул на узкую улицу с односторонним

движением.

Остановившись возле полукруглой   арки, он выключил двигатель и посмотрел в зеркало заднего вида:

- Ты знаешь, Силк, несмотря на нашу с тобой противоречивость, я нахожу, что постепенно начинаю тебя уважать.

Водитель снял с себя «свой» головной убор. В руках у него появилось маленькое белое полотенце, которым он старался стереть грим со своего лица.

- Силк, я не сомневаюсь, что ты заряжен, но продолжаю сидеть к тебе спиной, уверенный в том, что ты в меня не выстрелишь.

Силк промолчал. Сенегал продолжил:

- У нас мало времени. Вот фотография девушки, которую ищет Брэдли, или его агенты, - он приоткрыл окно в салоне и передал Силку фотографию. – Её зовут Кимберли, короче Ким. Она жена парня, который шесть лет назад был в России. Пересказывать эту историю тебе не буду. Уверен, что ты в курсе .

 Мне же нужна девушка по имени Паола Санчес. Я хочу получить её завтра. Позже скажу место, где буду тебя ждать, - его зелёные глаза пристально посмотрели на Силка, - ты будешь один, как сегодня, и только с Паолой.

 Без глупостей. Они тебе ни к чему.

Силк продолжал молчать.

- Хочешь меня спросить, уверен ли я в той американке, Ким, которую мне пришлось отбить от русских бандитов. Да, я в ней уверен. Более того, я ей рассказал весь план: что она не жертва, я её просто по-честному обменяю.

И если она хочет увидиться со своей семьей, с детьми, с мужем, с друзьями, то должна вести себя тихо и спокойно. Ей ничего не угрожает, Силк. Она не голодает. Находится в тёплом отеле.

Я показал ей фотографии фермы её родителей и всей её семьи …

Силк, ты меня знаешь, если мне что-то нужно и это можно сделать, не прибегая к лишней крови, то это нужно сделать…

Он сделал паузу, убрав грим вокруг своих глаз, и продолжил:

- Карина всё равно была не жилец на этом свете. Твоя девушка, которую зовут Джинни, жива, я знаю, в каком она госпитале и что с ней. Она мне не нужна, мне нужна Паола. И ты мне её доставишь, Силк, а я ручаюсь, что с Ким не упадёт ни один волосок. Моё слово.

Наступила пауза, которую первым нарушил Силк:

- Чего ты хочешь?

- Несколько дней назад ты предлагал мне сделку. Теперь я предлагаю сделку тебе.

- Какую?

- Обмен, Силк. Честный обмен.

Силк смотрел на спокойный, расчетливый, змеиный взгляд немигающих глаз.

- Только не говори мне, что ты должен спросить разрешения у Брэдли. Тебе вообще ни у кого не надо брать разрешения. Ты всё сделаешь сам. В этом я не сомневаюсь. Кто знает, может, жизнь нас с тобой сведёт еще раз. И ты знаешь, я совершенно раздумал тебя убивать, Силк.

- Я уже догадался, - ответил Чад, понимая, что Сенегал не шутит, не блефует, и самое главное, не отменит своего решения ...

Прошла минута, другая ... Они продолжали смотреть друг другу в глаза... На их лицах не дрогнул ни один мускул ...

Наконец, Сенегал улыбнулся, просунул свою большую ладонь через открытое окно в салоне:

- Ключи от этой машины. Когда выйдешь, открой багажник, выпусти шофёра. Не вздумай давать ему типы. Я ему заплатил за проезд и все неудобства. Кстати, и за то, чтобы он отвёз тебя обратно на вокзал.

Он ещё раз посмотрел на Силка:

- Действуй, Чад. Уверен, у тебя получится. А это адрес, где я буду тебя завтра ждать, и время. Не опаздывай.

Он бросил небольшой белый конверт на колени Силку, откинул в сторону индусскую чалму и, не сказав больше ни слова, вышел из машины...

- 14 -

Штат Нью-Йорк. Ниагара Фолс.
Отель « Рэд Руф» («Красная крыша»).
26 июля. Время вечернее: 22 часа 48 минут.

Соня Неймар заступила в ночную смену в не очень хорошем расположении духа. Её парень, обещавший пойти с ней завтра на просмотр нового фильма, извинился и перенёс их встречу. Причиной была его страсть к карточным играм, в частности – «покер».

Подружки Соне говорили, что картёжники – это больные люди и что с ними нужно как можно быстрее расставаться ...

... Соня им верила, но у неё ничего не получалось по простой причине: её парень был не только мастак в «покере», но и в постели. И тут Соня откровенно была бессильна. Её тянуло к нему каким-то животным, необъяснимым инстинктом ...

... Проверяя количество заказов на вечернее и ночное время, она почувствовала, что на неё кто-то смотрит. Подняв голову, Соня улыбнулась: прямо на неё смотрела молодая черноволосая девушка, явно азиатского происхождения, в синей джинсовой куртке, надетой на белую футболку.

- Привет, - сказала девушка, - у нас забронированы два номера. Мы из Канады. Вот мои документы.

Соня кивнула, беря в руки протянутый паспорт:

- Конечно, конечно. Ваше имя и фамилия Юлдус Бахран? У вас заказ на четырёх человек. Вы одна из них. Так?

- Да, - быстро ответила девушка.

- А где ваши …

- Братья? Они в машине.

- Прекрасно, - ответила Соня, смотря на экран компьютера, - но вы не граждане США. Каждый из них должен предъявить свои документы и расписаться.

Девушка согласно качнула головой и вышла. Через минуту в холл вошли три чернявых молодых и, как показалась Соне, очень хмурых парня. Девушка по имени Юлдус снова подошла к стойке регистратора, держа в руках документы. Заполняя нужные графы на компьютере, записывая имена, фамилии, Соня почувствовала некую скованность.

Она уже три с половиной года работала в этом отеле и никогда подобного с ней не происходило, а тут …

Закончив, она с натянутой улыбкой посмотрела на девушку:

- Всё готово. Пусть каждый распишется на нашем бланке внизу и поставит свои инициалы там, где я отмечу.

Девушка взяла четыре заполненных Соней бланка и подошла к молодым хмурым парням.

Все гости были одеты в джинсы, футболки и лёгкие куртки. У одного были джинсы чёрного цвета, у второго - цвета хаки, у третьего такие же, как у Юлдус, светло-синие …

…Соня поймала себя на мысли, что волнуется.

И лишь в тот момент, когда в холл вошёл высокий, широкоплечий европейского типа мужчина, Соня перевела дух …

Она даже заметила, как среагировали на него азиатские гости: они моментально собрались в кучу, перекинулись несколькими фразами на своём языке с единственной в их компании девушкой по имени Юлдус, затем, также группой, вышли из холла.

С огромным облегчением она взяла из рук высокого гостя два паспорта:

- Вы резервировали номер? – спросила она уже спокойным голосом.

- К сожалению, нет. А можно? Нам с женой только на одну ночь.

- Я постараюсь, - быстро ответила Соня, решив во что бы то ни стало помочь им, - а ваша жена, она …

- В машине. Спит. Мы к вам из Атлантик Сити приехали. Долгая дорога. Разбудить?

- Нет, нет. Всё в порядке. Номер я вам уже нашла. На втором этаже второго корпуса. Правда, одна кровать, но большая. Это проблема?

- Думаю, нет. С меня экстра оплата.

Соня замотала головой:

- Что вы, ни в коем случае. Это просто моя работа. Вот вам ключи от номера. Один или два?

- Один, - спокойно ответил мужчина.

Соня обратила внимание на его не по возрасту длинные русые, тронутые сединой, до плеч волосы и строгий взгляд зелёных глаз.

От него источалась какая-то сумашедше - сильная энергетика …

…Улыбнувшись про себя, Соня вспомнила о своём парне, который тоже был не робкого десятка и мог многих проучить, но этот человек был похож на настоящую огромную скалу, за которую можно было спрятаться …

Нет, с ним бы мой парень не справился. Точно не справился …

Но это уже было не важно.

Важно, что Соне стало как-то спокойно и легко. Она с удовольствием протянула гостю два заполненных ею бланка. А когда он закончил расписываться, пожелала спокойной ночи…

…Оставив позади Сиракузы, Силк повёл машину в сторону Буффало. Посмотрев на стрелки часов, которые показывали три часа ночи и десять минут, оглянулся на заднее сиденье, где, укрывшись большим пледом, спала Паола Санчес.

После второго разговора с Ником Гембли, Силк был приятно удивлён, насколько быстро Ник, Хартон и Брэдли пришли к единому мнению в плане обмена юной русской «Мата Харри» на американскую молодую женщину.

Он улыбнулся, вспоминая, как в первый раз увидел юную разведчицу.

«Чёрт бы меня побрал, почему эти русские примадонны настолько дерзки, насколько и красивы!»

«Эх, - подумал про себя Силк, хоть Брэдли и скупердяй, но он … прав насчёт того, что деньги и женщины имеют большое значение в его, Силка, жизни»

Бороться с этим? А зачем? В жизни всё проходящее …

… Паола сидела в отдельном кресле небольшой комнаты.

Ник представил их друг другу. « Необыкновенное лицо», - отметил тогда про себя Силк.

Средний рост, идеальная фигура. Необыкновенные, с небольшим овалом серые глаза, тёмно-русые длинные волосы и такого же цвета совсем не узкие брови, но абсолютно не портящие чуточку вытянутое книзу лицо. Девственный, красивый рот. Слегка поднятая к носу верхняя губа.

Красивая шея … Поздоровавшись, Паола вернулась в своё кресло, рядом с которым стояла широкая дорожная спортивная сумка…

… Ниагара Фолс встретил их горящими рекламами и прямыми, тёмными, пустыми улицами, похожими на блестящие каналы.

… Силк помнил время, к которому он должен будет успеть - 7 часов утра. Место – отель « Red Roof Plus » …

… Оставалось совсем немного. Они уже ехали по Millersport Hwy. Посмотрев на карту, Силк определил, что ему нужно пересечь Maple road, и они уже у цели.

Паола приподнялась, подобрав под себя длинные ноги, и спокойно смотрела на горящие вдоль дороги фонарные столбы …

- Хочешь чего-нибудь выпить? Чай? Кофе? – спросил Силк.

- Кофе.

Он свернул к небольшому кафе.

- Ты голодна?

- Нет, - коротко и быстро ответила Паола. - А ты?

- Согласен на кофе …

Пили молча …

Силку очень хотелось поговорить с ней, но время …

… Он повернул к себе ручные часы:

- Нам пора.

Паола кивнула головой …

… Ровно в шесть тридцать Силк остановил машину рядом с чёрным джипом «БМВ» с канадскими номерами.

В шесть пятьдесят Силк посмотрел в зеркало заднего вида:

- Ты помнишь, Паола, что тебе нужно делать?

Девушка спокойно кивнула.

- Ты должна пересесть в тот джип, когда я дам тебе сигнал.

Он посмотрел в сторону « БМВ » и увидел рядом с джипом … Сенегала.

- Я пошёл. Жди здесь …

… Они стояли каждый у своей машины, облокотившись на крышку капота.

- Рад, что не ошибся в тебе, Силк. Беру свои слова назад, что Брэдли выжил из ума, доверяя тебе.

- Н-да, ну я бы по поводу своего шефа не спешил: он иногда бывает очень тупым и всегда жадным.

- Все шефы, Силк, имеют такую привычку: не разбрасываться деньгами. В этом он не оригинален. А ты, ты мне помог. Без тебя я бы потерял какое-то время, чтобы добраться до Паолы. Да, кстати, уверен, что Карина что-то рассказала. Но мы со своей стороны закрыли этот вопрос. Так что есть и польза для твоей страны.

- Хочешь на этом разбогатеть? - улыбнулся Силк.

- Уже нет. Но чувства у меня нехорошие.

- Почему?

- Мы закрыли вопрос по своим каналам, но сколько таких команд будет пересекать вашу границу, … понятия не имею. Так что, других вам самим придётся ловить.

Силк не ответил, сам же спросил:

- Где девушка?

Сенегал посмотрел на часы:

- Ровно через пять минут она должна выйти из номера и направиться в офис, чтобы сдать ключ. Она знает, что за ней приедут на её же джипе.

- Фотографии её семьи и родителей. Это не один экземпляр. Так?

- Силк, беспокойство разумное, но когда я договорился с тобой, то ликвидировал всю плёнку.

Силк достал из сигаретной пачки небольшую компьютерную флэшку и опустил её на капот:

- Мой подарок. По-моему, тебе нужно самому подумать о спасении. Прослушаешь, попробуй поделиться с Паолой. Она пока ничего не знает …

В это время по лестнице со второго этажа спустилась … Ким.

Бросив взгляд на Сенегала и Силка, она, не останавливаясь, завернула за угол и направилась в сторону офиса. Силк подошёл к джипу, на котором приехал, постучал в боковое стекло и открыл дверь. Паола послушно вышла, держа в руках спортивную сумку, и прошла к задней двери соседнего джипа …

… Сенегал не двигался с места и внимательно смотрел на своего иностранного коллегу.

- Можешь ехать, Сенегал. Сделка состоялась, - спокойно сказал Силк.

Сенегал не ответил, продолжал молча стоять.

- Успокойся, Сенегал. Я не собираюсь тебя убивать. Ты делаешь свою работу. Я - свою. Мы с тобой большие придурки, выбравшие этот путь. Спускаемся в ад, а потом сами пытаемся оттуда выбраться. Нас никто не должен видеть. Никто не должен помнить. Для нормальных людей этот путь – мрак, темнота. Но это наш путь. Только есть один вопрос: как долог этот путь? - Чад с улыбкой посмотрел на Сенегала, который слушал, но продолжал молчать.

Силк закрыл дверь джипа, в который только что села Ким:

- Видишь, я прав. Трудно ответить. Я и сам такой. Но мы всё равно будем идти по этому пути, потому что именно тут мы получаем кайф. Другие пути были бы нам скучны и противны. …

… Сенегал слегка помедлил, потом пожал широкими плечами и подошёл к водительской двери:

- Думаю, мы ещё встретимся. В этот день я угощу тебя стаканом отменной русской водки.

Силк широко улыбнулся:

- Согласен! А за мной стакан хорошего виски! …

… До самых Сиракуз Ким ни проронила ни слова.

- Куда мы едем? - почти шепотом спросила она.

- По-моему, ты хочешь увидеться со своей семьёй.

Девушка моргнула глазами, полными слёз:

- Это правда?

- Это правда, - повторил за ней Силк. - Это твой джип? Как ты?

- Уже лучше. Джип мой, - с трудом повторила она. - А вы знаете, куда ехать?

Силк кивнул.

- Я боялась, что он вас … убьёт, - Ким посмотрела на широкий плед, лежавший рядом с ней на сиденье.

- Убьёт? - улыбнулся Чад. - Я как-то об этом не подумал.

- Он очень большой и … страшный …, но со мной, … со мной обращался … хорошо.

- Вот и замечательно, а насчёт меня убить, то это вряд ли.

У нас есть неписанное табу.

- Табу?

Чад говорил, глядя на дорогу, в полной уверенности, что его слушают. Значит, девушка приходит в себя:

- Хотя мы и находимся с этим русским по разные стороны баррикад, но у нас …, - Силк хотел добавить « у придурков», но опустил:

- У нас имеется общий кодекс чести. Или проще: неписаный закон: сильный агент никогда его не нарушит …

Он посмотрел на показатель бензина:

- Нам нужно подзаправиться. Ты можешь поспать. Дорога не близкая.

Ким согласилась. Устроившись поудобнее, она накрылась пледом, который совсем недавно согревал Паолу, верней, Полину Изверову…

… После заправки Силк выехал на широкую магистраль, лишь на секунду оглянулся. Ким спала.

Он почувствовал небывалое облегчение, подумав о том, с каким лицом Брэдли будет вручать ему честно заработанные деньги …

Мысль о шефе моментально улетела из его головы. Посмотрев на Ким, вспомнил о Джинни. Он сразу же её навестит, как только закончит с этим делом…

«Кажется, Чад, жизнь налаживается», - подумал он про себя и надавил педаль газа не на своём джипе …

ПОСКРИПТУМ

- 1 -

Штат Нью-йорк. Ниагара Фолс. 27 июля.
Время утреннее: 7 часов 13 минут.

… Смена закончилась. Соня сидела в своей «Хонде» серого цвета и неспеша глотала горячие капли чёрного кофе, чтобы не уснуть по дороге.

Ночная смена редко бывает загружена клиентами, после регистрации двух небольших групп: азиатов и высокого мужчины, чья жена спала в машине, больше за эту ночь никого не было.

У Сони было время не только подготовиться к сдаче последнего экзамена в летней сессии, но и подумать о своей личной жизни.

Безусловно, она должна закончить колледж, понимая, что это очень важно. Вспоминала наставления своей мамы:

«Запомни, Соня, для женщины образование – это путь к свободе в личной жизни. Чтобы не тебя выбирали, а ты …»

Ещё она думала о своём парне. Как отучить его от карт? Соня не знала. Знала другое, что это практически невозможно.

А раз так, то, что остаётся ей: завершить учёбу и … обязательно встретить … другого парня, но нормального, доброго, нежадного и чтобы никаких карт …

…. Она завела мотор и, между прочим, посмотрела на двери двух соседних номеров, тех азиатов, которых она принимала. Двери были раскрыты …

Из первой вышло трое уже знакомых ей угрюмых парней, через минуту из другой двери на улицу вышла девушка по имени Юлдус. Перед тем как захлопнуть свою дверь, девушка осмотрела номер трех азиатов, затем закрыла обе двери и направилась к офису сдавать ключи …

… Спустя десять минут « Toyota – corrolla» белого цвета выезжала с паркинга, увозя куда-то всю компанию. Перед самым выездом на широкую магистраль машина остановилась, чтобы на медленной скорости переехать специально сделанный на парковке выступ – накат. Машину гостей плавно качнуло вверх, и Соня, наблюдавшая за ними, заметила маленький красный мигающий огонёк под самым днищем « Тойоты», но не придала этому значения …

- А, ладно, - сказала она сама себе, - что мне до них. Уехали и уехали. И я поеду.

Соня улыбнулась и повела свою «Хонду» к широкой, ещё не загруженной автостраде…

… Уже через час Соня готовила себе омлет с салатом и апельсиновым соком.

Она так привыкла, сначала поесть, а потом отоспаться.

Присев за стол, включила телевизор посмотреть канал, на котором передавали сводку погоды на неделю. Неожиданно на экране появилась красная полоса. Так обычно передавали экстренные новости.

Соня отложила пульт в сторону и прочитала надпись о страшной трагедии, случившейся на хайвэе по пути в Нью-Йорк. Через минуту она слушала репортаж с места события.

… Микрофон держал в руках молодой светловолосый парень:

«…Сегодня в 9.31 утра на скоростной трассе произошло трагическое происшествие.

На полной скорости машина «Тойота корролла» белого цвета потеряла управление. Загорелась, съехала в кювет, после чего взорвалась. По имеющимся у нас сведениям в машине находилось четыре человека. Трое мужчин и одна женщина. Удалось установить женщину, поскольку в её сумке, которая вылетела через открытое окно, находились документы на имя … Юлдус Бахран.

Тех, кому знакома эта женщина, просим позвонить по телефону, указанному на экране…»

… С минуту Соня тупо смотрела на рекламу, идущую за новостями …

Она машинально потянулась к телефону, но остановилась, перед её глазами почему-то предстал тот солидный высокий мужчина с зелёными глазами, горящими как два алмаза …

… Недоеденный омлет и салат остались на столе. Соня, почувствовала дикую усталость. У неё хватило сил доплестись до кровати и, не раздеваясь, плюхнуться сверху на одеяло. Плед, лежащий рядом с подушками, она натянула на себя. Укрывшись с головой, моментально заснула …

- 2 -

Штат Нью-Джерси. Принстон. 27 июля 2001 года.
Время вечернее: 21 час 13 минут.

Убедившись, что все нужные и ненужные бумаги превратились в пепел, Мартын взял в руки железный прут и стал медленно ворошить пепельную кашу.

Небольшая печка-буржуйка, стоявшая в офисе, сделанная кустарным образом, оказалась как нельзя кстати.

Сегодня, в последнее дождливое воскресенье июля, холодно не было, но печка пригодилась.

Гараж был пуст. Рабочие никогда не видели Мартына. Он приезжал раз в две недели в субботний вечер и встречался только с хозяином, который был человеком Щепы.

У Мартына были ключи и, безусловно, он знал код сигнализации…

Посмотрев на ручные часы, стрелки которых показывали восемь часов вечера, он произнёс сам себе:

- Пора.

… Закрыв гараж, Мартын обошёл свой джип. Простучал ногой по колёсам, проверив их прочность. Дорога предстояла неблизкая: до канадской границы, а там - в Торонто.

Но прежде он должен заехать в Филадельфию, встретиться с девушкой по имени Гуля и кое-кого забрать, чтобы полностью завершить свою американскую «командировку» …

… Выехав на дорогу под номером №1, Мартын повернул не налево, а направо. Он решил сделать небольшой круг, чтобы проверить, нет ли за ним «хвоста».

Проехав ещё минут десять, съехал на Раймонд стрит и встал под светофор, чтобы пересечь первую дорогу.

Миновав gas station, он оставил позади теннисные корты и одинокий отель. Дальше дорога запетляла узким серпантином вдоль высоких елей, широких сосен и густых придорожных кустов.

Ему нужно было доехать до дороги № 27, свернуть направо и, не останавливаясь, снова оказаться на первой дороге.

Впереди показался нужный поворот, Мартын шмыгнул носом, но в ту же секунду джип стал вилять, будто под колёсами был не асфальт, а настоящий каток. Его занесло влево, потом вправо и слегка подбросило.

Мартын крепче сжал руль и взглянул на табло датчиков:

- Чёрт! Этого еще не хватало!

На табло загорелся жёлтым светом предательской значок подковки, сообщающей водителю, что что-то не так у его машины с колёсами.

Мартын съехал на обочину и моментально пересадил на свое место фигуру манекена в человеческий рост. Этот приём был хорошо им отработан как раз для подобных, непредвиденных казусов: первым стреляют обычно в шофёра.

Он понимал, что кто-то его ждёт. Но кто? Хозяин гаража и Щепа. Только эти двое были в курсе его передвижений.

Стёкла у джипа пуленепробиваемые, об этом тоже было известно только тем двоим. Заглушив двигатель, Мартын выключил фары и достал из внутреннего кармана «Берретту».

Выходить опасно, но ехать дальше необходимо.

Вытащив переносную телефонную трубку, он набрал Щепу. После продолжительных гудков ему ответили, что абонент недоступен или находится вне зоны действия сети…

В тот же момент до него долетел звук чего-то рассыпанного на его крыше. За этим моментально вспыхнуло пламя. Крыша его джипа горела…

Мартын напрягся и процедил сквозь сжатые зубы:

- Ну, бля!!! Повоюем !!!

С этими словами он дотянулся до двери водителя, приоткрыл её и толкнул в ту же сторону манекен …

Свист пуль заставил его пригнуться. Пули летели с обеих сторон змеиным, почти бесшумным дождём. Видимо, у тех, кто стрелял, на автоматах были накручены глушители …

- Значит подготовились, суки!

Он моментально набрал телефон Котова. Услышав голос, успел сказать одну лишь фразу:

- Щепа, сука!!! …

В салон влетело что-то с непонятным шипением и ударилось о железную стойку… Прогремел хлопок.

Мартына стало обволакивать облако удушливого газа …

Прикрываясь манекеном, он с трудом открыл пассажирскую дверь и с хрипом вывалился в темноту …

… Примчавшиеся через пятнадцать минут три машины полиции и одна машина пожарников, обнаружили на месте происшествия только догорающий каркас джипа и почерневший … манекен …

- 3 -

Штат Флорида. Норс Порт. 1-е августа 2001 года.
Время вечернее: 22 часа 58 минут.

Щепа, получив звонок от хозяина гаража из Нью-Джерси, решил немного расслабиться.

Во-первых, уже есть, что ответить на сходке людям за его косяк с Быком и Свищом. Во-вторых, помянуть старого друга Карлика, с которым Щепа прошел малолетку и не одну зону в «жарком» Магадане. Братва оценит.

Ну, и наконец, он во Флориде, на своей вилле, в ста метрах от тёплых морских вод.

Так что, если он сейчас примет на грудь рюмочку коньячка, закусит ломтиком лимона и бутербродом с чёрной икрой, а потом … Потом пригласит в свой закрытый бассейн двух милых, на всё согласных нимф …

… Главное, не думать о том, что там произошло в дождливом Нью-Джерси.

А случай с «бездомным стариком» на костылях, который проник в спецгараж и увёл нужную пленницу, Щепа оценил по - своему: сменил охрану, а бойцов, которые её профукали, послал в ночную засаду, исправлять свой пошатнувшийся авторитет. Так он решил. Мартын должен ответить за Карлика. …

… Щепа наполнил третью рюмку, опрокинул в рот, надкусил лимон и зажевал очередной бутерброд. После чего окинул опытным взглядом двух симпатичных девушек, сидящих напротив него в удобных плетёных креслах:

- Окей, гёрлс, го ту пул.

Добавив на русском:

- Живо!

Девочки из элитного экскорт-сервиса, смеясь, закивали головками, вскочили, одновременно сбросили с себя всю одежду и, так же веселясь, плюхнулись в тёплый бассейн.

Прежде чем войти в бассейн, Щепа почему-то остановился и посмотрел на стеклянный потолок, в котором темнел звёздный небосвод, час тому назад поглотивший алый закат:

- Красиво, - подумал про себя авторитетный вор в законе.

И с криком:

- Девчонки, держите меня, - нырнул в ласковую морскую воду…

… На низкий, чарующий звёздный ковёр выкатилась полная луна, но её-то Щепа уже не видел. Он был занят. Его крепкую спину массировали нежные пальчики высокой мулатки…

… Через полчаса раздался условный стук в дверь. Щепа в это время уже отработал мулатку и нежился с блондинкой …

Обернувшись на стук, он увидел бритую голову своего охранника:

- Чего?!

- Шеф, - проговорил крепкий парень, - там это, какую-то статую приволокли. Говорят, подарок.

- Что, бля, за статуя?

Парень пожал плечами:

- Мраморная. Белая. Голая.

На секунду Щепа скривился:

- Кто привёз?

- Кубинцы.

- Кубинцы?

Парень молча кивнул.

Щепа вспомнил последнюю стрелку с кубинцами, где они пришли к согласию о территориях по продаже наркотиков.

- Пусть затаскивают, - он осмотрел территорию своего бассейна и показал рукой на левый, ближний от входной двери угол, - ставят вон туда.

Парень моргнул обоими глазами и исчез. Щепа подхватил девушек за упругие ягодицы и на крепких руках потянул их к лестнице:

- Герлс, тайм аут.

Улыбчивые нимфы накинули на себя короткие шёлковые халатики, показывая, что им нужно в туалет.

Щепа понимающе кивнул и снова спустился в бассейн.

Спустя пять минут входные двери распахнулись и трое невысоких кубинцев вкатили небольшую платформу, на которой находился длинный деревянный ящик.

Двое из пришельцев проворно раскрыли торцевую крышку, третий медленно поднимал другой конец ящика.

Не прошло и минуты, как перед Щепой предстала обнажённая богиня Венера, с загадочной, чарующей улыбкой.

Щепа был доволен. Он молча оценил и показал черноволосым ребятам на свободный угол.

Кубинцы уже втроём всё быстро исполнили, но не ушли. Выкатив в холл пустую коробку, они тут же вкатили следующую.

Щепа нахмурился:

- Это ещё что?

- Гифт, - ответил один из черноволосых парней. И показал одной рукой на уже стоявшую в нужном углу статую Венеры. А потом другой рукой на противоположный пустующий угол.

Щепа молча скривился.

- Гифт, босс, - ответил с натянутой улыбкой кубинец и показал два пальца.

Осмотрев пустой угол, Щепа решил, что гости правы: нужна ещё одна статуя, для гармонии:

- Окей, - махнул он рукой. - Давай ещё одну.

Кубинцы, получив разрешение, так же проворно подкатили второй ящик к краю бассейна…

В руках третьего парня Щепа увидел спортивную сумку, уже открытую. Парень вытащил из неё солидную камеру и нажал кнопку. Второй парень так же быстро закрыл входную дверь, разделяющую бассейн и холл. Третий кубинец сдёрнул торцевую крышку второго ящика …

… Два огромных, немигающих… чёрных … зрачка … большого … аллигатора … свирепо глядели на несгибаемого криминального авторитета.

Щепу разбил секундный паралич. Он окаменел. Его большой рот постепенно раскрылся, а большие карие глаза вылезли из орбит …

… Прошедший страшные российские зоны, Щепа устремился к противоположному концу бассейна, но крокодил нагнал его …

… Началась борьба за жизнь под любимую Щепой итальянскую музыку …

- 4 -

Штат Колумбия. Вашингтон. Посольство России.
Кабинет главы российской службы безопасности Грибова.
2-е августа 2001 года. Время утреннее: 11 часов 43 минуты.

… Досмотрев плёнку, Котов повернулся к своему непосредственному шефу:

- По коньяку?

Грибов задумчиво кивнул и добавил:

- Как насчёт сигары?

- Шеф, вы забыли. Не курю.

- Да-да, - проговорил Грибов, - думаю, начальство останется довольным?

- В этом я даже не сомневаюсь, - Котов подошёл к видеомагнитофону, но прежде чем выключить, ещё раз посмотрел на финальную сцену борьбы человека с земноводным чудовищем:

- Это тебе, Щепа, подарок от «директора» …

Как только за Грибовым закрылась дверь, раздался звонок:

- Я слушаю …

- Ты мне должен, Борис, надеюсь, ты помнишь это, - раздался спокойный, уверенный женский голос.

Котов провёл под носом телефонной трубкой и, покрутив крепкой шеей, ответил:

- Помню … Слушаю тебя …

- 5 -

Нью-Йорк. Район Бруклин. Оушен парквэй. 15 августа 2001 года.
Время вечернее: 18 часов 15 минут.

… Влад, Ким и их дочка Каролайн переехали в Бруклин на тенистую неширокую улицу.

Работу Владу пришлось поменять, но, как сказал Ник Гембли, отчаиваться не надо. Это их непостоянное место. Попав в категорию «О защите государственных свидетелей», они должны сменить не только место проживания, но имена и фамилии. Причём все, даже Каролайн…

… Сегодня Влад заскочил на свою старую работу. Передал боссу бумагу от Ника. Хозяин компании понимающе покачал лысой головой и со словами:

- Ты был отличный работник, - подал Владу руку и беспомощно пожал плечами …

… Теперь, с помощью ЦРУ, Влад, вместе с женой и дочуркой, будут проживать в половине дуплекса. Другая половина пока пустовала …

… ПРОШЛА НЕДЕЛЯ …

… К шести часам вечера Влад подъехал к своему новому дому.

… Дуплекс находился на неширокой тенистой улице в районе Бруклин.

Выйдя из машины, он помахал рукой жене и дочке, улыбающимся ему из окна, и … остановился …

Рядом с его парковкой он увидел « Мерседес» стального цвета, возле которого стояла девушка в белом летнем плаще.

Её длинные тёмно-русые волосы спадали на плечи так, что была видна только часть лица: небольшой нос, рот и пристально смотрящие на Влада голубые глаза.

Убедившись, что он заметил её, девушка спросила:

- Вы ведь Влад?

Он замер … Девушка была одна. В «Мерседесе» никого не было … Стрелять не должна, так как обеими руками она держала маленький белый конверт …

- Я вас слушаю. Как вы …

- Мне ваш адрес дал Ник Гембли.

Влад успокоился и полностью развернулся к незнакомке.

Девушка подошла.

- Меня зовут Джинни, - тихо начала она. - Я была медсестрой у молодой женщины по имени Карина, - она посмотрела внимательно на Влада, - вы знаете, о ком я говорю?

Влад молча кивнул.

- Она … её … она погибла, - девушка протянула ему конверт. - Это вам.

- Что это?

- Если честно, не знаю. Мне нужно выполнить её просьбу. Последнюю просьбу: найти вас и передать это письмо …

Вручив конверт, она села в машину и, не прощаясь, рванула с места …

… Влад проводил глазами «Мерседес», повернулся к дому и стал медленно подниматься по лестнице …

… Проехав до первого перекрёстка, Джинни свернула на узкую аллею с многочисленными скамейками и односторонним движением.

Притормозив напротив скамейки, на которой сидел только один мужчина, она опустила стекло и крикнула:

- Здесь стоянка запрещена. Садись, быстрее!

Сев в машину мужчина спросил:

- Ну как? Ты нашла его?

- Да.

- Всё в порядке?

- По-моему. Только жена смотрела через окно.

- Думаешь, будет ревновать?

- Если бы так кто-то подошёл к тебе, а ты был бы моим мужем, то я бы ревновала – точно, - с этими словами она обвила крепкую мужскую загорелую шею …

Поцелуй был долгим и страстным …

… Прижав её к себе, он тихо прошептал:

- Джинни, если мы сейчас же не найдём какой-нибудь отель, то я за себя не ручаюсь …

- Я тоже хочу тебя, Чад …

- 6 -

- Опять конверт. Опять письмо, - тихо промолвила Ким, присаживаясь на диван.

Влад не ответил, продолжая держать в руках запечатанный конверт.

- Боишься открыть?

- Ким …

- Извини, дорогой … Просто после писем кого-то из нас … обязательно … похищают. Ты не находишь?

Влад оторвал край конверта и вынул из него карточку какого-то бизнеса …

- Хм-м, смотри, - он протянул её жене, - кажется, это не в Нью-Йорке.

Ким взяла из его рук бизнес- карточку и подняла к глазам:

- «Гуля Бикметова»

«Балетная студия. Танцы. Хореография.

Классы для детей от 6 лет и старше.

Классы для взрослых: Танцы парные. Аэробика.

Телефон для справок … »

Ким смотрела на Влада с таким же видом, с каким он смотрел на неё:

- Что это? И кто это? - тихо спросила Ким.

Влад присел рядом на диван, взял в руки карточку, посмотрел то, что прочитала Ким:

- Совершенно не знаю. И не знаю, что я должен делать …

Ким положила свою руку ему на колено:

- Думаю, что ты должен … позвонить, там есть телефон …

… Было поздно, поэтому Влад позвонил на следующее утро.

После продолжительных гудков в трубке раздался приятный женский голос:

- Алло. Слушаю вас.

- Здравствуйте, мне нужно поговорить с … Гулей. Я - Влад.

- Очень приятно, Влад. Гуля вас слушает. Вы хотите записать в группу свою дочку или сами хотите попробовать. У нас как раз для одной девушки нужен партнёр, если вы …

- Я звоню вам от Карины …

Трубка моментально замолчала …

Прошло около минуты, прежде чем женский голос переспросил его:

- Вы … звоните … от … Карины? У вас есть … моя … карточка?

- Да, - с придыханием ответил Влад.

- Назовите … свою … фамилию.

- Каминскас, - быстро ответил он.

Трубка снова замолчала.

- Прежде чем мы продолжим, - Гуля сделала паузу, - я должна задать вам три вопроса.

- Хорошо. Задавайте.

Влад почувствовал, как «запылало» его ухо. Он переложил трубку к другому уху как раз в тот момент, когда вновь услышал голос Гули:

- Назовите мне год, когда вы были в последний раз в Питере.

Влад назвал:

- Шесть лет назад. Значит 1995-й.

Гуля не спешила:

- Хорошо. Скажите, где … родилась … Карина?

- Город Рига. Столица Латвии.

Последний вопрос она задала ему спустя ещё минуту:

- Теперь назовите место, где вы с Кариной … встретились?

Его лоб и ладони покрылись испариной. На какие-то доли секунды у Влада перехватило дыхание. Он опустил трубку себе на колени. Быстрым движением обтёр обе ладони о свою рубашку и … ответил:

- Зелёная Роща … Это Ленинградская область …

Гуля ответила моментально:

- Хорошо, Влад. Я вас жду завтра к обеду. Я живу в Филадельфии. Вы должны ехать по скоростной магистрали через мост Веризанно на юг до штата Пеннсильвания. Это exit № 6. От него до въезда в Филадельфию минут десять.

Когда проедете последний платный проезд, позвоните мне. Я вас скоординирую, как лучше ко мне приехать. До свидания, Влад.

Трубка отключилась …

Влад посмотрел на Ким …

- Ты должен обязательно предупредить Ника, - тихо сказала Ким.

Влад согласился:

- Хорошо, милая. Но ты знаешь, я почему-то перестал волноваться. Не знаю, почему. На душе как-то вдруг стало очень спокойно …

… Повесив трубку, Гуля подошла к буфету, на котором стояла знакомая ей фотография, с которой улыбались две юные девушки: Гуля и … Карина …

Она взяла в руки фото. Молча посмотрела. Грустно вздохнула и подняла голову на второй этаж, откуда раздавался детский смех …

… Гуля Бикметова в двенадцатилетнем возрасте переехала в столицу Латвии город Рига, потому что её мама второй раз вышла замуж за рижанина.

Сама же Гуля родилась в далёкой Калмыкии, на берегу Аральского моря.

С Кариной она познакомилась в Рижском хореографическом училище и подружилась.

Когда Карина уехала покорять Питер, Гуля выиграла гринкарту с правом приезда в США …

… После последнего платного толла, поговорив с Гулей, Влад обернулся назад, где сидела его любимая Каролайн и что-то рассказывала своей кукле «Барби».

- Ты всё понял? – спросила Ким.

Влад уверенно кивнул на навигатор GPS:

- Да. Думаю, найдём.

Через тридцать минут они остановились возле дома с большими кустами алых роз вдоль парковки, ведущей к гаражу.

Влад остановил машину.

- Не выходи. Сначала позвони, - попросила Ким, окинув неизвестный одноэтажный дом с небольшой террасой перед входной дверью.

После звонка входная дверь открылась. На деревянную террасу вышла стройная, молодая женщина с длинными чёрными волосами до самой талии, в джинсах и футболке. Она остановилась и молча смотрела на гостей.

Влад, Ким и Каролайн уже вышли из машины и также смотрели на неё.

Ким наклонилась к Владу:

- Думаю, что ты можешь подойти.

Влад кивнул и направился в сторону деревянной террасы.

- А я вас узнала, - обратилась она к Владу.

- Мы с вами встречались?

- Нет, - спокойно ответила Гуля.

В её голосе совершенно отсутствовала напряжённость:

- У меня есть ваша фотография.

- Моя?

В этот момент Гуля почему-то глубоко вздохнула и одарила Влада очень тёплым, женским взглядом:

- Я вам сейчас покажу. Верней, вы сами увидите.

С этими словами она приоткрыла свою входную дверь и громко позвала:

- Виктор, иди сюда, малыш. За тобой приехали …

… О великие поэты, писатели, публицисты … Великие мастера слова …

Мужское сердце мягче, мужское сердце слабее, до него легче достучаться и понять его легче, чем сердца женщин …

… Из приоткрытой двери вышел … маленький, аккуратно одетый и подстриженный черноволосый мальчик …

Выйдя, он сразу спрятался за Гулю, обхватив её за узкую талию …

… Влад окаменел …

Он смотрел на своё маленькое отражение, как будто перелистывал с ещё живым отцом их старый семейный альбом … А в его голове слышался далёкий, знакомый ему голос:

«… Почему тебя зовут Влад… если у меня будет сын … я назову его … Виктор … Слышишь, американец, я хочу, чтобы мы с тобой обязательно ещё встретились …»

… Он не заметил, как к нему подошла Ким вместе с Каролайн.

Малышка теребила отца за карманы брюк, повторяя один и тот же вопрос:

- Папа, папа, кто это?

Она бы спрашивала его ещё и ещё, если бы Ким не наклонилась к ней и шепнула в маленькое ушко:

- Это твой братик, Каролайн.

Девочка прижалась к маминой ноге и подняла на неё свою кучерявую светлую головку:

- Это мой … братик? Ты меня не обманываешь?

- Нет, - ответила Ким.

Малышка подняла головку к Владу:

- Папа, это мой братик?

Посмотрев на растерянность мужа, Ким поняла, что сейчас многое зависит от неё.   Она обняла Влада, :

- Я всё помню, Влад, и абсолютно не осуждаю тебя. Дети от … Господа …

… Нависшую тишину нарушила маленькая Каролайн.

Никого не спрашивая, она вбежала на деревянную террасу и остановилась перед мальчиком, нервно покусывая свои маленькие губки, перебирая при этом кружева на цветастом платье …

… Каролайн оглянулась на маму. Ким согласно кивнула.

- Меня зовут Каролайн. А как тебя?

- Виктор, - тихо ответил малыш.

- Сколько тебе лет? – девочка подошла к нему ближе.

- Пять, - мальчик поднял ладошку с растопыренными пальчиками.

- А мне шесть. Значит, я буду твоей старшей сестрой. Хорошо?

Мальчик кивнул.

Каролайн подбежала к нему, взяла его за ручку:

- Пошли, я тебе покажу свою любимую куклу. Её зовут «Барби».

А завтра папа купит тебе красивую машину. Потому что мальчики любят машины.

Мальчик взглянул на улыбающуюся Гулю и, получив от неё согласный кивок, последовал за Каролайн.

 Дети, взявшись за руки, сбежали вниз:

- Мама! Мама! Это мой настоящий братик. Его зовут Виктор. Ему пять лет. Я буду его старшей сестрой. Правда это здорово!

Каролайн тянула малыша к джипу, но перед тем как отрыть дверь, обернулась:

- Мама, можно?

- Можно, - улыбнулась Ким и последовала за детьми.

Когда дети вместе с Ким забрались в джип, Гуля спустилась к Владу:

- Это тоже вам, - она протянула Владу небольшой кулон в виде сердечка, на золотой цепочке, - помните, я сказала, что видела вас. Откройте.

Влад открыл.

На него смотрел малыш, которого он только что увидел. Внизу полукругом шла надпись:

«Виктор Каминскас. 1995 год рождения»

У Влада на глаза навернулись … слёзы …

- 7 -

МЕКСИКА. *Приграничный город Тэката. 7 сентября 2001 год. Время: 9 часов утра.*

… Сообщение по городскому радио:

«Сегодня около трёх часов ночи местное полицейское управление получило экстренное сообщение о большом пожаре на ранчо недалеко от границы. Сообщение пришло от американского военного патрульного вертолёта, совершавшего плановый рейд над приграничной полосой.

Прибывшие на место происшествия две пожарные машины и полиция смогли погасить пламя.

«РАНЧО ДЕ ЛОС КОМПАДРЕС» - так было написано на железных воротах.

В пожаре полностью сгорела крыша и правое крыло основного жилого здания.

Прибывший на место шериф, лично знавший хозяина ранчо, сообщил, что в этом крыле располагались комнаты для гостей. Не пострадал гараж, находившийся в стороне от жилого здания. Как и не пострадали обе машины, стоявшие внутри гаража. На машине из ранчо никто не выезжал.

В левом крыле был обнаружен обгоревший труп пожилого мужчины. Огонь обезобразил его лицо.

Он лежал с открытым ртом на кровати. Обугленные концы седых волос были разбросаны по обгоревшему матрасу. Его руки были раскинуты и привязаны металлической проволокой к стойкам кровати. Ноги были связаны вместе.

Его обгорелое тело напоминало выжженный крест.

Шериф с трудом признал в обгоревшем трупе хозяина ранчо.

Это был дон Луис Альварес. С одним небольшим моментом: с его груди исчез старинный фамильный крест, с мизинца левой руки исчез золотой перстень с голубым сапфиром … Мигель, личный шофёр дона Луиса Альвареса, также исчез …

Полиция начала расследование этого происшествия …

Личный шофёр Луиса Альвареса объявлен в розыск …

ЭПИЛОГ

- 1 -

США. Штат Нью-Джерси. Город Принстон. 5 сентября 2001 год.

… Осенний вечер был дождливым и мрачным.

Мокрые капли монотонно постукивали по лобовому стеклу. Стеклоочиститель слегка поскрипывал, совершая равномерные движения.

Через образующийся полукруг на стекле Хельга не сводила глаз с небольшого двухэтажного дома, что стоял на одной из нешироких улиц, отходящих от Майн стрит, в самом центре Принстона.

Она сидела, откинувшись на спинку водительского сиденья, скрестив крепкие руки на своей груди.

В тусклом свете одинокого фонаря, что висел прямо над входной дверью, можно было различить три невысоких ступеньки, поднимающиеся полукругом, часть тротуара и табличку на железном штативе, запрещающую любую парковку на этой улице с 6.00 ам - 6.00 рм.

Нужные два окна продолжали отдавать темнотой…

Ей пришлось породниться с оконной темнотой, в которой неожиданно отразилось … её далёкое прошлое …

… Она вдруг вспомнила своё … детство. Ведь её с самого детского сада и в школе все звали «принцессой». Она жила с родителями под Барнаулом в колхозе, где большинство жителей были поволжскими немцами. В те годы она не знала, что такое национальность, что такое война, что такое … быть одной …

Она не была Хельгой. Её звали Вика Бергер. У неё были подружки. Она играла в волейбол, занималась плаванием. С отцом играла в шахматы и была одной из успешных учениц в классе …

… Она хорошо помнила то лето, когда всё начало рушиться буквально у неё на глазах …

… Её отец работал старшим механиком в колхозном автопарке. Мама работала в поликлинике …

… В тот день отец, любивший спорт, поехал с товарищем из колхоза в Барнаул на футбольный матч местной команды. Тогда в Барнаул приехала столичная команда из Москвы на товарищеский матч.

После матча отец с товарищем зашли перекусить в кафе рядом с автовокзалом. Они с кем-то повздорили, и отец выругался на немецком языке. Началась драка, в которой её отца ударили ножом …

Милиция списала этот случай на пьяную «бытовуху», никто ничего не видел и не слышал.

«Такое сплошь и рядом», - с сожалением сказал начальник местного отдела милиции.

После похорон мама стала чахнуть день за днём. Через полгода слегла. Маленькая Вика ухаживала за ней до самой смерти …

Последние слова мамы она очень хорошо помнит:

- Когда вырастешь, беги из этой страны. Любыми путями - беги. И возьми себе имя нашей бабушки - Хельги; она будет тебя хранить, - прошептала мама…

Через три дня мамы не стало...

А через неделю Вику Бергер отправили в детский дом …

… Там она продолжала учёбу, подружилась с черноволосой и голубоглазой Настей Вентэль. Там же влюбилась в высокого парня, которого звали Оскар Крюге. Все они были из семей поволжских немцев. Если Вика и Настя учились в одном классе, то Оскар был на год старше. Это не было проблемой для Вики. Проблема была в том, что Оскару нравилась Настя. На его выпускном вечере Вика сама пригласила Оскара на танец и честно ему во всём призналась, что любит его и будет ждать, пока он не вернётся из армии …

Выслушав, он спокойно, без улыбки ответил :

- Забудь про это …

Сказал и ушёл к себе в комнату …

… На следующее утро он уехал в Барнаул, в военкомат…

… В одном Вика могла быть уверена, что о её признании Оскар никому не расскажет.

Прошло два года. За это время Вика и Настя, которой Оскар писал из армии, окончили школу и продолжали дружить. Вика, как могла, старалась «погасить» своё отношение к Оскару. Но не смогла. Единственное, на что у неё хватило сил, так это не винить в этом Настю. Потому что на тот момент ближе человека, чем Настя, у Вики не было. Обе пошли работать в городской универмаг города Барнаула, а заодно, поступили на заочное отделение городского института.

Настя посещала театральный кружок, туда же она затащила и Вику.

Вернулся из армии Оскар. Загорелый, огромный, видный. Приехал всего на неделю и сообщил Насте, что уезжает в Москву поступать в военную академию химической защиты.

- Когда закончу, - улыбнулся Оскар, - вернусь и увезу тебя …

… Театральный кружок работал над постановкой по известной повести «А зори здесь тихие …»

Обе девушки принимали участие. Вика играла высокую светловолосую девушку – солдатку по имени Женька…

… Они возвращались после репетиции в своё общежитие пешком через парк.

Через парк, вдвоём не страшно …

… На одной из узких аллей их остановил милицейский патруль.

В глазах девушек милиция была символом надёжной защиты и охраны. Но в этот раз всё вышло совсем наоборот. Милицейский патруль был навеселе.

Милиционеры, их было двое, грубо прижали девушек к своему уазику и, приставив к горлу каждой по чёрной дубинке, в один голос произнесли:

- Или сейчас же раздевайтесь, или поедете с нами в отделение, как соучастницы в краже из универмага.

Тот, который держал за плечи Настю, вдруг рванул на ней плечевой край платья, да так сильно, что платье треснуло и сползло до самого живота вместе с лифчиком …

… Красивая Настина грудь, с аппетитной родинкой возле тёмного соска, одиноко и гордо смотрела на этот прогнивающий под полной луной … мир…

… Наступила секундная пауза … Небольшое замешательство обалдевших милиционеров …

… Вика, трезво оценив ситуацию, двинула своему насильнику между ног, по –девчачьи, как учили подавать мяч в волейболе, ударила по лицу того, кто зажимал подругу …

- Настя, беги!!! - только и успела что есть силы крикнуть Вика.

Подруга побежала, а Вика в то же мгновение получила сильный удар в челюсть и потеряла сознание …

… Очнулась она на жесткой тахте, на грязной простыне, совершенно голая.

В комнате сидели те двое, которые ею и воспользовались …

… Они пили водку, стоявшую на столе, в один голос громко смеялись и разговаривали.

Увидев очнувшуюся девушку, тот, что был повыше ростом, оскалился:

- А ты ничего, мартышка. Я бы с тобой ещё раз покувыркался.

Второй также был очень доволен:

- А хочешь, мы тебя в элитный сервис определим. Хоть денег заработаешь. А то такая красота пропадёт зря…

… Вика молча встала. Собрала с пола свои вещи. Оделась. И направилась к выходу из отделения милиции …

… В общежитии сразу побежала в душевую. Мылась долго. Не рыдала, не плакала … Думала …

… Прошёл месяц. Вика узнала фамилии своих обидчиков. Узнала, когда те снова будут дежурить и в какое время.

Уйдя раньше с репетиции, позвонила в милицию, сделала ложный вызов в тот же парк, на то же место. И стала ждать…

… Выйдя из машины, оба милиционера, увидев сидящую на скамейке Вику, расплылись в улыбке:

- Ба, напарник, смотри. Я же говорил, что ей понравится.

Оба подошли к скамейке:

- Ну, что, соска, теперь только сосать будешь …

Это были их последние слова …

Вика поднялась, вытащила из своей куртки распыляющее средство против мышей, крыс, других вредителей и … обильно обдала содержимым улыбающиеся физиономии…

Охранники порядка, закрыв лица руками, согнулись, но это не было финалом мести …

… Участие в военном спектакле не прошло для Вики даром. Она вытащила из - под скамейки толстый обрубок ветки, в виде увесистой дубины, и отвесила каждому по голове. Милицейский наряд, поочерёдно, свалился рядом со скамейкой и «уснул» …

Лучше бы было им вообще не просыпаться, так как, очнувшись, милиционеры обнаружили, верней, не обнаружили у себя своё мужское достоинство … Достоинства у них больше не было. Его не только отрезали, но и похитили …

… Вика Бергер отомстила за себя и за подругу …

Началось расследование, в котором она стала обвиняемой вместе с Настей Вентэль:

«Это уже группа. Сговор злоумышленников, поднявших руку на служителей закона», - так объяснил им следователь.

Помощи девушкам ждать было не от кого. Но Настя сумела сообщить об этом Оскару. Оскар помог. Верней, он связался с полковником Коегоровым …

… Милиция города Барнаула была очень удивлена, когда в центральный городской изолятор вошли двое рослых, суровых на вид молодых людей в одинаковых серых костюмах, сопровождаемых начальником городской милиции …

В Москву девушек доставили спецрейсом под охраной внешней разведки ФСБ…

… С этого момента Вика изменила имя и стала Хельгой Бергер, с псевдонимом «МАДАМ ».

А миловидная голубоглазая Настя стала Матильдой и проходила в группе «директора» под псевдонимом « МАТИ».

Три года ушло на их подготовку. Хельга должна была легко вписываться в любую арабскую страну, знать язык, культуру, этикет.

А «Мати» учила английский, греческий, итальянский и испанский.

Помимо этого, ежедневная физическая подготовка, умение владеть любым оружием, управлять любым транспортным средством как на земле, так и в воздухе…

«Мадам» была просто «мадам» до своей «командировки» на границу с Афганистаном. Местом было горное местечко Фирюза под Ашхабадом (столица Туркменистана). Они вместе с «Мати» должны были ликвидировать представителей Косово (албанцев), которые уже имели свой «шёлковый путь – героина» из Афганистана через Турцию в Европу.

Шёл 1994 год.

… До этого момента весь «шёлковый путь» начинался с Афганистана, потом Ленинградский порт и, через Балтийское море: Польша, Германия и дальше по всей Европе. А когда в дело захотели просунуться албанцы, то началась война, разбившая прекрасную страну Югославию на отдельные государства.

Кремль попросил вмешаться их президента и придавить албанцев, на стороне которых неожиданно возникли американцы, опоздавшие в своё время в Афганистан и очень обиженные за это на русских …

… Хельга расправилась с тремя албанцами, пока те мирно спали в одном небольшом отеле. А «Мати» работала с турками. К сожалению, её рассекретили. Как и по чьей вине это произошло, история об этом умалчивает.

В Москве этой новости, безусловно, были не рады. Шефы отреагировали моментально …

…Хельга выполнила то, что входило в задание: заминировала турецкий джип и двинулась в направлении горной трассы, по которой этот джип должен проехать.

Увидев машину, она запустила кнопку-таймер для взрыва бомбы, спустилась вниз к ближайшим кустам, вытащила бинокль, направила его на джип и замерла …

… Её лицо покрылось испариной, она буквально приросла к линзам бинокля: … в окне турецкого джипа на заднем сиденье она увидела испуганное лицо «Мати» … О, ужас! Она поняла, что «Мати» провалилась, её раскрыли или кто-то помог её раскрыть, но сейчас было не до этого. Это была её лучшая подруга … Нет, только не это!!!

Хельга повернула к себе экран взрывателя и стала лихорадочно нажимать на белую кнопку, позволяющую остановить по - сумасшедшему бегущие цифры…

Но кнопка не срабатывала … Кнопка западала и не реагировала на нажатие …

Оставалось тридцать секунд! …

… «Проколов быть не должно, - строго предупредил «директор», иначе отправлю вас назад в Барнаул» …

Хельга поняла, что ей дали взрыватель, у которого нет обратного отсчёта, и время взрыва вот – вот настанет …

Двадцать секунд … десять … пять … одна … ВЗРЫВ!!! …

…. Оскар, ставший «Сенегалом», воспринял это по - своему:

- У разведчика всегда должен быть запасной выход …

После гибели «Мати» Хельгу отправили в афганский полевой лагерь, где она встретила Бахтияра, одного из боевых командиров…

… Расстреляв албанцев, она перевернула трупы на живот и каждому на спине оставила свой автограф, букву «Х» во всю спину. Это стало её визитной карточкой …

С тех пор она оставляла этот автограф на спинах всех своих жертв. А их было много …

… Давно минула полночь. Часы показывали половину четвёртого утра.

«Мадам» посмотрела на свои руки, сжимающие руль:

- Неужели «директор» решил от неё избавиться? Кто дал команду взорвать Бахтияра и его людей? А ведь если бы не её седьмое чувство, она бы так же взлетела к небу … Если это зачистка, значит Сенегал где-то рядом.

И, наверное, захочет отомстить ей за «Мати». Значит нужно найти его раньше, первой …

… В посольстве она может общаться только с Котовым. А если он на стороне Сенегала?

… На яркий свет приближающихся фар « Мадам » отреагировала моментально.

Её лицо превратилось в каменную маску, а в глазах застыл безжалостный взгляд готового к бою хищника …

… Джулия, выйдя из машины, перекинула рюкзак за спину, пикнула кнопкой сигнализации, в ту же секунду джип ответил ей послушным звуком.

Осмотревшись по сторонам, молодая девушка для большей уверенности дёрнула ручку водительской двери. Убедившись, что всё в порядке, она накрыла голову капюшоном летней куртки и направилась к входной двери своего пристанища.

… Надменным взглядом «Мадам» проводила свою цель до самой двери …

… В окне второго этажа зажегся свет.

«Мадам» была уверена, что поступает правильно. Угрызения совести у неё не было. Даже если эта девчонка не при делах, она всё равно соучастница - хозяйка джипа. Этого достаточно для того, чтобы с неё спросить.

Снимки джипа Джулии зафиксировала фотокамера бензоколонки при въезде в Сарасоту …

На лице «мадам» появился звериный оскал.

- Сучка, - процедила она сквозь зубы, - это будет тебе за Бахтияра. Свет в окне Джулии погас…

… Подождав ещё минут пятнадцать, она вышла из машины. Улица была пуста. В окнах ближайших домов света не было …

… Поднявшись по лестнице на второй этаж, «Мадам» припала ухом к двери …

… Небольшой щелчок открывающегося замка слился с монотонным урчанием кондиционера …

… Джулия спала в длинной белой футболке, накинутой на голое тело. Она спала на правом боку, повернувшись головой к стене …

Тонкие лучи от уличных фонарей через неплотно закрытую занавеску натянутыми струнами сверлили стены небольшой спальни …

Джулия лежала на боку, повернувшись головой к стене. Засыпала она на редкость быстро. Об их отношениях с Ником Гембли никто не знал …

… Они случайно познакомились в кафе на соседней улице. Так думала до некоторого времени Джулия.

Для Ника это была работа, но он понравился Джулии: высокий, видный, интересный, с хорошим чувством юмора и прекрасный собеседник. Для себя она решила, что ей всё равно, кто он, главное, что он рядом и что хочет помочь Паоле …

… Джулия, повернувшись на другой бок, почувствовала яркий свет, направленный ей в лицо …

- Наверное, забыла выключить свет в прихожей, - подумала девушка, приоткрывая глаза …

… Но, подняв свое тело, она моментально прикрыла лицо руками …

… Яркий свет настольной лампы, стоявшей рядом с кроватью и … о Господи!

Она потеряла дар речи …

… На стуле сидела неизвестная женщина …, а в руках у неё был зажат … пистолет …

- В-вы… к-кто? - спросила Джулия с придыханием.

- Твоя смерть, - услышала она тихий, но быстрый ответ.

Голос неизвестной был сух и резок.

Губы Джулии задрожали, глаза расширились, она пыталась что-то сказать, но кроме тихого свиста из её гортани ничего не выходило …

Она поняла, что это не сон. Джулия опустила плечи и уронила голову на грудь.

- Я знаю, что не ты взрывала машину во Флориде.

Джулия затрясла опущенной головой:

- Н-не я …

- У меня нет выбора, крошка. Когда я покончу с тобой, то обязательно найду и твою подругу. В той машине был мой любимый мужчина. У тебя есть любимый мужчина?

Джулия не ответила.

- А у меня был, и я должна за него отомстить. Мне всё равно, кого я убью в первую очередь: тебя или подругу. Все, кто виновен, должны уйти на суд к Аллаху. Так говорит священная книга мусульман. Ты знаешь это? …

… Без ответа.

Неожиданно незнакомка в змеином прыжке схватила Джулию за горло и силой прижала к стене:

- Ну, сучка, боишься смерти? А?! Боишься!

На Джулию смотрели глаза, в которых смешалась злость и ненависть дикой кошки. Взгляд, готовый разорвать, перегрызть горло и выпустить всю кровь из своей жертвы.

Незнакомка стояла одной ногой на кровати и, держа в одной руке пистолет, испепеляла дрожавшую девушку ядовитым холодным взглядом.

Резким движением незнакомка отпустила горло, схватила Джулию за верхний край ночной футболки и силой рванула вниз. Футболка треснула, словно лист бумаги, и в ярком свете фонаря оголилась смуглая, упругая девичья грудь с небольшой родинкой рядом с тёмным соском …

- Ах! – вдруг воскликнула незнакомка, взглянула на грудь и в секунду отпустила руку, резко отпрянув на стул, с которого минутами назад прыгнула на Джулию …

… В комнате воцарилась тягостная тишина …

Джулия была ни жива, ни мертва …

В то же время с незнакомкой стало происходить что-то странное…

…. Она отпустила Джулию и сидела, согнувшись, наклонив вниз голову …

Прошла минута, другая, прежде чем незваная гостья очень медленно подняла голову и почему-то посмотрела не в лицо перепуганной Джулии, а на открывшуюся грудь с родинкой у тёмного соска…

… «Мадам» передёрнула плечами… Она вдруг в секунду перенеслась в далёкий Барнаул, где неожиданно закончилась её юность …

… Звериная злость в глазах незнакомки неожиданно сменилась грустью и глубокой печалью … Перед её глазами вдруг возник тот парк, через который она с подружкой Настей возвращалась домой с репетиции из театра … Хельга сжала губы. Она вспомнила, как один из милиционеров рванул на подруге лёгкую блузку … красивая грудь и родинка возле соска …

- «Настя, беги …», - прошептали её губы. - « Настя, беги …», - повторила тихо незнакомка …

… Прошла ещё минута. Дыхание « Мадам» постепенно стало выравниваться. Опустив пистолет на журнальный столик поставленным ударом открытой ладони отправила Джулию в нокаут …

… Когда Джулия пришла в себя, незнакомки в квартире не было, но что-то странное ощущала она на своей спине …

Стянув медленно с себя ночную футболку, она замерла …

… На белой материи во всю спину красовалась большая буква «Х», крови на футболке не было …

- 2 -

***Штат Флорида. Город Нэплес . 7 сентября.
Время дневное: 2 часа 31 минута.***

Яхту с красивым именем « Матильда» слегка покачивало на прибрежных волнах. В салоне работал телевизор. На большом экране спортивный канал передавал бейсбольную встречу высшей национальной лиги между Флоридой и Атлантой. Но тех двоих, что находились в салоне, игра не интересовала. Шум болельщиков и восторженный голос комментатора служил фоном …

… Сенегал и Полина, сидевшие на кожаном диване, не сводили глаз с экрана компьютера. Голос Карины продолжал:

«… «директор» его сам боится. Доверять? Вряд ли. Скорее ждёт, пока Сенегал оступится, но не просто, а серьёзно, и тогда …, тогда его кто-нибудь отправит в «запас». А девчонку, Полину, жалко. Проект «Спящие дети». Личное изобретение «директора». Удочеряют втёмную. В тёмную и используют. Она - то думала, что помогает сестре Кате. А Кати уже шесть лет как нет в живых. Полина и Катя были не простые девочки для «директора». И смерть их родителей тоже покрыта мраком, - голос Карины затих на несколько секунд,- … если Полина выживет и сможет добраться до Питера, пусть найдёт капитана Долгушина. Он может помочь ей больше узнать об этом деле …» …

Сенегал опустил руку на плечо молодой девушки:

- Держись, малыш, я когда-то тоже стал взрослым не по своему желанию. Мне было десять лет, когда погибли мои родители.

- Ты знаешь как? - тихо спросила Полина.

- Да, - спокойно ответил Сенегал, - они были экстрималы. Любили походы по горам. В надувных лодках по горным рекам …

Он замолчал.

- И что? - вновь спросила девушка.

- Мама выпала из лодки. Отец стал ее спасать. Сильное течение отбросило их на скалы …

- И?

- Родители брали меня с собой только в горы. Но в лодку – нет. Боялись …

- Они погибли?

Сенегал не ответил. Он встал с дивана и выключил компьютер:

- Ты должна научиться выживать. Я помогу тебе. Это не приказ. Это – необходимость …

… Плёнка давно закончилась. С экрана пропало лицо Карины. Но экран продолжал светиться, назойливо шипеть и рябить чёрными крупинками на сером полотне …

… Сенегал выключил экран. Прикрыл глаза и скрестил могучие руки на своей груди.

… Полина пересела на пол, рядом с диваном, поджав к груди согнутые колени, с глазами, полными слёз…

… - Я хочу увидеть этого капитана, - прошептала она.

- Одна? - моментально спросил Сенегал.

Полина молча вскинула голову. Около минуты они смотрели друг другу в глаза …

Сенегал просчитал за эту минуту не один вариант, необходимый для продолжения разговора и ситуации, в которой может оказаться эта славная молодая девушка. Как и понимал, в какой ситуации, на данный момент, находится он сам. Удел разведчиков, выполнявших не всегда чистые задания, быть готовым к тому, что «Система» без оповещения через какое-то время может отправить их в «запас».

Ему было жалко и Хельгу - « Мадам», от которой «директор» ждал его ликвидацию …

… Сентиментальность? Нет – это не про него. Но Полина …

Заржавелые струнки его детства неожиданно напомнили о себе …

Сенегал тронул Полину за плечо:

- Окей, - он, как бы в знак согласия с самим собой, вздохнул, проведя массивным кулаком по увесистому подбородку, - я помогу тебе найти дорогу домой через чёрный ход …

Полина, смахнув со щеки скатывающуюся слезинку, продолжала смотреть на человека, единственного, которому на данный момент, доверяла …

- Я дам тебе человека, которому ты можешь доверять. Он будет в курсе всего, что нужно знать и делать. Его зовут Росс …

... МИНУЛО ТРИ ДНЯ ...

... - Твой рейс через три часа. Машина будут с минуты на минуту. Ты всё запомнила?

- Да, дядя Эдвард, - уверенно кивнула Полина ...

Через час на его руке замелькал сигнал вызова. Это был Котов. Чутье Сенегала не подвело. Хельга клюнула ...

... Отправив Полину в аэропорт, он решил, что ему следовало бы часок отдохнуть и подготовиться для встречи ...

- 3 -

Штат Флорида. Нэплес. 10 сентября. Раннее утро.

... Светила полная луна. По тёмному небесному ковру, нависшему над заливом небольшого городка Неплес, рассыпались яркие звёздочки ...

... Яхта «Матильда» была удалена от берега и стояла первой к выходу из залива. Четыре утра. На всех морских посудинах горели дежурные бортовые фонари. На яхте «Матильда» горел свет на верхней палубе.

В уютном салоне на кожаном диване, расположенном углом, сидела светло-русая девушка и смотрела вмонтированный в стену телевизор.

На палубе, притаившись возле двери салона, стояла высокая, стройная женщина в чёрном костюме из тонкой лайки. Ей был виден лишь светло-русый затылок девушки, но этого было достаточно, чтобы женщина скривила в улыбке рот:

- Извини, детка, ты сама выбрала этот путь ...

В одно мгновение она вскинула руку, в которой чернел пистолет с глушителем.

Раздался еле слышный свист, и светло-русый затылок исчез ...

... Дальнейшие действия высокой женщины были уверенными и хорошо продуманными ...

Она подошла к корме, вытащила из куртки переносной мобильный телефон. В руках у неё уже был цилиндрической формы пластмассовый контейнер. Включив тумблер на крышке телефона, дождалась появления мигающей красной лампочки и медленно опустила трубку в контейнер, который затем переложила в рюкзак рядом с пистолетом ...

... С минуту она стояла, глядя в бескрайнюю водную акваторию залива ...

- Прощай, Сенегал ...

После этих слов, Хельга накинула рюкзак за спину и, не раздумывая, прыгнула за борт …

… В серебряном лунном свете невдалеке от «Матильды» темнели два силуэта небольших моторных лодок. В каждой лодке сидел рыбак с удочкой. Ночной клёв, говорят, самый хороший.

… Ей потребовалось несколько минут, чтобы доплыть до ближней моторной лодки.

- Помогите, пожалуйста! Я могу утонуть! - задыхаясь, прокричала она рыбаку, который в одной руке держал удочку, а второй опирался за борт лодки.

- Эй! Помоги же!

Мужчина был в куртке, с накинутым поверх головы капюшоном. Он даже не шелохнулся.

Прошло ещё одно мгновение.

- Урод! - крикнула утопающая.

Затем схватила опирающуюся о борт мужскую руку и с силой рванула рыбака в сторону, так что его тело перелетело через борт и оказалось в воде.

Не обращая внимания на уходящего ко дну рыбака, она подплыла к задней части лодки, со стороны мотора, и очень профессионально, за считанные секунды выбралась из воды.

- Извини, приятель, мне нужна эта лодка.

С этими словами она подлетела к мотору и включила двигатель …

… Заработали лопасти, забурлила, вспенилась под ними тихая до этого водная гладь, и моторная лодка понеслась в открытое море …

… Оказавшись в воде, рыбак всплыл, спокойно развернулся и большими, быстрыми гребками устремился к соседней лодке.

… Прошло минут пять, как из двигателя послышались непонятные звуки.

Резкость звуков сменилась приглушённым чавканьем, его сменило назойливое фырканье, а ещё через минуту двигатель просто … заглох.

Винтовые лопасти сделали пару холостых оборотов, и …

Чёрт! Чёрт! – гневно вскрикнула «Мадам» и посмотрела в сторону берега.

В то же мгновение раздалось нарастающее, странное шипенье …

Оно вырывалось из небольшой коробки, лежащей под широкой доской, служащей сиденьем … Через минуту раздался взрыв …

… Наступила ужасная, пугающая … тишина …

… Она лежала на дне лодки, поджав согнутые в коленях ноги к самому подбородку, по-детски спрятав в них своё лицо …

… Но что это?! …

… Вместо огня, пламени и дыма, ей на голову сыпался дождь из … золотистых конфетти… Тихо, ненавязчиво, бесшумным мягким дождём с чёрного звёздного неба …

… «Мадам» поднялась. Секундный страх, овладевший ею, исчез.

В глазах вновь появился взгляд хищницы. Она посмотрела в сторону залива.

Яхта « Матильда» была ещё видна. Вытащив из своего рюкзака пластиковый контейнер, «Мадам» вынула таймер и без раздумий нажала на красную кнопку …

… От ужасного взрыва треснул чёрный небосклон. Водная гладь окрасилась огромным ярко-жёлтым заревом …

… Сказочная ночь наполнилась улюлюканьем сирен полиции и пожарных, а из рыболовных сетей, что лежали у неё под ногами, неожиданно раздалась телефонная трель…

Женщина посмотрела вниз. Потом оглянулась вокруг. Телефон продолжал звонить настойчиво и громко …

Она протянула руку к неизвестному аппарату … и нажала кнопку ответчика.

Слова, долетевшие до неё, заставили впервые за долгие годы, сжаться ее сердце, а главное голос:

- Хельга … Хельга, - повторил Он. - Я не собираюсь тебя убивать. На тебе нет вины за гибель Мати. Ты сама знаешь, кто за этим стоит. Через минуту я подберу тебя. Только давай договоримся, не бросай меня больше за борт. Ты мне нужна … Хельга …

- 4 -

Нэпелс. Прибрежное кафе. 8 сентября.
Время дневное: 1 час 45 минут.

… Сенегал поднял к губам небольшую чашечку ароматного экспрессо и посмотрел на Хельгу, стоявшую у стойки бара …

На ней были надеты лёгкие светло-голубые джинсы, летняя белая рубашка навыпуск, с синими продольными узкими полосками.

Сделав глоток, он, не поднимаясь, повернулся на стуле так, чтобы ему была видна большая часть залива и набережная с белокаменными невысокими домами и с красивыми пальмами, стоявшими вдоль неё.

Он понимал, что обмен Полины не сможет моментально снять напряжение вокруг него. Силк, уже, наверное, встретился с Брэдли, который вряд ли поверит в то, что Сенегал, прослушав информацию, моментально поднимет меч над головой своего шефа- «директора».

Брэдли – стратег и, непременно, что-нибудь придумает.

«Брэдли – шеф, как и «директор», и они люди со своими слабостями, привычками, - думал Сенегал. - С утра, выслушав Силка, Брэдли начнёт думать. Причём в одиночестве. Мыслей будет много, потому как на кону непростой вопрос: если Сенегала хотят отправить в «запас», то как перекинуть его на свою сторону? Мысли шефа разведки упрутся в обеденное время. Бредли, как большой почитатель Черчелля, не откажется от обеда, а значит решение он примет позже ...»

Сенегал посмотрел на свои ручные часы и скривился в улыбке:

- Думаю, что часа два у меня есть, и ...

На стол упала пачка сигарет.

Он поднял голову. Хельга, с сигаретой во рту, присела напротив.

- Мне казалось, что ты бросила это занятие, - он потянулся к уже раскрытой пачке.

- А ты? - она выпустила дымчатую струю в небесную синеву.

- На войне сигарета - лучший союзник, чтобы не сорвало «крышу».

Она одарила его злым взглядом:

- Меня ещё никогда не взрывали ...

- Ты жива. И это - самое главное, - он затянулся и выдохнул сигаретный дым в сторону залива.

Хельга молча вытянула поверх рубашки золотую цепочку, на которой висел небольшой золотой крест, а рядом орлиный коготь.

Сенегал оценивающе кивнул:

- Помогает?

Хельга пропустила вопрос, но сама спросила:

- У тебя есть план?

Он ответил не сразу. В очередной раз затянулся. Выдохнул. Затем затушил сигарету, посмотрел на молодую женщину, которую он знал уже очень давно:

- План есть всегда, Хельга. Вопрос только в одном: ты союзник или ...?

Ответила она моментально, словно метнула в него орлиный коготь, которым она распарывала спины своих жертв:

- Говори!

Сенегал вновь взял в руки экспрессо:

- Нам нужно многое наверстать.

- Например?

- Например, как победить того, кто за всем этим стоит.

- Что ты собираешься для этого сделать?

- Всё, что потребуется. Я уже отправил в ту сторону своего человека.

Хельга загасила свою сигарету:

- И этот человек мне не знаком?

- Ну почему же. Та девчонка, которую ты взорвала вместе с яхтой ...

- Даже так ... Уже заинтриговал ...

- Месть не всегда лучший инструмент в нашем деле, Хельга. Предлагаю перевернуть страницу.

Продолжая смотреть на него, она сделала небольшой глоток.

- Думаешь, на другой странице мы станем другими? – тихо спросила она.

Он кивнул, пожал крепкими плечами:

- Не знаю. Но почему-то об этом я начинаю иногда задумываться. Степень свободы увеличится. Хотя …

- Степень свободы? Для нас?

- Хельга, нам, видимо, уже трудно измениться. Да и зачем?

- Например, чтобы понять – кто мы?

Сенегал ухмыльнулся:

- Хороший вопрос. Я уже забыл на него ответ…

… Они молча смотрели друг на друга. Она первой отвела взгляд …

- Настаёт момент, когда ты понимаешь, что совершенно одинок, - услышал он её тихий голос.

Сенегал вздохнул:

- Наша профессия делает нас одинокими. Это наш выбор.

- Твой выбор, но не мой.

Он ответил не сразу…

… Сенегал вдруг вспомнил тот школьный бал. Высокую красивую Вику Бергер, ставшую Хельгой, а затем «окрещенную» директором как «Мадам». Они были юными … И это было давно …

«… Ты мне нравишься, Оскар» …, - так сказала ему Вика … Но ему нравилась Настя Вентэль. Ставшая «Матильдой», а позже «Мати». Её подруга …

… Сенегал подался вперёд:

- Я не могу избавить тебя от боли или от ощущения пустоты, Хельга. Но чтобы ни случилось, знай, ты не одинока.

- Извини, это было давно. И вообще, не люблю показаться слабой. Я могу о себе позаботиться.

- Я это уважаю, но … Путь, выбравший нас, … его нужно пройти.

- Путь? Выбравший нас? - ухмыльнулась она. - Похоже на лёгкую ложь …

- Это не ложь. Не человек выбирает Путь. Путь выбирает человека. Но встав на него, не означает постичь этот Путь. Нужно Время. Время, длиною в Жизнь. Это и есть твой Путь…

Хельга склонила голову:

… - Наш Путь, как и наша жизнь, - одна большая чёрная дыра. Ежедневно мы спускаемся в эту тьму … Мы узники могильной тьмы … Мы шагаем как во мраке …

- Шагаем как во мраке, - повторил Сенегал, - где-то я уже это слышал. Но знаешь, что самое интересное, Хельга. Нам приятно спускаться в эту темноту. Мы не шагаем как во мраке … Мы и есть … мрак …

КНИГА ТРЕТЬЯ

БЕЗ ПРАВА НА ЖИЗНЬ ...

ПРОЛОГ

… 1973 ГОД …

СССР. Москва. Городской парк Сокольники. 21-ое августа.
Время дневное: 16 часов 23 минуты.

… Ночью моросил мелкий дождик. Под утро его сменили порывы ветра, прилетевшего с юга. К полудню небо заволокло серым, хмурым плащом, низко нависшим над столицей … За окном шелестела свежевымытая листва, на мокрых ветках чирикали воробьи …

… В небольшом летнем кафе, за угловым столиком, сидела молодая девушка, с тёмно- русой косой, а напротив неё - новоиспечённый лейтенант, выпускник Военного училища пограничных войск. На столе дымились две чашечки чёрного кофе …

… В основном, говорил парень. Девушка его слушала. Иногда она сдержанно улыбалась краями алых губ, при этом её красивые серые глаза опускались вниз.

После очередной фразы, произнесённой молодым офицером, их разговор затих …

Прошла минута прежде, чем девушка подняла голову, но уже без всякой улыбки:

- Извини, Артур, но мне нравится Кирилл, и я … не выйду за тебя замуж …

Офицер промолчал …

- Артур, ты же сам нас познакомил.

- Вера, я не знакомил, а просто представил вас друг другу, - опустив чашечку на стол, он посмотрел в раскрытое окно и тяжело вздохнул, - о чём ужасно сожалею …

Разговор снова затих. Видимо, оба вспомнили тот день и выпускной бал в военном училище …

… ГОД НАЗАД …

… В этот день выпускникам военного училища можно было веселиться от души …

… С разрешения приглашённых девушек из медицинского института молодые лейтенанты могли танцевать, обниматься, целоваться, признаваться в любви и дружбе …

… Артур и Вера танцевали уже больше часа. В перерывах весело болтали. Теперь они знали почти всё друг о друге.

Он, Артур Коегоров, уроженец Великих Лук, с отличием окончил училище, имея все основания остаться в столице. Она, Вера Смолякова, приехала в Москву из Твери. Через год после окончания учёбы твёрдо решила возвратиться домой и пройти ординатуру в городской больнице.

… В очередной музыкальной паузе молодой человек без разрешения поцеловал девушку в раскрасневшуюся щечку и потянул за собой:

- Пойдём, я тебя познакомлю со своим лучшим другом …

… Возле колонны в одиночестве стоял парень в военной форме, выше среднего роста, с каштановыми, коротко подстриженными волосами, и спокойно поглядывал на танцевальную площадку.

Подлетевших к нему в вихре вальса ребят он не заметил. Повернулся лишь, когда услышал своё имя:

- Кирилл! - возле него остановился с радостной улыбкой его друг вместе с улыбающейся девушкой.

- Кирилл, - с придыханием повторил парень, - это Вера, моя девушка. Через год она выходит за меня замуж …

Девушка резко высвободила свою руку:

- Я этого не говорила.

- Не обижайся, мы люди военные и слово своё держим, я тебя завоюю. А мой друг будет свидетелем на нашей свадьбе. Ты согласен, Кирилл?

Парень по имени Кирилл уверенно кивнул и похлопал друга по плечу:

- Я рад за тебя и за Вас. - Он посмотрел на девушку, и их глаза встретились … Считанные секунды они смотрели друг на дружку …

Неожиданно девушка покраснела, закусила губу, сжала кулачки и … убежала в толпу танцующих пар.

Артур устремился догонять свою новую подружку, а Кирилл остался стоять у колонны …

… Перерыв между танцами завершился, когда солист музыкального ансамбля поднёс к губам микрофон:

- Белый танец. Дамы приглашают кавалеров …

… Рядом с ним кто-то тихо произнёс его имя:

- Кирилл …

Повернувшись, парень замер …

Перед ним стояла девушка его лучшего друга …

- Вас же зовут Кирилл?

Он с трудом кивнул.

- Я приглашаю вас на танец …

- Но вы …, а как же …
- Артур? Мы познакомились два часа назад, - смело ответила за него девушка, - и танцевать я хочу с Вами.

Она протянула ему свою руку и улыбнулась:
- Я – Вера. Вы помните?

Парень в нерешительности пожал плечами …
- Так вы идёте? – она схватила его за руку.
- Да, - тихо выдавил он из себя …

… За неделю до последнего приказа по училищу в спальном бараке произошла драка …

Зачинщиком драки был Артур Коегоров, который с отборной бранью и кулаками набросился на своего лучшего друга Кирилла Изверова.

Оба попали в десятку лучших курсантов училища и оба были распределены в особую школу при КГБ. Но произошедший инцидент многое изменил в их молодой жизни …

Младший лейтенант Коегоров был направлен в Туркестанский Военный Округ. В войсковую часть в столицу Туркмении город Ашхабад.

А младший лейтенант Кирилл Изверов – за Урал, в город Свердловск …

… 1973 ГОД …

Москва. Парк Сокольники.

… Молодой лейтенант поднял голову:
- Вера, …я … люблю тебя …

Девушка ответила не сразу. Вскинув голову, она чуть не выронила из рук стаканчик с пломбиром. Медленно опустила его на блюдце:
- Артур?!
- Что, Артур, - продолжил он, не глядя на неё, - я раньше Кирилла вернусь в Москву. Стану генералом. У тебя будет счастливая жизнь. А Кирилл надолго останется за Уралом.
- Почему?
- Он не станет генералом никогда.
- Станет! - она нахмурила брови, - я помогу ему. Я люблю Кирилла. И выйду за него замуж!

Повисла тишина … Неожиданный порыв ветра согнал с веток воркующих птиц …
- Артур, - тихо проговорила Вера, - он же твой лучший друг …
- Был! - грубо осадил он её. - Он похитил тебя у меня. Я ему этого не прощу … Никогда!

… Это были его последние слова. Молодой офицер поднялся, сомкнув хромовые сапоги, кивнул и уверенным шагом направился к выходу…

ПРОШЛО ДВАДЦАТЬ ЛЕТ …

1993 год. Россия. Санкт-Петербург. Улица Каляева.
Кабинет генерала Коегорова. 19 мая.
Время дневное: 13 часов 02 минуты.

… Лорда Черчилля «директор» считал гениальным политическим лидером. Ответ англичанина на вопрос о долгожительстве был всегда простым и коротким:

«Я никогда не опаздывал к обеду»

… Завершив приём пищи, «директор» дождался, когда секретарша вышла, откинулся на спинку кресла, сомкнул руки на груди. Его взгляд медленно блуждал по кабинету …

… Опустив ладони на стол, придвинул к себе коробку кубинских сигар. Раскрыв, подобрал одну …

… Простить?! … НИКОГДА! …

… Щёлкнув золотой зажигалкой, он прикурил, затянулся, задержал дыхание и с выдохом протянул руку к телефонному аппарату …

Город ЕКАТЕРИНБУРГ (бывший Свердловск).

Квартира командира полка – полковника Изверова Кирилла Ивановича. К телефону подошёл хозяин квартиры:
- Полковник Изверов у аппарата.
В трубке послышалось чьё-то спокойное дыхание.
- Слушаю вас. Кто это? - спросил полковник.
- Да, та же выправка, Кирилл, уважаю.
Полковник свёл дугой кустистые брови:
- Артур?! Ты?!
- Не ожидал?
- Честно, нет. Голос твой …
- Голос?
- Да, голос не изменился: уверенный, командный.
 - Перестань, Кирилл, такой же, как и у тебя. Слышал, скоро будешь в столице?
- Через неделю. Уверен, ты в курсе.

- Поэтому и звоню. Спешу поздравить новоиспечённого генерала Изверова. Хотел сам подъехать, но служба. Не смогу. Но при случае обязательно поздравлю. Видишь, как получилось. Твоя Вера была права.

- Вера?

- Да, Вера. Кстати, как она? Она же врач?

Из кухни вышла жена полковника:

- Кира, это кто?

Полковник рукой подозвал жену, продолжая разговор:

- Вера в полном порядке. Главврач областной больницы. Хочешь с ней поговорить?

- Не стоит. Поздравь её от меня. Как дети?

- Спасибо. Две прекрасные дочурки: Полина и Катя. Умные, красивые. Мы все вместе едем в Москву.

- Как, все? Вера вместе с тобой? Кирилл, ты же едешь получать генеральские погоны. Зачем семья?

- Мы так решили: после Москвы прямиком к Чёрному морю. А то с моей службой не забалуешь. Когда ещё представятся две недели отпуска.

Трубка неожиданно замолчала …

… Глубоко вздохнув, «директор» посмотрел сквозь оконное стекло на сумрачное питерское небо …

- Артур, - позвал полковник. - Ты куда пропал? Ты меня слышишь?

- Да, Кирилл, слышу … Значит, ты всей семьёй в Москву, а потом … на Чёрное море?

- Да, а ты как? Что у тебя слышно в семейном направлении? …

… Вместо ответа в трубке послышался непонятный скрежет, а ещё через несколько секунд она противно запиликала …

Продолжая держать в руке трубку, Кирилл посмотрел на жену.

- Что-то не так, Кира?

- Нет, всё в порядке, просто связь прервалась.

- Странно. Может, неполадки на телефонной станции? - улыбнулась жена, возвращаясь на кухню.

Молчаливым взглядом Кирилл проводил супругу:

- Действительно, странно, - укладывая трубку на аппарат, тихо повторил он слова жены и задумчиво продолжил, - может …, неполадки … на станции …

САНКТ-ПЕТЕРБУРГ.
Улица Каляева. Кабинет генерала Коегорова.

… Минут десять, а то и больше, «директор» мерил шагами свой кабинет. Несколько раз останавливался возле стола, хмуро поглядывая на телефонный аппарат. Пытался даже поднять трубку, но всякий раз разворачивался и продолжал хождение …

Наконец плюхнулся в кресло и, опустив голову на рабочий стол, обхватил её руками …

… Он не хотел этого. Верней, хотел, но не так. Не так, чтобы … пострадала она … Вера. Но он дал слово … Слово себе …

… Медленно разжались руки. Теперь он смотрел на телефонный аппарат холодными, безжалостными глазами:

- Ты сам, Кирилл, подвёл меня к этой черте …

… Рука легла на аппарат. Указательный палец медленно нажал чёрный прямоугольник. В трубке раздался чей-то голос:

- Слушаю.

- Мартын. Вышли людей в район Мелехово. Это недалеко от Владимира. Номер поезда и купе я сообщу чуть позже. Сделай все правильно – как несчастный случай. Под откос весь состав. Но сначала отработай купе: взрослых в расход, детей к Жгуту. Нет, не так. Жгут даст тебе отработанных «кукол». Их упакуешь в купе. А тех девчонок, что в купе, сначала в больницу, потом в детский дом, а дальше я скажу, что нужно делать. Возьми с собой Шпалу и Колобка … И ещё …

«Директор» замолчал …

- Шеф, - тихо спросил Мартын, - вы на проводе?

В ответ послышалось молчаливое сопение. Мартын решил помолчать …

- Мартын.

- Да, шеф.

- Про эту комбинацию должны знать только двое: я и ты.

«Батрак» об этом знать не должен. Это приказ.

- Я вас услышал, шеф.

- Отлично. Конец связи ….

***22-е мая. Ленинградская область. Поселок Комарово.
Дача генерала Коегорова. Время утреннее: 10 часов 15 минут…***

… Свинцовое небо, запеленавшее утреннее небо, не предвещало ничего хорошего, кроме дождя. За окном усилился ветер.

Подняв к губам чашку с горячим кофе, «директор» сделал небольшой глоток и перевёл взгляд на экран телевизора …

«… Переходим к новостям, - произнёс диктор слегка встревоженным голосом, сделав при этом секундную паузу. - Авария на железной дороге.

Сегодня ранним утром, в 3 часа 40 минут, потерпел крушение московский поезд, следовавший по маршруту «Свердловск – Москва». На месте трагедии уже работает специальная группа МЧС. Имеются человеческие жертвы. В следующем нашем выпуске мы сообщим более подробно об этом происшествии. К месту аварии вылетели наши корреспонденты …»

… Тяжелым, холодным взглядом « директор» взирал на светящийся экран. Он не слушал молодую женщину, вещавшую о дожде над Питером и Ленинградской областью.

Сделав очередной глоток, генерал поставил чашку на мраморный стол, встал, посмотрел сквозь окно на свинцовое, хмурое небо и произнёс:

- Ну, вот и всё …

И быстро вышел их кухни …

25-е мая 1993 год. ЕКАТЕРЕНБУРГ. (Бывший Свердловск).

Городской печатный орган министерства обороны.
Газета «ЗНАМЯ»

«Сегодня на центральном кладбище города состоялись похороны семьи полковника Кирилла Изверова, его жены Вероники Изверовой и двух его дочерей Полины и Катерины Изверовых.

Ужасная трагедия, унёсшая жизни прекрасной семьи, случилась глубокой ночью во время железнодорожной катастрофы в районе станции Мелехово при подъезде к городу Ковров.

На месте аварии работает специальная следственная бригада, прибывшая из Москвы. Предположительно, несколько вагонов поезда воспламенились в результате короткого замыкания.

Офицерский состав и все солдаты воинской части прощальным салютом проводили в последний путь своего любимого командира.

Городская администрации и весь персонал областной больницы также приносят свои соболезнования, провожая в последний путь своего главного врача Веронику Изверову и двух её дочерей …»

ЧАСТЬ ПЕРВАЯ

… ПРОШЛО СЕМЬ ЛЕТ …

- 1 -

2000 год

РОССИЯ. Санкт-Петербург. Улица Каляева. Кабинет полковника Зотова. 15 апреля. Время вечернее: 19 часов 45 минут.

… Виктор Васильевич Зотов весь прошедший день был в приподнятом настроении. И было от чего …

Вчера он отвёз свою жену и двух дочерей на дачу. Пообещав им приехать на выходные. Спал в одиночестве. Спал плохо. Сон не шёл. В голове полночи крутились какие-то картинки. Он их совершенно не помнит, но помнит, что очень неприятные. Вертелся, крутился … Поднялся не выспавшийся, с первыми петухами. Принял душ. Сварил себе крепкий кофе. Сжевал бутерброд с сыром. Выкурил две сигареты и поехал на службу …

… Ровно в десять утра раздался звонок из столицы. На проводе был зам. министра МВД:

… - Полковник, - спокойным приятным тоном произнес заместитель министра, - как спалось? Что-нибудь снилось?

Зотов поначалу напрягся, но по тону, звучавшему в трубке, решил подыграть:

- Пока всё нормально, товарищ зам. министра. Не до снов, работы за гланды, как говорят в Одессе.

- Знаю, знаю, Виктор Васильевич, потому без прелюдий. Есть конкретное мнение, чтобы в Питере на одного генерала стало больше. Как тебе такой расклад?

Зотов нахмурился. Ответил не сразу.

Протёр ладонью широкий лоб:

- Товарищ зам. министра, Вы считаете, что я имею права Вам советовать?

Голос в трубке снова оживился:

- Твоя скромность, Виктор Васильевич, всем известна. Так что говорю откровенно и прямо: готовь, полковник, дырочки на погонах. Подготовь себе смену и в начале сентября жди приглашения в Москву.

Зотов не отрывал трубку от раскрасневшегося уха.

Голос в трубке продолжил за него:

- Полковник Зотов, вы заслужили этот высокий чин своей прекрасной трудовой деятельностью. Так что продолжай в том же духе и до встречи, Виктор Васильевич. Доброго тебе здоровья.

С трубкой в руках полковник вытянулся по струнке:

- Служу России! Служу Народу!

… Вернувшись в кресло, он перевёл дыхание. На секунду задумался, рывком поднял ещё тёплую трубку. Затем также быстро вернул её на рычаг аппарата …

Прошло ещё пару минут, прежде чем он открыл ящик стола и взял в руки увесистый мобильный телефон, на котором был только один единственный номер …

Дождавшись, когда в трубке раздастся голос, коротко обронил условное слово:

- «Прокат» …, - быстро выключив кнопку связи, взглянул на ручные часы …

Эта фраза означала, что он хочет видеть майора в девять вечера на явочной квартире …

… 15 апреля. Улица Большая Подьяческая. Время вечернее: 21 час 15 минут.

… - Не вижу причины нервничать, товарищ полковник, - выслушав сообщение от начальника, спокойно сказал майор Долгушин.

Зотов молча крутил в руке авторучку.

Майор подошёл к окну, одним пальцем приоткрыл легкую занавеску, тут же её прикрыл.

- Ты папку хорошо спрятал? - тихо, не поднимая головы, спросил полковник.

Долгушин молча кивнул, вернулся к столу:

- Виктор Васильевич …

Зотов перебил его:

- Мы наступили с тобой на хвост очень серьёзному человеку. Вернее, не человеку - Гидре.

Я многое о нём уже знаю. А главное: с ним невозможно воевать.

Знаешь почему? Потому что, Николай, мы проиграем. И если бы только это.

Долгушин нахмурил брови:

- Что же ещё?

- У меня семья. Как с ними быть?

- Так что получается, всё из-за папки?

Зотов кивнул:

- Конечно! Мы отрубили ему одну голову с твоей помощью.

- Вы про банду Жгута?

- Да. Но на этом месте у него может вырасти другая голова. Это вопрос времени. Голодных и отчаянных земля наша рожает быстро. А вот гибель полковника Изверова и всей его семьи... Это уже серьёзный козырь. Тут гидру никто спасать не будет. Так что папку сохрани. Мы теперь ходим с тобой по минному полю.

- А как же Ваше повышение? Или ..., - майор почесал всей пятернёй свой затылок ...

- Ты и я, - начал тихо Зотов, - российские служаки закона. Повышение в высокие должности происходят также по российским законам и правилам.

Долгушин моментально спросил:

- А что, законы и правила - это ...

- Это – не одно и то же, - опередил полковник своего подчинённого и, поджав губы, опустил голову.

- Не понимаю, Виктор Васильевич.

- Хорошо, попробую объяснить. Там, наверху, - он кивнул на потолок, - есть очень интересная примета: если кого-то хотят убрать с «пробега» или вообще в запас, то сначала его обязательно повышают, а потом ...

Наступила тишина ...

Долгушин нарушил её первым:

- Вы хотите сказать, что все кто наверху, они ...

- Простых, несговорчивых, а ещё лучше инициативных туда не пускают, чтобы огород не портили.

- И что?

- А то, Николай, что нам с тобой, и особенно мне, нужно ходить и оглядываться. Понимаешь?

Майор отрицательно мотнул головой:

- А как же работа?

- Работа, - протянул полковник, - работа была, есть и будет. Люди не могут без криминала, как и криминал не может без людей. Не нам с тобой менять историю ... За детей страшно. Что им достанется? Не знаю ...

Вновь наступила пауза ...

- Когда Вам сказали в Москву ехать?

Зотов пожал плечами:

– В сентябре … Я вот что думаю, Николай …

Он с минуту помолчал, глядя куда-то в пол:

– Если со мной …

– Да вы что, товарищ пол …

– Николай , это очень серьёзно …

Полковник подвинул свой стул ближе к майору, вложил что-то ему в ладонь и прошептал:

– Слушай, что нужно делать …

ПРОШЁЛ ГОД …

- 2 -

2001 год. Ленинградская область. Город Зеленогорск. 16 сентября. Время вечернее: 19 часов 15 минут.

… Олег Исаевич Строгов, бывший подполковник ФСБ, отправленный в запас, неделю назад отпраздновал свой пятьдесят первый год рождения…

… В полном одиночестве он сидел у раскрытого окна в пригородном родительском доме, медленно перебирая чёрные чётки. Маленькие бочки, сделанные из слоновой кости, с лёгким перестуком передвигались по кругу под крепкими пальцами бывшего подполковника …

… Чётка за чёткой, бочонок за бочонком …

В этом доме он вырос. Отсюда пошёл в школу. Затем армия - десантные войска. После, как продолжение: высшее войсковое пограничное училище, которое закончил в десятке лучших курсантов. Дальше началась реальная жизнь, со всеми её прелестями и сюрпризами …

… Отличился младший лейтенант Строгов в афганской командировке, при штурме президентского дворца Амина. Его отряд прикрывал бойцов спецназа «Альфа»…

… С тех пор Олег Строгов побывал во многих командировках в Средней Азии.

Это случилось в горах Памира, в республике Таджикистан.

… Была перехвачена информация о транзите большой партии наркотиков через горный кишлак.   Группа, которой командовал Строгов, выдвинулась в сторону кишлака. Командир получил приказ: банду уничтожить, груз забрать. Но случилось непредвиденное …

… В кишлаке гуляли свадьбу: как и полагается, три дня в доме жениха и три дня в доме невесты…

… Суть да дело, двое ребят из группы Строгова были отправлены на разведку ситуации. Во время торжества молодые горцы начали палить в воздух, что иногда имело место на свадьбах в этом регионе.

… Бойцы из посланного отряда разведки, не поняв причину стрельбы, совершили недопустимое, а именно - вмешались. Видимо, этот обычай горской свадьбы им никто не осветил …

… Завязавшуюся перестрелку Строгов воспринял как боевую ситуацию и поспешил на помощь …

… Одного выстрела из «Мухи» хватило, чтобы приостановить разведку и свадьбу … Контрабандистов, как и наркотиков, в этом кишлаке не оказалось …

… Строгов попал под трибунал. Влепили ему по самые « помидоры» - пятнадцать лет строгача, но, к счастью, в том же, Туркестанском военном округе, проходил службу подполковник Артур Коегоров …

… Через пять лет отсидки в «красной» зоне Строгов вышел на свободу за хорошее поведение. Подполковник Коегоров к тому времени стал генералом.

… Олег Исаевич Строгов, получивший псевдоним «Батрак», был на хорошем счету в команде «директора» …

… Погода сегодня удалась: весь день светило осеннее солнце, а на ясном небе не было ни одного облачка…

… Чёрные чётки в его руках были подарком симпатичной молодой женщины, неожиданно появившейся рядом с ним. Длинные крепкие пальцы методично двигали бочонки по кругу: один за другим …

… Он молча смотрел на незатейливые узоры лёгкой ажурной занавески, вспоминая сегодняшний день …

Словно вырубленный топором, его греческий профиль был абсолютно спокойным, чего нельзя сказать о мыслях и картинках, неожиданно ворвавшихся в его память …

… На журнальном столике, что стоял рядом с креслом, лежал оплаченный счёт в привокзальном ресторане, а под ним …

… Олег Исаевич перевёл взгляд на журнальный столик …

… Раз в две недели, а конкретно каждый второй четверг, бывший сотрудник 2-ого спецотдела ФСБ наведывался из пригорода в Питер…

… Гулял по Невскому проспекту. Доходил до Невы. Затем поворачивал обратно и проходил по всему Невскому проспекту до Московского вокзала, где находился привокзальный ресторан. Там на обед подавали изумительные суточные щи и эскалоп с жареной картошкой.

С алкоголем Олег Исаевич не дружил.

Казалось бы, ничего странного … Не секрет, что каждый житель Питера любит Невский проспект и какой-нибудь ресторан в центре города …

… Только вот, в какой день недели бывший подполковник Строгов, совершал эту поездку в Питер и в какой ресторан заходил пообедать … об этом в отделе «директора» знали немногие, а верней, один человек …

… ПЯТЬ ЧАСОВ НАЗАД …

… Расплатившись с официантом, Олег Исаевич направился к выходу.

Не успел он пройти и пару шагов, как к нему подлетел непонятно откуда взявшийся малец, протянул небольшой белый конверт и моментально смылся …

… Строгов, не останавливаясь, профессионально прикрыв конверт ладонью, направился в сторону метро. Но в само метро не зашел, повернул к газетному киоску, который находился тут же, в здании вокзала. Купив « Спортивную газету», он накинул на нос очки. Раскрыл газету. Сам же в стекле киоска просмотрел всю территорию позади. Вроде никого. Ничего лишнего. Решил присесть на деревянную скамью и пролистать спортивные новости. Он неплохо разбирался в футболе и болел за питерский «Зенит» …

… Прикрывая конверт газетным листком, он просунул в конверт два пальца. Вынул содержимое. Взглянув, моментально собрал пальцы в кулак …

… Строгов продолжал читать спортивные новости …

… Но то, что было зажато в его руке, заставило бывшего подполковника напрячься … На его широкой ладони лежала картонная половинка человечка … Половинка была чёрного цвета … Это был условный знак. Означавший немедленную встречу … Закрыв ладонь, Строгов незаметно вернул половинку африканского человечка в конверт …

Его глаза медленно скользили по строчкам спортивных новостей, фотографиям улыбающихся спортсменов, но только глаза. Ни новости, ни фотографии его сейчас не интересовали …

- С-Е-Н-Е-Г-А-Л, - тихо проговорил он, - неужели ты живой …

… Складывая газету, Строгов незаметным движением переложил конверт в боковой карман летней куртки и направился к выходу…

… Сев в такси, кивнул водителю:

- К Финляндскому вокзалу …

В машине, сидя на заднем сидении, пару раз обернулся назад, проверяя «хвост» … Никого …

Выйдя у вокзала, направился в метро. Место встречи находилось на Невском проспекте в Доме Книги. Ему нужно было подняться на второй этаж в отдел «Спорт. Физкультура. Рыбалка. Охота».

Там его будут ждать. У ожидающего должна быть вторая половинка картонного африканца ...

... Будний день, но в знаменитом на весь город Доме Книги было не протолкнуться. На втором этаже было более свободно. Пройдя к полкам «Спорт и Физкультура», Олег Исаевич выбрал с верхней полки книгу известного мастера рукопашного боя Харлампиева « Самоучитель по борьбе САМБО» Медленно раскрыл, делая вид, что знакомится с содержанием. Спустя минуту раскрыл книгу на странице под номером пятьдесят. Вдумчиво просмотрел написанный материал, в то же время большим пальцем правой руки нащупал предмет, находившийся на следующей странице ... Это была вторая половинка африканца.

Перевернув лист, он переложил половинку в ладонь и прочитал надпись под первой фотографией:

«город Ростов-на-Дону. Чемпионат Вооружённых Сил. ЦСКА»

... Не подавая виду, Олег Исаевич напрягся во второй раз ...

«Ростов» – это позывные Росса, который остался в Южной Африке. И его судьба неизвестна ...

... У него ушла минута, чтобы сопоставить первый сигнал от Сенегала и второй от Росса ... Получается, что они вместе ... Но встретиться он должен с Россом. Ростиславом Жаровым. Ему нужна помощь, и сейчас он совсем рядом.

Что делать дальше, Строгов знал.

Спустившись на первый этаж, он направился в отдел книг по искусству. Ему нужны репродукции картин Исаака Левитана, знаменитого русского художника. Верней, альбом с фотографиями его картин. Строгов должен купить этот альбом. Это означало, (для того, кто за ним следит), что он ждёт гостя у себя дома и его тайная избушка по- прежнему в том же месте, в лесу ...

... В электричке сел на скамью рядом с выходом в тамбур, возле окна ...

... До самого дома шёл, не оглядываясь. Не смотрел по сторонам, старался ни о чём не думать ...

... Войдя в дом, закрыл дверь на все три замка, усевшись в кресло, взял в руки чёрные чётки ...

Что-что, а память у Олега Исаевича была феноменальной ...

Он прекрасно помнил Военное училище, Артура с Кириллом, их драку. Строгов тоже попал в десятку лучших выпускников ...

Помнил, кто стоял за его освобождением из мест заключения. Помнил, как к воротам зоны, из которой он вышел на волю, подрулило такси:

- Олег Строгов? – спросил крепкого сложения молодой парень, сидевший за рулём.

- Ну,… я, - не сразу откликнулся бывший заключённый…

- Я за вами. Нам на вокзал и в северную столицу. В Питер. Поезд отходит через полтора часа …

… Встреча, к которой он был готов, произошла в личном кабинете «директора».

Пожали руки, обнялись …

- Ну, брат, теперь за работу, - улыбнулся Артур Коегоров, - а её на наш век хватит …

Олег Строгов был готов к работе, тем более под руководством бывшего сокурсника …

… Только в 1993 году что-то изменилось. Артур, верней «директор», стал держать «Батрака» на определенной дистанции. Отправлял Строгова в одну командировку за другой. Поэтому о личной жизни Олегу Исаевичу думать было некогда…

… С младшим лейтенантом Оскаром Крюге «Батрак» познакомился в одной из африканских командировок, в Сенегале…

… Группе, которой командовал «Батрак», нужно было спасти двух советских чиновников, попавших в плен к безжалостным повстанцам, а если быть ещё точнее, к конкретным людоедам…

… Заложников держали в штабе повстанцев, который находился в стороне от места расположения основного отряда.

«Джунгли, - как любили шутить российские ребята, - они и в Африке джунгли»

… Заложников в штабе не оказалось. Пришлось действовать через «языка».

 В группе был переводчик, через него узнали, где находятся советские чиновники. Решили разбиться на две группы. «Батрак», взяв с собой пять человек, должен был под покровом ночи проникнуть в лагерь и подорвать четыре хижины повстанцев. Вторая группа, которую возглавил Оскар, направилась с переводчиком в сторону гор, где в одной из пещер держали заложников.

Оскар своё задание отработал как по маслу. А у «Батрака» случился прокол.

Хижин оказалось не четыре, а шесть. Завязался бой, в котором погибла радистка Нора, а сам «Батрак» попал в плен.

Нора успела сообщить Оскару о ситуации …

Отойдя на свои позиции, Оскар собрал всех оставшихся из двух групп бойцов и без перекура, оставив только спасённых чиновников под присмотром переводчика и одного бойца, поспешил на помощь. Надо сказать, успел вовремя. Потому как разгневанные повстанцы, разложив большой костер, приготовились поджарить и, наверное, употребить в пищу советского капитана Строгова …

… Вспоминая действия молодого лейтенанта, Олег Исаевич был поражён решительностью и дерзостью начинающего разведчика …

«Батрак» был снят с длинного обреза широкой трубы, на которой его хотели изжарить. Но этим дело не кончилось. Молодой Оскар Крюге смог отомстить за погибшую Нору. Он лично обезглавил трёх главарей. Нахлобучил их головы на три бамбуковые палки. Затем все вместе направились в сторону, где находились спасённые чиновники.

После этой командировки к Оскару и приклеелся псевдоним «Сенегал».

… Позже они с «Сенегалом» были в других африканских командировках, и не только африканских, но эту, сенегальскую, Батрак запомнил на всю жизнь …

- 3 -

2001 ГОД

19 сентября. Улица ШАУМЯНА - дом 32, квартира 55. Третий этаж. Время утреннее: 7 часов 31 минута.

… Старые питерские «хрущёвки» с поржавевшими крышами, обшарпанными стенами и грязными подъездами нехотя просыпались под ранними лучами прохладного осеннего солнца…

… Окно на третьем этаже первого подъезда было приоткрыто, и из него пыталась вырваться на свежий воздух светлая занавеска …

… Его часто будили среди ночи … постоянные вызовы на место преступления … Но даже если он приходил домой под утро и плюхался на нерасстеленную кровать, то в семь утра бывший майор Долгушин просыпался без будильника … Привычка …

Была у бывшего майора ещё одна привычка: проснувшись и встав с кровати, улыбнуться сначала коту Ваське, потом, глядя сквозь окно, - любой погоде…

Только вот последнее время с утренней улыбкой у Николая были проблемы.

… Проблемы начались год назад, после ликвидации банды Жгута …

… Сначала представили к награде, повысили в должности. Его начальнику, полковнику Зотову, объявили о генеральских погонах …

Но буквально через месяц журналисты подкинули ложку дёгтя в бочку с мёдом…

Был месяц май …

… Убойный отдел, который возглавлял майор Долгушин, разрабатывал банду гастролёров, наследившую в Ленинградской области дерзкими ограблениями и разбоем с двумя убийствами.

На сбор данных о банде и месте её нахождения ушло три недели. Настал момент истины. Нужно брать. Ясно было одно: эти «перцы» живыми не сдадутся …

…Бригада Долгушина действовала чётко по плану. Обложили дом. Приготовились к штурму. После разговора с источником Долгушин знал, сколько человек и стволов находится в доме.

Но в утренних газетах откуда-то появилась информация о банде и о том, что органам милиции известны имена бандитов и их место расположения.

… Бандиты опередили милицию на каких-то пару часов, успев заминировать подходы к дому с трёх сторон. А одну сторону оставили для отхода.

… Мины сработали при первом же подходе со стороны леса. Взрыв был такой силы, что с корнями вырвало большую яблоню, отбросив её в сторону соседских домов.

Долгушин моментально среагировал, и захват начался именно с той стороны, с которой произошёл первый взрыв. Удалось пробиться без потерь к самому дому. В ходе перекрёстного огня были убиты все бандиты …

Но потерей сотрудника, подорвавшегося на мине, дело не кончилось.

… В одном из дворов, возле привязанной к столбику козы, неожиданно оказалась маленькая девочка … На которую и рухнула вырванная с корнем большая яблоня …

… Буквально через месяц в убойном отделе появился тридцатидевятилетний майор, крепкий в плечах, брюнет Александр Никифоров. «Из Москвы», - так сказали кадровики. Кто он, что он – никто в Питере про это не знал …

... ГОД НАЗАД ...

- 2000 ГОД -

... 19 августа. Улица Каляева. Кабинет полковника Зотова.
Время дневное: 12 часов 45 минут.

... Полковник Зотов молча ходил вдоль своего стола. Изредка бросая тревожный взгляд на своего подчиненного. Долгушин с пониманием молчал и был готов к чему угодно, только не к такому финалу ...

- В плохое время это получилось. В системе грядут «подвижки», и твой случай для кадровиков как сладкая ватрушка. Вцепятся всеми зубами. Никто не будет вспоминать о пойманных и ликвидированных тобой бандитах.

Долгушин опустил голову:

- Пенсию оставят?

- Да, по состоянию здоровья и с сохранением пенсии. Это единственное, что я смог для тебя сделать. Со следственным комитетом договорятся, чтобы не возбуждать против тебя уголовное дело.

Зотов с тяжелым вздохом присел на своё кресло, вытащил из бокового ящика чистый листок бумаги и протянул через стол:

- Держи. Николай, ты же классный следак. Откроешь своё сыскное агенство. Сейчас, говорят, это в духе времени ... Чем смогу – помогу ...

Это была их последняя встреча с полковником ...

... ПРОШЛО ДВА МЕСЯЦА ...

... Николая разбудил звонок посреди ночи. Звонил Саша Никифоров, неожиданно повышенный в должности, выполнявший обязанности начальника убойного отдела в ГУВД:

- Коля, извини, - тихо начал новоиспечённый подполковник, - я на квартире Зотова ...

- Что? Что с ним?! - вскинулся Николай, - а в Москву? Он же должен был ехать в столицу?

Никифоров глубоко выдохнул:

- В столицу он больше не поедет. Нет больше полкана, Коля. Ты сможешь приехать? Пока прокуратура не налетела.

- Да-да ..., - Николай слетел с кровати. - Я мигом ...

... Через считанные минуты Николай уже стоял у своей входной двери ...

Именно стоял ... Что-то его остановило ...

... Может, внутренний голос. Может, предчувствие, хотя, что можно почувствовать, когда пред глазами уважаемый им полковник и голос ...

... Да-да, голос, пришедший издалека ... Голос совершенно чужого человека ...

... Чужой голос ...

- Стоп! - сказал он сам себе. – Стоп! Ты, Коля, уже не в системе! Стоп! Что-то не так! Совсем не так!

Долгушин присел на невысокий табурет возле двери ...

... В голове стали вырисовываться картинки возможных вариантов.

Он попытался вслушаться ещё раз в тот чужой голос:

«Нет больше нашего полкана, Коля. Нет»

Обхватил плечи руками, опустил подбородок на грудь и закусил нижнюю губу ...

... - Итак, - начал рассуждать Долгушин, - три часа ночи. В квартире Никифоров. Один или...? Неизвестно. Если он позвонил мне, то, наверняка, сообщил и в контору. Значит, я могу с ними там встретиться. Тогда меня спросят, как я узнал? И вообще, что я тут делаю? ... Сослаться на Никифорова? ... Хм-м. Есть два варианта:

Первый - тот скажет: нет. Что он мне и не звонил вовсе.

Второй – скажет правду ...

... Думай, Коля. Думай ...

Он посмотрел на ручные часы:

- Виктор Васильевич, родной, как бы ты поступил? Ведь тебе нужно было ехать за генеральскими погонами ... Не дали. Суки. Не дали ...

Долгушин вытянул ноги:

- Ну, что ж, сделаем проверочный ход ... Повременим ...

С этими словами он разделся и вернулся в кровать:

- Правильно в народе говорят: Утро вечера мудренее ...

... На квартиру Зотова он пришел следующей ночью ...

Постарался всё сделать по науке: в перчатках, с маленьким фонариком в руках. Тем более, пред тем как его отправили в запас, он в очередной раз встречался с полковником на тайной квартире, где в конце их разговора бывший начальник протянул ему небольшой свёрток.

- Что это, Виктор Васильевич?

- Ключи, Коля.

- Ключи? От чего?

- Не удивляйся, от моей квартиры.

Долгушин тогда нахмурил брови:

- Что, так серьёзно?

- Думаю, что да. Поживём, увидим …

… Тела полковника в квартире уже не было, но Николай нашел это место: ванная комната, где рядом с душем в стену был вбит массивный крюк.

На крюке остался обрывок чёрного шнура … Никаких следов …Ни отпечатков пальцев …

… Лишь в гостиной на столе стояли две чашечки из кофейного сервиза и кофейник. Рядом с ними тарелка с печеньем и две розетки с вареньем …

- Ужин на двоих. Две персоны …

… Отпечатков …нет … Работал профи …

… Как помнил Николай, жена и дочери полковника были на даче. Значит, был гость. Причём тот, которого Зотов знал. Теперь вопрос: когда пили кофе? Время? И с кем?

… Подобный эпизод Долгушин уже видел в одном деле, когда год назад убили коллекционера картин: задушили, видимо, в гостиной, затем вбили в ванной крюк, на нём повесили труп… Ни отпечатков … Ни следов …

Тогда, год назад, Николай, по просьбе Зотова, использовал старые связи в криминальном мире …

Ответ его не обрадовал:

- Извини, начальник, эта делюга прилетела не от нас. Со стороны. Вбитый крюк в ванной, решили следователи, - это чей-то новый почерк …

… В следующий вечер Николай снова был у дверей полковника, но постучал к соседке по лестничной площадке:

- Нина Дмитриевна, добрый вечер. Это Николай Долгушин. Извините за беспокойство. Мне нужно с вами поговорить.

Николай знал соседку. Однажды он с полковником помогал ей справиться с водой, когда её чуть не затопили соседи с верхнего этажа.

Дверь соседки открылась не сразу. Сначала раздался скрип, через щель приоткрытой двери на него смотрели испуганные глаза Нины Дмитриевны:

- Николай - это вы? - раздался настороженный голос бывшей учительницы

- Да, можно войти? У меня к вам вопрос.

Раздался лязг снимаемой цепочки. Дверь открылась. Нина Дмитриевна сделала быстрое движение: высунувшись, осмотрела пустую площадку и рывком втянула гостя к себе:

- Проходите.

Они прошли на кухню:

- Присаживайтесь.

- Спасибо.

Он обратил внимание, что все окна в гостиной и на кухне были закрыты шторами.

Присев рядом, женщина покачала головой:

- Как же так? Как же так, Николай? Ведь он же полковник милиции. Это не укладывается в моей голове. Что же делать нам, простым смертным. Куда мы идём? К великому хаосу. А? Николай, куда? - еле слышно проговорила она.

Долгушин решил сделать паузу, хотя понимал, что в сложившейся ситуации временя на разговоры у него нет. За домом явно могли приставить наружное наблюдение - «наружку».

С грустью посмотрев на взволнованную соседку и приложив палец к губам, спросил:

- Нина Дмитриевна, извините, что перебиваю, но мне нужно вас спросить.

- Что Вы, что Вы, Николай, конечно. Кому, как не вам.

Детектив понимающе кивнул:

- В тот день или вечер вы видели его?

Женщина нахмурилась. Вздохнула и, положив руки на колени, ответила:

- Да. Виктор Васильевич вернулся как раз с дачи. По средам я хожу за молоком в магазин. Иногда покупаю и для него, когда он остается один ...

- Вы помните время?

- Конечно, было пять вечера. Он был чем-то взволнован. Я подумала, что дела. Это же милиция. Каждый день что-то случается. Отдала ему две бутылки. А он мне грибов свежих привёз. Сказал, что знакомые грибники от большого уважения принесли. У нас так часто бывало. Я имею ввиду с грибами.

- И всё?

Женщина в раздумье склонила голову:

- Вы знаете, Николай, обычно после грибов мы с ним пили чай. Так, чисто по-соседски. А тут он сказал, что торопится. Я спросила, в отпуске ли он.

Нет, - говорит, - взял отгул на один день. Потом что-то про Москву сказал, но я была на кухне, грибы разбирала, а Виктор Васильевич у входной двери стоял.

Мы с ним даже попрощались на расстоянии, - она всплакнула, - кто же знал, что так повернётся.

- А гости у него были?

- Вот-вот, - спохватилась она, - кто-то к нему приходил. Было уже поздно. Я в кровати лежала.

Женщина снова свела брови. Задумалась.

- Вы его видели?

- Кого? Гостя? Нет.

- Правда, я подошла к двери.

- Почему?

- Так гость звонил долго. Верней, Виктор Васильевич долго не открывал.

- Но гостя Вы видели?

- Нет, - женщина опустила глаза …

- Так вы его не смогли …

- Николай, - тихо продолжила соседка, - я хотела, но не смогла …

- Почему?

Нина Дмитриевна виновато пожала плечами:

- Вы не поверите. Когда гость вошёл, я приоткрыла дверь и …, - она бросила испуганный взгляд в сторону коридора, - мой глазок был закрыт. Его кто-то залепил жвачной резинкой. Вы представляете, Николай. Кто это мог сделать, понятия не имею. Может, мальчишки со двора?

- А слова? Может, гость что-то сказал?

- Нет, гость ничего не говорил. Только когда Виктор Васильевич открыл, то сказал: « А, это ты …»

- Кто сказал? Гость?

- Нет. Я же говорю, Виктор Васильевич отворил дверь и сказал:

- А, это ты …

- И всё?

Женщина молча кивнула и тут же опустила свою ладонь на руку Долгушина:

- В тот вечер я долго не могла заснуть. Где-то через полчаса, может, чуть больше, я услышала глухой стук. Кто-то чем-то бил о стену. Подумала, что, может, Виктор Васильевич что-то ремонтирует, а гость ему помогает …

Ах! – она зажала ладонью рот. – Николай, - шепотом проговорила женщина, - неужели! Вы думаете, что это …

У Долгушина выступил на лбу пот:

- Как долго били о стену?

- Минут десять. Может, чуть дольше. Потом стук прекратился …

- И?! - теперь Долгушин опустил свою ладонь на её руку.

Нина Дмитриевна отняла руку. Поднялась. Медленно подошла к буфету. Приоткрыла средний ящик. Достала свёрнутый пополам обычный конверт.

И вернулась к столу:

- Я… видела … его со спины. Когда он спускался по лестнице.

Я стояла у двери, слегка приоткрытой, с маленькую щёлочку. Тот мужчина … Он среднего роста, тёмноволосый и в чёрной кожаной куртке …

Спускался торопливо … Даже, скорее, очень быстро …

- Вы его запомнили?

- И - да. И – нет. Но …, - она вновь замолчала.

- Нина Дмитриевна, для следствия любая мелочь очень важна. Если что-то даже припоминаете, то это тоже очень важно. Так как …

- Я его, по-моему, видела ещё раз …

- Где? – Долгушин хотел что-то ещё спросить, но остановился.

Соседка опустила на стол конверт. Накрыла его рукой и посмотрела на Николая:

- После того, как уехала милиция. Я никуда не выходила. Только после обеда, часа в три мне нужно было сходить к подружке в соседний корпус, навестить … Спустилась по лестнице вниз … И там был мужчина в милицейской форме. Он что-то искал. Даже светил фонариком … Я ни о чём не думала. Понимала, что случилось ужасное. Но когда он повернулся ко мне спиной …

Она вновь замолчала.

- Вы его узнали?!

- Николай. Это не в моих правилах подозревать человека в погонах. Я просто на секунду застыла. Что-то внутри меня сжалось. Мне показалось, что это мог быть тот гость. Я же видела его только со спины. Как можно вот так сразу сказать или узнать … Нет, Николай. Не могу. Тем более, он был при исполнении … Но когда я возвращалась от подруги … Это было около половины шестого. Мы иногда подкармливаем бродячих котов и кошек. Они прячутся в подвалах. Туда же притаскивают убитых ими птиц и употребляют их в пух и перья. Зайдя в подъезд, я спустилась по ступенькам вниз, чтобы опустить еду … Кошки уже меня ждали и … У одного кота в зубах была неживая мышка. Они так благодарят людей за то, что их кормят. Так бывает. Кот опускает мышку на ворох птичьих перьев, и вдруг на меня сверкнуло что-то. Когда я распихала ногой перья, то обнаружила …

Нина Дмитриевна раскрыла конверт и опустила на стол небольшую металлическую пластинку жёлтого цвета:

- Я её почистила. Это заколка для галстука. Виктор Васильевич пару раз терял такую вещь, я её находила, в основном, у его двери, когда приносила ему молоко. И возвращала. Взяла эту, понимая, что, видимо, его, но когда протёрла, то … Эта не его. На ней есть две буквы - М - и - Н. Эта не его …

… Теперь замолчал Долгушин. Около минуты смотрел на кухонный стол.

- Нина Дмитриевна, Вас допрашивали?

- Конечно.

- Вы про гостя рассказали …

Женщина испуганно посмотрела на детектива:

- Ой, Николай, когда узнала, что случилось. Совсем из головы вылетело.

- Меня теперь арестуют?

Долгушин покачал головой:

- Нет, конечно, нет. У меня к вам огромная просьба. Никому больше об этом госте не рассказывайте.

Соседка прошептала:

- Мне страшно. Николай. Очень страшно.

Он постарался улыбнуться:

- Вы очень мудро поступили.

Женщина тяжело вздохнула:

- Я верю Вам, Николай …

2001 ГОД

Улица Шаумяна. Квартира Николая Долгушина…
18 сентября. Время утреннее: 7 часов 15 минут.

… После душа, увидев своё отражение в зеркале, Долгушин провёл рукой по щетине:

- Лёгкая небритость, пусть будет. Сейчас, говорят, в моде.

С этими словами прошёл на кухню, где на плите уже вовсю попыхивал чайник серебристого цвета…

… Покончив с глазуньей, Николай устроился возле окна, держа в руках небольшую чашку ароматного кофе. Это было табу: пища - отдельно. Кофе – отдельно …

… Медленно и с чувством: глоток – мысль. Ещё один глоток – ещё одна мысль и так далее …

Улица Мытнинская. Сыскное агентство « ОМЕГА».
Время утреннее: 10 часов 35 минут.

… Молодого высокого мужчину, вошедшего в офис, он воспринял насторожённо:

- Проходите. Присаживайтесь, - детектив собрал в стопку разложенные бумаги и посмотрел на гостя.

В руках тот держал кожаную папку чёрного цвета. Несмотря на рост, парень очень проворно, с кошачьей мягкостью присел напротив хозяина кабинета:

- Здравствуйте. Меня зовут Росс. Я по делу. Непростому.

С этими словами он вынул из своей папки небольшую фотографию и протянул Долгушину. Маленькая девочка сидела возле новогодней ёлки, держа в руках белокурую куклу. Девочка улыбалась …

… Долгушин молча смотрел на фотографию. Слегка прищурив глаза, он опустил её на стол …

Гость кивнул и раскрыл папку … На столе появились белые листы одинакового формата … Но листы не были пустыми … Это были рисунки …

Бывший майор на секунду замер, нахмурив брови, подтянул к себе первый листок …

… Смотрел неспеша, разглядывая каждую картинку. Он понимал, что это за картинки, верней, рисунки …

… Да, это именно те рисунки, о которых когда-то рассказала ему Таня-гимнастка. Это были рисунки маленькой Кати Изверовой, не дожившей до этих дней …

… Отложив рисунки в сторону, перевёл взгляд на гостя:

- Слушаю Вас …

- 4 -

2001 ГОД

Ленинградская область. Посёлок Сосново.
19 сентября.

… Осень. Вечерняя темнота шевелилась от ветра, трепала полуголые ветки высоких сосен и раскачивала висящий на одиноком столбе фонарь. Цоколь фонаря, пошатываясь из стороны в сторону, недовольно поскрипывал.

На невысокий забор, ворота и калитку падал кривой тусклый жёлтый свет.

За воротами темнела небольшая дачная постройка. Два окна, выходящие во двор, с резными ставнями были темны…

… Полина поёжилась под пуховым одеялом, выключила ручной фонарь и отложила томик Хемингуэя на тумбочку возле дивана.

Книга «По ком звонит колокол» была её любимой. Всё, написанное мастером, от первой буквы до последней, она прочитывала всей душой, всем сердцем.

А подтолкнул Полину к Хемингуэю всё тот же «дядя Эдвард».

... Когда она спросила его:

- Почему Хемингуэй?

Он ответил:

- Он в одиночку борется с этим миром. Это близко мне, и я его понимаю...

... - Дядя Эдвард, - она улыбнулась, - такой огромный. Ходячая глыба для окружающих. Она не знала его судьбу: каким было его детство, где он родился, кто были его родители?

... Прожигающий взгляд его зелёных глаз был страшен, но в разговоре с ней менялся, становился спокойным и добрым. Два года она провела с ним один на один ...

- С-е-н-е-г-а-л, ты очень сильный, - тихо произнесла Полина.

Она не знала, почему его так зовут, но она ему доверяла, как старшему ...

Полина вдруг вспомнила о родном отце ...

... «... Я друг твоих родителей и постараюсь помочь тебе, но и ты должна помочь мне. Вы будете с Катей вместе, когда закончится твоя командировка ...»

... Все звали его «директор», но она знала его имя – дядя Артур. Он много раз вызывал её в кабинет ...

«Ты похожа на свою маму ...»

Говорил он задумчиво, растягивая каждое слово. От чего Полине было жутко, и всё тело покрывалось мурашками. От него веяло холодом, злостью, и ... ей всегда становилось страшно в его присутствии ...

...Полина посмотрела на закрытую дверь в соседнюю комнату. Там спал Росс, парень, который встретил её в Варшаве, когда она прилетела из Майами транзитом через Прагу.

Росс и дядя Эдвард вместе воевали ...

Росс был моложе, высокий, крепкий в плечах. Его длинные до плеч чёрные с редкой проседью волосы прикрывали шрам, проходящий по верхней части лба к правому уху...

... Из Варшавы до Питера они добрались на машине через Белоруссию...

... Дом, в котором они поселились, находился в лесу и походил на небольшую постройку, рядом был колодец. Можно было греть воду на керосиновой горелке.

- Это дом близкого мне человека, он был моим боевым командиром, - сказал Росс. - Мы пробудем здесь максимум три дня, не так комфортно, зато надёжно. Только освещением нам будут карманные фонарики. Выдержишь?

Полина твёрдо кивнула.

Одна спальня и небольшая гостиная. В ней спал Росс. Он выходил из дома в пять утра, исчезал на целый день. Возвращался ночью …

Она не спрашивала его ни о чём. Просто помнила слова «дяди» Эдварда: «Росс о тебе позаботится. Он мне как брат» …

… Заканчивался второй день.

Росс разыскал бывшего майора МВД Долгушина.   Полина с ним встретилась …

… «Зовите меня Николай. История, которую я расследовал вместе со своим начальником, оказалась очень не простой. Заочно я знаю Вас, верней, историю Вашей семьи, - начал бывший майор, - знаю о проекте «Спящие дети» и то, что вы приехали из заграницы. Вам было шестнадцать, когда вы уехали?

- Нет. Пятнадцать.

- Правильно. И вы, наверное, знаете, что вам при удочерении изменили фамилию. Что вы не Полина Истомина, а Полина Изверова.

- Да. Я знаю. Мне сказали, что так надо для дела, если я хочу побыстрее увидеть свою сестру.

- Вашей сестре фамилию не изменяли. Её просто никто не искал. Она находилась у бандитов, которыми руководил хорошо знакомый вам человек.

- Догадываетесь кто?

- Сейчас, думаю, что знаю, кто это, - тихо ответила ему Полина.

- Приношу вам соболезнование по поводу родителей и вашей сестры Кати. Один из её убийц уже на небесах. Был и другой, но он, по моим данным, находится в Америке, хотя я в этом не уверен.

Полина слушала, не перебивая.

«…Поезд, в котором ехала Ваша семья, - продолжал Долгушин, - не сходил с рельс до тех пор, пока вас с Катей не похитили. Вечером проводник принёс вам чай со снотворным. Ваших родителей убили спящих, а на Ваши места подложили тела совершенно других девочек того же возраста, они уже были мертвы. Затем убийцы подожгли купе. Пожар охватил весь вагон. А через считанные минуты весь состав ушёл под откос. Мы с моим командиром вышли на организатора этого преступления, и … Нас сразу остановили. Для меня нашли причину и … уволили, а моего командира через день нашли в петле у него дома …»

… Все те минуты, когда она слушала Николая, перед ней появлялось лицо одного и того же человека, который просил называть его: «Дядя Артур» …

… Их было пятеро. Пять девчонок почти одного возраста. Кому пятнадцать, кому шестнадцать. Полине месяц назад исполнилось четырнадцать. Она помнила больницу, где оказалась с Катей. Потом детский дом, потом … за ними приехал мужчина в сером костюме с французскими усиками. Говорили про танцы и танцевальный ансамбль, в котором они с Катей должны были принимать участие …

… Прошло полгода. Её привели в кабинет с широким письменным столом из красного дерева.

- Когда я увижу свою сестру? - спросила она седоволосого поджарого мужчину.

- Ты встретишься с Катей. Всему своё время.

- Когда? – переспросила она.

- Тогда, когда ты выполнишь свою работу.

- Какую работу?

- Об этом мы с тобой поговорим позже, а сейчас иди на урок …

За два дня до этого разговора всех девчонок, кроме Полины, куда-то увезли. Полину вызвали в кабинет…

… - Зови меня дядя Артур. Я друг твоих родителей и буду вам помогать, но ты должна делать всё так, как я буду говорить. Согласна?

Полина молча кивнула …

… Через неделю она попала в большой особняк. Вокруг стояли высокие сосны, а по ночам можно было услышать фырканья сов.

Она учила английский и испанский языки.

Уроки пять дней в неделю. Это была школьная жизнь в одном классе с двумя преподавателями: женщиной и мужчиной. По имени их никто не знал. К ним обращались: сэр и мисс. Мужчина вёл три предмета: математику, физику и химию. Женщина - английский, испанский и литературу. После уроков обед. Один час на отдых. Затем три часа в тренировочном зале. Их учили самообороне. После тренировки отдых и домашнее задание. У каждой девчонки была своя комната. Учиться все должны были только на «отлично». Если кто-то чего-то не понимал, на помощь всегда приходил преподаватель.

В восемь вечера всех собирали в подвале, где находился тир. Каждый день за час до отбоя урок стрельбы: обучали собирать и разбирать оружие, сначала был пистолет, потом автомат …

… От Кати она получала только фотографии. На них сестра с игрушками, играет на пианино, рисует …

Она снова была в кабинете дяди Артура.

… - Ты должна сначала окончить школу.

- Где Катя?

- Она в хорошей семье. Ты же сама видела фотографии. С ней всё в порядке.

… Так прошёл ещё один год …

Полине исполнилось пятнадцать …

… Их тренировали в подвале: самооборона, стрельба, метание ножей.

Затем был другой подвал. Там их учили связывать друг дружку и уметь самостоятельно освобождаться…

… В то лето некоторых девчонок увезли и больше не привозили. Перед тем, как кто-то исчезал, группа должна была пройти два испытания. Первое проходило в подвале, где был тир.

… На цементном полу лежало чучело человека, одетого в обычную одежду согласно погоде. На чучеле имелось множество рваных кровавых ран (красная краска). Нужно было произвести контрольный выстрел в голову. Всё происходило без свидетелей. Одна девочка спускалась в подвал. Производила выстрел и поднималась наверх. Затем спускалась в подвал следующая.

Второе испытание было намного труднее.

В школу, верней, в то место, где они находились, приезжали трое. Она их хорошо запомнила. Первый был высокий, как шпала, с безумными глазами и постоянной кривой усмешкой на худом вытянутом лице. Второй, коренастый, пониже ростом, с веснушками во всё лицо, похожий на колобка, и третий, с полностью лысым черепом.

Эти трое допрашивали каждую девочку в отдельности, показывая фотографию, где одна из девчонок, держа в руке пистолет, производит контрольный выстрел в голову. Но там, в подвале они стреляли в чучело, а на допросах им говорили об убийстве девочки их возраста. Показывали фотографии, на которых они узнавали каждая себя, и стреляли они не в чучело, а в настоящее человеческое тело, верней, на полу лежала … незнакомая им девочка …

… Девочка была мертва …

После допроса на них надевали наручники …

… Отвозили в тюрьму, а потом на зону для малолетних преступниц. Это была настоящая реальность. Полина не могла себе представить, сколько юных девочек, имея живых родителей, совершают ужасные преступления: убивают родных, подруг из школ или живущих по соседству. Но самое ужасное – это, с каким удовольствием они обо всём этом рассказывают. Без малейшего сожаления …

В зоне были каждодневные жестокие драки. Били скрученными сухими полотенцами, ладонями, связывали, пытались насиловать, но только пытались. Психологически же издевались: оскорбляли, заставляли спать возле параши. Девчонкам из экспериментальной группы нужно было себя защищать, как учили. Это испытание длилось месяц…

… Через полгода, после второго испытания, Полина оказалась в Америке.

Катю она так и не увидела …

… За окном поднялся ветер. Полина выглянула из - под одеяла: белая ажурная занавеска колыхалась, постукивая о стекло …

… Она повернулась к стенке. Завтра начинается то, ради чего она перелетела через океан. Росс обо всём её проинструктировал …

… Полина сжалась в клубок, подтянув к груди согнутые ноги, уткнулась в колени носом и постаралась заснуть. Так она делала всегда, когда ей становилось … страшно …

- 5 -

Санкт-Петербург. Улица Мытнинская.
21 сентября. Время вечернее: 20 часов 29 минут.

… Николай Степанович Долгушин, бывший заместитель начальника убойного отдела ГУВД, основатель сыскного агенства « Омега», сидел за столом, склонив голову над листком …

Отложив через какое-то время листок в сторону, он развернулся к приоткрытому сейфу, находившемуся у него за спиной.

Взяв в руки нужную папку, опустил её перед собой на стол, раскрыл и посмотрел на фотографию симпатичной молодой женщины. Это был заказ её бывшего мужа: следить за бывшей женой. Немного странно.

Но работа есть работа. Заказ есть заказ. Богатые люди – платят. Почему бы не заработать. Посмотрев на часы, он смачно зевнул:

- Завтра и займусь. А сейчас - спать …

Вернув папку на прежнее место, закрыл сейф. Ключ сунул во внутренний карман пиджака, встал, подошёл к окну, прикрыл серую штору и направился к выходу …

… В тёмном вечернем небе хозяйничала полная луна ….

… Улица Мытнинская была пустынна. Навалившуюся на город темноту пытались осветить придорожные фонари на двух столбах, стоявших на перекрёстке с соседней улицей. Но, увы, свет от них был настолько блёклым, что все припаркованные к тротуару машины были похожи на спящих больших чёрных жуков …

… Направляясь к своему «Жигулёнку», Николай прокручивал в голове план завтрашнего наружного наблюдения:

- Пожалуй, начну вести её прямо от квартиры на Чёрной речке. Хотя заказчик напомнил, что по пятницам у неё день здоровья в элитном салоне, надо подумать …

С этими словами он раскрыл дверь, устроился в водительском кресле, воткнул ключ в замок зажигания … Повернуть не успел …

- Извините, Николай… Это я – Полина. Мне нужна ваша помощь …

Прошло около минуты, прежде чем бывший майор, глядя в зеркало заднего вида, глубоко выдохнув, произнёс:

- Я думал, что сюрпризы на сегодня закончились. Ошибся. Слушаю тебя, Полина …

Теперь взяла паузу неожиданная гостья …

- Узнали? Извините за неожиданное вторжение. Можно мы поедем?

Долгушин завёл мотор:

- Куда?

Ответ последовал мгновенно:

- Лучше к вам домой.

- Домой? Ко мне?

- Да. Так будет лучше.

- А ….

- Соседи? Так я ваша племянница, Даша Смирнова. Приехала вечерним поездом из Ростова.

- С Ростовом из Питера нет прямого сообщения по железной дороге.

- Знаю. Я приехала из Ростова с пересадкой в Москве. То есть на московском поезде.

Долгушин снова взглянул в зеркало заднего вида.

- Значит – племянница?

- Да, дочь вашей двоюродной сестры Галины …

Долгушин резко повернулся:

- Почему ты считаешь, что я соглашусь тебя выслушать?

- Зотов, - выстрелила названная племянница …

Бывший майор посмотрел на девушку, которую видел только один раз в своей жизни. Теперь у неё другой цвет волос, но глаза и взгляд … дерзкий, несгибаемый.

- Надолго?

- Нет. Меня заберут.

- Когда?

- Вам позвонят.

- Дай отгадаю кто. Тот парень, что приходил ко мне.

Девушка промолчала …

… Долгушин нахмурил брови и спросил скорее себя:

- И что же мне с тобой делать, племянница?

Ответа не последовало …

«Жигулёнок» неспеша стал выруливать на окутанную ночной тишиной улицу …

Повернув на Суворовский проспект, Николай поскрёб пятернёй затылок. Он часто так делал, когда не находил подходящий ответ на какой-нибудь вопрос.

Впереди показались купола Невско-Печёрской Лавры:

- Значит, говоришь, Даша Смирнова. Племянница. Хм-м. Ну дела. Что ж, поехали ...

Больше они не произнесли друг другу ни слова, пока не приехали на улицу Шаумяна, не запарковали машину и не вошли в квартиру к Долгушину ...

ЧАСТЬ ВТОРАЯ

... ПРОШЁЛ МЕСЯЦ ...

- 1 -

...Легкий ветерок колыхнул тяжёлую зелёную штору. В тот же миг в комнату проник косой луч дневного света ...

... Светлая полоска воткнулась в тёмный экран телевизора, подвешенного на стене. Следующий посыл ветерка перенёс её к потолку. Затем луч слетел на кровать, точнее, подушку, по которой рассыпались пряди рыжих волос.

... Лиля приоткрыла глаза ... Улыбнулась, ощутив огромное тепло во всём своём теле. Но уже в следующую минуту её рука схватила ручные часы на тумбочке:

- Лёша, время. - Она повернулась и попыталась растолкать крепкую мужскую спину. - Лёша, у меня парикмахер. Мне пора ...

... Сначала пошевелились плечи ... До неё донеслись учащённые шмыганья носом и слабые выдохи. Появившаяся мужская рука почесала за своим ухом, прошлась по бобрику тёмных волос...

Затем рука медленно поскользила вдоль голого женского тела ...

- Нет, нет, всё, Лёша, - она выставила вперёд руки и согнутые колени, - я опоздаю ...

- Приветики, - донеслось из его приоткрытых уст.

- Ты хочешь, чтобы я опоздала?

- Не-ет, - молодой парень по имени Лёша резко повернулся, обхватил девушку за плечи и притянул к себе. - Не спеши. ... Пожалуйста ...

- Леша, милый ..., - её ноги вытянулись вдоль его тела ...

- Пожалуйста, - настойчиво прошептал он ...

... Их бёдра прижались друг к дружке. Мужская рука скользнула по её упругой груди, нащупав тёмный сосок ...

... Лиля хотела что-то сказать ... Его губы накрыли её рот ...

... Их руки переплелись ... Уже задыхаясь от страсти, она прошептала:
- Обожаю тебя ...

... Вылетев из подъезда, Лиля пулей устремилась к своей «Мазде», запаркованной в соседнем дворе.

Она спешила в салон, где в три часа у неё начинался массаж, потом полчаса она плавала в бассейне, затем маникюр, педикюр и, наконец, личный парикмахер …

Сев в машину и включив двигатель, посмотрела в зеркало заднего вида. Никого. В прошлый раз за деревом возле детской площадки она видела чёрный джип.

- Никого. Ну и хорошо…

Она снова посмотрела в маленькое зеркало … Затем быстро приоткрыла бардачок и вынула оттуда маленькую игрушку - плюшевого тигрёнка.

Взяв в руки, открыла змейку и вынула из тигрёнка свой талисман, в котором находилась небольшая серая флэшка …

«Я хочу, чтобы это помогло тебе, - сказал Артём, держа в руке пустую гильзу.

- Мне от тебя ничего не надо! – выстрелила девушка, обиженная на все похождения мужа, - дай мне развод. О себе я сама позабочусь!

Молодой человек промолчал, но через минуту продолжил:

- Лиля, я виноват, но о многом ты не знаешь.

- Например?

- Например, как погиб Стас.

- Ты сказал, что он утонул.

- Нет, ему помогли.

Девушка нахмурила брови.

- Его убили, Лиля. Теперь на пути этих людей стою только я.

- Почему ты? Каких людей? У вас же … то есть, у тебя есть охрана.

Артём покачал головой:

- Нет, дорогая, я тоже так думал, пока не узнал, кто за всем этим стоит. Этих людей никакая охрана не остановит. Вот почему я тебе даю быстрый развод и …, - он покрутил в руке гильзу, - и … это.

- Ничего не понимаю. О чём ты?

- Я хочу их отвлечь от тебя, но ты должна понимать, что это ненадолго.

- В смысле: ненадолго?

Артём тяжело вздохнул:

- Ты взрослая девушка, и этот разговор …, - он раскрутил маленький рулон белой бумажки и протянул жене.

- Что это?

- Хороший вопрос. Это твое будущее, и я хочу, чтобы оно у тебя было. Это номер счёта. Семь номеров. Запомни номера. Верней, зазубри наизусть. Прояви свои театральные способности. Банк находится в Израиле. Ты еврейка и сможешь спокойно туда уехать, как можно скорее уехать. Там получишь гражданство и ни при каких обстоятельствах больше в эту страну не приезжать. А ещё лучше, если из Израиля ты сможешь переехать в Америку.

Лиля почувствовала, как ей стало труднее дышать.

- И еще одна важная деталь, - Артём почему-то осмотрел их кухню, провёл глазами по потолку и, притянув девушку к себе, прошептал ей о чём-то на ухо.

Выслушав мужа, она широко раскрытыми глазами посмотрела на него:

- Что это? – посмотрела она на небольшую флэшку, которую муж опустил внутрь тигрёнка.

- Флэшка не при чём. На ней информация, которую будут проверять. Информация ложная. Чтобы проверить, нужно время. Это то, что ты должна не упустить - Время. Вот тебе то, что превратит твою жизнь в праздник. - Он протянул ей свёрнутый в трубочку листок белой бумаги, - запомни эти семь цифр, название банка и что банк в Израиле.

- Артём, зачем?

- Я уже об этом сказал. Запомни. Знаю, что с памятью ты дружишь. Тебя заставят подписать бумаги на изменения директорского состава порта. Подпиши не раздумывая. Порт уже в прошлом. И …, - он на секунду остановился, - не держи на меня зла. Я виноват перед тобой, но я люблю тебя. Это честно. Прости …»

… Лиля застегнула молнию на игрушке и сняла с шеи золотую цепочку … Теперь на её груди висел золотой кулон в виде небольшого сердечка и оранжевый тигрёнок …

Она вспомнила вчерашний телефонный звонок:

«Сучка, не отдашь деньги, размажу как яйцо по сковородке! Поняла?! Сучка! Я выдавлю из тебя все, что мне нужно, как пасту из тюбика!»

… Неожиданно пропал Артём … Вот уже пять дней она не может до него дозвониться … Вот почему сегодня его охрана не следит за ней.

Что-то случилось …

…Не обращая внимания на припаркованные во дворе машины, Лиля стала выруливать к арке, за которой начинался Кировский проспект.

Пребывая в невероятно смешанном состоянии, где страх стал растекаться по всему её телу, ей трудно было заметить невзрачный «Жигулёнок» шестой модели, примостившийся рядом с аркой …

Долгушин, проводив взглядом красную « Мазду», включил двигатель:

- До сих пор не могу понять, зачем бывший муж присматривает за бывшей женой? И почему сегодня нет его охраны? – спросил себя Долгушин.

- Что-то ещё? - спросила «племянница».

- Его охрана. Помимо меня, он приставил к ней свою охрану. Но сегодня их почему-то нет …

… Вылетев на проспект, он сфокусировался на дороге, где впереди на три корпуса с небольшим превышением скорости неслась нужная ему машина …

- 2 -

… Новое здание 2-ого спецотдела ФСБ было спланировано и построено в пригородной черте, невдалеке от береговой полосы Финского залива. В районе этой акватории географически располагались три небольших острова.

Близкое расположение к водному пространству давало много плюсов и один весьма значимый минус - водное пространство охранять сложнее.

Основная охрана содержалась в одноэтажных домиках, окружавших здание, похожее на огромную серую таблетку. Не в каждом домике была охрана. В некоторых из них проживали сами сотрудники. Так как по уставу 2-ого спецотдела никто не мог покидать базу без разрешения «директора».

Вход в здание через одну широкую стеклянную дверь был строго засекречен.

С берега здание было не видно.

За песчаным берегом уходили в небо высокие сосны, ели, многочисленные кустарники, доходившие до забора из колючей проволоки, обнесённой вокруг базы…

… Через каждые десять метров проволоку дополняли металлические столбы с фонарями и камерой слежения. Забор прерывали только массивные железные ворота.

На базе стояло ещё одно двухэтажное здание. На первом этаже была столовая, а на втором спортивный зал, оборудованный всем необходимым для тренировок и спецподготовки.

Между этими двумя зданиями пролегла парковка для приезжающих машин. В основном, это были военные УАЗики, легковушки, три иномарки: чёрный «Мерседес», серый «Мерседес», тёмно-синее БМВ. Ещё три отечественных «Жигулёнка», прикреплённых к отделу наружного наблюдения.

Внутри основного корпуса находился кабинет «директора» и зал мониторов, в котором была оперативная часть: глаза и уши спецотдела. Там же происходила обработка данных, которые передавались полковнику Бурову Степану Ермолаевичу, проходившему в отделе под псевдонимом «Валет».

Зачисткой во всех мероприятиях занималась группа, которой руководил Мартын.

Да, тот самый Мартын, выживший после нападения на него людей Щепы в далёкой Америке.

Его подлечили в Швейцарии, но один глаз спасти не смогли. Теперь подполковник Шмелёв созерцает мир только одним правым глазом ...

... Кивнув в знак приветствия секретарше, Мартын вошёл в кабинет к шефу ...

Как только за ним закрылась дверь, раздалась телефонная трель.

Назида подняла трубку:

- У телефона.

Так отвечали всем звонившим на этот номер. Тем, кто звонил, было понятно.

В обычном телефонном справочнике этот номер не значился.

Звонок был от агента «наружки» - наружного наблюдения.

Выслушав сообщение, секретарша медленно опустила трубку на аппарат. Тревожным взглядом посмотрела она на двери кабинета «директора» ...

... Ей сообщили информацию об Олеге Строгове, с которым у Назиды были близкие отношения ...

... Да, та самая Назида, бывшая секретарша в офисе бизнесмена по прозвищу «японец», голова которого вот уже последние семь лет как покоится на дне небольшого озера в районе Зелёной рощи ...

... Два года в школе КГБ, и теперь Назида вполне подготовленный сотрудник 2-ого спецотдела.

... «Директор» решил пойти дальше. Зачем отпускать, если она полностью от тебя зависит ...

«Пусть со временем заменит Карину», - решил шеф...

Но был один момент, о котором шеф так и не узнал ...

... В тот самый день, когда бригада Жгута оккупировала офис «японца», за бандитами присматривала «наружка». Главным по наружному наблюдению был Батрак, вернувшийся из Южной Африки без одного человека, которого звали Ростислав Жаров. Для разведки, если нет трупа или привезённого с группой тела, означало одно - побег или предательство ...

Это был прокол, за который должен ответить старший.

... В запас « директор» Батрака не отправил, а прикрепил старшим по наружному наблюдению за бригадой Жгута ...

... Братва, выполнив всё, что им полагалось, повезла тело «японца» в Зелёную Рощу, но про связанную секретаршу, которую нужно было просто напугать, но оставить живой, никаких указаний не было. Поэтому Сержант и Циклоп решили поступить по-своему. Передав «японца» Прянику, Карине и «примкнувшему» к ним американцу, сами вернулись в офис и до прихода законной полиции или милиции собирались пустить её по рукам ...

Но им помешали …

… Батрак, отпустив своих подчиненных, доложил в центр «директору» о ситуации и собирался ехать на базу, когда увидел возвращение лихих парней из банды и моментально всё просчитал …

… Он спас обезумевшую от всего, что произошло, секретаршу и доставил её к «директору». За что получил ещё один год спокойной работы, и никто ему не напоминал об африканском проколе …

… Секретаршу звали Назида …

Восточные женщины умеют ценить благородство и отвагу мужчин …

… Когда Батрака списали в запас по состоянию здоровья, Назида нашла возможность поддерживать с ним связь. У неё случались моменты, когда «директор» покидал базу на какое-то время, она давала сообщения Батраку, как и где они могут встретиться …

Так получилось, что Назида в свои двадцать пять, полюбила Батрака, который был вдвое старше …

… Когда Карина перелетела через океан, на её место «директор» решил поставить Назиду, которая понимала, на каком крючке сидит: шаг влево – шаг вправо – расстрел…

… Потеряв степень свободы, Назида нашла небольшую лазейку для быстрого контакта. Этой лазейкой стал Московский вокзал, верней, билетёрша Светлана из привокзальных билетных касс. В далёкие юные годы Светлана и Олег Строгов (Батрак) учились в одной школе города Зеленогорска …

… Год назад муж Светланы «влез» в какое-то дело. Дело провалилось. На мужа повесили непосильный долг, потом похитили жену и маленького сына. Муж нашёл Строгова …

… Батраку удалось через своих осведомителей выйти на отморозков и самому решить проблему. Наверное, интересно, как он её решил?

А очень просто, зачем изобретать велосипед. Он назначил стрелку их старшему…

… Дело было в заброшенной промышленной зоне…

… Приехал чёрный джип. Из него вышло пять парней, включая шофёра. Батрак тоже вышел из своей старенькой «шестёрки» с поднятыми вверх руками и с дежурной улыбкой на худом суровом лице.

- Бабки привёз?! - спросил рослый кривоносый, коротко стриженый парень, которого с обеих сторон обступали два бойца с квадратными подбородками и повыше ростом.

- Видимо, основная охрана, - решил для себя Батрак и неуловимым движением опустил руки за шиворот.

В следующую секунду в двух бравых охранников полетели два финских ножа и врезались в горло обоим по самую рукоять …

… Это повергло остальных в шок, чем быстро и умело воспользовался авторитетный спецагент. Оставшиеся охранники не успели и глазом моргнуть, как на них были наставлены два пистолета с глушителями:

- Минус два. Стволы на землю! Ногой оттолкнули ко мне! Живо! Всем!

Открывшему рот старшему Батрак сразу объяснил:

- Стреляю я лучше! Без шуток.

Когда на зеленой траве лежало четыре пистолета, Батрак снова обратился к старшему:

- Ты забыл ещё один ствол, у тебя на голенище. Вынь и толкни ко мне.

Старший посмотрел на своих оставшихся бойцов…

- Смотреть только на меня. Последнее предупреждение!

В этот момент один из парней бросился к машине. Раздался лёгкий свист … Пуля попала точно в затылок.

- Кто-то ещё хочет? – спокойно спросил Батрак.

- Чего тебе надо? - спросил старший.

- Хороший вопрос. Женщину и ребёнка. Сейчас!

С этими словами он подошёл к старшему и приставил к его голове увесистый чёрный холодный ствол:

- Мир? – спросил Батрак.

Обалдевшие бандюганы увидели перепуганные глаза вожака.

- Мир, - выдавил из себя главарь.

- Отлично. Теперь женщину и ребёнка …

- Нужно звонить, - старший кивнул на карман своей куртки, - там мобила.

Батрак вытащил из куртки мобильный телефон и протянул хозяину …

…Через полчаса стрелка закончилась.

Батрак подождал, пока Светлана и её одиннадцатилетний сынишка сядут в его машину. Улыбнулся и обратился к оставшимся двум бойцам:

- Служили?

Те дружно кивнули.

- Отлично, значит, умеете пользоваться.

Под ноги парням упали два комплекта наручников.

Наступила пауза.

- В чём дело, пацаны? Ты, - указал он на самого высокого. - Подними и закрой всех кольцом, и себя не забудь.

Убедившись в правильном выполнении своего приказа, Батрак на прощание улыбнулся хмурым парням:

- Искать меня не надо и трогать эту семью больше не стоит. Иначе сам вас найду. Я не люблю шутить … Думаю, вы уже это поняли …

… Вот такая была интересная история …

… Итак … Назида и секретная связь с Батраком …

… Она звонила Светлане и произносила условную фразу.

Если можно было встретиться, фраза была короткой:

«Цветок» … что означало - « Жду».

Через два часа они встречались на съёмной квартире на улице Мира в Петроградском районе.

Когда у неё были проблемы:

«Доктор» …

Встреча на Ивановской улице, рядом с Лиговским проспектом.

Если проблемы у Батрака, то одно слово:

«Поезд» …

Это означало, что Батрак должен срочно покинуть свой дом.

Если ситуация была опасной:

«Скорый поезд».

«Немедленно уходи. За тобой едут» …

… Светлана моментально звонила Олегу, то есть - Батраку …

… Назида понимала, что её план опасен и для неё самой … Выхода не было. Нужно действовать на опережение. Для себя в голове она уже составила план непредвиденных шагов. Но она не даст им застать любимого ей человека врасплох.

Вытащив из джинсов мобильный телефон, быстро набрала Светлану …

… Мартын сидел на стуле напротив шефа … Их разговор продолжался уже более получаса.

Вопросы задавал «директор»:

- Ты знаешь, почему ты только подполковник?

Мартын молча кивнул.

- Где Полина, где Хельга? - «директор» сделал паузу, следующее имя произнес со змеиным шёпотом. - С-е-н-е-г-а-л …

Через секунду выскочил из кресла и взорвался:

- Где они, ёбёна мать!!! А! Мартын! Блядь! Где они!!!

Не знаешь?! И Котов не знает! А кто, блядь, знает! Никто не знает!

Наступила гробовая тишина. Хозяин вернулся обратно в кресло, видно было, что ему стоило больших трудов успокоиться. Поставив локти на стол и сложив руки в виде арки, опустил на них свой острый подбородок:

- И я не знаю, - очень тихо произнёс он, затем достал из верхнего ящика стола красную папку и положил перед собой …

Прошла минута, прежде чем он раскрыл папку, вынул из неё фотографии, разложил их на столе. Выбрав одну, показал Мартыну:

- Кто это?

Мартын, взглянув, моргнул одним глазом:

- Джулия, подруга Полины.

- Это та, у которой Полина жила?

- Да. Они вместе снимали квартиру.

- Ты знаешь, что с ней?

Мартын повёл плечами:

- Думаю, что с ней должна была разобраться Мадам.

- Хельга?

- Да.

- Думаешь или знаешь?

- Думаю, шеф. В тот самый миг мне было не до шуток. Мадам замочила бы меня на раз - два. Но в какое – то мгновение совладала с рассудком и дала мне сделать «ноги». Шеф, на кровати два трупа, а Полина сиганула через балкон. Мадам была вне себя.

- Как Мадам вычислила эту Джулию?

- Не знаю. Скорее всего, по номерному знаку машины. Видимо, Полина использовала машину Джулии, когда зачищала мусульман во Флориде. Больше никак.

- Заправлялись на бензоколонке, а там камеры. Молодец Мадам, как учили. Мне интересно, Мартын, что ты будешь рассказывать или думать, когда на моём месте будет сидеть … Сенегал, и он будет задавать тебе вопросы. Например, почему ты, Мартын, не списал его в «запас», когда у тебя было такое задание? Не знаешь ? …

Мартын вскинул голову:

- Вы думаете …

- В отличие от многих, я всегда думаю. И знаю, что можно ожидать от …, - он отвёл взгляд к портрету Дзержинского, висевшему на противоположной стене, затем тихо произнёс, - хотя, чёрт его знает, что от него можно ожидать. Да ещё в компании с Мадам.

- С Мадам? – спросил Мартын и тут же поперхнулся, кашлянув в кулак.

- Заткнись! Подполковник! То, что ты упустил, кто-то обязательно подберёт и вернёт тебе сполна!

- Мы же на своём поле, шеф?

- Идиот! Для таких, как они, нет своего или чужого поля.

«Директор» поднялся и стал прогуливаться по кабинету:

- Он, может, сейчас сидит у меня под столом и слушает твои бредни. Ты что, был уверен в Карине?

Мартын не ответил. Он понимал, что шеф на все сто прав. Карина была у американцев почти неделю, прежде чем Сенегал её ликвидировал. Если Мадам не удалось переиграть Сенегала … А ещё хуже, если они оба живы, и …

Мартын хотел сказать об этом шефу, но тут раздался телефонный звонок …

«Директор» снял трубку:

- Да, Назида, слушаю …

Слушал молча, спокойно, но потом поднял брови:

- Даже так. Хорошо. Передай: без меня никаких действий.

Повесив трубку, он тяжёлым взглядом посмотрел на Мартына.

Последний знал цену этому взгляду, от чего почувствовал надвигающуюся опасность, но рот решил держать на замке, пока шеф ястребом сверлил его правый глаз.

- Хм-м, Батрак, - донеслось до Мартына.

- Батрак? А что с ним? Он же …

«Директор» был уже в своём кресле:

- Вот ты и выяснишь, что с ним. «Наружка» засекла, что у Батрака гости …

- Гости?

- Да, Мартын, гости. Неожиданные гости. Усёк! Давай! Живо!

Мартын поднялся.

- Одному тебе с Батраком не справиться.

- Понял, шеф. Возьму с собой Бобра и Дрына. Только они сейчас в « отстойнике».

- В каком?

- На Васильевском острове.

- Давай. Только быстрее. Что у тебя с портом?

- Так мы же заместителя порта отработали.

- Ну, и? Он что, не подписал? А его партнёр?

Мартын промолчал.

- Угандошили. Идиоты! С двух коммерсантов не смогли ничего узнать. Идиоты!

- Так ваш же человек. Он оставался с ними последним …

«Директор» скривил рот. Затем провёл кулаком по подбородку:

- Он же женат?

- Кто?

- Мартын! Не тупи!

- Зампорта? Был. Сейчас в разводе.

- Так отработайте бывшую жену. Притяните её к бумагам. Пусть подпишет. Мне что, учить тебя надо.

- Понял, шеф.

- Пусть доставят её в «отстойник». Бобру и Дрыну скинь адрес Батрака. С женой мой человек поговорит.

- Кто? Тот самый? - удивился Мартын.

- Тебе-то что. На вас меньше крови будет. Всё.

- Разрешите идти?

- Иди!!! Только гостей не упусти! – прокричал директор, вернул фотографии в папку, сунул её снова в ящик стола и вдруг поменялся в лице, - Мартын …

- Да, шеф?

Секунды две шеф молчал, но потом тихо произнёс:

- Он … найдёт нас, Мартын … я это чувствую …, - и, не дожидаясь ответа, прорычал. - Пулей! Пулей!

Мартын выскочил из кабинета в небольшой холл, где за компьютерным столом, опустив голову в бумаги, сидела Назида, секретарша директора…

…Выпроводив Мартына, директор нажал крайнюю кнопку на аппарате:

- Бурова ко мне. Срочно!

Усевшись в кресло, «директор» уткнулся подбородком в скрещенные на столе руки …

…Впервые за многие годы он вдруг почувствовал … опасность. Нет, не за дело, которому посвятил последние пятнадцать лет … Опасность … для него самого …

… «Директор» попытался расслабиться, продышаться, нажать нужные болевые точки … Не помогло … Червяк залез … А выйти … абсолютно не желал …

… Почему? … Ведь опасность была и есть неотъемлемой частью всей его жизни … Надо сказать, что он всегда выходил с честью из всех передряг …

… Южная российская граница … Таджикистан … Афганистан… Первая чеченская война …, потом уже работали его подчиненные… Одна опасность сменяла другую … Он долго выстраивал свою команду. Ребята подобрались – огонь … Неужели где-то просчитался? … Где?… Хотя вспоминай - не вспоминай … Он знал: тогда, когда освободил Хельгу и Матильду из Барнаульского заключения … Чёрт дёрнул, но ему очень нужен был Оскар, ставший Сенегалом … Червяк не уходил …

… О чём-то сожалеть? Ну, нет, это не его стиль. Подобно хирургу на фронте, он отрезал ненужный орган без всякого сожаления … продуманно и быстро. Отработанный материал незачем хранить: в утиль и поскорее забыть …

… А, может, он поторопился с …

«Директор» прикрыл глаза. Не хотел он произносить имя или позывной этого человека …Не хотел … Но самое неприятное, знал, что если этот тип выживет, то беспокойные дни, часы и минуты ему обеспечены …

… А тут ещё «Мадам», не севшая в машину с джихадистами, от которой он очень хотел избавиться …

… Мартын с Кариной не справились. Полина … При этом воспоминании он пододвинул к себе лакированную шкатулку, в которой находились кубинские сигары …

… Аромат подействовал. Дышать стало легче …

Неожиданно он вздрогнул от скрипа входной двери.

… Войдя, Буров оставил дверь открытой:

- По вашему приказанию …

- Проходи. Присядь. Хочешь? Угощайся. Кубинские …, - проговорил «директор», не глядя на вошедшего.

Но когда ответа не последовало, вскинул голову. По растерянному лицу своего главного советника понял, что что-то случилось:

- Что?

- Шеф… Там … Это …, - промямлил Буров, указывая на стол секретарши, - она без памяти, шеф …

- Чего?! Назида?!

Он уже бежал в приёмную, где, откинувшись на спинку кресла, полусидела или полулежала с закрытыми глазами его секретарша … На столе лежала белая салфетка, на которой стоял начатый пластиковый стаканчик творожной массы.

Стаканчик, из которого торчала пластмассовая ложечка, боком лежал на салфетке …

- Скорую! Буров! Срочно!

… На коленях Назиды лежало белое полотенце …

Буров бросился к телефонному аппарату …

Директор схватил графин, обмакнул в него полотенце и приложил к безжизненному лицу …

- Ты чего? Дышать. Давай, дыши. Назида! Буров?! Иди, держи полотенце.

А это что? - он поднял со стола пластмассовый стаканчик. - Что это за творожная масса?!

Буров пожал плечами.

- Стаканчик и ложку к экспертам! - прокричал шеф.

Возвращаясь в кабинет, сплюнул себе под ноги:

- Надо же, одно к одному …

- 3 -

… В момент, когда в городской больнице Зеленогорска раздался звонок о срочной неотложной помощи, все машины как назло были на линии.

- Зинаида! – крикнула в трубку диспетчер, - срочный вызов. Хватай Митрофанова, я подготовлю ему выездную путёвку. Только адрес какой-то незнакомый. Это в сторону Приморска.

- А машина? - уже собирая нужные подручные инструменты, спросила дежурная медсестра Зинаида.

- Машина есть. Сегодня утром вышла с ремонта. Митрофанов тебе будет и за водителя, и за ассистента. Поторопись, голубушка. Это какие-то военные. Может, мужа себе найдёшь. Шучу …

Зинаида Ивановна махнула рукой и пошла к водительской комнате, где у стола сидели трое сотрудников в тёмно-синих комбинезонах. Играли в домино.

- Вася. Митрофанов.

Сидевший к двери спиной мужчина обернулся.

- На выход. Срочный вызов. Иди в гараж. Там с ремонта есть одна машина. И это … поторопись.

Митрофанов кивнул. Опустил на стол чёрные фишки и направился к выходу:

- Приеду, доиграем …

… Мотор заурчал через пять минут:

- Куда ехать?

- До Приморска, Вася. Потом к Финскому заливу.

- Понял. Туда мы ещё не ездили. Поехали, а вы, Зинаида Ивановна, в одиночку?

- Почему? А себя забыл посчитать?

- Я - то что. Я водила.

Митрофанов включил дежурную сирену. Над лобовым стеклом замигали жёлтые огоньки. Машина Скорой помощи помчалась по срочному вызову.

- Вот и отлично. Поможешь молодую женщину до больницы довезти.

- Даже так. А что с ней?

- Отравление. На месте разберёмся. Жми, Вася! Жми!

- Жму! …

… Водитель «Скорой помощи» сорокадевятилетний Василий Митрофанов с опаской разглядывал незнакомое ему место.

Все находившиеся здесь люди, а их было шесть человек, в строгих чёрных костюмах, белых рубашках с расстёгнутой верхней пуговицей стояли по всему периметру парковочной площадки. Одна половинка пиджака у каждого из этих парней немного выпирала.

- Охрана, - решил про себя Вася.

Ещё двое находились рядом с широкой дверью из пуленепробиваемого стекла.

Само здание напоминало огромную серую «таблетку», которую сначала положили на землю, а потом вкопали на неопределённую глубину.

На стене у двери был виден чёрный квадрат, к которому каждый входящий прежде, чем войти, прикладывал ладонь с растопыренными пальцами.

Даже дорога в две машины шириной, идущая от ворот «таблетки» до бетонной трассы, сделана была на совесть. Хотя в округе таких промежуточных дорог Митрофанов не видел. Здесь круто. Прямо как для президента …

Он сидел в машине, так как выходить и помогать ему запретили те самые люди в чёрных костюмах.

- Лучше сиди как сидишь, - шепнул ему на ухо один из парней.

Василий моментально согласился. Встрепенулся он лишь тогда, когда раскрылась задняя дверь и в неё всунули отравившуюся молодую женщину.

- Быстрее! - Услышал он знакомый голос дежурного врача.

- А капельницы? – не оглядываясь, спросил он.

- Уже поставили. Давай, быстрей!

… Взревел мотор, зажглись нужные огоньки-сигналы. Разъехались в стороны мощные железные ворота, и «Скорая» вылетела на ухоженную неширокую дорогу, петляющую к трассе …

… Буров с хмурым лицом следил, пока закроются ворота базы. Затем подозвал к себе самого высокого охранника:

- Паша, тут такое дело. Чуйка моя стала тревожной. Шепни бойцам, чтобы держали ухо востро.

Боец резко кинул:

- Сделаем, командир. Не в первый раз.

- Ну-ну. Только виду не подавай.

Боец вновь резко кивнул, а Буров направился к шефу.

Дверь в его кабинет была приоткрыта. В глубоком раздумье тот сидел в своём кресле. Увидев помощника, махнул ему рукой:

- Буров, чего мнёшься. Проходи…

Иван Зиновьевич Буров, полковник ФСБ, попал в спецотдел к «директору» пять лет назад. Сменив, как он узнал впоследствии, Олега Строгова, по прозвищу «Батрак».

Всего ему знать было не обязательно.

- Тебя что-то тревожит, Иван? – директор раскрыл коробку кубинских сигар. - Угостишься?

- Нет. Я с этим давно в завязке.

- Ну и правильно. Тогда о чём думаешь?

- А вы, шеф? Назида?

«Директор» простучал пальцами обеих рук по поверхности стола, словно по клавишам рояля, и, подняв к носу дорогую сигару, заключил :

- Восточные женщины – это всегда загадка.

Буров промолчал.

Отрезав кусачками один конец сигары, чиркнул золотой зажигалкой. Прикурил и, выпустив в потолок ароматный дым, посмотрел на Бурова:

- Ты отдал её еду на проверку?

- Да, шеф.

- Напряги экспертов. Потом мухой ко мне.

- Понял, шеф. Разрешите …

«Директор», не вынимая изо рта сигару, кивнул …

… Как только Буров вышел, на столе «директора» раздались вибрирующие звуки.

Генерал поскоблил пальцем подбородок, нажал на табло красную кнопку и приложил к уху телефонную трубку:

- Артур Демьянович, как наши дела? - раздался скрипучий голос куратора.

- Всё под контролем.

- Рад слышать. Груз приходит через три дня. Напоминаю, сегодня понедельник. Значит, в пятницу жду новостей. В любое время.

- Так точно, в пятницу.

- Отлично. Конец связи.

В трубке раздавались прерывистые сигналы …

Худое лицо «директора», изъеденное морщинами, стало меняться. Шевеля плотно сжатыми губами, он поймал себя на том, что его зубы с силой трутся друг о дружку …

- Тьфу ты! Этого ещё не хватало.

Прикрылись глаза и сомкнулись к носу белёсые брови …

- 4 -

… Держа в руках две чашки горячего кофе, а в зубах пакет с бутербродами, Долгушин прислонился к боковому стеклу своей машины.

Полина, увидев, улыбнулась. Открыла водительскую дверь. Взяла пакет и одну чашку:

- Спасибо.

Долгушин влез на свое место:

- Есть новости?

Полина пожала плечами:

- Девушка из салона не выходила. Но вон там слева под деревом припарковался чёрный джип. Вон он. Из него никто не выходил. Правда, парень, сидящий рядом с водителем, приспустил свое стекло и посмотрел на двери салона сразу, как только они приехали. И ещё …

- Что?

- У неё красивые волосы …

- Может быть, - выдохнул Николай. - Рыжие волосы – это очень заметно. Хочешь такие?

Полина не ответила.

- Хорошо. Сидим. Смотрим. – Долгушин сделал один глоток и надкусил бутерброд с ветчиной.

Через пять минут закончились бутерброды, через десять был допит кофе, а еще через пять минут …

- Она вышла с телефоном в руках. Кому-то звонит, - сказала Полина.

- Да-да, вижу. Что тебе подсказывает твоё чувство?

- Мне? - удивилась Полина.

- Тебе-тебе.

- Хм-м, наверное, что-то может произойти.

Долгушин посмотрел в сторону чёрного джипа, утвердительно качнув головой, включил двигатель:

- Ответ правильный. Готовность номер один …

… Выйдя из салона, Лиля осмотрелась по сторонам. Набрала номер. Моментально сработал автоответчик, сообщив, что абонент находится вне зоны доступа. Тогда девушка вернулась в салон … Вышла она минут через пятнадцать. Вышла взволнованной …

… Закинув мобильный телефон в спортивную сумку, швырнула сумку себе под ноги …

- Кому-то позвонила и кого-то ждёт, - догадался Долгушин.

Полина молча смотрела на дорогу …

… Через минут пятнадцать к салону подкатило такси, из которого вышел молодой парень среднего роста, спортивного сложения.

Девушка устремилась ему навстречу и что-то стала объяснять. Парень согласно кивнул. Подошёл к водителю такси. Рассчитался. Затем вместе с девушкой отправился к её машине…

… Как только красная «Мазда» выехала на проспект, за ней следом пристроился чёрный джип.

- Ты права, племянница, запахло жареным. - Долгушин пристроился за белым траком.

- Жареным? Как это?

- Так в России говорят. Сколько тебе было, когда ты уехала?

- Пятнадцать.

- И ты не слышала такого выражения?

- Нет.

- Теперь знаешь. Дарю.

- Если пригодится, то спасибо, - хмыкнула Полина, перекидывая через плечо ремень безопасности.

Погоня началась …

… Чёрный джип преследовал «Мазду», которая, повернув на Свет-
лановский проспект, помчалась в сторону Шувалово-Озерки.

«Жигули» Долгушина пристроились за грузовиком.

… Недоезжая до бензоколонки, джип резко пошёл на обгон и стал
прижимать «Мазду» к обочине.

Грузовик объехал этот непонятный инцидент, за ним же проследовал
Долгушин. Снизив скорость, он включил аварийные огни и остановился
на обочине, метрах в двадцати от джипа.

- Полина, бери камеру и снимай. Сможешь?

- Разберусь, - быстро ответила девушка и развернулась уже с камерой в руках.

- Отлично, я пока «поработаю» над колесом.

Он спокойно вышел из машины. Обошёл вокруг. Простучал кроссов-
ками по каждому колесу и присел у левого переднего. Затем открыл багажник, вытащил домкрат …

Как только джип подрезал красную легковушку и остановился, из
него выскочили два рослых крепких парня. Один высокий, худой, другой пониже, но шире в плечах.

Им навстречу из легковушки выскочил молодой парень, который без
лишних слов отбил первый удар крепыша и бросил того на асфальт хорошо натренированным приёмом, но пропустил удар бейсбольной битой
сзади по голове …

Когда парень упал, крепыш смог подняться, и уже вместе с высоким
партнёром они выволокли девушку из «Мазды» и засунули в джип …

Она кричала:

- Лёша! Сволочи! Леша! Люди! Помогите!

Но никто из проезжающих машин даже не среагировал …

Да и Долгушин не успел … Пока он убирал в багажник домкрат, пока
оказался за рулём …

Джип исчез …

… Парень по имени Лёша с окровавленной головой с трудом до-
полз до обочины и потерял сознание …

Долгушин вызвал « Скорую помощь»…

… - Куда его? - спросил он у ребят, впихивающих носилки с по-
страдавшим парнем в салон.

- Тут недалеко, – не оборачиваясь, ответил пухловатый медбрат. –
В Областную больницу на Луначарского…

… Когда «Скорая помощь» уехала, Долгушин вернулся за руль, с
грустью покачав головой, спросил:

- Успела?

Полина уверенно кивннула, спросив:

- Как парень? Выживет?

Долгушин пожал плечами:

- Вроде крепкий. Кто его знает, - он развернул машину и покатил к центру в город…

Не успели они доехать до офиса, как Долгушину позвонили:

- Слушаю.

- Детектив, это я - Росс. Мне нужна Полина …

- 5 -

…Свет не включали. Полина, которую привёз Росс, отдыхала в соседней комнате. Пили чай при свечах. К этому они давно привыкли в своих «командировках». Дорогие отели, гостиницы или частные дома нужно было обходить. В основном, это были небольшие квартиры в каких-нибудь трущобах. Иногда в чистом поле или в пещерах горного Памира, туркменского Копет-Дага или в непроходимых джунглях Африки и Южной Америки …

… Операция под названием «Карат» проходила в Южной Африке.

Через советских иммигрантов необходимо было создать собственную линию для переправки необработанных алмазов в Россию. Алмазы были прикрытием.

Главное внимание распространялось на английскую разведку МИ-6 и её агентов, которые действовали на территории этой страны …

… Группа, которой командовал Батрак, отвечала только за создание алмазной линии. Под видом туристов и их багажа алмазы переправлялись в соседнюю Замбию, в которой правителем был настоящий людоед.

Этот людоед считался большим другом Советского Союза, а потом и России. Почему бы и нет. Свои людоеды всегда пригодятся. Ведь нельзя ругать человека за то, что он любит не плавленный сырок, а человеческое мясо …

… Вербовкой местных ювелиров занималась в течение года другая группа …

… Много воды утекло с тех пор. Именно из-за той командировки Батрака списали в запас, но оставили в живых. А Росса, точнее, Ростислава Жарова … помянули и … забыли. Был человек - и нету …

Так думали в Москве – центральном аппарате разведки, поскольку отставшего от группы Росса спасать было некому …

… Английская разведка МИ-6 села на хвост одному из завербованных ювелиров раньше, чем это планировалось …

… По рации прозвучала команда « Твист», то есть «Провал».

Надо было делать ноги.

В принципе, для разведчика провал являлся событием, к которому готовили. Пути отхода всей группе были известны. Нужно было перейти небольшой мост под каким-то горным водопадом, и вы попадаете в ту людоедскую страну.

Все успели, кроме Росса, которому нужно было рассчитать продажного ювелира. Задание он выполнил, сам же был схвачен местными властями.

Его спасла жадность местных карабинеров …

… Они решили втайне от МИ-6 на Россе нажиться. То есть потребовать выкуп. Но перед этим местный капитан решил проявить активность перед своими подчиненными и слегка помял Росса ударами своих сапог …

… Пленника повезли в горы по крутой извилистой дороге, чтобы надёжней спрятать дорогой товар. Ну, раз человек занимался или был рядом с алмазами, решили аборигены, то значит и с деньгами у его друзей должно быть всё в порядке … Сказали и поехали …

… Через час конвойный грузовик попал под сильнейший ливень. Почва превратилась в сплошную жижу, а спустя десять минут машина сползла с дороги в кювет и перевернулась …

… В первые секунды трагедии Росс зубами вырвал звезду с капитанаских погон …

… В крутом падении грузовика Россу удалось остаться невредимым, а вот остальным не повезло. Все конвоиры и водитель погибли сразу. Капитану тоже повезло, но чуть меньше. У него были сломаны обе ноги …

Звезда была с длинными заусеницами, с помощью которых Росс освободил себя от наручников. После чего придушил стонущего капитана, отправив того к его далёким предкам …

… Осмотревшись, переоделся. Сняв с капитана форму, слегка порванную и мокрую. Прихватил три пистолета, один автомат, увесистый кинжал и капитанский кошелёк с мобильным телефоном.

Карту местности знал приблизительно. Это дало ему возможность добраться до более широкой дороги и насильно обзавестись транспортом.

Местный диалект Росс освоил ещё до операции.

Понимая, что в Россию ему путь заказан, сам выстроил план побега из этой очень красивой страны …

… Как известно, всё новое - это хорошо забытое старое …

Добрался до знакомого парня из Питера, который был местным врачом. Случайное, но нужное знакомство на улице за маленькой чашечкой кофе …

… Врач не подвёл, через своих надёжных клиентов помог устроить Росса наёмным моряком на большую яхту, которая отплывала в Новую Зеландию. Через пару дней яхта вышла в воды Индийского океана …

Но на этом его история не закончилась …

- Что и говорить, - шутил позже Росс, - я проблемы не ищу, они сами меня находят …

… В первую же ночь на яхту напали сомалийские пираты. Худые, молодые, голодные, безмозглые. С налитыми кровью глазами. Убивать и грабить, чтобы жить и кормить своих детей …

… Пиратов было семь человек. На яхте два матроса, капитан и пожилая новозеландская пара, совершавшая круиз сначала в Южную Африку к друзьям, а потом обратно …

Росс в это время складывал провизию в трюме. По крикам наверху всё понял. Оценил обстановку и стал действовать …

Неспеша перебил всех «загорелых» ребят, которым всё же удалось убить первого матроса, но хозяева яхты и капитан уцелели.

В порт … Росс причалил как герой и попросил никому из членов круиза о случившемся не рассказывать.

- Но как быть с …? - спросила пожилая дама, показывая на труп матроса.

- Заплатите компенсацию его семье. Думаю, он заслужил это, - ответил Росс.

- А вы? – не унималась мадам Сильвия.

- А мне нужны реальные документы.

Это будет плата за ваши жизни. Честно? - улыбнулся Росс.

- Я всё сделаю, - спокойно ответил сэр Чарльз, поцеловал свою супругу, и подмигнул Россу. – Считаю, вы заслужили чуточку больше.

Росс был не против …

… Спустя две недели Тим Харднел, он же Росс, спокойно летел в Париж, где должен был добраться до Интернационального Легиона «Дикие гуси». Там он встретился с Сенегалом, который в свою очередь, выполнял задание своих командиров: освоиться в интернациональном пристанище убийц и бандитов. Пройти этот бастион в течение трех лет. Остаться живым. Вернуться на Родину с богатым опытом и нужным материалом …

… Одна свеча догорела. Батрак поменял, зажёг новую. Подсел ближе к столу, на котором дымились две фарфоровые белые кружки.

- Командир - это чефир?

Тот пожал плечами:

- Мне нравится. Под него хорошо думается.

- Ты не изменился, командир.

- А зачем?

- Это хорошо, значит, не сдашь меня.

Батрак ухмыльнулся краями губ:

- Давно это было, Росс. Да и ты …, - он окинул гостя отцовским взглядом.

- Выжил. Это главное. Система тебя бы не спасла.

Хозяин подошёл к полке с книгами и достал толстый фотоальбом в бархатном переплёте:

- Знаешь, теперь, когда я остался один, смотрю на всё со стороны. Во что верили? К чему стремились? Что в итоге получили …

- Братство, - резко перебил его Росс.

- Хм-м, ты прав, поэтому я это и храню. Память лучшей части своей жизни. Это самая главная часть, которой можно гордиться. И никто у нас её не отнимет.

- Но кто-то очень хочет это сделать…

Батрак склонил на бок голову:

- Ты пришёл за ним? Вместе с Сенегалом?

… Росс задумчиво посмотрел в тёмный оконный проём. Ночь была тихая и ясная. На небосклоне россыпью сверкали звёздочки. Луны не было видно, но свет от ночной хозяйки падал на раскидистые кроны высоких сосен.

- Всё, что я умею, так это играть в опасные игры. Почему же не поиграть с тем, кто эти игры придумывал и давно меня списал. Уверен, что ты тоже ещё в нормальной форме, командир.

Хозяин молча пригубил из ещё тёплой чашки.

- А помнишь, командир, Анголу. Как ты один устроил драку с кубинцами.

- Ну-ну, так и один.

- Я подоспел, когда драка была в самом разгаре, но это был очень умный ход, командир. Так ты смог затесаться в доверие к повстанцам.

- Помню, Росс, помню.

- А через неделю мы их всех положили, - задумчиво продолжил Росс, - это была наша работа …

- Миссия, командир. Мы с тобой ангелы смерти. Так чего же нам её бояться. Она вроде как наша подруга, как тебе такой расклад?

В это время зазвонил телефон …

Мужчины вскинули головы, глядя друг на друга …

Батрак приложил палец к губам …

После третьего звонка наступила тишина, но через минуту телефон снова зазвонил, дав только два звонка, и снова затих … Батрак мгновенно поднялся. Стараясь быть невидимым, прислонился к занавеске.

- Тревога, командир? – тихо спросил Росс.

- Сейчас узнаю, - Батрак поднял трубку и быстро набрал нужный номер. - Это я …

Дослушав, опустил трубку на рычаг и повернулся к Россу:

- У тебя есть два часа. Схоронись в избушке. Потом знаешь куда? Есть план?

Росс утвердительно кивнул.

Батрак качнул головой:

- Извини. Глупые вопросы. Разучился работать со стоящими парнями.

Росс промолчал.

- Через сорок минут жди Полину на выезде вон с той тропинки, - Батрак показал в сторону лесной полосы, которая после обрыва раздваивалась, и между высокими соснами можно было разглядеть дорожку, уходящую вдаль.

- А ты, командир?

- А я … повоюю … - Он на мгновенье отвёл глаза в сторону. - Ведь тебе нужно его дождаться.

Теперь улыбнулся Росс.

Батрак посмотрел Россу в глаза:

- Передай Сенегалу привет и пожелай удачи. Уверен, у вас получится.

Затем, опустив на плечи Росса свои крепкие руки, с улыбкой повторил:

- Уверен …

Больше они не сказали друг другу ни слова. Молча по - братски обнялись, и Батрак вывел гостя через невысокую заднюю дверь, выходящую во двор к сараю …

- 6 -

… В МАШИНЕ СКОРОЙ ПОМОЩИ …

… Биологический раствор капельницы начал действовать уже через пятнадцать минут.

У девушки дрогнули веки, затем брови, спустя еще минуту она открыла глаза и приоткрыла сухие губы:

- Д-о-к-т-о-р …

Врач резко повернулась к больной:

- Господи, не может быть! – улыбнулась Зинаида.

- Воды. Попить, - тихо прошептала пациентка.

- Да-да, уже даю …

Она наклонилась над лежавшей девушкой …

… Рука пациентки, вылезшая из - под белой простыни, схватила халат врача и с силой притянула к своему симпатичному лицу:

- Сидите тихо. Делайте то, что я буду говорить. Иначе нажму на курок …

Зинаида от неожиданности судорожно закивала головой.

А пациентка продолжала:

- Скажите водителю, чтобы ехал в Зеленогорск в сторону вокзала. Где остановиться, я скажу. Мобильный телефон есть?

Врач кивнула.

- Дайте!

Набрав нужный номер, Назида быстро проговорила сообщение:

- Алё, это я. Срочно! Скорый поезд приходит через два часа. Срочно!

Возвращая телефон, спокойно улыбнулась:

- Вы думали, что я в самом деле отравилась. Спасибо за помощь. Я не убийца. Только, пожалуйста, без глупостей. А сейчас к вокзалу, но не к самому. Я покажу …

… Сунув достаточную сумму водителю, пациентка улыбнулась:

- Спасибо. Потеряйте меня. Никому обо мне не рассказывайте. Я знаю, где вас найти, - она сунула пистолет за пояс, - вам не нужно со мной больше встречаться. Это будет плохая встреча. Возвращайтесь на свою базу и доложите, что пациентка отказалась от госпитализации. Уверена, у вас есть подобный опыт …

Водитель Вася с выпученными глазами и обалдевшая Зинаида Ивановна, посмотрев друг на друга, молча согласились …

… За сараем у Батрака была сделана небольшая пристройка. Внутри на полках аккуратно были расставлены инструменты. В центре возвышался верстак с прикрученными к нему тисками. Верстак стоял на половице из плотного, широкого куска резины… Если его сдвинуть к одному из стеллажей, приподнять, то …

… Под половицей был лаз, соединяющий домашний погреб дома с этой пристройкой. Батрак работал над этим лазом почти целый год. Высота связного коридора была ровно полтора метра, так что в полный рост его мог пройти только ребёнок. Люди повыше ростом – согнувшись или на четвереньках, что Назида и сделала, но перед этим убрала волосы под бейсбольную кепку …

… Вечерело. Закрыв за Россом заднюю дверь, Батрак посмотрел на ручные часы. Светящиеся стрелки показывали половину седьмого. В высоких соснах зашумел налетевший ветер. Пробежав по верхушкам высоких сосен, поднялся в серое небо и погнал тучи за горизонт …

… Войдя в гостиную, застал Полину, рассматривающую его армейский альбом.

- Не успел убрать, неправильно это, - подумал про себя Батрак, но сказал другое. - Нравится?

- Да. Очень реально. Вы, да и все, наверное, люди- легенда. Сколько всего нужно уметь, чтобы через многое пройти и остаться в живых …

Батрак присел на соседний стул:

- Это личный выбор. Ничего геройского, просто работа. Каждый может научиться, если желание есть …

- Нет, - перебила Полина, - не каждый. Не каждому это дано. Я имею в виду …

Оба, Батрак и Полина, посмотрели на приоткрытое окно …

За калиткой раздался скрип тормозов …

… Батрак приложил указательный палец к губам и показал Полине на ту комнату, в которой она отдыхала.

Девушка кивнула и удалилась.

Батрак убрал в шкаф альбом и прошёл к соседнему окну. Встал так, чтобы с улицы его не было видно. Через тюлевую занавеску он увидел милицейский «Жигулёнок», на котором обычно приезжал местный участковый.

- Василий, если это только ты, тогда нормально. А может, товарищ генерал так быстро подсуетился, - подумал про себя Батрак и нащупал рукоятку «ТТ», прикреплённого под подоконником.

Хлопнула калитка, и в дверь постучали.

- Олег Исаевич, вы дома? Можно к вам?

Хозяин улыбнулся, присаживаясь к столу:

- Дверь открыта. Проходи, Василий. Присаживайся. Каким ветром? Что-то случилось?

- Да нет, Олег Исаевич, соседи доложили, что у вас гости. Так, спросить насчёт прописки. Сами знаете, порядок.

- Гости. Да, племянница из Ростова приехала …

- А можно …

- Познакомиться, да нет проблем. Так ты же женатый.

- Я не к тому. Женат, конечно, Машка уже на сносях. В следующем месяце родить должна.

- Поздравляю. Ты хотел на документы взглянуть?

- Точно, Олег Исаевич, на документы. Можно …

- Конечно. Даша, - позвал он.

- Да, дядя Олег, - выглянула из комнаты Полина.

- Можешь принести свой паспорт?

- Сейчас …

«Даша» вышла, поздоровалась и протянула участковому паспорт. Тот раскрыл первую страницу паспорта. Мельком взглянул на фотографию и тут же вернул паспорт девушке:

- Спасибо, - как-то неуверенно пролепетал Василий и резко оглянулся на приоткрытое окно.

Батрак это уловил и всё понял …

На этот раз прикрытую дверь кто-то пнул ногой так, что она чуть не слетела с петель. Этот кто-то с пистолетом в руке вошёл в комнату …

- Держи руки на столе! Батрак! Чтобы были на виду! Твоя племянница у меня на мушке. Дёрнешься, я её продырявлю! Переговоры мне с тобой ни к чему. Стой, где стоишь. Ясно излагаю?

- Ясно, - Батрак спокойно посмотрел на Полину, дав понять глазами, чтобы ничего не делала…

- Извините, Олег Исаевич, - виновато произнёс участковый, - меня заставили …

- Нет твоей вины, Василий. Это по - любому бы случилось.

- Пустой базар, Батрак. Скажи лучше, где твой кореш?

Батрак внимательно разглядывал незваного гостя:

- Кореш? А ты сам-то кто такой?

- Не твоя печаль. Главное, ты знаешь, от кого я пришёл и зачем. Где Сенегал?

Одетый в тёмно-синие форменные брюки, летнюю чёрную матерчатую куртку, голубую рубашку и тёмно-синий галстук с золотой заколкой, гость прошёл к столу, взял в свободную руку паспорт и отошёл в сторону так, чтобы хозяин дома был у него на мушке:

- Дарья из Ростова. Что же ты забыла, Дарья, в наших краях?

Без ответа.

Батраку нужно было потянуть время:

- «Директор» времени не теряет. Догадываюсь, из какого курятника ты нарисовался.

Глаза гостя сверкнули злобой:

- Прикуси метлу, офицер в запасе. Ещё одна шутка, и станешь холодным.

Тут вскинул голову молодой участковый:

- Вы же сказали, что хотите поговорить, - тихо проговорил он гостю …

- Заткнись, сучонок, - гость перевёл дуло пистолета на участкового.

Это уловил Батрак. Вытянувшись как струна, он боком прыгнул в сторону подоконника …

Раздался выстрел. Пуля врезалась Батраку в плечо, сразив его на пол. Полина и Василий одновременно отскочили к стене.

- Зачем! – дрожащими губами вскрикнул Василий и судорожно стал раскрывать свою кобуру …, но не успел …

Следующий выстрел откинул участкового назад. Василий на секунду прилип к стене, затем стал медленно спускаться с поникшей головой. Из отверстия в центре его лба вытекала тонкая струйка алой крови …

Гость подошёл к Батраку и выстрелил ему в другое плечо:

- Тебя предупреждали? Предупреждали, чтобы ты тихо сидел на своей пенсии, - он опустился на одно колено, приставив глушитель к голове хозяина.

Батрак, лежа на спине, улыбнулся кровавым ртом:

- Очень… скоро… я… вернусь…за тобой… , выкормыш,… скоро …

В яростном рывке левой рукой он хотел вцепиться гостю в горло, но схватил только галстук …

Снова раздался выстрел, из горла Батрака брызнул кровавый фонтан …

- Ты всегда опаздывал на один шаг, Батрак, - гость поднялся, продолжая держать пистолет в одной руке, - всегда …

В следующее мгновение Полина прыгнула с вытянутой ногой и врезалась в корпус гостю, свалив того на пол. Это было неожиданно. Пистолет выпал из его рук и началась борьба …

Ударив согнутым локтём гостя в челюсть, девушка обеими руками со всей силы вцепилась ему в горло. Гость захрипел … Затем костяшками сжатого кулака, она ударила его точно в висок. Сработало! Гость отключился. Подобрав лежавший рядом пистолет, Полина успела только навести ствол… В ту же секунду раздался щелчок, что-то прикоснулось к её шее …

Она потеряла сознание и рухнула рядом с телом убитого Батрака …

Крепкий в плечах мужчина поправил на своём лице чёрный кругляк, прикрывавший его левый глаз, и наклонился над гостем в милицейской форме.

… Прошло минут десять …

- Ма-р-тын, - еле шевеля губами, прошептал гость, - чего так долго …

Мартын не ответил.

Не отрывая своего единственного глаза, он смотрел на лежавшую рядом с Батраком девушку.

- Мерин, - расплылся он в улыбке, - я твой должник. Даже не представляешь, какой ты мне сделал подарок. Теперь я полковник. Спасибо, Мерин. Сам доберёшься? …

- Да. Всё нормально, - поднимаясь на ноги, прохрипел незваный гость.- Там машина участкового.

- Отлично. Доберёшься до города, только потом вызови своих. А я к шефу с подарком … Он подобрал с пола Полину. Перекинул её себе через плечо и направился к выходу …

… Вскинув руку, Росс посмотрел на часы. Время вышло. Полина не появилась.

Тяжело вздохнув, Росс проехал вглубь леса. Вышел. Прикрыл машину ветками. Проверил «Берретту» с двумя запасными обоймами и направился к дому Батрака …

… Росс знал про лаз. Им и воспользовался. Только когда зашёл в подсобку, насторожился: верстак стоял в стороне. Половица тоже сдвинута, и раскрыта дверца лаза …

… Про лаз знали близкие Батраку люди. Только очень близкие …

… Осторожно передвигаясь почти на корточках по мокрому песчаному полу, Росс прислушивался после каждого шага …

… Где-то на середине пути замер. Ему показалось, что кто-то тихо плакал.

Похоже, что это была женщина …

- Полина? - тихо позвал он …

Плач стих …

… Услышав чьи-то шаги, Назида повернулась и наставила в темноту пистолет:

- Стоять!

Она была уверена в том, что про лаз могли знать только свои. Поэтому дождалась ответа.

Из прохладного полумрака прозвучал спокойный голос:

- Я друг. Меня зовут Росс. Батрак мой командир. Бывший. А Вы кто? Тут что-то случилось? - Росс посветил фонариком.

Назида смахнула со щеки слезу:

- Случилось … Его больше нет …

- Кого?

- Твоего командира …

Он подошёл к сидевшей на ступеньках заплаканной девушке и протянул руку:

- Я Росс.

- Назида, - ответила она, пожав его руку.

- Вы знали его? – спросил Росс.

Девушка молча кивнула. Они вдвоём поднялись в гостиную:

- Знаете, как всё происходило? Здесь была ещё девушка.

- Её забрали.

- Кто? - Росс бросил взгляд к подоконнику.

Рядом с перевёрнутым стулом лежала золотая запонка, которой обычно зажимают галстук.

Росс подобрал её и посмотрел на гравировку, на которой видны были две заглавные буквы: «М» и «Н».

- Кто здесь был? Знаете? - повторил он свой вопрос.

- Могу догадаться. Одного знаю точно. Это был Мартын.

- Мартын. Ну да, как же без него. Кто-то ещё?

- Второго я не знаю. Запомнила только голос.

- Хотите помочь?

Назида подняла на незнакомого парня заплаканные глаза и твёрдо ответила:

- Да. Хочу!

- Я забираю тело командира. Те, кто вернутся, мне кажется, не будут искать следы. Они просто подожгут дом. А кто этот милиционер?

- Не знаю. По-моему, местный участковый. Он здесь не при чём.

- Кто его убил?

- Тот, кто убил Олега.

- Мартын?

- Нет. Тот второй.

- Понятно, участковому мы уже ничем не поможем. Пошлите. Надо торопиться …

… Метрах в тридцати от лесной избушки Батрака Росс выкопал небольшую могилу …

… Присыпал землей. Набросал сверху достаточно веток:

- Запомните место. Когда представится возможность, похороните его по - человечески. На кладбище. С деньгами я помогу.

Девушка молча кивнула, продолжая всхлипывать…

- 8 -

… Настенные часы на доли секунды остановились. В них открылась маленькая дверца, из которой выглянула кукушка:

- Ку-ку- Ку-ку- Ку … и так девять раз.

… Когда кукушка вернулась в домик, кто-то постучал в дверь офиса.

- Открыто, - вскинул голову Николай.

Дверь раскрылась. На пороге появились двое.

Долгушин нахмурил брови, увидев взволнованного Росса и бледную девушку в бейсбольной кепке, стоявшую рядом с ним. Росс быстро кивнул и присел к столу, на котором были разложены фотографии.

- Что-то случилось с Полиной? – детектив сдвинул снимки в сторону.

- Да, - кивнул Росс, - и нам нужна помощь.

- Нам? В смысле – вам? - спросил Николай, внимательно посмотрев на девушку, оставшуюся стоять рядом с уже закрытой дверью.

- Очень знакомое лицо. Мы с вами где-то встречались? - он склонил голову на бок. - Вспомнил. Вас допрашивали по делу о нападении на фирму Игоря … ммм … Колчанского. Вас зовут …мм-м, … вас зовут, - повторил детектив, - вы были его …

- Меня зовут Назида. Я была его секретарша, - тяжело вздохнув, ответила девушка.

- Точно! Назида. Редкое имя. Трудно запомнить …

- Мы здесь по другому вопросу, - тихо произнёс Росс.

- Извините, я слушаю …

В это время Назида, присев напротив Росса, взглянула на фотографии и отшатнулась …

- Вы кого-то узнаёте? – спросил детектив, пододвинув к краю стола фото, на котором два здоровых парня упаковывают в джип девушку.

- Девушку я не знаю. Только парней. Они работают на моего шефа.

- Шефа? – Николай откинулся на спинку кресла.

- Да, шеф 2-ого спецотдела ФСБ генерал Коегоров.

- Вы уверены? - Николай подался вперёд.

Подобрав со стола фото, девушка подняла его к лицу:

- Это «Бобёр», он же Слава Бобров. Редкий дебил. А второй – Витёк по кличке «Дрын», он же Виктор Козлов. Они под Мартыном числятся. Плюс Буров. Он попал в отдел после последней чеченской командировки.

Это зондер-команда. Конкретные убийцы.

- А этот Буров, он кто?

Девушка опустила фотографию на стол:

- Его позывной «Валет». Он заменил Строгова.

- Извините, кого? – переспросил Долгушин.

- Строгов Олег Исаевич, он же Батрак. Мой боевой командир, - продолжил Росс. - Часа два назад его убили в собственном доме в Зеленогорске. Мы оттуда и приехали.

Долгушин, что-то думая, кивнул:

- А Полина?

- Полина в момент убийства находилась в этом доме.

- Её забрал Мартын, - продолжила Назида, - и там был ещё один. Я не видела. Только слышала его голос, такой с хрипотцой. Противный. Он и застрелил Олега.

- Скорее всего, была борьба. Вот эта штука: заколка от галстука, которую тот тип обронил. Видимо, единственная улика, - Росс протянул золотую заколку, найденную на полу.

Долгушин, взяв протянутую ему вещь, моментально изменился в лице. Что было очень заметно.

- Знакомая штуковина? - спросил Росс.

Наступило молчание.

Детектив поднёс к глазам заколку и нахмурил брови…

… « Коля! Коля! Нет больше нашего полкана. Коля! Я здесь один. Ты сможешь приехать …», - пролетели в его голове слова Саши Никифорова …

Выдвинув верхний ящик своего стола, он вытащил точно такую же. Положил их рядом. Прочитал заглавные буквы:

- «М» «Н», - медленно поднял глаза на гостей, - ты знаешь, что они означают, Назида?

Девушка покачала головой:

- Не знаю … Мартын назвал его «Мерин».

- Мерин?

- Мартын, видимо, знал его, - вступил в разговор Росс.

Долгушин посмотрел на Росса:

- Подожди. Подожди, - закусил он нижнюю губу, - значит, Мерин говоришь. Хорошо. Мы имеем одну разгаданную букву и …

- Золотую заколку, - добавил Росс.

- Теперь всё сходится! Золотая заколка! Назида, те, о ком вы нам рассказали, сегодня днём похитили девушку недалеко от проспекта Луначарского …

- «Отстойник», - перебила она, - её отвезут в один из двух отстойников. Процент, что она останется жива, невелик. Если вызвали их, то будет труп.

- Два отстойника?

- Да, один находится в районе завода «Большевик», называется «трущоба». А второй на Васильевском острове.

- Адрес?

- Адрес … я была пару раз в тех местах. Могу показать.

В эту секунду на поясе у Росса задребезжал пэйджер. Он поднялся:

- Извините. Я на минуту.

Через пару минут он вернулся в офис:

- Я получил информацию о Полине. И мне нужно срочно этим заниматься.

- Мы можем помочь?

- Нет, Николай. Я справлюсь сам. А вы спасайте девушку, которую похитили. Без Назиды вам не справиться. Так что, удачи, ребята. Мне пора…

Направляясь на выход, он остановился от голоса Назиды:

- Если Вы идете за моим шефом, то, - она скинула джинсовую куртку и закатала левый рукав кофточки серого цвета, - здесь, - она подняла
левую руку, и Росс увидел маленькую наколку в виде паучка, - здесь у
шефа прикреплена флэшка. Уверена, в ней много интересного. Он с ней
никогда не расстается… Удачи …

Росс кивнул и быстро вышел за дверь.

- 9 -

… Было уже за полночь, когда в один из баров Зеленогорска вошла
высокая симпатичная брюнетка. На ней были кожаные джинсы из тонкой лайки и такая же куртка, из - под которой виднелась белая футболка.
За спиной у неё висел небольшой чёрный рюкзак. Подойдя к стойке, девушка заказала одну рюмку тэкиллы и порцию солёных орешков … Не
обратив никакого внимания на похотливую улыбку бармена, похожего
на штангиста - тяжеловеса, она поднесла рюмку к губам, оглядела бар и
лихо опрокинула содержимое в рот. Заев орешками, улыбнулась бармену и направилась на выход.

… На улице её остановил чей-то голос:

- Крошка, мне кажется, ты заблудилась. Могу помочь найти дорогу
домой.

Парень был высокого роста, спортивной комплекции.

- Ты меня знаешь?

- Нет. Я тебя видел в баре пять минут назад.

- Значит, мы не знакомы?

- Нет, но я могу тебя проводить.

- К тебе домой? – улыбнулась незнакомка.

- Если нет других предложений, можно и ко мне. Кстати, я на тачке.

Девушка почему-то посмотрела на свои ручные часы:

- Договор, не приставать. Идёт?

- Уже договорились.

- И без глупостей. Где твоя машина?

- Там, - он показал рукой на ближайшую улицу …

… В машину она села на заднее сиденье.

- Не доверяешь? Боишься?

- Кого, тебя?

- Хотя бы.

- Еще не решила. Но если ты поможешь мне в одном деле, то получишь то, что обычно хотят все мужчины. Идёт?

Парень немного растерялся. Посмотрел в зеркало заднего вида:

- Интригует. Что за дело?

- Хочу преподнести сюрприз одному плохому человеку.

- Что надо делать? Отбить ему голову? Это я могу.

- Не сомневаюсь. Но это я и сама могу.

- Опять загадка. Ты вообще сама откуда?

- Из Прибалтики.

- Я так и думал. Ты мне серьёзно нравишься.

- Рада. Тогда поезжай в сторону Приморска. Знаешь?

- А то …

- И ещё. Не задавай больше вопросов.

Он молча согласился …

… Через сорок минут она посмотрела на свой пейджер:

- Через пять километров свернёшь в лес.

- Почему?

- Мы с тобой договорились. Или русские мужчины боятся темноты?

Парень пожал плечами:

- Ладно, командуй. Только предупреждай заранее. Мы же не на трамвае едем…

Без ответа.

- Сворачивай.

- Понял. Будем ехать по лесу?

- Да. Иначе сюрприз не получится.

- Понял.

Девушка говорила, глядя на пейджер:

- Сто метров. Через сто метров поворот налево.

Вон видишь, за той большой сосной.

Парень кивнул.

- Да, здесь. Дальше – через двести метров - направо.

Вон там. – Она показала на небольшой пригорок. – Отлично. Теперь прямо до оврага. Хорошо. Ещё немножко, и остановись.

Когда машина встала, девушка вышла:

- Гаси фары.

Он кивнул и посмотрел на приборную доску, где находился циферблат часов:

- Без пяти два. Однако, - почесал он у себя за ухом и посмотрел на бугорок.

За ближайшим бугорком девушка находилась пару минут.

Парень наблюдал за ней в зеркало заднего вида …

… Взвалив на плечи огромный мешок, она направилась на склон, уходящий вверх. Затем вернулась минут через пятнадцать. На голове её была надета бейсбольная кепка:

- Извини, дружок, я тебе должна что-то сказать.

- Опять сюрприз?

- Уже скоро. Только тебе нужно срочно отсюда уезжать.

- А твоё обещание.

- Здесь, - ответила девушка сразу, - на сиденье в конверте. Пять штук зелёных. Мало?

Парень резко повернулся:

- Сколько?!

- Уверена, ты не глухой. Не люблю повторять. И вообще, ты мне тоже понравился. В другой ситуации я бы тебя с удовольствием трахнула. Но не могу. Время. Ты мне очень помог. Если вернусь в эти места, обязательно тебя найду. Скажи свой телефон, я запомню.

Парень протянул ей маленький листок:

- Уже. Держи. Как тебя зовут?

- Хм-м, ... сейчас мне трудно ответить на твой вопрос. Знаешь, пусть я буду девушка без имени. Но всё должно остаться между нами. Не хочу, чтобы из-за меня у тебя были проблемы. Это серьёзно. Не шучу.

- Меньше знаешь - лучше спишь? – улыбнулся он.

- Можно и так сказать. - Она снова посмотрела на пейджер. - Извини, мне пора.

- Ты уверена, что тебе не нужна помощь?

Она молча улыбнулась спокойной, тёплой улыбкой. Развернулась и стала подниматься вверх по склону.

Парень смотрел ей вслед. Ждал, что обернётся ...

... Но нет ... Не обернулась ...

В эту минуту, не спугнув тишины, из-за деревьев вылетела сова, ринулась вниз, видимо, на добычу, потом снова взмыла, хлопая крыльями быстро, но бесшумно ...

Парень развернулся и пошёл к машине ...

... Уверенным шагом Хельга продолжала подниматься, петляя в череде тёмных стволов деревьев, стоявших, словно гигантские гвардейцы, готовые к атаке ...

- 10 -

... «Директор» неожиданно проснулся. Поводил сонным взглядом по потолку, затем взглянул на часы...

Ядовито-жёлтые стрелки показывали половину третьего ночи ...

... С минуту просто лежал. Потом перевернулся на правый бок.

Прикрыть глаза не успел …

Сначала пискнула, а затем … взревела сирена пожарной сигнализации …

… До «директора» долетели громкие крики:

- Пожар! Горим! Пожар!! Пожар!!!!

… Через минуту он был на улице …

… Горел весь периметр базы. Вокруг по всей окружности забора из колючей проволоки всё полыхало. Для полной режиссерской задумки не хватало огненных стрел и горящих шаров из метательных машин …

… От первого сильного взрыва заложило уши … Точное попадание в единственную дверь «серой таблетки» - здания.

- Суки! - прошипел «директор» - бьют, как всё знают. Ну, суки! Буров уже бежал к нему.

- Ты видел, Буров! Ведь это же стреляли из «мухи»!

- Да, шеф, видел. Верней, понял …

- Чего ты видел. Бля! Стреляли вон с того бугра. Они в лесу. Поднимай охрану. Пусть лес прочешут. Чего мнёшься? - «директор» уже набирал нужный номер на переносном телефоне.

- Шеф, - помялся главный заместитель, - тут такое дело. На мой пейджер береговая охрана сбросила информацию: кто-то угнал один из наших катеров.

- Мдырр-рр-рр!!!…, - прорычал «директор». - Через залив хотят уйти. Суки!!

Срочно найди Мартына! Срочно! Пусть берёт своих дебилов и дует сюда. Вызови для меня вертолёт! И местный ОМОН. Свяжись с ними!

В ту же секунду позади них ещё что-то грохнуло. Раздался ещё один направленный выстрел. На парковку базы вылетел огромный огненный шар.

Рука главного заместителя показывала на проём в заборе, где секунду назад были массивные железные ворота … Он было метнулся в ту сторону …

- Буров! - задыхаясь от злости и дыма, «директор» остановил его. - Мартыну я сам позвоню. Вызывай вертолёт и ОМОН!!!

- Уже, шеф! …

… В это время в квартире командира авиационного полка Горелова Егора Тимофеевича жена подавала ужин.

Неожиданно кто-то постучал в дверь.

- Кого ещё черти принесли? - повёл носом над блюдом с ароматной запечённой форелью Егор Тимофеевич и кивнул жене. - Дуся, открой.

Сначала он услышал голос жены:

- К тебе, Егор. Из Москвы.

В комнату вошёл огромного роста мужчина, с серьёзным, словно вырубленным из камня лицом, одетый в строгий чёрный костюм, белую рубашку и черный галстук.

Горелов, державший дежурную рюмку водки у самого рта, облизнул губы и сильно кашлянул. В руках гостя он увидел коричневую папку в кожаном переплёте. Понимая, что что-то случилось, решил рюмку молнией кинуть в открытый рот. Закусить можно и потом:

- В чём дело? Кто ты, Вы такой?

- Военная контрразведка. - Мужчина предъявил толстые красные корочки.

- Военная контрразведка. Капитан Нелюбин Александр Егорович, - прочитал вслух Горелов. После чего быстро налил себе вторую рюмку. Выпил. Занюхал корочкой чёрного хлеба и понимающе кивнул. - Слушаю.

- В Зеленогорске, - начал гость, - сегодня вечером был убит наш сотрудник. У нас есть информация, что убийцы пытаются скрыться в районе Приморска. Нам срочно нужен боевой вертолёт. Вам сейчас должны позвонить из аэродрома. От вас нужно разрешение ...

Горелов посмотрел в сторону коридора, откуда раздалась знакомая телефонная трель.

- Да, Горелов у телефона. Кто? Какой ещё такой Никифоров? – спросил он в трубку и зыркнул на гостя.

Тот кивнул:

- Александр Никифоров. Начальник убойного отдела с Литейного.

Горелов кивнул:

- Как его зовут? Александр? Хорошо, годится. Кто сегодня начальник смены?

Кто? Блинов? Отлично, передайте, что вылет я разрешаю. Да. И тебе не хворать. Конец связи.

- Уф-ф, - командир полка вытер салфеткой со лба капельки холодного пота, - ну и ночка. В кои веки захотел по-домашнему отужинать. Так на тебе.

- Спасибо, полковник. Можете продолжать. Мне пора.

Гость отчеканил приветствие, сделав быстрый кивок. Развернулся и направился на выход.

- Я закрою, - подхватилась жена, - иди, Егор, налей себе ещё ...

... На крыше второго здания, рядом с «таблеткой», была вертолётная площадка.

Когда вертолёт приземлился, «директор» посмотрел на Бурова:

- Иван, остаёшься за старшего. Я на Литейный. Связь с тобой буду держать сам. Когда Мартын прибудет, пусть прочешет вокруг всю территорию. И дай задание охранять катера. Если пропадёт ещё один, шкуру с тебя спущу! Усёк?

- Есть охранять катера, шеф.

«Директор» похлопал его по плечу. Сунул в карман куртки мобильный телефон. Проверил, на месте ли пистолет. Кивком показал Бурову на дыру, оставшуюся на месте ворот, и поспешил на крышу второго здания …

… Оставалось совсем немного времени, когда «директор» сядет в вертолёт, пристегнётся ремнём безопасности и почувствует лёгкий укол в свой зад через штанину …

… Пилот был одет в полную экипировку: чёрный комбинезон на молнии. Солидный шлем на голове. Большие очки. Руки в перчатках, державшие штурвал …

… Что-то непонятное стало происходить с шефом. Он почувствовал неожиданно нахлынувшую теплоту. Волна заволакивала его грудь. Спускалась к животу и приятно растекалась внутри …

- А ты… кто? – с неожиданной тревогой в голосе спросил «директор», почувствовав, как заплетается его язык.

Несмотря на страшный гул мотора и треск вращающихся лопастей, пилот оглянулся и с улыбкой посмотрел на пассажира:

- Шеф, вы меня не узнали. Это же я, Росс. Ростислав Жаров, которого вы приказали забыть и списать в далёкой Южной Африке. Так что со свиданием. И, если честно, то я очень скучал …

… Нахлынувшая теплота сменилась усиливающейся сонливостью. Смачно зевнув, «директор» почувствовал, как он проваливается в сон. И уже почти слипшимися глазами, еле шевеля языком, проговорил:

- Ж-а-р-о-в … Ты … Жаров … А …где … ты … был, Жаров …

… Пробуждение было не из приятных …

Первое, что он увидел с трудом раскрывшимися глазами, было дуло пистолета, направленное ему в лицо …

Сглотнув слюну, «директор» облизал пересохшие губы:

- Хочу пить …

… Напившись, он шмыгнул носом и спросил:

- Где я?

Когда пилот снял шлем, «директор» поперхнулся:

- Ты … Тебя же … нет. Ты же … Нет. Этого не может быть. Батрак сказал, что ты погиб.

- Нет, шеф, я не погиб. Когда-то Батрак просил у вас помощи для меня. Но увы … получил отказ. А теперь вы и Батрака убрали …

- Жаров, и ты ему поверил?

Росс промолчал.

- Зачем я здесь? И чего ты хочешь?

- Отлично. Теперь я вижу – вы в хорошей форме, шеф. Конкретный вопрос. Вот вам конкретный ответ: хочу обменять вас на Полину.

- Полину?! - нахмурился «директор», и тут же обрубил, - нет!

Росс посмотрел на ручные часы.

- Ты спешишь?

- Я? Это вам, шеф, надо спешить. На всё про всё у вас три минуты, и вот ваш телефон. Разговор простой и короткий. Впрочем, как вы и учили: три минуты ваши. Потом время моё.

- И что? Убьешь меня?

- С удовольствием. Так что, поторопись. Сука!!!

Наступила пауза …

Росс снова посмотрел на часы:

- Время пошло …

… Через две минуты «директор» говорил с Мартыном:

- Это я. Ты меня хорошо слышишь, Мартын? Буров с тобой рядом? Сделай так, чтобы никто нас не слышал. Да. Да. Знаю. Передай Бурову, что искать никого не надо. Что ты не понял? Говорю, искать никого не надо. Я их сам нашёл. Верней, они нашли меня …

В трубке наступило молчание …

- Мартын, я уверен, что моя жизнь тебе ещё нужна. Да? Правильно думаешь. И я так думаю. Скажи, Полина далеко от базы? Нет. Сколько? Полчаса. Отлично. Теперь внимательно слушай меня, – повторив, - внимательно. Всем передай – Отбой. Пусть пожарники делают свою работу. Больше взрывов не будет. Нет, Дрын и Бобёр пускай охраняют катера на берегу. Их в тему не впутывай. Забирай Полину - один. С ней на моей яхте доберись до острова Большой Березовый. Что, сигнал? Тебе подадут сигнал.

Только не дури. Со мной никто шутить не будет. Когда отойдёшь от берега, наберёшь меня и дашь трубку Полине. Я надеюсь, ты Бобра и Дрына к ней не подпускал. Слава, Господи. Нет, оставь их на берегу. Сказал же, только ты и Полина!

Трубка снова замолчала, но ненадолго.

- Зачем я там? Хороший вопрос, Мартын. Ответ дам при встрече. Хотя уверен, ты уже догадался. Ты отдаёшь Полину и получаешь меня. Это обмен, Мартын. Сделай всё правильно. Уверен, ты сумеешь. Конец связи …

- 11 -

… ПРОШЛО ТРИ ЧАСА …

… Впереди показались фонари другого катера, стоявшего на рейде. На носу которого возвышалась стройная фигура …

- Это Хельга, - тихо произнёс Сенегал.

Посмотрев на связанного «директора», он криво улыбнулся и подошёл к стоявшему за штурвалом Мартыну:

- Медленно подойди к катеру: борт в борт, и гаси двигатель.

Затем повернулся к Россу и Полине:

- На корму. Быстрее.

После чего шепнул Мартыну:

- Хочешь остаться живым, дай нам отойти. Поколдуй над шефом минут десять, нет, двадцать. И не снимай с себя пояс …, - повторив, - не снимай пояс …

Мартын молча сжал пересохшие губы …

- Всё, шеф, - улыбнулся Сенегал. - Мы покидаем вас. Уверен, все задачки, которые я вам оставил, вы решите легко … Может, когда-нибудь … свидимся, а может …, - он махнул рукой, - ладно, нам пора …

… Резкий порыв ветра вместе с брызгами набежавшей волны ворвался в рубку катера, обдав лицо Мартына. Тот фыркнул и смачно сплюнул в сторону ушедшего на корму Сенегала:

- Сука!

- Оставь, Мартын …, - услышал он голос шефа, привязанного к перилам лестницы, ведущей в нижнюю каюту, - лучше помоги мне освободиться, только не сейчас. Пусть они отойдут от нас. Чёрт знает, чего он задумал. А задумал – это точно.

- Понял, шеф, - кивнул Матрын и посмотрел на соседний катер, на котором стояла … Хельга, помогая всей группе переходить с одного катера на другой, - вы правы, шеф, они договорились. Суки!

- Ничего. Не успеют. У тебя рация на ходу?

- Да. В порядке.

- Отлично. Пусть валят. Далеко не уйдут.

… Последним вступил на катер Сенегал и посмотрел на Хельгу, которая уже была в лёгком водолазном костюме. Та в свою очередь уверенно кивнула.

- У нас есть десять минут, чтобы переодеться, - объявил он всем.

Затем повернулся к Хельге:

- Думаю, через полчаса нас найдут. Разворачивайся и вперёд.

Росс, - позвал он, - катер. От него нужно избавиться.

Росс кивнул и показал Полине на три объёмных рюкзака:

- Твой посередине. Раскрой и одевайся…

… Мартын видел сквозь стекло, как группа на какое-то мгновенье остановилась.

- Наверное, обсудили план отхода, - подумал он про себя и оглянулся на связанного шефа, который пытался самостоятельно развязаться…

… Когда катер в ночной мгле скрылся из виду, он обернулся:

- Помочь?

- Да. Быстрее. Пояс на тебе - чистый муляж.

- А лампочка? – Мартын показал рукой себе на грудь, где мигал красный огонёк.

- Всё равно, чушь. Я таких знаешь сколько перевидал. У тебя же есть нож?

- Есть …

Мартын вытащил из голенища высоких ботинок складной финский нож и подошел к шефу.

- Сейчас, одну секунду, - склонился он над «директором», разрезая тугую канатную верёвку.

Шеф уже поднялся. Концы верёвок болтались под его ногами, осталось разрезать узел на правом запястье:

- Дальше я сам, Мартын. Поспеши к штурвалу.

Взяв снова в руки штурвал, Мартын включил двигатель.

Усилившийся ветер сильно качнул катер. «Директор» устоял на ногах, но, дёрнув верёвку на запястье, ойкнул. К концу верёвки была прикручена небольшая скрепка…

« Директор» посмотрел на острый металлический хвостик, скривил рот, но Мартыну об этом ничего не сказал.

- Шеф, вы в порядке?

- В порядке. Будем их преследовать. – Но неожиданно замер. - Хотя, погоди …

Он быстро скинул куртку и стал прощупывать рукав своей левой руки.

Затем просунул руку к груди и быстрым движением вынул прикреплённую к подмышке флэшку...

Держа перед собой небольшой, чёрного цвета, плоский пластиковый прямоугольник, «директор» стал скрипеть зубами, на его лбу вздулись вены, выпучились блёклые глаза, и он посерел лицом:

- Суки!!! Твари! А-А-А !!!!

- Что случилось, шеф?

- Их надо немедленно догнать, - и почти шёпотом добавил, - документы …

- Что вы сказали, шеф?

Резким движением «директор» откинул верёвки в сторону:

- Быстрее, Мартын! Где у тебя рация?!

- Там, в столе, - ответил Мартын.

Через пять минут «директор» посылал срочное сообщение в пограничную часть береговой охраны:

- Говорит генерал Коегоров! ФСБ, 2-ой спецотдел! Срочное сообщение! Молния! Всем постам! Поднимите в воздух два истребителя! Срочно! Катер с террористами на борту! Движется в сторону финской или шведской границам. Цель обнаружить и уничтожить без предупреждения даже в нейтральных водах! Как поняли?! Приём!

- Сообщение принято, товарищ генерал. Дежурный смены капитан Блинов. Разрешите выполнять?

- Срочно, капитан! Как поняли?

- Поднимаю истребители.

- Уф-ф, - «директор» смахнул крупные капли пота со лба и подошёл к Мартыну, держа в руках нож, - повернись ...

... Спустя минуту Мартын через голову начал снимать с себя пояс смертника и тоже ойкнул, ухватившись за шею.

- Что такое? – спросил шеф.

- Не знаю, что-то царапнуло. Наверное, шов на поясе.

- Наверное ..., - сказал тихо «директор», и оглянулся ..., - где компьютер?

- Рядом с картами. Зачем вам?

- Отстань. Нужно что-то проверить.

«Директор» подошёл к столу, где в беспорядке лежали навигационные карты. Смахнул их в сторону. Раскрыл компьютер и вставил в боковую щель незнакомую ему флэшку ...

С минуту он смотрел на светящийся экран.

Ждать пришлось недолго. Сначала экран полностью погас. Спустя минуту снова зарябил ...

... Затем «директор» и Мартын услышали внушительный щелчок, после которого появилось улыбающееся лицо ... Карины ...

Девушка с серьёзным лицом молча смотрела с экрана ...

Шеф замер, прислонившись к перилам, а Мартын в полоборота смотрел на ту, которая пять лет была его «американской» женой. Оба не произнесли ни слова ...

Прошло ещё несколько секунд, и они услышали её завороженный, очень спокойный голос:

«... Теперь о Вас, «директор», - Карина улыбнулась. - Знаю, что Вы удивитесь, когда увидите мою физиономию.

Не уверена на сто процентов, что вы увидите меня, но на 99, что да. Сенегал знает свою работу ...

... Не знаю, Вы стоите или сидите в своём любимом кресле. Вам лучше присесть ...»

Она взяла небольшую паузу:

«...Немножко философии, если Вы не против. Итак ...»

Мартын уже вёл катер одной рукой.

«... Иногда что-то возникает внутри тебя, - начала Карина, - постепенно, словно забравшийся в твоё нутро червячок, будоражит, раздражает тебя. А через какое-то время ты ощущаешь, что этот червячок не один, и не два, и не три. Их становится много, словно ты проглотила целую кучу маленьких червячков. Они мечутся по всему твоему нутру, ищут выход. Ты ощущаешь их всем своим бренным телом. Затем они собираются где-то, в какой-то точке.

Это похоже на спазм. Ждёшь, что он пройдёт. Да, он проходит, но его заменяет другой. Этот другой совершенно не такой. Ты ощущаешь подступающий холодок, который растекается внутри тебя. Он оккупирует живот, поднимается к груди, сковывает горло, затем... стремительно обрывается вниз ...

Холодеют твои стопы ... Ты пытаешься с этим справиться ... Да, ты сильный. Ты справляешься ...

... У тебя появляется уверенность, что всё прошло, ан, нет ...

Тебя медленно захлёстывает другая волна. Вторая волна, она - теплее.

Поначалу, когда волна заполняет теплом живот, грудь, - тебе приятно. Но затем она поднимается к горлу и начинает заполнять каждую клеточку в твоей голове .... Ты пытаешься ей сопротивляться. Но она накрывает тебя, и ты понимаешь, что тебе никуда от неё не деться. Ощущение, что ты попал в шар, заполненный горячим воздухом. Этот шар растёт с каждым твоим вздохом и начинает тебя распирать больше и больше ...

Наконец, ты осознаёшь, чтобы не лопнуть, тебе нужно высказаться. Пришло время – без страха за свою жизнь высказаться ...

Сказать всё, что жило в тебе и с тобой долгие годы ...

В этом ты находишь, к сожалению, единственное земное спасение ...

... Сейчас или никогда ...

... Вот почему рада сказать, шеф, что долгой жизни я Вам не желаю.

Нелегко быть вашим солдатом, зная, что, вступив в Ваши ряды, ты уже потенциальный труп ...

... Когда я расшифровала эту загадку, то поняла, что по - другому Вы не можете.

Все, кто находится вокруг Вас, стоят в одном ряду – без права на жизнь.

В одной очереди к её величеству с «косой в руках».

Вы же, строго соблюдая очерёдность, которая известна только Вам, обеспечиваете им уход в загробный мир ...

Мало кому удаётся нарушить Ваши планы и правила. Но я думаю, ... нет, я уверена, что кому-то удастся их нарушить ...

Я даже знаю его имя ...

Карина улыбнулась:

- Вам стало страшно? Ну-ну, шеф, Вы стольких отправили к этой неласковой даме. Вам ли сторониться её сетей? Это же ваши правила. Они для всех. Кстати, её сети и для Вас тоже, дорогой «директор» ...

... Оба бледные, в холодном поту, Мартын и генерал Коегоров, не отрывали глаз от экрана...

… Наконец, Мартын вскочил, сделав один шаг к компьютеру …

- Не трогай!!! - заорал генерал.

Мартын застыл.

- Не трогай, - уже спокойнее сказал шеф,- это ловушка.

- В компьютере?

- Не знаю, но не трогай. Иди к штурвалу. Думаю, что их уже обнаружили.

Мартын, ухватившись за штурвал, резко обернулся …

Почувствовав резь в животе и тошноту, прыгнувшую прямо к горлу. У него слегка закружилась голова, он сполз вниз, прислонившись головой к прохладной стойке штурвала …

… Тошнота уступила место небольшому жжению, будто кто-то скрёб ему тупой вилкой внутри живота и горла одновременно…

… В это время два пограничных истребителя, поднятые по тревоге, искали в нейтральных водах катер с террористами. Один у границ Финляндии. Другой у границ Швеции.

- Второй, ответь первому. Я в нейтральных водах со стороны Швеции. Но ничего не вижу.

- Первый, я второй, со стороны финской границы, в районе острова Мощный обнаружен один катер.

- Он движется? – спросил первый.

- Нет, вроде как на рейде. Его кидает из стороны в сторону. Мои действия?

- Я свяжусь с базой.

- Понял.

- База, я первый, есть цель, но она в нейтральных водах в районе острова Мощный. Мои действия?

Капитан Блинов, принявший сигнал - молнию, почесал за ухом:

- Первый, я база. Цель одна?

- Да.

- Дай мне минуту.

Капитан переключился на другую линию:

- Говорит капитан Блинов, береговая охрана. Нужна информация о пожаре на базе ФСБ. Срочно! Мы ищем катер с террористами на борту.

- База ФСБ на связи. Пожар удалось обезвредить.

- С кем говорю?

- Полковник Буров.

- Где генерал Коегоров?

- На базе его нет. Но он в надёжном месте. Координаты засекречены.

- Спасибо. Продолжаем поиск катера с террористами.

- Удачи.

- И вам.

Блинов вернулся к связи с пилотами:

- Первый, кто обнаружил цель?

- База, я первый. Цель обнаружил второй. Мои действия?

- Так, хули, ты ждёшь. Пиздячь её, к ёбёной матери, и дело с концом.

- Приказ понял. Разрешите выполнять?

- Блядь! Ты охуел! Сказано: пиздячить без предупреждений!

- Есть, пиздячить, товарищ капитан!

Первый сделал широкую петлю над тёмной акваторией и громко скомандовал:

- Второй, я первый. Как слышишь? Приём.

- Первый, я второй. Слышу тебя. Приём.

- Приказ: цель уничтожить. Как понял?

- Первый, я второй. Приказ понял. Разворачиваюсь. Выхожу на цель …

Тот же душевный женский голос заставил Мартына, сидевшего на мокром полу, вздрогнуть …

«… Мартын, - услышал он, - дай угадаю, ты, наверное, где-то рядом.

Голос Карины звучал до судорог в животе спокойным:

«… Знаешь, ты неплохой мужчина. Мне было хорошо с тобой. Но ты тоже солдат. Стоишь в той же очереди, что и я.

Знаю, что уйду раньше тебя. Если увидишь шефа, передай, что я очень скоро вернусь за ним …»

Экран зарябил, но через считанные секунды Карина появилась вновь.

…Мартын блуждающим взглядом посмотрел на шефа, который, лежа на животе, пытался подползти к рации …

… Мартын понял, что он и шеф могут только слушать голос Карины, двигаться им было не под силу …

… Теперь девушка молча смотрела с экрана … Прошла секунда … Другая …

«Всё … Кажется, всё … Уверена, Сенегал что-нибудь придумает … Слышите, шеф, вам его не победить …

… Чао …Салют … Прощайте …»

… Чёрные волны бились о борт. Катер кренился то на один борт, то на другой …

Экран ещё светился…

… Карина глубоко вздохнула:

«А сейчас, господа, напоследок … бум … бум …бум-бум …»

… После этих слов Мартын и «директор» одновременно посмотрели друг на друга …

Молча, каждый что-то проговаривал про себя …

Была ли это молитва или просьба отпустить грехи, или … какое-то воспоминание …, но что-то было. Что-то в душах этих чудовищ в человеческом облике происходило …

… Может, Мартын вспомнил своё первое дело: убийство семьи полковника Изверова и маленькую Катю, истекающую кровью на руках у капитана Морковина … Или верных своих парней Шпалу и Колобка … Что ему вспоминать из своей личной жизни, которой у него никогда не было …

… Генерал Коегоров, о, это фигура сильная, никому не подвластная … Ведь он распорядитель чужих душ, а что до своей души …, видимо, у него её не было, но если и была, то в далёком, далёком детстве …

… Раздался страшный взрыв, за ним тут же последовал ещё один – это был контрольный выстрел. Лучший пилот береговой охраны, вылетевший под вторым номером, старший лейтенант Гришин не промахнулся …

… Чёрные воды Финского залива озарило огромным огненным шаром, который почему-то долго горел и никак не желал раствориться в темноте. Видимо, хотел сжечь эту гидру до самого последнего кусочка этой мерзкой породы …

- Первый, я второй. Докладываю: цель уничтожена.
… - Второй, я первый. Молодец. Сейчас доложу на базу.
- База, я первый. Второй цель уничтожил.
Ждём разрешения возвратиться на базу.
- Разрешение даю. Отличная работа. Поздравляю. Передай второму, на земле вас ждут очередные звёздочки.
- Служу России! Служу Народу! - гордо отрапортовал первый и переключился на своего партнёра:
- Второй, я первый. Приказ возвратиться на базу получил. С очередным званием тебя, лейтенант …
- Служу России! Служу Народу! …

- 12 -

… Назида присела в машину и опустила голову:
- Их здесь нет …
Долгушин молча вздохнул.
- Думаю, - произнесла девушка, - если бы ею занимался только Мартын, то они были бы на Васильевском острове или здесь…
- Но их нет по двум адресам. Значит, есть какой-то ещё адрес или …
- Подождите! - спохватилась Назида, - мы с шефом год назад ехали на какую-то встречу. Он попросил шофёра подъехать на Литовскую улицу.

Машина остановилась на углу узкой улочки возле ворот, за которыми были видны корпуса какого-то предприятия. Посмотрев на здания, я поняла, что самого предприятия больше нет. В некоторых окнах не было стёкол. Да и сами здания стояли словно старые списанные корабли в заброшенной гавани. Как только мы подъехали, из ворот вышел человек … не из нашей конторы. Они поговорили не больше двух минут …

- Тогда давай навестим это здание?

Назида пожала плечами.

Долгушин развернул машину:

- Поехали. Может, нам повезёт.

По дороге она вспомнила то время, когда это случилось:

- Дело, которым начал заниматься шеф, было связанно с морским портом. По-моему, тогда пропал директор порта. Его звали Стас Зимин. Точно. По всем новостям показывали. Говорили сначала о похищении.

Потом о заказном убийстве, связанном с профессиональной деятельностью.

А через месяц наша «наружка» стала следить за заместителем Зимина. Не помню фамилию. Помню только имя - Артём…

Через десять минут они переехали Литейный мост …

… Раньше на этой территории находилось производство с двумя корпусами. В одном из корпусов располагался отопительный блок, если проще, кочегарка.

Может, из-за постоянного поднятия Невы, может, из-за обильных осенних и весенних дождей этот отопительный блок стало периодически затапливать.

Поначалу местное начальство ставило насосы, чтобы откачивать воду. Но когда поняли, что это не помогает, решили прекратить. Да и средства на обслуживание этого объекта давно закончились. А вскоре закрылось и само производство…

Но в один прекрасный день вода из кочегарки сама куда-то испарилась.

Её приметили и оккупировали БОМЖи.

А в начале 90-тых братва наткнулась на это забытое производство. БОМЖей выгнали и слепили там место для «работы» с несговорчивыми клиентами…

… Свернув на Литовскую улицу, Долгушин переключил рычаг на вторую передачу и поехал медленней …

- Смотри.

- Да-да, смотрю, - она показала рукой, - сейчас первый поворот направо.

Долгушин повернул.

- Теперь прямо. Держись ближе к тротуару. Так. Дальше. Стой! -

резко произнесла она и вжалась всем телом в спинку своего сиденья.

- Узнала?

Девушка не ответила, неотрывно смотрела на обшарпанное здание, стоявшее перпендикулярно к дороге. Глаза её были широко раскрыты, в них без труда можно было прочитать ужас ...

... «Второй раз в жизни ей пришлось прятаться под полом и слышать, как убивают родного ей человека ...

... Это случилось в их доме, в Самарканде ... Вошли люди, она не знала, кто, и не видела, сколько их было.

Отец их заметил входящими во двор и успел крикнуть:

- Дочка, спрячься в чулане. Быстро!

Так называлось место в их дальней комнате, где под полом, три ступеньки вниз, находился домашний чулан. Другой был на улице, во дворе.

Но перед тем как она убежала, отец обнял её, поцеловал в щёку, в глаза, потом в лоб:

- Я люблю тебя, Назида. Беги ...

Это были последние слова отца в её юной жизни ...

Эти люди избили её родителя до смерти ... Вся комната была в крови ... Мама вернулась с работы и ... инфаркт ... Мама умерла в больнице ...»

- Эй, Назида, ты в порядке?

Долгушин тронул её за плечо.

- А, ... что?? - негромко вскрикнула она, схватила детектива за запястье и крепко сжала его ...

- Назида?

Девушка молча свободной рукой показала в сторону мрачного здания:

- Та машина ..., я её видела у дома Олега ...

- Какого Олега? Назида, ты можешь объяснить? - детектив резко повернул её к себе.

- Олега Строгова, которого убили сегодня в его доме в Зеленогорске.

Девушка опустила голову и пересказала всё случившееся, что смогла услышать ...

- «Мерин». Я слышала, как его называли Мерин.

- Кто называл? Мартын?

Она кивнула и тут же нахмурила брови.

- Что-то не так?

- Ворота, - девушка указала на железную решётку, в середине которой висел большой амбарный замок.

- Замок? Понимаю, что раньше его не было. Так это нормально. Свои владения нужно охранять.

- Тогда, как тот человек попал туда? ...

... Долгушин улыбнулся:

- Попал и попал, что ты переживаешь. Значит, и мы попадём. Скажи мне лучше, кто тебе тот Олег? Вы дружили?

Она пожала плечами:

- Можно и так сказать.

Теперь замолчал Долгушин …

Он запарковал машину в соседнем переулке…

Выйдя из машины, проверил оба пистолета: первый был сунут сзади в брюки, второй прикреплён к голени под брюками.

Поиграв связкой отмычек, он подошёл к увесистому замку на решётке. Спустя минуту, он с улыбкой посмотрел на свою неожиданную напарницу.

Ворота нехотя скрипнули и спокойно отворились …

… Она вошла следом за ним …

… Пройдя чугунные ворота, они обошли здание с боковой стороны, где стояли два больших мусорных бака. Рядом, к стене была прикреплена железная лестница, ведущая на крышу.

- Неожиданный подарок. Справишься?

Девушка промолчала.

Детектив улыбнулся краем губ, одобрительно кивнул и протянул ей небольшой рюкзак:

- Здесь видеокамера, стеклорез с присосками, чтобы аккуратно снять стёкла, кусачки, если за окном прикреплена металлическая сетка. Ну и вот, - он протянул авторучку, - на другом конце лампочка. Это фонарик.

Назида перебросила рюкзак за спину и подняла голову кверху.

Детектив снова улыбнулся краями губ и продолжил напутствие:

- Нужна полная картина и обязательно звук. Времени у нас на подготовку практически нет. Тот человек, - он мотнул головой в сторону здания, - очень опасен и хорошо натренирован. Когда окажешься внутри, найди правильное место. Используй время, в котором я буду его отвлекать на себя. Как получится, не знаю. Но знаю, что будет дальше, если получится. К стеклу подступишь с первыми моими ударами в дверь. Ты их услышишь …

Долгушин на секунду прервался из-за вопроса, неожиданно ворвавшегося в его мысли:

- А что, если это подвох? Что, если это игра? Ведь эта девушка, впрочем, как и тот Олег, которого убили, все они были на другой стороне баррикад, когда он с Зотовым рыл землю носом, чтобы выйти на след убийц малолетних, подневольных девчонок …

Погасив мимолётную тревогу, спокойно спросил:

… - Назида, скажи, почему ты … пошла со мной?

На красивом восточном лице появилось непонимание, затем удивление, которое сменил строгий, решительный взгляд:

- Не хочу возвращаться к прошлой жизни…

Николай промолчал.

Девушка спокойно добавила:

- Хочу найти якорь, чтобы не утонуть в своей судьбе …

Детектив хотел что-то добавить, но передумал. Понимающе кивнул, соорудил из своих рук ступеньку:

- Готова? … Тогда, вперёд…

Как только Назида поднялась на первую ступеньку лестницы, они услышали душераздирающий крик.

- МАМА !!!!! АААА!!!! МАМА!!!!

Это было в глубине здания …   Кричала женщина …

- Быстрее! - крикнул Долгушин и устремился за угол, к входной двери этого корпуса …

… Добравшись до второго этажа, перемахнув через железные перила, она оказалась возле нужного окна. Под ногами лежали две ровные стальные плиты, в соединении образовавшие поверхность площадки …

…Сторона этого корпуса упиралась в глухую, без окон, сплошную стену другого здания. Назида оглянулась.

Её присутствие на этой площадке было скрыто как от улицы, так и от других корпусов неизвестного ей здания.

Вид нужной оконной рамы и самого стекла был удручающим.

Из прямоугольного обшарпанного проёма выглядывали потрескавшиеся деревянные тяжёлые бруски грязно-бурого цвета, пыльные, как и само стекло, на котором легко угадывались широкие масляные разводы, пожелтевшие от солнечных лучей …

Первая задача: попасть вовнутрь. Только вот, что её там ждёт, она совершенно не знала …

- 13 -

… Саша Никифоров, проходивший в команде «директора» под псевдонимом «Мерин», хорошо знал этот отопительный блок. Вот уже год, как он использовал его для выполнения порученных заданий. Он ни разу не видел и не встречался с тем, кто ему звонил и давал задания.

Это был голос шефа, которого все называли «директором».

На встречу с Мериным приходил один и тот же тип с одним глазом.

Он передавал нужную информацию, документы, фотографии, деньги.

Мужчина не называл себя. Просто говорил:

- Я от «директора»

Через месяц, пожав руку, объявил:

- Я откликаюсь на Мартына.

Боссу, или «директору», Мерин мог звонить только в очень сложной ситуации.

Правда, у него был ещё один связной на тот случай, если его не понимают.

Это был человек из его прошлого. Имени у него не было.

Звали его просто - куратор. Ему подчинялись местные службы ФСБ в Хабаровске, хотя Мерин чувствовал, что он курирует весь Дальний Восток.

Куратор был из Хабаровска, как и сам Саша Никифоров.

Саша там родился, на пятёрки и четвёрки учился в школе, тренировался в секции самбо. После школы поступил в Рязанское военное училище ВДВ. Побывал во многих горячих точках. В двадцать пять женился на красавице Оксане. Когда он уезжал в очередную командировку, Оксана ему с улыбкой сказала:

- Любимый, приезжай скорей. Я без тебя рожать не буду ...

Он обнял жену, поцеловал и пообещал, что вернётся к сроку ...

... Обещание он сдержал: вернулся к сроку ... Только его ждало страшное известие ...

- Это было убийство с целью ограбления. Её обнаружили в машине за городом, в лесной полосе. Машина числилась в угоне. Никого не нашли. Зимой дело было. Чистый глухарь, - сказал ему следователь, работавший по этому делу.

... Каждый день он приходил на могилу. Приносил цветы. Подолгу сидел.

Водку выпил только в первый раз. Один стакан. Больше не пил. Думал.

Однажды к нему подошёл старик, смотрящий за могилами:

- Сынок, вижу, что ты правильный. Не причитаешь, не кричишь, водку не хлещешь. Пойдем ко мне в сторожку покумекаем. Земля слухами полнится. Поделиться с тобой хочу ...

Так Саша узнал о том, что случилось на самом деле ...

- Выпьешь? – спросил старик.

- Нет.

- Ну, тогда слушай. Под вечер она возвращалась домой одна, тут её и прихватили уроды. Элита ... Мать их ... Один сынок нашего мэра, другой кореш его, лейтенант милиции. Они постоянно этим промышляют. Мы здесь как рабы живём. Пить водку можно хоть залейся, а вот нос свой холопский к барину не суй ... Россия, сынок. Её ничем не исправишь ...

... Спустя месяц городской суд приговорил Сашу Никифорова к расстрелу за двойное убийство с отягощающими последствиями. Но под

сильным давлением общественности изменили меру пресечения на по-
жизненное …

… В той же лесной зоне. На том самом месте, где обнаружили в
машине труп его жены, на двух высоких соснах висели два главных фи-
гуранта того громкого дела … Лиц их узнать было невозможно … Одно
кровавое месиво, но, кто они, все сразу догадались … Сынок местного
правителя и его лепший кореш в погонах лейтенанта милиции … К груди каждого трупа была прикреплена табличка … « Я НАСИЛЬНИК» …

… Красная зона встретила Сашу нерадостно. Мэр города об этом лично позаботился. Через полгода появился человек без имени – куратор.

Так он представился, когда Сашу вызвали на допрос:

- Забудь, как тебя зовут и вообще кто ты. Есть работа. Мужская работа.
Думать даю сутки …

… Так на белый свет появился Мерин …

… Через три дня на вокзале он видел куратора в последний раз:

- Вот билет до столицы. Вот деньги. Это номер телефона. Тебя ждут.
Позвонишь. Обзовёшься. Теперь ты – Мерин …

Потом они общались только по телефону …

… Началась его работа в Москве и в московской области. Он был
согласен. Оксану не вернуть, а возвращаться в зону не хотел.

- Бери, пока дают. Не ты первый, не ты последний, - сказал куратор на прощание. - Обратной дороги у тебя, парень, нет.

… Так Саша Никифоров, отличник боевой и политической подготовки
Рязанского училища ВДВ, превратился в одинокого волка …

… В течение трёх лет он убивал рядовых бандитов, их главарей, коммерсантов, бизнесменов, банкиров – это была его работа. Но у него было
одно условие - он никогда, ни при каких обстоятельствах не будет убивать, допрашивать или пытать женщин. Куратор согласился …

… Пять паспортов на разные имена. Удостоверения ФСБ в чине
лейтенанта. Оружие. Деньги. Каждую неделю новая съёмная квартира.

Женщины … Если было надо, звонил: ему привозили …

Девушкам завязывали глаза. В комнате на этот случай было темно. Он
молча брал своё. Утром наложницу увозили. Никто не должен был видеть его лицо …

Фото его жены Оксаны было спрятано в золотом медальоне у него на
груди …

… Через три года позвонил куратор:

- Завтра выезжаешь в Питер. Тебя встретят. Чёрный « Мерседес»
утром будет стоять у твоего подъезда. В салоне в бардачке документы,
телефон, номер, с кем связаться, информация: кто ты и что ты. Кстати,
тебя повысили в должности. Теперь ты майор. Работать будешь в убой-

ном отделе ГУВД города. Что делать и как, с тобой свяжутся. Форма в машине. «Мерседес» твой, на нём и поедешь в северную столицу.

… Форма, звание и новая легенда …

Думал ли Мерин о своих жертвах - скорее нет, чем да. Бандитов и людей в форме МВД ненавидел лютой ненавистью. Когда ему нужно было убирать людей в милицейской форме, делал это с большой охотой …

Жизнь не жалела его, с этим он уже свыкся, после гибели Оксаны просто сводил с жизнью счёты …

… Но женщин, женщин он не трогал. Для него это было табу …

- 14 -

… Когда Мерин переступил порог знакомого ему места, увидел привязанную к стулу плачущую девушку, рот которой был заклеен серой лентой, он остановился, почувствовав лёгкую нерешительность, о которой давно забыл …

А тут ещё незнакомка вскинула голову и посмотрела на него полными ужаса глазами …

… Минута ушла на то, чтобы вспомнить, что нужно закрыть дверь.

- Чёрт, - выругался он, - чёрт.

… На столе стояла открытая бутылка воды. Он хотел подхватить её, но передумал, понял, что эта бутылка осталась от тех уродов, которые были здесь до него. У него была своя неоткрытая бутылка минеральной.

Подойдя к девушке, отлепил ленту с её рта, скомкал клейкий кусок и гневно швырнул его в сторону:

- На, попей, - протянул минералку.

В ту же секунду девушка закричала, громко, очень громко:

- МАМА !!! А-А-А-а !!!! МАМА !!! …

Рядом со столом стоял табурет. Подобрав его, он присел напротив девушки. Опустил голову, стал ждать, пока она успокоится.

- Я не пришёл тебя обижать. Мне просто нужно у тебя что-то спросить. Попей. Успокойся.

Девушка продолжала смотреть на него с тем же ужасом.

- Чёрт, - он увидел, что руки у незнакомки скованы наручниками, - одну секунду.

Вытащив из кармана ключ, он раскрыл наручники, швырнул их в сторону неработающей печи:

- Ты кто? – спросил он.

Девушка молча продолжала смотреть на незнакомого мужчину в чёрной кожаной куртке …

Играя сжатыми губами, Мерин разглядывал её лицо:

- Разбитые губы, большая ссадина на щеке, наверное, эти уроды Мартына уронили её вместе со стулом. Трясущимися руками она держала бутылку с водой, хотя, если точнее, то тряслось всё её тело …

Запустив руку во внутренний карман своей куртки, он вынул увесистый мобильный телефон и прошёл мимо девушки вглубь помещения, по дороге набирая номер …

… Стоял несколько секунд, приложив трубку к уху, пока ему не ответили.

- Это я.

- Почему звонишь? У тебя же есть работа, - ответила трубка.

- Вы нарушаете наш договор.

- С чего это?

- Я не прессую женщин. Это наш договор. Не допрашиваю их. И не ликвидирую.

- Засунь этот договор себе в задницу, Мерин. Или хочешь назад? На зону?

Он зло сплюнул:

- Что вам нужно, чтобы я узнал?

- Где деньги её мужа?

- Это всё?

Трубка помолчала несколько секунд:

- Потом делай, как хочешь, но лучше, если сделаешь, как надо.

Правило одно. Лишних свидетелей быть не должно.

Думаю, что Дрын и Бобёр с ней достаточно поработали. Облегчили тебе путь к результату. Всё. Конец связи …

… Скрипнув зубами, Мерин снова направился к пленнице…

Доносились звуки небольших глотков. Девушка пила воду …

… Откуда-то прилетел лёгкий ветерок, принёсший запах холодных железных труб …

… У него неожиданно закололо под сердцем…

- Мне нужно тебя допросить. – Подойдя, тихо проговорил Мерин. - Ты знаешь, что от тебя хотели те, кто испортил твоё лицо?

Девушка протянула ему бутылку и прошептала:

- Спрашивали … про … деньги …

- Про твои деньги? Ты богатая леди?

- Не-ет, - затрясла она головой, - моего бывшего мужа …

- Бывшего?

- Да.

- Ты им сказала?

- Они …, - она кивнула на стол, - там … цепочка … там …

Мерин подошёл к столу, поднял в руки цепочку, на которой висела шестиугольная звезда Давида и маленькая игрушка пушистого оранжевого тигрёнка:

- Здесь что-то было? – спросил он, раскрывая пальцами живот маленького зверя.

- Да, - услышал он тихий сдавленный голос.

- Что?

… Видно было, что девушка боится произносить то, что у неё отобрали полчаса назад бандиты, избив её так, что она рухнула на пол вместе со стулом, откуда и появилась большая царапина на правой щеке.

- Ты меня не бойся. Я тебе ничего плохого не сделаю. Ты женщина. А я только с мужчинами поступаю плохо. Понимаешь?

Она судорожно закивала:

- Они взяли флэшку.

- Флэшку с информацией?

- Да.

- Хм-м, тогда зачем я им нужен? Подожди. Я должен позвонить … На этот раз он разговаривал чуть больше минуты.

После разговора лицо его стало более хмурым:

- Твоя флэшка – фуфло. Это очень рассердило моего босса. Поверь, я хочу только спросить. Если ты мне не скажешь, те двое вернутся снова. Ты этого хочешь?

Девушка снова заплакала, прикрывая разбитое лицо руками …

Мерин вздохнул. Поджал губы. И вдруг резко изменился в голосе:

- Всё. Хватит! Сейчас я тебе что-то продемонстрирую …

Девушка встрепенулась и опустила руки:

- Будешь говорить или … , - он поиграл перед лицом пленницы железным широким полотном, размером с большой нож, - это долото, а это молоток, - поднял он вторую руку, - и ещё я знаю, что у тебя всего десять красивых, ухоженных пальчиков …

Пленница вздрогнула и затрясла головой …

- Вижу, поняла. Тогда давай договоримся. Тебя сюда привезли законченные уроды. Я их отправил. Тем самым спас тебя от очень плохих вещей, которые они могли с тобой сделать. И поверь, сделали бы на все сто. Им такие фокусы по вкусу. Ты меня понимаешь?

 Она затрясла головой … Из её окровавленного рта вылетали какие-то хриплые звуки, из красивых больших карих глаз ручьём катились слёзы …

- Ну, вот и отлично. Начнём играть в такую игру: я задаю тебе вопрос. Ты мне на него отвечаешь. Если ответ правильный, я тебя развязываю. Если нет, тогда у тебя будет недоставать одного пальчика …

Он снова поднял долото и молоток …

- Нет-нет. Нет…, пожалуйста, не надо …, - еле слышно пролепетала пленница, не переставая всхлипывать.

Мерин улыбнулся:

- Конечно, не надо. К сожалению, у меня нет выбора. Я тебе уже об этом сказал и могу повторить. Хорошо, … забудем про долото и молоток. Если ты не ответишь мне, тогда сюда вернутся те двое. У них очень запоминающаяся внешность и достойные имена: Дрын и Бобёр. Красивые имена, правда … Ну-с, начнём. Где деньги, о которых идёт речь?

Девушка затряслась и громко зарыдала …

- 15 -

… При первых громких ударах о железную дверь Назида взяла в руки стеклорез …

… Оторвав присосками вырезанный кусок стекла, осторожно опустила его на пол площадки. Сетка за стеклом была полностью отогнута вниз. Видимо, кто-то уже пробирался в помещение этим путём.

… Через минуту Назида оказалась в помещении …

… На неё дохнул прохладный кисло-сладкий тошнотворный смрад. Настоящий могильный склеп … Рядом у окна стояла одинокая тумбочка, грязно-серого цвета, потрескавшаяся, вся в пыли.

- Скорее всего, это место у окна использовали для перекуров, - решила Назида.

Вернув стеклорез с присосками в рюкзак, нащупала авторучку-фонарик, повесила на шею видеокамеру, присела и посветила вокруг…

… На расстоянии одного метра под окном проходила неширокая эстакада, составленная из таких же плит, как и площадка возле лестницы. С такими же, в метр высотой, перилами. Эстакада уходила вглубь помещения, огибая по пути железные щиты больших баков, их которых выходили массивные дуги чёрных труб. Сколько было таких баков, труб, блоков и куда они уходили, Назиду не интересовало. Она должна была найти нужное место для съемки …

Пару минут у неё ушло на то, чтобы осмотреться и выбрать правильный путь …

… К вновь донёсшимся до неё ударам в железную дверь прибавилась громкая команда:

- Открывайте! Работает ОМОН! ….

«… После гибели отца и потери мамы она переехала в кишлак к деду. Ей тогда исполнилось шестнадцать лет. В кишлаке она провела год, перед тем как поступить в Ташкентский университет на юридический факультет. Это было её решение, хотя мама хотела видеть свою дочку врачом.

… Дед мало что мог дать внучке, но он был местный знахарь. Владел знаниями акупунктуры и иглотерапии. Этому он и попытался научить юную девушку, которая запоминала всё на лету …

- Дедушка, а куда нужно вколоть, чтобы насмерть?

Дед понимал, откуда пришли такие вопросы:

- Хочешь отомстить?

Девушка лишь плотно сжала губы …

… В университете занималась хорошо и, безусловно, бы окончила, если бы не … любовь с югославским парнем, студентом их университета. Парень был иностранцем и был пойман за продажу наркотиков …

Тётка, у которой Назида жила, отправила её в Москву, от греха подальше. Красивую восточную девушку приметили на выставке мехов и шуб. Предложили работу. На этом студенческая жизнь Назиды закончилась …»

… Луч фонарика упёрся в железную стенку высокого бака, на котором красовалась табличка с предупреждением, что данный объект находится под напряжением …

… Она услышала мужской голос … Узнала … По спине пробежала волна мурашек …

… Осторожно двигаясь, Назида обогнула первый бак, за ним второй, находившийся в пяти метрах от первого. Через минуту она увидела широкий просвет, идущий с первого этажа, и услышала тот же голос, от которого ей стало снова не по себе …

Перед тем как навести камеру на нужный объект, она проверила кожаный пояс вокруг её талии. Пальцами пробежала по трём узким выступам, в каждом из которых находилось по одной игле, завёрнутой в специальный материал …

… Лилино тело было привязано через плечи к спинке высокого стула.

… Перед ней стоял мужчина в форменной голубой рубашке, с закатанными по локоть рукавами …

… Назида включила камеру. Сняла крышку с объектива. Навела. Выставила дальность. Поставила локоть на перила. Выровняла дыхание. Приготовилась и нажала боковую кнопку пуска …

… Она подалась чуть вперёд. Ей хотелось снимать и слышать самой …

Мужчина подошёл к девушке:

- Пожалуйста, скажи что знаешь. Прошу тебя.

В одной руке у него был зажат молоток, в другой – железяка, походившая на широкий тесак …

Без ответа.

- Послушай, я не шучу. Не хочу делать тебе больно. Скажи, и я отпущу тебя. Нет … отвезу тебя, куда ты скажешь. Тебе нужно быстро свалить из этого города. Своим боссам скажу, что сжёг тебя вон в той печи. Ты понимаешь?

Девушка молча плакала …

Развернувшись, он швырнул оба инструмента в железные ставни неработающей печи. Оглушительный звон так напугал девушку, что голова её дернулась и упала на грудь…

В ту самую секунду раздались уверенные удары по железной двери. Мужчина нахмурил брови, посмотрел на ручные часы …

… Удары в дверь стали более уверенными и громкими.

- Открывайте немедленно! Милиция! Даю вам минуту, и ОМОН ломает дверь! Сопротивление бесполезно! Стреляем без предупреждения!

… Его взгляд скользнул по входной двери. Мужчина восстановил дыхание и начал отсчёт: раз-девушка, два - дверь, три - голос, голос? – Коля? Коля!

… Узнав голос, он ухмыльнулся:

- Долгушин. Так быстро. Вот, чёрт!

Затем проверил пистолет, заправленный сзади за ремень, и подошёл к пленнице:

- Слушай меня внимательно. Если жить хочешь, молчи в тряпочку. Отвечай только на мои вопросы. Его, - кивнул он на дверь, - я угондошу. Но если ты пикнешь, уж извини, пулю получишь первой, - прохрипел он сквозь зубы.

Тут же, расплывшись в улыбке, повернулся к двери:

- Коля! Долгушин! Это ты?! Наконец-то!

Раскрыв дверь, спокойно спросил:

- Как нашёл?

Долгушин продолжая держать пистолет в руках, на секунду замешкался, но затем решил подыграть:

- Сорока на хвосте принесла. А ты, Никифоров …, каким ветром?

- Так похищение же! Работали по банде, а они на наших глазах похищают эту красивую девушку.

- Где? - спросил Долгушин.

- Что, где?

- Где похитили?

- В районе Кировского проспекта. Недалеко от Чапаевского рынка. Она вышла из кооперативного кафе. Грузины, по-моему, его в начале девяностых крышевали. В твоё время, Коля. Ты должен помнить. - Отступив пару шагов в сторону, ответил Никифоров, пропуская вперёд своего бывшего сотрудника.

Долгушин вошёл в помещение. Осмотрелся. Бросил быстрый взгляд на привязанную к стулу знакомую ему девушку:

- Ну- ну. Понимаю. Смотрю, ты весь в работе, - кивнул он на расстегнутый ворот форменной рубашки с засученными рукавами.

Никифоров тем временем подошёл к девушке:

- Вот уроды. Совсем оборзели. Такую красоту во что превратили. Ну, уроды конкретные ...

... В цементном ангаре было сыро. Стены покрывала плесень. Три настенных лампы пытались осветить эту берлогу. Сильно пахло кошачьей мочой.

В воздухе витал горьковато-кислый могильный запах ...

... Долгушин с пистолетом в руке прошёл в центр отопительного блока:

- Так, где они?

- Кто?

- Уроды. Ты здесь один?

- Один. Как и ты ломал дверь. Кричал: – работает ОМОН! Пришлось даже пострелять. Наверное, спугнул.

- А они?

- Кто? Уроды? Так они свинтили, - он поднял глаза к лестнице, ведущей на железную эстакаду, - наверное, вон туда. Там есть окно. Я не успел. Виноват. Зато девушка жива. Наручники я с неё снял. Дал водички попить.

Он вытащил из - под штанины короткий клинок, подошёл к пленнице, присев на одно колено, и стал медленно разрезать верёвки вокруг её ног. Видно было, что он что-то просчитывает в своей голове ...

Долгушин и привязанная к стулу девушка с большой ссадиной на лбу и щеке, обменялись взглядами ...

Ужас, боль, отчаяние и страх - всё то, чем были переполнены её большие карие глаза. Грязновато-красные размазанные разводы по щекам говорили о том, что её били и она много плакала ...

- Её похитили, - начал медленно Долгушин, наведя свой пистолет на Никифорова, - не в районе Чапаевского рынка, её похитили в районе ...

Никифоров, продолжая разрезать веревки, перебил:

- Ну, вот, я и говорю, в районе ...

Клинок, лежавший в ладони Никифорова, стрелой вылетел в правое плечо Долгушина ...

... Выронив пистолет, Долгушин простонал, схватился за плечо, в следующее мгновение Никифоров в прыжке вытянутой прямой ногой ударом в живот сбил детектива на цементный пол ...

- Коля-Коля – Николай, пойди, выйди, погуляй. По мою душу пришёл. Ну, ты и крендель. Только я всегда был и буду на шаг впереди.

Он приподнял детектива за грудки и прислонил к широкой железной трубе:

- Чего ты здесь забыл? Её? - он повернулся к пленнице. - Так она уже - не жилец. Сейчас я с ней последний раз поработаю, и всё. Не хочешь умирать? – повернулся он к девушке.

С ужасом в глазах девушка замотала головой.

- Ответ правильный. Не хочет. Вопрос второй – хочу я тебя убивать?

Ответа не последовало.

- Тоже верно: не хочу, но придётся.

Никифоров посмотрел на ручные часы:

- Скоро мне позвонят. Я буду должен завершить свою миссию.

А ты, бывший следак, как всегда помешал. Извини, брат, у меня приказ – убить всех. Свидетелей не оставлять.

С ужасом в глазах Лиля пыталась что-то сказать.

- О, красавица проснулась. Видишь, Долгушин, если с человеком по- хорошему, будет результат.

Отдышавшись, девушка умоляюще проговорила:

- Я … я … не знаю, Артём и Стас, только они распоряжались деньгами. Я не зна …

Никифоров грубо прикрыл её рот своей ладонью:

- Милая девушка, - с дьявольским взглядом, но сдержанно, начал он, - их уже не спросишь. Они оба пошли купаться в Финский залив …

Дёрнув головой, Лиля смогла освободиться от грубой ладони:

- А-а-а-а!!!! - закричала девушка.

Мужчина сплюнул, но больше к ней не прикасался.

Голова Лили повисла …

… Мрачное помещение вновь наполнилось её безудержным рыданием …

- Долгушин, ты пришёл за ней. Кто она тебе: сестра, племянница, может, новая любовь?

Два офицера смотрели в лицо друг другу…

- Ты убил её мужа, - тихо проговорил Долгушин. – Ты, Саша Никофоров, подполковник милиции …

- Я! – развернулся он, - Я! И Артёма – Я! И Стаса – Я!

- Забыл Зотова и Олега Строгова. - Долгушин скривился от боли.

Никофоров сузил глаза …

- Не хмурься, подполковник, - Долгушин, превозмогая боль, сунул руку в карман куртки, достал пластиковый мешочек, в котором лежали две одинаковые золотые заколки от галстука. – Ты их потерял. Помнишь, где? … Мерин …

- Заткнись, сука! Да, Я! Я их уделал! Твой полкан залез, куда не надо!

А Батрака шеф давно списал! Это не твоего ума дело, бывший майор Долгушин!

Был приказ!

- Убить всех! - тихо проговорил Долгушин.

Наступила молчаливая пауза ...

- Ты прав, Коля-Коля, Николай, убить всех. Это был приказ.

А мы люди военные, приказы не обсуждаем. Так что, ты ... следующий ...

С этими словами он навёл пистолет на Долгушина ... В ту же секунду прогремел выстрел ... Пуля пролетела над головой, неожиданно нагнувшегося палача ...

Назида промахнулась ...

... Никифоров замер ... Скривив рот, резко повернулся и поднял голову:

- Ты с товарищем, Коля-Коля? Ненавижу ментов! Ненавижу! Ну, суки, повоюем!

Ударив Долгушина ногой в челюсть, он ринулся к лестнице, ведущей на потолочную эстакаду ...

- 16 -

... Скользнув за стенку ближайшего железного бака, Назида присела, вытащив из-за спины пистолет. Первым делом нужно было избавиться от камеры. Она оглянулась на окно:

- Тумбочка! Точно!

Не поднимаясь, добралась до окна. Раскрыла облезлую дверку пыльной тумбочки, на дно которой очень удачно поместила рюкзак.

Теперь второе – помочь Долгушину и выжить самой.

После досадного промаха выбор у неё был один: приготовиться к защите. Мужчина, поразивший детектива ножом, бросился за ней ...

... Она его следующая цель ...

... Фонарик включать опасно. Распластавшись спиной на железном настиле, Назида окинула взглядом все видимое ей пространство.

- Ага, вижу потолок и две следующие эстакады. Нужно добраться до средней и, лежа на спине, следить за происходящим ...

... Мерин был уверен, что напарник детектива проник в этот блок через окно. Он знал этот путь. Тем более, полгода назад снял с петель и отогнул в сторону сетку, прикрывающую изнутри стекло. Видимо, Долгушин наткнулся на лестницу, ну, а дальше было просто. Молодец, Николай. Быстро подсуетился.

... Думая про себя, Мерин бесшумно поднимался уже по следующей лестнице к верхней эстакаде …

… Назида на четвереньках поднималась ко второй эстакаде - средней …

… Долгушин, очухавшись от удара, опираясь спиной о каменную кладку неработающей печи, также следил за их передвижениями. Он не решался и не мог подать голос, потому что мало чем мог помочь Назиде …

… Его правая рука, проткнутая ножом, обречённо висела вдоль тела, а пистолет, откинутый Мериным, лежал в двух метрах от него и от стула с привязанной Лилей, которая тоже смотрела во все глаза, что происходит в потолочном пространстве …

Он видел, как Назида первой добралась до средней эстакады, высота которой была под её рост. Сначала она повернулась и легла на спину, выставив пистолет кверху. Долгушин одобрительно кивнул.

… Через минуту он увидел Мерина на верхней эстакаде с пистолетом в руке. Сделав пару шагов, Мерин резко остановился…

… До него долетел негромкий шорох с нижней эстакады …

Мерин припал на живот …

… Поднявшись на ноги, Назида, осторожно ступая, направилась в сторону боковой лестницы, ведущей вниз …

… Долгушин замер, глядя на Назиду. Он понимал, что это её ошибка. Сейчас может произойти непоправимое. Но как дать ей знак …

… Он посмотрел на девушку, всё ещё привязанную к стулу …

… Их взгляды встретились … Догушин перевёл взгляд на лежавший пистолет … Лиля моментально всё поняла и стала раскачивать под собой стул …

… Выход был один, ей нужно снова упасть и уже свободными ногами отбросить оружие к детективу … Падать больно. Она уже испытала это. Но сильнее боли было то, что может произойти с ней, с этим парнем с ножом в плече и с тем, кто находится наверху, если она этого не сделает. Ведь они пришли спасти её … Лилю …

… Шаг, ещё один шаг и ещё один …

… Назида успела сделать не больше шести шагов …

… Чьи-то крепкие руки, словно два железных капкана, схватили её. Одна рука выбила у неё пистолет, а другая схватила за горло …

- Ахг-Аххг-Аггхх-х!!! - захрипела Назида.

… В то же время Лиля со стулом повалилась на пол, не обращая внимания на боль, толкнула обеими ногами пистолет прямо к ногам Долгушина …

… Мерин, сжимая девушке горло, выхватил свободной рукой из-за спины свой пистолет и приставил к её голове …

… Выстрел, прогремевший снизу, очень удивил Мерина. Он вскрикнул от боли. Пуля попала ему точно в правое плечо. Пистолет выпал из его рук. Ослабел захват незнакомого ему горла …

Чем и воспользовалась Назида. Двумя руками силой она дёрнула Мерина за его одну руку, прилипшую к её горлу, и рванула её вниз.

Убийца повис вниз головой …

Назида рывком освободилась от ослабевшей мужской руки. Кепка слетела с её головы, и красивые чёрные волосы рассыпались по женским плечам …

… Мужчина вскинул голову… Шок … Его разбил шок:

- Женщина?! - скривив губы, проговорил он. - Ты … Женщина?!

Видно было, что он этого не ожидал:

- Коля-Коля, так ты … без помошника …

… Назида припала на одно колено, подняла упавший пистолет и навела на него:

- А кого ты хотел увидеть? Был бы жив Олег, он был бы сейчас на моём месте.

- Олег? - тихо спросил Мерин, - это кто?

- Тот, кого ты сегодня застрелил у него дома.

- Батрак? Ты знаешь Батрака?

Без ответа.

- А-а, понимаю, ты его девушка … Ну, и правильно … Уважаю … Мсти … Это достойно, - он свесил голову, но тут же поднял, посмотрев Назиде в глаза, - наконец-то, - прошептал он. - Я рад …

- Чему? – зло спросила Назида.

- Что приму смерть от … женщины …

Назида провела ладонью по своей покрасневшей шее …

- Извини, - тихо продолжил он. – Я не знал, что ты женщина.

- Что меняется? А если бы был мужчина, …тогда, что?

Но Мерин её не слушал, он рассматривал её. Взгляд его стал совершенно другим: мягким, душевным, тёплым …

Назида почувствовала это и немного смутилась …

- Я знаю, что сейчас произойдёт.

- Что? – спросила она.

- Ты нажмёшь на курок.

- Да. Ты убил Батрака.

Он моргнул:

- Хорошо. Согласен. Тогда, - он скривился от боли в плече, - можно предсмертную просьбу …

- Какую?

- Можно … я раскрою кулон у себя на груди?

Нахмурив брови она посмотрела вниз на Долгушина, который, как и Лиля, всё слышал из-за хорошей акустики этого помещения.

Долгушин навёл пистолет и одобрительно кивнул.

- Разрешаю.

Расстегнув кулон, Никифоров поднёс его к лицу… Смотрел долго … Молча. Перевёл взгляд на Назиду:

- Это моя Оксана… Любимая жена… Её убили … Убили … жестоко, перед этим … изнасиловали … Лейтенант милиции и его друг, сын нашего мэра… Она ждала ребёнка… Нашего ребёнка… Я отомстил… Потом тюрьма… Так я стал Мериным… Я никогда не оскорблял и не убивал женщин… Прости, Долгушин, за Зотова, Лиля, за мужа, ты за Батрака … Ещё … я рад, что приму… смерть … от … женщины, - он снова смотрел на кулон. – Оксана … Любимая …Теперь мы с тобой снова вместе … - Он поцеловал маленькую фотографию. Закрыл кулон и спокойно произнёс:

- Давай, стреляй …

ПОСКРИПТУМ

... ПРОШЛО ДЕСЯТЬ ДНЕЙ ...

... Ранним осенним утром налетевший с залива ветерок принёс облака, серым плащом повисшие над городом ...

... Было около десяти утра, когда красная «Мазда» въехала с проспекта имени Луначарского на парковку Областной больницы. Из неё вышла молодая симпатичная женщина, одетая в джинсовый костюм светло-синего цвета, на ногах - белые кроссовки, в руках небольшая чёрная сумочка. Нажав кнопку сигнализации, она медленно стала подниматься по каменной лестнице к главному входу ...

... Закончив обход, главный хирург больницы Исаак Петрович Ройзман вышел в длинный светлый коридор из реанимационного отделения. Проходя мимо третьего окна, он услышал тихий женский голос и остановился.

- Извините, доктор, я вас жду.

Хирург обернулся, поправив на носу очки, переспросил:

- Меня?

Женщина кивнула:

- Да. Я насчёт Алексея Столярова. Он поступил к вам ...

- Десять дней назад, - продолжил за неё хирург, кивнул и подошёл.

- Как он, доктор?

Исаак Петрович тяжело вздохнул:

- Делаем всё, что в наших силах.

- Может, нужно что-то достать или купить ...

Доктор смотрел на эту симпатичную женщину, в первый раз пришедшую к парню, жизнь которого висит на волоске. За эти десять дней к этому Алексею приходила только его мама. И никаких друзей. Это и странно, и понятно, что вот уже больше чем десять лет сам мир в России стал неузнаваемо странным, а тут ...

- А вы, простите, кто ему ...

- Друг. Близкий друг.

Хирург покачал подбородком:

- Понимаю. Честно?

Женщина кивнула.

- Извините, как вас зовут?

- Лиля.

Доктор подошёл к окну и встал рядом:

- Нужна сложная операция, Лиля. Очень сложная.

- Её можно сделать у вас?

- Можно. Но … Если вы обладаете средствами, то лучше …

- Где? Где ему могут помочь?

Исаак Петрович посмотрел в глаза незнакомки:

- Три страны: Швейцария. Америка, Израиль …

Он сделал небольшую паузу, заметив, как вспыхнули её глаза на последнем слове.

- Израиль? - переспросила она.

Хирург кивнул.

- Спасибо, доктор. Я вас услышала.

Женщина уважительно кивнула в ответ и быстрым, уверенным шагом направилась к выходу …

Исаак Петрович смотрел ей вслед, задавая себе вопрос:

- А ведь она даже не спросила, какую сумму ей нужно найти?

Но в глубине души почему-то был уверен, что она найдёт эту сумму…

…В ТО ЖЕ ВРЕМЯ…

… В палату номер 23, что находилась на втором этаже главного корпуса городской больницы имени 25-ого Октября, вошёл среднего роста коренастый, седоволосый мужчина. На нём был накинут белый больничный халат, под которым легко узнавалась тёмно-синяя милицейская форма высшего офицерского состава. На наружной стороне брюк выделялись широкие генеральские лампасы.

… Молодая медсестра, только что закончила перевязку. Больной лежал с прикрытыми глазами …

- Я сделала ему укол. Он будет спать.

- А можно его ненадолго побеспокоить? Разговор очень серьёзный. Очень Вас прошу.

Глядя на генеральские погоны, девушка кивнула:

- У вас есть минут пятнадцать, прежде чем он заснёт.

… Мужчина пропустил к двери улыбнувшуюся ему девушку, подождал, когда закроется за ней дверь. Подхватил свободный стул, стоявший у окна, подставил ближе к кровати и присел. Пакет с фруктами опустил возле тумбочки.

С минуту он смотрел на бывшего своего подчиненного. Потом дотронулся до левой, неперевязанной руки. Долгушин открыл глаза и моментально приподнялся на широкой подушке:

- Товарищ генерал!

- Лежи, лежи, Николай. Я ненадолго и по делу.

Долгушин согласно моргнул глазами.

- Николай, - уже более серьёзным тоном начал мужчина, - дело вот какое. Плёнку, которую мне передали, я просмотрел лично, - повторив, - лично. Он сделал паузу …

- Не знаю, как ты смог, верней, не знаю, кто тебе помогал, но материал слишком серьёзный …

Снова пауза …

- Поэтому я так быстро оказался здесь, рядом с тобой. Есть причина. Там, наверху, - ткнул он пальцем в потолок, - случились большие подвижки. Заместителя министра отправили на заслуженный отдых. А Никифоров попал к нам с его подачи …

Ещё одна пауза …

- И ладно было бы, попал и попал. С кадровиками заместитель министра договорился бы без проблем. Да вот ведь что оказалось, что этот Никифоров – заключенный, отбывающий пожизненный срок за двойное убийство на красной зоне в Хабаровском крае. Опускаю подробности его дела. Сложная судьба выпала на долю этого парня …

Долгушин слушал, не перебивая, сверля глазами потолок …

- Так что, Николай, ты герой, ну и тот, кто тебе помогал, тоже …

Очередная пауза …

- Я имею указ сверху, - он снова показал пальцем на потолок, - найти достойную смену …

Долгушин нахмурил брови. Генерал это заметил:

- Правильно понимаешь, подполковник Долгушин …

- Товарищ генерал, а как же …

Мужчина в халате поднял открытую ладонь:

- Без всяких «а». Мне велено сделать правильный выбор и найти достойную смену полковнику Зотову.

Он поднялся, скупо улыбнулся:

- Полковник Зотов одобрил бы мой выбор. Так что, лечись, восстанавливайся и принимай отдел …

Генерал поднялся, поставил стул рядом с окном, подмигнул Долгушину и уверенной походкой направился к двери …

…ЧЕРЕЗ ЧАС…

… В дверь палаты кто-то робко постучал. Затем дверь скрипнула и отворилась …

… В дверях стояла Назида. В одной руке она держала пакет с фруктами. В другой букет алых роз … Девушка улыбалась …

ЭПИЛОГ

2001 год. 1- ое октября.
ШВЕЦИЯ. Сёдертелье - пригород Стокгольма. Небольшой ресторан.
Время дневное: 13 часов 45 минут.

… В дверях появился высокий, поджарый, черноволосый молодой мужчина. На нём были надеты светло-синие джинсы, чёрная водолазка, сверху чёрная кожаная куртка, на ногах коричневые узконосые туфли. На голове широкополая коричневая шляпа. Он быстрым взглядом прошёлся по залу ресторана. На лице появилась лёгкая усмешка. Сняв с головы шляпу, он направился в сторону широкого окна, к угловому столику на двух персон.

- Тебе нельзя работать в Париже, - обратился он к мужчине, сидевшему к нему спиной, присаживаясь на свободный стул, - тебя можно перепутать с Эйфелевой башней. Я всегда задавал себе вопрос, как тебе удаётся оставаться незамеченным.

Два зелёных алмаза Сенегала были спокойны и светились совершенно не агрессивным взглядом:

- Каждому своё, Силк. Рад, что ты не опоздал.

Я заказал нам по чашке хорошего зелёного чая. Здесь его готовят по-японски. Уверен, тебе понравится любимый напиток самураев.

Силк повесил куртку на спинку стула, устроился поудобнее и оголил ровный ряд красивых белых зубов:

- А как же виски?

- Успеем. Есть разговор. Надеюсь, ты не пишешь меня?

- Я в отпуске. И снова не работаю на Брэдли. Пока.

- Пока? – переспросил Сенегал.

- Хочу отдохнуть. Прошедшее лето оказалось неожиданно горячим. Кстати, спасибо тебе.

- Я его уже забыл.

Силк ухмыльнулся:

- Очень многие хотят видеть тебя без головы.

- Хм-м, - Сенегал, скрестил на широкой груди могучие руки. - Окей, пусть становятся в очередь. Я думаю, ты не из их команды? Или ?

Силк пожал плечами:

- Или …

- Неужели я настолько предсказуем, Чад?

- Предсказуемость делает нас слабыми. Нет, Сенегал. Просто позволяешь себе маленькие вольности …

Сенегал ответил не сразу:

- Независимо от наших действий или бездействий плохие вещи будут случаться. Я просто делал свою работу и кое-что из неё понял. Вот почему рад тебя видеть …

… Силк спокойно смотрел в неморгающие зелёные глаза, силясь найти достойный ответ на вопрос: почему он здесь?

Брэдли дал ему отпуск. Он снова вернулся в Париж, но уже не в качестве уличного фотографа. Теперь у него были деньги, которых вполне хватало, чтобы снять номер в хорошем отеле. Ему нравился Париж и раскрепощённые француженки, но Джинни не выходила у него из головы…

Он помнил их последнюю встречу, когда она намекнула ему на их отличный союз. Силк оказался к этому не готов. В очередной раз, напомнив себе о её возрасте …

- Я хотел вернуться в реальный мир, - начал тихо Чад, - но не уверен, смогу ли в нём жить. Всё, что я умею, – это убивать людей …

- А фотографировать …

Чад махнул рукой:

- А, брось, ты сам такой … Выкладывай, зачем я тебе?

- Готов поразвлечься? - неожиданно оживился Сенегал.

- Опять русские красавицы?

- Чёрт. Умеешь читать между строк. Угадал. Ты этому не рад? По-моему, у тебя уже есть неплохой опыт.

- Этот опыт оказался не таким приятным …

- Понимаю. Но теперь я на стороне тех, кто будет их спасать.

Силк провёл рукой по своим волосам:

- Я правильно понял: не убивать, а спасать?

Сенегал кивнул:

- Правильно.

- Подробности будут позже?

Сенегал снова утвердительно, кивнул.

- Кто платит? И сколько? - быстро спросил Силк.

- Никто, - улыбнулся Сенегал. - Плата символическая - один доллар.

Силк вопросительно посмотрел на человека-гору:

- С тобой не соскучишься. Это шутка?

Сенегал ответил вопросом на вопрос:

- Брэдли знает, где ты сейчас?

- Нет. Но если даже знает, хвоста за мной нет.

- Уверен?

- Я ему нужен в критические ситуации. Пока их нет, я в свободном плавании. А твои шефы?

- У меня их больше нет. Но есть команда. И есть дело, - Сенегал краем глаза заметил приближающуюся к их столу официантку …

… Поставив перед каждым красивую чашку с ароматным чаем, девушка разложила по двум блюдцам по одному бутерброду с чёрной икрой, с сыром и замерла с подносом в руках …

Двое приметных мужчин одарили её приветливым взглядом.

Девушка, засмущавшись, спросила:

- Что-то ещё?

- Через двадцать минут, принесите два шата самого дорого конья-ка, который у вас есть, - улыбнулся ей Сенегал.

Официантка улыбнулась в ответ и, грациозно играя бёдрами, медлен-но удалилась от стола …

… Силк посмотрел на Сенегала:

- У тебя есть загадка, и тебе нужен компаньон, чтобы её разгадать?

Сенегал кивнул:

- Именно так.

- Только учти, я люблю сказки со счастливым концом.

- Не переживай, Чад. Счастливым концом я тебя обеспечу.

- Сенегал, что ты задумал? … Это тайна?

- Тайны нет … Будем спасать детей … Верней, девчонок …

Всем им по - пятнадцать- шестнадцать лет.

Силк нахмурил брови:

- И они в опасности?

- Именно …

- Не люблю тех, кто обижает детей. Тем более девочек.

Я в обойме, Сенегал …

www.ingramcontent.com/pod-product-compliance
Lightning Source LLC
Chambersburg PA
CBHW020925020726
47495CB00002B/346